Sissy Scheible

Goethes Labyrinth

Die Deutsche Bibliothek verzeichnet diese Publikation in der Deutschen Nationalbibliografie.

Detaillierte bibliografische Daten sind im Internet über
www.dnb.de
abrufbar

Burg Verlag, Rehau
Burgstr. 12, D-95111 Rehau
Tel.: +49 (0) 9283 / 81095
info@burg-verlag.com
www.burg-verlag.com

Lektorat: Marianne Glaßer
Layout und Gestaltung: Stefan Lingl
Lingl & Friends, Werbeagentur, Marktredwitz
Coverdesign: Giusy Ame/ Magicalcover
Bildquelle: Depositphoto / Period Image

Druck und Bindung in der EU

ISBN: 978-3-948397-43-2 - Erstausgabe Oktober 2022

Goethes Labyrinth

von

Sissy Scheible

„Nie war Natur und ihr lebendiges Fließen
auf Tag und Nacht und Stunden angewiesen.
Sie bildet regelnd jegliche Gestalt,
und selbst im Großen ist es nicht Gewalt.

(Johann Wolfgang von Goethe, Faust. Der Tragödie zweiter Teil)

03.07.1785

Ein unheilvolles Grollen hallte durch das Felsenmeer. Erschrocken sah Johann Wolfgang von Goethe von seinem Zeichenpapier auf. Er war dabei, die ungewöhnlich in sich zusammengestürzten und aufgetürmten Felsmassen auf der Luxburg im Fichtelgebirge zu skizzieren. Dann fing es an, zu regnen. Die Tropfen liefen über sein soeben gemaltes Bild und ließen den Felsen darauf aussehen, als ob er schmelzen würde. Wie ärgerlich. Ob er das Bild noch retten konnte?

Es blitzte wieder und der Donner folgte nun unmittelbar danach. Das Gewitter war schon hier. Er beeilte sich, um einen Unterstand zu finden, bevor der Himmel sich vollends ergoss. Schnell packte er seine Federn und sämtliche Zeichnungen in seinen Rucksack und hastete den Berg hinab.

Jetzt ärgerte sich Goethe, dass er seine beiden Begleiter zur Herberge zurückgeschickt hatte. Doch die angenehme Ruhe und Abgeschiedenheit hier ließ sich am besten alleine genießen.

Die ungeheuer großen Granitmassen wirkten sehr eindrucksvoll auf ihn. Sie schienen ohne jede Spur von Ordnung oder Richtung übereinandergestürzt zu sein. Das konnte er aber nur auf sich wirken lassen, wenn niemand laut und pausenlos plapperte.

Selbst die Vögel hatten geschwiegen, solange seine Mitreisenden da waren. Erst, als sie sich verabschiedet hatten, sangen die Amseln, Rotkehlchen und Blaumeisen wieder die schönsten Lieder. Goethe meinte sogar, er hätte eine Nachtigall gehört, obwohl es noch längst nicht ihre Stunde war.

Jetzt waren die Vögel erneut verstummt. Sie hatten sicherlich alle schon einen Unterschlupf gefunden, im Gegensatz zu ihm.

Was war er doch für ein Narr. Da wollte er ein großer Naturforscher sein und dachte nicht an die elementarsten Dinge für solch eine Exkursion. Nicht einmal einen Regenschirm hatte er sich geben lassen, und das nur, weil es als weibisch galt, einen solchen zu benutzen.

Jetzt suchte er auf sich alleine gestellt nach dem Rückweg durch diese labyrinthische Landschaft, während der Schauer immer stärker wurde. Immerhin hatte er seinen Hut dabei, so dass ihm das Wasser wenigstens nicht über das Gesicht lief. Doch seine Kleider waren trotz des hochwertigen Leders bereits so durchnässt, dass Goethe fröstelte.

Das Wetter hatte Goethe schon den gestrigen Tag vermiest. Dabei war ihm die Idee, seine Reise zur Kur in Karlsbad für einen Abstecher nach Wunsiedel zu nutzen, vielversprechend vorgekommen. Er hatte ja nicht ahnen können, was für ein Wetter hier im Sommer herrschte.

In Jena hatte ihm ein Reisender begeistert von den wunderlichen Granitformationen im Fichtelgebirge erzählt. Zudem sollte es dort eine einzigartige Pflanzenwelt geben. Der Naturwissenschaftler in Goethe konnte nicht anders, als die so gelobte Gegend selbst zu erkunden. Er wusste auch nicht, was genau er sich davon versprochen hatte. Für einen Forschungsaufenthalt reichte ihm die Zeit nicht, bis er nach Karlsbad weitermusste. Dennoch wollte er die Granitfelsen mit eigenen Augen sehen.

Am 30. Juni war er mit seinen Reisegefährten, dem Botaniker Karl Ludwig von Knebel und seinem Bediensteten Friedrich Gottlieb Dietrich, in Wunsiedel eingetroffen. Am selben Tag hatten sie dort den Katharinenberg besucht, der zur Gänze aus Glimmerschiefer, auch Phyllit genannt, bestand. Ein höchst interessantes Forschungsobjekt. Die Kirche auf dem Berg, der wohl vielmehr ein Hügel war, sei einst ein Wallfahrtsort gewesen, wurde Goethe berichtet. Nun war es nur noch eine Ruine.

Danach hatten er und seine Begleiter sich das schöne Alexandersbad angesehen, das nur ein paar Kilometer von Wunsiedel entfernt lag. Es war zwar ein recht kleiner Ort, wohl kaum mit seinem Zielort Karlsbad zu vergleichen, aber dennoch ganz ansehnlich.

Am Tag darauf legten sie eine lange Wanderstrecke zurück und fanden die seltene Pflanze namens Sonnentau. Goethe hatte sich sehr für deren mit Klebedrüsen besetzte Blätter fasziniert. Ein paar wenige Exemplare davon hatte er sich für seine Sammlung mitgenommen. Er freute sich schon darauf, Proben unter seinem Mikroskop zu untersuchen.

Zu weiteren Entdeckungen kam es aber nicht, da es seither ohne Unterlass regnete. Dabei war es schon Juli. Die Herbergsmutter meinte, das hufeisenförmige Gebirge würde die Wolken aus Richtung Osten einfangen und festhalten. Dauerregen und Nebel gehörten dadurch zum typischen Sommerwetter der Region. Es schien somit der perfekte Ort für einen Urlaub zu sein, wenn es überall sonst zu heiß war.

Wegen des Regens verbrachten Goethe und seine Begleiter gestern den ganzen Tag zwangsweise im beschaulichen Wunsiedel, wo ihre Herberge war. Zum Glück gab es ab und an kleine Regenpausen, so dass sie Gelegenheit zu einer Stadtführung hatten.

Doch wirklich viel gab es da leider nicht zu sehen. Es existierten dort eine Seiden- und Baumwollfärberei, ein paar Strumpfwirkereien und Nagelschmieden. Ansonsten schien es eher eine Ämterstadt zu sein. Dabei war der Ort früher einmal für seinen Blechzinnhandel berühmt, bevor Brände und der Krieg diese Zunft hier zerstörten.

Goethe bekleidete in Weimar das Amt des Wege- und Bergbaudirektors. Als solchem fiel seinem geschulten Auge sofort ein zusätzliches Problem für die Wunsiedler Stadtentwicklung auf. Die mangelhafte Straßenanbindung verhinderte, dass sich neue Gewerke dort ansiedelten. Zudem wanderten bestehende Betriebe deshalb ab. Die Stadt würde regelrecht ausbluten, wenn sich daran nicht bald etwas änderte. Es musste ein Anschluss an die Landstraße entstehen, das war die einzige Möglichkeit, die Gewerbe hier zu retten.

Er hielt sich jedoch damit zurück, den hiesigen Bürgern seine Verbesserungsvorschläge zu unterbreiten. Zum einen, weil ihn schlicht und einfach niemand gefragt hatte. Der andere Grund war, dass er sich im Urlaub von allen Amtsgeschäften befand. Dieser Ort fiel ja nicht einmal in seinen Zuständigkeitsbereich.

Was das Wetter anging, so hatte es heute Morgen zumindest so ausgesehen, als würde es ein schöner, sonniger Tag werden. Es war lange trocken geblieben, so dass sie die Luxburg, so hieß der Berg mit dem Labyrinth aus Granitfelsen, besuchten.

Sie hatten weitere seltene Pflanzen entdeckt, die Goethe und Knebel in wahrstes Entzücken versetzten. Von den eindrucksvollen Felsformationen ganz zu schweigen. Etwas so Imposantes hatten sie noch nie gesehen. Es ließ sich allenfalls mit dem Eindruck vergleichen, den die Berge auf Goethe bei seiner Reise durch die Schweiz gemacht hatten. Nur dass diese wie langsam emporgewachsen aussahen. Die Anordnung der Felsen hier wirkte hingegen absolut unnatürlich, wie übereinandergewürfelt.

Es blitzte und donnerte nun immer häufiger. Goethe geriet in Eile. Er achtete nicht mehr darauf, seine Kleidung sauber zu halten, sondern kroch durch matschige Felsspalten und hastete über die mit jedem Tropfen glitschiger werdenden Steine.

War etwas weiter vorne nicht eine Stelle, an welcher drei Granitbrocken so übereinandergestapelt waren, dass sie eine kleine Höhle bildeten? Die war mit Sicherheit perfekt dazu geeignet, sich unterzustellen.

Er verstand gut, warum einige Leute sich einbildeten, dies alles hier sei durch einen gewaltigen Vulkanausbruch entstanden. Die Brocken und Felsen waren in teils grotesk wirkenden Formationen aufeinandergestapelt. Es sah fast so aus, als hätte das Kind zweier Titanen versucht, damit einen Turm zu bauen, der dann eingestürzt war. Doch wenn man wie Goethe die Natur beobachtete und erforschte, so wusste man, dass sie nicht spontan und eruptiv vorging, sondern langsam und bedächtig arbeitete.

Hier war das mit Sicherheit auch der Fall. Als er seine Zeichnungen angefertigt hatte, kam ihm der Gedanke, dass es sich um ein Zusammenspiel von Auswaschungen und Verwitterungen weicheren Gesteins handeln musste. Nur der festere Granitfelsen blieb übrig, und das in solch willkürlich wirkenden Anordnungen. Doch wenn er mit dieser Erkenntnis wissenschaftliche Erfolge feiern wollte, galt es, sich zunächst einmal vor dem Gewitter zu retten.

Er bibberte. Die Nässe kroch ihm langsam bis auf die Knochen. Er beeilte sich so sehr, dass er schon zwei Mal beinahe ausgerutscht wäre. Goethe musste vorsichtiger sein.

Als er durch den Regenschleier hindurch in etwa 20 Metern Entfernung die ersehnte Höhle entdeckte, rannte er los, wie wenn nur ein paar

Regentropfen mehr auf seiner Haut ihn das Leben kosten könnten. Vor seinem geistigen Auge sah er sich schon mit einer Lungenentzündung wochenlang das Bett hüten. Doch eine solche wäre wohl das kleinere Übel gewesen im Vergleich zu dem, was ihn stattdessen erwartete.

Als er im Spurt mit seinem Stiefel auf einem nassen, mit Moos bewachsenen Felsen aufkam, rutschte er weg, fiel in voller Länge nach hinten und knallte mit dem Hinterkopf auf einen Stein. Alles, was er im Fallen wahrnahm, war, dass sein Hut vom Kopf rutschte und ihm sein Rucksack aus der Hand glitt. Dann durchfuhr ein heftiger Schmerz wie ein Blitz seine Schläfen und breitete sich über sämtliche Glieder aus, ehe ihm schwarz vor Augen wurde und er das Bewusstsein verlor.

*****

15.06.2024

Die Luft roch herrlich nach Rinde und Moos. Ein leichter Wind streichelte Carolines Gesicht und ihre Arme und kühlte sie angenehm ab. Es war ein heißer Sommertag. Eigentlich zu heiß, um zu wandern, aber hier oben im Felsenlabyrinth war es gut auszuhalten.

Die Bäume spendeten genug Schatten, und wenn man über die Granitblöcke oder durch Felsspalten hindurch kletterte, gaben diese eine schöne Frische ab, fast wie natürliche Kühlschränke, nur nicht ganz so kalt. Selbst die wenigen Abschnitte, bei denen man doch direkter Sonnenbestrahlung ausgesetzt war, waren der Mühe wert, denn der Ausblick, den man hier auf das Fichtelgebirge hatte, war wie immer sensationell. Neben verschiedenen kleinen Orten sah Caroline viele Felder und Wiesen. Am Himmel kreisten majestätische Greifvögel, die hungrig nach Beute Ausschau hielten.

Caroline war jetzt auch hungrig und setzte sich auf einen breiten, leicht abschüssigen Felsen, auf dem sie als Kind immer mit ihren Eltern zusammen Rast gemacht hatte. Von hier aus sah sie bereits den Weg, der sie beim Abstieg erwartete. Sie packte ihr mitgebrachtes Brötchen aus und biss hinein. Es schmeckte trocken. Sie hatte keine Butter mehr gehabt, um es damit zu bestreichen, weshalb es jetzt nur mit Wurst belegt war. Schnell nahm sie einen Schluck Wasser aus einer kleinen Flasche und spülte die Semmel hinunter.

Als Kind erschien ihr das Felsenlabyrinth wie der abenteuerlichste Ort auf der Welt. Die vielen Höhlen und Schluchten, die steinernen Aufgänge und natürlich die unzähligen kleinen Verstecke hatten ihr als junges Mädchen Riesenspaß gemacht. Ihrer Mutter hatte das alles weniger Freude bereitet. Sie sorgte sich, Caroline könnte ausrutschen oder irgendwo hinunterfallen, weshalb sie sie ständig zur Vorsicht mahnte. Wenn sie sich dann zu allem Übel zwischen den Felsen versteckte, war die Geduld ihrer Mutter vorbei und sie rief panisch nach ihr.

Caroline sah noch genau den erleichterten Blick ihrer Mama vor sich, als sie an einem schönen Sommertag wieder aus einer Felsspalte gekrochen kam. Diese war exakt so groß gewesen, dass sie gut hineinklettern und sich dort verstecken konnte. Sie hatte ihre Mama sehr lange suchen lassen, ehe sie freiwillig herauskam. Ihr war nicht klar gewesen, welche Ängste ihre Mutter wegen ihr ausgestanden hatte. Diese nahm sie in die Arme und drückte sie so fest, dass Caroline sich nur noch keuchend darüber beschweren konnte. Damals war sie zum letzten Mal mit ihren Eltern hier. Wie sehr sie die beiden vermisste.

Sie wischte sich eine Träne aus dem Gesicht und zwang sich, tief durchzuatmen. Es war unglaublich, dass sie das immer noch so mitnahm. Wieso kam sie überhaupt hierher, wenn sie die Erinnerungen so aus der Fassung brachten? Vermutlich deshalb, weil dies der Ort war, an dem sie sich den glücklichen Tagen ihrer Kindheit besonders nah fühlte.

In dem Haus, in dem sie früher mit ihren Eltern gewohnt hatte, lebte schon lange eine andere Familie. In dem Garten, in dem ein riesiger Kletterbaum stand, spielten heute bereits die Enkelkinder der neuen Besitzer. Selbst das Baumhaus, das ihr Vater ihr in die Baumkrone gebaut hatte, musste sie damals zurücklassen. Aber das Labyrinth konnte ihr keiner nehmen. Deshalb kam sie mindestens zwei Mal im Monat hierher, außer natürlich im Winter.

Liebe Güte, wie man mit 33 Jahren immer noch seiner Kindheit hinterhertrauern konnte. Das wurde langsam echt peinlich. Caroline nahm sich vor, sich zusammenzureißen und auf das Hier und Jetzt zu konzentrieren.

Sie biss erneut in das trockene Wurstbrötchen, ließ die Beine vom Rand des Felsens baumeln und wanderte mit dem Blick umher.

Einige der Bäume hatten definitiv schon bessere Tage erlebt. Die vielen Dürreperioden hatten ihnen nicht nur die Farbe, sondern zudem die Kraft genommen. Diese eine Tanne da zum Beispiel, die war zwar in die Höhe gewachsen, hatte aber nur an der Spitze Äste und Zweige und selbst diese waren sehr dürftig mit Nadeln ausgestattet. Sie sah ein bisschen aus wie ein stacheliger Maibaum, nur ohne die Dekorationen.

Es war nicht mehr die richtige Gegend für Nadelhölzer. Die Laubbäume schienen sich wohler zu fühlen. Wenn es nicht bald regnete, würden aber auch sie leiden. Immerhin konnte das Wetter den Granitfelsen hier nichts anhaben.

Caroline versuchte, nicht länger an das Waldsterben zu denken, denn sonst würde sie nur schlechte Laune bekommen. Sie ließ ihren Blick wieder umherschweifen.

Etwas weiter unten sah sie drei Felsen, die so aneinandergeneigt waren, dass sie eine Art Vordach zu einer kleinen Höhle bildeten. Caroline erinnerte sich, dass es dort einen Durchgang gab, hinter dem ein paar steinerne Stufen hinabführten, beziehungsweise hinauf, je nachdem, ob man beim Auf- oder Abstieg war. Aber was lag denn da vor den Felsen? Irgendein seltsamer Haufen.

Caroline konnte es nicht genau erkennen und holte deshalb ihren Feldstecher aus ihrem quietschgelben Rucksack. Zunächst sah sie alles unscharf. Das alte Teil hatte sich mal wieder komplett verstellt. Sie drehte an dem kleinen Rädchen, bis das Bild deutlich wurde, und schrie laut auf vor Schreck. Da lag eine menschliche Gestalt auf dem Boden und rührte sich nicht. Schlief die Person, oder war sie verletzt?

Caroline blickte auf und sah sich um, ob vor ihr jemand im Felsenlabyrinth unterwegs war, der die Stelle eher als sie erreichen würde. Sie sah niemanden. Dabei wanderten hier doch sonst immer unzählige Touristen. Warum nur jetzt nicht? Wo waren die, wenn man sie mal brauchte?

Vermutlich war das da unten einer von ihnen. Die Touris kamen hier oft mit total unpassendem Schuhwerk und ungeeigneter Wanderkleidung her. Caroline hätte bei dieser Hitze selbst gerne Shorts getragen und ein paar Sandalen. Sie wollte jedoch nicht ausrutschen und, wenn doch, sich dabei wenigstens nicht ernsthaft verletzen. Deshalb trug sie ihre Turnschuhe und lange Jeans. Nur das Top hatte sie sich nicht verkneifen können. Für etwas Langärmliges war es einfach zu heiß. Die Touristen hingegen wanderten oft mit Sommerkleidchen und hohen Absätzen. Die Person, die dort unten lag, wirkte aber nicht wie eine Stöckelschuhträgerin. Egal wer das war, sie musste schnellstens dorthin, falls es sich um einen Verletzten handelte.

Caroline packte hastig ihre Sachen zusammen. Sie überlegte. Hatte sie die Nummer der Bergwacht in ihrem Handy eingespeichert? Hoffentlich gab es hier überhaupt Netz, falls sie Hilfe rufen musste. An dieser Stelle würde es sicherlich einen Helikopter brauchen, um einen Verletzten zu transportieren. Ein Krankenwagen kam hier unmöglich her.

Schnell, aber dennoch vorsichtig spurtete Caroline den Weg nach unten. In so einem Tempo hatte sie die Strecke noch nie zurückgelegt. Sie passte gut auf, wohin sie trat, damit es nicht bald zwei Verletzte geben würde. Ihr Herz raste wie verrückt.

Sie wünschte, dass sie sich ein wenig besser an ihren Erste-Hilfe-Kurs erinnern könnte. Hatte sie dort überhaupt gelernt, was bei Kopfverletzungen und Knochenbrüchen zu tun war? Und was, wenn die Person tot war? Sie wollte keine Leiche sehen. Es durfte bitte, bitte keine Leiche sein!

Als sie näher kam, beruhigte sie sich etwas. Der menschliche Haufen vor dem Felsendurchgang war ein Mann, schätzungsweise ein bisschen älter als sie. Zum Glück atmete er noch.

Aber was um alles in der Welt hatte er da an? Er trug eine gelbe Lederweste und eine Lederhose. Dazu hatte er eine Art blauen Frack mit gelben Knöpfen an. Statt Turnschuhen hatte er braune Stiefel mit Stulpen. Doch am irritierendsten war, dass die merkwürdige Kleidung des Mannes so vor Nässe triefte, als ob er damit unter der Dusche gestanden hätte.

Caroline näherte sich. Die braunen, längeren Haare des Unbekannten waren zwar auch leicht nass, jedoch nicht so sehr wie seine Kleidung. Er lag auf dem Rücken. Die merklich große, aber auffallend gerade Nase wies Richtung Himmel. Auf den ersten Blick konnte sie keine größere Verletzung an ihm feststellen. Schlief er nur?

Sie erschrak, als der Mann leise stöhnte. Er fasste sich mit der Hand an den Hinterkopf. Erst da bemerkte Caroline, dass er blutete. Er war also doch gestürzt.

Noch immer mit geschlossenen Augen bewegte er den Kopf langsam zu beiden Seiten. Als er sie dann endlich öffnete, starrte er zunächst lange die Felsen an, bevor er schließlich zu Caroline sah.

Sie fühlte sich einen Moment wie versteinert und konnte nichts weiter tun, als den Blick des Mannes zu erwidern. Sie wusste nicht, warum, aber sie hatte das Gefühl, als wäre dies ein sehr wichtiger Augenblick in ihrem Leben. Bestimmt nur, weil es jetzt galt, einem Verletzten Hilfe zu leisten. Caroline musste nun wirklich über sich hinauswachsen, denn das Blut anderer Leute konnte sie noch nie sehen, ohne dass ihr übel wurde. Dennoch zögerte sie nicht weiter und reichte dem Fremden die Hand.

„Bekanntschaften, wenn sie sich auch gleichgültig ankündigen, haben oft die wichtigsten Folgen."

(Johann Wolfgang von Goethe, Wilhelm Meisters Wanderjahre)

Kapitel 1

Donnerte es immer noch oder war das nur sein Schädel, der so brummte? Das würde eine fette Beule geben, wenn er sich nicht sogar schlimmer verletzt hatte. Hoffentlich war er jetzt kein Krüppel. Er spürte einen leichten Anfall von Hypochondrie in sich aufsteigen. Konnte er sich überhaupt noch bewegen?

Goethe öffnete die Augen und schloss sie sogleich wieder. Der Regen schien sich schnell verzogen zu haben. Die grelle Sonne blendete ihn. Vorsichtig hob er seine Hand in Richtung Kopf. War das Klebrige, was er dort spürte, etwa Blut? Hoffentlich holte er sich hier keine Blutvergiftung. Mal sehen, ob er den Kopf leicht bewegen konnte. Langsam rollte er ihn erst nach rechts, dann nach links. Immerhin, da war nichts gebrochen, schlimmstenfalls ein wenig geprellt.

Noch immer nach links blickend, versuchte er wieder die Augen zu öffnen. So blendete ihn die Sonne wenigstens nicht. Er bemerkte die riesigen Granitfelsen, bei denen er sich unterstellen wollte, vor seinem Sturz. Seltsam, das war ihm bei dem Regen gar nicht aufgefallen, da waren ja Stufen in den Fels geschlagen. Hatte man ihm nicht gesagt, dass das Labyrinth aus Felsen bisher unerschlossen war?

Der Ort war so schlecht begehbar wie kein anderer, den er kannte. Er selbst hatte sich nur dank seiner guten Kletterstiefel hier durchschlagen können. Bei der allgemeinen Bevölkerung galt die Luxburg sogar als verrufen. Wichtel und Kobolde würden sich dort herumtreiben, hatte ihm eine alte Witwe noch kurz vor seinem Aufbruch hierher gesagt. Welchen Nutzen hatten also Stufen an einem Ort, der von niemandem besucht wurde?

Oder war er etwa nicht der einzige Naturforscher, der sich für den Granit interessierte? Sicherlich hatte sich die Besonderheit der

Felsformationen schon weit herumgesprochen. Er sollte lieber schnell aufstehen, bevor ihn ein ehrwürdiger Forscherkollege am Boden liegen sah. Als er den Kopf wieder nach vorne richtete, war er erstaunt. Durch das gleißende Sonnenlicht hindurch erkannte er die Umrisse einer Person. Diese schien ihn anzustarren, zumindest soweit er es bei dem Gegenlicht sehen konnte. Nun wurde ihm eine Hand entgegengestreckt.

Gott sei Dank, der junge Dietrich war zurückgekommen und wollte ihm aufhelfen. Da dieser in seinen Diensten stand, würde er bestimmt niemandem etwas von dieser mehr als peinlichen Situation verraten. Erleichtert gab Goethe ihm die Hand und stutzte.

Du meine Güte, hatte der junge Kerl aber weiche Haut. Wie machte er das nur? Zudem packte er zu wie ein Weibsbild. Dabei war er doch gar nicht so zart gebaut.

Als er es endlich bewerkstelligt hatte, leicht schwankend aufzustehen, blickte Goethe seinen Retter an, nur um festzustellen, dass es sich um eine Retterin handelte. Wie um alles in der Welt hatte es eine Frau hier durch diese menschenunfreundliche Gegend geschafft?

Goethe sah sie verwirrt an. Noch nie hatte er eine Dame in solch einem Aufzug gesehen. Sie trug eine kurze, sehr eng anliegende, schwarze Oberbekleidung, welche die nackten Arme kaum verhüllte und auch sonst einen großzügigen Einblick gewährte. Sie hatte offensichtlich kein Korsett an. Statt eines Kleides oder eines Rockes trug sie doch tatsächlich Hosen. Diese waren von einem dunklen Blau, ebenfalls sehr eng, und ließen dadurch viel von ihren langen, schlanken Beinen erahnen. An den Füßen hatte sie weiße Schuhe aus einem Material, das kein Leder zu sein schien, aber doch recht ähnlich wirkte. Außerdem auffällig daran waren drei knallrote Streifen, kombiniert mit ebenso roten Schnürsenkeln.

Langsam blickte Goethe von den Füßen der Dame wieder nach oben. Er atmete tief durch. Der Anblick von so viel nackter Haut ließ ihn als Mann nicht kalt. Er fühlte sich fast so, als wäre er einem zwar sehr erotischen, jedoch auch unkonventionell gekleideten Nymphenwesen begegnet. Schnell suchte er ihre Augen, um ihr nicht weiter in den Ausschnitt und auf ihre wohlgeformten Kurven zu starren. Doch das wohlig warme Gefühl, das sich in ihm ausbreitete, wurde dadurch nur verstärkt.

Johann Wolfgang von Goethe blickte in die sommergrünsten Augen, die er je gesehen hatte. Die kleine Nase, die vollen Lippen und die wallenden, dunkel gewellten Locken, die das Gesicht der Fremden umrahmten, machten ihn sicher, einer Frau begegnet zu sein, die nicht von dieser Welt war. Zudem schien sie für ein Weibsbild sehr groß zu sein, wohl nur zwei, drei Zentimeter kleiner als er.

Gab es in dieser Gegend eine Art Waldstamm? Menschen, die unentdeckt von seiner eigenen Zivilisation hier lebten? Das würde auch erklären, warum sie sich so völlig unbesorgt in diesen Gefilden bewegen konnte. Aber wie kämen Wilde an solch seltsame Stoffe wie die, aus denen ihre Kleidung gemacht war? Wenn sie aus einer anderen Kultur stammte, welche Sprache sprach sie dann? Konnte sie überhaupt reden?

Die Fremde blickte ihm tief in die Augen, fast so, als wolle sie sichergehen, dass er ihrem Blick auch standhalten konnte. Dann legte sie ihm einen Arm auf die Schulter, hielt den Kopf etwas schief und sagte mit besorgter Stimme:

„Geht es Ihnen gut?“

Sprechen konnte die Frau also, und sogar Deutsch, wenn auch die Aussprache etwas seltsam war. Aber vielleicht war das hier in der Gegend so üblich. Hatte seine Herbergsmutter nicht so ähnlich gesprochen? Goethe versuchte, sich zu erinnern. Da er nicht antwortete, fragte die Frau nochmal:

„Ist alles okay mit Ihnen? Haben Sie Schmerzen?“

Goethe besann sich. Auch wenn er mit dem Wort *okay* nicht viel anfangen konnte, war doch klar, dass die Frau um sein Wohl besorgt war.

„Es geht mir gut, vielen Dank“, sagte er daher mit etwas zittriger Stimme. „Ich wurde vom Gewitter überrascht. Als ich hierhin eilte, um mich unterzustellen, bin ich auf dem nassen Fels ausgerutscht und gestürzt. Bis auf eine kleine Wunde am Kopf ist mir aber wohl nichts Schlimmeres passiert“, meinte er mit einem Blick auf seine blutige Hand.

„Gewitter? Was für ein Gewitter? Wie lange sind Sie denn schon hier gelegen?“, entgegnete die Frau verwirrt.

Goethe blickte sich um. Tatsächlich sah hier nichts danach aus, als ob es vor kurzem geregnet hätte. Die Felsen und der Waldboden waren trocken. An den Bäumen war keinerlei Nässe zu sehen. Die Luft roch auch nicht mehr nach Regen. Zudem war es viel wärmer geworden, fast schon heiß. Trotzdem bibberte er etwas wegen seiner nassen Kleidung.

Moment mal, die Kleidung, die war nass. Wieso war sie nicht auch getrocknet? So lange konnte er hier also noch gar nicht liegen. Und wo war eigentlich sein Hut? Er blickte sich suchend um.

„Haben Sie meinen Hut gesehen? Hier müsste irgendwo mein Hut liegen."

„Nein, leider nicht, tut mir leid. Aber der findet sich bestimmt wieder."

Die junge Frau hatte inzwischen etwas von ihrem Rücken genommen, das wie ein Rucksack aussah. Nur, dass auch dieser aus einem sehr merkwürdigen Material bestand. Es war kein Leder und kein Stoff, den er kannte. Die Farbe war das leuchtendste Gelb, das er je an einem Textil gesehen hatte.

Goethe sah fasziniert zu, wie seine neue Bekanntschaft an einer Art metallenem Klipp zog. Sie bewegte ihn entlang lauter winzig kleiner, ineinandergreifender Zähnchen. Diese öffneten sich dadurch wie von Zauberhand und gaben den Inhalt des Rucksacks preis.

Die Fremde holte ein knallrotes Kästchen hervor. Darauf war ein Kreuz gemalt. Sie öffnete es und zum Vorschein kam etwas, das sie Pflaster nannte. Als sie sich damit seinem Kopf näherte, wich er erschrocken zurück.

„Was wollen Sie tun?"

„Na, Sie verarzten, was sonst? Oder wollen Sie, dass das Blut weiter auf Ihr schönes Kostüm tropft?", fragte sie.

Er selbst hätte seine Reisekleidung jetzt nicht unbedingt als Kostüm bezeichnet. Da die Frau mit gängiger Bekleidung jedoch offensichtlich nicht vertraut war, wollte er darüber lieber keine Diskussion anfangen. Er blieb zwar skeptisch, ließ aber seine Wunde versorgen.

Es brannte nur kurz, als sie mit ihren zarten Händen und einer Art Watte etwas auf die blutende Stelle tupfte, das sie Desinfektion nannte.

Dann befestigte sie das Pflaster an seinem Kopf. Es schien ein selbstklebender Verband zu sein.

Irgendwie gefiel es ihm, von dieser schönen Nymphe verarztet zu werden. Goethe konnte sich durchaus vorstellen, sich öfter von ihr berühren zu lassen. Nur die Frau selbst war bei der ganzen Prozedur ein wenig blass geworden. Warum nur?

„Können Sie selbst laufen oder soll ich Hilfe rufen?“, fragte das Fräulein und wedelte dabei mit einer Art schwarzem Glas in der Hand herum.

Was war das nun schon wieder? Wie sollte man damit um Hilfe rufen? Die Frau schien ihm etwas verwirrt zu sein. War sie auch auf den Kopf gefallen?

„Ich kann selbst laufen, ich erfreue mich bester Gesundheit, danke“, meinte er und wollte ihr das damit demonstrieren, dass er lustig vor ihr hin und her hüpfte. Leider kam dabei wieder der stechende Schmerz in seinem Kopf und er zuckte peinvoll zusammen.

„Ich glaube, ich begleite Sie lieber noch bis ans Ende des Labyrinths. Nicht dass Sie mir unterwegs zusammenklappen oder so. Wir sind ja ohnehin fast unten“, stellte die Frau nüchtern fest.

Sie wanderten ein paar Meter schweigend nebeneinanderher. Als Dichter war er eigentlich ein redseliger Mensch. Die Kopfschmerzen und die ungewöhnliche Situation mit der fremden Frau sorgten jedoch dafür, dass Goethe zum ersten Mal in seinem Leben eine Kommunikation scheute und lieber schweigen wollte. Doch der jungen Dame schien die Stille nicht zu gefallen und sie sah sich wohl dazu genötigt, ein Gespräch anzufangen. Wie unschicklich von ihr, einfach so das Wort zu ergreifen.

„Sie sind vom Theater, oder?“, fragte sie unsicher.

Sie hatte ihn also erkannt. Wie peinlich. Sie würde sicher überall herumerzählen, dass der große Dichter Johann Wolfgang von Goethe, der es sich zur Aufgabe gemacht hatte, die Entstehung dieser Welt anhand des Granits zu ergründen, auf ebendiesem ausgerutscht war und sich den Kopf angeschlagen hatte. Vorausgesetzt natürlich, dass sie überhaupt aus dem Ort stammte.

Seine Waldstammtheorie kam ihm erneut in den Sinn, auch wenn sie ihm jetzt, da er wieder klarer denken konnte, eher unwahrscheinlich erschien. Es musste eine andere Erklärung für die ungewöhnliche Kleidung und die Utensilien der Frau geben.

„Es freut mich, dass Sie mich erkannt haben, wertes ... Entschuldigen Sie bitte, sind Sie ein Fräulein oder eine Frau?“

Aus irgendeinem Grund musste die Fremde laut lachen, als er das fragte.

„Ach herrje, Sie sind wohl noch von der ganz alten Schule. Fräulein sagt man doch schon seit einer Ewigkeit nicht mehr. Nein, ich muss gestehen, dass ich Sie nicht erkannt habe, aber war ja irgendwie klar, wegen des Kostüms. Ich bringe Sie zum Theater, dort wird sich sicherlich jemand finden, der sich um Sie kümmern kann.“

Wieso um alles in der Welt wollte sie ihn zum Theater bringen? Nun gut, er hatte das eine oder andere Mal schon selbst eine Rolle gespielt, zuletzt die des Orest in seinem Stück *Iphigenie auf Tauris*. Er war noch überhaupt nicht zufrieden mit dem Werk. Irgendwie war es nicht richtig rund. Er musste es noch einmal überarbeiten. Aber seine Gedanken schweiften schon wieder ab. Er wollte nicht, dass die Frau ihn zurück nach Weimar brachte, sondern lieber seine Kurreise fortsetzen.

„Verehrtes Fr... äh, verehrte Dame. Sie müssen mich doch nicht zum Theater bringen, das ist doch viel zu weit weg. Wenn Sie mich einfach nur aus diesem Labyrinth herausführen, bin ich Ihnen schon sehr dankbar. Seien Sie mein Ariadnefaden.“ Er lächelte sie charmant an in der Hoffnung, sie mit etwas Mythologie beeindrucken zu können.

Doch sie ließ das scheinbar kalt. „Zu weit weg?“, sie blickte ihn wieder besorgt an. „Ach egal. Erzählen Sie lieber, wie Ihre Kleidung so nass geworden ist. War das irgendeine Challenge, in dem Kostüm vollkommen nass durch das Felsenlabyrinth zu laufen? Oder ist das eine Kunstaktion? Wollten Sie so Spenden sammeln oder irgendetwas in der Art?“

„Wie gesagt, ich bin in das Gewitter geraten.“

„Es gab schon seit Wochen kein Gewitter mehr“, entgegnete sie ihm.

Goethe blieb kurz stehen und starrte sie an. Seit Wochen kein Gewitter mehr? Sprach sie die Wahrheit? Aber seine nasse Kleidung bewies ihm doch das Gegenteil. War dies vielleicht wirklich ein verwunschener Wald?

Goethe blickte sich wieder genauer um an dem Ort, den die Frau so treffend Felsenlabyrinth genannt hatte. Die Bezeichnung hätte auch von ihm sein können.

Er stellte mit Entsetzen fest, dass dort plötzlich überall steinerne Stufen und sogar Treppen aus Metall waren. Es waren Wege angelegt, die mit in Felsen geritzten Pfeilen markiert waren. Wie war das möglich? Wie konnte ihm das alles auf seinem Hinweg entgangen sein? Oder gingen sie vielleicht einen ganz anderen Weg nach draußen? Überhaupt, was sollte das denn für ein Labyrinth sein, in dem man mit Pfeilen zeigte, welcher Weg der richtige war?

Die Fremde grüßte jemanden. An ihnen gingen ein Mann, eine Frau und zwei kleine Kinder vorbei. Sie waren alle ähnlich seltsam gekleidet wie seine Retterin. Blaue Hosen schienen an diesem Ort definitiv in Mode zu sein, selbst für Weibsbilder und Kinder.

Goethe drehte sich zu der Familie um, die den Weg nach oben ging.

„Entschuldigen Sie bitte, aber Sie wollen doch nicht wirklich mit den Kindern dort hinauf? Wissen Sie denn nicht, wie gefährlich das ist?“

Alle vier blieben stehen. Der Mann, der offensichtlich der Vater der zwei Kinder war, drehte sich zu ihm um. „Es ist nett, dass Sie sich Sorgen machen“, sagte er, „aber die Mädels sind den Weg mit uns schon letztes Jahr gelaufen und es gab keinerlei Probleme. Wir nehmen ja auch den leichteren Weg. Ist doch alles sehr kinderfreundlich hier.“ Er wandte sich wieder seiner Familie zu und sie gingen weiter.

Goethe verstand gar nichts mehr. Wie hatte er sich nur diesen Blödsinn von dem gefährlichen, unerschlossenen Felsenmeer auftischen lassen können? Offensichtlich konnten sich sogar Kinder hier spielend hindurchwagen. Wieso also war ihm und seinen Reisegefährten dann der Aufstieg so schwergefallen?

Hatte sie jemand veralbert und ihnen einen schwierigeren Weg durch sämtliche Dickichte angepriesen, um sich hinterher über sie lustig zu machen? Hatte dieser Jemand ihm am Ende auch irgendwie ein Gewitter vorgespielt oder war für diese ganze Farce mit den seltsamen Leuten verantwortlich? Was dachten sich die Menschen dieses Ortes nur, den Geheimrat, den Dichterfürst Johann Wolfgang von Goethe an der Nase herumführen zu wollen. Er wurde richtig wütend.

Die Frau schaute ihn wieder so an, als ob er gleich in Ohnmacht fallen könnte oder vorhätte, wild schreiend im Kreis umherzurennen. Aber nach Schreien war ihm wirklich, als sie das Ende des Felsenlabyrinths erreicht hatten und aus dem Wald heraustraten. Goethe wurde schwindelig und die Knie wurden ihm weich. Seine Begleiterin musste ihn für einen Moment stützen. Wie war das möglich? Er konnte einfach nicht glauben, was er sah. Was war hier passiert?

*****

Caroline hätte doch die Bergwacht rufen sollen. Was hatte sie sich nur dabei gedacht, jemanden, der am Kopf verletzt war, selbst den ganzen Weg nach unten laufen zu lassen. Der Mann war sichtlich verwirrt, er hatte bestimmt eine Gehirnerschütterung oder Schlimmeres. Was war ihm nur zugestoßen? Und was hatte es mit dem ominösen Gewitter auf sich? War er vielleicht Epileptiker und hatte einen Anfall gehabt? Das erklärte aber nicht, wie er an so einem heißen und trockenen Sommertag so nass werden konnte. Soweit sie wusste, gab es im Labyrinth keine größere Wasseransammlung, in der der Mann mal eben hätte baden können.

Vielleicht hatte es mit den Theaterproben zu tun? Doch sie glaubte kaum, dass die dort ein so tolles Kostüm so nass machen würden. Wenn das zur Aufführung gehörte, musste der arme Kerl sich auch in kalten Theaternächten dann durchweicht auf die Bühne stellen. Das wäre schon sehr verantwortungslos, denn hier oben konnte es trotz der Klimaerwärmung selbst in Sommernächten eisig werden.

Es war sehr leicht, ortsansässige Theaterbesucher von den weither angereisten zu unterscheiden. Die Einheimischen erkannte man daran, dass sie dicke Winterjacken trugen. Manchmal kamen sie sogar mit Schlafsäcken und mummelten sich darin ein. Menschen, die die Luisenburg-Festspiele zum ersten Mal besuchten, hatten schicke Ausgehkleidung an. Diese war bestenfalls mit einem Blazer oder einem dünnen Strickjäckchen ergänzt. Dadurch erkannte man die Touristen nicht nur optisch, sondern auch akustisch. Sie waren die, deren Zähne laut klapperten.

In solchen Nächten durchnässt auf der Bühne zu stehen, hätte unter Garantie eine Lungenentzündung zur Folge. Wobei die Schauspieler des Öfteren nass wurden. Dies geschah aber nicht mit Absicht, sondern wenn es, was früher noch häufiger passierte, anfing zu regnen. Immerhin war das ein Freilichttheater. Oder, wie die alteingesessenen Wunsiedler stolz sagten, Deutschlands traditionsreichste Freilichtbühne.

Caroline konnte gut verstehen, warum der Mann das Felsenlabyrinth für gefährlich hielt, schließlich war er dort böse auf den Kopf gefallen. Die Szene mit der Familie gerade war ihr aber doch etwas peinlich gewesen. Nur gut, dass sie schon fast aus dem Labyrinth raus waren und sie den komischen Kauz gleich beim Theater abliefern konnte.

Als sie aus dem Wald traten und auf dem Vorplatz des Theaterbaus ankamen, wurde ihr Begleiter mit einem Mal ganz blass im Gesicht und sank in die Knie. Sie eilte ihm schnell zur Seite, um ihn zu stützen. Er fing an, wie ein Verrückter zu brabbeln.

„Was ... wie ... wieso? Wie kann das sein? Was um alles in der Welt ist das?“

Er starrte zu dem Gebäude.

Ja gut, seit das Theater umgebaut worden war, war es nicht gerade hübscher geworden. Die graue, wellige Betonfassade sollte sich wohl farblich den umgebenden Granitfelsen anpassen, sah aber in Kombination mit dem Dach eher aus, als wäre dort ein Ufo gelandet. Wenn hier am Abend alles beleuchtet war, wirkte es besonders spacig.

Zudem war das Theater echt riesig. Immerhin kamen hierher pro Saison rund 140.000 Besucher. Die Frankenpost, eine nette kleine Regionalzeitung, berichtete meist groß und breit davon, wenn wieder ein neuer Besucherrekord aufgestellt wurde. Caroline wunderte sich dann stets, weil sie nicht wusste, wieso mehr und mehr Leute zu den Aufführungen kamen, obwohl die Eintrittspreise immer höher wurden. Vielleicht war ein Theater in den gebildeten Kreisen nur gefragt, wenn man für die Karten viel Geld hinlegen musste? Für ihr knappes Gehalt war so ein Theaterbesuch jedoch kaum mehr erschwinglich.

Dabei hatte sie sich früher immer alle Stücke der Saison angesehen, sogar das Kinderstück. Das war meist besonders liebevoll inszeniert. Sie lächelte, als sie sich daran erinnerte, wie ihre Mutter sie zum ersten

Mal zu den Luisenburg-Festspielen mitgenommen hatte. Sie hatten damals den *Räuber Hotzenplotz* gesehen. Es war herrlich gewesen, wie der dümmliche Räuber Kaspar und Seppel in die Falle gegangen war. Danach hatte sie immer davon geträumt, Polizistin zu werden. Als sie im Jahr darauf das *Dschungelbuch* gesehen hatte, wollte sie aber lieber Tropenforscherin werden, in der Hoffnung, auch einmal auf Tiere zu treffen, mit denen sie sich unterhalten konnte.

Ihr Begleiter bekam langsam wieder festen Boden unter den Füßen. Er richtete sich auf, schien von dem Anblick des Theaters aber noch immer erschüttert zu sein. Dabei musste er diesen als Schauspieler bereits kennen. Schließlich wurde doch schon seit Wochen, wenn nicht sogar Monaten geprobt.

„Das ist das Theater", versuchte sie ihn zu beruhigen. „Ich bringe Sie da jetzt rein und dann wird sich jemand um Sie kümmern. Sicher werden Sie längst vermisst."

Der Mann sah zwar keineswegs beruhigt aus, ließ sich aber von ihr die Stufen zum Eingang hinaufführen.

„Hier war nur eine Felsplatte", sagte er leise, „nur eine große Felsplatte."

Als sie oben an der Treppe angekommen waren, blickte er sich staunend wie ein Kind um und meinte: „Es ist einfach auf die Felsen gebaut, wie eine Burg. Ist das ein Burgtheater?"

Du meine Güte, er erkannte das Theater nicht mehr. Jetzt war wirklich Eile geboten. Caroline war erleichtert, dass sie den Seiteneingang offen vorfand. Es wurde wohl gerade geprobt.

Als sie den Bühnenraum betraten, fiel dem Mann im wahrsten Sinne des Wortes die Kinnlade herunter. Sein Blick ging über die tausende Sitzplätze und richtete sich dann auf die Bühne.

Dort jagte gerade ein Schauspieler im Katzenkostüm einem anderen im Hühnerkostüm hinterher. Ein scheinbar älterer Mann mit Hut schimpfte mit dem Kater, er solle das Huhn in Ruhe lassen. Dieser hörte nicht auf ihn, woraufhin nicht mehr nur der Kater dem Huhn, sondern auch noch der Mann dem Kater hinterherrannte, immer im Kreis. Das konnte nur *Pettersson und Findus* sein, das diesjährige Kinderstück. Das hatte schon bald Premiere.

„Eine Bühne aus Felsen!“, staunte ihr Begleiter. „Wie viele Spielebenen sind das, drei oder vier? Und die Verbindungen, hier die Treppen aus Fels, dort oben ein paar kleine Wege. Wie harmonisch sich alles in die natürliche Umgebung einfügt, unglaublich. Was man hier alles aufführen könnte! Es muss unbedingt der Sommernachtstraum gegeben werden, dieses Theater ist geradezu gemacht dafür. Nein, was rede ich, ganz eigene Stücke muss man hierfür schreiben! Ach was, ich mach das am besten gleich selbst. Und dieses Licht, dieses magische Licht. Wie funktioniert das nur? Sollte es sich dabei etwa um Elektrizität handeln?“

Der Schock, der den Fremden vorhin beim Anblick des Theaters überkommen hatte, war einer reinen Euphorie gewichen. Er lief vor der Bühne hin und her. Er schien mit den Händen Maß zu nehmen, joggte daraufhin entlang der Sitzreihen im Zuschauerraum bis oben hinauf und sogleich wieder herunter, dann nach links und nach rechts, als wollte er alle Blickwinkel testen. So wie er rannte, hatte er wohl doch keine Gehirnerschütterung. Zumindest war ihm nicht schwindelig.

Erst als er wieder bei Caroline ankam, schien der Fremde zu registrieren, was seine Schauspielerkollegen dort auf der Bühne trieben.

„Was um alles in der Welt tun sie da? Ein Huhn und eine Katze? Ist das ihr Ernst? Welcher Dichter soll das sein? Ich habe niemals von solch einem Werk gehört.“

„Das ist das Kinderstück!“, sagte Caroline leise, in der Hoffnung, ihn so auch dazu zu bringen, etwas ruhiger zu sprechen. Sie wollte die Probe nicht stören.

„Ein Kinderstück? Wie großartig, dass hier Kinder in den Genuss von Theater kommen dürfen. Aber mir erschließt sich nicht, welche Moral sie aus diesem Katz-und-Maus-... äh, Katz-und-Huhn-Spiel ziehen sollen. Was soll das Werk sie lehren?“

„Welche Lehre, hm, ja, also, gute Frage. Ich muss gestehen, ich kenne das Stück nicht wirklich. Ich habe nicht mal die Bücher dazu gelesen. Aber in Kinderbüchern gibt es ja immer irgendein Fazit nach dem Motto, höre besser auf deine Eltern, dann passiert dir nichts. Sei mutig, glaub an dich selbst ... irgendwie sowas wird es wohl schon als, wie sagten Sie, ach ja, als moralische Lehre haben.“

Eine Frau mit braunen kurzen Haaren und einer auffälligen schwarzen Brille kam auf sie zu. Caroline meinte sich zu erinnern, dass das die Intendantin der Festspiele war.

„Ich muss Sie leider bitten zu gehen, das ist hier keine öffentliche Probe“, sagte sie streng.

„Verzeihen Sie bitte“, antwortete Caroline. Sie legte die Hand auf den Rücken des fremden Mannes und schob ihn sachte nach vorne, in Richtung der Intendantin. „Ich habe einen Ihrer Schauspieler verletzt im Felsenlabyrinth gefunden. Ich habe ihn nur hierhin zurückbegleitet, um sicherzugehen, dass er heil ankommt. Er hat eine Wunde am Kopf und erscheint mir etwas verwirrt. Er hat nicht mal das Theater erkannt.“

Die Intendantin blickte Caroline an, als sei sie diejenige, die verwirrt war, und nicht der Mann in den Lederklamotten.

„Ich weiß nicht, wie Sie darauf kommen, dass das einer unserer Schauspieler ist, ich kenne den Mann nicht.“ Sie wandte sich nun direkt an ihn. „Haben Sie behauptet, Sie wären hier Schauspieler?“

Er schüttelte den Kopf. Diesmal verriet nur ein leichtes Zucken an seinem Mundwinkel, dass ihm das Schmerzen bereitete.

„Schauspieler? Ich? Ich bin Dichter, nur ganz selten stehe ich auch mal selbst auf der Bühne. Sie müssen wissen, nicht jeder kann die Rollen so spielen, wie ich sie schreibe. Sie hätten sehen müssen, wie ich als Orest brilliert habe ...“

„Entschuldigen Sie bitte, wenn ich Sie unterbreche. Falls das hier eine Bewerbung oder sowas werden soll, ich habe da jetzt wirklich keine Zeit dafür. Wir sind mitten in der Probe, bald ist Premiere. Außerdem haben wir alle Rollen besetzt und ich brauche auch keine Autoren. Neue Stücke schreibe ich meist selbst“, fuhr die Intendantin Goethe dazwischen. Sie wandte sich wieder Caroline zu. „Ich kenne den Herren nicht, tut mir leid. Er trägt zwar ein sehr schönes Kostüm, aber von uns ist das nicht. Was soll das darstellen, den Werther? Ach egal, ich muss Sie jetzt wirklich bitten zu gehen.“

Die Intendantin machte auf dem Absatz kehrt und ging wieder in Richtung Bühne, wo sie wild gestikulierend ein Gespräch mit dem Hühnchen begann. Wie es aussah, sollte der arme Kerl in dem warmen Kostüm etwas mehr flattern.

Caroline wusste nicht, was sie tun sollte. Sie war sich sicher gewesen, das Problem mit dem Verletzten hier an jemand anderen loswerden zu können. Was machte sie nun mit ihm? Und wieso hatte er sie angelogen?

Erst jetzt fiel ihr auf, dass sie sich einander gar nicht vorgestellt hatten. Sie war so fixiert darauf gewesen, den Fremden schnellstmöglich zu versorgen, dass sie eine der wichtigsten Fragen aus dem Erste-Hilfe-Kurs bei der Ansprache Verletzter vergessen hatte: Wissen Sie, wie Sie heißen? Doch das konnte sie jetzt noch nachholen.

Der Mann hatte seinen Blick zwischenzeitlich wieder auf die Bühne gerichtet und lachte laut auf, als das Hühnchen wild flatternd vor der Katze über die Felsen Reißaus nahm. Er schien doch ein recht kindliches Gemüt zu haben. Sie riss ihn nur ungern aus seiner Begeisterung, aber sie musste jetzt wirklich wissen, woran sie war. Caroline räusperte sich.

„Entschuldigen Sie bitte."

Er drehte sich zu ihr um. „Oh, verzeihen Sie, wertes Fr... äh, werte Dame. Ich war kurz abgelenkt." Er blickte nochmal dem Hühnchen hinterher, schmunzelte, wandte sich dann ihr zu und sah ihr tief in die Augen.

Ein warmes Kribbeln lief Caroline über die Haut. Was waren das für Augen und was für ein Blick? Zum ersten Mal seit ihrer Begegnung nahm sie sich die Zeit, den Fremden näher anzusehen.

Eigentlich war er nicht allzu hübsch. Er hatte eine viel zu große Nase und ein sehr ausgeprägtes Kinn. Seine Haut war mit lauter kleinen Narben übersät. Ob er als Kind mal schwere Akne hatte? Er hatte eine hohe Stirn und etwas längere, platt an seinem Kopf hängende Haare. Die waren bei dem ominösen Gewitter wohl auch nass geworden. Seine Statur war hager und wirkte dennoch sportlich. Er schien in ihrem Alter zu sein, vielleicht ein bisschen älter.

Sie sah wieder in seine Augen. Obwohl sein rechtes Auge etwas tiefer hing als das linke, waren sie auffallend groß und von einem wunderschönen, dunklen Braun. Sein Blick war durchdringend, als könne er all ihre Fehler und Schwächen sehen, aber gleichzeitig auch sanft und mild. Sie spürte, wie ihr Herz schneller schlug. Für einen kurzen

Moment hatte sie das Gefühl, sie würde in die Seele dieses Mannes blicken.

„Was wollten Sie denn sagen?“, lächelte er sie jetzt an.

Auch das Lächeln traf Caroline tief ins Herz. Es war ein warmes, herzliches Lächeln. Sie musste kurz tief durchatmen und besann sich dann wieder auf das Wesentliche.

„Entschuldigen Sie bitte das Missverständnis mit dem Theater. Ich hätte wohl genauer nachfragen sollen. Mir ist aufgefallen, dass wir uns noch gar nicht vorgestellt haben. Mein Name ist Caroline Neumüller. Ich komme hier aus Wunsiedel. Darf ich fragen, wie Sie heißen?“

„Ich bin es, der sich entschuldigen muss“, sagte der Mann mit einer leichten Verneigung. „Natürlich hätte ich mich Ihnen sofort vorstellen müssen. Ich bin es nur nicht mehr gewohnt, dass mich jemand nicht erkennt. Zudem war ich etwas durcheinander wegen der Kopfverletzung.“

Was sollte das nun heißen? War er am Ende ein Promi oder sowas? Caroline mochte keinerlei der gängigen Klatsch- und Tratschmedien. Sie hatte schon genug mit ihrem eigenen Leben zu tun, wen interessierten da Promis. Na gut, den einen oder anderen Hollywoodstar hatte sie mal gegoogelt, aber deutsche Stars und Sternchen sagten ihr so gut wie nichts.

„Ich bin ...“, setzte der Mann mit einem leicht überheblich wirkenden Blick an, „niemand Geringeres als der Dichter des Werthers, des Goetz von Berlichingen, des Clavigos. Vielleicht sagt Ihnen auch mein Torquato Tasso schon etwas? Ich weiß ja nicht so genau, wie lange es dauert, bis sich die Werke aus meiner Feder bis in die Provinz verbreiten.“

Du meine Güte, holte der weit aus. Konnte er sich nicht ganz normal vorstellen wie jeder andere auch? Aber bei der Nennung seiner Bücher, Gedichte oder was auch immer das sein sollte, klingelte durchaus etwas bei Caroline. Sie hatte einige der Namen definitiv schon einmal gehört.

„Falls Sie sich mit Gedichten auskennen, ich bin zum Beispiel auch sehr stolz auf eine von mir verfasste Ballade, die ich *Erlkönig* genannt habe.“

Moment mal, der Erlkönig? Den musste sie doch damals in der Schule auswendig lernen. Caroline schwante Übles. Wenn der Typ nicht über 250 Jahre alt war, konnte er unmöglich dessen Verfasser sein. Es sei denn, er hatte eine Neuauflage davon gemacht, aber wer schrieb heutzutage noch Balladen?

Der Mann in dem seltsamen Kostüm schien endlich zum Punkt zu kommen.

„Ich bin, wie Sie sich jetzt sicherlich bereits gedacht haben", er holte zu einer tiefen Verbeugung aus, „Johann Wolfgang von Goethe."

„Mir wird von alledem so dumm,
als ginge mir ein Mühlrad im Kopf herum.“

(Johann Wolfgang von Goethe, Faust. Eine Tragödie)

Kapitel 2

Goethe saß auf einem großen Felsen am Rande eines Weges und starrte auf diesen. Er war links und rechts von Bäumen umgeben. Dennoch verlief hier mittendrin eine Straße, wie er sie noch nie gesehen hatte. Sie sah aus, als hätte man Stein geschmolzen und ihn dann großflächig und äußerst ebenmäßig aufgetragen. Doch wie sollte das gehen?

Er überlegte, dass es mit der richtigen Hitze bestimmt möglich sein müsste, ein solches Material herzustellen. Aber wie groß war wohl die Walze, die das Ganze dann hier so glatt verteilte? Entweder hatten sehr, sehr viele Menschen daran gearbeitet oder einige wenige äußerst lange. Man konnte nicht einmal erkennen, wo diese makellose Straße endete. Vielleicht gab es hier aber doch vulkanische Aktivität und er saß an einem getrockneten Lavastrom? Der wäre dann jedoch nicht so ebenmäßig und kerzengerade, oder?

Immer wieder kamen Leute in merkwürdiger Kleidung die Straße heraufspaziert. Viele davon starrten Goethe an. Einige sahen sich zu der Bemerkung hingerissen, er sei wohl ein Schauspieler. Ein paar andere nahmen von ihm gar keine Notiz, weil sie im Laufen in ein ebenso schwarzes Glas guckten, wie die seltsame Fremde es ihm vorhin gezeigt hatte.

Diese hatte ihn darum gebeten, sie Caroline zu nennen. Es hatte ihr wohl nicht gefallen, dass er sie ständig mit Fräulein Neumüller ansprach. Das Wort *Frau* ging ihm bei einer nicht verheirateten Dame einfach nicht über die Lippen, egal, was hier Sitte war. Wobei, hatte sie überhaupt gesagt, dass sie keinen Ehegatten hatte? Er musste sie das unbedingt nochmal genauer fragen.

Duzen wollte er sie eigentlich nicht. Das *Du* war für ihn nur Personen vorbehalten, mit denen er eine intime Beziehung hatte, oder aber

Menschen, die ihm dienten. Unter diesem Aspekt hatte er sich schließlich doch dazu durchringen können, denn irgendwie war Caroline ihm in seiner Notsituation ja zu Diensten.

Auf ihre Frage hin, ob sie ihn Johann nennen sollte, hatte er aber ganz energisch nein gesagt. Sie hatte ihn bitte bis auf weiteres mit *Herr von Goethe* anzusprechen. Immerhin verlor man nicht Titel und Ansehen, nur weil man auf den Kopf gefallen und in einer gänzlich verändert scheinenden Welt aufgewacht war, oder?

Caroline hatte ohnehin schon sehr respektlos reagiert, als er sich ihr zu erkennen gegeben hatte. Sie wollte ihm nicht glauben, dass er er war, hatte das Ganze gar für einen schlechten Witz gehalten. Als ob er aussah wie ein Hochstapler oder ein Brausekopf.

Na gut, in Weimar hatte er sich zusammen mit dem Herzog schon einige Zeit lang wie ein echter Tunichtgut verhalten. Er musste grinsen, als er daran dachte, wie sie gemeinsam einer Bauersfrau eine tote Katze ins Butterfass gesteckt hatten. Oder als sie einer der Hofdamen mitten in der Nacht die Wohnungstür zugemauert hatten.

Aber inzwischen war er mit all seinen Ämtern zu einem ehrbaren Mann gereift. Sich als jemand auszugeben, der er nicht war, wurde zwar manchmal nötig, um unerkannt reisen zu können. Er würde dies jedoch nicht tun, um sich mit dem Ruhm eines anderen zu schmücken. Wie konnte die Fremde nur so schlecht von ihm denken?

Als er lange genug insistiert hatte, dass er wirklich Johann Wolfgang von Goethe aus Weimar war, bestand Caroline vehement darauf, ihn in ein sogenanntes Krankenhaus zu bringen. Sie meinte damit wohl eine Art Hospital. Als er sich diesem Wunsch widerstandslos fügte, war sie sichtlich erleichtert. Ihm war ja selbst klar, dass sein Sturz auf den Kopf nicht folgenlos geblieben war. Irgendetwas in seinem Gehirn, das für die Wahrnehmung zuständig war, musste verletzt worden sein. Es war wirklich besser, wenn sich das ein Doctor Medicinae einmal näher anschaute.

Inzwischen war sich Goethe aber zumindest darüber klargeworden, warum er den kolossalen Theaterbau auf seinem Hinweg nicht wahrgenommen hatte. Er war von einer anderen Stelle aus in das Felsenmeer gegangen. Immerhin war ihm schon die Strecke beim Abstieg völlig unbekannt vorgekommen. Der Eingang mit der Felsplatte, wie er ihn in

Erinnerung hatte, lag folglich auf der gegenüberliegenden Seite des Berges. Das war hier schließlich ein Labyrinth, es war somit nur folgerichtig, dass der Orientierung darin ein Streich gespielt wurde.

Nun saß er auf diesem Fels und wartete auf Caroline. Sie war die Straße hinabgerannt, um eiligst ihren *Jundai* zu holen, wie sie meinte. Ob das eine Art Landauer war? So ein seltsames Wort hatte er noch nie gehört. So wenig Stoff, wie die Fremde am Leib trug, wunderte er sich, dass sie sich überhaupt eine Kutsche leisten konnte. Hauptsache, das war nicht ihre Bezeichnung für einen Sackkarren oder dergleichen. Kopfverletzung hin oder her, so stillos würde er sich nicht transportieren lassen.

Auch wenn die Frau recht schnell gerannt war mit ihren merkwürdigen Schuhen, so würde es sicher noch eine Ewigkeit dauern, bis sie mit ihrem Gefährt wieder hier war. Sollte er wirklich so lange sitzen bleiben? Zumindest ging er kurz ins Gebüsch, um dort etwas Wasser zu lassen.

Er hätte bei der Wanderung nicht so viel Wein trinken sollen. Dies brachte ihn zu der Frage, was eigentlich mit seinem Rucksack passiert war. Darin war ja nicht nur seine Weinflasche, sondern zudem seine Zeichensachen. Ob er ihn dort verloren hatte, wo auch sein Hut lag? Den hatten sie gar nicht mehr gesucht. Er musste seine Retterin darum bitten, dass sie nochmal jemanden nach oben schickte, der nach seinen Sachen sah. Seine Skizzen und Notizen waren ihm sehr wichtig, er brauchte sie und der Wein war auch noch nicht leer gewesen.

Kaum dass er sich wieder auf den Felsen gesetzt hatte, meinte er etwas Kleines, Rotes, aber metallisch Schimmerndes auf der Straße zu sehen, das immer größer und größer wurde. Es dauerte einen Moment, bis sein Gehirn erkannte, dass dieses Etwas deshalb größer wurde, weil es sich auf ihn zubewegte.

Was um alles in der Welt war das? Jetzt vernahm er auch eine Art Brummen, das immer lauter wurde. Goethe wollte wegrennen, aber er war starr vor Schreck. Er konnte nur dabei zusehen, wie sich das Ungetüm näherte.

Als das Monstrum schon fast bei ihm war, sah Goethe, dass es vier Räder hatte, die denen einer Kutsche jedoch nur marginal ähnelten.

Auch die Form des Gefährts glich ein wenig einer Kutsche, aber ohne Kutschbock. Das Material schien ein Metall zu sein, das rot gefärbt war. Darin befanden sich mehrere Fenster aus Glas. Das laute Geräusch, das von dem Etwas ausging, musste wohl von einer Art Dampfmaschine kommen, die das Gefährt antrieb, denn er konnte erkennen, dass diesem hinten dunkler Dampf entwich.

Das Ding kam genau neben ihm zum Stehen und das laute Brummen erstarb. Dafür lag nun ein merkwürdiger Geruch in der Luft, vergleichbar mit dem einer Öllampe. Johann Wolfgang von Goethe zuckte vor Schreck zusammen, als sich an dem Gefährt eine Tür öffnete, aus der Caroline herauskam. Dieses laute, röhrende und stinkende Ding war also ihr Jundai.

Er revidierte sofort die Vermutung, die er über ihre finanzielle Situation gehabt hatte. Solch fortschrittliche Technik war ihm bislang nicht bekannt gewesen. Eine Kutsche ohne Pferde, die mit einer Dampfmaschine fuhr, das war sensationell. Caroline stammte definitiv aus sehr reichem Hause. War sie vielleicht sogar die Tochter des Erfinders dieses Wunderwerkes?

„Alles in Ordnung? Geht es Ihnen gut? Ist Ihnen schwindlig oder schlecht?“, fragte Caroline ihn ängstlich.

„Nein, mir ist nicht schwindelig. Es ist alles in Ordnung, also, zumindest nicht schlimmer als vorher. Warum?“

„Sie sind schon wieder so blass geworden, als ob Sie einen Geist gesehen hätten.“

Einen Geist! War das vielleicht die Lösung des Ganzen? War er gestorben und das hier war der Himmel oder gar die Hölle? Die teufelsrote, stinkende Maschine sprach eher für Letzteres. Carolines durchaus hübscher Anblick kam hingegen dem eines Engels gleich. Die Freizügigkeit, mit der sie ihre nackte Haut zeigte, könnte jedoch für eine Art Verführungsdämonin sprechen. Wollte sie ihn mit diesem Gefährt wirklich in ein Hospital bringen oder direkt zu Lucifer?

Goethe schalt sich selbst einen Narren. Erst diese Waldstammgedanken und nun fing er schon an, an die Hölle zu glauben. Vielleicht sollte er dieses Faustthema endlich ad acta legen, er würde das Werk ja doch nie vollenden. Offensichtlich vernebelte es ihm das Gehirn. Er war ein aufgeklärter Mensch. Es musste eine andere Erklärung des Ganzen geben.

„Hallo? Können Sie mich hören?“ Caroline winkte mit ihrer Hand vor seinem Gesicht.

„Ich, also. Ich weiß nur nicht, was ich zu diesem Jundai sagen soll. Ich muss gestehen, ich bin sprachlos. Das ist ein Meisterwerk der Technik!“

Sie lächelte geschmeichelt. „Ja, das wäre es, wenn sich seine Ingenieure nicht so viel bei anderen Herstellern abgeguckt hätten“, zwinkerte sie ihm zu.

„Es gibt noch andere Hersteller von pferdelosen Kutschen?“

Das Lächeln wich wieder aus Carolines Gesicht. „Wissen Sie was, Herr von Goethe, vielleicht ist es ja besser, wenn Sie jetzt einsteigen.“

„In das Ding? Ist das denn sicher? Wie wird die Dampfmaschine eigentlich befeuert und wie machen Sie es, dass der Druck Ihnen das alles nicht in die Luft fliegen lässt? Also ich meine, ich kenne mich nur leidlich aus mit Dampfmaschinen, ich kenne sie vor allem aus dem Bergbau. Sie zum Bau solcher Jundais einzusetzen, wäre mir nie in den Sinn gekommen. Ich wusste auch nicht, dass solch kleine Dampfmaschinen möglich sind.“

Er wollte gerade zu der Überlegung ausholen, was für Einsatzzwecke diese Maschinen noch haben könnten, als Caroline ihn an der Hand nahm, um das Gefährt herumzerrte, eine zweite Tür öffnete und ihn dort hineinschob.

„Wissen Sie, wie man sich anschnallt?“, fragte sie etwas barsch.

Sein Blick schien ihr alles zu sagen, denn sie beugte sich in das Auto und legte eine Art breites Seil um seinen Körper, welches sie seitlich von ihm fixierte. Dann schloss sie die Tür, ging um den Jundai herum und setzte sich auf die andere Seite. Ihre eigene Tür knallte sie regelrecht zu, schlang sich auch ein solches Seil um und drehte an irgendetwas Kleinem. Die merkwürdige Kutsche heulte auf, als ob sie nicht von Pferden, sondern von brummenden Bären angetrieben wurde.

Goethe wurde ängstlich zumute, doch das wollte er weder sich selbst noch der jungen Frau gegenüber eingestehen. Er versuchte, sich dadurch abzulenken, dass er mit dem Blick des Forschers das Fahrzeug betrachtete.

Vor Caroline befand sich ein rundes Rad, das scheinbar zum Lenken diente. Zumindest erinnerte es ihn an das Steuerrad eines Schiffes. Dahinter waren irgendwelche Anzeigen mit Zeigern und Nummern. Es gab allerlei Knöpfe und Rädchen und Dinge mit Schlitzen, die aus einem ähnlich merkwürdigen Material waren wie die seltsame Kiste, in der Caroline die Pflaster aufbewahrt hatte. In der Mitte zwischen ihnen war eine Art Hebel, von dem er keine Ahnung hatte, wozu der da war.

Seine Kutscherin bediente den Hebel jetzt und bewegte ihn in Richtung des Buchstabens R, der darauf graviert war. Das Gefährt fuhr tatsächlich los, aber rückwärts. Nun hielt er sich doch lieber an seinem Sitz fest.

„Ich muss nur kurz wenden, dann geht es los“, sagte Caroline mehr zu sich selbst als zu ihm.

Kaum hatte sie den Wagen so ausgerichtet, dass die große Frontfensterscheibe bergab zur Straße blickte, betätigte sie wieder den Hebel auf die Nummer eins. Jetzt fuhren sie geradeaus. Goethe entspannte sich etwas. So schlimm war das Jundaifahren ja gar nicht. Es war ein durchaus angenehmes Tempo. Und erst diese bequemen Sitze aus auffallend eng gewebtem Stoff. Doch Caroline benutzte den Hebel erneut und kurz darauf wieder und mit jedem Mal wurde die Höllenmaschine schneller. Johann Wolfgang von Goethe musste sich daran erinnern, zu atmen, so panisch wurde er jetzt.

„Keine Sorge, wir sind gleich auf der Bundesstraße, dann kommen wir schneller voran“, meinte seine Begleiterin in lässigem Tonfall.

Schneller? War das ihr Ernst? Er starb jetzt schon tausend Tode. Wie sollte man das Gefährt unter Kontrolle halten, wenn sie noch schneller fuhren? Das schnellste Pferd der Welt hätte im Galopp bereits Probleme, ihnen zu folgen.

Caroline stoppte kurz, als der glatte Weg eine viel größere Straße aus diesem geschmolzenen Stein kreuzte. Er nutzte den Moment, um durchzuatmen. Gut, dass er sich vorhin nochmals erleichtert hatte, sonst wäre ihm jetzt mit Sicherheit ein Missgeschick passiert.

Direkt vor ihnen fuhren in unglaublichem Tempo unzählige weitere Jundais vorbei. Es waren so viele und sie waren so schnell. Wie war es möglich, dass sie in Weimar noch nie davon gehört hatten? Gab es hier eine geheime Loge, die verhinderte, dass das Wissen über diese Dampfkutschen sich überall verbreitete? Jetzt wusste er aber wenigstens, warum die Straßen hier so anders waren, als er sie kannte. Diese rasenden Gefährte konnten auf herkömmlichen Wegen bestimmt nicht solche Geschwindigkeiten erreichen.

Vor ihnen fuhr nun kein weiterer Jundai mehr vorbei. Caroline bog auf die größere Straße ab. Und was dann passierte, das hätte sich Goethe in seinen schlimmsten Alpträumen nicht ausmalen können. Die metallische Kutsche raste so los, dass es ihn in den Sitz drückte. Seine Finger krallten sich in den weichen Stoff, als draußen an ihm die Bäume so schnell vorbeizischten, dass es unmöglich war, sie zu zählen.

Ihm wurde flau im Magen. Er war sich sicher, dass er sich jeden Moment übergeben musste. Caroline sah wohl, wie übel ihm war, denn als sie kurz zu ihm blickte, entwich ihr ein leises „Oh“. Doch anstatt langsamer zu werden, beschleunigte sie den Jundai noch mehr.

„Keine Sorge, ich drück aufs Gas, wir sind in Nullkommanix da!“

Alles, was Goethe jetzt noch tun konnte, war, die Augen zu schließen.

*****

Wie heftig musste man eigentlich auf den Kopf fallen, um sich für Johann Wolfgang von Goethe zu halten? Und wieso hatte ausgerechnet sie diesen Typen finden müssen? Das war so typisch. Caroline hatte schon beim Dating immer das Glück, nur auf Verrückte zu treffen. Nun also auch beim Wandern.

Goethe, wie der Verunglückte genannt werden wollte, hatte es im Gegenzug mit ihr als Retterin ebenfalls nicht gerade gut getroffen. Sie hatte wohl so ziemlich alles falsch gemacht, was man falsch machen konnte. Erst hatte sie vergessen, die wichtigen W-Fragen zu stellen. Dadurch hatte sie die Situation völlig falsch eingeschätzt und jemanden mit wahrscheinlich doch recht ernster Kopfverletzung durch das halbe Felsenlabyrinth geschleppt. Dann hatte sie sich vor der Intendantin der Festspiele blamiert, nur weil sie falsche Vermutungen angestellt hatte. Und jetzt hatte sie den Verletzten auch noch in ihrem Auto zum Krankenhaus bringen wollen, obwohl sie allerspätestens bei dessen Offenbarung, er sei Goethe, den Krankenwagen hätte rufen sollen.

Jetzt war der Kerl ihr auf der Fahrt so blass geworden, dass sie schon befürchtete, er könnte ihr ins Auto kotzen. Als er dann aber die Augen schloss und tief durchatmete, schien es ihm besser zu gehen. Sie war dennoch heilfroh, als sie in Marktredwitz beim nächstgelegenen Klinikum angekommen waren.

Obwohl sie inzwischen davon überzeugt war, dass es sich um einen Notfall handelte, traute sie sich nicht, mit ihrem Auto direkt vor der Notaufnahme vorzufahren. Es musste ja nicht gleich jeder sehen, dass sie so blöd war, einen Verletzten mit dem Privatauto zu bringen.

Als sie Goethe, oder wen auch immer, aus ihrem Wagen hievte, bemerkte sie, dass dessen schwere Ledermontur noch recht nass war. Hoffentlich hatte er ihr jetzt nicht den Sitz ruiniert. Wieso hatte sie nicht daran gedacht, etwas drunterzulegen? Sie hatte das Auto nicht mal abbezahlt. Caroline hoffte inständig, dass das nur Wasser war, mit dem er sich da so eingenässt hatte. Zumindest roch es nur nach nassem Leder.

Sie erinnerte sich daran, wie sie mit ihrem alten Auto einmal ihre Freundin Birte mit Wehen zum Krankenhaus gebracht hatte, als deren Fruchtblase geplatzt war. Den Gestank hatte sie nie wieder aus dem Sitz herausbekommen. Das hätte ihr damals schon eine Lehre sein sollen, immer brav den Krankenwagen zu rufen.

Goethe bedankte sich für ihre Hilfe, meinte aber, er könne durchaus selbst laufen, nur um kurz darauf staunend stehen zu bleiben.

„Das ist das Hospital?“, fragte er.

„Ich weiß, es ist recht klein“, antwortete sie, „aber Sie können mir glauben, dass die da drinnen alles haben, was man für ein Krankenhaus braucht. Sie sind aus Weimar sicher größere Kliniken gewöhnt, oder?“

Caroline musste sich eingestehen, dass sie nicht mal wusste, ob Weimar überhaupt eine Großstadt war. Sie kannte den Ort nur aus dem Tatort und da wirkte er wie ein Provinznest. Auch wenn der Typ nicht wirklich Goethe sein konnte, glaubte sie, dass er tatsächlich irgendwo aus der Ecke um Weimar kommen musste. Sie konnte ihm einen leichten Dialekt anhören, den er erfolglos zu unterdrücken versuchte. Caroline tippte darauf, dass das Thüringisch, Sächsisch oder Hessisch war, falls es da überhaupt einen Unterschied gab. Sie war ja keine Linguistin.

„Klein finden Sie das?“, war alles, was der Kostümierte ihr antwortete. Er schüttelte den Kopf und lief ihr ohne weitere Worte wie ein kleines Hündchen hinterher. Es schienen wohl zu viele neue Eindrücke zu sein für jemanden, der meinte, er wäre Goethe aus Weimar. Jedenfalls war er merklich stiller geworden und starrte nur alles an, ohne es zu kommentieren. Zumindest, bis sie zur Eingangstür der Notaufnahme kamen.

„Da geht es nicht rein, das ist nur ein Fenster“, meinte der Mann.

Als sie näher traten und der Bewegungsmelder sie erfasste, öffnete sich die automatische Schiebetür und ließ sie hinein.

„Wer hat die Fenster geöffnet? Wer war das? Ich kann niemanden sehen“, rief Goethe daraufhin und wirkte ehrlich überrascht.

Caroline war es leid, ihm permanent alles zu erklären und ihn zu beruhigen. Sie ließ ihn bei der Tür stehen und damit spielen. Er ging ständig rein und raus. Immer wenn sich die Schiebetür schloss, näherte er sich ihr wieder, so dass sie sich erneut öffnete, woraufhin er hindurchflitzte. Das machte ihm offensichtlich Freude wie einem kleinen Kind. Gut, der war erst mal für eine Weile geparkt.

Caroline desinfizierte sich im Eingangsbereich die Hände. Sie nahm eine FFP2-Maske aus dem dafür vorgesehenen Spender, setzte sie auf und ging zum Empfangsschalter. Seit der Coronapandemie musste man sich im Klinikum als Besucher grundsätzlich so ein Ding aufsetzen. Es hatte sich einfach bewährt, um die Kranken vor Infektionen zu schützen.

Am Schalter saß eine kleine, rundliche Dame mit Nickelbrille, die ihre Haare zu einem Dutt gebunden hatte. Auf ihrem Namensschild stand *Frau Kleinschmidt.*

„Entschuldigen Sie bitte!“, sagte Caroline höflich.

„Haben Sie eine Nummer?“, antwortete die Empfangsdame, ohne hochzuschauen.

„Nummer? Was für eine Nummer?“

Ohne Caroline eines Blickes zu würdigen, zeigte sie auf einen kleinen Automaten, der an der Wand befestigt war. Dieser hatte einen großen roten Knopf.

Caroline blickte sich um. Außer ihnen war gerade kein einziger Patient in der Notaufnahme. Es erschien ihr sinnlos, eine Nummer zu ziehen, aber vermutlich brauchten die das hier für ihre Bürokratie. Sie ging hin, drückte den Knopf und bekam die Nummer acht. Aha, na dann waren heute wohl schon andere Notfälle hier gewesen, aber nicht viele. Für ein Wochenende schien es ein ruhiger Tag zu sein.

Frau Kleinschmidt blickte jetzt auf: „Nummer acht bitte.“

Na also, ging doch. Caroline trat zu ihr.

„Hallo. Ich bringe jemanden, der auf den Kopf gefallen ist und der nun nicht mehr weiß, wer er ist. Beziehungsweise meint er zu wissen, wer er ist, aber der kann er nicht sein, weil dann wäre er schon tot, und zwar sehr lange.“

Die Empfangsdame sah sie fragend an.

„Kurzum, ich bringe einen geistig Verwirrten nach einer Kopfverletzung.“

Jetzt kam etwas Bewegung in die gute Frau. Sie reichte Caroline ein Formular.

„Das müssen Sie für ihn ausfüllen“, meinte sie mit einem sehr irritierten Blick zu dem Mann im Kostüm, der noch immer mit der automatischen Schiebetür beschäftigt war.

Goethe hatte sich ein neues Spiel mit der Tür ausgedacht. Er versteckte sich seitlich von dieser, so dass ihn der Bewegungsmelder nicht erfassen konnte. Dann sprang er wie ein wildes Tier hervor. Die Eingangstür öffnete sich natürlich trotzdem, was der Mann mit einem faszinierten Nicken zur Kenntnis nahm, nur um den Versuch sofort zu wiederholen.

Caroline sah schon vor ihrem geistigen Auge, wie ihr Begleiter sich eine neue Kopfverletzung zuzog, indem er gegen das Glas sprang. Andererseits würde ihn ein zweiter Schlag auf den Kopf vielleicht wieder normal werden lassen?

„Ich brauche vor allem Name, Anschrift, Krankenkasse und eine vollständige Anamnese“, blaffte Frau Kleinschmidt Caroline an, als ob sie für das seltsame Verhalten des Fremden verantwortlich wäre.

Auf Carolines fragenden Blick hin ergänzte sie: „Das heißt, Sie müssen hier bitte eventuelle Vorerkrankungen und dergleichen eintragen. Steht alles ausführlich auf dem Blatt. Einfach nur ankreuzen oder durchstreichen.“

„Das würde ich ja gerne“, meinte Caroline übertrieben freundlich, „Nur wie ich bereits sagte, der Mann ist verwirrt. Er weiß nicht, wer er ist. Ich kenne ihn auch nicht, also was soll ich da bitte eintragen?“

„Sie sagten doch, er glaubt, zu wissen, wer er ist. Tragen Sie doch erst mal das ein. Das können wir später berichtigen. Setzen Sie sich bitte mit ihm dort drüben hin, füllen das aus und dann wird bald ein Arzt zu Ihnen kommen.“

Caroline hatte keine Lust, sich auf einen Streit mit der resoluten Dame einzulassen. So fand sie sich kurz darauf mit einem wehleidig jammernden Goethe im Wartebereich wieder.

„Ich bekomme keine Luft unter dieser Maske“, japste er.

„Sie lassen die jetzt bitte auf, sonst schmeißt uns Frau Kleinschmidt hier gleich wieder raus“, fuhr sie ihn genervter an, als sie es vorgehabt hatte. Etwas versöhnlicher fragte sie ihn alles ab, was auf dem Anmeldebogen angegeben werden musste.

„Wann sind Sie denn geboren?“

„Am 28. August 1749.“

„Aha, äh, na gut, dann schreibe ich das mal so. Und geboren in Weimar?“

„Nein, Frankfurt.“

„Frankfurt am Main oder Oder?“

„Oder oder?“

„Frankfurt an der Oder meine ich.“

„Am Main. Am großen Hirschgraben, wenn Sie es genauer wissen wollen.“ Jetzt war es Goethe, der etwas genervt wirkte.

„Nein, der Geburtsort reicht schon. Hm, Sie haben nicht zufällig eine Krankenversicherung?“

Er seufzte. „Was soll das jetzt wieder sein?“

„Wie bezahlen Sie denn für gewöhnlich Ihre Arztrechnungen?“
„Na mit Talern.“
„Na gut, ich schreibe einfach AOK, da sind ja die meisten. Zur nächsten Frage. Haben Sie irgendwelche Vorerkrankungen?“
Das Gesicht, das er jetzt machte, kannte Caroline schon. Das machte er immer, wenn er zu längeren Erklärungen ausholte.
„Da muss ich wohl bei meiner Geburt anfangen. Wissen Sie, ich kam vollständig blau zur Welt, ohne selbst zu atmen. Erst ein Bad in warmem Wein holte mich ins Leben.“
„Sie wurden als Neugeborener in Wein gebadet?“
„Die Hebamme meinte, es würde helfen, und das hat es auch. Ich bin nun dem Wein zeit meines Lebens dankbar.“
Das erklärte den auffälligen Mundgeruch des Mannes und das vermeintliche Gewitter. Der Typ hatte sich beim Wandern besoffen.
„Da wäre ich mal lieber der Hebamme dankbar gewesen, aber nun gut. Hat die Geburt denn irgendwelche Folgeschäden hinterlassen? Weil sonst würde ich das hier einfach mal weglassen und nur aufschreiben, was Sie auch heute noch plagt“, ging Caro die Sache nun etwas effizienter an.
„Ganz wie Sie meinen, werte Dame. Als junger Knabe ereilten mich dann die Blattern.“
„Blattern? Sie meinen, Sie hatten als Kind die Pocken?“, staunte Caroline. Das würde tatsächlich die vielen kleinen Narben in seinem Gesicht erklären. „Gibt es die denn überhaupt noch? Ich dachte, die wären durch die Impfung so gut wie ausgerottet.“
„Das wäre mir neu, dass jemand etwas gegen die Pocken entwickelt hätte. Ich habe zwar schon davon gehört, dass in England die solchen mit einer Variolation behandelt werden können, hier bei uns macht das aber doch niemand. Also zumindest nicht in Frankfurt oder Weimar.“
Caroline verkniff es sich, ihn eines Besseren zu belehren.
„Vielleicht zählen Sie einfach kurz und knapp auf, was Sie sonst noch an Krankheiten und gesundheitlichen Problemen hatten oder haben.“
„Na schön, wo fange ich an ... Da wären unter anderem die Masern und die Windpocken. Nicht zu vergessen ein Blutsturz zu meiner

Studentenzeit mit darauf folgenden Beeinträchtigungen psychischer Natur."

Caroline horchte auf. Sollte der Typ schon vor dem Sturz nicht ganz dicht gewesen sein? Das würde erklären, warum er ein zu seinem Wahn passendes Kostüm trug. Das musste er bereits angehabt haben, bevor er hingefallen war und sich in was auch immer gebadet hatte.

Ehe sie weiter darüber nachdenken oder noch mehr Details aus der Krankengeschichte ihres Begleiters erfahren konnte, eilte mit großen Schritten ein vollkommen in Weiß gekleideter Mann auf sie zu. Das mit dem Mundschutz galt wohl nur für Besucher, denn er trug keinen solchen.

„Wer von Ihnen ist Nummer acht?", fragte er mit sehr selbstsicherer Stimme.

„Das ist er hier." Caroline zeigte auf Goethe.

Der Arzt nahm ihr das Klemmbrett mit dem Anmeldebogen aus der Hand.

„Ich bin noch nicht fertig", beschwerte sie sich.

„Das können Sie später nachtragen", meinte der Arzt nur. „Das CT ist gerade frei, aber nur für eine halbe Stunde. Wir müssen uns beeilen. Sie sind doch die Kopfverletzung mit geistiger Verwirrung, von der Ute mir erzählt hat? Ich meine, unsere Empfangsdame."

Nun ergriff Goethe das Wort. „Wohl wahr, ich bin es, dem diese Verletzung widerfuhr. Aber ich bin keinesfalls verwirrt, werter Herr Doctor Medicinae."

Der Arzt stellte sich ihnen als Notfallmediziner Doktor Michael Tatzel vor. Mit Blick auf Goethe meinte er beruhigend, er hätte natürlich auch einige Kurse in Psychologie mit Spezialisierung auf spontanpsychologische Erkrankungen belegt. Der Patient sei bei ihm in besten Händen. Vollkommen professionell und ohne zu lachen, nannte er den Mann im Kostüm nach einem geübten Blick auf das Formular Herr von Goethe und bat ihn, mit ihm zu kommen.

Caroline wollte gehen, wurde aber gebeten, im Wartebereich zu bleiben. Sie wusste zwar nicht, was sie noch dort sollte, jetzt, wo sie ihren ungewollten Bekannten an den Arzt abgegeben hatte. Da sie sich für den Rest des Tages ohnehin nichts mehr vorgenommen hatte, konnte sie aber auch ein bisschen hierbleiben.

Sie musste sich eingestehen, dass es sie sehr interessierte, was genau mit dem Mann los war. Ob der Arzt ihn wieder hinbekommen würde? Und wer er wohl in Wirklichkeit war? Hauptsache, ihre schlechten Erste-Hilfe-Kenntnisse hatten keine bleibenden Schäden bei dem Typen hinterlassen. Vielleicht sollte sie doch lieber heimlich gehen, bevor sie am Ende noch angezeigt wurde oder so? Aber die nette Frau Kleinschmidt hatte sie so fest im Blick, dass sie sich nicht mal von ihrem Stuhl aufstehen traute.

Caroline zog ihr Handy raus und öffnete ihr Lieblingsspiel. Unzählige Runden und Extraleben später kamen der Arzt und der schräge Typ zurück.

„Unglaublich, was die hier für Maschinen haben“, fing der Goetheverschnitt gleich zu plappern an. „Und überall dieses elektrische Licht. Sogar eine kleine Minilampe hatte der Herr Doctor Medicinae, mit der er meine Augen untersucht hat, die war auch elektrisch. Die konnte man mit einem Knopf immer wieder an- und ausschalten.“

Caroline ließ ihn reden und wandte sich an Doktor Tatzel. „Wieso haben Sie ihn wieder mitgebracht? Muss er nicht ruhig liegen bleiben oder sowas?“

Der Arzt blickte sie milde mit seinen braunen Augen an und fuhr sich mit der Hand durch seine ebenso braunen Haare.

„Ich muss gestehen, Frau ... oh, jetzt weiß ich gar nicht, wie Sie heißen.“

„Caroline Neumüller.“

„Sehr angenehm. Frau Neumüller, ganz ehrlich, so ein Fall ist mir noch nicht untergekommen. Aber es ist ein sehr interessanter Fall, durchaus einer weiter- und nähergehenden Betrachtung wert.“

„Das heißt, er hat eine interessante Kopfverletzung?“, hakte Caroline nach.

„Ach Quatsch, nein, das ist eine ganz banale Platzwunde, die übrigens schon recht gut von Ihnen versorgt wurde. Ich habe sie jetzt trotzdem nochmal mit Klammerpflastern neu geklebt. Drei Stück befand ich für ausreichend. Man hätte natürlich auch nähen können, aber das wäre wohl übertrieben gewesen.“

War das ein Fachidiot. Konnte der jetzt nicht mal zum Wesentlichen kommen?

„Was haben Sie denn nun auf dem CT gesehen?“

„Das CT, ach ja genau. Ich weiß eigentlich gar nicht, ob ich mit Ihnen über den Fall reden darf, Sie sind ja nicht seine Frau oder so, wenn ich das richtig verstanden habe. Verwandt sind Sie mit ihm wohl auch nicht? Ach nein, Sie haben ja angegeben, dass Sie sich nicht kennen.“

Der Arzt kratzte sich fragend am Kopf. Bestimmt suchte er gerade nach einer sehr, sehr schwierigen Lösung für das Problem, aber Caroline kürzte das geschickt ab. „Herr von Goethe?“

„Ja, mein Fr... Caroline?“

„Darf der Doktor mir erzählen, was er über Ihren Gesundheitszustand herausgefunden hat?“

„Ja, selbstverständlich.“

Triumphierend sah sie Doktor Tatzel an. Dieser zuckte mit den Schultern.

„So einfach ist das nicht. Er ist ja ganz offensichtlich ...“, er blickte zu Goethe und überlegte, wie er es wohl am schonendsten sagen konnte, „nun, er ist ja nicht so ganz bei sich. Wie kann ich also sicher sein, dass dies tatsächlich sein Wille ist?“

„Entschuldigen Sie bitte, ich fühle mich bestens. Wenn ich sage, die junge Dame darf es erfahren, dann darf sie das“, meinte der Goethetyp sehr bestimmt.

Der Mann im weißen Kittel seufzte. „Na gut, aber das bleibt bitte unter uns.“

„Na klar“, stimmte Caroline zu.

„Es ist so, wir konnten schlicht und einfach kein CT bei ihm machen, da er sich mit Händen und Füßen gewehrt hat.“

Caroline starrte erst Goethe und dann den Arzt fassungslos an.

„Ich lasse mich doch nicht in solch eine Röhre stecken. Was weiß ich denn, was die da mit mir machen, mit all diesem Firlefanz, den sie hier haben. Ich wollte nur eine klassische medizinische Untersuchung und die habe ich auch bekommen.“

Obwohl er sehr von sich selbst überzeugt sprach, wirkte Goethe doch so, als ob er ein schlechtes Gewissen hätte oder sich dafür schämte, dass er sich nicht ins CT getraut hatte.

Caroline blickte den Doktor scharf an. „Soll das heißen, dass Menschen, die solch eine Untersuchung brauchen, sie nicht bekommen, wenn sie so verwirrt sind, dass sie sich wehren? Gibt es da keine Festschnallgurte oder so?"

Jetzt war es der Arzt, der beschämt dreinblickte. „Wir hatten das CT ja nur für eine halbe Stunde. Hätte ich gewusst, dass es einer Sedation bedarf, hätte ich uns natürlich ein späteres, zweistündiges Zeitfenster gebucht. Zudem wäre es auch hier mit der Einwilligung für die Sedierung schwierig gewesen. Aber kurz gesagt, es ist nicht so leicht, ein CT von Menschen zu machen, die wild um sich schlagen", gab er den schwarzen Peter wieder an Goethe ab. „Es ist aber nicht so wichtig. Ich habe ihn auf herkömmliche Weise genauestens untersucht. Seine Reflexe sind ganz normal, er kann sich klar äußern, kann schwere Rechenaufgaben bewältigen, ihm ist weder schwindelig noch schlecht ..."

„Da hätten Sie ihn aber mal im Auto sehen sollen", fuhr Caroline ihm dazwischen.

„Das mag sein", sprach der Arzt nun in dieser typisch beruhigenden Stimme, wie man sie aus Krankenhausserien kannte. „Eine leichte Gehirnerschütterung kann man natürlich nie ausschließen."

„Und die ist dann verantwortlich für die Amnesie oder Verwirrtheit oder wie auch immer man das nennt, was er da hat? Ich meine, immerhin hält der Mann sich für Goethe, ich glaube, sein Gehirn wurde etwas mehr als nur leicht erschüttert."

„Du meine Güte, ich bin Goethe, ich dachte, das hätten wir geklärt!", meldete sich dieser zu Wort.

„Ja, was das angeht, so ist das der interessante Teil des Falls", leitete der Arzt eine wohl etwas längere Rede ein.

„Machen Sie es kurz, ich will nach Hause."

Doktor Tatzel wandte sich an Goethe. „Wissen Sie was? Sie sehen hungrig aus. Sehen Sie mal, da vorne ist die Kantine, also eine Essensausgabe. Holen Sie sich doch dort was Leckeres. Nennen Sie denen meinen Namen und sagen Sie, dass ich Sie einlade."

Das ließ sich der falsche Goethe nicht zweimal sagen. Er schien wirklich sehr hungrig zu sein. Er rannte geradezu in Richtung Kantine.

„Entschuldigen Sie. Ich kam mir nur komisch vor, so über ihn zu reden, wenn er direkt neben uns steht. Das könnte auch schlecht für seinen Zustand sein, wenn er so unverblümt mitbekommt, dass ihn alle für verrückt halten. Also, wo war ich? Ach ja, ich könnte mir denken, und das ist jetzt rein hypothetisch, aber es erscheint mir durchaus logisch, dass dieser Mann ein Schauspieler ist. Sie wissen schon, wegen des Kostüms."

„Ist er nicht, also zumindest nicht von den Luisenburg-Festspielen, das habe ich schon überprüft."

„Oh, ah ja, aber er könnte ja von woanders einer sein, mir hat er was von einer Vorstellung erzählt, in der er den Orest gespielt hat."

„Mir hat er sogar erzählt, er hätte das Stück geschrieben."

Der Arzt zuckte resignierend mit den Schultern. „Ich weiß ja auch nicht. Vielleicht ist er nur ein Goethefan. Jedenfalls glaube ich, dass er mit diesem Kostüm im Felsenlabyrinth war, um auf den Spuren Johann Wolfgang von Goethes zu wandern, im wahrsten Sinne des Wortes."

Kam er endlich zum medizinischen Teil des Problems, oder wollte er noch weiter mutmaßen?

„Als er dann auf den Kopf stürzte, muss ihn das schwer geschockt haben. Er erscheint mir leicht hypochondrisch, vermutlich hat er sofort um sein Leben gefürchtet. Dieser Schock könnte dazu geführt haben, dass er in seiner Rolle, egal ob Schauspieler oder nicht, er hat den Goethe ja wirklich sehr verinnerlicht, also dass er in dieser Rolle nun feststeckt."

Das machte doch irgendwie Sinn. Es würde erklären, warum der Fremde das Kostüm anhatte. Und es bestand die Hoffnung, dass der Typ nicht schon vor seinem Unfall verrückt gewesen war. Aber was sollte jetzt mit ihm geschehen?

„Behalten Sie ihn nun hier, bis sein Schock vorbei ist? Das geht doch wieder weg, oder?"

Caroline dachte an den Blick des Mannes, der ihr so durch Mark und Bein gegangen war. Sie hoffte wirklich, dass es ihm bald besser ging, denn irgendwie mochte sie ihn, auch wenn er sehr schrullig und megaanstrengend war.

„Ich vermute, dass der Spuk spätestens morgen früh vorbei ist. Sie können ihn also ganz ohne Bedenken wieder mitnehmen. Er müsste aber, sobald er sich erinnern kann, nochmal vorbeikommen und uns seine Krankenkassenkarte bringen. Bis dahin müsste ich mir noch Ihre Telefonnummer notieren, da Sie ja jetzt sozusagen unsere Kontaktperson in diesem Fall sind."

Erst ganz langsam realisierte Caroline, was der Arzt da gesagt hatte.

„Ich soll ihn mitnehmen? Ich dachte, Sie nehmen ihn hier auf. Ich kenne den Mann doch gar nicht. Soll ich etwa einen Fremden bei mir wohnen lassen? Was, wenn er gewalttätig ist?"

Herr Doktor Tatzel hob beschwichtigend die Hände. „Also hier kann ich ihn nicht aufnehmen, er hat keine körperlichen Probleme, die dies rechtfertigen würden, und eine psychiatrische Abteilung haben wir nicht. Ich könnte ihn natürlich nach Rehau in die Psychiatrische einweisen lassen. Aber mal ganz ehrlich, wenn er da drin ist, kommt er so schnell nicht mehr raus. Ein paar Tage oder gar Wochen würden die ihn schon dortbehalten. Das scheint mir irgendwie unverhältnismäßig dafür, dass seine Wahnvorstellungen vermutlich nur auf einem Schock begründet sind und ganz von selbst vergehen werden."

Das mit der Einweisung wollte Caroline auch nicht, aber sie konnte doch niemanden bei sich aufnehmen, von dem sie nicht mal seinen echten Namen kannte.

„Natürlich müssen Sie ihn nicht bei sich wohnen lassen. Sie können ihn auch woanders unterbringen. Vielleicht in einem Obdachlosenheim? Ich brauche Ihre Daten wirklich nur für den Fall, dass es nötig ist, zu dem Mann Kontakt herzustellen. Zum Beispiel habe ich ihm zur Sicherheit auch etwas Blut abgenommen. Sollte daran etwas auffällig sein, außer dem Alkoholwert, aber das haben Sie ja bestimmt selbst schon gerochen, haha, dann müsste ich ihm das schnellstens mitteilen können", fuhr der Arzt fort. „Vielleicht haben Sie ja auch einen Freund oder einen männlichen Verwandten, der sich nicht scheuen würde, ihn aufzunehmen? Diese Obdachlosenheime sind zwar hygienisch kein Problem, aber besonders viel Ruhe dürfte der Patient da nicht finden."

Weder der Arzt noch Caroline hatten bemerkt, dass sich Goethe ihnen wieder genähert hatte. In der Hand hatte er gleich zwei Sandwiches, die er übereinandergestapelt hatte und in sich hineinschlang. Er hatte wohl einen Teil ihres Gesprächs gehört, denn er sagte mit vollem Mund: „Vielleicht könnten Sie mich ja einfach zu meiner Herberge bringen?“

Nun staunte nicht nur Caroline.

„Sie können sich daran erinnern, wo Ihr Hotel ist?“, fragte der Arzt nach.

„Ja sicher doch, in Wunsiedel, direkt gegenüber von der Stadtkirche.“

Caroline konnte sich nicht entsinnen, dass da ein Hotel war. Aber der Mann hatte selbst ja auch nicht von einem solchen, sondern von einer Herberge gesprochen. Vielleicht war er dort bei jemandem zu Besuch. Der Arzt jedenfalls fand diese Aussage glaubhaft.

„Ja sehr schön, sehen Sie, die Erinnerung kommt schon langsam zurück. Na da muss ich mir ja gar keine Sorgen mehr um Sie machen.“ Er tätschelte Goethe aufmunternd an der Schulter, woraufhin dieser einen Schritt von Doktor Tatzel zurückwich.

„Ich hatte nie vergessen, wo ich übernachte. Meine Freunde werden dort sicher schon auf mich warten und sich Sorgen um mich machen.“

Caroline fiel ein Stein vom Herzen. Sie musste den Typen nur zu seinen Bekannten bringen und war ihn dann los. Bevor der Arzt ging, meinte er noch zu ihr, sie solle nicht vergessen, Ute ihre Kontaktdaten zu geben. In dem unwahrscheinlichen Fall, dass der Mann sich nach drei Tagen weiterhin für Goethe hielt, sollten sie oder dessen Freunde ihn unbedingt nochmals bei ihm vorstellen, dann würden sie das CT nachholen. Gerne auch mit Überweisung vom Hausarzt.

Caroline war heilfroh, als sie mit Goethe das Krankenhaus endlich verlassen konnte. Sie riss sich die Atemschutzmaske vom Gesicht und schnappte nach Luft. Ihrem Begleiter erging es wohl ebenso. Sie standen erst mal ein paar Sekunden tief durchatmend nebeneinander.

„Du, Caroline?“

„Ja?“

„Ich bin dir dankbar, dass du an meiner Seite bist. Auch, dass du mich wieder zu meiner Herberge bringst."

„Das klingt nach einem Aber."

Goethe schmunzelte darüber, dass sie das erkannt hatte. „Aber könnten wir auf dem Weg ins beschauliche Wunsiedel vielleicht ein bisschen langsamer fahren? Ich wäre durchaus dazu bereit, dass du mich zum Dank als eine von sehr wenigen Frauen Wolfgang nennen darfst."

„Nicht Johann?"

„Um Gottes willen, nein. Johann ist ein Name für Bedienstete. Ich bevorzuge Wolfgang."

„Bei Wolfgang muss ich ja eher an Mozart denken", meinte Caroline.

„Du kennst Mozart?" Goethes Gesicht hellte sich auf. „Du musst wissen, ich habe ihn einst, als er sieben und ich vierzehn war, spielen gehört. Er hatte damals schon ein Talent, an das niemand heranreichen konnte. Ein wunderbarer Musiker. Wann und wo hast du ihn getroffen?"

Caroline starrte ihn an. Sein Gesicht und die Art, wie er das erzählte, das wirkte, als ob er sich wirklich an ein Treffen mit Mozart erinnern würde. Schon verrückt, welche Streiche einem das Gehirn spielen konnte.

„Ich kenne leider nur seine Musik", antwortete sie. „Aber wenn Sie, ich meine, wenn du willst, dann können wir im Auto, bei einer langsamen Fahrt, etwas von ihm hören. Da findet sich bestimmt einiges auf Spotify."

„Auf Spoti was?"

„Egal. Komm einfach mit, Wolfgang. Ich bring dich jetzt zu deinen Freunden", sagte Caroline und hoffte, dass dies die letzte Autofahrt mit ihrer neuen Bekanntschaft werden würde.

„Die Botschaft hör ich wohl, allein mir fehlt der Glaube."

(Johann Wolfgang von Goethe, Faust. Eine Tragödie)

Kapitel 3

Es war verrückt, wozu das menschliche Gehirn alles in der Lage war. Wolfgang hätte es selbst nicht geglaubt, aber scheinbar fing er an, sich an das Jundaifahren zu gewöhnen. Vielleicht lag es auch daran, dass Caroline, die er verstohlen von der Seite musterte, sich große Mühe gab, langsamer zu fahren.

Das war schon eine merkwürdige Gegend hier, in der es nicht nur solch wundersame Maschinen und eigentümliche Hospitäler gab, sondern es auch Frauen gestattet war, sich selbst herumzukutschieren. Goethe musste jedoch anerkennen, dass Caroline das wirklich gut machte. Ihr Blick war konzentriert auf die Straße gerichtet. Ab und an sah sie in die äußeren Spiegel und in einen weiteren, der im Innenraum angebracht war, um auch den Verkehr hinter sich beobachten zu können.

Wolfgang hatte etwas Faszinierendes direkt vor seinen Beinen entdeckt. Es gab ein Fach, das Caroline als Handschuhfach bezeichnet hatte, in dem immer, wenn man es öffnete, ein Licht anging. Darin befand sich, neben ein paar merkwürdig technisch anmutenden Schriften, ein Behältnis mit klebrigen kleinen Tierchen. Diese hießen Gummibärchen. Caroline erlaubte ihm, etwas davon zu probieren. Das Zeug schmeckte supersüß und klebte an den Zähnen. Gleichzeitig war es aber das Beste, was Goethe jemals gekostet hatte. Am interessantesten war für ihn, dass die Bärchen in unterschiedlichen Farben auch unterschiedliche Geschmacksrichtungen hatten. Er konnte sich gar nicht entscheiden, welches davon sein Lieblingsgeschmack war.

Das größte Zauberwerk im Jundai war jedoch das schwarze Glas, das nun übrigens gar nicht mehr schwarz war, sondern leuchtete. Er konnte nur nicht erkennen, was man darauf sah, da Caroline es in einer Halterung befestigt hatte, welche die leuchtende Seite des Gerätes zu ihr ausrichtete. Dieses Glas war mithilfe eines sogenannten Kabels mit dem Jundai verbunden und ließ diesen auf magische Weise die Musik eines ganzen Orchesters wiedergeben.

Wolfgang konnte es einfach nicht glauben. Er saß hier in dieser pferdelosen Kutsche und konnte während der Fahrt Mozarts *Die Entführung aus dem Serail* hören. Er hatte keine Ahnung, wie das möglich war. Bei den ersten Tönen, die erklangen, hatte er sich noch erstaunt im Wagen umgesehen. Was hatte er erwartet? Dass plötzlich ein Orchester auf den hinteren Sitzen Platz genommen hatte?

Es musste sich um eine Art Speicher für Klänge handeln. Dieser Speicher hieß offensichtlich Spotifei. Aus dem Namen konnte er aber leider nicht ableiten, wie das Ganze funktionierte. Jedenfalls musste jemand bei Mozarts Aufführung gewesen sein und dort die Klänge mit irgendeinem Trick eingefangen haben. Nur wie konnte Caroline sie dann mit dem Glas wiedergeben? Wolfgang spürte, wie ihm der Kopf qualmte. Er beschloss, nicht weiter darüber nachzudenken und nur die Musik zu genießen.

Natürlich hatte er von der *Entführung aus dem Serail* bereits gehört. Das Werk war vor allem bekannt dafür, dass es türkische Musikelemente verwendete. Goethe hatte geglaubt, dass ihm das Singspiel deshalb nicht zusagen würde. Ihm war deutsche Volksmusik lieber. Überhaupt glaubte er, dass Musik die Sprache nicht überlagern durfte. Sie diente einzig und alleine dazu, das Wort zu begleiten. Als er aber nun die zauberhaften Klänge Mozarts hörte, wusste er, dass dieser mit seiner Komposition viel mehr sagen konnte, als er selbst es mit seinen Schriften je vermögen würde.

Gerade sang ein ganzer Chor den Text *„Singt dem großen Bassa Lieder“*. Diese vielen, vielen Stimmen, die ihn umgaben und mit solcher Intensität und Perfektion brillierten. Es war unglaublich. Goethe lauschte andächtig und stopfte dabei immer mehr Gummibärchen in sich hinein.

Er war so sehr in der Musik versunken, dass er gar nicht bemerkte, dass sie die schnelle Straße bereits länger verlassen und ihren Zielort erreicht hatten. Als Goethe aufblickte, ließ er die Gummibärchen fallen. Das sollte Wunsiedel sein?

„Bist du sicher, dass du richtig gefahren bist?“, fragte er Caroline kleinlaut.

„Ja, sieh doch, da oben spitzt schon der Turm der Stadtkirche hervor.“

Das schien in der Tat der Turm der Kirche zu sein, zumindest sah er so ähnlich aus. Aber die Stadt selbst hatte sich komplett verändert. Der Weg aus geschmolzenem Stein hörte hier nicht etwa auf, sondern setzte sich in vielen weiteren solcher Wege fort. Darauf fuhr ein Jundai nach dem anderen. Weitere solcher Gefährte waren an den Seiten der Straßen abgestellt.

„Sag mal, hat der Herr Doctor Medicinae dir vielleicht gesagt, wann meine Wahrnehmung wieder normal sein wird?“, fragte er Caroline ängstlich. Er fürchtete, die Dinge nun immer so zu sehen. Die Leute in Weimar würden ihn für verrückt halten.

„Keine Sorge, Wolfgang. Du weißt ja immerhin schon, wo du übernachtest, und der Rest sollte laut Doktor Tatzel vermutlich nach einem ausgiebigen Schläfchen wiederkommen. Alles wird gut.“

Er wollte ihr das zu gerne glauben.

Sie fuhren auf eine Stelle zu, an der sich zwei Straßen kreuzten. Dort waren an eisernen Befestigungen farbige elektrische Lichter angebracht. Das direkt über ihnen und eines an der Seite leuchteten rot. Caroline blieb stehen. Kurz darauf fuhren von links und rechts Jundais an ihnen vorbei, die gerade noch gestanden hatten. Danach ging das rote Licht aus und ein grünes an. Caroline fuhr weiter. Sehr interessant. Er hatte sich schon gefragt, wie bei so schnell fahrenden Kutschen geregelt wurde, wer eine Kreuzung als Erster überqueren durfte.

Sie fuhren eine kleine Anhöhe hinauf und bogen links ab. Goethe war erleichtert. Zu seiner linken Seite erkannte er tatsächlich die Stadtkirche. Sie wirkte nur leicht verändert, als wäre sie erst kürzlich renoviert worden. Er konnte auch ein paar Häuser wiedererkennen, nur dass diese hingegen etwas mitgenommen aussahen. Sie machten den Eindruck, als hätte man sie einem künstlichen Alterungsprozess unterzogen, der dann mit frischer Farbe wieder rückgängig gemacht werden sollte.

„Oh, Caroline, ich glaube, wir sind gerade an meiner Herberge vorbeigefahren. Entschuldige bitte, ich war abgelenkt, sonst hätte ich dir gesagt, dass du anhalten musst.“

„Schon gut. Da waren ohnehin keine Parkplätze frei. Aber schau, hier beim NKD kann ich parken. Sind ja nur ein paar Meter zu laufen."

NKD, das klang wie irgendein wichtiges Amt. Nationales Komitee der Deutschen vielleicht? Oder war das so eine Krankenkasse, von der Caroline gesprochen hatte? Wolfgang war etwas enttäuscht, als sie vor einem Gebäude mit dem Schild *NKD* daran parkten und er feststellen musste, dass es sich dabei nur um eine Schneiderei handelte. Nadel, Knopf und ... ihm fiel einfach nicht ein, wofür diese Buchstaben stehen könnten.

Als sie aus dem Gefährt ausstiegen, sah Goethe etwas, das sein Herz schneller schlagen ließ. Da war das *Palais Lindenfels*. Wenngleich auch ein wenig umgestaltet, sah es noch fast genauso aus wie gestern, als er eine Führung durch das verregnete Wunsiedel gemacht hatte.

„Caroline, ich erkenne nicht nur die Kirche, hier schau, das Palais Lindenfels", rief er begeistert. Er rannte zu dem Gebäude und verspürte den Impuls, es zu küssen. Seine Wahrnehmung war auf dem Weg der Besserung, der Doctor hatte Recht gehabt. Dann war er hier also tatsächlich nur noch eine kleine Kurve von seiner Herberge entfernt. Er freute sich so sehr darauf, seine beiden Begleiter endlich wiederzusehen. Er hätte nie gedacht, dass er sie mal so vermissen könnte.

Er eilte los, entlang der ihm unbekannten Straße mit den neuartigen Jundais, aber auch mit einigen Gebäuden, die ihm zumindest annähernd bekannt vorkamen. Er stoppte nicht einmal an einer Buchhandlung, die dort in den letzten Stunden neu eröffnet haben musste. Dabei juckte es ihn schon in den Fingern, nachzusehen, ob sie seine Werke führten. Doch die merkwürdigen Bücher, die er in der Auslage sah, zeigten ihm, dass es sich wohl eher um ein Geschäft für Spezialinteressen handeln musste. Er hatte noch nie so ungewöhnlich gestaltete Romane gesehen. Wie bekamen sie nur diese realistischen Bilder darauf?

Dies war jetzt aber alles egal. Er wollte einfach nur zu seiner Herberge, sich da auf sein Bett schmeißen, die Augen schließen, und wenn er sie wieder öffnete, dann würde die Welt so sein wie vor seinem Missgeschick im Felsenlabyrinth. Die Kutschen hätten Pferde, Licht würde von Kerzen gemacht und die Menschen würden sich endlich wieder anständig kleiden.

Er hechtete um die Kurve, und ja, da war tatsächlich das Haus, in dem er übernachtete. Doch statt sich zu freuen, war Goethe einer Ohnmacht nahe. Wie war das möglich? Er japste nach Luft. Alles um ihn herum drehte sich.

Von hinten kam Caroline angerannt. Sie rief anscheinend nach ihm, doch er nahm ihr Rufen nur gedämpft wahr. Er spürte, wie sie ihre Arme um ihn legte und ihn festhielt.

„Wolfgang, atme. Du musst tief durchatmen. Was ist denn los? Komm schon, atme tief ein."

Er spürte, dass sie unter seinem Gewicht schwankte. Ein Passant kam ihr zur Hilfe. Gemeinsam setzten sie ihn mit dem Rücken zu der grünen Hauswand. Grün!

„Soll ich einen Krankenwagen rufen?", hörte Goethe den Fußgänger fragen.

Er winkte schwach und zittrig ab und flüsterte: „Es geht gleich wieder."

Eine junge Frau kam zu ihnen über die Straße gerannt. Sie reichte ihm eine Flasche aus weichem Glas mit einer schwarzen Flüssigkeit darin.

„Das ist bestimmt die Hitze oder Unterzuckerung. In beiden Fällen dürfte Ihnen dic Cola helfen."

Goethe nahm einen Schluck und hatte Mühe, das furchtbar süße Getränk nicht gleich wieder auszuspucken. Du meine Güte, gab es in der Nähe eine Zuckerfabrik, oder warum aßen und tranken die hier nur so süßes Zeug? Irgendwie prickelte das auch sehr seltsam auf der Zunge. Moment, war das vielleicht Medizin? Wie viel davon durfte er trinken? Irgendetwas war darin, das ihn aufstoßen ließ. Wie peinlich, vor all diesen Leuten. Nach nur vier Schlucken wollte er die Flasche an ihre Besitzerin zurückgeben, aber die winkte nur ab, die sei geschenkt.

Caroline merkte anscheinend, dass es ihm langsam besser ging, denn sie bedankte sich bei den beiden Helfern und meinte, sie würden nun wieder alleine klarkommen. Die junge Frau fragte im Gehen noch: „Soll hier wohl gleich Theater gespielt werden oder gibt es eine Stadtführung oder so?"

Sie fand seine Reisekleidung offensichtlich auch nicht normal, wie alle anderen, die er heute neu kennengelernt hatte.

„Nein, ähm, das Kostüm trägt er nur zur Probe. Aber wie man sieht, hält man es bei Hitze darin nicht aus. Wir müssen wohl etwas Leichteres schneidern“, improvisierte Caroline.

Als die junge Frau weg war, setzte seine Retterin sich neben ihn.

„Darf ich einen Schluck von der Cola haben?“, fragte sie. „Vor lauter Aufregung habe ich in den letzten Stunden gar nichts mehr getrunken. Nicht dass es mich hier auch noch umhaut.“

„Sollen wir dir dann nicht lieber einen Wein besorgen?“, fragte Goethe. „Ich weiß nicht, ob diese Medizin das Richtige ist, um damit seinen Durst zu löschen. Sie ist noch süßer als die kleinen Bärchen.“

Caroline lachte. Es war ein herzliches, weiches Lachen. Es gefiel ihm. Er hielt sich an diesem Lachen fest, denn es war das Einzige, was ihn daran hinderte, sich vor so einen Jundai zu schmeißen.

„Glaub mir, ich bin den Geschmack von Cola gewöhnt.“ Sie strich sich über ihren etwas zu flachen Bauch, zumindest für seine Vorlieben, und ergänzte: „Vermutlich sollte ich sogar weniger davon trinken, oder nur noch light. Da finde ich aber den Nachgeschmack immer so widerlich.“

Als sie ihren Durst gestillt hatte, fragte sie ihn: „Was hat dich denn so umgehauen?“

Er drehte sich um zu dem grünen Haus, an dessen Wand sie sich lehnten. Zu dem grünen, verfallenen Haus, das heute Vormittag doch noch das Hotel Einhorn gewesen war, seine Herberge. Es war sichtlich heruntergekommen, wenngleich es den Anschein machte, als würde es gerade renoviert werden. Auch Caroline wandte sich nun dem Haus zu.

„Sag nicht, das ist das Haus, in dem deine Freunde wohnen. Eine ganz schöne Absteige, oder?“

„Nein, schön ist das nicht mehr. Und irgendwas sagt mir, dass ich darin weder meine Sachen noch meine Begleiter wiederfinden werde.“

Goethe stand auf und besah sich das Haus genauer. Das Dach und die Form, alles war gleich. Aber das Gebäude schien um hunderte Jahre gealtert zu sein, und irgendjemand hatte beim Farbanstrich einen sehr, sehr schlechten Geschmack bewiesen. Es war fast als Glück zu bezeichnen, dass die Farbe bereits dabei war, wieder abzublättern.

Sein Blick fiel auf eine graue Granittafel, die links von der gläsernen Eingangstür an der Hauswand befestigt war. Es kam Wolfgang so vor, als wollte diese Tafel ihm jeden Zweifel daran nehmen, dass er vor dem richtigen Haus stand. Jemand hatte darauf einen Text eingraviert. Dieser Text bestärkte ihn in einer Vermutung, die er schon gehegt hatte, seit Caroline mit ihrem Jundai vorgefahren war. Er hatte es nur nicht wahrhaben wollen. Wie sollte man etwas glauben, was nicht wahr sein konnte, selbst wenn man es direkt vor Augen hatte?

Auf der Tafel stand:

In diesem Hause wohnte
GOETHE
bei seinem ersten Besuch
Wunsiedels und des
Fichtelgebirges im Juli
1 7 8 5

Caroline sah die Inschrift ebenfalls und stöhnte auf.

„Ich habe ganz vergessen, dass das dieses Haus ist. Also hat Goethe hier übernachtet und nicht du. Das heißt wohl, dass deine Erinnerung dich wieder getäuscht hat, oder? Und deine Freunde? Sind die echt? Also ich meine, suchen wir Freunde von dir aus der heutigen Zeit, oder suchen wir nach Freunden von Goethe?“

Wolfgang hatte keine Lust, ihr nochmals zu erklären, dass er wirklich Goethe war. Aber langsam konnte er verstehen, warum sie ihm das partout nicht glauben wollte. Wenn sich dieser ungeheure Gedanke bewahrheiten würde, dann würde ihr gesunder Menschenverstand das genauso wenig greifen können wie seiner.

Konnte es wirklich sein, dass er in einer anderen Zeit gelandet war? War er, Johann Wolfgang von Goethe, der Dichterfürst aus Weimar, in der Zukunft? Ihm schauderte bei dem Gedanken. Wenn ja, wie viel Jahre waren vergangen?

Die Häuser wirkten, als seien sie sehr, sehr viel älter als noch 1785. Dann diese neuen Straßen, die Jundais, die Geräte im Hospital, das schwarze Glas, das Orchester aus dem Spotifei ... Alles, was er seit seinem Erwachen erlebt hatte, prasselte erneut auf Wolfgang ein. So viele neue Eindrücke, Gummibärchen, süß, klebrig, Geschwindigkeit, vorbeirasende Bäume, Menschen in blauen Hosen, elektrische Lichter, ein in Fels gehauenes Theater ...

Aber andererseits war da diese Granittafel, die an seinen Aufenthalt erinnerte. Allzu weit in der Zukunft konnte er nicht sein, sonst würde man sich schließlich nicht mehr an ihn erinnern oder gar mit seiner Übernachtung in diesem Haus brüsten. Wolfgang schöpfte Hoffnung, dass all die Menschen, die er kannte, vielleicht noch lebten.

Er sah Caroline an. Diese war sichtlich erleichtert, dass er aufgehört hatte, nur mit vor Schrecken verzerrter Miene vor sich hinzustarren.

„Ist doch nicht so schlimm. Wir finden schon heraus, wer du bist und wo deine Freunde sind", wollte sie ihn trösten.

„Caroline?", seine Stimme klang kläglich wispernd, wie die eines Kindes, das seiner Mutter gleich beichten musste, dass es sich eingenässt hatte.

„Ja?", meinte sie ebenso gefühlvoll, wie auch die Mutter des Kindes geantwortet hätte.

„Kannst du mir eine einzige Frage beantworten?"

„Na sicher doch. Welche?"

„Welches Datum haben wir heute?"

„Es ist der 15. Juni."

Der 15. Juni? Als er in Wunsiedel ankam, war es bereits Juli gewesen. Das bedeutete, er war vermutlich fast ein Jahr in der Zukunft, bestenfalls. Konnte sich in so kurzer Zeit so viel verändert haben?

„Na gut, vielleicht habe ich noch eine zweite Frage. Kannst du mir auch noch das Jahr sagen?"

„Das mache ich, aber die Farbe deiner Nasenspitze sagt mir, dass du dich dazu lieber wieder hinsetzen solltest."

Er tat wie geheißen.

„Vielleicht ist es ja ganz gut, wenn ich dir das jetzt sage. Dann realisiert dein Gehirn, dass du nicht der sein kannst, der du denkst, dass du bist. Du meine Güte, ist das kompliziert." Caroline verdrehte die Augen.

„Caroline, bitte, das Jahr!“, bat Goethe nun eindringlich.

Sie seufzte. Und seufzte nochmal. Dann holte sie Luft und sagte die Worte, die Wolfgang für den Rest seines Lebens nie mehr vergessen sollte: „Es ist Samstag, der 15. Juni 2024.“

*****

Caroline wusste auch nicht, was sie erwartet hatte. Irgendwie hatte sie die naive Hoffnung gehabt, sobald sie Wolfgang das Jahr nannte, würde es in seinem Kopf kurz *Puff* machen und er wüsste wieder, wer er war. Immerhin zeigte doch die Frage nach dem Jahr, dass sein Gehirn langsam registrierte, dass die reale Welt um ihn herum mit seiner Scheinidentität als Goethe nicht übereinstimmte. Statt die Realität anzuerkennen, bot ihm sein Verstand jedoch eine andere, kreativere Lösung für das Problem.

Als sie ihm das Jahr genannt hatte, hatte Goethe dieses zunächst immer wieder vor sich hin gestammelt.

„2024 ... 2024 ... 2024 ...“

Dann fing er an zu rechnen.

„Das sind fast 240 Jahre. 240!“, rief er aus, nur um danach in wilde Verzweiflung auszubrechen.

„Sie sind alle tot, wirklich alle. Niemand ist mehr da, nur ich. Charlotte! Oh, meine Charlotte!“

Aus irgendeinem irrationalen Grund spürte Caroline so etwas wie Eifersucht in sich aufsteigen. „Wer ist Charlotte?“, wollte sie wissen.

Doch schon im nächsten Moment kamen ihr Bruchstücke ihres einstigen Deutschunterrichts ins Gedächtnis. War da nicht eine Liebelei zwischen Goethe und einer verheirateten Frau in Weimar gewesen? Hieß die Charlotte? Diesmal war sie nicht enttäuscht, dass es sich wieder um keine echte Erinnerung ihres Begleiters handelte.

Goethe brabbelte: „Wer ist Charlotte? Wer Charlotte ist, will sie wissen. Niemand ist sie mehr, nur noch Gerippe.“ Er schien eine Art Nervenzusammenbruch zu haben, denn mit einem Mal fing er an zu lachen.

„Dabei habe ich ihr doch öfter gesagt, sie solle zusehen, dass sie nicht zu knochig würde.“ Er lachte noch mehr. „Knochig, verstehst du, Caroline?“

Er konnte nun gar nicht mehr an sich halten vor Lachen.

Caroline sah sich um. Sie zogen definitiv zu viele Blicke auf sich. Ein kleines Mädchen, das mit seiner Mutter zusammen ein Eis essend angeschlendert kam, blieb stehen, starrte den laut johlenden kostümierten Mann an und sagte geschockt:

„Mama, der Kasperle da ist aber irgendwie gruselig.“

Schnell zog ihre Mutter sie weiter mit den Worten: „Schau da nicht hin, mein Kind, der Mann ist betrunken.“

Leise redete Caroline auf Wolfgang ein.

„Wolfgang, du musst dich beruhigen, bitte. Die Leute schauen schon so. Nicht dass dich heute doch noch wer in die Psychiatrische einweisen will. Sei so lieb, atme tief durch und erzähle mir ganz ruhig, was dich so bewegt.“ Sie streichelte ihm in Kreisen über den Rücken. Das half bei den Kindern, die sie im Kindergarten betreute, auch immer, wenn sie Kummer hatten.

Es dauerte eine gefühlte Ewigkeit und an die zwanzig tadelnde Passantenblicke, bis Goethe sich langsam beruhigte. Der Anfall schien ihn geschwächt zu haben. Völlig entkräftet ließ er seinen Kopf auf Carolines Schulter sinken. Sie versuchte nochmals, zu ihm vorzudringen.

„Kannst du mir jetzt sagen, was los ist?“

Goethe richtete sich wieder auf, nahm ihre Hände und sah ihr tief in die Augen.

„Caroline, du bist nun der einzige mir vertraute Mensch auf der ganzen Welt.“

Sie fühlte sich zwar geschmeichelt, meinte aber: „Ach, sei doch nicht so dramatisch, da wird es schon noch ein paar mehr geben.“

Goethe schüttelte traurig den Kopf.

„Weißt du noch, das Gewitter, von dem ich dir erzählt habe? Dieses Gewitter, dieser Tag, an dem ich gestürzt bin und mir den Kopf verletzt habe, das war gar nicht heute. Der Tag, an dem ich durch das Felsenmeer gewandert bin, das war der dritte Juli 1785.“

Caroline wusste nicht, was er von ihr erwartete. Das zeigte doch nur, dass er noch immer in seinem verwirrten Denken gefangen war.

„Verstehst du denn nicht? Gestürzt bin ich 1785, aufgewacht aber 2024. Da ich nicht wirklich fast 240 Jahre dort gelegen haben kann, bleibt nur ein Schluss. Ich bin durch die Zeit gereist!“ Wolfgang sah sie mit weit aufgerissenen Augen an.

Das klang nun gar nicht so, als würde er sich bald wieder an alles erinnern können. Es sah eher danach aus, als ob er sich mehr und mehr in seine Fantasiegeschichten verstrickte. Zeitreise, wer glaubte denn an sowas. Und dann auch noch ganz ohne Zeitmaschine. Das wäre schön, wenn das so einfach wäre. Man knallt mal eben kräftig mit dem Kopf wo ran, und schon ist man in der Zukunft.

„Ich sehe dir an, dass du mir nicht glaubst“, meinte Wolfgang und ließ ihre Hände los. „Ich würde mir ja selbst nicht glauben. Das ist nicht rational. Man haut sich doch nicht einfach den Schädel an und ist dann, schwupps, mal eben in der Zukunft.“

Caroline lächelte. „Das Gleiche habe ich auch gerade gedacht.“

„Du hast aber gleich am Anfang unseres Treffens bemerkt, dass meine Kleidung nass war. Und du hast behauptet, es hätte hier schon länger nicht mehr geregnet.“

„Ja weißt du, früher hatten wir hier sehr viel Regen im Sommer, aber jetzt, mit der Klimaerwärmung ...“

„Klimaerwärmung? Was soll das heißen?“

„Ach, das würde jetzt zu weit führen. Aber ja, ich gebe zu, dass ich mir auch nicht erklären kann, wie du da oben so nass geworden bist. Vielleicht hat vor mir ja schon jemand probiert, dich zu wecken, indem er dich mit Wasser begossen hat? Andererseits habe ich da niemanden sonst gesehen und du warst ja wirklich von oben bis unten gleichmäßig nass.“ Caroline überlegte.

„Apropos nass. Das bin ich übrigens noch immer. Dieses Leder trocknet einfach viel zu langsam. Jetzt, wo die Sonne hinter den Häusern verschwunden ist, wird mir etwas kalt. Wüsstest du denn eine andere Herberge für mich?“ Er sah sie mit einem Blick an, den sie sonst nur von kleinen Hundewelpen kannte.

Caroline war klar, dass sie ihn nicht in ein Hotel bringen konnte. Zum einen musste er da seinen Namen angeben und zum anderen hatte er sicher kein Geld bei sich. Moment mal, Geld, Geldbeutel, Ausweis! Sie schlug sich mit der Hand gegen den Kopf. Da hätte sie ja auch von Anfang an draufkommen können. Sie wusste wirklich nicht, was heute mit ihr los war. Wahrscheinlich hatte sie zu viel Sonne abbekommen.

„Wolfgang, hast du vielleicht Dokumente bei dir, die belegen können, wer du bist? Einen Ausweis, einen Führerschein, irgendwas? Durchsuch doch mal deine Taschen“, wies sie ihn enthusiastisch an.

Eines musste man seinem merkwürdigen Outfit lassen, es hatte wirklich viele Taschen. Doch nur in zweien davon wurden sie fündig. In der einen war ein zusammengefaltetes Papier, auf dem wohl mal ein Gedicht notiert gewesen war. Die Schrift war durch die Nässe aber leider total verlaufen, so dass man nur noch ein paar wenige Reimendungen lesen konnte. Hatte der Typ ernsthaft *Eiche* auf *Gesträuche* gereimt?

In der anderen Tasche waren Geldmünzen. Caroline stockte der Atem. Das waren definitiv keine Euros. War das ausländisches Geld? Die Münzen sahen irgendwie altertümlich, aber gleichzeitig recht neu aus. Wolfgang schien ein echt gründlicher Goethefan oder Schauspieler zu sein. Er hatte nicht nur an das Kostüm, sondern zudem an Requisiten gedacht. Es sollte doch irgendjemandem auffallen, wenn so jemand verschwand.

Vielleicht stand ja morgen oder am Montag schon eine Suchmeldung im Internet oder der Zeitung. Falls nicht, müsste sie ihn zur Polizei bringen, oder zurück zu Doktor Tatzel. Aber jetzt galt es erst mal, den vermeintlich in der Zukunft Gestrandeten zu beruhigen und ihm ein Gefühl von Sicherheit zu geben. Mit viel Glück war der Spuk morgen früh schon vorbei. Caroline entschloss sich, ihren Begleiter bis dahin so zu behandeln, als wäre er wirklich der in der Zeit gereiste Goethe. Sie hielt das für das Beste, um bei ihm keine weiteren Nervenzusammenbrüche auszulösen.

„Was ist das denn für Geld?“, fragte sie interessiert.

„Das sind Taler, was sonst? Bezahlt man damit hier nicht mehr?“

„Äh, nicht wirklich. Aber sollten die echt sein, sind sie bestimmt was wert und du kannst sie bei Gelegenheit bei einem Sammler gegen richtiges Geld tauschen.“

Die Aussicht darauf, nicht ganz mittellos durch die Zukunft zu streichen, schien Goethe etwas entspannen zu lassen.

„Aber womit soll ich denn so lange eine Herberge bezahlen?“, fragte er.

„Das ist doch klar. Du kommst erst mal mit zu mir. Da kannst du dich aufwärmen, was essen und einen schönen Schlafplatz finden wir auch für dich.“

Dankend nahm er ihr Angebot an.

„Wer nie sein Brot mit Tränen aß,
Wer nie die kummervollen Nächte
Auf seinem Bette weinend saß,
Der kennt euch nicht, ihr himmlischen Mächte."

(Johann Wolfgang von Goethe, Wilhelm Meisters Lehrjahre)

Kapitel 4

Als Caroline mit Wolfgang bei ihrer Wohnung ankam, war es schon dunkel draußen und Goethe bibberte am ganzen Leib. Er staunte wie ein Kind an Weihnachten, als er das Wohnhaus sah.

„Das ist dein Haus? Das ist ja riesig! Wie bekommst du das nur beheizt?"

Caroline lachte. „Das ist nicht alles meins, ich habe darin nur eine kleine Wohnung."

Im Treppenhaus rümpfte der Dichterfürst die Nase, was Caroline ihm nicht verübeln konnte. Es stank oder duftete nach Putzmittel, je nachdem, ob man wusste, wie es zuvor gerochen hatte. Frau Messner, die Frau des Hausmeisters, musste hier ausnahmsweise mal am Wochenende geputzt haben. Der Grund dafür war wohl Herr Prechtl. Dieser litt unter einem Alkoholproblem und hatte sich gestern vor seiner Wohnungstür übergeben. Leider schaffte er es in letzter Zeit nur noch selten bis in seine Wohnung, bevor er sich erbrach. Meist betrank er sich nämlich schon auf dem Heimweg von dem Supermarkt, wo er sich mit Alkohol eindeckte.

Leider blieb der Fahrstuhl hier im Haus immer stecken, so dass Caroline es lieber nicht wagen wollte, dort einzusteigen. Deshalb musste der müde und erschöpfte Wolfgang noch sehr viele Treppen steigen. Sie wohnte im fünften Stock.

Caroline schloss ihre Wohnungstür auf, die sich quietschend öffnete. Der Mief in der Wohnung sagte ihr, dass sie dringend lüften musste, nasser Goethe hin oder her. Es fühlte sich an, als sei kein bisschen Sauerstoff mehr vorhanden. Die Luft war zum Schneiden dick, dank des heißen Sommertags. Sie ging und kippte alle Fenster.

„Wow, was machst du da mit den Fenstern? Was ist das für eine eigenartige Weise, sie zu öffnen?“ Wolfgang rannte zu ihr und untersuchte sogleich die Scharniere.

„Gab es das zu deiner Zeit noch nicht?“

„Nein, das ist mir neu“, meinte Goethe grüblerisch. „Mir erschließt sich nicht so ganz, wozu das gut sein soll. Kommt so nicht viel weniger Luft herein?“

„Ja, aber ich hatte es jetzt schon ein paar Mal, dass bei ganz geöffnetem Fenster sich eine Taube hier reinverirrt hat.“

Sie zeigte aus dem Fenster auf ein altes Holzhäuschen unten auf einer Wiese.

„Herr Messner, der Hausmeister hier, züchtet in dem Schuppen da Tauben.“

Goethe staunte, als er es dort vor lauter Vögeln nur so wimmeln sah.

„Immerhin, das gab es zu meiner Zeit auch schon. Man hat die Tauben oft dazu verwendet, um Briefe zu versenden, wusstest du das?“

„Ja klar, Brieftauben gibt es heute auch noch, aber nur für Liebhaber. Bevor du mich jetzt aber über unser heutiges Postsystem ausfragst, musst du erst mal raus aus den nassen Klamotten“, sagte Caroline im Befehlston. Doch er schien sie gar nicht zu hören. Er hatte begonnen sich in der Wohnung umzusehen und staunte nicht schlecht.

„Du hast bei dir zuhause dieses elektrische Licht? Ist das nicht furchtbar teuer, sich sowas einrichten zu lassen? Ich kenne ja nur Elektrisiermaschinen und die sind schon nicht billig. Und was sind das für Gerätschaften?“, er rannte zu ihrem Telefon, nahm es und drückte wild auf die Tasten. Dann ließ er es fallen und flitzte wie von der Tarantel gestochen ins Wohnzimmer, wo er den Fernseher erblickt hatte.

„Das schwarze Glas gibt es auch in groß? Unglaublich! Wie viele Orchester wohl darauf passen?“

Er rannte von Zimmer zu Zimmer. In der Küche fing er an, die Regler am Herd zu drehen, und staunte, als die Ceranfelder zu leuchten begannen. Dann drückte er auf der Kaffeemaschine herum. Zum Glück war die nicht eingeschaltet, sonst hätten sie jetzt noch einen nächtlichen Kaffee trinken können. Caroline ließ sich von seiner Begeisterung anstecken und zeigte ihm stolz ihren Kühlschrank.

„Ein Schrank ohne Eis drin, der aber kühl ist. Du kannst damit Lebensmittel frisch halten wie in einem Kühlhaus! Wie funktioniert das? Wer hat das erfunden?“

Goethe steckte vor lauter Begeisterung beinahe seinen Kopf hinein. Da sie seine Haare nicht in ihrer Butter kleben haben wollte, zog sie ihn behutsam zurück.

„Das technische Wissen dieser Zeit ist ein echt großer Brocken für jemanden aus dem Jahr 1785. Ich erkläre dir das morgen, Stück für Stück.“

Sie zeigte Goethe noch ihr Schlafzimmer, das wie immer unaufgeräumt war. Es kam ja nie jemand außer ihr hier rein, warum also hätte sie putzen sollen? Jetzt schämte sie sich fast ein bisschen dafür.

„Oh, da hat deine Haushälterin aber vergessen, dein Bett frisch zu machen“, fiel Goethe gleich auf.

„Du meinst die Hausmeisterin, oder? Die macht sowas nicht. Oder glaubst du wirklich, ich könnte mir eine Haushälterin leisten?“

„Bist du denn nicht reich?“, fragte er. „Du hast doch all diese Sachen, den Jundai, das kleine und das große Glas, diesen Ofen, den kühlen Schrank. Wie kannst du dir das sonst leisten?“

„Das ist in dieser Zeit sozusagen Standard. Das hat fast jeder. Na gut, ich gestehe, auf den Fernseher musste ich lange sparen, also ich meine, auf das große Glas, aber das war echt eine gute Investition, so viel, wie ich auf Netflix schaue.“

Das Wort Netflix irritierte ihn wohl, er schien jedoch das viele Nachfragen zu den Dingen dieser Zeit langsam müde zu sein.

„Das erklärt wenigstens, warum die Wohnung so winzig ist“, war somit sein einziger Kommentar dazu. Dann verlegte er sich auf recht private Fragen.

„Wann kommen denn deine werten Eltern oder dein ... ähem, Ehemann nach Hause? Wird es denn recht sein, wenn sie mich hier antreffen?“

Caroline schaute misstrauisch. Wollte er auf diese Weise herausfinden, ob sie Single war? „Ich bin nicht verheiratet und meine Eltern ...“, sie stockte, „die wirst du hier auch nicht antreffen. Ich wohne alleine.“ Das klang jetzt trauriger als beabsichtigt. Dabei war sie doch stolz auf ihr eigenständiges Leben.

Goethe atmete scharf ein. „Also bist du doch ein Fräulein? Eines, das alleine lebt? Finden denn die Leute das nicht anrüchig? Wie bewahrst du deine Ehre?“

„Ach herrje, du scheinst ja wirklich aus einem ganz anderen Jahrhundert zu stammen.“

„Sag ich doch.“

Caroline lachte. „Jetzt genug geplaudert, ab unter die Dusche mit dir, da kannst du dich aufwärmen. Ich leg dir ein Handtuch, ein Shirt und eine Jogginghose von mir hin, das sollte passen, zumindest so lange, bis ich zurück bin.“

„Du gehst noch weg? Als junge Frau ganz alleine in der Dunkelheit? Und du willst mich hier mit all diesen neuen Dingen wirklich alleine lassen?“, er wirkte verunsichert.

„Ich bin gleich wieder da. Ich fahr nur kurz zu einer Freundin. Ihr Mann hat eine ähnliche Statur wie du. Vielleicht kann sie mir ein paar Sachen für dich leihen. Die Lederkluft ist zu nass und in den Trockner kann ich die ja wohl kaum stecken. Außerdem solltest du was Normales anhaben, falls wir uns nochmal unter Leute wagen.“

Das schien Wolfgang einzuleuchten. Auch wenn ihm sichtlich der Gedanke widerstrebte, die Kleidung eines anderen zu tragen. Caroline versicherte ihm jedoch, dass diese besser gewaschen sei als alles zu seiner Zeit. Dann musste sie ihm nur noch kurz die Dusche erklären, was aber aufgrund seiner Euphorie für das warme, aus der Wand kommende Wasser auch wieder etwas länger dauerte.

Schon nach zehn Uhr, stellte Caroline fest. Birte würde sich wundern, wenn sie jetzt noch klingelte. Sie schrieb ihr schnell eine Whatsapp, um sie vorzuwarnen. Mit einem mulmigen Gefühl verließ sie die Wohnung. Hoffentlich stellte Goethe nichts Dummes an, solange sie weg war.

*****

Birte öffnete Caroline die Haustür, noch bevor sie überhaupt geklingelt hatte. Sie hatte die Whatsapp also gelesen.

„Pssst, die Kinder schlafen schon!“, sagte sie leise. „Komm rein.“

Sie führte sie ins Wohnzimmer, wo ihr Mann Jerome mit Kopfhörern vor dem gefühlt zwei Meter breiten Fernseher saß und mit der Playstation irgendein Fußballspiel zockte. Er sah kurz auf.

„Hey Caro, na, wie geht’s?“ Dann spielte er weiter, ohne ihre Antwort abzuwarten. Sie nuschelte trotzdem ein „Danke, gut“, bevor sie sich Birte zuwandte.

Diese war wie immer perfekt gestylt. Sie trug ein kurzes, enges Sommerkleid in Blau mit Margeriten darauf, das ihre ebenso blauen Augen erstrahlen ließ. Zudem betonte es ihren schlanken Körper ausgesprochen gut. Caroline hatte keine Ahnung, wieso drei Geburten ihre Freundin nicht mal ein kleines bisschen aus der Form gebracht hatten.

Birtes blonde, kurz geschnittene Haare saßen zu dieser späten Stunde noch perfekt und auch vom Make-up war nichts verwischt. Konnte sie nicht einfach wie jeder andere zu dieser Uhrzeit in Jogginghose und T-Shirt mit verlaufenem Mascara auf dem Sofa sitzen und Chips essen?

„Sag mal, bist du frisch geschminkt?“, fragte Caroline daher.

„Na klar, wenn sich Besuch ankündigt, dann richtet man sich doch her, oder? Ich will ja nicht, dass du nachher in der Stadt rumerzählst, ich würde jeden Abend in T-Shirt und Jeans auf dem Sofa sitzen und Chips in mich hineinstopfen“, lächelte sie.

Caroline blickte zu Jerome. Dieser trug zwar auch keine Jogginghose, sondern eine Levis-Jeans in Kombination mit einem Lacoste-Poloshirt. Er hatte jedoch wenigstens eine angebrochene Bierflasche auf dem Wohnzimmertisch stehen. Na gut, er benutzte einen Korkuntersetzer. Das war aber nur allzu verständlich bei dem teuren Möbelstück.

Birtes Wohnzimmertisch war nicht wie Carolines von Ikea, sondern eine Einzelanfertigung von einem echten Tischler. Dieser hatte so gut wie alle Möbel in dem Einfamilienhaus gemacht. Es wirkte dadurch zwar rustikal, war aber insgesamt sehr stilvoll eingerichtet. Das Ganze hieß wohl Landhausstil. Nur die Kinderzimmermöbel waren Massenware, weil die noch recht viel mitmachen mussten.

Birtes Kinder, allesamt Jungs, waren vier, sechs und neun Jahre alt. Da ging ab und an das ein oder andere zu Bruch. Wie Caroline ihre Freundin kannte, würden die Buben zum achtzehnten Geburtstag vermutlich kein Auto, sondern getischlerte Möbel geschenkt bekommen. Vorausgesetzt, sie erwiesen sich als würdig.

Birte bot Caroline einen Stuhl am Esstisch an. Sie setzten sich, doch Caroline sprang gleich wieder auf, weil unter ihrem Sitzkissen etwas Hartes lag. Als sie nachsah, fand sie einen roten Legostein. Welch ein Triumph. Ihrer Freundin war beim Aufräumen etwas entgangen, sie war doch nicht perfekt. Aber das dachte sich Caroline natürlich nur und legte den Baustein ohne einen Kommentar zur Seite.

„Also, was führt dich so spät noch zu uns?", wollte Birte wissen.

„Tja, äh, ja, hm, wo fang ich da jetzt an? Na gut, also, es ist so, ich habe ungeplanten Besuch zuhause. Leider hat der keine eigene Kleidung, und da er eine ähnliche Statur hat wie Jerome, wollte ich fragen, ob ihr mir nicht was von Jeromes Sachen ausleihen könntet? Nicht für lange, ich bringe es euch bald gewaschen wieder zurück." Caroline setzte ihren besten Hundeblick auf.

Birte schien verwirrt zu sein. „Du hast ungeplanten Besuch bei dir, es ist ein Er und dieser Er ist nackt?", fragte sie neckisch.

Caroline errötete. „Sorry, das kam jetzt falsch rüber. Er hat natürlich schon eigene Kleidung, aber die ist total durchnässt und etwas komplizierter zu reinigen und zu trocknen. Ach, das klingt jetzt schon wieder dämlich. Ich denke, ich fange ganz von vorne an."

Birte zog die Augenbrauen zusammen und nickte. „Ja, ich glaube, das wäre am besten."

Caroline überlegte. Sollte sie alles erzählen, also auch das mit der geistigen Verwirrung? Vielleicht ließ sie das ja doch lieber weg. „Ich war heute im Felsenlabyrinth unterwegs."

„Ach herrje, schon wieder?", unterbrach Birte sie mit wissendem Blick.

„Na ja, es sind jetzt genau 25 Jahre, weißt du?", antwortete Caroline betreten.

Birte schob ihren Stuhl näher an sie heran und legte einen Arm um sie.

„So schlimm ist es jetzt auch nicht", meinte Caroline.

„Egal, von seiner Freundin kann man sich immer drücken lassen", munterte Birte sie auf.

Caroline genoss die freundschaftliche Berührung sehr. Das war der Grund, warum Carolines und Birtes alte Grundschulfreundschaft bis heute gehalten hatte. Obwohl sie zwei so unterschiedliche Persönlichkeiten hatten, wusste die eine immer genau, was die andere dachte und fühlte. Sie waren stets füreinander da gewesen, zusammen durch dick und dünn gegangen und das würden sie wohl auch noch tun, wenn sie alt und grau waren.

„Okay, du warst also wandern“, ließ Birte Caroline den Faden wieder aufnehmen.

„Ja, genau. Es war da oben so angenehm, sag ich dir, der Schatten, die gute Waldluft und ab und an eine schöne kühle Brise.“

Birte räusperte sich. „Es ist schon spät, möchtest du nicht zum Punkt kommen?“

„Sorry. Ich habe da oben einen Mann gefunden, der ohnmächtig war. Der lag da in einem nassen, ja äh, also in einem Goethekostüm. Er ist nämlich Goethedarsteller und hat sich da oben wohl in die Figur hineingefühlt oder so, als er verunglückt ist.“

„Ach herrje. Hast du einen Krankenwagen gerufen?“

„Ins Felsenlabyrinth?“

„Na dann halt einen Hubschrauber?“

„Nein, er ist von selbst wieder auf die Beine gekommen und meinte, es geht ihm gut.“

„Aber er war doch ohnmächtig, da ruft man immer die Rettung. Er könnte eine Kopfverletzung haben. Hast du ihm die wichtigen W-Fragen gestellt?“, wollte Birte wissen.

Es war ja klar, dass sie das mit der Verletztenrettung perfekt gemacht hätte. Vielleicht rief Caroline beim nächsten Unfallopfer, das sie fand, einfach bei Birte an und fragte sie, was zu tun sei.

„Willst du die Geschichte jetzt hören?“

„Ich bin ja schon ruhig.“

„Zu deiner Beruhigung, ich habe ihn ins Krankenhaus gebracht. Der Arzt dort meinte, es wäre schlimmstenfalls eine kleine Gehirnerschütterung. Jedenfalls, da er von weiter weg ist und ich ihn in dem Zustand nicht einfach fortschicken konnte, na ja, also, ich habe ihm angeboten, dass er sich bei mir erst mal erholen kann. Aber er hat halt keine anderen

Klamotten dabei als dieses schwere Lederkostüm. Deshalb brauche ich jetzt was Trockenes und Normales zum Anziehen für ihn.“ Sie blickte Birte verunsichert an. Hatte sie das jetzt geschluckt oder würde es weitere Nachfragen geben?

„Wieso war seine Kleidung denn nass?“, kam tatsächlich eine der Fragen, die Caroline befürchtet hatte.

„Äh, also, das weiß ich jetzt tatsächlich auch nicht so genau. Ich war eher auf die Hilfeleistung konzentriert.“ Sie traute sich gar nicht mehr, Birte in die Augen zu sehen. Doch die lenkte ein.

„Du, ich habe eh gerade ein paar Säcke für die Altkleidersammlung aussortiert, die kann ich dir mitgeben. Ich such dir dann mal noch ein paar Unterhosen und Unterhemden mit dazu raus und, was braucht er noch? Ach ja, Socken. Schuhe hat er selbst? Oder braucht er welche? Kennst du seine Größe? Braucht er auch eine Jacke?“

Caroline dachte an Goethes Stiefel. Die konnten sogar durchaus als neumodisch durchgehen. Wenn sie über Nacht trockneten, konnte er sie auch wieder verwenden.

„Schuhe braucht er nicht, Jacke wäre eine dünne ganz gut, er hat nur eine recht warme von dem Kostüm.“

„Okay. Ich leg dir auch noch einen Pyjama mit rein. Die meisten Männer schlafen ja am liebsten nur in Unterhose. Wenn er aber ein Goethefan ist, dann schläft er ja vielleicht auch gerne wie sein Vorbild und ich kann mir nicht vorstellen, dass der nur in Unterhose geschlafen hat.“

Birte dozierte das so, als ob sie Caroline über Männer und deren Gepflogenheiten erst aufklären müsste. Es war aber nicht so, dass Caroline noch Jungfrau gewesen wäre. Sie hatte durchaus schon öfter mal einen Freund und so manchen One-Night-Stand gehabt. Nur länger als ein halbes Jahr hatten ihre Beziehungen nie gedauert. Sie wusste also selbst, wie Männer gerne schliefen, und zudem, wie laut sie schnarchen konnten. Das war mit ein Grund, warum sie kaum einen Mann die ganze Nacht bei sich verbringen ließ.

Caroline musste sich eingestehen, dass es fast ein Jahr her war, als sie zuletzt auf Männerfang gegangen war. Deshalb hatte sie ja nichts verlernt, oder doch? Jedenfalls gab es keinerlei Grund, warum Birte, nur weil sie beinahe elf Jahre glücklich verheiratet war, ihr in Sachen Männer irgendetwas voraushaben sollte. Im Gegenteil, sie kannte seit über einem Jahrzehnt nur noch die Eigenarten eines einzigen Mannes, Caroline wusste hingegen von gleich mehreren Exemplaren, wie sie tickten.

„Wie heißt dein ominöser Besucher eigentlich und wie lange wird er bei dir bleiben?“, riss Birte sie aus ihren Gedanken.

„Sein Name ist Wolfgang und er bleibt so lange, bis es ihm besser geht, würde ich sagen. Ich schätze, höchstens bis Montag oder so.“

Irgendwie behagte ihr die Vorstellung nicht, Goethe so bald wieder gehen zu lassen, was total verrückt war, denn er war ja nur eine Last für sie. Hatte sie so eine Art Helfersyndrom?

„Caroline Neumüller!“, spielte sich Birte übertrieben auf. Was kam jetzt? Birte nannte die Menschen um sich herum nur bei ihrem vollen Namen, wenn sie etwas angestellt hatten. Eine Marotte, die sie sich mit ihrem Mamadasein zugelegt hatte. Deshalb fühlte sich Caroline jetzt auch wie ein kleines Mädchen, das beim heimlichen Naschen ertappt worden war.

„Was ist denn?“, fragte sie unschuldig.

„Du hast Gefühle für diesen Typen“, stellte Birte trocken fest.

Caroline verschluckte sich vor Schreck. „Ähäm, was? Ich? Gefühle für den? Ich kenn den doch nicht mal richtig. Wie kommst du denn darauf?“

„Ganz einfach, du hattest eben denselben Katzenjammerblick wie damals in der elften Klasse, als der französische Austauschschüler, ich glaube, der hieß Claude, als der wieder nach Hause fahren musste. Weißt du noch, du hast dem fast drei Monate lang nachgetrauert, wolltest gar nach Frankreich auswandern, und das, obwohl du ja nicht mal was mit ihm am Laufen hattest. Ich bezweifle, dass der dich überhaupt irgendwie wahrgenommen hatte.“

Caroline konnte nicht glauben, dass Birte jetzt wirklich die alte Geschichte aufwärmen wollte. Aber wenn sie ehrlich mit sich war, erkannte sie das Gefühl von damals nun durchaus wieder.

„Er hieß Guillaume“, sagte sie daher resignierend, „Claude war der mit den vielen Pickeln im Gesicht.“

Birte schwieg, wohl in der Hoffnung, Caroline dazu zu bringen, über ihre Gefühle für Wolfgang zu reden, aber den Gefallen tat diese ihr nicht.

„Also könntest du mir die Sachen jetzt raussuchen? Es ist schon spät und ich will euch nicht länger zur Last fallen. Außerdem muss ich mal nach dem Rechten sehen, was mein Besuch gerade alleine in meiner Wohnung macht."

Birte brachte ihr gleich zwei Säcke voll Klamotten. „Na so lange wird er wohl nicht bleiben, dass er die alle braucht", meinte Caroline.

Birte lächelte wissend. „Wer weiß, wer weiß!" Sie führte Caroline nach draußen.

Caroline rief im Rausgehen Jerome zu: „Danke für die Sachen, Jerome. Schönes Wochenende noch."

Dieser blickte auf. „Wünsche ich dir auch ... Moment mal, welche Sachen?"

Doch da stand Caroline schon an der Haustür, drückte ihre Freundin zum Abschied ganz fest und ging dann nach draußen.

„Schreib mir mal, wie es so läuft, oder ruf mich an!", rief Birte ihr noch hinterher.

Wie sollte es schon laufen mit einem Mann, der sich für den zeitreisenden Goethe hielt. Caroline war sich sicher, dass die nächsten Tage ziemlich verrückt werden würden. Aber wenigstens eine Sache war vollkommen klar: Auch wenn der Typ sie vielleicht ein bisschen nervös machte, sie würde sich auf keinen Fall in ihn verlieben.

*****

Dieses *Duschen* war eine phänomenale Erfindung. Johann Wolfgang von Goethe stand schon eine ganze Weile unter dem warmen Regen, der so herrlich auf seine Haut prasselte. Das erinnerte ihn daran, wie er sich einmal als Knabe bei einem Streifzug durch die Natur nackt ausgezogen hatte, als es zu regnen begann. Er hatte sich so frei gefühlt, als er mit weit ausgestreckten Armen und laut jubelnd über die Wiesen gerannt war und ihm das Wasser überall herunterlief. Nur leider hatte er sich dabei eine satte Erkältung zugezogen, weshalb er das niemals wiederholt hatte.

Aber dieser Duschregen, der wärmte seine Glieder, entspannte seine Muskeln und auch seine Seele. Und es war so viel einfacher, als ein Bad zu nehmen, für das man das Wasser erst mühselig erhitzen musste. Man brauchte zudem keine Diener, die immer wieder warm nachgossen. Er wollte nie, nie mehr unter der Dusche hervorkommen. Dafür war es viel zu ... kalt!

„Aaaaaah!“, Goethe sprang schreiend aus der Duschkabine.

Er war kaltes Wasser ja nun wirklich gewöhnt, alleine schon wegen seiner vielen Badeausflüge an den See. Wenn die Temperatur aber so schnell von angenehm warm auf eiskalt wechselte, war das selbst für ihn ein Schock.

„Kalt, kalt. Handtuch, Handtuch, wo ist das Handtuch?“, blickte er sich panisch suchend um.

Caroline reichte es ihm. Caroline? Oh nein, sie war bereits wieder zuhause und er stand nun splitterfasernackt vor ihr. Wie peinlich war das denn? Schnell schlang er sich das Handtuch um. Erst dann traute er sich, sie anzublicken. Sie schien auch unangenehm berührt zu sein. Ihre Wangen waren leicht errötet.

„Es tut mir leid, ich wäre nicht ins Bad gekommen, wenn ich dich nicht so laut schreien gehört hätte. Ich dachte, es wäre etwas passiert. Du hast doch nicht etwa bis jetzt geduscht?“

Goethe konnte sich nicht erinnern, dass sie ihm eine zeitliche Begrenzung für das Duschvergnügen genannt hatte. „Doch, es war einfach zu schön. Zumindest bis gerade eben, als das Wasser plötzlich eiskalt wurde.“ Er schüttelte sich, als er an den Kälteschock dachte.

„Du meine Güte, dann hast du jetzt vermutlich das warme Wasser vom ganzen Haus verbraucht. Na da hoffen wir mal, dass heute nicht noch jemand anderes duschen wollte“, tadelte ihn Caroline.

„Oh, ich wusste nicht, dass der Warmwasservorrat begrenzt ist, tut mir leid.“

„Schon gut“, winkte Caroline ab.

Irrte er sich, oder musterte sie seinen nur mit einem Handtuch bedeckten Körper? Er gönnte sich den Spaß und ließ das überaus flauschige Textil ein kleines Stück weiter runterrutschen. Als Caroline erneut errötete, schämte er sich, ihr so übel mitzuspielen. Er wusste ja nicht, ob sie überhaupt schon einmal mit einem Mann ... Er sollte aufhören, darüber nachzudenken, das schickte sich nicht. Sie war immerhin die Frau, die ihn aus dem Labyrinth gerettet und bei sich aufgenommen hatte, da war wohl ein wenig Anstand geboten.

„Ich, äh, also, ich habe dir was anderes zum Anziehen gebracht. Dann musst du meine Sachen gar nicht erst anprobieren.“ Sie wühlte in einem von zwei großen beutelähnlichen Behältnissen. „Hier, das passt sicherlich. Zieh das an und ich mache uns derweil was zum Abendessen. Du hast doch Hunger, oder? Ach, und brauchst du einen Föhn für deine Haare?“, wollte Caroline wissen.

Er musste gar nichts sagen, sein fragender Blick reichte schon aus. Seine Gastgeberin zeigte ihm ein elektrisches Gerät, das warme Luft erzeugen konnte, welche wiederum die Haare trocken blies. Sie ermahnte ihn noch, das Teil keineswegs mit Wasser in Berührung zu bringen, und ging dann in die Küche.

Zehn Minuten später war Wolfgang in die Kleidung dieser Zeit gehüllt und seine Haare standen in alle Richtungen zu Berge. Dieser Föhn war ein Werk des Teufels. Das nächste Mal wollte er seine Haare lieber ganz normal trocknen lassen. Ob es hier wohl jemanden gab, der ihm seine Locken legen konnte?

Wolfgang blickte enttäuscht an sich herab, auf die blaue Hose aus diesem merkwürdigen, festen Stoff und das knallrote Oberteil, auf dem irgendwas von einem Rock an einem Ring aufgedruckt war. Über diese labbrigen Strümpfe und die karierte Unterkleidung wollte er erst gar nicht nachdenken. Vielleicht sollte ihm sein Äußeres einfach egal sein, solange er hier war. In dieser Zeit schien ein anderer Geschmack zu herrschen. Eventuell war es auch normal, die Haare so zu tragen.

Als Wolfgang die Küche betrat, hatte Caroline einen kleinen Holztisch mit zwei Tellern, Gläsern und Besteck gedeckt. Er konnte Brot und Wurst erkennen, wenngleich die Wurst in sehr, sehr dünne Scheiben geschnitten war. Die Butter erkannte er auch noch, ansonsten gab es aber nur äußerst ungewöhnliche Sachen, zum Beispiel ein Glas mit einer braunen Creme, auf dem *Nutella* stand. Er hatte keine Ahnung, was das sein sollte.

Caroline blickte auf. „Ah, da bist du ja. Um Himmels willen, was hast du denn mit deinen Haaren gemacht?“

Gott sei Dank, so eine Sturmfrisur schien im Jahr 2024 also doch nicht üblich zu sein. Wenn sich jetzt noch geschmackvolle Kleidung finden ließ, dann gab er dieses Jahrtausend nicht ganz verloren.

„Das war nicht ich, das war dieses Föhndings. Ich lass die Haare beim nächsten Mal an der Luft trocknen.“

„Ach was, warte kurz, ich hole schnell die Bürste“, meinte Caroline, und ehe er sich versah, machte sie sich mit einer mintgrünen Haarbürste an seiner Frisur zu schaffen. Erst war er erschrocken, dass sie sich das so einfach erlaubte, aber dann fing er an, es zu genießen. Sie konnte das wirklich gut.

„Ich habe oft meinen Onkel frisiert, der trägt seine Haare auch immer etwas länger. Er hat ja nie Zeit, zum Friseur zu gehen, mit seiner Pizzeria. Wenn er Ruhetag hat, dann haben die Friseure auch zu. Ich habe ihm gesagt, er solle doch mal zu dem im Kaufland gehen, der hat montags auch auf. Das will er aber nicht. Und ich glaube, er mag seine Haare länger lieber.“ Caroline kam ins Reden und deutete ihrem Gast dabei, sich an den Tisch zu setzen. Sie selbst nahm den Stuhl ihm gegenüber.

Goethe strich sich ein Brot mit Butter und belegte es mit der dünnen Wurst. Obwohl sie so hauchzart war, steckte wirklich viel Geschmack darin, als hätte man sie in einem Gewürzfass getränkt. Das war etwas gewöhnungsbedürftig. War in diesem Jahrtausend denn gar nichts mehr wie früher? Nun gut, immerhin schmeckte das Brot noch wie einst.

Wolfgang rann eine kleine Träne über die Wange, als er daran dachte, was man ihm wohl in seiner Zeit für Köstlichkeiten zum Abendessen aufgetischt hätte. Aber sicherlich würde da gerade niemand essen, sondern alle nach ihm suchen. Wenn sich herumsprach, dass er verschwunden war, wäre bestimmt das ganze Land in Aufruhr. Aber darüber wollte er jetzt lieber nicht nachdenken. Unauffällig wischte er die Träne ab und griff das Gespräch wieder auf.

„Was ist eine Pizzeria?“, fragte er mit leicht brüchiger Stimme.

Caroline blickte erstaunt auf. „Sag bloß, zu deiner Zeit gab es noch keine Pizza.“

„Nicht dass ich wüsste.“

„Ach herrje, na dann sei mal froh, dass du in der Zukunft bist. Pizza ist das leckerste Essen auf diesem Planeten. Mein Onkel ist Italiener und er betreibt hier in Wunsiedel ein italienisches Restaurant, das man Pizzeria nennt, weil es dort vor allem Pizza gibt. Das sind dünne Teigscheiben, die mit Tomatensoße und Zutaten nach Wunsch, zum Beispiel Schinken und Käse, belegt sind. Die kommen dann kurz in den Steinofen und das war es auch schon, mehr steckt nicht dahinter.“

„Das klingt, als würde es gut schmecken. Ich habe aber wirklich noch nie etwas davon gehört.“

Caroline rieb sich das Kinn. „Also wenn ich mich recht erinnere, müsste die Pizza aber spätestens im 19. Jahrhundert erfunden werden.“

„Schade, das heißt, es dauert noch mindestens 15 Jahre. Wer weiß, ob ich das noch erleben werde.“

„Ach stimmt, du meintest ja, du kommst aus dem Jahr 1785. Na dann kannst du bei der Erfindung der Pizza vielleicht sogar live dabei sein“, witzelte Caroline. „Was war denn dann deine Leibspeise, ich meine, zu deiner Zeit?“

„Grüne Soße. Meine Mutter macht die ganz exzellent.“

Goethe überkam plötzlich ein Gefühl großer Trauer. Seine Mutter! Was sie wohl denken würde, wenn er es nicht mehr in seine Zeit zurückschaffte? Würde sie glauben, er sei ohne ein Wort des Abschieds für immer gegangen? Oder dachte sie gar, er sei tot? Dabei war doch vor ein paar Jahren erst sein Vater gestorben und davor auch schon seine Schwester. Er war der Einzige, den sie noch hatte. Oh, welche Qualen sie wegen seines Sturzes durch die Zeit wohl erleiden musste.

Mit einem dicken Kloß im Hals biss Wolfgang von dem Brot ab und verschluckte sich sogleich. Wild hustend deutete er Caroline, sie möge ihm etwas zu trinken geben, was diese auch tat. Er nahm einen Schluck und spuckte es sofort wieder aus. In dem Glas war pures Wasser gewesen, das aber irgendwie merkwürdig prickelte.

„Oh, entschuldige. Das wollte ich nicht“, gab er sich zerknirscht und versuchte, die Sauerei mit den Händen aufzuwischen.

Caroline reichte ihm ein Tuch aus Papier. Sie wirkte etwas genervt, meinte aber freundlich: „Schon gut. Wasser ist wohl nicht so ganz nach deinem Geschmack?“

Was war das für ein merkwürdiger Unterton bei dieser Frage? Goethe fühlte sich ertappt. Aber es war in seiner Zeit ja auch schwer gewesen, an trinkbares Wasser heranzukommen. Man musste immer zum Brunnen gehen oder jemanden danach schicken. Wenn es nicht gerade Quellwasser war, musste man es zudem noch abkochen, außer man hatte einen echt robusten Magen. Er trank deshalb lieber Weinschorle oder gar Wein pur, weil der Alkohol dafür sorgte, dass Krankheitserreger ihm nichts anhaben konnten.

Das war schon höchst interessant mit diesen winzigen, krankmachenden Lebewesen, die man übrigens nicht nur im Wasser vorfand. Goethe hatte selbst seit kurzem die Mikroskopie für sich entdeckt und auf seiner Reise sein eigenes Gerät dabei. Damit hatte er schon mehrere Arten dieser Minitierchen bewundert. Es lag aber nun in seinem Herbergszimmer in der Vergangenheit und war somit unzugänglich für ihn. Hoffentlich riss sich das jetzt niemand unter den Nagel. Andererseits war es im Vergleich zu den Mikroskopen, die man in dieser Zeit benutzte, vermutlich hoffnungslos veraltet. Ob er sich so eines besorgen konnte? Er hatte ja gar kein Geld.

„Hallo? Wolfgang? Wo bist du denn gerade mit deinen Gedanken?“, fragte Caroline.

Goethe wollte sich keine Blöße geben. „Natürlich trinke ich auch Wasser. Aber dieses hier hat so ein merkwürdiges prickelndes Gefühl in mir ausgelöst, fast wie die Colamedizin heute. Ich glaube, dein Wasser ist schlecht geworden.“

Jetzt war es Caroline, die beinahe ihr Essen ausspuckte, weil sie so lachen musste. „Glaub mir, das ist nicht schlecht. Da ist Kohlensäure drin.“

„Säure? Ist das dein Ernst?“, war Wolfgang entsetzt.

„Ja, keine Sorge, das ist vollkommen unschädlich. Oder na ja, zumindest fast. Manche Leute müssen aufstoßen davon oder bekommen gar, wie sagte man das wohl zu deiner Zeit, hm ... Flatulenzen?“

Wolfgang blickte sie freundlich an, in der Hoffnung, sie würde ihm etwas anderes geben, womit er seinen Durst löschen konnte.

„Du brauchst gar nicht erst zu fragen, ich habe keinen Wein im Haus. Außerdem glaube ich, dir würde es guttun, ein bisschen weniger Alkohol zu trinken, vor allem mit der Kopfverletzung."

Keinen Alkohol? Was sollte das denn für eine tolle neue Zukunft sein, in der einem der Alkohol versagt wurde? Es war doch ganz normal, am Tag ein bis zwei Flaschen Wein zu trinken, da war nun wirklich nichts dabei. Klar, manchmal übertrieb er es ein klein wenig und trank ein bisschen mehr, aber irgendwoher musste ja die Inspiration kommen. Mit Wasser wurde noch kein großes Werk geschrieben.

„Nun gut. Hast du dann vielleicht etwas nicht Prickelndes für mich? Ich würde nur zu gerne auf die Flatulenzen verzichten", meinte Goethe leicht pikiert.

Sie gab ihm Wasser aus der Leitung zu trinken, ohne es vorher abzukochen. Das schmeckte zwar nach nichts, war aber sicher besser, als diese Säure zu sich zu nehmen.

Sie speisten noch gemeinsam, als Wolfgang eine große Müdigkeit überkam. Die Mühsal des Tages machte sich langsam bemerkbar.

Caroline zeigte ihm ein sogenanntes Ausziehsofa, das sich mittels eines ausgeklügelten Tricks in ein gemütliches Bett verwandeln ließ. Auch das Kissen und die Decke, die sie ihm gab, waren sehr kuschelig und bequem. Er war sich jedoch sicher, in so einer heißen Sommernacht keine Decke zu brauchen.

Seine Gastgeberin gab ihm zusätzlich einen Pyjama, der wohl als Ersatz für ein Nachthemd gedacht war. Er hatte schon einmal von so etwas gehört, allerdings eher als Freizeitkleidung statt zum Schlafen. Da eine Dame im Haus war, würde er den jedoch auf jeden Fall anziehen, egal, wie ungewohnt das war.

Caroline reichte ihm zum guten Schluss noch eine Zahnbürste, die aber nicht aus Holz und Pferdehaar, sondern aus einem ihm unbekannten Material war. Dazu gab es eine Paste, die man damit auf die Zähne auftragen sollte. Die war definitiv besser als Zahnpulver. Sie schmeckte auch angenehm frisch. Goethe war normalerweise kein Freund des Zähneputzens, aber mit dieser erfrischenden Creme machte es fast schon Spaß. Er kürzte das Ganze trotzdem ab, denn er konnte sich kaum mehr auf den Beinen halten. Eigentlich wollte er der Hausherrin noch etwas zur Hand gehen, da sie keine Dienerschaft hatte, die den Abwasch für sie erledigen konnte. Er war aber so müde, dass er sich auf das Sofa fallen ließ und sofort einschlief.

*****

Wolfgang erwachte mitten in der Nacht, weil er ein dringendes Bedürfnis hatte. Alles war stockdunkel und still. Er tastete nach seinem Nachttopf, doch der war nicht da. Erst langsam erinnerte er sich wieder, wo und vor allem wann er war. Er suchte nach einer Kerze oder einem Talglicht, fand aber keines. Wie funktionierten nochmal diese elektrischen Lichter? Er wusste es nicht mehr und ertastete sich daher den Weg zum Badezimmer.

Dort schien zum Glück das Licht des Mondes durch das Fenster, so dass er das Klosett, das ihm Caroline noch gezeigt hatte, gut finden konnte. Er klappte den Deckel hoch und hielt sich strikt an die Anweisung, dass man sich auf dieses Brillendings setzen musste. Mit dieser neumodischen Technik war nicht zu spaßen, also wollte er mal lieber alle Regeln beachten.

Als er rund zehn Minuten später fertig war, drückte er den Knopf, der die Wasserspülung auslöste. Die entfernte zwar seine Hinterlassenschaft, jedoch nicht den unangenehmen Geruch. Goethe hatte durchaus schon von Patenten für solche Wasserklosetts gelesen, jedoch kannte er keinen, der eines eingebaut hatte. Sehr praktisch, wenn man niemanden hatte, der sich um das Leeren des Nachttopfs kümmerte.

Wie nützlich, dass gleich daneben das Becken mit dem fließenden Wasser war, um die Hände zu reinigen. Er hoffte aber inständig, dass dafür nicht das gute Trinkwasser verwendet wurde. Wenn jeder im Land so ein Wasserklosett hatte und ein Waschbecken oder gleich mehrere und das alles mit Quellwasser versorgt wurde, das wäre ja eine unglaubliche Verschwendung gewesen.

Ob diese Dusche auch mit keimfreiem Wasser lief? Er musste Caroline am nächsten Tag unbedingt fragen, aus welchem Becken oder Rohr reines Wasser kam und aus welchem nicht.

Als er sich im Dunkeln wieder zu seinem Sofa im Wohnzimmer zurückschleichen wollte, kam er an Carolines Schlafzimmertür vorbei. Er fragte sich, ob sie wohl auch in einem Pyjama schlief oder ob wenigstens die Frauen dieser Zeit noch Nachthemd trugen. Wie sie wohl darin aussah?

Goethe spürte eine Regung an sich. Das war seltsam, denn in der Nachtkleidung, die er sich gerade vorgestellt hatte, zeigte Caroline deutlich weniger Haut als am Tag, in diesen kurzen Hosen und dem engen Oberteil. Oh nein, an dieses Bild durfte er jetzt lieber auch nicht denken.

Er schalt sich selbst einen Narren. Musste er denn wirklich verrückt nach jedem Weibsbild sein, das ihm über den Weg lief? Er sollte sich endlich in den Griff bekommen. Natürlich waren die Frauen ein anbetungswürdiges Geschlecht, aber das hieß ja nicht gleich, dass man jedes hübsche Frauenzimmer auch begehren musste.

Wolfgang wollte sich dringend etwas abkühlen. Er öffnete eines der Kippfenster und genoss die doch recht kühle Luft, die hereinströmte. Er atmete tief durch und versuchte, nicht mehr an Caroline im Nachthemd oder gar aufreizenderer Kleidung zu denken, als er diese stöhnen hörte. Was war da los? Träumte sie schlecht? Ging es ihr nicht gut? Waren da doch Krankheitserreger im Wasser gewesen?

„Mama, Papa, nein!“, wimmerte sie nun wie ein kleines Kind.

Sie stöhnte nochmals kurz und schien sich dann zu beruhigen. Das war definitiv ein Alptraum gewesen. Ob er sie am nächsten Morgen danach fragen sollte? Doch so gut kannten sie sich leider noch nicht, um sich schon ihr Innerstes anzuvertrauen.

Langsam schlich er zurück in sein Bett und dank der kühler werdenden Luft konnte er sich nun auch in die weiche Decke kuscheln. Was ihn wohl am morgigen Tag erwarten würde? Würde er hier erwachen oder vielleicht sogar in seiner Zeit? Würde sich alles, was heute geschehen war, als Alptraum erweisen?

Wolfgang spürte, wie der Kummer an ihm nagte. Er fühlte sich in dieser Zeit so fremd und auch so dumm. Sonst war er es doch, zu dem alle aufsahen, der um Rat gefragt wurde und dessen Intelligenz bewundert und geachtet wurde. Nun musste er jedes kleine Detail nachfragen, das für die anderen Menschen um ihn herum völlig selbstverständlich war. Er hatte natürlich auch bemerkt, wie sehr Caroline seine ständige Fragerei auf die Nerven ging. Doch wie sonst sollte er sich hier einfügen, wenn nicht durch Fragen?

Vielleicht grämte er sich aber auch ganz umsonst. Wenn er morgen aufwachte und feststellte, dass er tatsächlich nur wirr geträumt hatte, würde er über das alles hier lachen oder sogar ein Buch darüber schreiben. War so eine ungewollte Zeitreise nicht etwas, das sein Faust mit der Hilfe Mephistos erleben könnte? Ach nein, das war zu abwegig. Niemand würde ihm die Zukunft, die er hier träumte, abnehmen.

So wohlig wattig weich, wie sich hier alles anfühlte, konnten seine Zukunftserlebnisse tatsächlich nur ein Traum sein. Goethe war, als zöge eine unsichtbare Macht an ihm, sie packte ihn an den Beinen, zog ihn durch die Wolken und brachte ihn zurück nach Weimar.

„Mein schönes Fräulein, darf ich wagen,
meinen Arm und Geleit Ihr anzutragen?"
(Johann Wolfgang von Goethe, Faust. Eine Tragödie)

Kapitel 5

16.06.2024

Wolfgang war zurück in Weimar. Wie sich herausgestellt hatte, war er noch gar nicht zu seiner Reise nach Karlsbad aufgebrochen. Die Reisevorbereitungen mussten ihn so gestresst haben, dass er sehr wild geträumt hatte. Was war das nochmal alles gewesen? Pferdelose Kutschen, Kühlschränke und Duschen? Vielleicht sollte er sich die ein oder andere Idee notieren, wenn er wieder zuhause war.

Doch im Moment lag er entspannt neben Charlotte von Stein auf einer Decke im Park und genoss die strahlende Sonne. Charlotte. Seine Charlotte. Wie hatte er sie in seinem Traum nur sterben lassen können? Wollte ihm sein Gehirn etwas damit sagen? Sollte er sich von ihr distanzieren? Immerhin war sie verheiratet.

Moment mal. War Charlotte nicht schon vor ihm nach Karlsbad aufgebrochen? Er wollte ihr doch hinterherreisen. Was machte sie nun hier? Und wie kamen sie überhaupt auf diese Decke? Aber die dringlichste Frage war: Warum stank Charlotte plötzlich so sehr nach Verwesung?

Als Goethe sich zu seiner Angebeteten drehte, erschrak er fürchterlich. Ihr warmer, weicher Körper war verschwunden. Stattdessen lag dort nur noch ein Gerippe, das ihre Kleider trug.

Wolfgang wachte schreiend auf. Charlotte. Was war passiert? Wo war sie hin? Wo war er?

Verzweifelt sah er sich um. Er lag wieder auf dem Sofa, das sich in ein Bett verwandeln ließ. Hinter dem noch immer gekippten Fenster strahlte die Sonne am Himmel. Neben ihm war das große Glas an der Wand angebracht, oder der Fernseher, wie Caroline es nannte.

Caroline. War sie eine Traumgestalt oder war sie echt? War er hier eingeschlafen oder auf der Decke im Park? War das hier ein Traum? Es konnte nur einer sein, was sonst. Doch konnte es in einem Traum so intensiv nach Kaffee riechen? Andererseits hatte er vor ein paar Minuten noch Verwesungsgeruch in der Nase gehabt, zumindest glaubte er das. Goethe schnupperte. Kaffee. Es roch definitiv nach Kaffee.

Caroline kam ins Wohnzimmer. Sie war wohl im Bad gewesen, war bereits in ihre Zukunftskluft gekleidet und hatte ein rotes Handtuch um den Kopf gewickelt.

„Geht es dir gut? Ich hab dich schreien gehört!“, wollte sie wissen.

„Bist du echt?“, fragte er sie etwas verschlafen.

Statt eine Antwort zu geben, kam Caroline direkt auf ihn zu und kniff ihn in den Arm. Sie grinste dabei so, als ob sie das schon immer einmal tun wollte.

„Au, was soll das?“, rief er aus.

„Könnte ich dir wehtun, wenn ich nicht echt wäre?“, fragte sie ihn.

Das machte leider Sinn.

„Dir geht es noch immer nicht besser, oder?“, fragte sie mit sorgenvollem Blick.

„Doch, eigentlich schon. Die Kopfschmerzen sind weg.“ Er befühlte seinen Kopf. „Die Beule kann ich auch nicht mehr ertasten.“

Wolfgang popelte mit einem Finger an den Klammerpflastern und dem Schorf herum.

„Nimm deine Finger da weg, sonst blutet es wieder“, mahnte Caroline ihn.

Er zog seine Hand zurück.

„Ich meinte nicht, wie es deiner Beule geht. Ich wollte wissen, ob du dich weiterhin für Goethe hältst?“

Die Frage traf ihn mehr, als er sich eingestehen wollte. Sie glaubte ihm also noch immer nicht. Dabei hatte sich das Gespräch mit ihr gestern doch so angefühlt, als würde Caroline ihn ernst nehmen. Stattdessen hielt sie ihn für einen Verrückten.

„Mein Name ist und bleibt Johann Wolfgang von Goethe, geboren in Frankfurt am Main von der ehrenwerten Catharina Elisabeth Goethe, geborene Textor. Mein Vater war Johann Caspar Goethe. Meine Schwester ..."

„Schon gut, schon gut", unterbrach Caroline ihn. „Du wirst mir verzeihen, dass ich noch einen Rest Hoffnung hatte, dass sich diese Zeitreisegeschichte doch in irgendetwas Erklärbares verwandelt. Immerhin hatte Doktor Tatzel gemeint, du würdest dich nach einer erholsamen Nacht bestimmt am nächsten Tag wieder daran erinnern, wer du bist."

„Aber das tue ich doch, schon die ganze Zeit. Wie kann ich dir das nur beweisen?"

Goethes Magen knurrte laut.

„Weißt du was, wir verschieben das mit dem Beweis erst mal und du kommst mit in die Küche, ich hab schon Frühstück gemacht und beim Bäcker auch gleich noch eine Zeitung mitgenommen."

„Du hast eine Zeitung? Wie großartig. Ich bin gespannt, welche großen Geister heutzutage darin veröffentlichen", zeigte sich Wolfgang euphorisch. Er folgte Caroline in die Küche.

„Da wir heute zu zweit sind, war ich so frei und habe uns gleich eine ganze Kanne Filterkaffee gemacht. Ich habe zwar auch die Kapselmaschine, aber ich finde so einen frisch aufgebrühten Kaffee doch am besten. Wie trinkst du ihn? Mit Milch und Zucker?"

„Ganz normal, also einfach nur Kaffee bitte."

Sie schenkte ihm eine Portion in eine Tasse, die aus echtem Porzellan zu sein schien. Es war sehr gut verarbeitet. Wolfgang wunderte sich erneut darüber, dass Caroline sich für nicht reich hielt. Sie hatte so viele wertvolle Dinge.

Zu essen gab es Konfitüre auf einer Art Brötchen, das sie aber Semmel nannte. Zu trinken gab es zusätzlich Orangensaft, der aus einer Flasche aus weichem Glas gegossen wurde.

„Caroline, was ich dich eigentlich gestern schon fragen wollte. Wie kommt es, dass in eurer Zeit Glas so weich sein kann?", fragte Goethe und zeigte auf die Flasche.

Caroline war erstaunt über seine Frage. „Weiches Glas, so hat das glaube ich noch keiner genannt, das klingt irgendwie schön. Ist es aber leider nicht. Das ist Plastik, eines der großen Übel dieser Zeit. Ich hätte das auch eigentlich gar nicht kaufen sollen, sondern lieber einen Saft in der Glasflasche. Ach, am besten hätte ich gar keinen Orangensaft gekauft, weil der Transport von den Orangen oder dem Konzentrat ja auch wieder nicht gut für die Umwelt ist, aber es ist einfach so praktisch ... und lecker."

Das waren dann doch etwas zu viele Informationen auf einmal für Goethe, er blickte sehr verwirrt drein. Caroline versuchte daraufhin, es ihm noch genauer zu erklären.

„In unserer Zeit wird viel aus Plastik gemacht. Das ist ein Kunststoff, der unter anderem aus Erdöl besteht, glaube ich, ich bin da jetzt kein Experte dafür. Es gibt so weiches Plastik wie für diese Flasche, aber auch härteres, wie zum Beispiel für diese Tupperdose." Sie zeigte auf eine durchsichtige Dose mit Deckel, in der ein paar Scheiben Schinken lagen. „Es gibt auch noch härtere Kunststoffe, Kunststoffe mit Weichmachern, allerlei eben. Daraus wird Kinderspielzeug gemacht und auch manche Fahrzeugteile sind aus Kunststoff. Sogar Fleisch, Obst und Gemüse wird heutzutage in Plastik verpackt."

„Weshalb soll das nun schlecht sein? Es scheint mir doch ein ganz wunderbares Material, wenn sich so viel daraus machen lässt", fragte Wolfgang nach.

„Nun ja, das schon, aber Plastik ist nicht biologisch abbaubar. Das heißt, es verrottet nicht, und wenn man es verbrennt, werden giftige Stoffe für die Umwelt freigesetzt. Viele entsorgen das Plastik im Meer, wo es sich aber auch nicht abbaut, sondern zu Mikroplastik wird. Das fressen dann die Fische, die daraufhin mit zu viel Plastik im Magen verenden. Das Mikroplastik ist aber nicht nur im Meer, es ist inzwischen auch in der Luft, im Regen und sogar im Schnee. Selbst an Orten, wo fast noch nie irgendetwas aus Plastik verwendet wurde, findet sich Mikroplastik. Es ist durch die Luft und Niederschläge dorthin gelangt. Vermutlich haben wir Menschen es auch alle schon in uns, keiner weiß, mit was für Folgen. Wir vergiften uns und den ganzen Planeten damit."

Goethe wurde blass. Er musste sich an seiner Kaffeetasse festhalten, da er das Gefühl hatte, gleich in Ohnmacht zu fallen. Konnten die Menschen wirklich so dumm sein?

„Ich, also, ich weiß gar nicht, was ich sagen soll!", meinte er.

„Ja, da verschlägt es vielen die Sprache. Dabei war das jetzt nur eine Kurzzusammenfassung. Dazu ließe sich noch deutlich mehr sagen."

„Ja aber, wenn ihr wisst, wie schlimm das mit dem Plastik ist, wieso wird das denn dann weiter verwendet? Man braucht das doch nicht. Wir sind in meiner Zeit prächtig ohne dieses Material ausgekommen, dann schafft man das doch in der Zukunft erst recht." Goethe fuchtelte beim Reden wie wild mit seinen Händen in der Luft, um seinen Worten mehr Ausdruck zu verleihen.

„Brauchen tut man es wohl wirklich nicht. Es gibt viele Menschen, die versuchen plastikfrei zu leben. Das ist auch nicht so leicht, weil das Plastik sich einfach so sehr in unseren Alltag geschlichen hat, dass es jetzt nur noch schwer daraus wegzudenken ist. Aber die Bewegung wird immer größer. Es gibt nun auch Läden, die zum Beispiel Nudeln und dergleichen plastikfrei anbieten. Da geht man dann mit einem eigenen, wiederverwendbaren Behälter hin und füllt die darin ab. Es wurden auch schon Einwegplastikprodukte wie Strohhalme und so verboten. Aber das reicht ja alles nicht. Im Meer zum Beispiel, da fällt der größte Plastikmüll durch Fischereiprodukte an. Die Fischerboote entsorgen ihre alten und kaputten Netze direkt im Meer. Darin bleiben dann nicht nur Fische, sondern auch Schildkröten, Wale und Delfine hängen und verenden grausam. Deshalb kaufe ich jetzt auch keinen Fisch mehr."

Goethes Entsetzen wurde noch größer. Von Walen und Delfinen hatte er zwar gehört, aber noch nie welche gesehen. Es sollten jedoch sehr majestätische Tiere sein, wie ihm gesagt wurde. Die ließen die Fischer einfach so ersticken? Man müllte ihren Lebensraum zu? Das Meer gehörte doch nicht den Menschen, und selbst wenn, wäre dieses Verhalten trotz allem ein Frevel an der Natur gewesen. In was für einer Zeit war er da nur gelandet?

„Dann müssen da eben noch mehr Gesetze her, die diesen Plastikkunststoff, oder wie das alles heißt, für immer verbieten. Und du, du solltest dich aber auch schämen, Caroline. Du bist mir bisher als sehr vernünftiger Mensch erschienen. Wieso hilfst du dann dabei, die Natur zu zerstören?"

„Du meinst, weil ich Saft aus der Plastikflasche kaufe und Tupperdosen habe? Wenn du mich dafür schon verurteilst, erzähle ich dir lieber nicht, wie die Kaffeekapselmaschine funktioniert. Ganz zu schweigen, woraus meine Waschmaschine, mein Trockner, mein Fernseher, mein Föhn und mein Handy gebaut sind.“ Sie senkte den Kopf. „Du hast ja Recht, ich werde mir mehr Mühe geben, Plastikmüll zu vermeiden. Versprochen.“

„Gibt es noch mehr Dramatisches über diese Zeit zu berichten?“, fragte Goethe geknickt.

„Leider ja. Aber ich würde jetzt lieber das Thema wechseln, das ist kein guter Start in einen so schönen, sonnigen Morgen. Und ich habe uns ja sogar eine Sonntagszeitung aufgetrieben.“ Sie wedelte mit einer Zeitung namens Bild am Sonntag vor seiner Nase herum. Er freute sich darüber, etwas Intellektuelles lesen zu können. Doch je mehr er in den auffallend dünnen Seiten blätterte, desto mehr verdüsterte sich seine Stimmung wieder.

„Was ist das für ein Schund?“, entrüstete er sich. „Das ist eine skandalöse, sensationsheischende und ins Privatleben anderer eindringende Berichterstattung. Und wie schlecht das geschrieben ist. Wer lässt solche Schmierfinken in einer Zeitung veröffentlichen?“

„Sorry, viel mehr Auswahl hatten sie beim Bäcker nicht. Die regionale Zeitung gibt es erst morgen wieder. Da stehen dann aber auch nur so Sachen drin wie Unfallmeldungen, politische Entscheidungen, Erfolge des Hasenzüchtervereins und sowas“, meinte Caroline geknickt. Die Zeitung war wohl keine gute Aufheiterung gewesen.

„Wo veröffentlichen denn dann die großen Denker heutzutage? Wer sind eure Leitbilder? Nach wem richtet ihr euren moralischen Kompass?“, wollte Wolfgang wissen.

„Ich fürchte, so großartige Dichter und Denker wie zu deiner Zeit gibt es heute nicht mehr. Wenn überhaupt, dann haben die vielleicht einen eigenen Podcast oder sowas im Internet. Es gibt einige Influencer auf Youtube, Instagram und so, die sich die Rettung des Planeten auf die Fahne geschrieben haben und auch Missstände anprangern. Aber bevor du mich jetzt darüber ausfragst, was das Internet ist oder ein Influencer, das ist ein viel zu großes Thema und wir sind ja auch schon fertig mit dem Frühstück. Wie wäre es, du gehst ins Bad, machst dich frisch und ziehst dir was aus dem Wäschesack an, den ich dir da hingestellt habe, und ich räume derweil hier ab?“

Das ließ sich Goethe nicht zweimal sagen. Er hatte sich schon die ganze Zeit dabei unwohl gefühlt, Caroline in diesem Pyjama gegenüberzusitzen. Hoffentlich ließ sich in dem Wäschesack etwas Brauchbareres finden als das, was er gestern tragen musste. Es würde ihm ja schon ausreichen, wenn auf der Oberbekleidung nichts von irgendeinem Rock stehen würde. Schließlich war er weder eine Frau noch Schotte.

Vielleicht stellte dieser Jerome ja Frauenkleidung her und bewarb diese mit dem merkwürdigen Schriftzug? Sicherlich stand Ring für eine Ringstraße, an der sich seine Schneiderei befand. Eventuell war es ja sogar der NKD, vor dem sie gestern den Jundai geparkt hatten?

Wolfgang schöpfte Hoffnung. Wenn Jerome Schneider war, dann würde sich auf jeden Fall etwas Ansehnliches zum Anziehen in dem Wäschesack finden.

*****

Als Caroline die Küche fertig aufgeräumt und das Sofa im Wohnzimmer wieder eingeklappt hatte, ließ sie sich darauf sinken und holte ihr Handy aus der Hosentasche. Beim Thema Internet war ihr etwas eingefallen. Ob sie das wirklich machen sollte? Verstohlen blickte sie zur Badtür. Goethe hatte wieder recht lange geduscht und nun konnte sie den Föhn hören. Sie hatte also noch ein wenig Zeit.

Sie gab *Johann Wolfgang von Goethe* in ihre Googlesuchleiste ein, zögerte aber damit, die Suche zu starten. Wollte sie wirklich wissen, was da stand? Die Ergebnisse konnten sie ja nur in ihrer Überzeugung bestärken, dass dieser Mann nicht Goethe war. Sie hatte also nichts zu verlieren. Was aber, wenn dem nicht so war? Ach, so ein Blödsinn, er konnte nicht Goethe sein. Sie tippte auf das Lupenzeichen.

Du meine Güte, gab es da viele Ergebnisse. Sie scrollte ein bisschen hindurch. Interessant, scheinbar war Goethe erst seit dem Jahr 1782 *von* Goethe gewesen. Davon hatte er ihr gar nichts erzählt. Hm, was noch? Die Angaben, die er über seine Eltern gemacht hatte, waren korrekt.

Herrje, sogar das Lieblingsessen von Goethe hatte er richtig genannt. Aber das hatte er als Fan ja auch einfach auswendig lernen können. So wie eigentlich alles, was hier stand.

Das Einzige, was Caroline vielleicht weiterhelfen würde, war die Bildersuche. Auch wenn es damals noch keine Fotos gab, so war der große Goethe mit Sicherheit das ein oder andere Mal gemalt oder gezeichnet worden. In ihr sträubte sich erneut etwas, doch sie schüttelte alle Bedenken ab und klickte auf Bilder.

Caroline jagte ein Schauer über den Rücken. Auf den meisten Bildern blickte ihr ein älterer Herr entgegen. Goethe hatte sich wohl vor allem in späteren Jahren porträtieren lassen. Doch die Ähnlichkeit mit ihrem ungewollten Besucher war frappierend. Dieselbe lange Nase, die tiefgründigen Augen, sogar der gleiche Haaransatz. Die hohe Stirn, das eine Auge, das tiefer lag als das andere. Caroline war so entsetzt, dass sie vergaß zu atmen. Zufall, es musste ein Zufall sein. Wo waren Bilder vom jüngeren Goethe?

Caroline ließ ihr Handy fallen und schlug die Hände vor die Augen. Das war ein Witz, das konnte nur ein Witz sein. Was war das? Versteckte Kamera?

Sie streifte mit dem Blick durch die Wohnung, auf der Suche nach versteckten Videokameras, kleinen Mikros oder dergleichen.

So ein Blödsinn, wer sollte denn bei ihr Kameras verstecken? Es hatte doch keiner wissen können, dass sie gestern ins Felsenlabyrinth wollte. Und dann hätten dort ja ebenfalls Kameras sein müssen und vermutlich auch im Krankenhaus. Außerdem lösten die solche Scherze immer recht schnell auf und ließen ihre Lockvögel nicht bei den Reingelegten auf dem Sofa schlafen. Nein, das war keine Fernsehsendung.

Mit wild klopfendem Herz hob Caroline ihr Smartphone wieder auf. Der Mann, der ihr auf dem Display entgegenblickte, sah zwar ein klein wenig älter aus als ihr Besucher, aber nicht viel. Es war ein Kupferstich, der angeblich aus dem Jahr 1791 stammte. Der Mann darauf war Wolfgang, der Wolfgang in ihrem Badezimmer. Doch die Bildunterschrift behauptete, das sei Johann Wolfgang von Goethe. Er hatte auf dem Bild sogar eine ähnliche Sturmfrisur wie gestern nach dem Föhnen. Vielleicht würde er in seiner Zeit ja einen Modetrend daraus machen.

Stopp! Halt! Er konnte es nicht sein. Sie durfte jetzt nicht anfangen, daran zu glauben, einen Zeitreisenden bei sich zu beherbergen. Und nicht nur irgendeinen, sondern Deutschlands berühmtesten Dichter überhaupt.

Sie musste nach Unterschieden suchen. Die kleinen Narben, ja genau, Wolfgang hatte viele kleine Narben im Gesicht, die waren auf dem Bild nicht zu sehen. Aber gut, das war ja der Vorteil von einem Porträt gegenüber einem Foto, dass man solche unschönen Details weglassen konnte. Caroline schmunzelte bei dem Gedanken, dass früher also auch schon Beautyfilter verwendet wurden.

Was hatte Goethe da eigentlich wieder Seltsames an? Das sah aus wie ein sehr steifer, unangenehmer Stehkragen und die Schleife um seinen Hals wirkte recht eng. Ob er auf dem Kupferstich deshalb so ernst aussah?

Doch sie suchte ja Unterschiede. Die Augen waren anders, ja. Auf den Bildern des älteren Goethe sah man, dass ein Auge tiefer hing als das andere. Auf diesem hier aber nicht. Wenn Johann Wolfgang von Goethe 1791 noch kein tieferliegendes Auge gehabt hatte, dann also 1785 auch nicht. Folglich war ihr Wolfgang jemand anderes. Aber auch da konnte ihm der Maler ja wieder einen Gefallen getan haben.

Caroline wusste nicht, was sie denken sollte. Sie wollte gerade nach weiteren Portraits des jungen Goethe suchen, als Wolfgang aus dem Bad kam. Schnell ließ sie das Handy in ihrer Hosentasche verschwinden.

Es war, als wäre das Bild aus ihrem Smartphone plötzlich in ihr Wohnzimmer gebeamt worden. Wolfgang trug eine braune Stoffhose, die ihm ein kleines bisschen zu weit war. Er hatte sie daher mit einem ebenso braunen Gürtel kombiniert.

Darüber war er mit einem hellblauen Hemd bekleidet, dessen Kragen er aufgestellt hatte, wie auf dem Kupferstich. Die Haare hatte er sich wieder ähnlich wild geföhnt, dann aber wohl noch etwas nach hinten gebürstet. Wenn er jetzt zusätzlich eine Fliege um den Hals gehabt hätte, wäre er die perfekte neumodische Kopie von Goethe gewesen. Er blickte sie fragend an.

„Geht es dir gut? Du siehst aus, als hättest du einen Geist gesehen!"

Caroline konnte nicht anders, als ihn anzustarren. Nur langsam löste sie ihren Blick und schüttelte die Gedanken ab, die in ihrem Kopf laut schrien: „Oh mein Gott, er ist wirklich Goethe, er ist es, eindeutig!"

Sie ging zu Wolfgang hin und richtete ihm den Kragen. „Das trägt man nicht so, der muss hier umgestülpt werden, damit das gut aussieht. Es sei denn, du hast BWL oder Jura studiert", meinte sie.

„Du weißt von meinem Studium der Rechtswissenschaft?", fragte Goethe verwundert.

„Äh, das war jetzt eher eine zufällige Bemerkung." Im Kopf fügte sie hinzu, dass sie sich das durchaus denken hätte können, so steif, wie der Typ sich gab.

Als Caroline so dicht vor ihm stand, nahm sie Wolfgangs Duft nach Seife und sich selbst wahr. Sie hatte ganz vergessen, wie gut frisch geduschte Männer riechen konnten. Nur widerwillig vergrößerte sie den Abstand zu ihm wieder.

Er sah sie mit einem sehr tiefgründigen Blick an, so dass Caroline sich vorkam, als stünde sie nackt vor ihm. Erst exakt zehn wild pochende Herzschläge später sagte er: „Danke!"

Sie war verwirrt. „Danke?"

„Für den Kragen und für alles. Dafür, dass du dich um mich kümmerst."

„Das mache ich doch gerne", antwortete Caroline.

Ihr wurde klar, dass das tatsächlich stimmte. Sie mochte das Gefühl, gebraucht zu werden und für jemanden da zu sein. Auch wenn jetzt gerade wohl eher sie Hilfe brauchen könnte. Nicht nur ihre Gedanken, sondern auch ihre Emotionen schienen verrücktzuspielen.

„Also, wo ist der Geist, soll ich ihn vertreiben?", versuchte Goethe die Situation aufzulockern.

Caroline entschloss sich dazu, möglichst ehrlich zu ihm zu sein.

„Du bist der Geist und ich will dich nicht vertreiben."

„Ich bin der Geist? Habe ich dich irgendwie erschreckt?" Goethe blickte nun sehr besorgt. „Wenn ich dir zur Last falle, dann kannst du mir das sagen. Weißt du, ich bin wie eine Katze, ich falle immer wieder auf die Füße. Also wenn du mich hier nicht haben willst, ich finde schon etwas anderes, wo ich unterkommen kann. Machst du dir vielleicht doch

Sorgen, was die Nachbarn sagen, wenn du hier alleine mit einem Mann in der Wohnung bist?“

„Was? Ach nein, das ist es nicht. Die Nachbarn sollen sich mal schön um ihre eigenen Probleme kümmern.“

„Bin ich das für dich? Ein Problem?“ Er wirkte bekümmert.

„Du bist kein Problem, meine Gedanken sind es. Es ist nur so, dass ich immer mehr das Gefühl habe, dass du der bist, der du behauptest. Also, es fühlt sich irgendwie so an, als wärst du wirklich Goethe. Aber das kann einfach nicht sein, verstehst du? Es gibt keine Zeitreisen. Ich bin so verwirrt.“ Sie seufzte und ließ sich wieder auf das Sofa sinken.

Wolfgang setzte sich neben sie. Er zögerte kurz, legte dann aber seinen Arm um sie. Tief in seinem Inneren hatte er beschlossen, sie nicht weiter in der Überzeugung zu bestärken, er könnte der zeitgereiste Goethe sein.

„Weißt du, wenn es meiner Seele nicht gut geht, dann gehe ich immer in die Natur. Wenn man sich ihrer Erhabenheit bewusst wird, dann werden eigene Sorgen und Ängste klein und unwichtig. Ich war bei meinem Besuch hier in Wunsiedel, also in der Zeit, in der ich hier angekommen bin, mit meinen Begleitern auf dem Katharinenberg. Gibt es den noch?“

„Ja klar, wieso?“

Er blickte auf ihre Haare, die inzwischen zwar getrocknet, aber noch nicht frisiert waren.

„Wie wäre es, du richtest dich ein bisschen her und dann trage ich dir meinen Arm und mein Geleit an für einen Spaziergang zu dem schönen Katharinenberg.“

*****

Caroline und Goethe mussten auf dem Weg zum Katharinenberg wieder an der Stadtkirche vorbei. Seiner ehemaligen Herberge widmeten sie aber nur einen kurzen Blick. Sollte Wolfgang dort wirklich 1785 übernachtet haben? Caroline wurde sich zum ersten Mal bewusst, wie alt manche Häuser in ihrer Heimatstadt waren. Was die wohl schon alles gesehen hatten?

„Weißt du, was ich mich die ganze Zeit frage?“ Goethe blickte Caroline an.

„Nein, was?“, meinte diese.

„Wenn ich hier fast 250 Jahre in der Zukunft bin, wieso um alles in der Welt hängt da noch immer eine Tafel, die an meinen Besuch erinnert? Nach so langer Zeit dürfte doch kein Mensch mehr meine Schriften kennen.“

Caroline lachte. „Oh, wenn du wüsstest. Du bist, zusammen mit Schiller, Deutschlands Aushängeschild. Wir nennen uns das Land der Dichter und Denker und einer dieser Dichter und Denker bist eben du. Die Kinder in der Schule müssen heute noch deine Werke lesen. Zu meiner Zeit war der Faust sogar noch Pflichtlektüre.“

Das waren jetzt wieder zu viele Infos auf einmal für Wolfgang gewesen.

„Man gedenkt heute noch meiner? Und jeder darf meine Werke lesen?“

„Muss“, korrigierte Caroline ihn.

„Muss impliziert doch, dass es kein Genuss wäre“, meinte Goethe beleidigt.

„Nichts für ungut“, lächelte Caroline ihn an, „aber das sind inzwischen ja schon echt alte Schinken und für die Kinder von heute wirklich schwer zu lesen. Zumindest habe ich mir damals recht schwer damit getan.“

„Das mag sein“, lenkte Goethe ein. Man sah ihm an, dass ihn noch ein anderer Gedanke beschäftigte. „Hast du gesagt, sie müssen den Faust lesen?“

„Ja, wieso?“

„Ich sitze bereits seit meiner Studienzeit an dem Thema. Ich hätte nie gedacht, dass ich mit dem Faust jemals fertig werde. Aber wenn das stimmt, dann ist das nun neue Motivation für mich.“

Er blickte stolz, als ihm schon wieder ein anderer Gedanke kam, so dass Caroline ihm nicht mal von Faust II erzählen konnte. „Schiller ist auch heute noch bekannt? Ich habe von ihm schonmal gehört, aber nichts, das darauf schließen lässt, dass einmal ein guter Dichter aus ihm werden wird."

Caroline war überrascht. „Ich dachte, ihr wart sowas wie beste Freunde in Weimar? Da gibt es eine Statue, wo ihr Arm in Arm nebeneinandersteht, das weiß ich noch von einem Schulausflug dorthin."

„Was? Der wohnt doch nicht mal in Weimar."

„Oje, dann habe ich dir jetzt wohl schon zu viel über deine mögliche Zukunft verraten."

Sie überquerten den Platz an der Kirche und kamen an der Büste eines sehr ernst dreinblickenden Mannes vorbei. Darauf stand:

WUNSIEDEL
SEINEM
JEAN PAUL
FR: RICHTER
MDCCCXLV

„Diesen netten Zeitgenossen von dir kennst du dann wohl auch nicht?", fragte Caroline und zeigte auf die Büste.

Goethe las den Text. „Nein, von dem habe ich noch nie etwas gehört. Ist der auch einer der großen Dichter und Denker? Du meine Güte, am Ende bin ich ihm begegnet, als ich meinen Rundgang durch Wunsiedel gemacht habe, und habe ihn gekränkt, indem ich ihn nicht erkannt habe." Wolfgang wirkte nun wirklich besorgt.

„Keine Angst. Jean Paul hat nicht allzu lange in Wunsiedel gelebt. 1785 war er bestimmt nicht mehr dort. Sein Wirken fand eher an anderen Orten statt. Wir dürfen uns nur seiner Geburt hier rühmen. Ich glaube, fast jedes Grundschulkind kennt schon den Satz, *ich bin gern in dir geboren, kleine, aber gute lichte Stadt.*"

Goethe blickte irritiert. „Ich hoffe, das ist nicht schon alles, wofür er bekannt ist. Was hat er geschrieben? Welche politische Haltung hatte er? Hatte er Ämter inne? Oder gar einen Mäzen?"

Caroline war peinlich berührt. „Ich weiß ja, man sollte sowas wissen über die so ziemlich einzige berühmte Persönlichkeit, die diese Stadt je hervorgebracht hat. Aber ich kann dir das alles nicht beantworten, ich müsste das googeln, also im Internet nachschauen. Doch halt, warte, ein Buch von ihm fällt mir wieder ein, das haben wir in der Schule gelesen, das war ganz amüsant. Es hieß glaube ich *Dr. Katzenbergers Badereise.* Das würde dir sicher auch gefallen."

Wolfgang blickte so, als ob allein der Titel ihn schon abschrecken würde. Er fragte skeptisch: „Welcher literarischen Strömung gehörte er denn an?"

„Ah, das kann ich dir sogar einigermaßen beantworten. Er war nämlich weder Romantiker noch Klassiker. Er war irgendwie was dazwischen, keine Ahnung, ob es dafür eine eigene Bezeichnung gibt. Aber der Typ hatte definitiv Humor."

„Das klingt nach einer interessanten Persönlichkeit. War er denn französischer Abstammung? Sein Name lässt ja darauf schließen."

„Nein, das war sein Künstlername. Eigentlich hieß er Johann Paul Friedrich Richter."

„Künstlername, sehr apart. Vielleicht sollte ich mir auch einen solchen zulegen und dann Werke ganz abseits der Norm schreiben. Das würde einem allerlei Freiheiten erlauben." Goethe schien ernsthaft über diese Möglichkeit nachzudenken.

Hoffentlich war Caroline mit ihren Ausführungen zu Jean Paul nun nicht schuld daran, dass bald *Jean de Goethe* als Verfasser auf dem Faust stand.

Als sie weitergingen, bot Wolfgang ihr tatsächlich seinen Arm zum Geleit an. Sie hakte sich bei ihm ein und so schlenderten sie wie zwei seit Ewigkeiten miteinander vertraute Menschen zu ihrem Zielort.

*****

Als Caroline und Wolfgang am Katharinenberg angekommen waren, zeigte sich Goethe erstaunt darüber, wie sehr es sich dort verändert hatte. Es war zwar noch immer eine Art Parkanlage, jedoch waren ein paar Attraktionen hinzugekommen. So gab es nun auch ein großes Wildgehege.

„Hast du Lust, die Rehe zu füttern?", fragte Caroline ihn euphorisch.

„Du meinst so mit den Händen, wie die Horde Kinder da?“, meinte Goethe und deutete auf eine Familie mit drei Kindern, die alle eine Packung Tierfutter in der Hand hatten und die Tiere dieses von ihren Händen schlecken ließen. „Lieber nicht, das Vieh kann doch sicher Krankheiten übertragen.“ Er schien angeekelt von dem Gedanken.

Caroline machte sich nichts daraus, warf einen Euro in den Futterautomaten und holte eine Packung heraus. Dann gab sie dem Rotwild davon zu fressen. Nachdem die junge Familie kein Futter mehr übrig hatte, kamen die Tiere nun alle zu ihr gelaufen. Sie schienen noch immer sehr hungrig zu sein. Caroline lachte, weil ihre Zungen so auf ihrer Hand kitzelten.

Goethe stand nur da und starrte sie an. Er wirkte in seiner aufrechten, fast königlich anmutenden Haltung so, als wolle er Xaverl, dem Hirschen im Gehege, Konkurrenz machen. Doch dann ließ Wolfgang sich von Carolines kindlicher Freude anstecken und nahm auch etwas von dem Futter. Am Ende hatte er so viel Spaß dabei, dass sie zwei weitere Packungen mit den Körnern kauften und sie an das Wild verteilten.

Nachdem sie sich die Hände gewaschen hatten, Wolfgang war sehr froh, dass es dort oben nun offensichtlich auch Wasserleitungen gab, gingen sie weiter. Sie kamen an der alten Kirchenruine vorbei. Goethe war begeistert und geriet wieder in einen Redeschwall.

„Unglaublich, es gibt sie noch. Wusstest du, dass das zu meiner Zeit schon eine Ruine war? Die sieht aber sehr gut gepflegt aus. Der nette Herr, der mich und meine Begleiter hierhergeführt hatte, meinte, die Kirche war einst der heiligen Katharina von Alexandrien geweiht. Sie soll hier sogar Wunder gewirkt haben, weshalb es eine Zeit lang ein Wallfahrtsort war. Also, nicht dass ich so ein großer Anhänger von Kirchengeschichte oder gar Heiligen wäre. Das habe ich mir einfach gemerkt. Ich glaube, dass man Gott, sollte es ihn geben, eher in der Natur finden kann. Wusstest du, dass hier sehr seltene Kräuter wachsen und der Berg aus Phyllit ist?“

Goethe kam von einem Thema ins andere, fast ohne Luft zu holen.

Caroline war beeindruckt davon, wie viel er wusste, und das sogar über einen Ort, der zu ihrer Heimat gehörte und nicht zu seiner. Sie nahm sich fest vor, nicht mehr so desinteressiert an allem zu sein, was sie im Alltag umgab.

Sie war oft an dieser Kirche gewesen, erinnerte sich sogar an eine Nachtwanderung als Kind hierhin, bei der sie eine eigene kleine Taschenlampe bekommen hatte. Obwohl die Ruine also zu ihren frühesten Kindheitserinnerungen zählte, hatte sie sich nie genauer mit deren Geschichte befasst. Für sie war sie einfach da gewesen, so wie die Bäume, die Felsen und das ganze Fichtelgebirge nun mal einfach da waren.

Woraus der Katharinenberg bestand, hatte sie sich auch nie gefragt. Vielleicht sollte man sich ja öfter dessen bewusst werden, worauf die eigenen Füße standen. Ach herrje, jetzt machte Wolfgang aus ihr eine Philosophin.

Eigentlich wollte Caroline Goethe als Nächstes den Greifvogelpark zeigen. Es gab dort eine tolle Flugschau, bei der man die majestätischen Adler und Falken in all ihrer Pracht sehen konnte. Das war für so einen Naturliebhaber, wie ihr Begleiter es war, bestimmt etwas Besonderes. Andererseits gab es sicherlich bereits in seiner Zeit Falknereien.

Mist, jetzt dachte sie wirklich schon über ihn, als wäre er aus der Vergangenheit. Vielleicht sollte sie sich innerlich einfach mit der Möglichkeit anfreunden. Zumindest war ihr der Gedanke lieber, Goethe wäre ein Zeitreisender, als dass er ein Verrückter war. Denn das würde bedeuten, dass sie ihn wieder zu Doktor Tatzel bringen musste und er dann eingewiesen werden würde. Sie mochte sich diesen galanten und intelligenten Mann nicht in einer Psychiatrie vorstellen. Wobei ihr Bild von sowas sehr durch Filme geprägt war. Er würde dort doch nicht wirklich in einer Zwangsjacke in einem vollkommen weißen Raum mit Gummiwänden festgehalten werden?

Caroline wollte Wolfgang gerade fragen, ob er Interesse an der Flugschau hätte, als dieser wie ein Irrer losrannte.

„Oh mein Gott, das gibt es nicht, Caroline, komm schnell her. Siehst du das auch?“, rief er etwas zu laut, so dass sich eine Horde Touristen mit Schirmmützen, auf denen *Wunhenge* stand, zu ihnen umdrehte.

Caroline war vollkommen klar, was Wolfgang da gerade entdeckt hatte, aber sie war sich nicht bewusst gewesen, welche Wirkung es auf ihn haben würde. Sie beeilte sich, um zu ihm aufzuschließen. Er stand nun ganz oben am Berg und blickte auf der anderen Seite hinab, zu Wunsiedels neuester Attraktion. Völlig entsetzt und entkräftet stammelte er:

„Caroline, es ist viel schlimmer, als ich dachte. Nicht nur die Zeit hat sich verschoben, sondern auch die Länder.“

*****

Johann Wolfgang von Goethe konnte einfach nicht glauben, was er da sah. Er hatte es zwar zuvor nie mit eigenen Augen gesehen, aber schon allerlei darüber gelesen. Die kreisförmig ausgerichteten Megalithen waren unverwechselbar. Auf einigen der riesigen Steine lagen zudem waagrechte Felsen, die sie in einer Art Kreis verbanden. Zusammen ergab das ein Bild, das nur einen Schluss zuließ:

Dieser ominöse Steinbau war mit hundertprozentiger Sicherheit *Stonehenge.*

Das konnte wiederum gar nicht sein, denn Stonehenge war in England. Er aber befand sich nach wie vor in Deutschland. Das konnte nur bedeuten, dass, was auch immer ihn in diese Zeit gebracht hatte, auch die geographischen Gegebenheiten der Welt verändert hatte. War er vielleicht in einer Art Parallelwelt, in der alles ein bisschen, aber nicht völlig anders war, als er es kannte?

Goethe fuhr sich immer wieder wie verrückt mit den Händen durch die Haare. Am liebsten wäre er zu dem Monument gerannt und hätte die Steine angefasst, um etwas von den Jahrtausenden, die diese schon überstanden hatten, zu spüren.

Aber Moment, genau das taten die ganzen Leute da vorne ja auch. Hatten die denn gar keinen Respekt vor dem Alter der Megalithen? Wenn da jeder mit seinen fettigen Fingern hinlangte, würde das auf Dauer die Oberflächen glätten oder gar ganz ruinieren. Zerstörten die Leute dieser Zeit nicht nur die Umwelt, sondern auch Kulturdenkmäler?

Caroline kam zu ihm gerannt. Sie schien keineswegs überrascht, hier Stonehenge zu sehen, was nur bedeuten konnte, dass es für sie völlig normal war, dass das hier stand. Seine entsetzte Bemerkung, dass sich die Länder verschoben hätten, brachte sie auch nicht aus der Ruhe. Für sie gab es ja keinen Grund dazu. Wenn in ihrer Welt oder Realität, oder was auch immer das hier war, Stonehenge stets ein Teil von Wunsiedel gewesen war, dann verstand sie vermutlich gar nicht, welches Problem er damit hatte, es hier vorzufinden.

„Das ist Wunhenge, Wunsiedels neueste Attraktion“, sagte sie in einem beruhigenden Ton.

„Wunhenge? So nennt ihr das? Da, wo ich herkomme, nannten wir das Stonehenge und es stand in England und nicht hier.“ Goethe sah Caroline verwirrt an.

„Na klar, bei uns heißt das auch Stonehenge und ist in England.“

„Aber du nanntest es gerade Wunhenge. Und wann bitte haben wir die Grenze zu England überschritten?“

„Wenn ich es nicht besser wüsste, würde ich sagen, du hast zu viel Wein getrunken“, scherzte Caroline und zwinkerte ihm dabei zu.

„Hast du was im Auge?“, fragte er sie.

„Ich? Nein! Wieso? Ach, egal. Das ist nicht Stonehenge. Ich dachte nur, ein kluger Mann wie du würde selbst darauf kommen. Wie soll denn Stonehenge von England hierherkommen?“

„Na genauso, wie ich von 1785 nach 2024 gekommen bin. Auf irgendeine unnatürliche Weise, die ich noch nicht erklären kann.“ Goethe betonte das *noch* sehr deutlich, denn er hatte es sich auf die Fahne geschrieben, dieses Rätsel und alle anderen Unklarheiten zu lösen, die seine Zeitreise betrafen. Gleichzeitig war er beleidigt, weil Caroline seine Intelligenz infrage gestellt hatte.

Caroline legte ihm eine Hand besänftigend auf die Schulter. „Das hier ist ein originalgetreuer Nachbau. Na ja, zumindest was die Größe betrifft. Die Steine sind kein echter Granit, die sind aus Beton und innen hohl“, erklärte sie ihm.

„Hohle Steine? Aus was genau? Beton?“ Wolfgang schien noch mehr verwirrt zu sein.

„Komm mit, ich zeig es dir.“

Caroline fasste ihn an der Hand, als sei es das Selbstverständlichste auf der Welt, dass eine Dame mal eben einen Herren hinter sich herzog wie einen Hund an der Leine. Trotzdem gefiel ihm dieser Hautkontakt mit ihr, weshalb er es grummelnd zuließ. Scheinbar musste man sich in dieser Zeit ohnehin keine Gedanken mehr darüber machen, was andere über einen dachten.

Anderseits hatte ihn das in seinem bisherigen Leben auch nicht wirklich interessiert. Tat man, was die Leute von einem erwarteten, stürzte man sich damit nur ins Unglück. Das hatte er in Leipzig bei seinem Studium der Rechtswissenschaft gelernt, das er auf Wunsch seines Vaters angetreten hatte. Eine schwere und langanhaltende körperliche, aber auch psychische Erkrankung war die Folge gewesen.

Von da an hatte er immer gemacht, was er wollte, egal, ob es den Konventionen entsprach. Er machte sich nur Sorgen, wenn sein Verhalten ein Fräulein in Verruf bringen konnte, denn für diese war ihr guter Ruf entscheidend darüber, wie gut sie einmal verheiratet werden konnte, und somit auch für ihren weiteren Lebensstandard. Man konnte über ihn viel sagen, aber nicht, dass er andere für das eigene Vergnügen ins Verderben stürzte. Zumindest nicht, seit er die wilden Triebe der Jugend gebändigt und die für einen erwachsenen Mann notwendige Selbstbeherrschung erlernt hatte. Wobei ihm auch diese bei Caroline in schwachen Momenten fast abhandenkam. Sie war einfach so wundervoll anders als die Frauen zu seiner Zeit.

Caroline ging mit ihm direkt zu den Megalithen und drückte seine Hand, die sie noch immer hielt, an den Stein. Er war nicht kalt, wie er erwartet hatte, sondern hatte sich wohl in der Sonne aufgewärmt. Er fühlte sich auch irgendwie anders an als echter Granit, er konnte aber nicht genau sagen, weshalb. Caroline klopfte gegen den Fels und ein merkwürdig dumpfes Geräusch erklang.

„Du meine Güte, hohle Steine. Wie um alles in der Welt ist das möglich?“, entfuhr es Wolfgang.

„Gute Frage“, meinte Caroline. „Wie erkläre ich das jetzt am einfachsten, ohne dir was Falsches zu erzählen? Mal überlegen ... Beton besteht sozusagen aus kleingemahlenen Steinen, die mit Wasser und Zement zu einer form- oder gießbaren Masse vermischt werden. In diesem Fall hier hat man ihn in die Formen gegossen, die du vor dir siehst, und ihn aushärten lassen. Dann wurde das Ganze noch bemalt, damit es möglichst echt aussieht. Tja, und das Innere ist hohl, weil so weniger Material gebraucht wird und ...“, sie machte eine dramatische Pause und führte ihn um den riesigen, falschen Stein herum, „weil man so das Ganze auch von innen besichtigen kann. Ein klarer Vorteil gegenüber dem echten Stonehenge.“ Caroline grinste ihn an.

In der Tat war vor ihnen eine Art Eingang in den Stein gelassen. Als sie hineingingen, fanden sich darin allerlei beschriftete Tafeln. Die Texte darauf erklärten sowohl die Geschichte des echten Stonehenge als auch die Herstellung der Kopie. Zusätzlich gab es noch Informationen zu weiteren Sehenswürdigkeiten des Fichtelgebirges.

Goethe las sich alles durch. Danach wusste er nicht nur über die neuesten Forschungen zu dem echten Monument Bescheid, sondern auch über die Möglichkeiten, die dieses neuartige Material namens Beton bot. Er erfuhr, wie man es farblich so gestalten konnte, dass diese sehr neuen Steine aussahen, als wären sie Jahrtausende alt. Er schämte sich ein bisschen, dass er als Granitexperte auf diesen Trick hereingefallen war.

Während er gelesen hatte, hatte Caroline ihn die ganze Zeit von der Seite aus interessiert beobachtet. „Bist du beeindruckt?“, wollte sie von ihm wissen.

„Ich muss gestehen, da schlagen irgendwie zwei Herzen in meiner Brust.“

„Wieso das?“

„Dazu musst du erst einmal wissen, dass ich bisher noch nie in England war, obwohl ich selbstverständlich fließend Englisch spreche. Zudem spreche ich auch Latein, Griechisch, Hebräisch, Italienisch und natürlich Französisch.“

Er blickte Caroline an, ob diese nun wiederum beeindruckt war. Tatsächlich zog sie eine Augenbraue leicht hoch, was Wolfgang als Zeichen der Anerkennung deutete.

„Da sieht man mal, wozu die Leute Zeit haben, wenn es keine Fernseher und Handys gibt“, ließ sie sich zu einem Kommentar hinreißen.

„Ich bin mir noch immer nicht sicher, was man mit einem Fernseher und einem Händi alles macht, aber ich würde mir durch nichts und niemanden die Zeit zum Lernen nehmen lassen. Wie sonst soll man die

Welt erfahren, wenn nicht durch ihre Sprachen, ihre Kultur und all das Wissen, das in den Büchern nur darauf wartet, von uns gelesen zu werden?" Goethe blickte zu den falschen Megalithen. „Wobei, ihr habt ja jetzt eure ganz eigene Art, anderen Kulturen näherzukommen, ja sie euch sogar zu eigen zu machen."

„Ist das dein Kritikpunkt, dass wir den Engländern ihr Stonehenge sozusagen geklaut haben?", fragte Caroline.

„Obwohl man dieses Argument durchaus anführen könnte, so ist es nicht das, was ich meine. Die Mystik, die hinter dem echten Stonehenge steckt, kann sich keine Kopie einfach aneignen. Nein, es ist so, obwohl ich nie in England war, hätte ich das echte Stonehenge natürlich sehr gerne gesehen. Aber es ist eine sehr weite und kostspielige Reise dorthin. Man wäre nicht nur tage- oder gar wochenlang in der Kutsche oder zu Fuß unterwegs, man müsste sich auch noch eine Überfahrt mit dem Schiff leisten. Nicht jeder kann sich die Zeit nehmen oder hat das Geld dafür. Ihr habt hier die Möglichkeit geschaffen, dass die Menschen sich trotzdem Stonehenge ansehen können oder zumindest ein Gefühl dafür bekommen, wie das echte Monument ist. Ich bin wirklich schwer beeindruckt."

„Ich warte immer noch auf das Aber", warf Caroline ein.

Goethe ging auf einen der Betonfelsen zu, strich mit der Hand über ihn und meinte: „Was mich an der ganzen Sache stört, ist, dass es falsche Steine sind. Ihr werdet doch wohl nicht behaupten, dass es in dieser Gegend nicht genug echten Granit gegeben hätte, um den Steinkreis nachzubauen? Und mit den Maschinen eurer Zeit wäre es doch sicher ein Leichtes gewesen, diesen zu beschlagen und hier aufzustellen?"

„Möglich wäre es wohl gewesen, wenngleich es dann ein echtes Mammutprojekt geworden wäre. Es ist trotz all unserer technischen Fähigkeiten kein Kinderspiel. Zudem ist dieses Material günstiger und wir können unsere schönen, echten Granitfelsen dort lassen, wo sie sind, im Felsenlabyrinth und in unseren Wäldern. Mit echten Felsen wäre es der Stadt wohl auch nicht gelungen, Stonehenge in Originalgröße nachzubauen. So große Megalithen sucht man selbst bei uns vergebens", versuchte Caroline sich für ihre Heimatstadt zu rechtfertigen.

„Aber genau das ist es ja. Ihr habt schon eigene, natürliche Sehenswürdigkeiten mit Granitfelsen. Wieso jetzt noch dieser künstliche Stein? Ich weiß einfach nicht, wie ich es besser ausdrücken soll, aber ich habe, seit ich hier bin, das Gefühl, dass in dieser Welt nichts mehr echt ist. Alles ist künstlich, nichts beruht mehr auf der Natur. Eure Fahrzeuge haben keine Pferde mehr, euer Plastik ist Gift für die Natur und nun ahmt ihr die Natur auch noch nach, statt die echten Felsen, Berge und Wälder zu schätzen.“

„Aber wir schätzen die Natur doch, also, zumindest ich. Ich bin gerne im Wald und im Felsenlabyrinth.“

„Das mag sein, aber selbst das ist doch nicht mehr echt. Die Wälder hier, sie sehen einfach nicht mehr so aus wie zu meiner Zeit. Sie wirken, als hätte man alle Bäume in Reih und Glied gestellt, als seien sie nicht wild dort gewachsen, sondern irgendwie in Formation gebracht. Zudem stehen hier lauter Nadelbäume, die in dieser Gegend gar nicht heimisch sein dürften. Und das Labyrinth ...“, Goethe seufzte. „Ach Caroline, du hättest es zu meiner Zeit sehen sollen. Es war zwar eine menschenfeindliche Gegend, jedoch machte gerade das ihren Reiz aus. Ich verstehe ja, dass man es auch für Frauen und Familien zugänglich machen wollte, aber die ganze Wildheit, der Eindruck einer überstarken natürlichen Macht, die das geschaffen hat, er ist durch die ganzen Stufen, Treppen und bunten Pfeile verloren gegangen. Es ist nicht weiter ein Felsenmeer, sondern vielmehr ein Felsengarten.“

Caroline wirkte nun irgendwie desillusioniert. „Ich muss gestehen, ich kenne es nicht anders. Für mich ist das Natur. Klar, unberührte Natur ist was anderes. Aber glaube mir, nicht alles in dieser Welt ist künstlich oder falsch.“

Wolfgang blickte sie an und lächelte. „Ich weiß. Etwas wirklich Wahres und Echtes habe ich schon gefunden.“

„Ja wirklich? Was soll das sein? Der Himmel? Der Greifvogel da oben? Oh, der ist wohl von der Flugshow, die hat jetzt schon angefangen.“

Goethe wartete mit seiner Antwort, bis sie ihre Aufmerksamkeit wieder auf ihn richtete.

„Ich meine dich, Caroline. Du bist wahrer und echter als alle Frauen, die ich kenne ... oder kannte.“ Kurz trübte sich sein Blick, doch er fing sich schnell wieder. „Zu meiner Zeit müssen Frauen gewissen Regeln gehorchen. Sie werden dazu erzogen, gute Ehefrauen und Mütter zu sein. Sie können nicht einfach so anderen Neigungen nachgehen. Sie werden in ein Korsett gezwängt, und das meine ich jetzt nicht nur bildlich gesprochen. Du aber, du tust, machst und denkst, was dir gerade in den Sinn kommt, und es scheint keinerlei negativen Einfluss auf deinen gesellschaftlichen Rang zu haben. Du hast die Freiheit, du selbst zu sein, und so kann jeder deine schöne Seele sehen.“

Caroline war sichtlich ergriffen. „Eine schöne Seele, das hat noch nie jemand zu mir gesagt. Das ist ein sehr schönes Kompliment, danke.“

Goethe verneigte sich leicht vor ihr.

„Das heißt, du findest nicht alles in meiner Zeit schlecht?“, sie lächelte ihn an.

„Durchaus nicht“, antwortete er vielsagend.

Ein Knistern lag zwischen ihnen in der Luft, das so stark war, dass es nicht nur Goethe, sondern mit Sicherheit auch Caroline wahrnehmen konnte. Sein Atem ging schneller. Sollte er sie küssen? Durfte er das so einfach tun, mitten in der Öffentlichkeit?

Unsinnigerweise ging ihm der Gedanke durch den Kopf, dass das nicht das erste Mal wäre, dass er jemanden küsste, der Hosen trug. Er wischte diese alte Erinnerung beiseite. Er wollte ihre sinnlich roten Lippen auf seinen spüren, hier und jetzt, ohne an die Zeit zu denken, die nun so unglaublich weit hinter ihm lag. Leider kam er nicht dazu, sich Caroline zu nähern, da auf einmal eine sehr laute Musik einsetzte, die, zu Wolfgangs Verwunderung, einen italienischen Gesang beinhaltete.

Caroline schreckte auf. „Oh, das ist mein Onkel, da muss ich rangehen.“

Rangehen?

Caroline zog das schwarze Glas aus ihrer Hosentasche, wischte darauf herum und hielt es sich ans Ohr. Sie ging ein paar Schritte von Goethe weg und unterhielt sich scheinbar mit jemanden, den er aber nicht sehen konnte. Was war hier los? Führte sie Selbstgespräche? Und wieso hatte sie ihm nicht gesagt, dass sie so gut Italienisch konnte?

Etwas später steckte sie das Händi wieder weg und kam hektisch auf ihn zu.

„Das war mein Onkel Federico. Ich habe total vergessen, dass ich ihm heute beim Bedienen helfen sollte. Jetzt ist gerade eine ganze Busladung an Gästen angekommen. Er ist total panisch. Ich muss sofort hin und ihm helfen. Aber was mache ich so lange mit dir?"

„Du hast gerade mit deinem Onkel gesprochen? Der mit dem italienischen Restaurant? Durch das Glas hindurch? Das ist Magie!" Goethe war sichtlich begeistert.

„Das ist keine Magie, sondern Technik. Ich habe aber jetzt keine Zeit, dir das zu erklären, ich muss dringend los."

„Darf ich mitkommen?", fragte Goethe. „Ich wollte schon seit langem einmal eine Reise nach Italien unternehmen. So ein italienisches Restaurant wäre bestimmt ein guter Vorgeschmack darauf. Im wahrsten Sinne des Wortes", kicherte Goethe.

Caroline meinte, sie hätte kein gutes Gefühl dabei. Am liebsten hätte sie ihn zurück in ihre Wohnung geschickt und da auf sie warten lassen.

„Weißt du, ich kam ja bisher nicht dazu, ihm von dir zu erzählen. Er wäre also schon geschockt genug zu erfahren, dass ich einen Fremden bei mir aufgenommen habe. Wenn er dann noch herausfindet, dass du dich für Goethe hältst oder Goethe bist, wie auch immer, dann wird er dich wohl gleich persönlich in die Klapse fahren und mich gleich mit, weil ich so leichtsinnig bin."

Letztlich befand Caroline aber, nicht zuletzt wegen Wolfgangs flehendem Blick, dass auf dem Weg zum Lokal noch genug Zeit war, um ihn zu instruieren, wie er sich wie ein Mann dieses Jahrtausends verhalten konnte. Als Goethe sich wie ein kleines Kind über die Aussicht freute, jetzt auch einmal eine solche Pizza probieren zu können, schüttelte Caroline nur den Kopf und meinte seufzend: „Na, wenn das mal gut geht."

„Kennst du das Land, wo die Zitronen blühn,
Im dunkeln Laub die Goldorangen glühn,
Ein sanfter Wind vom blauen Himmel weht,
Die Myrte still und hoch der Lorbeer steht?"

(Johann Wolfgang von Goethe, Mignon)

Kapitel 6

Se bastasse una bella canzone a far piovere amore

Das war nun schon das dritte Mal, dass das Spotifei von Carolines Onkel dieses Lied spielte, seit sie hier waren. Goethe genoss fast alles hier in diesem Ristorante. Der Duft nach Pizza und Nudeln kitzelte seine Nase und regte seinen Appetit immer wieder von Neuem an. Im Gastraum waren überall Bilder und kleine Repliken von Städten und Sehenswürdigkeiten Italiens verteilt, die bei ihm regelrechtes Fernweh auslösten, ohne dass er je in dem Land gewesen war. Dazu gab es kleine Bäumchen, an denen Minizitrusfrüchte wuchsen, so dass Wolfgang sich ein wenig wie in einer Orangerie fühlte.

Aber dieses Lied konnte er nun einfach nicht mehr hören. Vielleicht hätte er es lieber nicht übersetzen sollen, als es zum ersten Mal aus den Lautsprechern kam. Auf diese Art hatte es sich ihm eingeprägt. Er konnte es jetzt nicht mehr ausblenden, so wie die ganzen anderen italienischen Lieder, mit denen die Restaurantbesucher hier beschallt wurden.

Wenn ein schönes Lied ausreichen würde, um Liebe regnen zu lassen.

Goethe verlor langsam alle Hoffnung, in dieser Zeit Dichterkollegen seines Formats zu treffen. Wenn man aus so einem schmalzigen Text sogar ein Lied machte und es auch noch aufnahm, wie die Musik Mozarts, dann gab es wohl nicht viel Besseres als das. Er musste sich von Caroline dringend dieses Internetz näher erklären lassen. Vielleicht fanden sich ja dort intellektuellere Texte dieser Zeit.

Federico kam zu ihm und klopfte ihm zwar freundschaftlich, aber doch sehr stark auf die Schulter, so dass Goethe zusammenzuckte.

„Hey, mein Freund, vielen Dank für deine Hilfe“, sagte er mit einem italienischen Akzent, der ihn schmunzeln ließ.

Inzwischen waren alle Gäste gegangen und sie waren nur noch mit Aufräumen beschäftigt. Goethe hatte Federico sofort ins Herz geschlossen, als sie hier angekommen waren, und er ihn wohl auch. Das war natürlich nicht allzu schwer, denn jeder mochte Johann Wolfgang von Goethe. Er war nun einmal ein charismatischer Mensch.

Federico war ebenfalls eine beeindruckende Person, nicht nur wegen seines aufgeschlossenen und liebenswürdigen Charakters, sondern auch aufgrund seiner Statur. Carolines Onkel war ein gutes Stück größer als Goethe, er vermutete, so 1,85 Meter. Seine Haare waren tiefschwarz, ebenso wie sein Schnurrbart. Seine Augen waren von einem hellen Braun und strahlten pure Lebensfreude aus. Man sah Federico an, dass er gerne sein eigenes Essen verspeiste und dass dieses wohl für eine Diät nicht wirklich tauglich wäre.

So kam es, dass Wolfgang sich, trotz der offensichtlichen Gutmütigkeit Federicos, ein klein wenig vor ihm fürchtete. Er hatte alles dafür getan, es sich mit dem Italiener nicht zu verscherzen. Dies war auch deshalb wichtig, da er offensichtlich ein sehr enges Verhältnis zu seiner Nichte hatte. Die beiden benahmen sich fast wie Vater und Tochter, was Goethe irgendwie seltsam fand.

Ihm fiel auf, dass Caroline bisher nur von ihrem Onkel erzählt hatte, aber kein Wort über ihre Eltern, außer dass sie nicht mehr bei ihnen wohnte. Ob sie sich mit diesen gestritten hatte?

Goethe hatte auch kein wirklich herzliches Verhältnis zu seinem Vater gehabt, vermisste ihn nun, da er nicht mehr unter den Lebenden weilte, aber öfter, als ihm lieb war. Seine Mutter hingegen war immer eine liebevolle Person gewesen, eine echte Frohnatur. Deshalb zerriss es ihm das Herz, sie so einfach in der Vergangenheit zurückgelassen zu haben.

„Wolfgang, darf ich dir noch eine Pizza oder einen Ramazotti als Dankeschön anbieten?“, fragte Federico.

Caroline hatte Goethe schlicht und einfach mit „Das ist Wolfgang, ein Freund von mir“ vorgestellt und Federico war so nett gewesen, nicht genauer nachzufragen. Wolfgang war aber nicht entgangen, dass

Federico ihn, seit sie hier waren, mit Argusaugen beobachtete. Er war sich sicher, dass Carolines Onkel sein Verhältnis zu seiner Nichte ergründen wollte.

Doch wie sollte dieser etwas herausfinden, dessen sich Goethe selbst nicht mal sicher war? Wie stand er zu Caroline und sie zu ihm? Hatte er wirklich Gefühle für sie, oder reagierte er nur so auf sie, da sie die einzige Frau auf diesem Planeten war, die seine wahre Identität kannte? Nun ja, abgesehen von der Vorzimmerdame im Krankenhaus. Um die attraktiv zu finden, hätte es aber noch deutlich mehr als einer Reise in die Zukunft bedurft. Vermutlich eher eine Reise in die Vergangenheit. Er konnte sich gut vorstellen, dass die Steinzeitmenschen ihrem Äußeren etwas abgewinnen hätten können. Goethe schämte sich. So dachte man nicht über eine Dame und schon gar nicht, wenn diese sich in den Dienst der Allgemeinheit gestellt hatte.

Federico merkte wohl, dass sein Besucher mit den Gedanken abgeschweift war, und räusperte sich.

Wolfgang besann sich. „Vielen Dank, aber so satt wie jetzt bin ich noch nie gewesen. Es war sehr, sehr lecker. Und sosehr ich die schöne italienische Musik hier schätze“, Goethe hoffte, dass Federico ihm nicht ansah, was er wirklich darüber dachte, „würde ich doch lieber kein Lied mehr von diesem Ramazotti hören.“

Federico lachte laut auf. „Ich wollte dir doch kein Lied anbieten, ich meine den Kräuterlikör Ramazotti. Gibt es den in Ostdeutschland nicht?“

Goethe staunte. Diesem schlechten italienischen Sänger war ein Likör gewidmet worden? Ob es dann wohl auch einen Goetheschnaps oder gar -wein gab? Das musste aber ein erlesenes Schlückchen sein, wenn es seinen Namen trug. Und woher wusste Federico, dass er aus Ostdeutschland stammte? Wolfgang hatte sich doch so sehr bemüht, Hochdeutsch zu sprechen.

„Oh, ja, na klar. Einen Likör nehme ich gerne“, stammelte Goethe.

Sie tranken jeder ein Gläschen und Federico schenkte ihnen gleich nach.

„Wer mir so gut beim Teigkneten und beim Abwasch hilft, hat sich auch noch ein extra Stamperl verdient“, meinte er, und Goethe traute sich nicht nein zu dem zweiten Schnaps zu sagen, obwohl er ihm eindeutig zu süß schmeckte.

Caroline hatte Goethe einfach in der Küche sitzen lassen wollen, bis sie fertig damit war, die Restaurantbesucher zu bedienen. Das war ihm aber zu langweilig gewesen, weshalb er Federico freundlichst seine Hilfe angeboten hatte. Obwohl er nur sehr selten in seinem Leben einmal beim Kochen mitgeholfen hatte, hatte dieses Pizzabacken großen Spaß gemacht. Was für ein Wunder es doch war, dass dieser klebrige Teig, der aus wenigen Zutaten bestand, nach nur kurzer Zeit als eine Art Brot wieder aus dem Steinofen herauskam.

Überhaupt hatte ihm der Steinofen sehr gut gefallen, denn ein richtiger Ofen musste für ihn mit Feuer arbeiten. Ganz anders als der seltsame Backofen, den Caroline da in ihrer Wohnung hatte. Wobei sie ihm versichert hatte, dass man damit auch Pizza machen konnte, nur keine so leckere.

Gleich drei Pizzen und einen Teller Spaghetti hatte Wolfgang verdrückt, weil er von der vielen frischen Luft so einen Hunger hatte. Zudem konnte er von dem Geschmack einfach nicht genug bekommen. Jede der Teigscheiben war anders belegt gewesen und ein ganz eigenes Gericht für sich. Er erntete von Caroline und Federico jedoch ungläubiges Kopfschütteln, als er anmerkte, dass ihm die mit Schinken und Ananas am besten geschmeckt hatte.

Sollte er je wieder den Weg zurück in seine Zeit finden, musste er entweder dafür sorgen, dass so ein italienisches Restaurant nach Weimar kam, oder er musste nach Italien reisen, wie er es eigentlich schon lange vorgehabt hatte. Was für Köstlichkeiten es in dem Land wohl sonst so gab?

„Ich weiß nicht, ob du es bemerkt hast, aber ich habe dich und Caroline vorhin beobachtet“, gestand Federico ihm nun etwas angeheitert. Er hatte heute wohl nicht nur mit Goethe einen Likör getrunken.

„Ach, wirklich, ist mir gar nicht aufgefallen.“

Federico lachte. „Du musst mir verzeihen. Caroline liegt mir am Herzen, wie wenn sie meine eigene Tochter wäre. Immerhin ist sie bei mir aufgewachsen.“

Aha, jetzt wurde es interessant. Sollte Wolfgang genauer nachhaken, oder war das etwas, das er lieber von Caroline selbst hören sollte? Ging es ihn überhaupt etwas an? Doch Federico wartete nicht auf eine Nachfrage.

„Sie war erst acht, als ihre Eltern verunglückt sind, wusstest du das?“

Oh nein. Caroline hatte als Kind ihre Eltern verloren. Das erklärte den Alptraum, den sie in der Nacht gehabt hatte.

Goethe spürte einen Stich in seinem Herz. Er wusste, wie sehr es schmerzen konnte, in so jungem Alter jemanden zu verlieren. Außer seiner Schwester hätte er noch weitere Geschwister gehabt, die aber alle früh nach der Geburt gestorben waren. Jedes Mal, wenn der Bauch seiner Mutter an Umfang zugenommen hatte, hatte er sich auf ein neues Geschwisterchen gefreut, nur um es dann so bald wieder zu verlieren.

Nun hatte er nicht mal mehr Cornelia. Er hatte noch deutlich vor Augen, wie schwach und verloren seine Schwester ausgesehen hatte, an dem Tag, als er sie zum letzten Mal sah. Die Nachricht von ihrem Tod war keine Überraschung gewesen und hatte ihm dennoch einen der liebsten Menschen genommen, die es in seinem Leben gab. Aber da war er schon erwachsen und konnte so etwas ertragen. Caroline hingegen war ein Kind gewesen, als sie ihre wichtigsten Bezugspersonen verloren hatte.

„Das ist sehr jung“, antwortete Wolfgang mit brüchiger Stimme. „Geschwister hatte sie ja keine?“, bemühte er sich, so nachzufragen, dass nicht auffiel, dass er die komplette Geschichte zum ersten Mal hörte.

Federico beugte sich verschwörerisch zu ihm hinunter. „Das hast du nicht von mir, ja? Ich meine, wenn Caroline dir das nicht gesagt hat, dann will sie vielleicht nicht, dass du das weißt. Ihre Mutter war schwanger, als es passierte.“ Nun war es Federico, dessen Stimme brüchig wurde. „Sie waren auf dem Rückweg vom Frauenarzt, als das Unglück geschah. Das musst du dir mal vorstellen, da siehst du zum ersten Mal ein Bild deines ungeborenen Babys, freust dich auf die Zukunft mit dem Kind und nur eine halbe Stunde später liegst du und dein Mann tot in einem Autowrack. Wenn dieser Scheiß-LKW-Fahrer nur nicht an seinem Handy rumgespielt hätte, dann wäre das alles nicht passiert.“

Goethe unterdrückte die Frage danach, was ein Autowrack war. Caroline hatte ihm jegliche Nachfrage nach Dingen, die ihm nichts sagten, verboten, damit er ihrem Onkel nicht negativ auffiel.

Er reimte sich zusammen, dass so ein Auto vielleicht auch eine Art Jundai war, nur von einem anderen Hersteller? Schließlich meinte Carolines Onkel ja, dass die Eltern verunglückt seien. Bei dem Tempo, das diese Fahrzeuge hatten, war er sich sicher, dass man darin leicht den Tod finden konnte.

Er fragte lieber auch nicht genauer nach, was ein LKW war. Aber dass diese seltsamen Händidinger Unglück brachten, das hatte ihm sein Bauchgefühl von Anfang an gesagt. Dieses dunkle Glas war ihm einfach unheimlich.

Federico führte ihn zu einem Schrank hinter der Theke, der Goethe zuvor gar nicht weiter ins Auge gefallen war. Darauf standen eine Reihe teuflisch gut gemalter Miniaturporträts, die in kleinen hölzernen Rahmen aufbewahrt wurden. Federico reichte Wolfgang eines davon. Darauf war Caroline zu sehen, oder zumindest eine Frau, die Caroline sehr ähnlich sah, denn sie hatte ein Muttermal auf der rechten Backe, das Caroline nicht hatte. Auch waren die Haare der Dame nicht dunkelblond, sondern dunkelbraun. Sie waren aber genauso lang, lockig und glänzend wie Carolines.

Federico bestätigte sogleich den Schluss, den Goethe daraus zog. „Das ist Carolines Mutter, Faustina. Eine unglaubliche Ähnlichkeit, oder? Sie hätte sich bestimmt sehr gefreut, zu sehen, dass aus ihrer Tochter eine solche Schönheit geworden ist."

Nun kullerte beiden Männern eine Träne über die Backe. „Sie war meine Schwester, weißt du? Ich habe zwar noch einen Bruder, der wieder in Italien lebt, am Vesuvio, aber sie war mein, wie sagt man das auf Deutsch, mein Herzensmensch? Meine verwandte Seele. Hast du Geschwister, Wolfgang?"

„Ich hatte eine Schwester, Cornelia, sie ist vor acht Jahren verstorben", antwortete Goethe, obwohl es aus Federicos Sicht wohl noch einige Jahre mehr waren.

Federico legte ihm eine Hand auf die Schulter, eine Geste, die er Caroline beigebracht haben musste.

„Dann war sie wohl sehr jung. War es denn auch ein Unfall?"

„Nein, sie war krank", antwortete Wolfgang mit gesenktem Kopf. „Wir standen uns auch sehr nahe."

Federico stellte das Porträt seiner Schwester wieder zurück, ging mit Goethe zum Tresen und schenkte sich und ihm einen weiteren Ramazotti ein.

„Auf unsere Schwestern. Mögen sie in Frieden ruhen!", hob er sein Glas. Beim dritten Mal schmeckte der Likör Wolfgang schon besser.

Federico wurde ernst. „Caroline war am Boden zerstört, als sie zu mir kam", erzählte er nun weiter. „Es hat Jahre gedauert, bis wieder ein einigermaßen glücklicher Mensch aus ihr wurde. Ihre Freundin Birte hat sehr viel dazu beigetragen. Ich weiß nicht, ob du sie schon kennst. Wenn Caroline sie nicht gehabt hätte, sie wäre mir auf das falsche Gleis geraten, ohne dass ich viel dagegen hätte tun können. Ich hatte ja nie eine Frau an meiner Seite, die mir mit dem Kind helfen konnte. Dennoch wollte ich sie nicht zu fremden Leuten geben und auch nicht fortschicken. Das ist doch ihre Heimat hier. Ihr Papa hatte ja keine Geschwister und seine Eltern waren wiederum schon recht alt, zu alt, um noch so ein junges Mädchen bei sich aufzunehmen."

Federico wurde rührselig. Wolfgang hatte Sorge, dass ihm der große Mann gleich weinend um den Hals fallen würde. Er bot ja gerne seine Schulter an, wenn jemand Kummer hatte, aber unter Federicos Gewicht würde er mit Sicherheit zusammenbrechen. Lag diese Sentimentalität an seinem südländischen Temperament? Oder waren es die in ihm aufsteigenden Erinnerungen? Vielleicht war es aber einfach nur der Ramazotti. Jedenfalls war Carolines Onkel nun um einiges schlechter zu verstehen. Er begann nicht nur leicht zu lallen, sondern verfiel immer mehr in seinen italienischen Akzent.

„Sie hat so viel Potenzial, weißt du? Ja, okay, sie hat kein Abi, aber wer mit ihrer Lebensgeschichte hätte es denn bitte schön bis zum Abitur geschafft? Mit einem Onkel, der ihr nicht bei den Hausaufgaben und beim Lernen helfen konnte, weil er selbst zu dumm war und wegen des Restaurants auch nie Zeit hatte. Aber ich musste ja das Geld für uns verdienen und etwas anderes als kochen kann ich nicht."

Federico musste Wolfgang schon sehr vertrauen, wenn er ihm das alles erzählte. Aber worauf wollte er hinaus?

„Worauf ich hinauswill", sagte er jetzt und Goethe erschauderte, weil er sich nicht sicher war, ob die Leute in der Zukunft vielleicht doch Gedanken lesen konnten. „Caroline ist ein ganz besonderer Mensch. Sie verdient einen ebenso besonderen Menschen an ihrer Seite und dass ihr niemand, ich wiederhole, NIEMAND das Herz bricht." Jetzt starrte er Wolfgang mit einem durchbohrenden Blick an. „Sollte also jemand unlautere Absichten mit ihr haben, dann sei ihm gesagt, dass ich ihm in gewisse Körperteile so sehr treten werde, dass er sich nie mehr einer Frau unangebracht nähern kann."

Goethe war sich sicher, dass er mit *jemand* gemeint war. Er wusste nur nicht, ob Federico keinerlei körperlichen Intimitäten mit seiner Nichte vor der Ehe guthieß oder ob es ihm lediglich darum ging, dass man sie nicht wie eine Dirne benutzte. Er beschloss, das nicht näher herausfinden zu wollen.

„Nichts für ungut", meinte Federico wieder versöhnlicher. „Ich habe gesehen, wie du sie vorhin zum Lachen gebracht hast, als du ihr eine Pizza belegt hast. Wobei die Idee, ein Lachgesicht aus Schinken und Tomaten zu legen, doch irgendwie kindisch ist. Sie lacht selten mit anderen Menschen als mir und Birte. Sie scheint dir sehr zu vertrauen, um sich dir gegenüber öffnen zu können. Sorge bitte dafür, dass sie das nicht bereut. Ich fürchte, sie würde sich dann wieder mehr verschließen."

Goethe nickte nur stumm und fasste nun wiederum Federico mit einer Hand auf die Schulter, weil er das für angebracht hielt. Er zog sie aber gleich wieder weg, als Carolines Onkel ihm einen Blick zuwarf, der ganz klar sagte, dass er das nicht wollte. Sollte mal einer aus diesem Mann schlau werden.

Goethe versuchte galant, das Thema zu wechseln. Es war ihm langsam unangenehm, so viel über Carolines innere Dämonen zu erfahren, ohne dass sie davon wusste.

„Faustina ist ein sehr schöner Name", meinte er. „Wie lange hat sie wohl für dieses einmalig gut gelungene Porträt Modell gestanden? Überhaupt sind mir solche realistischen Miniaturporträts bislang überhaupt noch nicht untergekommen. Hat der Künstler sich darauf spezialisiert? Ist das ein italienischer Maler?“, meinte er und zeigte dabei auf die Bilder in dem Schrank.

„Porträt?“, fragte Federico verwirrt. „Das ist ein ganz normales Foto. Das sieht doch nicht aus wie ein Porträt.“

Den Blick, den er jetzt zeigte, kannte Goethe nur zu gut. Den hatte Caroline ihm auch immer wieder zugeworfen, als sie ihn noch für verrückt gehalten hatte. Zum Glück war diese nun fertig mit der Küchenarbeit, die sie für ihren Onkel übernommen hatte, und eilte ihm zur Rettung. Wie viel von dem Gespräch mit Federico hatte sie wohl mitbekommen?

„Du musst entschuldigen, Zietto. Wolfgang hat vorhin, als wir so eilig zu dir aufgebrochen sind, seine Kontaktlinsen verloren und es blieb keine Zeit, um zurückzugehen, damit er sich neue reinmachen konnte.“

Federico schien nicht sehr überzeugt von was auch immer Kontaktlinsen sein sollten, aber Goethe fiel noch etwas zur Ablenkung ein.

„Was heißt das, Zietto, das Wort kenne ich nicht auf Italienisch.“

„Onkelchen“, antworteten Caroline und Federico ihm gleichzeitig und sahen sich dabei liebevoll an. Dann blickte Caroline sehnsüchtig auf das Bild im Schrank.

„Faustina ist ein typisch italienischer Name, musst du wissen. Meine Großeltern haben sich einen Spaß daraus gemacht, ihren Kindern allen einen Vornamen mit F zu geben. Das passt so gut zum Nachnamen, Fontana. Ich weiß nicht, ob es Federico erzählt hat, aber ich habe noch einen Onkel in Italien, der heißt Fabrizio.“

Wolfgang überlegte, dass es solche Alliterationen mit dem Familiennamen in seiner Familie nicht gab. Dafür kannte er auffallend viele Frauen, deren Vorname mit dem Buchstaben C begann. Jede von ihnen hatte eine wichtige Bedeutung für ihn. Seine Mutter Catharina, seine Schwester Cornelia, Charlotte von Stein, seine ... als was konnte er sie am besten beschreiben? Gute Freundin? Sein Fels in der Brandung? Charlotte Buff nicht zu vergessen. Die unglückliche Liebe zu ihr hatte ihn zu seinem Werther inspiriert. Und nun war da auch noch Caroline.

Konnte das ein Zufall sein? Natürlich konnte es das, aber Goethe gefiel der Gedanke, dass das Schicksal, das ihn auch in diese Zeit verschlagen hatte, ihm damit ein Zeichen geben wollte. Jedoch wofür? Vielleicht dafür, dass Caroline die richtige Frau für ihn war? Oder für genau das Gegenteil, denn schließlich waren die beiden Charlottes für ihn ja auch tabu gewesen, da sie verheiratet waren. War Caroline für einen anderen Mann bestimmt? Durfte er zu ihr nur eine solche Liebe empfinden wie zu seiner Schwester oder seiner Mutter?

Ach herrje, er musste sich am Riemen reißen. So dachte doch kein aufgeklärter, den Wissenschaften zugeneigter Mann. Er besann sich wieder auf das Gespräch.

„Bist du nur zur Hälfte Italienerin, oder stammt dein Vater auch von dort?", fragte er an Caroline gewandt.

Federico wirkte überrascht. Wahrscheinlich ging ihm gerade durch den Kopf, ob er Goethe zu viel von Carolines tragischer Geschichte erzählt hatte, wenn dieser nicht mal wusste, wer ihr Vater war.

„Klingt denn Neumüller nach einem italienischen Nachnamen für dich?", bemühte sich Caroline, die Situation zu retten.

„Na klar, tut mir leid, das war zu viel Ramazotti, ich kann gar nicht mehr richtig denken", ging Goethe darauf ein.

„Ihr habt ohne mich angestoßen?", fragte Caroline gespielt beleidigt.

Sie griff unter die Theke und holte eine Flasche mit einem sehr gelb leuchtenden Getränk hervor. „Schäm dich, Federico, der Ramazotti ist doch für die Touristen. Ich denke, Wolfgang hat sich etwas von deinem selbstgemachten Limoncello verdient."

Limoncello, das klang mehr nach einem Instrument als nach einem Likör.

Caroline holte sich ein frisches Glas und schenkte ihnen allen etwas von der gelben Flüssigkeit ein. Herrje, das Zeugs war ja noch süßer als der Ramazotti. Sollten in Italien nicht auch gute Weinsorten wachsen? Wieso bot niemand Wolfgang davon was an?

Caroline schenkte sich einen zweiten Limoncello ein, doch sowohl Federico als auch Goethe winkten ab.

„In weniger als einer Stunde kommen die ersten Abendgäste, ich muss langsam mit dem Ausnüchtern anfangen", meinte Carolines Onkel.

„Bist du sicher, dass du uns für die Abendschicht nicht mehr brauchst?“, fragte Caroline.

„Nein, da ist Pepe wieder da und es fängt auch noch ein neuer Kellner an. Du weißt schon, der Bruder von Marcel, der jetzt zum Studieren gegangen ist. Er hat mich darum gebeten, seinen Aushilfsjob sozusagen seinem Bruder weiterzuvererben, und ich meinte, ich gebe ihm eine Chance. Simon heißt der, glaube ich. Mal sehen, ob der genauso viel draufhat wie sein großer Bruder.“

Als Goethe und Caroline sich von Federico verabschiedeten, warf dieser ihm noch einen vielsagenden Blick zu. Die Botschaft war klar: Der italienische Onkel wollte Wolfgang im Auge behalten. Wie ernst es ihm damit war, Caroline vor ihm zu beschützen, hatte sich auch dadurch gezeigt, dass er diese nochmals alleine in die Küche zitiert hatte. Angeblich um zu kontrollieren, ob die Gläser gut poliert waren. Wolfgang wusste aber, dass das Quatsch war, weil Caroline die Gläser längst wieder in den Schrank unter dem Ausschank einsortiert hatte.

Vermutlich wollte Federico auch Caroline seine Bedenken Wolfgang gegenüber mitteilen. Dabei hatte er ihn doch schon längst davon überzeugt, die Finger von Caroline zu lassen. Das war auch deshalb das einzig Richtige, weil Goethe alles daransetzen wollte, in seine Zeit zurückzukehren. Das bedeutete leider, dass er, falls sein Vorhaben gelingen sollte, Caroline zurücklassen musste. Er hatte keinesfalls vor, ihr Herz zu brechen. Es war somit besser, gar nicht erst mit Gefühlsduseleien anzufangen.

Mit etwas Glück war er morgen wieder zurück in seiner Zeit. Zumindest, wenn sein Plan, an dem er den ganzen Tag über herumgetüftelt hatte, erfolgreich war. Doch nun wollte er einfach den Abend mit der schönen Halbitalienerin aus der Zukunft genießen.

*****

Wer einen Onkel wie Federico hatte, der brauchte gar keine Eltern. So ein Onkel konnte zur gleichen Zeit väterlicher Beschützer und gluckenhaft wie eine Mutter sein.

Mit seinem untrüglichen Gespür für Menschen war ihm natürlich sofort aufgefallen, dass mit Wolfgang irgendetwas nicht stimmte. Wobei dieser auch nicht gerade darin geglänzt hatte, sich als ein Mann dieses Jahrtausends zu geben. Und das, wo er angeblich Bühnenerfahrung hatte. Er hätte die Rolle besser spielen können.

Zu Goethes Verteidigung ließ sich sagen, dass er sich erst etwas hatte anmerken lassen, als Federico ihn mit Ramazotti abgefüllt hatte. So wie Goethes Atem gestern nach Wein gestunken hatte, hätte Caroline jedoch geglaubt, dass er mehr vertragen konnte. Auch ihr Versuch, Wolfgang weiter abzufüllen, um jede zusätzliche Auffälligkeit auf den Alkohol zu schieben, hatte Federico nicht täuschen können.

Leider war ihrem Onkel schon vorher etwas an Goethe aufgefallen. Er hatte die Pizza verschlungen wie jemand, der noch nie in seinem Leben eine solche gegessen hatte. Caroline hatte das damit gerechtfertigt, dass er natürlich schon öfter Pizza essen gewesen war, aber halt noch nie so eine gute bekommen hatte wie die von Federico. Er merkte ihr jedoch immer an, wenn sie log. Deshalb hatte sie bei dem Vieraugengespräch in der Küche vor ein paar Minuten versucht, nicht zu lügen, sondern die Wahrheit großräumig zu umschiffen.

„Na klar ist Wolfgang merkwürdig in deinen Augen, er ist, äh, Künstler. Du weißt doch, wie die sind. Nimm doch nur die Schauspieler von der Luisenburg, wie die sich immer geben“, hatte sie Federico entgegnet, als der seine Bedenken gegenüber Goethe geäußert hatte.

„Ist er denn Schauspieler?“, hatte dieser wissen wollen.

„Er hat durchaus schon Rollen gespielt, aber er ist mehr so der Texter“, druckste Caroline herum.

„Aber von sowas kann man doch nicht leben“, warf Federico ein. „Wie soll er denn eine Familie ernähren?“

„Also mal ganz abgesehen davon, dass ich keinesfalls vorhabe, mit ihm eine Familie zu gründen, ist das Schreiben ja nicht sein Hauptjob. Er arbeitet in Weimar noch in der, ähäm, in der Stadtverwaltung.“

Gelogen war das nur, wenn Goethe nicht der war, als der er sich ausgab. Caroline sah aber Federico an, dass er noch nicht zufrieden war, und ergänzte deshalb: „Außerdem sind wir nur Freunde, ich will nichts von ihm und er auch nicht von mir, ehrlich.“

„Meine liebe Principessa. Ich habe doch gesehen, wie ihr euch anschaut. Der ganze Gastraum hat geknistert, so hat es zwischen euch gefunkt. Wem willst du eigentlich was vormachen?“

Das hatte gesessen. Caroline war sich durchaus bewusst, dass da eine gewisse körperliche Anziehung zwischen ihr und Wolfgang bestand, zumindest von ihrer Seite aus. Ihr Onkel unterstellte ihr aber eindeutig stärkere Gefühle, die noch dazu nicht einseitig sein sollten. Hatte Wolfgang sich in sie verliebt? Und sie sich in ihn?

Sie konnte sich einfach nicht vorstellen, dass jemand wie Johann Wolfgang von Goethe sich in sie verlieben konnte. Sollte er sich also wirklich in sie verguckt haben, war das dann der Beweis dafür, dass er nicht Goethe war? Oh Mann, sie sollte eindeutig mehr an ihrem Selbstwertgefühl arbeiten.

Ihr Onkel hatte sie jedenfalls gewarnt, sich nicht einfach so auf den zwar sehr netten, aber auch seltsamen Kerl einzulassen. Wolfgang würde nun mal nicht mit beiden Beinen auf dem Boden stehen, hatte er gemeint. Als Caroline noch rausgerutscht war, dass Goethe derzeit bei ihr wohnte, war Federico völlig aus dem Häuschen.

„Wieso nimmt der sich nicht einfach ein Hotel? Deine Wohnung ist doch viel zu klein für zwei Leute. Woher kennst du den eigentlich? Ich wusste nichts von einem Freund aus Weimar, der dich besuchen kommt.“

Das war dann der Moment, in dem sie gestehen musste, dass sie Wolfgang erst gestern kennengelernt hatte, nachdem er im Felsenlabyrinth verunglückt war. Jetzt war ihr Onkel in noch größerer Sorge.

„Mein Kind, du kannst doch nicht einfach so einen völlig Fremden bei dir aufnehmen. Was, wenn er ein Triebtäter ist? Du kannst ihm nicht vertrauen! Du weißt doch, dass die Männer immer nur auf eins aus sind, und besonders bei einer so hübschen jungen Frau wie dir.“

„Non ti agitare!“, fiel Caroline ihm ins Wort. „Reg dich nicht auf. Ich helfe dir schon, seit ich klein war, im Lokal aus. Ich habe hier so viele Menschen kennengelernt, gute wie schlechte. Wenn du mir eines mit auf den Weg gegeben hast, dann ist das Menschenkenntnis. Und ich weiß, dass du auch gespürt hast, dass Wolfgang ein guter Mensch ist. Er hat meine Hilfe gebraucht und die habe ich ihm auch gegeben.“

Federico hatte daraufhin zwar eingelenkt, jedoch nicht ganz aufgegeben.

„Es scheint ihm doch wieder besser zu gehen? Dann kann er ja jetzt nach Hause fahren. Oder er kann bei mir schlafen, ich habe viel mehr Platz als du.“

Natürlich konnte Caroline Wolfgang nicht bei ihrem Onkel schlafen lassen, denn dann hätte dieser mit Sicherheit herausbekommen, dass er sich für Goethe hielt. So musste sie noch ein paar Minuten mit ihm diskutieren, bis er endlich einwilligte, sie mit Wolfgang wieder zu sich nach Hause gehen zu lassen. Es war ja einerseits süß, dass er sich solche Sorgen um sie machte, aber andererseits war sie eine erwachsene Frau, die selbst Entscheidungen treffen konnte und sich da von niemandem reinreden lassen musste.

„Abbi cura di te!“, rief ihr Onkel ihr noch nach, als sie mit Wolfgang das Lokal verließ. „Pass auf dich auf!“

Caroline und Goethe mussten zu Fuß nach Hause gehen. Das war ihr aber gerade recht, so konnte sie noch ein wenig runterkommen. Der Streit mit ihrem Onkel hatte sie mehr aufgeregt, als sie sich eingestehen wollte. Dem Blick nach zu urteilen, den Federico Goethe zugeworfen hatte, war das Thema für ihn auch noch nicht ausdiskutiert. Er würde sie sicherlich mit Anrufen bombardieren, aber sie würde einfach nicht rangehen. Und für Besuche hatte er ja Gott sei Dank kaum Zeit.

„Du kannst aufhören, mit den Zähnen zu knirschen, wir sind draußen, und soweit ich sehen kann, kommt uns dein Onkel auch nicht hinterher“, meinte Goethe, der wohl durchaus mitbekommen hatte, dass sie und Federico sich seinetwegen in die Haare bekommen hatten.

Hoffentlich hatte er von dem Gespräch nichts Genaueres gehört. Laut genug geredet hatten sie ja. Nicht dass er jetzt von ihren angeblichen Gefühlen für ihn wusste. Caroline war ja fast geneigt, nur etwas mit Wolfgang anzufangen, um ihren Onkel zu ärgern. Da sie kein Teenager mehr war, entschloss sie sich jedoch, eine solche Trotzreaktion lieber zu lassen.

Vorsichtig löste Caroline ihre Zähne voneinander, die sie tatsächlich unbewusst aufeinandergepresst hatte. Das tat sie immer, wenn sie gestresst war. Autsch, der Kiefer beschwerte sich sogleich. Sie massierte ihn kurz, bevor sie sagte:

„Sorry, ich wollte mich gar nicht so aufregen, aber manchmal behandelt er mich wie ein kleines Kind.“

„Nein, er liebt dich einfach und macht sich Sorgen, das ist doch etwas Schönes. Und ich würde mir an seiner Stelle vermutlich auch nicht über den Weg trauen“, grinste Wolfgang jetzt. Auch Caroline musste daraufhin lächeln.

„Wenn du lächelst, siehst du genauso aus wie deine Mutter auf dem Bild. Der Name Faustina hätte dir auch gut gestanden“, meinte Goethe.

Caroline blickte ihn fragend an. „Gefällt dir der Name Caroline nicht?“

„Doch, doch, er ist wunderschön. Aber jetzt, wo ich die italienische Seite an dir kennengelernt habe, denke ich nur, ein italienischer Name hätte auch gut zu dir gepasst.“

„Meine Mutter wollte mich ja eigentlich Carlotta nennen, aber mein Vater meinte, mit einem deutscheren Namen hätte ich es hier in Deutschland mal leichter, auch im Berufsleben und so. Außerdem würde der besser zum Nachnamen passen.“

„Hm, Carlotta wäre aber auch mit C gewesen“, sagte Goethe mehr zu sich selbst als zu ihr.

Caroline beschloss, nicht weiter nachzufragen, was ihm der Buchstabe C denn angetan hatte, dass er ihn nicht leiden konnte. Sie interessierte vielmehr etwas anderes. „Was genau hat er dir denn von meinen Eltern erzählt?“

„Federico? Um ehrlich zu sein, einiges. Ich habe dir aber nicht hinterherspioniert oder so, er hat ganz von alleine davon angefangen und nicht mehr aufgehört.“ Goethe blickte ihr in die Augen und legte dann, noch im Gehen, sanft einen Arm um sie. „Es tut mir leid, dass du deine Eltern schon so früh verloren hast. Ich kann mir gar nicht vorstellen, wie schlimm das für dich gewesen sein muss.“

Caroline hasste sich dafür, dass ihr wieder die Tränen kamen. Ein Vierteljahrhundert war das her und ihr Herz war noch immer nicht geheilt.

„Sie waren wundervolle Menschen und noch bessere Eltern. Sie haben mir so viel Liebe gegeben, dass ich, als diese Liebe mit ihnen plötzlich verschwunden ist, in ein sehr tiefes Loch gefallen bin.“ Sie wischte sich eine Träne von der Wange.

Caroline blickte sich in der kleinen, aber guten lichten Stadt um, in der sie seit ihrer Geburt lebte. Es war ein schöner Ort. Aber wohnte sie hier, weil sie das wollte, oder nur, weil sie sich nicht von ihrer Vergangenheit trennen konnte?

Doch wie sollte man einen Ort verlassen, auf dessen Friedhof die eigene Mutter, der Vater und der Fötus lagen, der eigentlich einmal eine Schwester oder ein Bruder hätte sein sollen? Ob ihr Geschwisterchen jetzt bei ihren Eltern war und mit ihnen glücklich im Jenseits lebte? Falls es sowas wie das Jenseits überhaupt gab. Bisher hatte sie ungefähr genauso stark an ein Leben nach dem Tod geglaubt wie an Zeitreisen, also gar nicht. Sie hatte sich jedoch oft gewünscht, dass es einen Himmel gäbe und sie dort ihre Eltern irgendwann wiedersehen konnte.

„Manchmal glaube ich, dass ich noch immer in einem Loch stecke und nur ab und an mit dem Kopf oben rausschaue.“ Sie drückte sich enger an Goethe heran, einerseits weil sie Halt brauchte, andererseits, weil es so spät am Abend etwas kühl wurde und er sich wunderbar warm anfühlte.

„Ich kenne das Gefühl“, überraschte Goethe sie nun.

Das Bild, das ihr in der Schule von Johann Wolfgang von Goethe vermittelt wurde, hatte nicht den Eindruck erweckt, als ob er jemals in einer schlechten Gemütslage gewesen wäre. War das noch ein Hinweis darauf, dass er nicht der echte Goethe war?

„Da hilft dann meist nicht mal mehr ein Spaziergang in der Natur“, fuhr Wolfgang fort. „Wenn es ein ganz tiefes Loch ist, wie zum Beispiel nach dem Tod meiner Schwester, dann mache ich eine möglichst lange Reise, um von allem wegzukommen, was mich bedrückt. Es hilft, etwas Neues zu sehen, neue Eindrücke und neue Menschen in sein Leben zu lassen.“

„Oh, das tut mir leid mit deiner Schwester. Und leben deine Eltern noch?“, fragte Caroline und schüttelte innerlich selbst den Kopf über sich. Natürlich lebte nun niemand mehr von den Menschen, die er für seine Eltern hielt.

„Meine Mutter war die Einzige aus meiner Familie, die ich noch hatte, als ich hierherkam."

Jetzt war es Wolfgang, der sich näher an Caroline drückte. Bildete sie sich das ein, oder roch er an ihren Haaren?

„Du riechst nach Pizza", lachte er. Das half, um die bedrückte Meine-Eltern-sind-tot-Stimmung zu lockern.

Sie unterhielten sich noch ein wenig über das Reisen. Goethe fragte sie über Italien aus und erzählte ihr, warum ihn das Land so faszinierte.

„Weißt du, mein Vater hatte eine lange Reise nach Italien unternommen und ein Reisetagebuch darüber geschrieben. Ich wuchs in einem Haus auf, das überall die Erinnerungsstücke an diese Reise ausstellte. Da waren zum Beispiel Bilder von Küstenstädten, Skulpturen, Muscheln und auch einige Bücher, die er mitgebracht hatte. Das alles weckte in mir die Sehnsucht nach einem Land, das ich leider bis heute noch nicht gesehen habe. Eigentlich wollte ich selbst eine solche Italienreise unternehmen, aber dann kam der Ruf nach Weimar. Ich wurde mehr und mehr in die Amtsgeschäfte eingebunden und an eine so lange Expedition war dann nicht mehr zu denken. Ich bin ja schon froh, dass ich mir die paar Wochen für Karlsbad freischaufeln konnte. Um ehrlich zu sein, bin ich in Weimar nicht mal zum Schreiben gekommen."

Wenn das stimmte, musste man dem Fürsten, der ihn so in seine Amtsgeschäfte einband, wohl dankbar sein. Immerhin gäbe es sonst noch viel mehr Werke von Goethe, mit denen sich die Schüler im Unterricht schwertaten.

Caroline blickte Wolfgang von der Seite an. Wenn er von seinem früheren Leben erzählte, wirkte er so ehrlich und echt. Er erweckte den Eindruck, er würde auf einen wirklichen Erinnerungsschatz zurückgreifen statt auf etwas, das er mal über den Dichterfürst gelesen und gelernt hatte.

Wieder rührte sich eine Stimme in ihr, ob sie nicht doch den echten Goethe an ihrer Seite hatte. Doch die Stimme der Vernunft war lauter und diese schrie: „Es gibt keine Zeitreisen, basta!"

Als Goethe merkte, dass sie nichts erwiderte, sprach er weiter.

„Das heute in der Pizzeria, das hat mir fast ein wenig das Gefühl gegeben, als wäre ich dort, in Italien. Zumindest konnte ich einmal echtes italienisches Temperament beobachten und das leckere Essen kosten."

„Mit Temperament meinst du Federico?"

Goethe lächelte verführerisch. „Nein, ich rede von dir, meine hübsche Faustina."

Hoffentlich gewöhnte er sich das jetzt nicht an, sie so zu nennen. Falls doch, konnte sie ihm Kontra geben, indem sie ihn Johann nannte. Er hatte ihr ja erzählt, dass er das nicht mochte. Andererseits gefiel ihr die Art, wie er den Namen ihrer Mutter aussprach, mit so viel Hingabe. Wenn man bedachte, dass er sich für den Autor des Faust hielt, war es ja kein Wunder, dass ihm der Name zusagte.

„Was erwartest du dir denn von einer Reise nach Italien?", fragte sie ihn jetzt. „Einfach nur Erholung und gutes Essen? Oder willst du dann ein Buch über Land und Leute schreiben?"

„Es ist vor allem die Natur, die mich reizt. Dort wachsen ganz andere Pflanzen als in Deutschland. Ich glaube, ich würde dort meiner Suche nach der Urpflanze ein gutes Stück näherkommen."

„Dann bist du nicht nur Dichter, sondern auch Naturwissenschaftler?", fragte sie ihn.

Goethe sah nun irgendwie peinlich berührt aus. „Also um ehrlich zu sein, dachte ich ja, wenn ich mal über Jahrhunderte hinweg für irgendetwas berühmt und bekannt sein werde, dann für meine naturwissenschaftlichen Forschungen. Dass stattdessen meine Romane und Dramen die Zeit überdauern, hätte ich mir nie träumen lassen. Ich meine, ich weiß, dass ich gut bin, aber ich bin auch kein Shakespeare."

„Ach dann war Shakespeare zu Goethes Zeit also auch schon bekannt?"

„Natürlich. Bedeutende deutsche Literaten haben sich große Mühe gegeben, sein Werk in unsere Sprache zu übersetzen. Sagen dir zum Beispiel die Namen Wieland und Herder was?"

Ach herrje, Caroline hatte gerade gar keine Lust, ihr Gehirn nach irgendeiner Erinnerung an diese Namen zu durchforsten, auch wenn sie ihr bekannt vorkamen. Sie entschloss sich stattdessen, vom Thema abzulenken.

„Ja klar, äh, aber sag doch mal, was hast du denn naturwissenschaftlich schon so geleistet?“

Goethes Miene hellte sich auf. Das schien ein Thema zu sein, über das er sehr gerne reden wollte. „Meine liebe Caroline, vor dir steht niemand Geringeres als der Entdecker des menschlichen Zwischenkieferknochens.“

Wolfgang verbeugte sich theatralisch vor ihr. Das sahen ein paar Jugendliche mit Zigaretten und Bierflaschen in der Hand auf dem gegenüberliegenden Gehsteig. Sie machten sich lautstark über Wolfgang lustig.

„Schaut mal den an“, rief einer von ihnen lallend. „Der will ihr sicher gleich die Füße küssen. Die Lusche tanzt bestimmt voll nach ihrer Pfeife.“

Die anderen vier Jungs lachten laut los und zeigten mit den Fingern auf Wolfgang.

Goethe wandte sich auffallend höflich an Caroline. „Meine Werteste, ich muss dich bitten, dir kurz die Ohren zuzuhalten, da ich vorhabe unflätig zu werden.“

Caroline packte ihn am Arm und wollte ihn davon abhalten, die Jugendlichen zu reizen, aber er rief bereits in voller Lautstärke: „Ihr unnützen Schmauchlümmel, ihr könnt mich alle mal im Arsche lecken.“

„‚Im Arsche lecken‘, ‚Schmauchlümmel‘“, grölten die Teenager belustigt. „Wo kommst du denn her, Alter, aus der Förderschule?“

Goethe ballte die Hand zur Faust und wollte wohl erneut etwas für einen erwachsenen Mann Unangebrachtes über die Straße schreien, doch diesmal schaffte Caroline es, ihn davon abzuhalten.

„Wolfgang, willst du dich jetzt echt auf deren Niveau begeben? Vergiss die doch einfach, die sind besoffen. Erzähl mir lieber mal, was so ein Zwischenkieferknochen eigentlich ist.“

Die Tatsache, dass sie das nicht wusste, lenkte Goethe von den jugendlichen Pöblern ab und diese interessierten sich zum Glück auch nicht weiter für ihn, nachdem sie ihn nun für geistig eingeschränkt hielten.

„Also wenn du das nicht weißt, dann war es wohl doch keine so große Entdeckung, wie ich gedacht habe. Es ist ein Knochen im Kiefer, der dem Menschen zu fehlen schien. Ich aber habe entdeckt, dass wir als Fötus noch einen solchen Knochen besitzen und er sich dann einfach nur verwächst. Somit habe ich bewiesen, dass der Mensch zu den Wirbeltieren zu zählen ist."

„Oh wow, du warst das", versuchte Caroline beeindruckt zu klingen.

Sie war sich gar nicht bewusst gewesen, dass den Leuten in Goethes Zeit noch nicht klar war, dass sie Wirbeltiere waren. Sehr interessant, was man so erfuhr, wenn man mit einem vermeintlich Verrückten abhing.

„Und?", wollte sie wissen. „Was hast du noch für großartige Entdeckungen gemacht?"

Sie blickte sich noch einmal um. Die Jugendlichen waren weitergegangen. Sie musste sich keine Sorgen mehr machen, dass sie rüberkamen, um Wolfgang zu vermöbeln. Aber was hatte sie auch erwartet, das war ja keine Großstadt hier mit herumprügelnden Gangs. Es war schon verwunderlich genug, dass hier Minderjährige betrunken herumliefen, während die Sonne erst langsam unterging.

Goethe wirkte nun peinlich berührt. „Na gut, äh, also, so richtige Entdeckungen habe ich nun keine weiteren gemacht. Ich habe aber einige wissenschaftliche Theorien aufgestellt, die es nur noch zu beweisen gilt. Nimm zum Beispiel den Granit. Ich bin mir sicher, dass er das Urgestein ist, auf dem alles beruht. Er ist sozusagen das Grund- und Knochengerüst der Erde. Meiner Meinung nach ist er die älteste auf der Erde vorkommende Gesteinsart. Deshalb bin ich auch nach Wunsiedel gekommen, um eure besonderen Granitformationen zu untersuchen. Ganz anders als meine Kollegen bin ich nämlich nicht der Meinung, die Welt, wie wir sie kennen, sei durch Vulkanausbrüche entstanden. Das Gleiche gilt auch für euer Felsenlabyrinth. Ich bin mir fast schon sicher, dass es ..."

„Durch Verwitterung entstanden ist", unterbrach ihn Caroline. „Es tut mir ja echt leid für dich, aber deine Theorien sind in unserer Zeit entweder nichts Neues mehr oder auch widerlegt. Wenn dich zum Beispiel der Aufbau der Erde interessiert, kann ich dir dazu gerne mal was von Wikipedia ausdrucken oder so."

Wolfgang wirkte perplex: „Was ist das, Wikipedia?“

„Das ist so eine Art Lexikon über, na ja, eigentlich alles. Es ist im Internet, da kann jeder jederzeit darauf zugreifen, wenn er was wissen will. Dazu braucht man nur einen Computer oder ein Smartphone.“

„Oh, aha, tja“, Goethe blickte nun sehr zerknirscht. „Wie ist es denn mit den botanischen Studien? Die sind auch gerade ein Forschungsgebiet von mir. Ist dazu denn schon viel bekannt? Wurde die Urpflanze mittlerweile entdeckt?“

Caroline freute sich, ihm seine Forscherfreude nicht ganz nehmen zu müssen. „Also auf dem Gebiet hat sich seit Goethe, also seit dir, bestimmt sehr viel getan. Aber soweit ich weiß, hat noch niemand eine Urpflanze entdeckt. Zumindest hat man mir in der Schule nichts über eine solche beigebracht. Da könntest du vielleicht weiter dran forschen, falls du in dieser Zeit bleiben musst.“

Sie sollte echt das Thema wechseln oder ganz damit aufhören, ihn so zu behandeln, als wäre er wirklich Goethe. Der arme Mann wirkte mehr als niedergeschlagen.

„So ist denn alles schon gedacht und erforscht worden?“

„Nein, mal ganz ehrlich, tun sich nicht mit jeder neuen Entdeckung auch immer neue Fragen auf?“, versuchte Caroline ihn aufzubauen. Als er nicht darauf reagierte, meinte sie: „Oder das Weltall, das ist so groß und da gibt es noch viel zu entdecken. Aber ich fürchte, da müsstest du nochmal studieren gehen, Astrophysik oder so, sonst lassen die dich ja nicht an ihre Teleskope und Computer. Oh, da fällt mir ein, du müsstest überhaupt erst einmal lernen, einen Computer zu bedienen.“

Herrje, sie machte mit ihrem Geschwafel alles nur schlimmer. Goethe sagte nun kein Wort mehr und blickte traurig vor sich hin.

Zum Glück waren sie bei ihrem Wohnhaus angekommen. Als sie die Wohnungstür aufsperrte, versuchte sie noch ein letztes Mal, Wolfgang aufzubauen. „Da du jetzt weißt, dass du mit deinen literarischen Schriften so erfolgreich bist, vielleicht konzentrierst du dich ja eher darauf?“

Er sah sie nun an wie ein Kind, dem man seinen Lolli weggenommen hatte. Caroline wollte ihn schnell in die Wohnung bringen, nicht dass ihnen auch noch Frau Messner über ...

„Ah, das Fräulein Neumüller", hörte Caroline die schrille Stimme der Hausmeisterin aus dem Treppenhaus schallen, noch bevor sie die Haustür ganz geöffnet hatte.

Hatte die Messner hier etwa auf sie gewartet? Sie konnte doch unmöglich schon wieder putzen. Aber als Caroline ins Haus ging, sah sie, dass diese tatsächlich erneut mit Wischmopp und Eimer bewaffnet war. Um ihre rot gefärbten Dauerwellenhaare hatte sie sich ein Tuch gebunden, mit dem sie ein bisschen wie eine Mischung aus Else Kling und der roten Zora wirkte. Dazu trug sie mal wieder ihre zum Putzen sehr ungeeigneten hochhackigen Schuhe, deren Klackern stets unheilvoll ihr Kommen ankündigte.

„Ich dachte, Fräulein sagt man nicht mehr", hörte Caroline Goethe leise hinter sich murmeln. Da sie dieses Thema aber nicht schon wieder diskutieren wollte, ignorierte sie seine Bemerkung einfach. Doch Frau Messner hatte ihn gehört und war somit gleich auf ihn aufmerksam geworden.

„Ah, ich sehe, Sie haben Männerbesuch", bemerkte diese mit etwas zu neugierig klingender Stimme.

„Das ist Wolfgang, ein Freund von mir. Er bleibt ein paar Tage", sagte Caroline und betonte das Wort *Freund* sehr deutlich. Damit die Messner nicht noch weiter nachfragte, wechselte Caroline gleich das Thema.

„Herr Prechtl hat doch nicht etwa schon wieder ...?"

Die Hausmeistergattin unterbrach sie, noch ehe sie den Satz beendet hatte.

„Nein, zum Glück nicht. Wobei ich vorhin an seiner Tür vorbeigegangen bin und gehört habe, dass er mal wieder Selbstgespräche führt. Wer weiß, vielleicht hätte ich mit dem Putzen noch warten sollen, aber das war echt irre gefährlich, was die Herdmannkinder hier wieder angestellt haben."

Herr und Frau Herdmann wohnten mit ihren vier Kindern ganz oben im Haus. Sie hatten dort zwar eine Wohnung zur Verfügung, die mindestens drei Mal so groß war wie Carolines, dennoch war sie zu klein für eine Familie mit so vielen Sprösslingen. Deshalb erweiterten die zwei Jungs und zwei Mädels ihren Spielbereich immer auf das ganze Treppenhaus. Man musste stets aufpassen, nicht auf liegen gelassenem Spielzeug auszurutschen oder unbedacht an Türklinken zu langen. Diese waren gerne mal mit Matsch und Schuhcreme beschmiert.

„Oje, was haben sie denn gemacht?“, fragte Caroline nur der Höflichkeit halber, denn eigentlich interessierte es sie nicht wirklich.

„Sie haben mit Rasierschaum, Kleber und Farbe eine Art Schleim gemischt und damit das Geländer und die Stufen eingesaut. Das Zeugs hat vielleicht gepappt, sage ich Ihnen. Eigentlich müsste ich deren Eltern mal die ganze Mehrarbeit in Rechnung stellen, die ich wegen ihrer Gören habe. Ich warte hier gerade darauf, dass Herr Herdmann nach Hause kommt, um mit ihm mal ein Wörtchen über seine Kinder zu reden.“

Caroline war erleichtert, dass Frau Messner nicht auf sie gewartet hatte. Sie hatte schon eine Standpauke wegen Wolfgangs Warmwasserverbrauch erwartet. Dessen Anwesenheit bei ihr schien der Hausmeisterin aber bis jetzt nicht aufgefallen zu sein. Wenn sie es nun zügig an ihr vorbei schafften, ohne dass sie roch, wie viele Schnäpse sie getrunken hatten, dann war alles gut. Caroline wollte nicht, dass im Haus erzählt wurde, sie wäre die nächste Alkoholikerin hier. Ganz egal war es ihr eben doch nicht, was die Nachbarn über sie dachten.

„Waren Sie Ihrem Onkel in der Pizzeria helfen?“, fragte die Messner, als Caroline sich schon ein paar Schritte die Treppe hoch gewagt hatte.

„Äh, ja, wieso fragen Sie?“

„Sie beide riechen so nach Pizza, da bekommt man ja direkt Appetit“, sagte Frau Messner und warf dabei einen sehr hungrig wirkenden Blick auf Wolfgang. Die Frage war, ob es wirklich nur Pizza war, auf die sie Lust hatte.

Frau Dietrich aus der vierten Etage hatte Caroline mal erzählt, bei den Messners würde sexuell nichts mehr laufen. Der Hausmeister schien sich nur noch für seine Tauben zu interessieren. Als Reaktion darauf interessierte sich seine Frau auch nicht mehr für ihn, sondern nur noch für das Leben der anderen Hausbewohner. Caroline hatte keine Ahnung, warum ihre Nachbarin ihr das erzählt hatte, sowas wollte man doch wirklich von niemandem wissen.

„Das nächste Mal bringen wir Ihnen gerne eine mit", wachte Wolfgang nun aus seiner Lethargie auf und lächelte Frau Messner dabei unglaublich freundlich an.

„Oh, das wäre aber nett", sagte diese völlig überrascht von dem Angebot.

„Außerdem möchte ich mich gerne bei Ihnen bedanken dafür, dass Sie hier alles so ordentlich und sauber halten", fuhr Goethe nun fort. „Ich wäre heute Abend sehr ungern noch auf Schleim ausgerutscht, also vielen Dank, dass Sie mich vor solch einem Schicksal bewahrt haben."

Frau Messner bekam jetzt ganz rote Backen. Sie freute sich sichtlich über Wolfgangs nette Worte. Caroline schämte sich ein bisschen, dass sie selbst noch nie auf den Gedanken gekommen war, der Frau mal danke zu sagen.

„Das mache ich doch gerne, Herr, äh, wie war nochmal Ihr Name?"

Caroline blieb vor Schreck das Herz stehen. Goethe würde sich doch nun nicht etwa verraten?

„Ach, gute Frau, Sie dürfen sehr gerne Wolfgang zu mir sagen", meinte dieser nur. Caroline wusste, wie viel Überwindung es ihn gekostet hatte, der Frau des Hausmeisters das Du anzubieten. Dennoch freute sie sich, dass er langsam lernte, wie er sich geben musste, um nicht aufzufallen. Vielleicht sollten sie sich für ihn trotzdem mal einen anderen Nachnamen ausdenken, mit dem er sich fremden Leuten offiziell vorstellen konnte. Aber jetzt galt es erst einmal, endlich in die Wohnung zu kommen.

„Oh, habe ich da einen Wagen gehört?", unterbrach sie deshalb das Geplänkel zwischen Wolfgang und Frau Messner. „Das wird sicherlich Herr Herdmann sein, oder? Er kommt doch immer zu dieser Zeit nach Hause."

Es war ihr gelungen, die Aufmerksamkeit der Hausmeisterin von sich und Goethe abzulenken. Schnell eilte sie mit ihm nach oben, als diese ihnen noch einmal hinterherrief.

„Sie können Vivian zu mir sagen", bot sie Wolfgang an. „So galante Männer wie Sie können mich gerne beim Vornamen nennen." Damit stellte sie gekonnt klar, dass das Angebot, sie zu duzen, nur für Wolfgang galt.

Caroline war fast ein wenig eingeschnappt. Sie wohnte immerhin schon seit acht Jahren hier und hatte bis heute noch nicht einmal gewusst, dass die Messner Vivian mit Vornamen hieß. Sollte sie sich nicht nur mehr für ihre Heimat, sondern auch mehr für ihre Mitmenschen interessieren? Wieso grenzte sie die Leute, die mit ihr in dem Haus wohnten, eigentlich kategorisch aus ihrem Leben aus? Sie hatten ihr ja nie etwas getan, die meisten waren sogar sehr nett.

Goethe war das wohl auch aufgefallen, denn als sie die Wohnungstür hinter sich schlossen, fragte er sie: „Wieso bist du so abweisend zu Vivian?"

Sie konnte ihm die Frage nicht wirklich beantworten. „Ich war einfach müde und wollte nur in die Wohnung. Außerdem wollte ich auch nicht, dass die dich zu sehr danach ausfragt, wer du bist. Die Frau ist immer so neugierig."

„Ich glaube, das ist weniger Neugierde als ein Schrei nach Aufmerksamkeit", bemerkte Wolfgang. „Sie scheint mir fast so einsam zu sein wie du." Er blickte sie wieder mit seinen tiefgründigen Augen an und sie fühlte sich durchschaut. Trotzdem wehrte sie sich gegen den Kommentar.

„Ich bin doch nicht einsam. Ich habe Federico, ich habe meine Freundin Birte, ich habe auch nette Kolleginnen in der Arbeit ... oh Mist, das habe ich ja ganz vergessen!", rief sie jetzt aus. „Ich muss morgen wieder in die Arbeit."

„Ist denn das in der Pizzeria nicht deine Arbeit?", wollte Goethe wissen.

„Nein, damit verdiene ich mir nur noch extra was dazu. Ich arbeite in einem Kindergarten."

Goethe schien irritiert. „Das heißt, du gestaltest Gärten für Kinder?"

Caroline musste so lange und laut lachen, dass ihr danach der Bauch wehtat. Als sie sich wieder etwas beruhigt hatte und Wolfgangs beleidigten Blick bemerkte, erklärte sie: „„Ein Kindergarten ist ein Ort, an den Eltern, die selbst arbeiten müssen und keine Zeit haben, ihre Kinder bringen, damit diese betreut sind. Meine Kolleginnen und ich passen dann auf sie auf. Wir sind ihre Erzieherinnen. Wir haben Kinder ab drei Jahren bis zum Schulalter."

Wolfgangs Miene lichtete sich wieder. „Ach wie herrlich, ich liebe diese kleinen Menschengesichter. Es ist sicher erfreulich, jeden Tag mit ihnen spielen zu können. Du bist bestimmt ein gutes Kindermädchen."

Caroline blies die Backen auf und ließ die Luft daraus mit einem langen „pfffff" entweichen. „Das heißt Erzieherin, nicht Kindermädchen. Ja, es ist schön. Aber wenn man das jeden Tag macht und immer so an die 15 permanent wild kreischende und schreiende Kinder um sich hat, dann geht das mit der Zeit doch an die nervliche Substanz. Versteh mich nicht falsch, ich hab die Kinder alle lieb, aber so als Rudel können die einen echt in den Wahnsinn treiben." Sie seufzte. „Manchmal sehne ich mich danach, mehr in meinem Leben zu erreichen. Ich habe einfach das Gefühl, dass da mehr in mir steckt, ich weiß nur nicht genau, was."

Was hatte dieser Mann nur an sich, dass sie ihm ihre innersten Gedanken und Gefühle offenbarte? Sie hatte das noch nie zuvor jemandem anvertraut. Das war bestimmt der Limoncello von ihrem Onkel, der hatte es echt in sich.

„Ich würde dich ja als einen kreativen Geist einschätzen", erwiderte Goethe. „Ich erkenne eine verwandte Seele, wenn sie mir gegenübersteht. Du hast Witz, du hast Esprit, das musst du nur irgendwie ausdrücken, sei es durch Kunst, Literatur oder ganz anders. Vielleicht wie dieser Ramazotti, mit Gesang. Nur bitte mit etwas besserem Text dazu."

„Ein kreativer Geist, das musst du mal meiner ehemaligen Kunstlehrerin erzählen", warf Caroline ein. „Die hat mir die Kreativität eines Pantoffels bescheinigt. Sie hatte auch irgendwie recht damit. Meine Bilder glichen mit fünfzehn noch sehr denen, die meine Kiddies im Kindergarten malen."

„Das bedeutet nur, dass du keine Malerin bist. Vielleicht doch eine Poetin?"

„Hm", machte Caroline mit gespielter Denkerpose. „Immerhin reime ich nicht Eiche auf Gesträuche", hänselte sie Goethe etwas. „Aber jetzt mal im Ernst. Wenn ich morgen in die Arbeit muss, was mache ich denn so lange mit dir?"

Goethe sah aus, als gingen in seinem Kopf Gedanken umher, die er ihr nicht anvertrauen wollte. Als er bemerkte, dass sie ihn fragend anblickte, hellte sich sein Gesicht aber wieder auf und er meinte fröhlich: „Ach, ich vertreibe mir die Zeit schon irgendwie. Vielleicht kannst du mich ja einfach mit diesem Fernseher bekannt machen, mir ein paar Bücher hinlegen oder ich gehe ein wenig spazieren."

Warum hatte sie nur das Gefühl, dass er mehr vorhatte, als sich irgendwie die Zeit zu vertreiben? Aber er würde ja nicht gleich ihre Wohnung leer räumen, solange sie weg war, oder? War er am Ende ein Trickbetrüger? Das würde bedeuten, dass Federico recht hatte mit seiner Schwarzmalerei, und das wollte sie einfach nicht glauben.

Mit einem mulmigen Gefühl gab sie Goethe den Zweitschlüssel für ihr Zuhause. Sie erklärte ihm nicht nur den Fernseher, der ihn wegen der zu schnell wechselnden Bilder total verrückt machte, sondern auch den Herd und die Mikrowelle. Mit viel Glück würde er ihr die Wohnung nicht abfackeln beim Versuch, sich etwas zu essen zu machen. Und Schlimmeres konnte ja nicht passieren, wenn sie ihn alleine ließ, oder doch?

„Und wer des Knäuels zartes Ende hält,
der schlingt sich wohl durchs Labyrinth der Welt“

(Johann Wolfgang von Goethe, die ersten Erzeugnisse der Stottenheimer Saline)

Kapitel 7

17.06.2024

Es war ein merkwürdiges Gefühl, als Goethe am Morgen erwachte und die Wohnung leer vorfand. Caroline hatte es irgendwie geschafft, so leise zu duschen und zu frühstücken, dass er davon überhaupt nichts mitbekommen hatte. Diese ganze Zeitreisesache, das Zusammentreffen mit Carolines Onkel und vor allem die viele Pizza hatten ihn allerdings auch so müde und schlapp gemacht, dass er geschlafen hatte wie ein Stein. Er konnte sich nicht einmal daran erinnern, etwas geträumt zu haben. Nur das Einschlafen war ihm diesmal schwerer gefallen, da der Gedanke an ihm nagte, dass er Caroline heute verlassen würde.

Seit er hier war, hatte er immer wieder darüber nachdenken müssen, wie er wohl in diese Zeit geraten war. Je mehr seine Überlegungen darum kreisten, desto sicherer war er sich, dass es an dem Felsenlabyrinth liegen musste. Dort waren Granitfelsen in ähnlich mysteriösen Anordnungen zu finden wie im echten Stonehenge. Dieses wurde, der landläufigen Meinung nach, für okkultistische Zwecke genutzt. Da lag die Vermutung nahe, dass auch die Felsen auf der Luisenburg, oder Luxburg, wie sie zu seiner Zeit noch hieß, besondere Eigenschaften haben mussten, die eigentlich in den Bereich des Mystischen gehörten.

Es schien Wolfgang immer wahrscheinlicher, dass er wegen des heranziehenden Gewitters unbemerkt in eine Art unsichtbares Portal gerannt war, welches seine Zeit mit der von Caroline verband. Er musste also einfach nur den Zugang dazu wiederfinden und es rückwärts durchschreiten. So konnte er mit Sicherheit zurück in seine Zeit, weg hier aus dieser surrealen Zukunft, in der die Natur den Menschen so egal war, dass sie sie, ohne mit der Wimper zu zucken, zerstörten.

Johann Wolfgang von Goethe wollte fort aus der Welt, in der es nichts mehr zu erforschen gab, in der jeder alles wissen konnte, indem er nur in sein Händi schaute. Wer nahm sich da denn noch die Zeit, zu lesen und sich das Wissen selbst anzueignen, wenn man alles einfach schnell nachschlagen konnte? Ihm schien, als wären die Universalgelehrten dieser Zeit keine Menschen, sondern die Maschinen, die sie in ihren Hosentaschen mit sich trugen.

Er wollte zurück in ein Leben, in dem man Anerkennung für sein Wissen und seine Gedanken erntete. Wo man sich gegenseitig vorlas und sich nicht vor so eine Flimmerkiste setzte, deren schnelle Bilder einem die Augen schmerzen ließen.

Aber Wolfgang wollte nicht weg von Caroline. Er hatte erst die zweite Nacht auf ihrem Sofa verbracht und doch war er hier bei ihr bereits mehr zuhause, als er es in seinem großen Haus am Frauenplan in Weimar je gewesen war. Mit ihr zusammen zu sein, mit ihr zu speisen, zu reden und zu scherzen, das fühlte sich schon jetzt so an, wie er sich eine Ehe vorstellte. Aber gleichzeitig ängstigte ihn das.

Er war noch nie einer Frau so eng verbunden gewesen, die weder verlobt noch verheiratet war. Caroline wäre also tatsächlich frei für ihn, wenn er sich denn um sie bemühen und sie seine Bemühungen auch erhören würde. Aber eben da lag das Problem. Er fürchtete sich schon in seiner Zeit davor, sich fest an eine Frau zu binden, mit ihr Familie zu gründen und damit gewisse Freiheiten aufzugeben, die er sich teuer erkämpft hatte. Sich auf Caroline einzulassen, würde ihn nicht nur seine Freiheit, sondern auch seinen bisherigen Lebensstandard kosten.

Sie würde sich ja schließlich kaum dazu überreden lassen, mit ihm zurück in seine Zeit zu kommen. Er war sich sicher, dass sie im alten Weimar überhaupt nicht klarkommen würde. Sie hätte nicht ihr Smartphone, das ihr wohl in sehr vielen Lebenslagen diente. Sie redete dadurch mit anderen Menschen. Sie nutzte es als eine Art Bibliothek. Sie konnte damit sogar Essen in ihre Wohnung kommen lassen, wie sie es gestern am späten Abend noch getan hatte, nachdem sie beide die Pizza dann doch verdaut und erneut Hunger bekommen hatten.

Sie hätte 1785 zudem keine Maschinen, die ihr Essen kühlten, kochten oder Kaffee machten. Auch die Wäsche musste man in seiner Zeit noch von Hand reinigen. Wobei Caroline als die Frau an seiner Seite natürlich den Haushalt nicht selbst machen müsste. Dafür würde er ihr eigenes Personal zur Verfügung stellen. Aber sie kannte auch nicht die Gepflogenheiten der höheren Gesellschaft, ja nicht mal die des gemeinen Fußvolks. Ganz zu schweigen davon, dass sie ihren geliebten Onkel und ihre beste Freundin hier zurücklassen müsste. Das wollte er ihr nicht antun. Sie hatte schon zu viele Menschen, die ihr am Herzen lagen, verloren.

Umgekehrt konnte er aber auch nicht hierbleiben, ganz egal, wie stark seine Gefühle für Caroline inzwischen waren. Niemand würde ihm glauben, dass er Johann Wolfgang von Goethe war. Er hatte keinen Ausweis, kein Geld und keinen Gönner hier, der ihm half, auch in dieser Zeit ein Amt zu finden. Sein Schreibstil war vermutlich zu veraltet, als dass ihn 2024 noch jemand lesen wollte, zumindest wenn man Caroline Glauben schenkte. Er könnte hier einfach nicht Fuß fassen und würde es nicht ertragen, für immer auf Carolines Kosten leben zu müssen.

Nein, es half alles nichts, er musste gehen, und zwar jetzt, ehe er all seine Willenskraft verlor und der starken Anziehung nachgab, die diese wunderbare, mit beiden Beinen fest im Leben stehende Frau auf ihn ausübte.

Als Goethe in die Küche kam, fand er dort einen gedeckten Tisch vor und Kaffee in einer Kanne, die ihn auf irgendeine besondere Weise warm hielt. Er genoss noch einmal sein Zukunftsfrühstück in vollen Zügen, als ihm auffiel, dass ein kleiner Brief für ihn auf dem Küchentisch lag. Er war von Caroline. Sie hatte ihm darin etwas Geld dagelassen, für den Fall, dass er irgendetwas brauchte. Außerdem hatte sie ihm eine kleine Beschreibung für den Weg zu einem sogenannten Supermarkt beigelegt, welche er aber nicht brauchen würde, da er sofort in Richtung Luisenburg aufbrechen wollte.

Wolfgang hatte vor, seine eigene Kleidung wieder anzuziehen, da er 1785 nicht mit Jeans und T-Shirt auftauchen konnte. Caroline hatte ihm inzwischen eine kleine Einführung darin gegeben, was die Leute in dieser Zeit so trugen und aßen, wie man mit Fremden interagierte, wie und wo man auf die Toilette gehen konnte und dergleichen. Nur über das geheimnisvolle Internetz schwieg sie sich aus. Angeblich sei er noch nicht so weit, was auch immer sie damit meinte. Er hatte sich bei weitem nicht alles gemerkt von ihren Erklärungen, aber einiges war bei ihm hängen geblieben.

Wo hatte denn Caroline nun seine Sachen aufbewahrt? Er suchte und suchte überall, außer in ihrem Schlafzimmer, da er als Mann von Ehre sich nicht einfach ungefragt Zutritt in ihr Gemach verschaffen wollte. Er fand aber leider nichts.

Na gut, es würde nun eben in dieser Zukunftskluft gehen müssen. Er musste es ja nur ungesehen von der Luxburg aus zurück in seine Pension schaffen und konnte sich dann dort umziehen. Es war jedoch wirklich schade um sein schönes Wandergewand. Er hatte die Sachen extra ähnlich der Kleidung entwerfen lassen, die auch seine Figur des Werther trug.

Egal. Was sein Schneider einmal konnte, das konnte er auch ein zweites Mal. Sollte er sich die Sachen wirklich neu machen lassen, würde er aber auf Blau als Hosenfarbe bestehen, da er nun wusste, wie sehr in Mode das einmal kommen würde. Wolfgang lächelte bei dem Gedanken, dass Caroline seine Kleidung bestimmt als Andenken an ihn aufbewahren würde. Und wer weiß, vielleicht kam er ja eines Tages zurück zu ihr, wenn er sich dafür bereit fühlte.

Goethe schnappte sich einen Stoffbeutel, der zusammen mit weiteren Beuteln der gleichen Machart an einem Haken an der Garderobe hing. Den würde Caroline hoffentlich nicht vermissen. Er packte sich Wasser in einer dieser unsäglichen Plastikflaschen hinein und etwas zu essen aus dem Kühlschrank. Vorsichtig öffnete er die Wohnungstür. Statt hinauszutreten, blickte er sich noch einmal um. Er atmete tief durch, bildete sich ein, Carolines Duft wahrzunehmen, und schloss dann seufzend die Tür hinter sich. Er sperrte ab und legte Caroline ihren Zweitschlüssel unter die Fußmatte. Danach wollte er sich auf den Weg nach unten machen, als er von hinten angerempelt wurde und fast die Stufen hinabstürzte.

„Tschuldigung“, „Sorry“, riefen zwei kindliche Stimmen, die sich aber schon wieder entfernten, weil die Jungs, denen sie gehörten, wie die Irren die Treppe hinunterrannten. Von oben erklang eine verzweifelte Frauenstimme.

„Hendrik, Jannik, ihr kommt sofort zurück und gebt euren Schwestern ihre Barbiepuppen wieder!“ Von unten hörte man nun nichts mehr als die Haustür, die ins Schloss fiel.

„Ich glaube, sie sind getürmt!“, rief Goethe mit Blick nach oben, wo sich eine Frau Mitte dreißig über das Geländer beugte. Sie hatte mittellange, schwarze Haare, die sie hinten zu einem einfachen Pferdeschwanz zusammengebunden hatte. Dieser war bereits dabei, sich wieder in einzelne Haarsträhnen aufzulösen, was ihr eine etwas wirre Optik verlieh. Vielleicht hatten die Jungs sie aber auch dazu gebracht, sich heute öfter schon die Haare zu raufen.

„Ach, diese Rotzbengel, die machen mich fertig. Nachher darf ich wieder die ganze Nachbarschaft nach den Puppen absuchen, damit die Mädels keine Heulkrämpfe bekommen. Das letzte Mal haben sie die Dinger doch glatt in die Mülltonnen geworfen. Ich weiß einfach nicht, was ich machen soll, damit die Kinder sich mal vertragen. Mein Mann ist immer den ganzen Tag arbeiten und ich habe niemand, der mir mit der Rasselbande hilft. Was hat mich nur geritten, vier Kinder in die Welt zu setzen. Hach.“

Wolfgang war leider kein Experte in Kindererziehung. Wenn er in diesem Bereich ein Talent hatte, dann dazu, die Kinder zu noch weiteren Untaten anzustiften. Da er der netten Dame somit nicht mit Erziehungstipps weiterhelfen konnte, meinte er nur: „Falls ich die Puppen irgendwo sehe, lege ich sie unten an die Haustür.“

„Vielen Dank, Herr, wer sind Sie überhaupt?“

„Ich? Nur ein Besucher, der wieder auf dem Weg nach Hause ist“, meinte Goethe vielsagend und ließ die Frau verwundert zurück.

*****

Goethe war so beschwingt von der Aussicht auf eine baldige Rückkehr in seine Zeit, dass er den ganzen Weg bis zur Luisenburg in Rekordzeit hinter sich brachte. Einmal hatte sogar ein Jundai neben ihm angehalten. Ach nein, Caroline meinte ja, das hieße in Wirklichkeit Auto. Darin saß eine nette Dame, die ihm eine Mitfahrt angeboten hatte. Goethe konnte aber gut und gerne darauf verzichten, denn er wollte nicht als letzte Erinnerung an diese Zeit eine Fahrt in solch einem Ding haben.

Lieber genoss er das tolle Sommerwetter an der frischen Luft und die Aussicht, die immer schöner wurde, je mehr er sich der Luisenburg näherte. Das Fichtelgebirge war in einer Art Hufeisenform angeordnet. Es öffnete sich nach Osten hin, genau in die Richtung, in die Wolfgang eigentlich gewollt hatte, nach Karlsbad. Sobald er wieder zurück war, würde er seine Reise dorthin fortsetzen, diesmal ohne Umwege.

Oben angekommen war Goethe etwas bestürzt, dass sie für das Labyrinth tatsächlich Eintritt verlangten. Das war eine von der Natur gegebene Sehenswürdigkeit. Mit welchem Recht konnten sie einem den Zugang dazu verweigern, wenn man nicht zahlen wollte? Er hatte damit argumentiert, dass er vor zwei Tagen schon hier gewesen sei und nur seinen verlorenen Hut suchen wollte, aber der Typ am Eingang wollte trotzdem das Eintrittsgeld von ihm haben. Er zahlte übellaunig die neun Euro. Er hatte ja ohnehin keine Ahnung, ob das viel Geld war. Caroline hatte ihm 50 Euro aus reinem Papiergeld gegeben. Summa summarum hatte er nun noch 41 Euro übrig, die er ja ohnehin nicht mehr brauchen würde.

Was war das überhaupt für eine Währung? Euro, das klang so, als wäre die für den gesamten europäischen Raum. Konnte das sein? War etwa eine Zeit des Friedens und der Harmonie zwischen den europäischen Ländern angebrochen? Das wäre doch zu schön, um wahr zu sein. Eine länderübergreifende Währung hätte durchaus etwas Praktisches. Man sparte sich das Wechseln und das Umrechnen, wenn man in andere Länder reiste. Zudem dürfte es auch den Transfer von Geld erleichtern.

Heute war etwas mehr los in dem Labyrinth. Seiner Beobachtung nach waren es wohl mehrere Schulklassen, die hier unterwegs waren. Das war allerdings sehr löblich, dass die Lehrer mit den Kindern auch in die Natur gingen. Ob das täglich bei ihnen auf dem Stundenplan stand? Er selbst kannte sich mit Schule nicht wirklich aus. Er war meist mit seiner Schwester zusammen zuhause unterrichtet worden.

Ach Cornelia. Wenn er doch schon eher dieses Portal gefunden hätte. Die Mediziner dieser Zeit hätten ihr Leben bestimmt retten können. Jetzt ärgerte sich Goethe fast ein bisschen darüber, dass er es versäumt hatte, Caroline über die medizinischen Fortschritte der letzten Jahrhunderte auszufragen. Welche Krankheiten waren inzwischen heilbar? Welche waren auch nun noch inkurabel? Ob wohl die Syphilis noch grassierte? Wie hatte sich die Forschung zu den Krankheitserregern entwickelt? Gab es vielleicht auch Mittel, mit denen man schweren Erkrankungen vorbeugen konnte? Moment, sie hatte doch irgendetwas von einer Pandemie erzählt. Folglich konnte man auch jetzt noch nicht alles heilen. Der Mensch schien weiterhin ein krankheitsanfälliges Wesen zu sein.

Wolfgang kletterte langsamen Schrittes die vielen Felsen, Stufen und Treppen hinauf. Er wollte sich alles sehr genau ansehen, für den Fall, dass es hier noch mehr Portale gab. Es wäre sehr unangenehm, in das falsche zu geraten und in einer noch anderen Zeit anzukommen. Am Ende würden da dann die Kutschen sogar fliegen oder noch verrücktere Dinge können.

Andererseits konnte es nicht allzu viele Zeittunnel geben. Denn wenn hier immer so viele Menschen wanderten, dann müsste ja öfter jemand versehentlich in einen solchen hineinlaufen. Da das Labyrinth jedoch nicht dafür bekannt war, dass hier regelmäßig Menschen verschwanden, gab es vermutlich nur den einzigen Weg durch die Zeit, direkt zurück ins Jahr 1785.

Wolfgang musste wirklich darauf achten, dass ihn niemand beobachtete, wenn er durch die Zeitpforte ging, nicht, dass ihm jemand folgte. Das konnte er überhaupt nicht brauchen, dass noch jemand außer ihm mit dem Wissen der Zukunft herumlief.

Wenn er ehrlich mit sich war, so viel wusste er ja gar nicht. Er war zwar schon in einem Auto mitgefahren, hatte aber keine Ahnung, wie es funktionierte. Er hatte all die Maschinen in diesem Krankenhaus gesehen, kannte jedoch nicht deren Wirkungsweise. Er wusste von dem Internetz, hatte aber keinen Schimmer davon, was das eigentlich genau war. Er kannte die große Bedrohung durch Plastik, dessen Herstellungsart war ihm jedoch auch unbekannt.

Kurzum, seit seinem Sturz durch die Zeit war er nicht er selbst gewesen. Sonst hätte er sich doch mehr für alles interessiert, die Dinge hinterfragt und erforscht. Stattdessen hatte er einfach nur in Selbstmitleid gebadet, war einer Frau hinterhergedackelt und ließ seinen Verstand von Sachen wie Pizza und Duschen ablenken.

Herrje, selbst da hatte er nicht mehr nachgefragt, wie all das saubere Wasser ins Haus kam und ob es nach der Benutzung irgendwie wieder gesäubert wurde. Das war ja vor allem für die Wasserklosetts interessant. Am Ende gab es unter den Häusern vielleicht gigantische Tanks, die von menschlichem Unrat überquollen. Der Gedanke ekelte Wolfgang zwar, andererseits wäre das auch keine viel schlechtere Entsorgungsart als zu seiner Zeit.

Goethe war kurz davor, umzudrehen. Er wollte die Antworten auf all diese Fragen wissen. Aber er hielt sich zurück, denn es war auch gefährlich, mit zu viel Sachkenntnis aus dieser Zeit in die Vergangenheit zurückzukehren. Was, wenn er die Entwicklung der Dinge versehentlich beschleunigte und somit das Ende des Planeten noch viel schneller herankam? Er wusste, er konnte Stillschweigen bewahren. Aber auch nur wegen des sehr unwahrscheinlichen Falls, dass ihm doch mal etwas herausrutschte, war es besser, im Unklaren zu bleiben.

Andererseits konnte er mit dem Wissen vielleicht die Zerstörung der Natur aufhalten. Wenn er wusste, woraus genau dieses Plastik war und welche Eigenschaften es hatte, dann konnte er frühzeitig ein anderes, ähnliches Material entwickeln, das biologisch abbaubar war. Aber wäre die Welt damit gerettet? Hatte Caroline nicht noch weitere Übel der Zeit angedeutet?

Goethe schwirrte der Schädel von all diesen Überlegungen. So hatte er gar nicht bemerkt, dass er bereits an der Stelle angekommen war, wo Caroline ihn gefunden hatte.

Erinnerungen schossen wie Blitze durch seinen Kopf. Der Regen, die glatten Steine, der Sturz, sein verschwundener Hut, der Schmerz beim Aufprall, die Schwärze und Carolines zarte Hand. Oh, er sehnte sich so danach, sie zu berühren.

Schluss jetzt mit der Gefühlsduselei. Es war an der Zeit, das Portal zu finden. Doch wie fand man etwas, das unsichtbar war? Es musste aus sehr viel Energie bestehen, um die Zeiten über Jahrhunderte hinweg verbinden zu können. Vielleicht konnte Goethe diese Energie ja erfühlen?

Er schloss die Augen, doch alles, was er auf seiner Haut spürte, war ab und an ein laues Lüftchen. Er hörte auch kein elektrisches Surren, wie er es von den Elektrisiermaschinen seiner Zeit kannte, sondern nur das Zwitschern der Vögel und das Lachen der Schüler, die ihm jetzt ein ganzes Stück voraus waren. Er wechselte die Stelle und schloss abermals die Augen. Wieder nichts. Er wiederholte die Prozedur bestimmt an die zwanzig Mal, bis er den Versuch aufgab. So wurde das nichts.

Goethe überlegte. Wenn das Portal nicht gewandert war, musste es sich genau an der Stelle befinden, an der er erwacht war. Er ging näher an die Felsen und legte sich exakt so hin wie vor zwei Tagen. Nun schloss er wieder die Augen. Er stellte sich innerlich vor, wie seine Reisebegleiter ihn suchten und ihn nun hier liegend vorfanden, in seiner Zeit. Er versuchte, das Bild zu greifen und es mittels seiner Gedanken real werden zu lassen, so wie er es schon nach seinem Alptraum probiert hatte. Er wollte es so stark imaginieren, dass es einfach wahr werden musste. Und zu seiner Überraschung hörte er tatsächlich eine tiefe, männliche Stimme.

„Sie sollten sich vielleicht nicht so mitten in die Sommersonne legen. Da drüben gibt es ein Felsplateau, das etwas mehr im Schatten ist, falls Sie sich ausruhen müssen."

Goethe öffnete die Augen und sah leider keinen seiner zwei Reisebegleiter. Stattdessen war da ein bärtiger Mann um die fünfzig Jahre, der mit einem Wanderstock und einem Hund an der Leine vor ihm stand und ihn anstarrte. Goethe sprang auf, als er merkte, dass der Hund kurz davor war, ihm das Gesicht abzulecken.

„Sind Sie denn wenigstens eingecremt? Sie werden nämlich schon ganz rot", meinte der Mann.

„Das ist ja sehr fürsorglich von Ihnen, werter Herr", erwiderte Goethe und klopfte sich Dreck von der Jeans, „aber ich komme durchaus alleine zurecht", sagte er jetzt etwas schroff, da er den bärtigen Kerl so schnell wie möglich wieder loswerden wollte.

„Ach nur keine falsche Bescheidenheit, hier, nehmen Sie."

Der Mann reichte ihm eine Plastikpackung, in der eine Art Creme war, mit der Goethe sich einschmieren sollte. Diese würde ihn angeblich vor der Sonneneinstrahlung schützen. Na das war doch endlich mal eine gute und nützliche Erfindung, fand er. Seiner Meinung nach sogar eine bessere als der Kühlschrank, der bisher seinen Platz eins der tollsten Zukunftsgegenstände belegt hatte.

Während Goethe sich dick mit der Creme einschmierte, vertiefte er sich nun doch ein wenig in ein Gespräch mit dem Mann. Diesem war eine kleine Pause auch durchaus willkommen. Gemeinsam aßen sie ihre mitgebrachten Brotzeiten, natürlich an einem etwas schattigerem Platz. Der Hund versuchte Goethe seine Wurst vom Brot zu schnappen. Er wusste schon, warum er diese Tiere nicht sonderlich mochte.

In dem Gespräch erfuhr Goethe mit Entsetzen, dass Sonnenbrände Hautkrebs verursachen konnten. Er selbst konnte gar nicht mehr zählen, wie oft er sich an der Sonne verbrannt hatte, besonders als Kind. Aber auch auf seinen vielen Wanderungen war es ihm das ein oder andere Mal passiert, dass er nicht gut genug aufgepasst hatte. Hätte er aber gewusst, dass das so weitreichende Folgen haben konnte, er hätte sich nur noch im Schatten aufgehalten.

Welch ein Glück für die Menschen dieser Zeit, dass sie diese Sonnencreme hatten. Wolfgang überlegte kurz, sie dem älteren Herrn zu entwenden und mit in seine Zeit zu nehmen, als dieser sich gerade selbst damit nachcremte. Aber er ließ es sein, da diese ohnehin nicht für den Rest seines Lebens reichen würde und er somit der erste Mensch der Welt wäre, der Plastikmüll zu entsorgen hätte. Ihn erschreckte der Gedanke, dass der Kunststoffbehälter dann die rund 250 Jahre bis heute überdauern würde, und alles, was ihm dabei zustieß, war vermutlich, dass seine Farben ein wenig ausbleichten.

Was waren das überhaupt für Farben? Der Deckel war gelb, der Behälter selbst blau, die Schrift weiß und gelb. Neben dem Herstellernamen, den sehr kompliziert ausgedrückten Inhaltsstoffen und dem Versprechen von Wasserfestigkeit war darauf auch die Zahl 50 aufgedruckt. Was die wohl zu bedeuten hatte?

Da man so eine Sonnencreme scheinbar vor allem benutzte, wenn es heiß war, verstand er die Wahl der Farbe Blau nicht, da diese doch eher kühl war. Oder sollte die Farbe für Wasser stehen, in dem man sich abkühlen konnte, ohne ihre Wirkung zu gefährden? Er wusste es nicht.

Vermutlich steckte gar keine genauere Bedeutung dahinter. Vielleicht war Blau einfach die Lieblingsfarbe der kleinen Tochter des Herstellers oder am günstigsten herzustellen.

Peter, so hatte sich ihm der nette Herr vorgestellt, fragte Goethe, ob sie den Rest des Labyrinths zusammen erklimmen wollten. Wolfgang wollte ihn nicht vor den Kopf stoßen und meinte daher, er wäre bereits beim Abstieg. Außerdem wolle er ohnehin noch ein wenig hier sitzen bleiben und seine Gedanken spielen lassen.

„Na, wenn du noch länger hier sitzt, sehen wir uns ja vielleicht bei meinem Abstieg wieder. Bis dahin wünsche ich ein schönes Nachdenken“, verabschiedete sich Peter sehr freundlich von ihm.

Als dieser außer Sichtweite war, musste Goethe noch eine Familie und drei junge Männer vorbeiziehen lassen, ehe er wieder ungestört nach dem Portal suchen konnte. So frisch gestärkt kam ihm die Idee, dass es am Rennen gelegen haben musste. Er war doch gerannt, um dem Regen so schnell wie möglich zu entkommen. Vermutlich hatte er so die Geschwindigkeit erreicht, die notwendig gewesen war, um das Portal zu passieren. Das würde auch erklären, warum außer ihm noch keiner durch die Zeit gereist war. Wer würde denn hier schon rennen?

Er ging zurück zu der Stelle, wo er den Zeittunnel vermutete, und fing an, wie wild hin und her zu spurten. Dies tat er so lange, bis er völlig aus der Puste war. Woher sollte er eigentlich wissen, ob das nun geklappt hatte? Ach ja, die Pfeile an den Felsen und die Stufen, die waren leider immer noch da. Also mal wieder ein Fehlversuch.

Wolfgang eruierte, welchen Weg er in der Vergangenheit gerannt war. Diesen rannte er sowohl in die eine als auch in die andere Richtung. Als das nicht klappte, versuchte er es erst einen halben Meter weiter rechts nochmal, dann einen halben Meter weiter links, dann einen Meter weiter rechts, einen Meter weiter links und immer so fort. Auf diese Weise war bestimmt fast eine Stunde vergangen, als das Schicksal ihn endlich erhörte.

Ein langgezogenes Donnern erklang am Himmel, als Goethe gerade erneut losgespurtet war. Es klang so ähnlich wie das des Gewitters an dem Tag, als er durch die Zeit gefallen war. Wolfgang erschauderte und wusste, dass dies nur bedeuten konnte, dass er zurück war. Er schloss die Augen, streckte die Hände in den Himmel und jubelte laut: „Das Schicksal hat mich erhört! Ich bin der Bezwinger der Zeit!“

Vor lauter Freude fing er an, sich im Kreis zu drehen und dabei in gierigen Zügen die Waldluft von 1785 einzusaugen.

„Wolfgang, du bist ja immer noch hier“, erklang plötzlich Peters Stimme.

Herrje, er hatte den armen Kerl mit durch den Zeittunnel genommen. Doch dieser schien keineswegs so, als ob er etwas von der Zeitreise bemerkt hätte.

„Was hast du denn gemacht, du siehst aus, als wärst du Marathon gelaufen“, meinte Peter.

Goethe blickte ihn an und dann direkt an ihm vorbei zu einem roten Pfeil an der Felswand. „Oh nein!“, entfuhr es ihm.

„Nein, du hast keinen Marathon gemacht? Was war das hier, übst du für ein Theaterstück oder so?“

Goethe war zu enttäuscht und traurig, um sich selbst eine Ausrede für sein auf Peter wohl sehr seltsam wirkendes Verhalten auszudenken, und sagte nur schwach: „Ja.“ Dann blickte er Peter an und fragte ihn: „Hast du auch dieses Donnern gehört?“

„Ja klar, das war ein Flugzeug. Keine Ahnung, warum das so tief geflogen ist. Schau, da hinten siehst du es noch!“ Peter zeigte mit dem Finger in Richtung Norden.

Tatsächlich flog dort irgendwas in der Luft, das wie ein Auto mit Flügeln aussah. Wolfgang stand der Mund weit offen. Er hatte noch nie in seinem Leben etwas Beeindruckenderes gesehen.

In seiner Zeit hatte die Menschheit bereits versucht, den Himmel zu erobern, und dafür begonnen, Heißluftballons zu bauen. Diese Erfindung war leider bei weitem noch nicht ausgereift gewesen und nur für kurze Strecken einsetzbar. Aber das, was er nun am Himmel sah, das bewies, dass die Luftfahrt keine Eintagsfliege gewesen war, sondern sich bis heute kontinuierlich weiterentwickelt hatte. Die Menschheit hatte gelernt zu fliegen.

Erstaunlich war auch die Höhe, die dieses Flugzeug offenbar erreichen konnte. Das war unglaublich. Vor lauter Aufregung vergaß Goethe sogar für einen kurzen Moment, dass er das Zeitportal nicht gefunden hatte und noch immer in der Zukunft feststeckte. Er schaute dem fliegenden Wunder hinterher, bis von diesem nichts mehr zu sehen war. Das war eindeutig seine neue Nummer eins auf der Liste der besten Zukunftserfindungen.

Erst als sein Blick zurück zu Peter ging, wurde Wolfgang seine schlimme Lage wieder bewusst. Der Faden zu dem Knäuel, das er meinte in Händen zu halten, war abgeschnitten worden. Es gab kein Portal. Seine Theorie war falsch gewesen. Er hatte nun keinerlei Erklärung mehr dafür, wie er hierhergekommen war. Somit gab es auch keinen Weg für ihn zurück. Und zu allem Überfluss hatte er nicht mal seinen Hut oder seine Zeichnungen wiedergefunden.

Peter bemerkte Wolfgangs Stimmungswandel. „Na dir geht aber gerade nichts Angenehmes durch den Kopf, oder? Komm, ich begleite dich nach unten und meine Doris auch. Mit so trüben Gedanken will ich dich hier nicht alleine zurücklassen."

Goethe, der inzwischen vor lauter Verzweiflung nicht mehr weiterwusste, fragte nur schwach: „Doris? Wer ist das?"

„Na mein Hund. Hatte ich sie dir vorhin noch nicht vorgestellt? Sie ist ein Collie, genau so einer wie die Lassie in den Filmen. Wusstest du, dass diese Tiere aus Schottland kommen?"

Der Abstieg aus dem Labyrinth brachte Goethe jede Menge Wissen über Hunderassen, ihre Herkunft und ihre Eignung ein. Er war nun genauestens darüber informiert, welche Rassen sich als Hüte-, welche als Familien- und welche als Wachhunde eigneten. Witzigerweise taugten wohl auch sehr viele Hütehunde als Familienhunde, weshalb Wolfgang aus ihnen einfach die Gattung der Familienhütehunde gemacht hätte. Aber ihn fragte da ja niemand. Außerdem waren das nun wirklich Dinge, die er niemals hatte wissen wollen.

Hätte ihm nicht lieber ein Naturwissenschaftler über den Weg laufen können, der sich ganz zufällig mit Zeitreisen auskannte? Oder der ihm zumindest besser erklären konnte, wie solche Flugzeuge funktionierten? Peters Wissen darüber hatte sich leider als sehr begrenzt erwiesen. Er hatte nur irgendetwas von Turbinen und Kerosin erzählt. Die genauen physikalischen Grundlagen konnte er nicht nennen.

Goethe hätte gewettet, dass dies zum Allgemeinwissen eines jeden Menschen in dieser Zeit gehörte. Fliegen zu können war doch von Urzeiten an der große Traum der Menschheit gewesen. Nun war dies offensichtlich möglich und Peter hatte es versäumt, die dazugehörigen Mechanismen aufs Genaueste zu studieren. Wie konnte man nur so wenig Interesse für diese geniale Erfindung namens Flugzeug haben?

Wolfgang wusste, dass er undankbar war. Peter und Doris konnten ja nichts für seine Lage. Zudem musste er gestehen, dass Doris ihm langsam doch gefiel. Sie brachte immer ein Stöckchen zu ihm, das er dann wieder und wieder fortwerfen sollte. Das machte Spaß und lenkte ihn ein wenig von seinen Sorgen ab.

Am Ausgang des Labyrinths verabschiedete er sich von Peter, da er keinesfalls von diesem in seinem Auto mitgenommen werden wollte. Überhaupt fragte er sich, warum die Leute, die aus Wunsiedel kamen, alle mit ihren Wagen hier rauffuhren. Die Strecke ließ sich doch locker zu Fuß bewältigen. Aber vielleicht mussten diese Autos ja eine bestimmte Zeit am Tag gefahren werden, um nicht einzurosten oder so? Wenn auf diese Weise nur nicht die Fahrer dieser Dampfkutschen selbst einrosteten.

Goethe blickte sich fragend auf dem Theatervorplatz um. Was sollte er nun tun? Zurück zu Caroline gehen? Er wusste nicht, wohin sonst. Es war wohl die einzige Möglichkeit, wenn er nicht unter einer Brücke enden wollte.

Plötzlich hörte er laute Stimmen, die vom Theater her kamen. Wurde dort etwa wieder geprobt? Die Neugier packte ihn und so schlich er sich heimlich durch die erneut weit geöffnete Seitentür in den Zuschauerraum. Diesmal war er so schlau, sich unauffällig auf einen der vielen Stühle zu setzen, ohne Aufmerksamkeit zu erregen. Gebannt folgte er dem, was auf der Bühne passierte.

*****

Als Caroline von der Arbeit nach Hause kam, war Goethe nicht da. Wo mochte er sein? Vermutlich war er mal wieder in der Natur unterwegs, beruhigte sie sich. Doch als es schon dunkel wurde und er noch immer nicht zurück war, machte sie sich ernsthafte Sorgen um ihn. Als sie dann auch den Zweitschlüssel zu ihrer Wohnung unter dem Fußabstreifer fand, war sie vollends verwirrt. Wieso hatte er den hiergelassen? Hatte er Angst gehabt, ihn zu verlieren? Aber dann kam er doch nicht zur Haustür rein, außer er wusste, wo er klingeln musste. Oder war er ohne ein Wort des Abschieds gegangen?

Niemals! Ein Johann Wolfgang von Goethe hätte doch wenigstens einen Abschiedsbrief hinterlassen. Aber was, wenn seine Verwirrung schlimmer geworden war und er nicht mehr wusste, wo er war? Sie eilte hinunter und suchte ihn vor der Haustür. Ihr fielen tausend Steine vom Herzen, als sie dort tatsächlich Wolfgang antraf. Aus irgendeinem unerklärlichen Grund steckte er mit seinen Händen und dem Gesicht tief im Gebüsch, fast so, als würde er darin nach etwas tauchen. Kurz darauf zog er zwei Barbiepuppen daraus hervor.

„Hab ich es mir doch gedacht", sagte er, drehte sich um und erstarrte, als er Caroline wahrnahm. „Hallo" war alles, was er sagte, und dann starrte er sie einfach nur an.

Caroline starrte zurück. Sie hatte geglaubt, sie hätte ihn verloren. Aber da war er wieder, direkt vor ihr. Sie konnte nicht anders. Sie stürmte zu ihm hin und umarmte ihn. Zu ihrer großen Erleichterung erwiderte er die Umarmung. Und dann fing er plötzlich an hemmungslos zu weinen.

„Wolfgang. Was ist mit dir? Was ist los?", fragte sie ihn ängstlich.

Doch er konnte nicht antworten, schluchzte nur und benetzte ihre Bluse mit seinen Tränen. Er weinte wie ein kleines Kind und ließ sich kaum beruhigen. Sie führte ihn ins Treppenhaus. Frau Messner, die offensichtlich mal wieder mit einem Ohr an der Tür gestanden hatte, kam aus ihrer Wohnung.

„Ach herrje, was ist denn mit Wolfgang los?", meinte sie ehrlich bestürzt. „Kann ich Ihnen irgendwie helfen?"

Caroline entschloss sich, nahe an der Wahrheit zu bleiben, auch wenn sie in Wirklichkeit keine Ahnung hatte, warum Goethe so weinte.

„Seine Mutter, sie weilt nicht mehr unter uns“, sagte sie mit möglichst betretener Miene zu der Frau des Hausmeisters. „Ich bringe ihn nach oben und kümmere mich um ihn, er braucht jetzt Ruhe.“

„Ja, natürlich“, nickte Frau Messner. „Mein herzliches Beileid, Wolfgang, mein allerherzlichstes Beileid.“ Daraufhin schloss sich ihre Wohnungstür wieder.

Bei Carolines Wohnung angekommen, bestand Wolfgang plötzlich schluchzend darauf, die Barbiepuppen bei Familie Herdmann abzugeben. Caroline legte sie schnell bei ihnen vor die Tür, ehe sie mit Goethe in ihre eigenen vier Wände ging.

Was sollte sie nun mit ihm tun? War das ein Nervenzusammenbruch? Verschlechterte sich seine psychische Lage?

Sie hätte heute doch bei Doktor Tatzel anrufen sollen, um ihm zu sagen, dass Wolfgang sich noch immer für Goethe hielt. Warum hatte sie das eigentlich nicht getan? Wie hatte sie so vermessen sein können, zu glauben, dass sie ihm eine bessere Hilfe wäre als die Experten in der psychiatrischen Klinik? Und jetzt war der Mann vor ihr total am Ende.

Aber was war der Auslöser? Sie selbst? Er hatte schließlich in ihren Armen zu weinen begonnen. Oder hatte er gar etwas Schreckliches erlebt heute? Sie hätte ihn niemals alleine lassen dürfen.

Caroline gab Wolfgang zu trinken, setzte sich neben ihn aufs Sofa und streichelte seinen Rücken. Langsam fing er an, sich zu beruhigen. Sie reichte ihm ein paar Taschentücher, deren Plastikverpackung er abschätzig betrachtete. Dann nahm er sich aber doch eines und putzte mit trompetenhaften Geräuschen seine Nase.

Er wusste scheinbar, dass Caroline auf eine Erklärung für seinen Zusammenbruch wartete, und versuchte, noch immer etwas schluchzend, die richtigen Worte dafür zu finden. „Es tut mir leid, i... i... ich, es ist so, ich, ich kann nicht zurück. I... i... ich bin hier gefangen, für immer.“

Hatte er versucht, einen Weg zurück in seine Zeit zu finden? Ohne mit ihr darüber zu sprechen? Caroline spürte Enttäuschung in sich aufsteigen. Wenn er den Weg gefunden und der sich hinter ihm geschlossen hätte, hätte sie nie erfahren, was mit ihm passiert war und ob es ihm gut ging. Hatte er ihr das wirklich antun wollen?

Goethe hörte endlich auf, zu schluchzen, auch wenn seine Stimme noch etwas verheult klang, als er weitersprach. „Es tut mir leid, dass ich dir nichts gesagt habe“, meinte er, da er ihr mit Sicherheit im Gesicht ansehen konnte, dass eine Entschuldigung das Mindeste war, was sie hierfür erwartete.

„Ich hatte die Theorie, dass es ein Portal zwischen den Felsen geben muss, das unsere Zeiten verbindet. Ich bin deshalb zurück ins Labyrinth. Ich habe alles abgesucht und alles Erdenkliche getan, um das Portal zu finden, aber ohne Erfolg. Es existiert nicht.“

Na die Mühe, da raufzuwandern und alles abzusuchen, hätte er sich sparen können. Sie hätte ihm gleich gesagt, dass es sowas nicht gab, wenn sie denn gefragt worden wäre. Aber nein, er musste alles auf eigene Faust machen. Typisch Mann, nur keine Hilfe annehmen. Und wie absurd der Gedanke war, ein Portal, das die Zeiten verbindet, mitten im Felsenlabyrinth. Na da wäre sie schon mindestens zehn Mal versehentlich in seine Zeit gestolpert, wenn es das gäbe, so oft, wie sie da schon alles abgewandert hatte.

„Ich bin das Opfer des Berges. Er hat mich gelockt und dann hat er mich in die Falle gehen lassen“, jammerte Wolfgang.

„Opfer des Berges? Das klingt jetzt aber gar nicht nach Goethe“, meinte Caroline.

„Nein, das ist aus dem Stück, das sie heute im Theater geprobt haben.“

„Du warst wieder im Theater?“, fragte Caroline und hoffte sehr, dass er nichts Peinliches angestellt hatte.

Als könne Goethe ihre Gedanken lesen, sagte er: „Keine Sorge, ich habe still und heimlich zugesehen. Ich war gar nicht in der Gemütslage, irgendetwas anderes zu machen, als vor mich hinzustarren.“

„Nun gut. Opfer des Berges, du meinst den Watzmann, oder? Wenn ich mich nicht täusche, spielen die den dieses Jahr.“

„Ja genau, so hieß der Berg. Es war, als wäre das Stück für mich geschrieben worden“, meinte Goethe und fing dann an, in sehr schlecht nachgemachtem Dialekt aus dem Stück zu zitieren. „Vül hat's schon pockt, am Berg aufi g'lockt, g'folgt sans ihm tapfer, oba da Berg, der wüll sei Opfer“.

„Äh, das hast du dir ja toll gemerkt“, war Caroline bemüht, etwas Nettes zu sagen. „Aber was soll das jetzt genau mit dir zu tun haben?“

„Ich wollte eigentlich nach Karlsbad, eine Reise hierher war nie eingeplant. Aber als ich von den Granitformationen gehört habe und von den seltenen Pflanzen und Kräutern hier, da konnte ich einfach nicht anders, ich musste herkommen. Der Berg hat mich gerufen. Er hat mich hergelockt und dann fiel ich ihm zum Opfer.“

Caroline musste schmunzeln. „Ist das nicht ein wenig arg melodramatisch, was du hier machst?“

Goethe blickte sie abschätzig an und zitierte dann weiter aus dem Watzmann.

„Wann er donnert, Gott behüt, der Berg, der kennt ka Einsegn nit.“

Als Caroline ihn verständnislos anblickte, erklärte er: „Verstehst du nicht? Das Gewitter! Der Berg hat gedonnert, als ich durch die Zeit gefallen bin. Ich bin gestürzt, wie die Burschen in dem Theaterstück. Und niemand kann einen Berg rückwärts wieder hinauffallen. Ich bin auf ewig in dieser Zeit verloren, ohne Geld, ohne Beruf, ohne Titel und Ehre. Ich bin verloren in einer Zukunft, in der ich nicht mehr ich selbst sein kann.“

Als Caroline merkte, wie ernst Goethe die ganze Sache war, wusste sie, dass sie etwas tun musste. Nur was? Ihn einliefern lassen? Oder sollte sie das umsetzen, was sie sich heute in der Arbeit überlegt hatte?

Sie überließ Wolfgang kurz sich selbst und führte ein paar Telefonate. Eine halbe Stunde später kam sie zu ihm und meinte: „Mir reicht das jetzt hier. Du musst endlich wieder zu dir finden. Ich habe mich deshalb für morgen krankgemeldet. Du und ich, wir machen mit dem Auto einen kleinen Ausflug. Das hilft hoffentlich, um dir klarzumachen, dass du nicht Goethe bist.“

„Die Raucher verpesten die Luft weit und breit und ersticken jeden honetten Menschen, der nicht zu seiner eigenen Verteidigung zu rauchen vermag. Wer ist denn imstande, in das Zimmer eines Rauchers zu treten, ohne Übelkeit zu empfinden?"

(Johann Wolfgang von Goethe, Brief an Karl Ludwig von Knebel)

Kapitel 8

18.06.2024

Links oder rechts? Welchen Weg sollte Caroline nehmen? Sie saß am Steuer ihres Autos und war im Begriff, auf die Bundesstraße aufzufahren. Neben ihr saß Goethe. Er hatte sich in der Nacht reichlich hin und her gewälzt und laut im Schlaf gesprochen. Ihn hatten wohl schlimme Alpträume geplagt. Nun wirkte er nicht nur seelisch, sondern auch körperlich ausgezehrt. Welchen Weg also sollte sie nehmen, um ihm zu helfen?

Links. Das würde bedeuten, die Straße in Richtung Marktredwitz zu fahren. Dann würde sie Goethe wieder ins Krankenhaus zu Doktor Tatzel bringen. Damit wäre sein Schicksal besiegelt. Er würde nach Rehau kommen, die Türen würden sich für lange Zeit hinter ihm schließen und er bekäme dort die Hilfe, die er nötig hatte. Aber was, wenn sie Wolfgang in der Klinik einfach nur mit Tabletten vollstopften, die ihn ruhigstellten und seinen so hellen und wachen Geist betäubten?

Rechts. Das würde bedeuten, dass Caroline sich mal wieder für klüger als die Ärzte hielt und vermutlich damit scheiterte. Aber es war auch die letzte Chance, Wolfgang vor einem Leben als Verrückter zu retten. Rechts, das war der Weg nach Bayreuth, der Weg zur Universität.

Carolines Unterbewusstsein hatte sich wohl längst entschieden, denn der Blinker war schon gesetzt. Sie entschloss, ihrem Bauchgefühl zu vertrauen. Sie würde es auf diesen einen letzten Versuch ankommen lassen. Sie bog nach rechts ab.

Sollte Doktor Tatzel ihr doch Vorwürfe machen, wenn sie dadurch das Ganze nur schlimmer machte. Sie konnte sich selbst dann wenigstens noch im Spiegel ansehen, da sie alles in ihrer Macht Stehende versucht hatte, um dem vermeintlichen Goethe zu helfen.

Wolfgang war den ganzen Vormittag über so lethargisch gewesen, dass er nicht einmal gefragt hatte, wohin der Weg ging. Er hatte sich auch nicht darüber beschwert, sich ins Auto setzen zu müssen. Dabei wusste Caroline doch, dass er lieber bis nach Italien laufen würde, als sich nochmals in so ein Ding zu wagen, obwohl er sich eigentlich schon recht gut ans Autofahren gewöhnt hatte. Zumindest war ihm bei der Rückfahrt vom Krankenhaus nicht mehr schlecht geworden.

Als Caroline nach rechts abbog, kam mit einem Mal wieder etwas Leben in Goethe: „Fahren wir denn nicht zurück ins Hospital?“, fragte er sie.

Caroline wurde flau im Magen. Wolfgang hatte die ganze Zeit gedacht, sie würde ihn zurück ins Krankenhaus bringen. Kein Wunder, dass er so schlecht geschlafen hatte. Es hatte also nicht nur an den Erlebnissen auf der Luisenburg gelegen.

Caroline war einerseits schockiert, dass er von ihr dachte, sie würde ihn einfach so aufgeben. Andererseits war sie ganz knapp davor gewesen, das wirklich zu tun. War das Leben auch ein Labyrinth, in dem man sich stets für eine Richtung entscheiden musste, mit der Gefahr, einen Irrweg zu nehmen? Und hatte sie sich für den richtigen Weg entschieden?

Hier ging es nicht mal um ihr eigenes Leben, sondern um das des beeindruckendsten Menschen, den sie je kennengelernt hatte. Wenn sie so darüber nachdachte, war Wolfgang das wirklich. Ob verrückt oder nicht, er war charmant, zuvorkommend, er hatte Manieren, war intelligent und interessierte sich für so viele verschiedene Dinge. Er sah die Welt mit ganz anderen Augen als sie selbst oder jeder Mann, den sie bisher kennengelernt hatte. Caroline schien es fast so, als wäre er der letzte Gentleman auf diesem Planeten.

Moment, hatte es da nicht mal einen Film mit Brendan Fraser gegeben? Wie hieß der nochmal? Und was machte Brendan Fraser eigentlich gerade? Sie hatte schon ewig keinen Streifen mehr mit ihm gesehen.

Caroline konzentrierte sich wieder auf Wolfgang. Es war schon verrückt, wie sehr ihre Gedanken abschweifen konnten. Aber sie musste sich jetzt darauf fokussieren, Wolfgang zu helfen. Sie musste es schaffen, dass er sich an seine richtige Identität erinnerte.

Caroline sagte zu ihm: „Wir fahren nach Bayreuth, an die Universität."

Goethes Miene hellte sich auf. „An eine richtige Universität? In Bayreuth? Ich habe von dem Ort gehört, aber ich wusste nicht, dass es dort eine solche Lehranstalt gibt."

„Ja, zu Goethes, äh, zu deiner, ach, ich meine, 1785 gab es die auch noch nicht. Die ist erst im letzten Jahrhundert gegründet worden."

„Es werden noch neue Universitäten gegründet? So wird also doch noch höheres Wissen gelehrt und geforscht. Oh Caroline, du glaubst gar nicht, wie sehr mich das freut." Wolfgang strahlte nun über das ganze Gesicht wie ein kleines Kind an Weihnachten. „Was für Fakultäten gibt es dort? Für welche Fächer ist die Universität bekannt?"

Caroline kramte in ihrem Kopf nach allem, was sie über die Uni wusste, doch das war nicht viel. „Ich habe leider kein Abitur, weshalb ich auf keine Uni gehen konnte. Deshalb habe ich mich auch für die Uni Bayreuth nie wirklich interessiert. Ich meine, man kennt die, weil auch sehr viele aus Wunsiedel dort zum Studieren hingehen, aber was für Fakultäten die da haben, da bin ich echt überfragt. Also das heißt, von einer weiß ich, deshalb fahren wir dort auch hin. Das ist die Sprach- und Literaturwissenschaftliche Fakultät."

Goethe horchte auf. Er ahnte wohl, worauf das hinauslief. „Du willst doch nicht etwa sagen, dass an dieser Uni auch über mich gelehrt wird?"

Caroline freute sich, ihm diese gute Nachricht überbringen zu können. „Ja natürlich. Es gibt da das Fach Germanistik und darin das Gebiet der Neueren Deutschen Literaturwissenschaft. Da kommst du natürlich drin vor."

Goethe wirkte etwas irritiert. „Aber meine Werke stammen doch aus dem 18. Jahrhundert. Wieso werden diese dann im Bereich der Neueren Deutschen Literaturwissenschaft behandelt?"

„Äh, also ...", stammelte Caroline, „das ist eine gute Frage. Soweit ich auf der Website sehen konnte, musst du wohl ein Autor aus dem

Mittelalter sein, um nicht mehr als neuere deutsche Literatur gehandelt zu werden. Aber frag mich nicht, wieso die das so einteilen. Ich persönlich würde Goethetexte auch eher als mittelalterlich einstufen", neckte sie Wolfgang jetzt.

„Hey, das merke ich mir. Ich wollte dich eigentlich zur Hauptfigur meines nächsten Dramas machen, aber das kannst du dir jetzt abschminken", scherzte dieser zurück.

Caroline lachte. Es tat gut, mit Wolfgang zu albern. Das vertrieb die bedrückte Stimmung, die sie beide vorhin noch hatten. „Weißt du, ich hatte in meinem Leben schon genug Drama. Aber wenn du mal gewillt bist, eine Komödie zu schreiben, da bin ich dann gerne dabei."

„Es ist nicht so, als ob ich noch nie eine geschrieben hätte. Aber die Leute in meiner Zeit stehen irgendwie mehr auf Dramen und tragische Enden. Mein Werther zum Beispiel, da erschießt er sich wegen seiner unglücklichen Liebe am Schluss. Das hat sich wie verrückt verkauft und das Werk wurde leider auch oft kopiert. Dabei sollte man doch meinen, die Leser würden sich eher freuen, wenn eine Liebesgeschichte gut ausgeht."

„Also wenn es dich beruhigt, heutzutage enden die meist mit der Hochzeit der Liebenden. Tragische Liebesgeschichten schreibt kaum noch jemand und ich muss gestehen, zu denen würde ich wohl in der Buchhandlung auch nicht greifen. Aber das Thema ist auch nicht vollends aus der Mode. Romeo und Julia zum Beispiel wird noch immer gerne gelesen oder im Theater gespielt. Es gibt auch ab und an mal eine neue Verfilmung dazu."

Sie redeten noch etwas darüber, was denn so eine Verfilmung eigentlich war und warum Goethe in seiner Zeit einfach nichts dagegen tun konnte, dass seine Bücher raubkopiert wurden. So verflogen die rund 45 Minuten Fahrzeit bis zur Uni recht schnell. Genauso schnell verflog aber auch Goethes gute Laune, als sie nach dem Parken auf das Unigelände spazierten.

„Was ist das denn für eine Universität? Besteht sie aus mehreren Gebäuden? Und sehen die alle so ... modern aus?"

„Ja, hübsch ist was anderes. Vom Baustil her würde ich sagen, dass das hier so aus den siebziger oder achtziger Jahren stammt. Aber hey, wichtig ist doch nur, was hier an Wissen weitergegeben wird.“ Caroline lächelte Goethe an und der ließ sich vorerst besänftigen.

Sie ging mit Wolfgang auf ein Gebäude zu, auf dem GW I geschrieben stand.

„Caroline, was tun wir hier eigentlich? Soll ich mir jetzt eine Vorlesung über mich selbst anhören?“

Sie hatte diese Frage schon erwartet. „Nein. Tatsächlich scheint es in diesem Semester auch kein Seminar zu geben, das sich mit dir beschäftigt. Aber es gibt hier jemanden, der sozusagen, gleich nach dir natürlich, der größte Goetheexperte weit und breit ist. Ich habe einen Termin mit ihm ausgemacht, damit ihr zwei euch mal unterhalten könnt.“

Wolfgang war natürlich nicht blöd und er erkannte sofort den Grund, warum sie ihn zu dem Experten brachte. „Du willst, dass er mir widerlegt, dass ich ich bin. Er soll mir beweisen, dass ich nicht Johann Wolfgang von Goethe sein kann.“

Caroline sah die Enttäuschung auf seinem Gesicht, als ihm klar wurde, dass sie ihm noch immer nicht glaubte. Doch dann grinste er.

„Also wenn ich ehrlich bin, gefällt mir der Gedanke, mich mit jemandem zu messen, der meint, mich besser zu kennen als ich mich selbst. Bring mich ruhig zu ihm. Das wird ein Spaß.“

Obwohl Caroline bei dieser Ankündigung etwas mulmig zumute wurde, ging sie mit Wolfgang in das Gebäude hinein. Ein Schaukasten im Eingangsbereich zeigte, wer hier in welchem Büro arbeitete. Sie mussten zu Raum 0.22 gehen. Der Gang dorthin war nahezu fensterlos und nur von der Deckenbeleuchtung erhellt. Caroline hoffte, dass die Lehrräume etwas mehr Tageslicht hatten. Auf dem Weg zu dem Büro kamen sie an einer Toilette vorbei, wo sie sich beide erst mal frisch machten. Zehn Minuten später standen sie dann endlich vor der Tür des Mannes, zu dem sie wollten. Etwas nervös klopfte Caroline an.

„Herein“, ertönte eine tiefe Stimme von innen.

Caroline öffnete die Tür und trat mit Goethe ein.

„Guten Tag. Sind Sie Herr Bauriedel?“, fragte sie zaghaft einen Mann, der auf einem Bürostuhl saß.

Dieser hatte ihnen den Rücken zugewandt und blickte in einen Computermonitor. Er tippte etwas auf der Tastatur. Erst als er damit fertig war, drehte er sich langsam zu ihnen um. Carolines Herz schlug plötzlich ein klein wenig schneller.

Du meine Güte, war der Kerl attraktiv. Er hatte rabenschwarze Haare, auf deren Glanz selbst Schneewittchen eifersüchtig gewesen wäre, und schon leicht graue Schläfen. Seine Nase war beinahe ebenso gerade wie Goethes, nur nicht so ausgeprägt. Seine Augen leuchteten so strahlend blau, dass Caroline fast darin ertrank. Er trug ein kurzärmliges Hemd, das seine sehr muskulösen Arme betonte, und dazu eine knackig enge Jeans mit einem braunen Ledergürtel. Caroline hätte ihn ewig anstarren können, wenn da nicht drei Dinge gewesen wären.

Zum einen stank es in dem Büro dermaßen nach kaltem Rauch, dass sie sich fühlte, als wäre sie in einen Aschenbecher gefallen. Zum anderen fiel ihr auf, dass auch Goethe den Mann lüstern anblickte, was sie irgendwie irritierte. Letztlich war es aber das, was der Typ antwortete, was jegliche erotischen Gefühle für ihn im Keim erstickte:

„Das heißt Professor Doktor Bauriedel, wenn ich bitten darf."

Der snobistische Ton, in dem er das sagte, wirkte auf Caroline wie eine Ohrfeige. Auch Goethe blickte nun nicht mehr begierig, sondern eher angeekelt, was aber wohl mehr am Smog als an den Worten des Professors lag. Dennoch zeigte er sich begeistert.

„Sie sind ein Professor Doktor? Das ist mir nun aber wirklich eine große Ehre. Bedeuten denn diese Titel in dieser Zeit das Gleiche wie in meiner? Oder kann sich hier jeder so nennen?"

Der attraktive Unidozent wirkte irritiert. Er wandte sich an Caroline. „Ich schätze mal, Sie sind Frau Neumüller?"

Caroline fasste sich wieder. Sie wollte sich vor dem angeberischen Kerl keine Blöße geben. „Entschuldigen Sie bitte, der ganze Qualm hier hat mich etwas aus dem Konzept gebracht." Sie wedelte mit der Hand übertrieben heftig vor ihrer Nase. „Mein Name ist Caroline Neumüller, Ihre Sekretärin meinte, Sie hätten etwas Zeit für uns."

Professor Bauriedel wirkte peinlich berührt. Schnell eilte er zu den Fenstern und öffnete diese weit. „Es tut mir leid. Ich weiß, das ist eine schlechte Angewohnheit und eigentlich sollte ich dazu nach draußen gehen. Ich habe nur gerade so viele Arbeiten zu korrigieren ..."

„Sie müssen sich nicht rechtfertigen. Es ist ja Ihr Büro“, meinte Caroline. „Und Ihre Gesundheit“, fügte sie in leicht anklagendem Tonfall hinzu.

Professor Bauriedel blickte sie daraufhin interessiert an. Er war es wohl nicht gewohnt, wenn man ihm nicht die Füße küsste. Bestimmt gab es keine einzige Germanistikstudentin, die sich nicht in ihn verliebt hatte.

Caroline sah zu Goethe, der nun, da frische Luft den Raum erfüllte, dem Herrn Professor Doktor auffallend verführerisch zulächelte. Vielleicht, so dachte sich Caroline, gab es auch den ein oder anderen männlichen Studenten, der in Herrn Bauriedel verknallt war.

Seltsamerweise lösten Goethes scheinbare Flirtversuche mit dem Professor bei ihr ein Gefühl der Eifersucht aus. Sie wusste nur nicht so recht, auf wen, auf Goethe oder den viel zu gut aussehenden Snob?

Der Professor richtete seinen Blick nun ebenfalls auf Wolfgang. „Und Sie sind dann ...?“, wollte er wissen.

„Oh, Verzeihung, wie unhöflich von mir, das Weib für mich sprechen zu lassen.“

Das Weib? Machte Wolfgang jetzt einen auf Macho? Caroline spürte Wut in sich aufsteigen, als Goethe weitersprach.

„Mein Name ist Johann Wolfgang von Goethe. Fräulein Neumüller hier hat mir bereits zugetragen, dass Ihnen mein Name durchaus etwas sagen dürfte.“

Wow, jetzt fing Wolfgang nicht nur wieder mit diesem Fräuleinkram an, sondern klang nun genauso hochnäsig wie der Professor. Dennoch verschwendete sie keinen weiteren Gedanken daran, denn sie war zu gespannt darauf, wie dieser auf Wolfgang reagierte.

„Sehr geehrter Herr von Goethe, es ist mir eine Ehre, Sie persönlich kennenzulernen“, meinte Herr Bauriedel überaus freundlich.

Caroline war überrascht. Sie hätte erwartet, dass er Goethe sofort widersprach. Seiner Sekretärin hatte sie am Telefon bereits erklärt, dass sie einen geistig Verwirrten mitbringen würde, der sich für Goethe hielt. Der klare Auftrag an den Professor war, diesen davon zu überzeugen, dass er nicht Goethe sein konnte. Jetzt tat er aber so, als ob er ihm glauben würde. Versuchte er sich mit Einfühlung an Wolfgang heranzutasten?

Herr Bauriedel legte den Kopf schief, zog dann die Augenbrauen ein wenig zusammen und lächelte dann. „Es ist wirklich unglaublich, was für eine Ähnlichkeit Sie mit Ihren Porträts haben."

Der Typ schien ehrlich überrascht zu sein.

„Die Nase, das tiefer liegende Auge. Sie haben sogar Pockennarben, obwohl die meines Wissens auf den Bildern nicht zu sehen sind, nur ein wenig auf der Totenmaske."

„Totenmaske? Wie Sie sehen, bin ich quicklebendig!", empörte sich Wolfgang.

„Oh, entschuldigen Sie bitte, Sie müssen mir zugestehen, dass Ihr Erscheinen hier mich etwas verwirrt. Ich hätte ja nie damit gerechnet, mal auf den leibhaftigen Goethe zu treffen", schmierte er Wolfgang Honig ums Maul.

Professor Doktor Bauriedel blickte kurz zu Caroline und zwinkerte ihr verschwörerisch zu. Sie schämte sich dafür, dass das ihr Herz zum Hüpfen brachte.

„Frau Neumüller, Sie werden ja sicher verstehen, dass ich als Goethes größter Verehrer die Chance gerne nutzen würde, mich ein Weilchen alleine mit ihm zu unterhalten. Direkt gegenüber ist die Cafete, also ich meine, die Mensa und darüber die Cafeteria. Gehen Sie doch dorthin, bestellen Sie Claudia an der Theke einen lieben Gruß von mir und lassen sich auf meine Kosten einen Kaffee und ein leckeres Gebäck geben. Ich kann die Donuts wärmstens empfehlen."

Caroline war verunsichert. Sie hatte geglaubt, dass sie bei dem Gespräch zwischen Goethe und dem Professor dabei sein würde. Konnte sie ihn einfach so mit Herrn Bauriedel alleine lassen? War der Typ vertrauenswürdig? Was, wenn er Wolfgang direkt einweisen ließ?

Caroline wollte Goethe fragen, ob es ihm recht war, mit dem Professor allein zu sein. Aber er schien ihre Anwesenheit schon komplett vergessen zu haben und hatte nur noch Augen für den sexy Typen. Caroline beschloss, das Angebot eines Kaffees anzunehmen und die beiden Männer alleine zu lassen.

Im Hinausgehen dachte sie, dass sie Herrn Bauriedel später unbedingt noch fragen musste, ob Johann Wolfgang von Goethe bekannt dafür war, homoerotische Neigungen zu haben. Wenn ja, so hatte sie alle Chancen darauf, Wolfgang für sich zu gewinnen, vermutlich gerade an den Professor verloren. Die Frage war nur, ob sie sich solch eine Chance wirklich gewünscht hatte.

*****

Die Sekretärin des Professors hatte den Besuchern gnädigerweise zwanzig Minuten seiner Zeit in seinem Kalender frei gemacht. Deshalb wurde Caroline unruhig, als sie nach einer Stunde, drei sehr ekelhaften Kaffees, einem Muffin und einem wirklich sehr leckeren Donut noch immer nichts von den beiden Männern sah.

Das konnte doch nicht sein. Irgendetwas war da schiefgelaufen. Caroline verabschiedete sich von der zugegebenermaßen sehr netten Claudia, die ein wenig enttäuscht wirkte, als sie ging. Vermutlich hatte sie gehofft, der adrette Professor würde auch noch in der Cafeteria auftauchen.

Caroline lief auf das GW-I-Gebäude zu. Als sie hineingehen wollte, kamen die beiden Männer lachend heraus. Herr Bauriedel legte Goethe eine Hand auf die Schulter und sagte: „Wolfgang, du bist echt eine Marke. Ich habe mich schon lange nicht mehr so amüsiert."

„Geht mir genauso, Alexander!", erwiderte dieser.

Die beiden waren also schon beim Du. Caroline sah alle ihre Felle davonschwimmen. Da bemerkten die Männer sie.

„Caroline, da bist du ja", meinte Goethe freudestrahlend. Er wirkte wie ausgewechselt. „Du wirst nicht glauben, was wir für einen herrlichen Diskurs hatten. Es ist fantastisch, was Alexander alles über meine Zeit weiß."

Das klang nun gar nicht danach, als ob der Professor Wolfgang davon überzeugt hätte, dass er nicht Goethe war. Caroline warf ihm daher einen finsteren Blick zu und bat ihn um ein Vier-Augen-Gespräch.

So kam es, dass auch noch Wolfgang in den Genuss des ungenießbaren Kaffees von Claudia kam, während Caroline und der Professor sich auf eine Bank in der Sonne setzten.

„Wieso glaubt er noch immer, er sei Goethe?", wollte Caroline wissen.

Herr Bauriedel fuhr sich mit der Hand durch seine schwarzen Haare und Caroline ertappte sich bei dem Wunsch, die Haare anfassen zu wollen.

„Wissen Sie, Frau Neumüller", begann er nun. „Ach, das ist doch albern. Darf ich vielleicht Caroline zu Ihnen sagen? Jetzt, wo Wolfgang mir so viel von Ihnen erzählt hat, da kommt es mir seltsam vor, wenn wir uns siezen."

„Er hat Ihnen von mir erzählt?", meinte Caroline erschrocken. „Sie hätten doch mit ihm über sein Goetheproblem reden sollen, deshalb sind wir den ganzen Weg hergefahren. Wieso reden Sie denn da über mich?"

„Nun, Sie haben ihn eben begeistert", warf der Professor ein und musterte sie so, als würde er nach dem Grund für diese Begeisterung suchen.

Caroline spürte, wie ihr ein Stein vom Herzen fiel. Wolfgang war bei diesem attraktiven Typen gesessen und hatte nichts Besseres zu tun gehabt, als ihm von ihr zu erzählen. Wie hatte sie nur denken können, er hätte homosexuelle Neigungen?

Der Professor schien ihre Erleichterung zu bemerken. „Er hat wohl auch einen guten Eindruck bei Ihnen hinterlassen?", fragte er daher, ohne wirklich eine Antwort zu erwarten.

Caroline lenkte ein. „Also gut, Sie dürfen Caroline zu mir sagen."

„Ich heiße Alexander, aber das hast du ja schon mitbekommen, Caroline", meinte dieser und sprach ihren Namen dabei aus, als wollte er ihn streicheln. „Zurück zum Thema. Wir haben natürlich durchaus und sehr viel über Goethe gesprochen."

„Und das hat keine Wirkung bei ihm gezeigt? Konntest du ihn denn nicht mit irgendetwas überführen? Es muss doch Goethewissen geben, das er nicht kennt. Konntest du ihm keine Falle stellen?" Caroline war nun ganz aufgeregt.

„Tatsächlich gibt es sogar sehr viel, was Wolfgang nicht über Goethe weiß."

„Aha, wusste ich es doch. Und trotzdem behauptet er noch, er sei Goethe?"

„Warte doch mal, lass mich ausreden“, bat Alexander und berührte dabei mit seiner Hand ganz beiläufig ihr Knie.

Was war das denn jetzt? Er hielt sie doch hoffentlich nicht für eine von seinen leicht zu habenden Studentinnen? Andererseits, wenn sie ihm jetzt in die Augen sah und seinen Körper so nah neben ihrem spürte, war sie vielleicht doch leicht zu haben. So langsam sollte sie sich mal entscheiden, auf welchen Mann sie gerade stand. Man konnte doch nicht wirklich auf zwei Männer gleichzeitig abfahren, oder?

Wenn Wolfgang Alexanders Reizen aber auch nicht abgeneigt war ... Caroline errötete, als ihr bewusst wurde, wohin ihre Gedanken gerade im Begriff waren abzuschweifen. Sie versuchte, sich wieder auf das Gespräch zu konzentrieren. Bewusst lenkte sie ihre Wahrnehmung auf den Geruch des kalten Rauchs aus Alexanders Kleidung, der auch hier draußen noch recht stark war. Das reichte, um alle unpassenden Gedanken ihm gegenüber im wahrsten Sinne des Wortes zu ersticken.

„Wolfgang weiß zum Beispiel noch fast gar nichts über seinen Faust“, fuhr Alexander fort. „Auch die Wahlverwandtschaften sagen ihm nichts.“

Kein Wunder, die sagten Caroline auch nichts. Meinte Alexander damit ein Werk Goethes oder hatte der Dichterfürst sowas wie eine adoptierte Familie?

„Er kennt auch nicht die endgültige Fassung der Iphigenie auf Tauris.“

Aha, es ging doch noch um die schriftstellerischen Tätigkeiten.

„Nun gut, wir halten also fest, er kennt sich mit Goethes Werken nicht aus. Das sollte ihm doch Beweis genug sein, dass er es nicht ist“, warf Caroline ein.

Alexanders strafender Blick sagte ihr, dass er sich schon wieder von ihr unterbrochen fühlte. Sie schwieg daher nun.

„Die Prosafassung der Iphigenie kennt er auswendig. Er kann auch so gut wie alles aus dem Werther zitieren, auch den Goetz von Berlichingen und Clavigo.“

Dann kannte er halt doch ein paar Werke, als echter Goethe musste er aber alle kennen, oder? Caroline wagte nicht, zu fragen, sondern ließ Alexander weiterreden.

„Er sagt, er habe schon einmal von Schiller gehört, behauptet aber, er sei nicht mit ihm befreundet. Er weiß nichts davon, dass er einmal einen Sohn haben wird, kann aber genauestens sagen, wie viele Geschwister von ihm früh gestorben sind. Er kennt die Namen der Kinder seiner Schwester, den Geburtstag seiner Mutter, aber nicht deren Todestag."

Caroline erblasste. Er hatte Wolfgang doch nicht etwa gesagt, dass seine scheinbare Mutter sterben würde?

Alexander schien ihre Sorge zu kennen. „Keine Angst, ich habe ihm natürlich nichts verraten von dem, was ihn als Goethe so noch erwarten würde im Leben. Ich habe ihm unverfängliche Fragen danach gestellt, die er nicht beantworten konnte. Seine Gegenfragen ließ ich zum großen Teil unbeantwortet. Falls er wirklich verrückt ist, wollte ich ihm kein zusätzliches Futter geben."

„Was heißt hier, falls er verrückt ist? Du glaubst ihm doch nicht etwa?"

Jetzt strich sich Alexander gleich zwei Mal hintereinander durch seine dichte Haarmähne. „Das ist mir irgendwie unangenehm. Ich meine, du bist ja mit einem klaren Wunsch zu mir gekommen. Am Anfang dachte ich noch, das wird ein Spaß", wand sich Alexander nun regelrecht.

„Das hat Wolfgang auch gesagt, dass das ein Spaß wird, mit dir zu reden."

Alexander verdrehte die Augen. „Ja, lustig war es auf jeden Fall für ihn, mich so vorzuführen."

„Vorzuführen? Ich verstehe das Problem nicht, du konntest ihm doch offensichtlich nachweisen, dass ihm erhebliches Wissen über Goethe fehlt."

„Ja, aber ihm fehlt nur jegliches Wissen über die Zeit nach seiner Reise nach Karlsbad 1785. Von der Zeit davor weiß er alles bis ins kleinste Detail."

Jetzt fiel bei Caroline der Groschen. Sie konnte es nicht fassen. Na klar, der Goethe, der in ihre Wohnung eingezogen war, war erst 35 Jahre alt. Natürlich konnte er nichts von den Dingen wissen, die der Dichterfürst erst nach diesem Alter gemacht oder verfasst hatte.

„Sein Wissen aus der Zeit davor war wirklich lückenlos?“, fragte sie kleinlaut.

„Ja, ich muss gestehen, dass ich da sogar noch einiges dazugelernt habe in der letzten Stunde mit ihm. Da gibt es diesen einen Aspekt beim Werther, der mich immer gestört hat, und da nun seine Ansicht dazu zu hören, das hat ...“, Alexander unterbrach sich, als er Carolines Blick sah. „Ach, das führt jetzt zu weit. Also ich muss dir ganz ehrlich gestehen, dass ich etwas verwirrt bin. Ich meine, ich glaube nicht an Zeitreisen. Er kann also nicht Goethe sein. Aber er sieht aus wie Goethe, spricht wie Goethe, weiß so viel, und wenn er erzählt, dann klingt das so, als würde er auf echte Erinnerungen zurückgreifen. Und dann hat er auch noch echte Taler aus der Zeit dabei.“

Caroline horchte auf. Einerseits, weil es endlich einen weiteren Menschen gab, der verstand, welch zwiespältige Gefühle Wolfgang in ihr bezüglich seiner Identität auslöste. Andererseits wegen der Bemerkung über die Taler. „Du meinst die Münzen, die er dabeihat?“

„Ja, die sehen aus wie echt. Aber sie wirken viel zu neu, um über 200 Jahre alt zu sein. Na ja, er sieht ja auch nicht wie über 200 aus.“

Caroline merkte, dass sich in Alexanders Kopf dasselbe Gedankenkarussell drehte wie schon so oft in ihrem. „Aber vielleicht sind die Münzen die Lösung. Kann man denn irgendwie nachweisen, dass die nachgemacht sind?“

Alexander überlegte. „Ich kenne da einen an der TU München, der könnte sich das mal anschauen. Wolfgang war ohnehin so freundlich, mir einen Taler zu überlassen, als Andenken an ihn, meinte er. Wenn du erlaubst, dann lasse ich den mal untersuchen.“

„Ja klar, bitte mach das.“

„Und ich werde mich umhören. Wenn jemand mit so einem großen Goethewissen verschwindet und nicht mehr auftaucht, dann muss das irgendjemand in meinen Kreisen gehört haben. Wenn er also von einer Uni, einem Museum, Archiv oder dergleichen ist, dann werde ich das herausfinden. Ich werde auch mal bei den Theaterwissenschaftlern nachfragen, falls es ein Schauspieler oder Regisseur ist.“

Caroline war erleichtert. Das klang doch nach einem Plan mit Hand und Fuß. Sie war so froh, dass sie mit ihrem Problem nicht mehr alleine dastand. Am liebsten wäre sie Alexander vor Freude um den Hals gefallen. Sie hielt sich aber mit Mühe und Not zurück.

„Auf die Gefahr hin, dass das nun nach einer billigen Anmache klingt, aber könnte ich vielleicht deine Telefonnummer haben?“, fragte Alexander mit schelmischen Blick.

Caroline errötete. „Meine Nummer? Wieso?“

„Na damit ich dir Bescheid geben kann, wegen der Münze und meiner Nachforschungen.“

„Ach so, na klar“, meinte Caroline und war sich sicher, dass sie mal wieder rot geworden war. Sie gab Alexander ihre Nummer und bat ihn, sich mit seinen Nachforschungen zu beeilen. Sie wusste nicht, wie lange sie Wolfgang noch bei sich behalten konnte, wie lange er noch glaubte, Goethe zu sein. Früher oder später würde sie ihn doch zu einem Arzt bringen müssen.

*****

Auf dem Heimweg war Wolfgang so guter Dinge, dass er sich nicht mal über die Geschwindigkeit beschwerte, mit der Caroline durch den kurvigsten Teil der Strecke fuhr. Er schien sich definitiv an das Autofahren gewöhnt zu haben.

Caroline war hingegen wütend, dass ihr Plan so schiefgelaufen war. Sie war sich sicher gewesen, der Uniprofessor könnte Wolfgang von seinem Wahn befreien. Stattdessen wurden nun die Stimmen in ihrem Kopf immer lauter, die ihr sagten, sie solle Wolfgang endlich glauben.

Sie hatte vorhin in der Cafeteria gegoogelt, dass es der Wissenschaft zwar bislang noch nicht gelungen war, die Möglichkeit von Zeitreisen zu beweisen, aber auch nicht, sie zu widerlegen. Es war somit nicht gänzlich unmöglich, dass Wolfgang der war, der er zu sein behauptete.

Oje, war das alles kompliziert. Caroline war sich sicher, dass sie sich selbst auch einliefern lassen konnte, wenn das nicht bald ein Ende hätte.

Wolfgang lenkte sie von ihren trüben Gedanken ab. „Ach Caroline, ich bin so froh, dass du mit mir diesen Ausflug gemacht hast. Heute

Morgen noch war ich am Boden zerstört, und jetzt sehe ich endlich den Sinn hinter all dem, was mir widerfahren ist.“

Caroline war überrascht. Welchen Sinn meinte er?

„Weißt du, Alexander hat mir von so vielen Werken erzählt, die ich angeblich noch schreiben werde. Ich schreibe die aber nicht im Jahr 2024, sondern zu meiner Zeit. Da Alexander diese Werke alle kennt und sie nicht mit meinem Auftauchen hier in dieser Zeit verschwunden sind, kann das nur eines heißen. Ich werde wieder in mein Jahrhundert zurückkehren, dessen bin ich mir jetzt ganz sicher. Ist das nicht großartig?“

Caroline war verblüfft. Wenn der Trip nach Bayreuth auch nicht so gelaufen war, wie sie sich das vorgestellt hatte, war doch zumindest Wolfgang Gemütslage gebessert. Und wenn er weiterhin so fest an eine Rückkehr in seine Zeit glauben würde, stünde ihnen wohl erst mal kein weiterer Nervenzusammenbruch bevor. Vielleicht konnte sie ihn dann doch noch so lange bei sich wohnen lassen, bis Alexander die Ergebnisse seiner Nachforschungen präsentieren konnte. Nun spürte auch Caroline so etwas wie Hoffnung in sich aufsteigen.

„Okay, du wirst also allem Anschein nach wieder in deine Zeit zurückkehren, das ist echt super“, spielte Caroline das Spiel mit. „Aber was soll nun der Sinn hinter der ganzen Zeitreise sein?“

Wolfgang lächelte sie an und ließ sich Zeit für seine Antwort.

„Ich glaube, ich habe hier eine Aufgabe zu erfüllen.“

„Eine Aufgabe?“

„Ja, überleg doch mal. Wenn irgendeine höhere Wesenheit, sei es ein Gott oder die Zeit oder Mutter Erde, sich die Mühe macht, mich hierherzubringen, und mich dann auch noch irgendwann wieder zurückbringt, verfolgt sie doch ein Ziel damit. Und diese Wesenheit hat sich nicht irgendwen ausgesucht, sondern mich, den Mann, der auch noch rund 250 Jahre nach seiner Zeit bei den Menschen dieses Landes hoch im Ansehen steht. Wenn der Name Johann Wolfgang von Goethe also für das Land der Dichter und Denker steht, dann soll ich hier vermutlich entweder dichten oder denken. Da ich nicht glaube, dass ein Drama oder Roman von mir die Welt verändern kann, bin ich wohl eher in einer politischen Funktion hier.“

Wow, Wolfgang war wirklich sehr von sich überzeugt. Sah er in sich nun den Retter der Welt? Oder nur den Retter Deutschlands? Und welchem drohenden Unheil wollte er sich entgegenstellen?

„Du willst aber jetzt nicht der neue Bundeskanzler werden oder so?“, fragte sie daher.

„Bundeskanzler? Was ist das?“

Caroline lachte. „Vielleicht solltest du dich ja erst mal mit den aktuellen politischen Begebenheiten vertraut machen, bevor du da höhere Ambitionen hast.“

„Das mag sein. Aber ich strebe gar kein Amt an. Ämter habe ich in Weimar schon mehr als genug, da lasse ich mich nicht in noch eines hineinzwängen. Ich sehe mich eher in einer beratenden Tätigkeit. Sag mal, Caroline, ist das mit dem Plastik die schlimmste zu regelnde Angelegenheit, oder siehst du dich, Deutschland oder gar den Planeten von noch etwas anderem bedroht?“

Caroline wusste nicht, ob sie Wolfgang von den Nöten der Welt erzählen sollte. Sie hatte Angst, das könnte ihn wieder in ein psychisches Tief fallen lassen. Außerdem wusste sie gar nicht, wo sie da überhaupt anfangen sollte. Bei Kriegen? Kinderarmut? Der AfD? Oder gar bei der Klimaerwärmung? Letzteres war aber ein so hoffnungsloses Thema, damit wollte sie Goethe lieber nicht konfrontieren.

Andererseits wollte sie ihm nicht den neuen Wind aus den Segeln nehmen. Sie entschloss, dass der Mann beschäftigt werden musste. Und wenn er sich wirklich so sehr für diese Zeit interessierte, würde er sicher früher oder später auch alleine einiges herausfinden.

„Wolfgang, weißt du was? Ich glaube, wenn wir wieder zuhause sind, wird es Zeit, dass ich dich mal mit dem Thema Computer und Internet vertraut mache. Dann kannst du das alles schön selbst recherchieren, wenn ich morgen wieder in der Arbeit bin.“

Goethe schien sich über diese Ankündigung zu freuen. „Ich habe mich schon lange gefragt, wie dieses Internetz funktioniert.“

„Das heißt Internet, nicht Internetz. Gewöhn dich dran, was die moderne Technik betrifft, wirst du noch auf einige Anglizismen treffen.“

„Aha, na Englisch kann ich ja, das dürfte kein Problem sein.“

„Gut. Dann machen wir das. Du musst mir aber schon jetzt eine Sache hoch und heilig versprechen“, warnte Caroline ihn.

„Na klar, was soll das sein?“

„Egal, was du tust, google niemals, wirklich niemals nach dir selbst, okay?“ Caroline sah ihn mit dem Blick an, den sie ihren Kindergartenkindern immer zuwarf, wenn sie sie vor einer Gefahr warnte. Dieser schien auch bei Wolfgang zu wirken.

„Oh, ja, na klar, wenn das die Internetregeln sagen.“

„Das ist sogar die allerwichtigste Internetregel. Die nächste wäre, gehe auf keine Pornoseiten.“

„Was sind Pornoseiten?“

„Ach, vergiss es einfach. Ich zeige dir Websites, auf denen du dich informieren kannst, und du wirst einfach nur diese verwenden, keine anderen, ist das klar?“

„Ja, Frau Kommandantin“, machte sich Goethe über ihren Befehlston lustig.

Caroline konnte gar nicht anders, sie musste lachen. Da klingelte ihr Handy. Sie ging über die Freisprechanlage ran.

„Neumüller.“

„Caro, ich bin‘s, Federico.“

So ein Mist. Wieso hatte ihr Handy denn nicht seine Nummer erkannt? Hatte er die etwa unterdrückt?

„Jetzt musste ich doch tatsächlich meine Nummer unterdrücken, damit du mal rangehst“, beantwortete er von selbst ihre Frage.

„Oh, ich, also nein, ich bin natürlich nicht absichtlich nicht rangegangen. Ich war nur beschäftigt“, versuchte sie sich herauszureden. Tatsächlich hatte sie schon fünf Anrufe ihres Onkels seit dem Nachmittag in der Pizzeria weggedrückt oder war einfach nicht rangegangen. Er wollte sich eh nur weiter in die Sache mit Wolfgang einmischen.

„Beschäftigt, aha, hoffentlich nicht mit dem Kerl. Ist er denn wieder weg?“

Wolfgang, der alles mithören konnte und offensichtlich noch immer sehr fasziniert davon war, dass man mit einem Handy mit Menschen sprechen konnte, die gar nicht anwesend waren, mischte sich nun ein. „Wenn du mit Kerl mich meinst, Federico, doch, ich bin noch da und genieße weiterhin die Gastfreundschaft deiner Nichte. Sie hilft mir derzeit bei einer Recherche für eine weitreichende Aufgabe, die ich habe. Du kannst wirklich sehr stolz sein, sie ist sehr freundlich und hilfsbereit. Du hast sie gut erzogen."

Goethes Höflichkeit und die Tatsache, dass er mit seiner Nichte nicht alleine sprechen konnte, nahm Federico den Wind aus den Segeln und er sagte nun milder:

„Natürlich bin ich stolz auf sie." An Caroline gewandt meinte er: „Ich merke, du kannst gerade nicht so gut reden, ich rufe dich ein andermal wieder an. Wann glaubst du denn, dass du wieder alleine zu sprechen bist?"

Das ging ihn eigentlich überhaupt nichts an. Caroline hoffte aber, sich mit einer Antwort ein paar Tage Ruhe vor ihrem Onkel und dessen übermäßiger Bemutterung zu verschaffen. „So ein paar Tage ist Wolfgang schon noch bei mir. Ich melde mich dann einfach bei dir. Ciao, schönen Tag noch", meinte sie und legte auf. Das würde er ihr mit Sicherheit übelnehmen, aber er konnte ihr nie lange böse sein.

Goethe blickte sie an. „Es schmerzt mich, dass du wegen mir Probleme mit deinem Oheim hast."

„Ach Quatsch", entfuhr es ihr. „Es ist gut, dass er mal lernt, sich nicht immer in mein Leben einzumischen. Ich hätte ihn schon längst mal in die Schranken weisen müssen."

„Es gefällt mir, wenn du so kämpferisch bist", meinte Goethe und blickte sie dabei fasziniert an. „Eine Frau, die sich vor einen Mann stellt, obwohl der aus ihrer Sicht einem Wahn verfallen ist, das hat Potenzial und ist wirklich verteufelt human von dir. Vielleicht bist du gar nicht meine süße Faustine. Vielleicht sollte ich dich lieber Iphigenie nennen."

„Pass auf, was du sagst, ich werde dieses Buch lesen, und wehe, mir gefällt die Figur darin nicht", drohte Caroline ihm scherzhaft. „Iphigenie, das ist das Werk, von dem Alexander meinte, du würdest es noch umschreiben, oder irre ich mich da jetzt?"

„Es hat mir in seiner jetzigen Form noch nie gefallen. Ich glaube, ich werde die Iphigenie ins Versmaß setzen. Alexander und du, ihr habt mich dazu inspiriert."

„Der Professor hat dir schon gut gefallen, oder?“, meinte Caroline nun in wissendem Tonfall und Wolfgang schien gleich zu verstehen, worauf sie hinauswollte.

„Du meinst, abgesehen davon, dass er ein elender Schmauchlümmel und allein schon deshalb unerträglich ist? Ich genieße den Anblick eines schönen Körpers genauso wie den einer schönen Blume. Da ist egal, welchen Geschlechts er ist.“

„Heißt das, du stehst auch auf Männer?“, fragte Caroline mit bangem Herzen.

„Ist die griechische Liebe in dieser Zeit denn verpönt?“, stellte er eine Gegenfrage.

„Wenn du mit griechischer Liebe Homosexualität meinst, dann ist die Antwort jein. Manche sind dagegen, aber die Gesellschaft an sich hat sich weiterentwickelt. Männer dürfen nun auch Männer heiraten und Frauen Frauen. Zumindest hier in Deutschland.“

Das schien Goethe sehr zu überraschen. „Zu meiner Zeit wäre das undenkbar. Das ist doch mal eine erfreuliche Entwicklung, dass sich nun niemand mehr dafür verstecken muss, wen er liebt. Aber um auf deine Frage zurückzukommen. Auch wenn ich mich der Schönheit eines jeden Körpers erfreue, so liebe ich doch nur die Frauen.“

Die Art, wie Wolfgang sie anblickte, als er das sagte, ließ sie fast von der Straße abkommen. War das gerade eine Liebeserklärung gewesen? Und wenn ja, konnte sie diese Liebe erwidern? Ihr Verstand sagte ihr, dass sie weder jemanden begehren sollte, der verrückt war, noch einen Zeitreisenden, der scheinbar irgendwann wieder in seine Zeit zurückkehren würde. Ihr Herz aber sagte etwas ganz anderes.

Sie hatte aber nicht lange Zeit, in sich hineinzuhören und ihre Gefühlswelt zu erkunden, denn ihr Handy klingelte schon wieder.

„Federico, ich fahre gerade Auto, können wir das alles nicht ein anderes Mal diskutieren.“

„Äh, entschuldigen Sie, ich glaube, ich bin falsch verbunden, ich wollte eigentlich mit Frau Caroline Neumüller sprechen“, erklang eine ihr bekannte Stimme aus dem Smartphone. Caroline kam aber nicht von selbst darauf, wer sie da angerufen hatte.

„Am Apparat. Mit wem spreche ich bitte?“, fragte sie daher.

„Oh, ja, verzeihen Sie bitte, dass ich mich nicht vorgestellt habe. Ich bin Doktor Tatzel, aus dem Krankenhaus, erinnern Sie sich?“

Und wie sie das tat. Was wollte der Schnösel denn nun von ihr?

„Ah, Herr Doktor Tatzel, wie nett, dass Sie anrufen“, legte Caroline ihre freundlichste Stimme auf. Gleichzeitig deutete sie Goethe mit einem Finger vorm Mund an, dass er ja leise sein sollte. „Wie kann ich Ihnen helfen?“

„Frau Neumüller, es tut mir leid, dass ich Sie nun hier privat belästige, aber ich dachte eigentlich, dass Sie sich nochmal bei mir melden würden, wegen des verwirrten Patienten.“

Caroline war selbst etwas verwirrt. „Wieso das denn? Ich, äh, habe ihn bei seinen Freunden abgeliefert und dachte, damit wäre meine Schuldigkeit getan“, log sie mit nur leicht schlechtem Gewissen.

„Aha, die Freunde gab es also wirklich, interessant, interessant ... Tja, ich weiß nicht, wie ich das sagen soll und ob ich das Ihnen dann überhaupt mitteilen darf, aber es ist so, dass der Herr von Goethe, oder wie er auch immer heißen mag, bis heute noch nicht hier war, um seine Krankenkassenkarte vorzuzeigen. Nicht, dass das Krankenhaus noch auf den Kosten sitzen bleibt“, meinte der Arzt pikiert.

Als ob da so große Kosten entstanden wären, dachte sich Caroline. Der Typ hatte nicht mal ein CT gemacht. Von so ein bisschen in die Augen leuchten würde das Krankenhaus schon nicht pleite werden. Das Teuerste an der ganzen Sache war vermutlich die Arbeitszeit von diesem Weißkittel gewesen. Sie war sich sicher, dass der werte Herr Tatzel einen immens höheren Stundenlohn hatte als sie selbst.

„Das tut mir sehr leid“, klang Caroline nun schon etwas genervter. „Ich kann Ihnen da aber leider nicht weiterhelfen, ich habe mit dem Mann sozusagen gar nichts mehr zu tun. Zudem fahre ich gerade Auto, also wenn es sonst nichts Wichtiges ...“

„Sie wissen nicht zufällig, ob der Patient komplett genesen ist?“, unterbrach sie Doktor Tatzel grob. „Ich habe mich mit ein paar Kollegen über diesen Fall unterhalten und die finden den auch höchst interessant. Ich meine, so eine Amnesie gibt es ja öfter, aber doch nicht so, dass man sich gleich für einen ganz anderen Menschen, noch dazu aus einer anderen Zeit hält. Sollte der Patient diesem Wahn noch unterlegen sein, wäre das ein höchst interessanter Fall für den nächsten Ärztekongress. In den letzten Jahren hört man da ja ständig nur über Covid und Long Covid referieren. Ein solcher Fallbericht wäre sicherlich allen eine willkommene Abwechslung. Vielleicht könnte ich darüber sogar in einer Fachzeitschrift ... also kurzum, es wäre sehr wichtig für mich, den Mann ausfindig zu machen."

„Sagen Sie mal", konnte Wolfgang nun leider nicht länger an sich halten. „Geht es Ihnen eigentlich um den Patienten oder nur um Ihre Reputation?"

„Oh, Sie sind nicht alleine im Auto. Das tut mir leid, das hätte jetzt eigentlich kein Außenstehender mithören dürfen. Aber Moment mal, diese Stimme, ist das nicht unser ..."

Jetzt war es Caroline, die den Arzt mitten im Satz unterbrach: „Herr Tatzel? Herr Tatzel? Ich höre Sie leider nicht mehr. Ich fahre in einen Tunnel. Wenn ... dann ... melde ... Tschüss."

Laut seufzend schaltete Caroline ihr Handy nun ganz aus. Sie hatte genug von nervigen Anrufen.

„Musstest du unbedingt was sagen?", fragte sie Goethe kopfschüttelnd. „Jetzt ahnt er sicher, dass du noch bei mir bist. Wenn das mal keinen Ärger gibt."

„Es wird die Zeit kommen, da die Frauen regieren werden. Ob diese Zeit besser sein wird, wer weiß es?“

(Johann Wolfgang von Goethe, Brief an Schiller 1798)

Kapitel 9

19.06.2024

Wolfgang war schockiert. Das Heilige Römische Reich deutscher Nation gab es nicht mehr. Wie es aussah, würde es noch zu seinen Lebzeiten untergehen. Laut diesem Wikipedia schon im Jahr 1806. Zumindest hoffte er, dass er da noch leben würde, er durfte sich selbst nicht im Internet suchen, das hatte er Caroline hoch und heilig versprochen. Aber er war schon schwer in Versuchung, seit er verstanden hatte, wie das mit dieser elektronischen Datenbank funktionierte.

So wie er da sah, lag hier das Wissen der ganzen Zukunftswelt vor ihm und auch das Wissen über sein eigenes weiteres Leben. Welch grenzenlose Macht er damit in seiner Zeit haben könnte. Wenn er all die Technologie von 2024 beherrschen würde und zugleich noch wüsste, wann er starb, das würde ihn allmächtig machen. Doch Goethe besann sich darauf, warum er hier an Carolines sogenanntem Laptop saß. Er wollte zunächst einmal alles über die derzeitige politische Lage des Landes lernen und die Probleme, die es mit Sicherheit gab.

Je mehr Wolfgang im Internet über die Geschichte Deutschlands las, desto mehr glaubte er, dass er vielleicht doch lieber mit dem aktuellen Zeitgeschehen angefangen hätte. Stattdessen hatte er mit der Entwicklung ab 1785 begonnen. Was er da alles Schreckliches lesen musste, versetzte ihn schon den ganzen Vormittag über abwechselnd in Faszination und Entsetzen.

Die Franzosen hatten Deutschland übernommen. Dann gab es Befreiungskriege, niedergeschlagene Revolutionen und vieles mehr. Danach wurde ein deutsches Kaiserreich gegründet. Dann kam es sogar zu gleich zwei Weltkriegen, an denen Deutschland die Schuld trug. Was war nur mit seinem Land passiert? Und wieso hatten sie in einer Zeit, in der jeder Soldat gebraucht wurde, gleichzeitig Menschen vergast und verhungern lassen? Nur aufgrund ihrer Religion? Das war Mord an einem ganzen Volk! Wer war dieser kleine Mann gewesen, der die Bevölkerung eines ganzen Landes zu Mördern gemacht hatte?

Das machte alles gar keinen Sinn. Die Deutschen waren nicht mehr das Volk, das er kannte. Na gut, Juden waren auch in seiner Zeit nicht von jedem gemocht, schon gar nicht von denen, die Schulden bei ihnen hatten. Aber sie deshalb gleich ausrotten zu wollen, das war schlimmer als alles, was er sich je hatte vorstellen können.

Vielleicht war das aber auch alles gar nicht so gewesen und Goethe hatte sich nur in diesem Internet verirrt wie in einem Labyrinth und war nun versehentlich bei einem schlechten Roman gelandet? Das wäre zu schön, um wahr zu sein. Er musste hier in dieser Zeit wohl lernen, schlimme Dinge zu akzeptieren.

Zum Glück hatten diese Alliierten Deutschland demokratisiert. Das war eine Entwicklung, die Goethe gefiel. Aber der Osten Deutschlands, auch Weimar, war vom Rest des Landes getrennt worden. Erst seit 1990 war es wieder offiziell vereint. Das war gar nicht so lange her, rechnete er aus. Es mussten noch einige Menschen leben, welche die Mauer durch das Land gesehen hatten oder gar von ihr eingesperrt waren. Sogar Berlin war geteilt gewesen, ganze Familien nur aufgrund ihres Wohnortes auseinandergerissen. So langsam hatte Goethe das Gefühl, die Menschheit hatte sich nicht weiter-, sondern zu Neandertalern zurückentwickelt.

Das 21. Jahrhundert schien zumindest auf den ersten Blick besser zu sein. Im Jahr 2005 wurde sogar die erste Frau zur Bundeskanzlerin gewählt und blieb dies 16 Jahre lang. Diese Politikerin war, zu Goethes Stolz, aus Ostdeutschland gekommen und hatte in der Welt sehr großes Ansehen genossen. Wenn er sich aber ansah, mit was sich diese Dame alles rumschlagen musste, so war das neue Jahrtausend wohl auch nicht viel anders als das davor. Von einem Herrn Putin über Trump bis hin zu einer erstarkenden rechten Bewegung im eigenen Land, die Menschen schienen in allen Zeiten gleich dumm zu bleiben. Es war offensichtlich egal, ob eine Frau oder ein Mann regierte. Andererseits, wenn

Angela Merkels Amtskollegen in den anderen Ländern auch alle Frauen gewesen wären, vielleicht wäre die Welt dann doch ein besserer Ort.

Goethe schwirrte der Kopf. Er hatte sich eigentlich noch zu diesem Fridays for Future und der in den neueren Artikeln mehrmals erwähnten Klimakrise schlau machen wollen. Er merkte aber, dass er das bislang erworbene Wissen erst einmal sacken lassen musste. So wichtig konnte diese Klimasache auch nicht sein. Worum es da wohl ging? Vielleicht konnten die Reichen inzwischen das Wetter beeinflussen und die Armen beschwerten sich darüber. Oder ging es vielleicht einfach um Missernten?

Goethe entschied, dass die Klimasache erst mal warten musste. Zudem wollte er auch noch nachsehen, wie das mit diesen Wahlen funktionierte und warum es, wenn die einzelnen Länder Deutschlands doch vereint waren, dennoch Regierungschefs wie zum Beispiel diesen Söder aus Bayern gab. Und wie war das alles in das vereinte Europa, in die EU, integriert? Was war diese UN? Gab es am Ende auch eine Weltregierung? Gab es irgendwo noch Monarchien? Was war aus den ganzen Fürsten, Baronen und anderen Adligen in Deutschland geworden, wenn sie nun keine Gebiete mehr regierten? Hatten alle Menschen die gleichen Rechte? Wie wurde die immer größer werdende Weltbevölkerung ernährt?

Wolfgang hatte einfach viel zu viele Fragen, er würde wohl Tage, wenn nicht sogar Wochen brauchen, sich das alles anzulesen. Vor allem, wenn er sich noch öfter durch diese blau hinterlegten Wörter ablenken ließ und dadurch zu weiteren Themenkomplexen kam, die eigentlich nicht auf seinem Tagesplan standen.

So war er zum Beispiel von diesem Hitler zu Österreich und über noch drei bis vier zusätzliche Schritte hin zu einem Rezept für ein Wiener Schnitzel gelangt. Da hatte er schon bemerkt, dass sein Bauch knurrte. Jetzt krampfte er sich sogar schmerzhaft zusammen. Es half alles nichts, er musste eine Pause machen und etwas essen. Aber er fand nichts im Kühlschrank, mit dem er was anfangen konnte. Deshalb entschloss er sich, mit dem restlichen Geld von Caroline nun doch ihrer Wegbeschreibung zu diesem Supermarkt zu folgen, um dort etwas Leckeres zu kaufen. Ob sie wohl die Zutaten für Grüne Soße hatten?

Als Goethe die Wohnung verließ, nahm er diesmal den Haustürschlüssel mit. Es tat gut zu wissen, dass er auf jeden Fall zurückkommen würde.

Wolfgang war selbst erstaunt über sich, wie gut er in dem modernen Wunsiedel inzwischen zurechtkam. Er wusste, an welchen Stellen man die Straße sicher überqueren konnte, was irre wichtig war, denn diese Autos waren doch um einiges schneller als die Kutschen seiner Zeit. Und selbst damals hatte es so manche Unfälle gegeben.

Etwas irritiert war er über einen Straßenabschnitt, an dem die Autos im Kreis fuhren. Als er das aber eine Zeit lang beobachtete, stellte er fest, dass dies wohl eine Art Ersatz für eine Kreuzung war, nur dass man für diese Kreuzung keine Ampel brauchte.

Goethe wunderte sich, wie die Menschen in ihren Autos alle mit den vielen Verkehrsregeln klarkamen. Er selbst hätte nicht einmal eine Kutsche lenken können. Dafür konnte er ganz gut reiten. Aber für den Ausritt zu Pferd hatte man kein einziges von all diesen Verkehrszeichen gebraucht.

Goethe kam auf einen Parkplatz, auf dem viele Autos standen. Zwei davon hatten dasselbe Zeichen darauf wie Carolines, woraus er schloss, dass dies Jundais waren. Als er sich diese genauer ansah, entdeckte er eine Schrift, die ihm verriet, dass man das seltsame Wort in Wirklichkeit *Hyundai* schrieb. Das schien eindeutig ein fremdländischer Name zu sein.

Wie wohl die anderen Marken alle hießen? Zu seiner Freude stand das bei einigen Autos sogar auf dem Logo oder an die Ladeklappe geschrieben. Audi waren die Autos mit den vier Ringen, BMW stand auf einem blau-weißen Zeichen, dann gab es unter anderem noch Ford und Dacia.

Das waren alles sehr seltsame Namen. Audi schien ihm noch am meisten mit dem Wort Auto zu tun zu haben. Das W in BMW könnte Wagen bedeuten. Vielleicht hieß das sowas wie Berliner Motorenwagen?

Goethe war höchst beglückt, als er hinter dem Parkplatz den Eingang zu einem Gebäude fand, auf dem EDEKA stand. Das war der Supermarkt, von dem Caroline gesprochen hatte. Davor waren ganz viele eiserne Gestelle mit Rollen aufgestellt. Es sah aus wie ausbruchssichere Kinderwagen. Aber auch hier half es ihm, einfach ein wenig stehen zu bleiben und die Sache zu beobachten.

Die Leute nahmen sich fast alle so ein eisernes Gefährt, bevor sie in das Geschäft gingen. Dazu steckten sie eine von diesen Euromünzen in einen Schlitz, woraufhin der Wagen freigegeben wurde. Goethe kramte in seiner Hosentasche und fand darin so eine Münze. Er konnte sich somit auch einen holen. Die massiven Schiebewagen waren offensichtlich dazu da, die Einkäufe darin zu transportieren, denn es kamen immer wieder Leute mit vollgefüllten Wagen aus dem Edeka heraus. Ein Euro war wirklich günstig für so einen praktischen Wegbegleiter.

Der Laden hatte auch diese originellen, sich selbst öffnenden Türen. Diesmal widerstand Goethe der Versuchung, wieder mit deren Mechanismus zu spielen. Er nahm sich aber fest vor, wenn er zuhause war, das Internet nach diesen Dingern zu befragen.

Unglaublich, er dachte inzwischen von Carolines Wohnung, als wäre sie sein Zuhause. Das war ein schönes Gefühl. Er war nun nicht mehr verloren in dieser Zeit, er hatte einen Ort, an den er gehörte.

Im Supermarkt kam Wolfgang aus dem Staunen gar nicht mehr heraus. Es sah aus wie in einer riesigen Markthalle, in der nicht nur Obst, Gemüse und Fleisch angepriesen wurde, sondern wo es scheinbar einfach alles gab. Deshalb waren hier wohl auch so viele Menschen unterwegs. Er sah junge Leute, alte Leute, Kinder, Männer und Frauen. Die Einkäufe waren offensichtlich nicht mehr alleine den Hausfrauen oder Haushälterinnen vorbehalten. Hier ging jeder etwas kaufen.

Die Kinder machten zum Beispiel Halt vor Regalen, in denen eine Menge süßes Zeug feilgeboten wurde. Leider schien man es nicht vor Ort probieren zu dürfen. Zumindest sah ihn ein kleiner Junge von vielleicht acht Jahren konsterniert an, als er eine Tafel namens Milka aufriss und hineinbiss. Wie sollte man denn sonst wissen, was einem schmeckte? Man konnte doch nicht einfach die Katze im Sack kaufen.

Deshalb ließ es sich Wolfgang auch nicht nehmen, zwei Gänge weiter, aber nicht ohne sich vorher umzusehen, ob er beobachtet wurde, eine Dose mit dünnen Scheiben darin zu öffnen und diese zu probieren. Du meine Güte, waren die salzig. Wie konnte man sowas nur essen?

Und es schien sich auch noch gut zu verkaufen, denn es waren ganze Regale voll mit diesem Zeug geschlichtet.

Wolfgang entschloss, sich doch lieber an Obst und Gemüse zu halten, das kannte er wenigstens. Zumindest zum Teil. Was hier davon ausgelegt wurde, schien ihm sehr exotisch zu sein. Wuchs das alles hier in Deutschland? Es gab sogar Orangen und Zitronen in rauen Mengen. Wie viele Orangerien es wohl im Land gab, um alle dieser Supermärkte damit einzudecken? Andererseits, vielleicht war dieser Edeka hier etwas Besonderes und anderswo gab es nicht eine solch reiche Auswahl an Früchten.

Die Sortierung verstand Wolfgang auch nicht ganz. Kartoffeln, die eindeutig Viehfutter waren, lagen hier direkt neben dem Gemüse für die menschliche Ernährung. Zudem wurden Gemüse- und Obstsorten aus unterschiedlichen Jahreszeiten präsentiert. Wie war das nun wieder möglich? Man konnte sich die Früchte nicht einfach aus anderen Ländern schicken lassen, das würde doch viel zu lange dauern. Es würde alles auf dem Weg nach Deutschland vergammeln.

Lag das vielleicht an diesen Autos? Waren sie so schnell, dass man mal eben frisches Obst und Gemüse aus Südamerika, Asien oder dergleichen hier verkaufen konnte? Und wie sollte sowas rentabel sein? Ach herrje, er wollte doch eigentlich Pause davon machen, sich so viele Fragen zu stellen.

Als er auf der anderen Seite des Supermarktes angekommen war, staunte Goethe nicht schlecht. Die komplette, unglaublich lange Wand war mit offenen Kühlschränken vollgestellt. Davor gab es noch eine Reihe mit geschlossenen Truhen. Und in all diesen Schränken und Truhen waren gekühlte Lebensmittel. Wolfgang verstand schnell, dass die in den geschlossenen Truhen nochmals extra stark gekühlt waren. Die waren dann wohl noch länger haltbar als die in den offenen Kühlschränken, zumindest wenn man dem auf den Packungen angegebenen Datum glaubte. Offensichtlich durfte man die Truhen nicht zu lange öffnen, jedenfalls wurde er von einem Mitarbeiter freundlich, aber doch bestimmt darauf hingewiesen.

Was das wohl alles für eine Energie verbrauchte? Wie war das eigentlich mit dem Strom, war der teuer? Wie erzeugte man den? War davon genug für alle da? Und wieso fuhren die Autos denn nicht mit Strom? Schon wieder war sein Kopf voller Fragen.

In einem der Schränke entdeckte er ein solches Sandwich, wie er es bereits im Krankenhaus gegessen hatte. Leider war dieses in einer Plastikverpackung. Aber da es das Einzige war, von dem er wusste, dass es nicht zu süß oder salzig war, nahm er es dennoch mit, wenn auch mit einem schlechten Gewissen. Ihm wurde klar, dass, sollte er noch länger in dieser Zeit verweilen, das Plastik sich Schritt für Schritt auch in seinen Alltag einschleichen würde.

Goethe sah sich um. Ihm war vorhin schon aufgefallen, dass sogar manches Obst in Plastik verpackt war. Hier aber so gut wie alles. Es gab Fleisch, Wurst, Kartoffelsalat, Joghurts, Sahne und vielerlei mehr, alles in Plastik. Wolfgang wurde ganz übel, als er versuchte hochzurechnen, wie viele solcher Verpackungen in diesem Supermarkt waren, und dann überlegte, wie viele es wohl in allen Supermärkten auf der ganzen Welt gab. Wenn jeder Ort dieser Größe einen Supermarkt hatte, doppelt so große Städte zwei Supermärkte und immer so fort ... Das auszurechnen überforderte Goethe etwas. Zudem wusste er gar nicht, wie viele Einwohner Städte wie Berlin oder München gerade hatten. Er wusste nicht mal, wie viele Menschen in Wunsiedel lebten.

Ob es hier auch etwas zu kaufen gab, das ihm half, seinen Kopf ein wenig abzuschalten? Vielleicht ein oder zwei Flaschen eines guten Weines?

Wolfgang staunte nicht schlecht, als er die Getränkeabteilung fand. Es gab hier kistenweise zu trinken. Die Kisten waren sogar übereinandergestapelt. Aber wozu das Ganze, wenn das Wasser rein und klar aus der Leitung kam?

Und was waren das für ekelerregende Getränke? Die waren teilweise gelb, braun und schwarz. Moment mal, das schwarze kannte er doch, das war diese Colamedizin. Obwohl sie ihm nicht geschmeckt hatte, packte er zur Vorsicht eine Flasche davon ein, falls es ihm mal wieder schlecht ging. Wozu die braune und die gelbe Medizin gut war, wusste er nicht, weshalb er sie stehen ließ. Schon toll, dass dieser Supermarkt zugleich eine Apotheke war.

Am Ende der Abteilung fand er endlich den Wein. Auch hier gab es eine immense Auswahl, die nicht nur aus Deutschland und Europa stammte, sondern sogar aus Übersee. Ein Wein aus Kalifornien wurde gerade besonders angepriesen, mit einem riesigen Pappmenschen daneben, der genüsslich ein Glas davon trank. Obwohl Wolfgang noch nie von diesem Land gehört hatte, packte er eine Flasche ein und dazu eine weitere aus Franken, weil der Wein als regional beworben wurde. Er hoffte sehr, dass er keine schlechte Auswahl getroffen hatte.

Goethe schob seinen Einkaufswagen noch ein bisschen durch die Gänge, in denen er bisher nicht gewesen war. So entdeckte er, dass Fleisch und Käse nicht nur an den Kühlschränken, sondern auch an einer gläsernen Theke angeboten wurden. Dahinter standen zwei Verkäuferinnen, wie zu seiner Zeit auf den Marktplätzen.

Bei denen würde man doch wohl mal was probieren dürfen, oder? Die Hoffnung darauf, sich ein wenig durch die Auslage naschen zu können, wuchs, als er sah, wie die rundlichere der beiden Händlerinnen mit merkwürdigen Handschuhen einem kleinen Jungen eine dicke, weiße Scheibe Wurst über die Theke reichte. Er stellte sich sogleich in der Schlange an. Zwei Erwachsene waren noch vor ihm dran, bis auch er endlich angesprochen wurde.

„Guten Tag, was wünschen Sie bitte?“

„Ach, also um ehrlich zu sein, ich bin zum ersten Mal selbst Wurst und Käse einkaufen.“

„Oh, also für Käse müssen Sie sich dann da drüben bei meiner Kollegin bitte nochmal extra anstellen. Bei mir gibt es Fleisch und Wurst und die Salate und Aufstriche, die Sie da vorne sehen.“

Was für Salate sie wohl meinte? Wolfgang sah kein einziges grünes Blatt.

„Aha, gut, dann bin ich eben zum ersten Mal selbst Wurst kaufen. Könnten Sie mir da was empfehlen?“, fragte Wolfgang.

„Für auf die Semmel?“, wollte die Verkäuferin wissen, die ihrem Namensschild nach Ulrike hieß.

„Semmel?“, stellte Wolfgang eine Gegenfrage.

„Oh, ich merke schon, Sie sind nicht von hier. Ich meine, wollen Sie eine Wurst, um sie auf ein Brot oder Brötchen zu legen, oder eher etwas, das man in die Hand nehmen und einfach reinbeißen kann?“

„Reinbeißen klingt gut.“

„Ist Ihnen da mehr nach einem Paar Wienerle oder soll es eher in Richtung Landjäger gehen?“

Das klang für Wolfgang beides so gar nicht nach Wurst. „Könnte ich denn von beidem mal was probieren, damit ich weiß, wie es schmeckt?“

Die nette Verkäuferin sah ihn etwas kritisch an, lächelte dann aber und meinte: „Selbstverständlich, der Kunde ist ja bekanntlich König, nicht wahr?“

Goethe hatte keine Ahnung, ob das wahr war, aber der Gedanke, wie ein König behandelt zu werden, gefiel ihm. Die Frau reichte ihm von beiden Würsten ein Stückchen und sah ihn gespannt an.

„Und, in welche Richtung soll es denn gehen?“

Goethe waren beide Würste etwas zu würzig. Nach den salzigen Scheiben vorhin waren sie jedoch schon besser zu ertragen. Außerdem gewöhnte er sich langsam daran, dass die Leute im Jahr 2024 alles hoffnungslos überwürzten. Es schien in den letzten Jahrhunderten einen enormen Preisverfall bei Gewürzen gegeben zu haben, so dass man die jetzt tonnenweise überall verarbeitete.

„Ich glaube, Landjäger ist eher meine Geschmacksrichtung“, meinte Goethe.

Die Verkäuferin reichte ihm zwei weitere Wurststückchen. „Na dann probieren Sie mal das hier. Das eine ist Cervelatwurst, das andere Cabanossi. Ich persönlich bin zwar Vegetarierin, empfehle aber die Cabanossi.“

Goethe blickte die Frau erstaunt an. „Was ist das, Vegetarier?“

„Sie wissen nicht, was Vegetarier heißt?“, fragte sie ihn ungläubig.

Wolfgang wusste, dass er hier wieder eine verräterische Wissenslücke offenbarte, glaubte aber nicht, dass Ulrike die richtigen Schlüsse daraus ziehen konnte. Schlimmstenfalls würde sie ihn für dumm halten. „Na klar, das sollte ich wissen, oder? Ich komme nur gerade irgendwie nicht drauf. Liegt wohl an der Sommerhitze“, versuchte er sich herauszureden.

„Vegetarier heißt, ich esse kein Fleisch."

Goethe blieb der Mund offen stehen. „Sie essen kein Fleisch, verkaufen es aber?"

„Na gerade deshalb. Wissen Sie, wenn man mal in so einem Schlachthof war und gesehen hat, wie die Tiere da reihenweise getötet werden, kann man einfach nicht mehr guten Gewissens Fleisch essen. Von der Massentierhaltung mal ganz abgesehen. Ich habe erst versucht, nur noch Fleisch aus biologischer Haltung zu kaufen, aber auch da hatte ich immer das Bild im Kopf, wie die armen Viecher mit einem Bolzenschuss getötet werden. Haben Sie schon einmal einer Kuh oder so einem Schweinderl tief in die Augen gesehen? Ich sag es Ihnen, die haben auch eine Seele."

Wolfgang nahm sich vor, das Wort Massentierhaltung nachher im Computer zu suchen. Es klang jedenfalls nach nichts Gutem, aber er wollte die Verkäuferin nicht mit weiteren Fragen an ihr schlimmes Erlebnis erinnern. Wobei sie vermutlich alles hier an dem Tresen daran erinnerte. Hier lag massig totes Fleisch herum. Wer sollte das alles eigentlich essen? Wie oft in der Woche gab es in modernen Familien wohl Fleisch?

„Wie wäre es, wenn Sie sich dann stattdessen an die Käsetheke versetzen lassen?", schlug er der jungen Dame vor.

„Das ist doch auch nicht besser, oder was meinen Sie, wo die Milch für den Käse herkommt? Klar haben wir da auch was aus ökologischer Haltung, aber das meiste ist von Kühen, denen schon kurz nach der Geburt ihre armen kleinen Kälbchen genommen werden. Stellen Sie sich das mal vor, eine Mutter, der man das Baby nimmt, um sie dann auf ewig als Milchautomat zu missbrauchen."

Wolfgang wusste gar nicht, was er sagen sollte. Jedenfalls hatte er nun weder Lust auf Fleisch noch auf Käse. Er bedankte sich sehr freundlich bei dem Fräulein, das wohl eine bessere Tierschützerin als Verkäuferin war, und suchte schnell das Weite.

„Wollen Sie nicht wenigstens noch eine Scheibe Gelbwurst haben?", rief sie ihm nach, aber da war er schon im nächsten Gang verschwunden.

Konnte man denn hier irgendetwas kaufen, ohne damit Tieren oder der Umwelt zu schaden? Goethe blickte lächelnd auf die beiden

Weinflaschen in seinem Einkaufswagen und war sich sicher, dass wenigstens diese im Einklang mit der Natur hergestellt worden waren.

Auf dem Weg zur Kasse kam er an einem langen Regal vorbei, wo es sowohl Bücher als auch Zeitschriften zu kaufen gab. Die Zeitschriften hatten sehr dünne Seiten und waren mehr mit Bildern vollgepackt als mit Text. Immerhin verrieten ihm die Schlagzeilen, dass es in dieser Zeit noch immer Königshäuser gab. Dieser William und seine Frau Kate schienen ein besonders beliebtes Thema dieser Klatschblätter, als nichts anderes konnte man sie bezeichnen, zu sein.

Die Bücher waren zwar dicker und wertiger hergestellt, ein Blick auf deren Inhaltsangaben zeigte Wolfgang aber, dass der Literaturgeschmack dieser Zeit nicht seinem eigenen entsprach. Die Menschen in diesem Jahrtausend schienen vor allem auf Mord- und Totschlaggeschichten zu stehen. Jedes neue Buch, das er in die Hand nahm, war noch blutiger als das andere. Ansonsten war das Thema Liebe auch zweieinhalb Jahrhunderte nach seiner Zeit noch modern. Aber die Werke, die er hierzu aus dem Regal zog, wirkten alle sehr schmalzig und rührselig. Er wollte nichts davon lesen.

Es schockierte Wolfgang, dass er kein einziges Buch in Versform fand. Dafür aber eine Art reale Erzählung der ehemaligen Bundeskanzlerin, darüber, wie sie 16 Jahre lang das Land geführt hatte. Über den Büchern in dieser Sektion war ein kleiner Aufkleber angebracht, auf dem Biografien stand. Diese schienen ihm das einzig Lesenswerte hier zu sein. Er nahm aber keines der Werke mit, da er erst mal das Internet fertig lesen musste. Wenn er da alle Seiten durch hatte, konnte er sich hier immer noch mit Literatur eindecken.

Als Goethe an der Kasse anstand, fühlte er sich ein klein wenig wie ein Versager. Fast alle hier hatten ihre Einkaufswagen prall gefüllt. In seinem Wagen lagen zwei Flaschen Wein, ein Sandwich und zwei Äpfel. Auf die war er besonders stolz, denn es war echt schwer gewesen, welche zu finden, die nicht in einer Verpackung steckten.

Warum die anderen Leute wohl so viel einkauften? Hatte der Supermarkt bald für längere Zeit geschlossen? Oder sorgte der heiße Sommer für eine Dürre, so dass die Lebensmittel bald knapp wurden? Mit ihren Kühlschränken und Tiefkühltruhen konnten die Menschen sich einiges auf Vorrat legen. Goethe entschloss sich dazu, Caroline darauf hinzuweisen, nicht, dass sie nachher hungern mussten, wenn der Supermarkt nicht mehr beliefert werden konnte.

Ob der die einzige Möglichkeit war, sich mit Lebensmitteln zu versorgen, oder ob es auch in der heutigen Zeit noch Märkte unter freiem Himmel gab? Und was war mit den Bauern? Wo verkauften sie ihre Ware? Vielleicht waren die Verkäufer und Verkäuferinnen hier am Ende sogar die Landwirte, die an diesem Ort ihre Erzeugnisse anboten?

Wolfgang machte es den Leuten vor sich nach und legte seine Ware auf eine Art Tisch, dessen Tischdecke sich bewegte und die Waren so weitertransportierte.

„Hey, Sie müssen einen Wa-ren-trenner dazwischenmachen, ich hab keine Lust, Ihr Zeugs zu bezahlen“, erklärte ihm ein schlaksiger junger Mann mit bunten Haaren und löchriger Hose so, als ob man das Wort Warentrenner selbst auch trennen müsste.

„Schon gut, Herr Papagei!“, wollte Wolfgang ein Späßchen machen, das bei dem Typen vor ihm aber gar nicht gut ankam.

„Pass auf, was du sagst, Alter!“, drohte dieser ihm mit der Faust.

Goethe war nicht nach einem Schlagabtausch zumute, auch wenn er diesen mit Sicherheit gewonnen hätte. Er entschuldigte sich. Dennoch war er der Meinung, dass der junge Mann selbst schuld war, dass man ihn so nannte, wenn er sich die Haare so bunt anmalte. Was das für eine Farbe sein mochte? Sie musste jedenfalls recht günstig sein, denn der Papagei konnte sich nicht mal anständige Hosen leisten.

Endlich war Goethe an der Reihe. Die Frau an der Kasse zog seine Waren an einem Gerät vorbei, das dann immer piepste. Goethe legte die Sachen wieder in den Wagen und hörte die Frau sagen: „Zahlen Sie bar oder mit Karte?“

„Äh, ich, also, mit Euros“, war Goethe verwirrt.

„Also bar. Haben Sie eine Deutschlandcard?“

„Eine Karte von Deutschland? Natürlich. Mehrere sogar. Wenngleich diese wegen der neuen Landesgrenzen, der Auflösung der einzelnen Fürstentümer und dergleichen ein wenig veraltet sein dürften. Ich kann jedoch ohnehin derzeit nicht auf mein Hab und Gut zugreifen, auch nicht auf meine Wanderkarten. Aber vielleicht kann ich Ihnen ja ohne weiterhelfen? Ich habe ein ausgezeichnetes Gedächtnis, was die Geografie angeht. Was möchten Sie denn wissen?“

„Hä? Ich meine, ob Sie eine Kundenkarte haben, zum Punktesammeln. Dann können Sie sich bei genug Punkten zum Beispiel im Internet mal eine schöne Prämie aussuchen.“

Das klang Wolfgang dann doch etwas zu kompliziert.

„Nein, sowas habe und brauche ich auch nicht.“

„Wie Sie meinen. Das macht dann 16 Euro und 25 Cent bitte.“

Goethe reichte ihr einen Schein mit einer 20 darauf und bekam einige Münzen als Rückgeld. Na dieses Einkaufen war doch gar nicht mal so schwer gewesen, freute er sich.

Wolfgang schob glücklich seine Einkäufe in seinem neu erworbenen eisernen Wägelchen durch die Straßen von Wunsiedel. Er hatte beschlossen, auf dem Rückweg zur Wohnung einen kleinen Umweg zu machen. Zum einen, um noch ein bisschen an der frischen Luft zu sein, und zum anderen, um auch mal die Straßen des Ortes zu sehen, an denen er noch nicht gewesen war.

Es schien, als bestünde der innere Kern des Ortes vor allem aus Häusern, die es zu seiner Zeit schon gab oder die zumindest bald darauf gebaut worden sein mussten. Je weiter man sich von diesem Zentrum entfernte, desto neuer und moderner erschienen ihm die Gebäude. Aber auch hier waren Unterschiede zu erkennen. Während einige der Häuser heimelig und eher ländlich wirkten, gab es andere Bauten, die wie Steinwürfel aussahen, oder solche, die fast nur aus Fenstern zu bestehen schienen. Wer wollte denn bitte schön in einem Haus leben, in das man von allen Seiten aus hineinblicken konnte?

Goethe schob seinen Wagen in eine Straße, deren Name zeigte, dass ein klein wenig von seiner Zeit auch noch Wirkung auf das Hier und Jetzt hatte. Sie hieß *Markgrafenstraße.* Dort war ein recht flaches Gebäude, das aber einen riesigen Garten hatte mit allerlei Gerätschaften, die sehr bunt und wohl zum Spielen für Kinder gedacht waren. Zumindest waren dort gerade jede Menge Kinder zugange.

Einige der kleinen Menschengesichter kletterten eine Leiter hinauf und rutschten auf einer glatten, spiegelnden Fläche wieder hinunter. Das schien wohl die moderne Form einer Rutsche zu sein. Andere saßen auf einer Art Minikarussell und wurden von einer jungen Frau dabei angeschubst. Wiederum andere spielten in einer Art Beet, das nur Sand und bunte Spielsachen enthielt. Sie buddelten dort und bauten Dinge aus dem Sand. Es gab auch noch weitere Spielgeräte, die Goethe aber nicht weiter beachtete, da ihm etwas anderes ins Auge gefallen war.

Eine Gruppe Kinder hatte sich um eine junge Frau geschart, die ihnen mit vollem Körpereinsatz eine Geschichte erzählte. Es war Caroline. Dies hier war also der Kindergarten, in dem sie arbeitete. Da war der Begriff wohl doch etwas wörtlicher zu nehmen, als sie meinte, denn es war doch ein Garten voller Kinder.

Caroline erzählte ihren jungen Zuhörern davon, wie eine Prinzessin von einer Biene gestochen wurde. Sie verwandelte sich daraufhin in ein Wesen mit Flügeln und einem Stachel am Allerwertesten. Von da an war sie das Bienröschen und rettete allerlei Figuren im Märchenwald. Darunter auch Hänsel und Gretel:

Bienröschen brachte die beiden nachhaus.
Die Eltern stürmten zur Tür hinaus.
„Da seid ihr ja, wir haben uns solche Sorgen gemacht,
zum Glück seid ihr hier, sagt, wer hat euch gebracht?“

„Ich bin das Bienröschen, die neue Retterin im Wald,
das ganze Märchenland kennt mich bald
für meine grandiosen Heldentaten.
Niemand muss mehr auf Ritter und Prinzen warten.“

Das war zwar keines der Märchen, die man sich zu Wolfgangs Zeiten erzählte, hatte jedoch ähnliche Elemente. Zudem war es gereimt, was ein Wohlklang in seinen Ohren war.

Als Caroline an eine Stelle kam, an der die Bienenprinzessin gegen einen Drachen kämpfen musste, flatterte sie wie wild mit den Armen. Sie ahmte so den Flügelschlag des Bienröschens nach:

Obwohl sie im Vergleich zum Drachen war sehr klein,
rief dieser plötzlich: „Stopp, halt ein!
Du willst mich doch nicht wirklich stechen?
Ich würde tot zusammenbrechen!

Ich habe eine Bienenallergie.
Und so eine große Biene sah ich noch nie.
Dein Gift würde bestimmt selbst einen Drachen erlegen.
Können wir, statt zu kämpfen, nicht lieber reden?“

Die Kinder mussten herzlich lachen und auch Caroline stimmte in ihr Lachen mit ein.

Wolfgang wurde ganz warm ums Herz, als er sah, wie gut sie mit den Kindern umgehen konnte. Sie hatte wirklich ein Talent dafür. Man sah, dass die Kleinen sie vergötterten. Und nicht nur diese. Er merkte, dass sein Herz schneller schlug. Das war eine unglaubliche Frau, zu der ihn das Schicksal da gebracht hatte. Sie war klug, schön, und sie nun hier mit den Kindern so voll in ihrem Element zu sehen, das gab Goethe endgültig den Rest. Er konnte sich seiner Gefühle für sie nicht mehr erwehren. Er musste sich eingestehen: Er war in Caroline verliebt.

Als ob sie diese große und weitreichende Erkenntnis von ihm gespürt hätte, blickte Caroline plötzlich von den Kindern auf und sah ihn am Gartenzaun stehen. Er lächelte sie zaghaft an und winkte ihr. Sie kam zu ihm herüber.

„Wolfgang, was machst du hier? Woher weißt du, wo ich arbeite?“

Er konnte ihr erst gar nicht antworten, so ergriffen war er noch von dem Moment, als ihm seine tiefe Liebe für sie klar wurde. Zudem strahlte sie ihn auch so an, als wäre sie überaus froh, ihn zu sehen. Dieses Strahlen stand ihr so unglaublich gut, dass sie wie eine Erscheinung auf ihn wirkte.

„I... I... ich, also, Zufall. Ich meine, entschuldige, du bist so heiß, äh, ich meine, es ist so heiß.“

Was um alles in der Welt stammelte er denn da? Er musste sich jetzt wirklich zusammenreißen. „Ich war einkaufen und dann wollte ich noch ein wenig den Ort erkunden und bin hier vorbeigekommen. Ich wusste nicht, dass das dein Kindergarten ist.“

„Dass du einkaufen warst, sehe ich, nur nicht besonders viel, hm? Du scheinst mehr Durst als Hunger zu haben?“, meinte Caroline mit Blick auf die Weinflaschen und die Colamedizin.

„Keine Sorge, werte Dame, ich hatte keinesfalls vor, den Wein alleine zu trinken. Ich dachte, wir könnten ihn gemeinsam genießen, wenn du wieder zuhause bist."

„Zuhause?", Caroline war nun auch aufgefallen, dass er ihre Wohnung so nannte. Sie war aber so nett, das nicht weiter zu kommentieren. Stattdessen lächelte sie. „Für ein Gläschen Wein bin ich immer zu haben. Vielleicht heute Abend auf dem Balkon?"

„Du hast einen Balkon?"

„Hast du den noch nicht entdeckt? Oh, sorry, die Tür dort hinaus ist in meinem Schlafzimmer. Es spricht nur für dich, dass du das noch nicht erforscht hast, während ich weg war."

„Ich würde niemals ungefragt dein Schlafgemach betreten."

„Das weiß ich doch."

Plötzlich ertönte ein Kindersprechgesang hinter Caroline: „Tante Caro ist verliebt, Tante Caro ist verliebt."

Nicht nur Caroline lief daraufhin rot an. Wie war das nochmal, Kindermund tut Wahrheit kund?

„Ich sollte wohl mal wieder zu den Kindern gehen", meinte Caroline peinlich berührt. „Du weißt, dass du den Einkaufswagen wieder zurückbringen musst?", fragte sie ihn mit einem Blick auf sein neues Gefährt.

„Den habe ich doch mit einem Euro bezahlt!", ereiferte Wolfgang sich.

„Das ist nur ein Pfand. Wenn du ihn zurückbringst und wieder ankettest, dann bekommst du den Euro wieder."

Goethe schämte sich, dass er wirklich geglaubt hatte, für so wenig Geld einen solchen Einkaufswagen gekauft zu haben. Er ließ es sich aber nicht anmerken. „Natürlich bringe ich ihn wieder zurück."

„Na dann sehen wir uns also später", meinte Caroline mit einem lieblichen Lächeln auf den Lippen und ging zurück zu ihren Schutzbefohlenen. Diese starrten noch zu Wolfgang hinüber, weshalb er ihnen kurz winkte, bevor er von dannen zog.

Was sollte er nun tun? Er liebte diese Frau, aber er durfte diesen Gefühlen keinesfalls nachgeben. Was aber, wenn das der Grund war, warum das Schicksal ihn in diese Zeit gebracht hatte, um Caroline zu lieben? Vielleicht war er der einzige Mann in allen Epochen, der gut genug für sie war.

Andererseits war es sehr vermessen zu glauben, er sei überhaupt für irgendeine Frau gut genug. Meist liebte er doch nur sich selbst. Es würde ihm nie gelingen, die Gefühle von jemand anderem über die seinen zu stellen. Nein, das konnte es nicht sein. Er war definitiv hier, um die Welt zu retten. Also galt es jetzt zurück zu diesem Internet zu gehen und herauszufinden, wie er das anstellen konnte.

*****

Als Caroline am frühen Abend nach Hause kam, roch es in der Wohnung nach Spaghetti. Sie war sehr überrascht, als sie Goethe an ihrem Herd stehend vorfand. Er hatte sich ihre geblümte Kochschürze umgebunden, was sehr lustig aussah. In der Hand hielt er einen Kochlöffel, mit dem er gerade eine stark blubbernde rote Soße umrührte.

„Du kochst?“, fragte sie ihn ungläubig.

Wolfgang lächelte sie verschmitzt an. „Spaghetti. Im Internet stand, wie das geht.“

„Warte mal, ich bin mir ziemlich sicher, dass die auf Wikipedia keine Rezepte haben, du bist doch nicht etwa vom rechten Pfad abgekommen?“, meinte sie nun scherzhaft.

„Ich weiß nicht. Ich habe mich über Italien informiert, bin dann auf ihre kulinarischen Spezialitäten gekommen, hin zu Spaghetti, und da hab ich dann auf ein paar dieser blau unterlegten Zeilen geklickt ... Also kurzum, ehe ich mich versah, war da diese Seite für Chefköche und da habe ich ein ganz einfaches Rezept gefunden, das wohl sogar mir gelingt.“ Er probierte einen Löffel seiner Soße, verbrannte sich sogleich die Zunge und meinte nach einem kurzen Aufschrei: „Das hoffe ich zumindest.“

Caroline ging zu ihm und drehte die Platte mit der Spaghettisoße etwas herunter. Als sie wieder aufsah, stand sie Wolfgang so nahe, dass sie seinen Atem riechen konnte. Er hatte eine leichte Fahne. „Hast du etwa doch schon ohne mich von dem Wein probiert?“, fragte sie und fuchtelte sich dabei gespielt angeekelt mit der Hand vor der Nase.

„Liebste Caroline, wenn ich sage, ich hebe den Wein für uns beide auf, dann meine ich das auch so. Ich habe vorhin nur ein kleines Bierchen mit Kurt getrunken“, antwortete Wolfgang.

„Mit Kurt? Du meinst doch nicht etwa Herrn Prechtl? Und ich dachte, du magst überhaupt kein Bier.“

„Mag ich auch nicht. Wobei ich sagen muss, dass es mich zumindest optisch angesprochen hat. Darauf war ein Siebenstern abgebildet. Ein Siebenstern ist ein Myrsinengewächs, musst du wissen. Der Name leitet sich von den weißen Blüten mit sieben Blütenblättern ab.“

„Interessant. Ja, das Siebensternchenbier schmeckt ganz lecker. Mir hat von der Brauerei das Erotikbier jedoch besser geschmeckt. Das gibt es aber leider nicht mehr. Das hätte dich bestimmt auch begeistert, da waren halbnackte Frauen drauf zu sehen.“

Goethe errötete. „Ein Bier mit nackten Frauen darauf? Soll das den Eros beflügeln? Meines Erachtens ist nur ein guter Wein dazu in der Lage, nicht dieses Gebräu. Aber wieso kennst du als Frau dich mit Bier aus? Ist das nicht nur etwas für Männer?“, meinte Goethe.

„Heutzutage nicht mehr und ich wage zu behaupten, dass auch zu deiner Zeit die ein oder andere Frau Bier getrunken hat. Na gut, in deinen Kreisen war es vermutlich nicht schicklich. Vielleicht wäre da alkoholfreies Bier besser angekommen bei den Damen?“

„Es gibt alkoholfreies Bier? Ist das denn dann überhaupt noch Bier?“

„Tja, das ist eine der großen Fragen unseres Jahrtausends“, scherzte Caroline und war erfreut zu sehen, dass Goethe diesmal gleich verstand, dass es ein Witz war. Er schien sich wohl an ihren Humor zu gewöhnen. „Warum genau warst du jetzt nochmal bei Herrn Prechtl was trinken?“

„Das hat sich irgendwie so ergeben. Als ich von meinem Einkauf nach Hause gekommen und die Treppen raufgegangen bin, mal nebenbei, das sind echt hohe Treppen, kann man die nicht abflachen oder so? Ich meine, dann wären es zwar mehr Treppen, aber ich könnte mir denken, dass sie dann leichter zu erklimmen wären.“

Caroline warf Wolfgang einen mehr als irritierten Blick zu.

„Na egal, jedenfalls, als ich an seiner Wohnungstür vorbeigegangen bin, da habe ich ihn innen laut reden hören. Er hat immer wieder gesagt, wie alleine er doch sei. Ich habe mir Sorgen gemacht und bei ihm geklopft. Er war sehr erfreut über die Gesellschaft und hat mir das Bier angeboten. Wie hätte ich da nein sagen können?"

Caroline half Wolfgang, die Nudeln abzuschrecken und die Soße darüberzugießen. Sie setzten sich beide an den schon gedeckten Küchentisch, öffneten die erste Flasche Wein und begannen zu essen.

„Du schaust so komisch", meinte Wolfgang. „Hättest du das Bier an meiner Stelle ausgeschlagen?"

„Ich, ach, nein, das ist es nicht. Ich bin nur überrascht, dass du bei ihm geklopft hast. Du machst dir Sorgen um einen Menschen, den du überhaupt nicht kennst?"

„Na klar. Es war offensichtlich, dass er lieber nicht alleine sein sollte. Auch wenn es mich fast den ganzen Nachmittag gekostet hat. Ich muss das Internet wohl morgen weiterlesen."

Caroline lachte. „Ja, keine Sorge, damit wärst du heute ohnehin nicht mehr fertig geworden."

Sie lächelte Wolfgang an. Seine Unwissenheit über die Welt von heute war manchmal echt süß. Auch die Sache mit dem Einkaufswagen. Und jetzt hatte er sogar für sie gekocht. Es schmeckte zwar recht fade, weil er nur wenig Salz verwendet hatte, aber die Geste zählte ja, weshalb sie so tat, als würde es ihr unglaublich gut schmecken. Und immerhin waren die Nudeln al dente.

„Neben dir komme ich mir manchmal vor wie ein schlechter Mensch", seufzte sie jetzt. Das erste Glas Wein machte sie schon redselig.

„Wieso das? Du bist doch der beste Mensch, den ich in diesem Jahrtausend kenne", zwinkerte Wolfgang ihr zu.

Sie liebte es, wenn er mit ihr scherzte. Sie fühlte sich so wohl mit ihm, es kam ihr einfach richtig vor, dass er bei ihr war.

„Na, erst bist du so freundlich zu Frau Messner, dann sammelst du die Puppen der Nachbarskinder im Gebüsch ein, obwohl das wirklich ganz schreckliche Bälger sind, und jetzt kümmerst du dich auch noch um Herrn Prechtl. Die Menschen in diesem Haus scheinen dir jetzt schon mehr am Herzen zu liegen als mir. Ich muss gestehen, dass ich mich bislang nie wirklich für deren Leben interessiert habe. Ich meine, ich weiß, dass der Prechtl Alkoholiker ist, aber statt zu versuchen, ihm zu helfen, bin ich ihm lieber aus dem Weg gegangen."

Caroline wusste selbst gar nicht, warum sie es bisher so sehr gescheut hatte, den Mann anzusprechen. Goethe hatte sie schließlich auch bei sich aufgenommen, obwohl sie zu Beginn geglaubt hatte, er hätte ein Alkoholproblem. Eigentlich glaubte sie das sogar noch immer.

Wolfgang blickte ihr tief in die Augen und sie bekam wieder das Gefühl, er würde ihre Seele ergründen. „Ich glaube nicht, dass du aus Boshaftigkeit kein Interesse für deine Mitmenschen zeigst. Ich denke, es ist das Gegenteil. Du hast Angst, du könntest die Menschen hier in dein Herz schließen und sie dann verlieren."

Das hatte gesessen. Jetzt war Wolfgang erst so kurze Zeit bei ihr und hatte sie schon komplett durchschaut. Oder hatte Federico ihm das etwa geflüstert?

„Aber weißt du was, meine hübsche Faustina, ich glaube, es schmerzt mehr, ein Leben ohne Liebe zu führen, als Menschen, die man liebt, zu verlieren. Wenn ich zum Beispiel an meine Schwester zurückdenke, da hat es unglaublich wehgetan, sie zu verlieren, und das tut es auch noch heute. Aber hätte ich deshalb lieber ohne sie gelebt? Auf keinen Fall. Sie war meine gesamte Kindheit über immer an meiner Seite, wir sind zusammen durch dick und dünn gegangen. Ohne sie wäre ich nicht der Mann geworden, der ich heute bin." Goethe nahm nun Carolines Hand und hielt sie ganz fest. „Wir brauchen andere Menschen in unserem Leben, weil sie uns formen, uns reifen lassen, weil sie uns erst zu dem machen, was wir sind, fühlende und liebende Wesen."

Wolfgangs Worte trieben Caroline Tränen in die Augen. Sie bekam einen riesigen Kloß im Hals. Er merkte, dass sie nicht sprechen konnte, und redete daher selbst weiter. „Nimm zum Beispiel Kurt. Wusstest du, dass er Lehrer war?"

Caroline schüttelte den Kopf.

„Das war er, und, wie er sagt, auch mit Herzblut. Er hat so sehr für seinen Job und seine Schüler gelebt, dass er nie eigene Kinder haben wollte. Er wollte immer nur für seine Schüler da sein. Das wollte natürlich keine Frau mitmachen, weshalb er nie geheiratet hat."

Das hatte Caroline nicht gewusst. Gespannt hörte sie Wolfgang zu.

„Leider dachte er nie daran, dass er mal in Rente gehen würde. Nebenbei bemerkt, diese Rentensache klingt in meinen Ohren sehr vernünftig. Ein Hoch auf den, der sich das ausgedacht hat. So, wo war ich? Ach ja. Er wurde also in allen Ehren in den Ruhestand verabschiedet, obwohl er angeboten hatte, auch im Rentenalter weiterhin als Lehrer tätig zu sein. Am Anfang kamen noch öfter mal ehemalige Kollegen oder Schüler zu Besuch, aber schon nach einem Jahr wurden die Besuche immer sporadischer und er immer einsamer. Er wollte seine Einsamkeit niemandem eingestehen und unterließ es daher, von sich aus zu den anderen zu gehen und um ihre Gesellschaft zu bitten. So ist er immer mehr vereinsamt. Am meisten leidet er darunter, keine Kinder mehr um sich zu haben, um die er sich kümmern kann. Jetzt hätte er doch gerne eigene Kinder oder Enkelkinder gehabt."

„Du meine Güte. Der arme Mann. Und deshalb hat er angefangen zu trinken?", fragte Caroline ungläubig.

„Ist das denn nicht mehr als genug Grund dafür? Es gibt Leute, die das aus geringerem Anlass tun. Ich zum Beispiel. Also nicht, dass ich meinen Alkoholkonsum nicht unter Kontrolle hätte, keinesfalls, aber wenn ich so darüber nachdenke, so trinke ich gerne aus Langeweile über den Durst, um mich von meinen Pflichten abzulenken oder damit mich die Muse küsst. Da finde ich Kurts Grund doch viel einleuchtender."

Wolfgang schenkte sich und Caroline nun bereits zum zweiten Mal ein Glas Wein nach. Na, ob das mit der Selbstkontrolle stimmte? Gut, dass ihre Weingläser so klein waren.

Als sie fertig gegessen hatten, ließen sie das schmutzige Geschirr einfach stehen, schnappten sich ihre Gläser und die zweite Flasche Wein und Caroline zeigte Wolfgang ihren Balkon. Als sie hierfür durch das Schlafzimmer gingen, spürte Caroline das Verlangen danach, mit ihm gleich dortzubleiben und sich ihm hinzugeben. Das konnte nur der Wein sein, der ihr solche Gedanken in den Kopf setzte. Sie blieb jedoch stark und trat mit ihm auf den Balkon, der so klein war, dass darauf gerade einmal zwei Stühle passten. Anders betrachtet, immerhin passten dort zwei Stühle hin, sonst müsste sie nun wohl auf Wolfgangs Schoß sitzen. Wobei das vielleicht auch nicht allzu schlimm gewesen wäre.

Inzwischen war es fast dunkel geworden. Man konnte schon die ersten Sterne am Himmel sehen.

„Schade, dass dich dein Zeitportal nicht im August hergebracht hat, da sieht man von hier aus immer ganz viele Sternschnuppen. Dann könnten wir uns was wünschen“, meinte Caroline.

„Was für Wünsche hast du denn?“, wollte Wolfgang wissen.

„Wunsch eins wäre, dass du zwei Flaschen von dem fränkischen Wein gekauft hättest. Der kalifornische ist wirklich übertrieben süß.“

„Ich bin so froh, dass das nicht nur mir so geht“, lächelte Goethe sie an und wie zum Trotz stießen sie mit ihren Gläsern an und tranken weiter.

Caroline war sich sicher, dass sie morgen vor der Arbeit erst mal ordentlich Kopfschmerztabletten einwerfen musste. Das war es aber wert, hier so ausgelassen mit Wolfgang zu sitzen.

„Und Wunsch zwei?“, hakte er nach.

„Vielleicht ein Haus in Kalifornien, mit einem Swimmingpool?“, sagte Caroline mehr fragend als feststellend.

„Du würdest ernsthaft in ein Land ziehen, in dem dir der Wein nicht schmeckt?“

„Hast Recht, vielleicht doch nach Italien. Oder ganz woandershin.“

„Gefällt es dir hier denn nicht?“

„Doch, eigentlich schon. Aber, wie soll ich das sagen, es kommt mir hier so eng vor. Ich habe das Gefühl, ich hätte Flügel, könnte sie aber nicht benutzen, weil ich keinen Platz habe, sie zu entfalten.“

Goethe schwieg eine Weile und meinte dann: „Mit eng meinst du jetzt nicht nur deine Wohnung oder diesen Balkon, sondern den ganzen Ort, oder?“

„Ich glaube schon.“

„Ich glaube noch immer, dass du was Kreatives machen solltest. Diese Geschichte, die du heute den Kindern vorgetragen hast, war die von dir?“, fragte Wolfgang.

„Das Bienröschen?“, Caroline war peinlich berührt. „Ich wusste nicht, dass du das gehört hast. Ja, das ist nur sowas, was ich mal gedichtet habe.“

„Das war wunderbar. Die Kinder haben es geliebt, und ich auch. Du solltest ein Buch daraus machen!“, zeigte sich Goethe begeistert.

„Ja, aber weißt du, zu einem Kinderbuch braucht man auch Illustrationen und ich kann nun wirklich überhaupt nicht zeichnen, wie wir schon festgestellt haben.“

„Wie wäre es, wenn ich es dir beibringe?“, fragte Wolfgang nun völlig euphorisch.

„Da müsstest du aber ein wirklich sehr, sehr guter Lehrer sein, um mir sowas beizubringen. Ich glaube, ich bin ein hoffnungsloser Fall.“

„Sag niemals nie“, meinte Wolfgang. „Hast du einen Bleistift und Papier?“, wollte er wissen.

Caroline ging ins Haus und holte einen Collegeblock und zwei Bleistifte. Als sie sich wieder zu ihm setzte, fragte Goethe: „So, womit sollen wir anfangen? Vielleicht mit perspektivischem Zeichnen? Schau doch mal das Taubenhaus da unten, kannst du das abmalen?“

Caroline betrachtete den Holzschuppen genauer und versuchte, ihn dann zu skizzieren. Das Ergebnis sah wie ein Viereck mit Beinen aus.

„Oh, aha, also, das ist schon mal ein Anfang“, Goethe klang nun etwas weniger zuversichtlich.

Dann begann er selbst das Häuschen zu zeichnen und erklärte dabei jeden einzelnen Schritt. Am Ende hatte Goethe das perfekte Taubenhaus gezeichnet, sogar mit Tauben auf dem Dach, aber Caroline war so schlau wie zuvor.

„Vielleicht sollten wir es mal mit Porträtmalerei probieren? Für ein Kinderbuch musst du vor allem Figuren zeichnen, oder?“

Wolfgang wollte, dass Caroline ihn malte. Dazu beschrieb er ihr genauestens, wie sie sein Gesicht abzumessen hätte und wie man das dann auf das Blatt übertrug. So saß Caroline gut eine halbe Stunde da, studierte jeden einzelnen seiner Gesichtszüge, jedes Grübchen, seine kräftigen Haare, seine strahlenden Augen, sein Lächeln und hatte am Ende nicht mehr vorzuweisen als eine Art schlechte Karikatur von ihm.

„Ich geb's auf", meinte sie daher nur. „Und du solltest es auch aufgeben. Ich bin keine Künstlerin und werde es nie werden."

„Na gut", lenkte Wolfgang ein. „Ich gebe auf. Aber nur für heute", meinte er und blickte dabei so, als würde er irgendeinen Plan aushecken.

Zu so später Stunde wollte Caroline lieber nicht mehr wissen, was er sich da ausgedacht hatte. Stattdessen legte sie gemütlich ihre Füße auf seine, blickte in den Himmel und schrie dann erstaunt auf: „Eine Sternschnuppe, da, schau!"

Wolfgang hatte sie auch gesehen und meinte nur: „Siehst du, dann bin ich doch zur richtigen Zeit am richtigen Ort. Und, was hast du dir gewünscht?"

„Das darf man doch nicht verraten, sonst wird es nicht wahr", antwortete sie.

Sie wollte es aber auch nicht sagen, weil ihr spontaner Wunsch sie selbst zutiefst erschreckt hatte. Das konnte sie nicht wirklich wollen, oder doch? Vielleicht war es besser, wenn dieser Wunsch nicht in Erfüllung ging, denn das würde ihr Leben komplett auf den Kopf stellen.

„Gefühl ist alles, Name ist Schall und Rauch.“

(Johann Wolfgang von Goethe, Faust. Eine Tragödie)

Kapitel 10

20.06.2024

Der nächste Morgen war noch viel schrecklicher, als Caroline ihn sich ausgemalt hatte. Als ihr Wecker um sechs Uhr früh klingelte, schmerzte ihr Kopf so sehr, dass sie sich nicht traute, die Augen zu öffnen.

Blind tastete sie in ihrer Kommode nach einer Schmerztablette und schluckte sie mit etwas Wasser herunter, das sie immer nachts neben ihrem Bett stehen hatte. Sie wartete eine Weile, bis sie meinte, eine erste Erleichterung zu spüren, bevor sie die Augen öffnete.

Das helle Licht, das durch das Fenster hereinschien, ließ erneut einen Schmerz wie einen Blitz durch ihren Kopf zucken. Am liebsten hätte sie sich einfach wieder krankgemeldet, aber sie wusste, wie knapp sie heute besetzt waren, und wollte das ihren Kolleginnen nicht antun. Wer sich betrinken konnte, konnte auch arbeiten, sagte sie sich.

Nachdem sie geduscht und eine Kleinigkeit gefrühstückt hatte, fühlte sie sich gleich wohler. Wolfgang schlief noch. Sie wollte sich gerade leise an ihm vorbei nach draußen schleichen, als sie hörte, wie er im Schlaf ihren Namen sagte. Aha, er träumte also von ihr. Aber von wem denn auch sonst, außer ihr kannte er in dieser Zeit fast niemanden. Es wäre erschreckender, wenn er im Schlaf *Kurt* gesäuselt hätte.

Caroline hielt inne und betrachtete sein Gesicht. Er lächelte, also war es wohl ein schöner Traum. Wie es aussah, wurde Goethe nicht von Kopfschmerzen gequält, sonst hätte er sicherlich keinen so guten Schlaf. Er war vermutlich besser im Training, was Alkohol betraf, wenn auch der Wein der heutigen Zeit, wie Wolfgang gestern noch erstaunt festgestellt hatte, um einiges stärker war als der von 1785.

Caroline wandte sich wieder der Wohnungstür zu, als Goethe „Bleib bei mir“ sagte. Was war das? War er doch schon wach? Sie drehte sich zu ihm um, aber scheinbar schlief er noch tief und fest. Oder machte er sich einen Spaß mit ihr?

Vorsichtig ging sie vor ihm in die Hocke und betrachtete sein Gesicht. Nein, er schlief definitiv. Aber vielleicht spürte er unbewusst, dass sie im Begriff war, die Wohnung zu verlassen. Oder der schöne Traum verwandelte sich gerade in einen schlechten. Jedenfalls lächelte er jetzt nicht mehr, er atmete schneller und seine Augen begannen unter den Lidern hin und her zu rollen.

Zur Beruhigung legte sie ihm sanft eine Hand auf die Wange und streichelte diese. Wolfgang atmete sofort wieder ruhiger und das sanfte Lächeln kehrte auf seine Lippen zurück. Es waren wirklich sehr schöne, für einen Mann auch sehr zart wirkende Lippen. Sie war schwer in Versuchung, ihn sanft auf diese zu küssen. Er würde es ja nicht merken. Andererseits könnte sie ihm dann vermutlich nicht mehr in die Augen sehen, ohne rot anzulaufen. Aber so eine Chance würde sie bestimmt nicht allzu schnell wieder bekommen.

Langsam bewegte sie ihre Lippen auf seine zu. Ihr Herz klopfte wie wild. Wie würde er schmecken? Durften sich Menschen aus ganz verschiedenen Jahrhunderten überhaupt küssen oder würde das das universelle Gleichgewicht durcheinanderbringen? Vielleicht gäbe es solch ein Gewitter wie das, von dem Wolfgang im Labyrinth erzählt hatte. Oder auch nur einen kleinen Funkenschlag?

Was genau passierte, wenn man einen Zeitreisenden küsste, brachte Caroline an diesem Morgen nicht mehr in Erfahrung. Kurz bevor sie ihre Lippen auf seine drücken wollte, fing Wolfgang an zu schnarchen. Dabei blies er die Luft aus seinem Mund direkt in ihre Nase. Bäh, er hatte noch eine Riesenfahne. Scheinbar hatte er es am Abend nicht mehr geschafft, sich die Zähne zu putzen. Angewidert zog Caroline sich zurück.

Sie stand dann schweren Herzens wieder auf. Musste das echte Leben denn immer so realistisch sein? Wäre das hier ein Buch oder ein Kinofilm, so hätte sich Goethes schlechter Atem über Nacht wie von Zauberhand verflüchtigt. Sie hätte ihn küssen können, er wäre davon wie Dornröschen erwacht und sie hätten sich geliebt bis in alle Ewigkeit.

Caroline, hallo, aufwachen. Es war keine Zeit mehr für Tagträume. Sie musste jetzt wirklich los, wenn sie nicht zu spät kommen wollte. Leise ging sie hinaus und schloss die Tür hinter sich.

*****

Als Caroline am späten Nachmittag nach Hause kam, stand Goethe unten an der Haustür und hielt ein Pläuschchen mit einer Frau, die neben einem Fahrrad stand und sehr sportlich wirkte. Caroline spürte Eifersucht in sich aufsteigen. Die war aber vollkommen unbegründet, denn als sie näher kam, sah sie, dass es sich bei der Frau um Birte handelte.

Die Eifersucht verwandelte sich sofort in Panik. Über was unterhielten sich die beiden? Hatte Goethe sich verraten? Was machte die Freundin überhaupt hier?

Als Birte sie kommen sah, winkte sie ihr zu. „Caro, hallo! Na, hast du endlich Feierabend?"

„Birte, hi. Ja, ich bin fertig für heute." Sie blickte zu Goethe. „Hallo Wolfgang. Habt ihr euch schon einander vorgestellt?" Sie sah ihn fragend an.

Statt seiner antwortete Birte für ihn: „Ja, ich habe deinen Wolfgang gerade kennengelernt. Ich habe bei dir geklingelt, weil ich dachte, du wärst schon zuhause. Dann kam aber er nach draußen."

Caroline warf Wolfgang einen strengen Blick zu. Sie hätte ihm vielleicht verbieten sollen, die Tür zu öffnen, wenn es klingelte. Andererseits hatte sie auch nicht mit Besuch gerechnet.

„Ich weiß zwar nicht, warum er extra all die Stufen runtergekommen ist, statt mir über den Summer zu öffnen, aber das ist ja eigentlich echt nett von ihm, mir so entgegenzukommen", fuhr Birte fort.

„Summer?", fragte Goethe und Caroline fiel ihm gleich ins Wort.

„Damit meint sie den Türöffner. Der Knopf dafür ist an der Gegensprechanlage, die habe ich dir noch gar nicht gezeigt, fällt mir gerade ein."

„Du wolltest dieses schmucke Kerlchen doch nicht etwa bei dir in der Wohnung einsperren, oder?", scherzte Birte und Goethe überlegte wohl, was schmuckes Kerlchen bedeuten sollte, jedenfalls blicke er sehr fragend drein.

„Wie du siehst, hat er genügend Auslauf", witzelte Caroline zurück, wenn ihr auch nicht wirklich danach zumute war.

Sie musste Birte schnellstens wieder loswerden, bevor Goethe sich durch irgendetwas verriet. Wenn ihre Freundin Lunte roch, würde sie sofort zu Federico laufen und ihm alles brühwarm erzählen. Freundschaft hin oder her. Wenn es darum ging, Caroline zu bemuttern, gaben sich die beiden die Klinke in die Hand. Moment mal, Federico ...

„Birte, du weißt ja, ich freue mich immer, dich zu sehen. Aber dass du so mitten unter der Woche hier vorbeischaust ... Hat Federico dich auf mich angesetzt?"

Birte hätte eigentlich gar nicht antworten brauchen, denn ihr schuldbewusster Blick sagte schon alles.

„Er macht sich eben Sorgen um dich. Ich hab ihm zwar gesagt, dass du sehr gut in der Lage bist, auf dich selbst aufzupassen, er hat mir aber dennoch das Versprechen abgerungen, mal nach dir zu sehen."

„Wie du siehst, lebe ich noch und Wolfgang hat mich nicht geschändet", meinte Caroline und rollte dabei mit den Augen.

Wolfgang schreckte auf. „Geschändet? Niemals würde mir so etwas in den Sinn kommen."

„Schon gut", beruhigte ihn Caroline. „Das wissen wir doch, stimmt's, Birte?"

„Jetzt, wo ich dich kennengelernt habe, Wolfgang, muss ich sagen, dass du ein überaus charmanter Mensch bist. Federico macht sich vollkommen umsonst Sorgen."

Goethe atmete erleichtert aus. Auch Caroline fiel ein Stein vom Herzen. Die Entspannung hielt aber nur kurz.

„Sag mal, Wolfgang, wie heißt du eigentlich mit Nachnamen?", fragte Birte.

Goethe öffnete den Mund, um zu antworten, als er sah, wie Caroline sachte den Kopf schüttelte und stattdessen für ihn antwortete.

„Wieso, willst du ihn noch googeln? Niemand stalkt meinen Besuch, okay?"

„Wieso stalken? Das ist doch eine ganz normale Frage. Du bist heute irgendwie empfindlich. Haben die Kinder dich geärgert?"

„Na ja, sie waren sehr laut und ich hatte Kopfschmerzen. Aber sag mir doch mal lieber, hast du schon wieder ein neues Fahrrad?", versuchte Caroline ihre Freundin abzulenken.

Birte arbeitete bei einem bekannten Fahrradhersteller in Waldershof bei Marktredwitz. Mit Gesprächen über die superleichten Carbonfahrräder konnte man sie von jedem anderen Thema abbringen. Caroline hatte selten jemanden erlebt, der mehr für sein Unternehmen brannte als Birte.

„Das ist nicht meins, das ist nur geliehen. Ich darf das ausprobieren, so ähnlich wie Mitarbeiter von Autoherstellern auch mal die Erlkönige spazieren fahren dürfen."

„Erlkönig?", Goethe horchte auf. „Was hat meine Ballade denn mit Autos und Fahrrädern zu tun?"

„Deine Ballade?", fragte Birte verwundert.

Caroline lachte gekünstelt. „Hahaha, er meint seine Lieblingsballade. Der Gute ist noch voll in seiner Rolle als Goethe."

Sie wendete sich an Wolfgang und war sich sicher, dass ihr Auge vor Anspannung zuckte. „Hast du denn noch nie gehört, dass man diese Testautos mit den seltsamen Mustern darauf Erlkönig nennt? Und da sag nochmal einer, Männer würden sich besser mit Autos auskennen als Frauen."

Sie lachte nochmals, als würde sie sich über ihren eigenen Witz amüsieren, und sprach dann wieder ihre Freundin an. „Sag mal, wird dir das Radfahren als Arbeitszeit bezahlt?"

„Das wäre was", meinte Birte. „Dann würde ich einfach den ganzen Tag nur Fahrräder testen und könnte ganz nebenbei ein bisschen abnehmen."

„Oh, Fräulein Birte, an Ihnen ist doch kein Gramm zu viel", ereiferte sich Wolfgang.

Leider hatte er vollkommen recht damit.

„Wie ist das, Birte, darf denn jemand, der überhaupt keinen Schimmer von einem Erlkönig oder was auch immer hat, dieses Fahrrad einmal ausprobieren? Ich bin das noch nie gefahren, es würde mich interessieren", fragte Goethe.

Caroline war schockiert. Hatte es zu Goethes Zeiten überhaupt schon Fahrräder gegeben? Gab es denn wirklich kein einziges unverfängliches Thema, über das man mit ihm reden konnte, ohne dass er sich verriet? Und was würde passieren, wenn er auf das Rad stieg?

„Du bist noch nie eines unserer Räder gefahren? Na klar darfst du es dann ausprobieren. Vielleicht kann ich deine Erfahrung in meine Bewertung einfließen lassen“, überlegte Birte fachmännisch. „Du wirst sehen, es fährt sich ganz anders als die herkömmlichen, schwereren Räder. Und die Gangschaltung ist so leichtgängig und hat so viele Einstellungsmöglichkeiten, dass für jeden das Richtige dabei ist. Selbst bergauffahren kommt mir damit fast so leicht vor wie mit einem E-Bike.“

Goethe blickte drein, als hätte Birte Japanisch mit ihm gesprochen.

„Also, ich meinte, ich bin generell noch nie Fahrrad gefahren. Ist das schwer?“

Birte fiel die Kinnlade herunter. „Ich glaube, ich habe noch nie einen Erwachsenen getroffen, der nicht Fahrrad fahren kann. Haben deine Eltern dir das nicht beigebracht?“

„Wolfgang ist eher fürs Wandern zu haben“, versuchte Caroline die Situation zu retten.

„Ja, in der Tat. Zudem bin ich ein guter Reiter und Schwimmer und im Winter gefällt mir Eislaufen sehr gut“, bemühte sich Goethe nun, nicht allzu unsportlich rüberzukommen.

Wollte er Birte etwa beeindrucken? Vielleicht sollte Caroline mal ganz nebenbei fallen lassen, dass sie verheiratet war. Wobei, das wusste Wolfgang schon, immerhin trug er die Klamotten ihres Mannes.

„Also ich weiß jetzt nicht, ob das Rad die richtige Einstellung hat, ich bin ja doch etwas kleiner als du“, erklärte Birte Wolfgang. „Aber probiere es ruhig mal aus. Wir halten dich am Anfang noch, bis du das nötige Gleichgewicht gefunden hast. Einfach lostreten mit den Pedalen hier, dann klappt das schon.“

Tatsächlich brauchte Wolfgang nur gut zehn Anläufe, bis er das mit dem Radfahren raushatte. Nach einem kleinen Sturz, den sowohl er als auch das Fahrrad unbeschädigt überstanden, wusste er sogar, wie das mit dem Bremsen funktionierte. Schon kurz darauf fuhr er fröhlich jubelnd über den Vorplatz, probierte sich an Slalom und letztlich auch an unwegsamerem Gelände, indem er mal einfach durch den Gemeinschaftsgarten des Wohnhauses fuhr. Er freute sich dabei wie ein kleines Kind und sowohl Caroline als auch Birte wurden von dieser Freude angesteckt und lachten lauthals.

„Sportlich ist er wirklich, dein Wolfgang“, meinte Birte, während sie ihm bei seinen Runden zusahen. Dabei zwinkerte sie ihr verschwörerisch zu. „Bleibt er denn noch lange bei dir? Seinem Kopf scheint es ja schon viel besser zu gehen“, stellte Birte nun die Frage, die sich Caroline auch selbst gestellt hatte.

„Um ehrlich zu sein, ich weiß es nicht. Wir genießen gerade einfach die Zeit zusammen. Wir haben noch nicht darüber geredet, wie es weitergehen soll.“

Birte legte Caroline einen Arm um den Rücken. „Also wenn du mich fragst, so einen galanten, sportlichen und intelligenten Kerl würde ich nicht so einfach wieder gehen lassen.“

„Dann sagst du Federico, dass er sich keine Sorgen machen braucht?“

„Das könntest du auch gut selbst, wenn du mal seine Anrufe annehmen würdest.“

„Also wenn seine Sorgen wirklich so groß sind, könnte er ja auch mal auf einen Besuch vorbeikommen, aber da ist ihm das Lokal scheinbar wichtiger“, gab sich Caroline wie ein vernachlässigtes Kind.

„Ach Caro, du weißt doch, wie sehr er dich liebt, auch wenn er so viel arbeitet. Ich würde mich freuen, wenn ich noch jemanden hätte, der sich so um mich sorgt.“

„Ach, dein Mann interessiert sich wohl nicht für dein Wohlergehen?“

„Der weiß, dass ich mich durchbeißen kann, egal was passiert“, lachte Birte.

Wolfgang kam wieder zu ihnen geradelt und gab Birte das Fahrrad zurück.

„So eines hätte ich auch gerne in meiner Z..., ich meine, zuhause. Man kommt so gut voran damit“, war Goethe begeistert.

„Wenn du eines willst, kann ich dir eines mit meinem Personalrabatt besorgen. Das ist dann zwar immer noch teuer, aber ein gutes Stück günstiger, als wenn du es im Laden kaufst.“

„Ich überlege es mir, vielen Dank“, meinte Wolfgang und küsste Birte zum Dank die Hand. Zum ersten Mal, seit Caroline sie kannte, war Birte sprachlos, wenn auch nur für fünf Sekunden.

„Na sowas, wie süß, ein Handkuss. Dass es das noch gibt. Ach weißt du was, Wolfgang, ich habe dich jetzt schon ins Herz geschlossen. Wie wäre es, wenn du und Caro mich, meinen Mann und die Kinder am Wochenende aufs Brunnenfest begleitet? Keine Sorge, meine Schwiegermutter übernimmt die Kinder gegen Abend, einer tollen, ausgelassenen Nacht steht also nichts im Wege.“

„Brunnenfest? Was ist das?“, wollte Goethe wissen.

„Entschuldige, ich habe vergessen, dass du nicht von hier bist. Ich kann aber auch nicht fassen, dass Caro dir noch nichts davon erzählt hat. Das ist hier in Wunsiedel das Ereignis des Jahres, neben den Festspielen natürlich. Da werden alle Brunnen in der Stadt wunderschön mit Blumen geschmückt. Die verschiedenen Arbeitsgemeinschaften lassen sich wirklich jedes Jahr tolle neue Sachen einfallen. Das muss man gesehen haben. Und es gibt wirklich viele Brunnen in dieser Stadt. Ich sage dir, zieh dir lieber bequeme Schuhe an, wir werden viel laufen. Und trinken natürlich. Es gibt da auch viele Imbissstände, kleine Biergärten und Bands, die gute Musik machen.“

Als Caroline sah, wie Wolfgangs Augen bei dieser Beschreibung aufleuchteten, wollte sie einschreiten, denn sie fürchtete, er könne sich bei solch einer Veranstaltung verraten, vor allem, wenn er Alkohol konsumierte. Und so wie sie Birte und ihren Mann kannte, würden diese schon das ein oder andere Mal mit ihr und Wolfgang anstoßen wollen. Natürlich erst, sobald sie ihre Kinder abgegeben hatten. Sie feierten das Brunnenfest jedes Jahr sehr ausgelassen, weil sie sich dort einst kennengelernt hatten. Caroline fiel aber keine geeignete Ausrede ein, weshalb sie nicht mit aufs Fest konnten. Sie überlegte noch, was sie sagen sollte, als Wolfgang ihr zuvorkam.

„Es wäre mir eine große Freude, dich und deine Familie bei diesem Fest zu begleiten. Nicht wahr, Caroline? Wir kommen doch mit, oder?“

„Äh, ich, also, eigentlich wollten wir ja, also ich meine, gerade an dem Wochenende ...“

„Jetzt hör auf, nach Ausreden zu suchen, und sag einfach ja. Du kannst deinen Wolfgang an jedem anderen Tag für dich alleine haben. Aber am Samstag teilst du ihn mit uns, okay? Und jetzt mal ehrlich, wann hatten wir denn das letzte Mal einen Pärchenabend, das ist doch mindestens fünf Jahre her", meinte Birte in einem Ton, der kein Nein akzeptierte. Trotzdem versuchte sich Caroline noch aus der Sache herauszuwinden.

„Wolfgang und ich sind aber doch gar kein Paar", meinte sie und blickte ihn dabei an, um zu sehen, ob er der gleichen Meinung war. So ganz sicher war sie sich nämlich selbst nicht mehr.

Dieser nickte zwar, sagte aber weiter nichts dazu.

„Ach was, dann wird es Zeit, ihr passt so gut zusammen."

„Birte!", rief Caroline. „Würdest du bitte aufhören, dich da einzumischen. Wir sind nur Freunde, stimmt's, Wolfgang?"

Wolfgang schien sich etwas darüber zu amüsieren, wie sie sich vor ihrer Freundin zu rechtfertigen versuchte, denn er grinste frech. „Wenn du das sagst", zwinkerte er ihr nun zu.

Was sollte das? Wollte er vor Birte wirklich Pärchen mit ihr spielen? Hielt er das für eine gute Tarnung? Zumindest wäre es eine plausible Erklärung dafür, warum Caroline ihn noch immer bei sich beherbergte.

Etwas grimmig stimmte sie zu, dass sie am Samstag mit auf das Fest kommen würden. Wenn Goethe bis dahin weiter so fleißig über die heutige Zeit im Internet recherchierte, könnte er bis dann vielleicht sogar etwas unauffälligen Smalltalk beherrschen. Wenn sie es zudem schaffte, ihn an dem Tag vom Alkohol fernzuhalten, könnte es tatsächlich seit langem einmal wieder ein schöner Abend zusammen mit ihrer Freundin werden.

*****

22.06.2024

Zwei Tage später war es so weit. Die ganze Stadt war in Aufruhr. Die Straßen waren voller Menschen, die sich alle staunend die Brunnen besahen. An jeder Ecke roch es nach einer anderen Leckerei. Hier nach Steaks und Bratwürsten, dort nach Döner, es gab auch Langosch, Gyros, diverse Streetfoodwagen und natürlich hatte auch Federico einen Stand, an dem er seine leckere Pizza verkaufte. Sie hatten ihm vorhin schon kurz hallo gesagt und er war sogar sehr freundlich zu Wolfgang gewesen. Vermutlich wollte er sich vor Birte und ihrem Mann Jerome keine Blöße geben. Oder Birte hatte ihn genug beruhigt, was Wolfgang anging.

Nun standen Caroline, Birte und Jerome gerade zusammen am Marktplatz und bewunderten den Brunnen, der vom örtlichen Faschingsverein geschmückt wurde. Deshalb waren dort auch mehr Fotos von deren Tätigkeiten zu sehen als Blumen. Trotzdem war es ein schöner Anblick.

Leider spielte vor dem Brunnen gerade ein Posaunenchor, weshalb Caroline am liebsten weitergegangen wäre, irgendwohin, wo es bessere Musik gab. Aber sie mussten noch warten, denn Goethe hatte sich mit Birtes Jungs in die lange Schlange vor der Eisdiele eingereiht, und das jetzt schon zum zweiten Mal. Er schien nicht nur ein Liebhaber italienischer Hauptspeisen zu sein.

Die Jungs fanden es jedenfalls toll, dass er ihnen noch eine Kugel spendieren wollte. Sie wussten nicht, dass er das mit Carolines Geld tat. Aber heute wollte sie einfach nur fröhlich sein und nicht auf jeden Euro achten. Und vielleicht ließ sich doch noch eine von Wolfgangs Münzen zu Geld machen, falls sich diese als echt herausstellen sollten. Hm, hätte sich Alexander nicht schon längst mal melden sollen? Ob er sie vergessen hatte?

„Na, du bist in Gedanken aber nicht bei dem Brunnen“, stellte Birte fest.

„Sorry, mir ist nur gerade was wegen der Arbeit eingefallen“, log Caroline.

„Hey, es ist Wochenende, vergiss doch jetzt mal die kleinen Plagegeister.“

„Wie soll sie die vergessen, wenn wir dafür unsere mitgebracht haben“, schaltete sich Jerome in das Gespräch ein.

„Du nennst unsere Kinder Plagegeister?“, gab sich Birte entrüstet.

„Also wo er Recht hat ...“ , lachte Caroline.

Sie alle blickten zu der Schlange vor dem Eisladen, wo Wolfgang und die Jungs eine Art Abklatschspiel spielten, um sich die Wartezeit zu vertreiben.

„Er kann ja echt gut mit Kindern umgehen“, schwärmte Birte.

Vermutlich sah sie vor ihrem geistigen Auge schon, wie Caroline und er mit drei ebenso frechen Buben wie ihren zu gemeinsamen Familienabenden zu Besuch bei ihr kamen. Ihr war bestimmt nicht klar, dass, sollten Caroline und Goethe tatsächlich einmal Kinder haben, was natürlich vollkommen absurd war, der Altersabstand zu ihren Jungs sehr groß war. Die hatten dann bestimmt keine Lust, mit so kleinen Kindern zu spielen.

„Ja, manchmal habe ich das Gefühl, er ist selbst noch ein wenig wie ein Kind“, erwiderte Caroline.

„Ach, das sind sie doch alle“, meinte Birte und gab Jerome dabei frech einen Klaps auf den Po.

„Hey, wer ist hier kindisch“, rief dieser und versuchte wiederum, ihr an den Hintern zu langen. Aber Birte wich geschickt aus.

Die beiden rannten nun hintereinander her, wild entschlossen, sich gegenseitig auf den Allerwertesten zu klopfen. Vielleicht waren nicht nur die Männer innerlich noch Kinder geblieben. Birte gab sich zwar sonst immer erwachsen, aber gerade erinnerte sie Caroline sehr daran, wie sie zu ihren Schulzeiten gewesen war. Sie musste lächeln, als sie daran dachte, wie oft sie und ihre Freundin von den Lehrern wegen ein, zwei kleiner Späßchen ermahnt wurden.

Caroline war fast ein bisschen neidisch darauf, wie liebevoll Jerome und Birte sich neckten. Jetzt waren sie schon so lange zusammen und hatten noch so viel Spaß miteinander. Dieser Liebe konnten selbst drei Kinder und ein doch sehr durchgetakteter Alltag nichts anhaben.

Als Wolfgang und die Kinder wieder bei ihnen waren, gingen sie weiter und sahen sich die nächsten Brunnen an. Allzu weit kamen sie aber nie, da Goethe an fast jedem Essensstand, den er sah, etwas probieren wollte. Zuletzt hatte er sich rosa Zuckerwatte geholt. Die Reste davon klebten dann an seinen Fingern, die er deshalb genüsslich abschleckte. Wo aß er das alles nur hin?

Am Jean-Paul-Brunnen, der am selben Platz war wie die Büste des Wunsiedler Dichters, zeigte sich, dass Jerome ein echter Jean-Paul-Fan war. Wobei er ihn wohl weniger als Literaten, sondern als Pädagogen schätzte.

„In der Erziehung unserer Jungs halte ich mich sehr daran, was Jean Paul Friedrich Richter geschrieben hat", dozierte Jerome so, als sei er der größte Experte diesen betreffend. „Nichts ist leichter, als Kinder dazu zu erziehen, dass sie gehorchen, gefallen, aufwarten und alles tun, was Eltern und andere Erwachsene begehren. Freilich sind dann die Kinder nichts, nicht mehr als die Eltern. Aber schwerer ist es, Gehorsam und Freiheit zu vereinigen, die Kraft dazulassen und doch zu lenken und sich selber einen Gegner der besten Art zu erziehen."

Birte blickte ihren Mann verliebt an. Auch Caroline warf ihm einen überraschten Blick zu. So viel am Stück hatte sie Jerome noch nie reden hören und dann war es sogar ein Jean-Paul-Zitat. In dem Mann steckte mehr, als sie bisher vermutet hatte.

„Das scheint mir ein sehr weiser Mann gewesen zu sein, dieser Jean Paul", meinte Goethe fachmännisch.

„Natürlich war er das", ereiferte sich Jerome. „Sein Roman *Hesperus oder 45 Hundposttage* war der größte literarische Erfolg seiner Zeit nach Goethes Werther."

„Na das wage ich nun einmal zu bezweifeln, dass dieses Werk auch nur annähernd an die Qualität des Werther heranreichen konnte. Immerhin sprechen wir hier ja von Goethe", lobte dieser sich nun selbst.

„Ich denke ja, Goethe wird überschätzt. Wenn ich mich entscheiden müsste, welcher der großen Weimarer Dichter der beste war, würde ich ja ganz klar Schiller sagen. Hast du seine Maria Stuart gelesen?"

Herrje, wieso war Jerome denn jetzt plötzlich ein Literaturexperte? Caroline musste dieses Gespräch ganz klar abbrechen, bevor Wolfgang anfing, sich beleidigt zu fühlen oder dergleichen. Aber da kam ihr der Zufall zur Hilfe.

„Hey Wolfgang, schön, dich zu sehen. Na, hast du dich brav eingecremt?", kam ein wildfremder Mann mit einem Hund plötzlich auf ihre Gruppe zu und schüttelte Goethe die Hand.

Wer war das? War das jemand, der wusste, wer Wolfgang in Wirklichkeit war? Würde sich gleich das Rätsel um seine Identität lösen? Carolines Herz begann wie wild zu schlagen. Gleich würde sie wissen, wer da mit ihr in ihrer Wohnung lebte.

Panik stieg in ihr hoch. Es war gerade alles so schön gewesen. Tief in sich hatte sie bereits daran geglaubt, wirklich Goethe bei sich zu haben, und nun kam jemand daher, der dieses aufregende Abenteuer beenden würde.

„Peter, hallo, es ist auch sehr schön, dich zu sehen. Darf ich dir meine Freunde Birte, Jerome und Caroline vorstellen? Und die drei jungen Menschengesichter, die sich da hinten gegenseitig mit Wasser bespritzen, gehören auch dazu.“ Wolfgang wandte sich seinen Begleitern zu, nachdem er den Fremden begrüßt hatte. „Das hier ist Peter, er hat mir im Felsenlabyrinth mal mit Sonnencreme ausgeholfen. Und die hübsche Dame hier ...“, meinte Goethe und fing an, den Hund zu kraulen, „das ist Doris. Sie ist ausgezeichnet im Apportieren.“

Birte und Jerome schüttelten dem Mann die Hand. „Freut uns, dich kennenzulernen.“

Caroline fiel ein Stein vom Herzen. Wolfgang kannte den Mann gar nicht aus seinem Leben vor dem Gedächtnisverlust, er hatte ihn getroffen, als er nach dem Portal gesucht hatte. Peter wusste also auch nicht, wer Wolfgang in Wirklichkeit war.

Eigentlich hätte sie das enttäuschen müssen, immerhin suchte sie nach der Wahrheit. Alexander hatte sie sogar mit Nachforschungen beauftragt. Wieso also freute es sie so sehr, dass sich jetzt doch nicht alles aufklärte? Weil so noch immer die Chance bestand, dass er wirklich Goethe war, beantwortete sie sich ihre Frage selbst. Würde sie Wolfgang denn als normalen Mann aus ihrer Zeit nicht mehr mögen?

Die Gruppe plauderte ein wenig mit Peter, aber Caroline hörte gar nicht zu. Sie hinterfragte die Gefühle, die sie für Wolfgang hatte. Liebte sie ihn? Und wenn ja, liebte sie den Mann, der er war, oder den Gedanken daran, dass er Goethe war? Wenn zu hundert Prozent klar gewesen wäre, dass er ein Verrückter war, würde ihr Herz dann trotzdem immer so wild schlagen, wenn er sie anlächelte? Könnte sie es genauso genießen, mit ihm herumzualbern? Und hätte sie sich ihm dann auch geöffnet, ihm ihr Innerstes anvertraut? Je mehr sie darüber nachdachte, desto mehr wunderte sie sich darüber, dass sie das überhaupt getan hatte. Selbst den echten Johann Wolfgang von Goethe ging doch ihr Seelenleben nichts an. Aber er hatte so etwas an sich, dass sie sich ihm offenbaren wollte. Sie wollte, dass er sie besser kannte als jeder sonst.

„Hallo, Erde an Caro, ich habe dich was gefragt!“, stupste Birte sie in die Seite.

„Oh, entschuldige, was hast du gefragt?“

„Ob das der Tag war, als du Wolfgang im Labyrinth gefunden hast, als er Peter getroffen hat?“

Carolines Gedanken hörten auf zu kreisen und sie war sofort in höchster Alarmbereitschaft. Jetzt nur nichts verraten.

„Nein, das war es nicht. Er war dort nochmal alleine, um nach seinem Hut zu suchen, stimmt's, Wolfgang? Den hattest du doch dort verloren.“

„Ja, stimmt“, pflichtete er ihr bei.

„Ach, und ich dachte, du übst da für ein Theaterstück, so wie du rumgerannt bist“, meinte Peter.

„Na das sicherlich auch, unser Wolfgang ist nämlich Goethedarsteller“, sagte Birte.

„Oh, das habe ich gar nicht gewusst! Aber das ist logisch, du siehst ja auch aus wie Goethe, da war die Berufswahl wohl ziemlich klar“, meinte Jerome. „Na kein Wunder, dass du mir die Schillerbemerkung eben übelgenommen hast, sorry, Bro.“

„Bro?“, fragte Goethe.

„Ach, vergiss das, Jerome versucht sich immer ein bisschen jugendlicher zu geben, als er ist, stimmt's, Schatz?“, zwinkerte Birte Jerome zu.

Dieser schaute aber gar nicht vergnügt. Das Ganze würde doch hoffentlich nicht in einem Ehestreit enden? Wieder war es Peter, der die Situation rettete.

„Wusstet ihr, dass es einen wirklich jung hält, wenn man sich einen Hund anschafft? Man kommt so viel an die frische Luft und läuft einige Kilometer am Tag.“

„Ach, jung halten uns unsere Kinder auch. Da muss man echt auf Zack sein, um denen hinterherzukommen", lachte Jerome jetzt wieder.

„Das mag sein. Ich habe nur eine Tochter und die ist schon erwachsen und ausgezogen. Genauso wie meine Frau", sagte Peter geknickt.

„Oh, das tut mir leid", meinte Caroline.

Noch eine einsame Seele. Davon schien es echt viele zu geben.

„Nein, kein Ding, ich habe ja Doris. Nicht wahr, meine Süße?", kuschelte Peter nun die Hundedame.

Diese schleckte ihm über die Backe, als er sich zu ihr hinunterbückte. Bäh, wenn das die einzige Zuneigung war, die man als Single haben konnte, wollte Caroline doch lieber nicht länger alleine bleiben. Da konnte der Hund nochmal so sehr wie Lassie aussehen und so unglaublich treu dreinblickende Augen haben. Körperflüssigkeiten wollte sie lieber nur mit einem echten Mann austauschen. Aber auch mit einem, der vielleicht über 250 Jahre alt war?

Nachdem sie sich von Peter verabschiedet hatten, dieser traf sich noch mit Bekannten aus dem Hundefreundeverein, ging die kleine Gruppe weiter zum Friedensbrunnen. Auf dem Weg dorthin trafen sie sich mit Jeromes Eltern, welche die Jungs übernahmen. Seltsamerweise erwähnte niemand, dass diese bereits zweimal Eis gegessen hatten, als Birtes Schwiegereltern ankündigten, dass sie ihnen noch ein solches spendieren wollten. Stattdessen grinsten sich Birte und Jerome nur frech an. Na allzu bald würden die Buben dann heute wohl nicht einschlafen können, dachte sich Caroline.

Am Friedensbrunnen, der von einem Regenbogen aus Blumen und einer Taube aus Margeriten umgeben war, fing Goethe ein Gespräch mit Jerome über die aktuellen Kriege auf der Welt an. Er zeigte sich bestürzt darüber, dass auch heute noch aus Glaubensgründen Menschen ermordet wurden und dass noch immer nicht überall Demokratie herrschte.

Der Mann hatte sich inzwischen wirklich gut über das Weltgeschehen informiert. Er konnte aber auch keine Lösung dafür vorweisen, wie man Despoten wie Putin und dergleichen loswerden konnte. Wolfgang war sich dafür sicher, dass er Putin in einem persönlichen Gespräch davon überzeugen könnte, der Demokratie nicht weiter im Wege zu stehen. Er wusste nur noch nicht, wie er an einen Termin mit ihm kam. Jerome lachte laut darüber, da er meinte, Goethe mache einen Witz, und Caroline stimmte mit ein, um den Schein zu wahren. Birte hingegen schaute etwas skeptisch.

Am Museumsbrunnen kamen sie auf das Thema Geschichte zu sprechen, was Wolfgang zu der Frage brachte, was eigentlich die Geschichte hinter dem Brunnenfest war.

„Gute Frage“, meinte Caroline. „Ich weiß nur noch, dass da wohl irgendwann mal eine Dürre war, so dass die Brunnen kein Wasser mehr hatten. Als das Wasser wieder floss, schmückten die Menschen zum Dank die Brunnen mit Blumen, und das tun sie auch heute noch.“

„Das ist korrekt“, meinte Jerome, der sich wohl mit Stadtgeschichte genauso gut auskannte wie mit Jean Paul. Er schien ein echter Lokalpatriot zu sein. „Um genau zu sein, waren es Röhrbrunnen. Man hat hierfür an den wasserreichen Berghängen im Norden der Stadt verschiedene Quellen in sogenannte Brunnenstuben zusammengefasst. Von dort aus wurde das Wasser in hölzernen Röhren in die Stadt geleitet. An der Stadtmauer gab es einen Verteiler, der das Wasser in die einzelnen Teile der Stadt leitete. In bestimmten Gassen der Stadt standen dann sogenannte Röhrkästen. Aus diesen holten die Bürgersfrauen jeden Morgen und Abend ihr Wasser. 1899 wurde dann eine Hochdruckwasserleitung gebaut. Die Röhrbrunnen hatten also eigentlich ausgedient. Die Bürger wollten sie aber unbedingt erhalten, weshalb es auch heute noch so viele Brunnen in der Stadt gibt.“

Birte strahlte ihren Mann an wie ein Honigkuchenpferd. „Ihr müsst wissen, Jerome engagiert sich im historischen Verein“, schwärmte sie wie ein verliebter Teenager.

Du meine Güte, drei Kinder und auch noch Zeit für Vereinsleben, wie machten die das nur?

„Die Röhrbrunnen habe ich gesehen, das war wirklich ein ausgeklügeltes System“, sagte Wolfgang in die Runde.

„Wie, du hast sie gesehen?“, wollte Birte wissen und ihr gerade noch so verliebt wirkendes Gesicht bekam eine sehr skeptische Miene.

Da fiel wohl auch Wolfgang auf, dass er wieder etwas zu viel preisgegeben hatte. „Äh, also, ich meinte ...“, er blickte sich um, und als sein Blick auf das Museum fiel, kam ihm die rettende Idee. „In einem Museum, ich habe mal in einem Museum einen Nachbau von sowas gesehen. Wirklich sehr interessant. Äh, sagt mal, erst dieser Hundeverein, jetzt der historische Verein, gibt es da hier am Ende genauso viele davon wie Brunnen?“, versuchte er vom Thema abzulenken.

„Sogar mehr“, gab Jerome zur Antwort. „Vom Obst- und Gartenbauverein über den typischen Kaninchenzuchtverein, Burschenverein, diverse Sport- und Sammlervereine bis hin zum Modellflug-Verein gibt es wirklich alles.“

„Das klingt nach einem vielseitigen Ort“, meinte Wolfgang.

„Ja, es wirkt vielleicht auf den ersten Blick nicht so, aber hier ist schon richtig viel geboten. Vielleicht hast du ja Lust, dich dauerhaft hier niederzulassen?“, fragte Birte nicht ohne Hintergedanken.

„Das wird das Schicksal entscheiden“, raunte Wolfgang bedeutungsvoll, ohne irgendeine weitere Erklärung dafür zu geben.

Sie zogen weiter von Brunnen zu Brunnen. Caroline musste noch öfter Wolfgang davon abhalten, sich durch seine Äußerungen als Zeitreisender oder Verrückter zu verraten. Als sie ungefähr zwanzig Brunnen gesehen hatten, beschloss Jerome, Wolfgang zu einem Bier einzuladen. Caroline vertraute darauf, dass er eines schon vertragen konnte, ohne zu redselig zu werden. Diesem Bier folgten jedoch noch einige weitere. Birte trank dann irgendwann mit und nötigte auch Caroline, mit ihnen zusammen anzustoßen.

„Caroline hat mir von diesem Erotikbier erzählt. Das wurde aber sicherlich nicht so in der Öffentlichkeit verkauft wie dieses hier, oder? Bei uns würde es solche, nun, nennen wir es Erotika, nur in ganz bestimmten Geschäften geben. Dort kann ich als Mann von Welt mich natürlich nicht sehen lassen“, sagte Wolfgang.

„Was denn, ist man da, wo du herkommst, denn so prüde?“, fragte Jerome.

„Prüde? In Weimar? Du machst dir ja keine Vorstellungen. Na, zumindest in der Öffentlichkeit. Was hinter verschlossenen Türen so passiert, das weiß natürlich keiner“, zwinkerte Goethe Jerome verschwörerisch zu.

„Willst du mir jetzt ernsthaft erzählen, du bist Goethedarsteller, siehst aus wie Goethe und kommst auch noch aus Weimar?“, fragte Jerome fassungslos.

Caroline antwortete schnell für Wolfgang. „Was meinst du wohl, wo man am meisten Geld verdient, wenn man wie Goethe aussieht? Natürlich wohnt er in Weimar.“

„Macht Sinn“, stimmte Jerome zu.

Die Gruppe zog geschlossen weiter zum nächsten Brunnen. Es war der am Koppetentor, welches als Wunsiedels Wahrzeichen galt. Dies war ein alter Turm, der einst zur Stadtmauer gehört hatte.

Es war mittlerweile dunkel geworden. Bei Einbruch der Dunkelheit war es beim Brunnenfest Tradition, Kerzen an den Brunnen anzuzünden und sie so zu illuminieren. Es sah wunderschön aus, wie das Licht der Kerzen und einiger Fackeln alles beleuchtete. Das war so eine romantische Stimmung, dass Caroline nichts dagegen hatte, als Wolfgang seinen Arm um sie legte und sie eng an sich zog. Sie sah, dass Birte das wohlwollend beobachtete, und lächelte glücklich. Ihre Freundin schien alle Skepsis, die sie heute bei einigen von Wolfgangs Äußerungen gezeigt hatte, abgelegt zu haben. Caroline wusste nicht, warum, aber irgendwie war es ihr wichtig, dass Birte Wolfgang mochte.

Der Brunnen war mit aus Blumen gelegten Bildern des diesjährigen Kinderstücks auf der Luisenburg geschmückt. Auf einem der Bilder sah man genau die Szene aus *Petterson und Findus*, deren Probe Caroline und Wolfgang am Tag seiner Ankunft gesehen hatten.

„Schau mal, Caroline, das ist ja der Kater, der dem Huhn hinterherjagt, und da der alte Mann, der wiederum den Kater fangen will. Ach wie herrlich. Und das haben sie aus Blumen gemacht? Wie schön!“, war Goethe sichtlich begeistert. Er blickte sie mit strahlenden Augen an. „Das haben wir an dem Tag gesehen, als wir uns kennengelernt haben. Ich glaube, das war der bisher wichtigste und bedeutendste Tag in meinem Leben.“

Als Birte das hörte, seufzte sie glücklich. „Och wie romantisch. Jetzt küsst euch doch endlich!“

Was sprach eigentlich dagegen? Auch Wolfgang sah so aus, als würde er das als keine so schlechte Idee empfinden. Carolines Herz fing an, wild zu klopfen. Sie glaubte zu spüren, dass ihre Hände zitterten, so aufgeregt war sie. Sie drehte ihr Gesicht Wolfgang zu. Ihre Lippen kamen sich näher und näher. Caroline konnte seinen Atem schon spüren, als sie aus den Augenwinkeln etwas sah, das ihr das Blut in den Adern gefrieren ließ.

„Ach du Scheiße!“, entfuhr es ihr völlig unromantisch.

„Was denn, hat er so ne Fahne?“, lachte Birte.

Doch Caroline war überhaupt nicht nach Lachen zumute. Hinter Wolfgang hatte sie in einer Menschengruppe jemanden entdeckt, von dem sie nie erwartet hätte, ihm hier über den Weg zu laufen. Es war Doktor Tatzel. Und dank ihres lauten Ausrufs war dieser auch noch auf sie aufmerksam geworden. Er kam direkt zu ihnen herüber.

„Was für eine Überraschung, Sie beide hier zusammen zu sehen!“, sagte er in argwöhnischem Ton. „Hatten Sie nicht gesagt, Sie hätten keinen Kontakt mehr zu dem Mann?“

„Äh, hallo, Herr Tatzel“, improvisierte Caroline. „Ja, wir haben uns hier zufällig getroffen und dachten, es wäre schön, alle zusammen auf das Brunnenfest zu gehen. Wir wollen ja unserem, äh, Touristen hier Wunsiedler Gebräuche näherbringen. Wir müssen aber jetzt dann auch weitergehen ...“

„Ja, natürlich, aber ...“, ignorierte der Arzt ihren Versuch, das Gespräch abzubrechen, und wendete sich an Wolfgang. „Sagen Sie doch mal, wie geht es Ihnen jetzt, Herr, ach, wie heißen Sie denn nun wirklich? Goethe wird es ja wohl nicht sein“, lachte er.

„Das ist eine Frage, die uns auch brennend interessiert“, schaltete sich Birte leicht lallend in das Gespräch ein. „Irgendwie machen die beiden ein Riesen-Geheimnis um Wolfgangs Nachnamen. Ich bin übrigens Birte Wagner und das ist mein Mann Jerome. Ich bin Caros beste Freundin, schon seit der Schulzeit. Aber sagen Sie mal, woher kennen Sie unseren Neuzugang hier denn, Herr Tatzel?“

Caroline antwortete für diesen. „Er hat Wolfgang verarztet, nach seinem Sturz. Ich habe dir doch erzählt, dass ich ihn ins Krankenhaus gebracht habe.“

„Ach, Sie sind das", tat Birte nun so, als hätte sie schon irre viel von dem Arzt gehört. „Das war aber nett von Ihnen, Wolfi so zu helfen." Birte hatte wirklich genug getrunken für heute.

„Wolfi? Wolfgang? Heißen Sie etwa wirklich so? Ich dachte, der Name beruhte auch auf Ihrem Wahn, Sie wären Goethe. Sie sind ja nicht Johann Wolfgang von Goethe, stimmt's?", sah der Doktor Wolfgang forschend an. In Gedanken schien er schon seinen Vortrag für den Ärztekongress vorzubereiten.

Caroline sah, wie Birte und Jerome sehr erstaunt dreinblickten. Ihr wurde alles zu viel, sie wusste nicht, wie sie reagieren sollte, so dass Wolfgang den Eindruck bekam, die Situation retten zu müssen.

Betrunken fiel aber selbst einem Johann Wolfgang von Goethe nichts allzu Schlaues mehr ein. „Doch, so heiß ich wirklisch un nu müssn wir alle schnell weiter, machens es gut, Herr Doktor Medicus."

Er packte Caroline an der Hand und rannte mit ihr los. Birte und Jerome rannten ihnen völlig perplex hinterher, ohne zu wissen, warum sie eigentlich rannten. Sie hörte noch, wie Doktor Tatzel ihnen hinterherrief:

„Hey, was ist denn nun mit Ihrer Krankenkassenkarte!"

Erst zwei Straßen weiter hielten sie nach Luft japsend an.

„Was, puh, also, was zum Teufel war das eben?", wollte Birte wild schnaufend mit ernstem Gesicht wissen.

„Nichts, nichts, nur ein kleiner Schabernack", beschwichtigte sie Goethe.

„Schabernack? Caroline, erkläre du mir bitte, was hier vor sich geht", sagte Birte in einem Befehlston, der keine weiteren Ausreden zuließ. „Und verkauf mich nicht für blöd. Der Mann da ...", jetzt zeigte sie auf Wolfgang, als sei dieser ein völlig Fremder, mit dem sie nicht den ganzen Abend verbracht hatte, „er zitiert ständig Goethe. Er redet, als wäre er aus einer ganz anderen Zeit. Er konnte nicht Fahrrad fahren und er hatte keine eigenen Klamotten, als er hier aufgetaucht ist, und trägt auch jetzt noch die alten meines Mannes ..."

„Ach wirklich? Und ich dachte mir schon, dass wir einen sehr ähnlichen Geschmack haben, Wolfgang und ich", lachte Jerome, der wohl den Ernst der Lage noch nicht erkannt hatte.

„Jetzt kommt auch noch dieser Doktor daher und meint, er hätte sich für Goethe gehalten!“, klang Birte nun schon wieder viel zu nüchtern für Carolines Geschmack.

Caroline blickte zu Jerome und dann wieder zu Birte. „Kann ich dir das vielleicht unter vier Augen erzählen?“

Unbemerkt waren sie zurück in die Richtung gerannt, in der Federico seine Pizza verkaufte. Sie schickten deshalb die beiden Männer los, um sich eine solche zu holen. Dann setzten sie sich gemeinsam auf ein Bänklein beim Brunnenbuberl, einem Brunnen, der von der Statue eines kleinen Jungen geziert wurde, der heute wie Hans im Glück gekleidet war.

„Also, Caroline, jetzt sag mir bitte, dass Wolfgang nicht glaubt, er sei Johann Wolfgang von Goethe“, sah Birte sie mit großen Augen an.

Caroline spürte Trotz in sich aufsteigen. Was bildete Birte sich eigentlich ein, sich hier aufzuspielen, als ob Wolfgang verrückt sei. Sie kannte ihn doch gar nicht.

„Nein“, sagte sie daher. „Er hält sich nicht für Goethe. Er ist es.“

Erst als Caroline das aussprach, wurde ihr klar, dass sie das wirklich und wahrhaftig glaubte. Eigentlich hatte sie es schon die ganze Zeit über gespürt. Dieser Mann gehörte nicht hierher, nicht in dieses Jetzt. Sie konnte es einfach nicht erklären, aber es war auch nicht verrückter, das zu glauben, als an einen allwissenden Gott, der über alle wachte. Es jetzt laut auszusprechen, war sehr befreiend für sie. Nicht aber für Birte. Die starrte sie an, als hätte sie nicht mehr alle Tassen im Schrank.

Birte schien nicht zu wissen, was sie sagen sollte. So hörte man eine ganze Weile nichts weiter als das Geplapper der umherstehenden und flanierenden Leute und das Plätschern des Brunnenbuberls und des gegenüberstehenden Brunnenmäderls, das als Rotkäppchen gekleidet war.

Birte atmete ein paar Mal tief ein und aus, fast so, als müsste sie sich selbst erst daran erinnern, wie das ging, bevor sie Caroline eine Hand auf die Schulter legte. Dann sprach sie zu ihr wie zu einem kleinen Kind:

„Caroline, du weißt, dass das nicht sein kann. Dieser Mann ist nicht Goethe. Er hat sich am Kopf verletzt. Wenn er behauptet, Goethe zu sein, dann, weil er medizinische Hilfe braucht. Du denkst das jetzt nur, weil es so heiß war heute und wir so viel getrunken haben. Wir gehen nun zurück zu diesem Doktor Tatzel und bringen ihm Wolfgang, oder wie auch immer der Typ heißt. Er wird sich um ihn kümmern. Und mit viel Glück schaut er sich dich auch nochmal an."

Caroline spürte eine große Wut in sich aufsteigen. Was nahm sich Birte da raus, das Ruder so an sich zu reißen. Sie hatte doch nicht umsonst die vergangene Woche alles Mögliche dafür getan, damit Wolfgang nicht in die Klapse musste. Ihre angebliche Freundin hatte da überhaupt nichts mitzureden. Aber mit Zorn war ihr nicht beizukommen. Also war es nun Caroline, die tief durchatmete und sich überlegte, wie sie ihre Freundin überzeugen konnte.

„Birte, hör mir zu", begann sie möglichst ruhig zu sprechen. „Ich habe das natürlich am Anfang auch nicht geglaubt. Ich war sogar in Bayreuth bei einem Goetheexperten mit ihm, der ihn davon hat überzeugen sollen, dass er nicht Goethe ist. Aber das Gegenteil war der Fall. Am Ende hat der Experte gezweifelt."

Birte blickte Caroline sanft an. „Er hat gezweifelt, er hat dir aber nicht gesagt, dass das Goethe ist. Wie sollte er es auch sein, der hat doch vor Gott weiß wie viel hundert Jahren gelebt."

Birte fing nun an, Caroline über den Rücken zu streicheln, als müsste sie sie besänftigen. Sie tat das aber so nervös und in so einer Geschwindigkeit, dass es diese alles andere als beruhigte. Im Gegenteil, es ging ihr auf die Nerven.

„Würdest du das bitte sein lassen?", meinte sie deshalb und rückte ein Stück von ihrer Freundin ab. „Goethe, also ich meine Wolfgang, er ist versehentlich durch die Zeit gereist, im Felsenlabyrinth. Ich meine, erinnere dich doch mal an unsere Kindheit. Da hat sich der Ort schon immer irgendwie magisch angefühlt. Als Erwachsene haben wir nur verlernt, das wahrzunehmen. Wolfgang meinte, er sei vor einem Gewitter weggerannt, und er war auch klitschnass, als ich ihn fand. Aber an dem Tag hatte es schon seit Ewigkeiten nicht mehr geregnet und es war auch kein Tümpel oder so in der Nähe. Und er hat Münzen aus der Zeit dabei. Ich lasse gerade prüfen, ob die echt sind."

„Die könnten genauso gut Requisite sein, wenn er wirklich ein Goethedarsteller sein sollte. Das wäre doch überhaupt die Erklärung, er ist durch die Kopfverletzung einfach in seiner Rolle gefangen", ereiferte sich Birte.

„Das habe ich auch schon gedacht. Aber schau mal." Caroline holte ihr Handy raus, tippte etwas ein und zeigte es dann Birte. Diese guckte einen Moment perplex, fasste sich dann aber schnell wieder.

„Sollen das Bilder vom echten Goethe sein?", fragte sie.

„Ja. Unglaublich, oder? Diese Ähnlichkeit! Und Jerome meinte vorhin auch, dass er aussieht wie Goethe. Und was er alles weiß über Goethes Zeit, und auch die Art, wie er sich gibt. So ist kein Mann mehr heutzutage. Er kennt auch die frühen Werke Goethes auswendig."

„Aha, wieso denn dann nur die frühen?", fragte Birte in einem Tonfall, der zeigte, dass sie noch immer nicht überzeugt war.

„Weil er aus dem Jahr 1785 kommt. Alles, was Goethe danach geschrieben hat, kennt er natürlich noch nicht."

Birte seufzte. „Caroline, ich hoffe, du weißt, wie absurd das klingt."

Caroline senkte den Kopf. „Ich weiß. Aber ich spüre einfach ganz tief in mir drin, dass es keine Lüge ist. Es fühlt sich so wahr und richtig an."

Birte rutschte nun mit ihrem viel zu knackigen Hintern unruhig auf der Bank hin und her. „Caro, Süße, bitte sag mir, wie ich dich wieder zur Vernunft bringen kann. Du kannst das doch nicht wirklich glauben. Es muss eine andere Erklärung dafür geben. Es gibt einfach keine Zeitreisen. Und sieh mal, es gibt auch noch die Werke von Goethe, die er nach dieser Zeit geschrieben hat, oder? Die sind mit seinem Auftauchen hier nicht verschwunden. Das bedeutet, dass der echte Goethe brav in seiner Zeit geblieben ist und weitergeschrieben hat."

Birte blickte sie nun triumphierend an. Doch Caroline hatte natürlich auch schon lange darüber nachgedacht und war zu zwei verschiedenen Lösungsansätzen für das Problem gekommen.

„Das ist tatsächlich nicht so verwunderlich, wie du meinst", erklärte sie Birte nun mit ihrem von diversen Websites zusammengetragenen Zeitreisewissen. „Also entweder ist er nicht der Goethe, der auf unserer Erde gelebt hat."

„Na das sage ich doch, endlich wirst du wieder vernünftig."

„Lass mich ausreden. Ich meine, er könnte auch ein Goethe aus einem Paralleluniversum sein. Wenn er also nicht nur durch die Zeit, sondern auch durch die Universen gereist ist, dann gibt es nun irgendwo einen Planeten Erde in einem anderen Universum, auf dem Johann Wolfgang von Goethe 1785 für immer verschwunden und nie wieder aufgetaucht ist."

Wenn Birte sie gerade schon für verrückt gehalten hatte, so wollte Caroline gar nicht wissen, was ihr Blick nun zu bedeuten hatte. Sie schien jedenfalls nicht von der Paralleluniversentheorie überzeugt zu sein. Dabei kam sowas doch bereits in Kinofilmen vor. Aber mit Marvel kannte sich Birte wirklich nicht aus. Sie schaute eher Historiendramen.

„Caro, echt jetzt? Erst soll ich dir glauben, dass du hier mit einem Zeitreisenden Goethe rumrennst, und nun soll es auch noch ganz nebenbei andere Universen geben, wo es uns alle nochmal gibt, oder was?", sie schüttelte seufzend den Kopf. „Na gut, ich spiele mit, sag mir, was die zweite Möglichkeit ist."

An die zweite Möglichkeit wollte Caroline eigentlich gar nicht denken müssen. Sie hatte so lange das Internet durchforstet nach einem Weg, wie Goethe wirklich Goethe sein konnte, ohne dass er in seine Zeit zurückkehren musste. Deshalb hatte sie sich so an die Theorie mit den verschiedenen Universen geklammert. Ihr kamen die Tränen bei dem Gedanken daran, was die andere, einzige noch mögliche Lösung war.

„Die andere Möglichkeit ist", sagte sie schluchzend, „dass er wieder zurück in seine Zeit gehen wird." Caroline weinte nun bitterlich und Birte nahm sie tröstend in ihre Arme.

„Hey, Caro, hör auf, sonst muss ich gleich mitheulen", meinte sie. „Du liebst Wolfgang wirklich, oder?"

Caroline atmete auf. Birte hatte Goethe wieder Wolfgang genannt und nicht mehr dieser Kerl oder der Typ oder sowas in der Art.

„Bitte, schick ihn nicht zu Doktor Tatzel. Ich verspreche, egal was ich glaube, ich tue mein Möglichstes, um die ganze Sache aufzuklären. Ich kann ihn einfach noch nicht gehen lassen. Ich liebe ihn so sehr. Egal ob er verrückt ist oder der, der er zu sein behauptet. Ich will für ihn da sein, ihm jetzt zur Seite stehen. Kannst du das nicht verstehen?"

Birte sah sie lange und eindringlich an. „Du liebst ihn? Egal wer er ist?", wollte sie nun noch eindringlicher wissen.

„Name ist doch nur Schall und Rauch. Es ist nur wichtig, welche Gefühle wir füreinander haben."

„Liebt er dich denn auch?"

Caroline zuckte mit den Schultern. „Ich glaube schon, aber sicher bin ich mir natürlich nicht. Er hat es noch nie gesagt, aber ich habe es ihm auch nie gesagt. Eigentlich bin ich mir dessen heute Abend erst so richtig bewusst geworden. Klar war da vorher schon eine Anziehung und ich habe es sehr genossen, mit ihm zu reden, in seiner Nähe zu sein. Aber jetzt, wo alles zu zerbrechen droht, da kann ich es einfach nicht mehr leugnen. Ich liebe ihn. Und ich habe so eine verdammte Angst, dass er mich verlässt oder weggesperrt wird."

Birte stand auf und lief ein paar Schritte hin und her. Das kannte Caroline bereits von ihr. Sie musste immer laufen, wenn sie nachdachte. Als sie sich nach einer Weile wieder neben Caroline setzte, schien sie zu einem Entschluss gekommen zu sein.

„Bist du dir sicher, dass du die Sache unter Kontrolle hast? Ich meine, hast du das wirklich im Griff? Kannst du noch realistisch beurteilen, wann es besser ist, Wolfgang zum Arzt zu bringen? Liebe macht ja bekanntlich blind ...", fragte Birte.

Caroline ging tief in sich. War ihre Urteilskraft durch ihre Gefühle für Wolfgang getrübt? Oder konnte sie noch einschätzen, wenn die Lage zu ernst wurde? Hatte sie nicht schon ein paarmal an ihren eigenen Entscheidungen gezweifelt?

„Ich denke, ich bekomme das hin. Ich will ja auch nicht, dass es ihm schlecht geht. Wenn er einen Arzt braucht, bringe ich ihn hin, versprochen."

„Okay", lenkte Birte ein. „Dann hast du von meiner Seite aus nichts zu befürchten. Aber nur unter der Bedingung, dass du dich regelmäßig bei mir meldest, damit ich weiß, dass es euch gut geht."

Statt zu antworten, quiekte Caroline auf vor Freude und fiel ihrer Freundin um den Hals. „Danke! Danke! Danke! Du wirst sehen, es wird alles gut, ich weiß das."

„Aber Caro", warf Birte noch ein. „Eine Frage muss ich dir noch stellen."

„Na klar, welche?"

„Hast du dir schon einmal überlegt, also, ich meine, wie soll ich das jetzt sagen ... Was ist, wenn Wolfgang durchaus weiß, wer er ist, und dir den Goethe nur vorspielt? Vielleicht ist er ja Schauspieler und macht sich einen Spaß aus dir."

Caroline blickte betreten drein, doch dann erhellte sich ihr Gesicht wieder. „Birte, ich glaube, niemand könnte das so gut spielen, nicht mal George Clooney oder Brad Pitt."

„Na das sind jetzt auch nicht wirklich gute Schauspieler, die du da aufzählst", lachte Birte und Caroline stimmte gelöst in das Lachen mit ein. Sie war so froh, dass nun erst mal alles wieder gut war.

*****

Kurze Zeit später stießen sie wieder zu ihren beiden Männern. Sie hatten an Federicos Imbisswagen auf sie gewartet. Dieser stand, wie an jedem Brunnenfest, auf dem Luitpoldplatz, der auch von einem geschmückten Brunnen geziert wurde. Neben dem Angebot ihres Onkels gab es einige weitere Essensstände und einen Bierausschank. Doch Federico hatte den meisten Zulauf. Auch Jerome und Wolfgang hatten sich eine Pizza und ein Glas seines guten Hausweins bei ihm geholt.

„Ist alles gut bei euch?", fragte Jerome.

Birte und Caroline strahlten ihn an und sagten: „Ja, natürlich, die Feier kann weitergehen."

„Na dann darf ich den beiden Damen auch ein Gläschen dieses vorschüglich, äh, vorzüglichen italienischen Tropfens anbieten?", fragte Wolfgang angeheitert und zeigte auf die noch halb volle Weinflasche.

„Sehr gerne, der Herr", antwortete Caroline, die sich endlich keine Sorgen mehr darüber machen musste, sich vor Birte zu verraten. Sie hatte jetzt auch Appetit und verdrückte eine komplette Pizza.

Federico blickte wohlwollend zu ihnen herüber, und als es schon späte Nacht war und außer ihnen kaum mehr jemand an seinem Stand, gesellte er sich noch ein wenig zu ihnen.

„Na, habt ihr alle Spaß gehabt?"

„Sehr, ein wirklich tolles Fest", meinte Wolfgang.

Jerome sagte bereits gar nichts mehr, er starrte nur verliebt in die Augen seiner Frau und summte ein Liedchen für diese.

Goethe war sichtlich angeheitert und fing an, laut Gedichte und Sprüche aufzusagen, von denen Caroline nicht wusste, ob sie von ihm waren, er sie schon länger kannte oder er sie gerade erst erfunden hatte.

„Mich deucht, das Größt' bei einem Fest ist, wenn man sich's wohl schmecken lässt."

„Ich nehme an, das heißt, du willst noch ein Stück Pizza?", deutete Federico seinen Vers.

„Zu einem weiteren Stücke kann ich nicht nein sagen."

Federico ging zu seinem Ofen, um noch etwas Pizza zu holen. Deshalb war er zum Glück gerade nicht anwesend, als Wolfgangs Sprüche anfingen, zotiger zu werden. „Ohne Wein und ohne Weiber hol' der Teufel uns're Leiber!", rief er nun aus.

Caroline und Birte sahen sich erschrocken an. Birte schien dasselbe zu denken wie Caroline, denn sie nickte ihr nur zu.

„Wolfgang, ich glaube, es wird langsam Zeit, dass wir den Heimweg antreten", sagte Caroline daher zu ihm.

„Wasch? Es wird doch gerade erst lustisch. Ich kenne da auch ein paar kleine Liedchen, die könnte ich noch zum Besten geben."

„Das wäre sehr schön, aber ich fürchte, wir würden damit zu viel Aufmerksamkeit erregen", sagte Caroline und deutete auf Federico. Goethe schien zu verstehen.

„Oh, Verzeihung, ich vergaß, meine holde Maid. Natürlich wollte isch disch nicht vor deinem Oheim in Verlegenheit bringen."

Jerome lachte. „Oheim. Haha. Irre witzig. Er spricht wie Goethe."

Birte meinte: „Ich glaube, wir haben auch genug für heute, nicht wahr, mein Schatz?"

„Ach schade", rief Jerome aus. Er wirkte wie ein kleines Kind, das den Spielplatz verlassen sollte.

Federico kam mit ein paar Pizzastücken und einer weiteren Flasche Wein zurück.

„Oh, Onkelchen, das ist echt lieb von dir, aber wir müssen jetzt gehen, bevor wir den Heimweg nicht mehr finden."

Federico schien enttäuscht zu sein. Immerhin hatte er den ganzen Abend bis in die Nacht hinein gearbeitet und erst jetzt Zeit für seine Nichte und deren Freunde gehabt.

„Schade, aber ich muss hier ja ohnehin noch aufräumen. Wir finden bestimmt mal einen anderen Anlass, bei dem ich nicht arbeiten muss und ein bisschen mit euch feiern kann."

„Immerhin musst du dank des Hygienekonzepts nicht mehr ganz so viele Tische wischen und abbauen wie sonst. Hast du noch genug Helfer da, oder sollen wir dir schnell noch zur Hand gehen?", wollte Caroline von ihrem Onkel wissen.

„Wir sind zwar nur noch zu zweit, aber wir schaffen das schon. Mit eurem Rausch seid ihr mir ohnehin keine große Hilfe", zwinkerte Federico ihr zu.

Sie alle verabschiedeten sich von ihm, nicht ohne sich die Pizzastücke als Proviant mitzunehmen. Goethe schwatzte Federico noch die Flasche Wein ab, so dass der Heimweg doch etwas länger als üblich dauerte.

Auf halber Strecke mussten Caroline und Wolfgang sich von Birte und Jerome verabschieden, da deren Haus in der anderen Richtung lag. Sie umarmten sich noch einmal und Birte flüsterte Caroline ins Ohr:

„Melde dich bei mir, ja? Du musst da nicht alleine durch. Ich bin für dich da."

„Der Menschheit ganzer Jammer fasst mich an."

(Johann Wolfgang von Goethe, Faust. Eine Tragödie)

Kapitel 11

23.06.2024 – 06.07.2024

In den zwei Wochen, die auf das Brunnenfest folgten, war Caroline nicht dazu gekommen, Wolfgang ihre Liebe zu gestehen. Um ehrlich zu sein, wusste sie nach ein paar Tagen auch nicht mehr, ob sie ihn wirklich so innig liebte oder ob da nur der Alkohol aus ihr gesprochen hatte. Zumindest machte er es ihr mit seiner immer schlechter werdenden Laune schwer, liebevolle Gefühle für ihn zu haben.

Das Ganze begann schon am Morgen oder Mittag nach dem Brunnenfest. Wolfgang und Caroline hatten beide sehr lange und unruhig geschlafen. Ob es nun am Alkohol oder an den Unmengen Pizza und anderen Leckereien lag, wussten sie nicht. Jedenfalls hatte Caroline zuletzt in ihrer Jugendzeit solch einen Kater gehabt.

Wolfgang ging es wohl nicht besser. Als er aufwachte, saß Caroline bereits mit einer Tasse Kaffee vor sich und zwei Schmerztabletten in sich am Küchentisch. Er kam, sich den Kopf haltend, nur mit einer Unterhose bekleidet herein.

„Na du fühlst dich aber inzwischen recht wohl bei mir, wenn du nur noch so leicht bekleidet hier rumläufst", grinste Caroline ihn an, auch wenn das Grinsen schmerzte.

Goethe sah an sich hinunter und erschrak. „Oh, Verzeihung, ich war mir gar nicht bewusst, dass ich den Pyjama nicht anhabe. Aber selbst dann wäre es ein ungeheures Benehmen gewesen, in einem solchen vor dir hier aufzutauchen. Ich wusste nur gar nicht, dass du schon wach bist."

Caroline reichte ihm eine weiße Tablette und ein Glas Wasser. „Hier, nimm das, hilft gegen die Kopfschmerzen."

Wolfgang blickte sie skeptisch an, entschied sich dann aber, ihr zu vertrauen, und schluckte die Tablette hinunter. Er ging nochmal zurück ins Wohnzimmer und warf sich ein T-Shirt über. Dazu wählte er eine kurze Hose. Caroline lächelte bei dem Gedanken, dass sie vermutlich der einzige Mensch auf dieser Welt war, der Johann Wolfgang von Goethe je in so einem Outfit gesehen hatte. Er sah aus, als wolle er gleich zum Badesee aufbrechen. Nur dass seine Haare noch sehr wild durcheinander waren und die Ringe unter seinen Augen auch als Schwimmreifen hätten herhalten können. Ob sie genauso fertig aussah? Sie hatte sich noch gar nicht in den Spiegel geschaut.

„Ich bin übrigens nicht SCHON wach, sondern erst. Es ist fast 13 Uhr."

Goethe erschrak. „Oh, was für eine ungebührliche Zeit zum Erwachen. Das war wohl alles etwas zu viel des Guten gestern Abend."

Caroline nickte nur zur Bestätigung. Auch das Nicken tat weh, aber immerhin schon ein bisschen weniger intensiv. Die Tabletten schienen zu wirken.

Sie hatte sich eigentlich auf ein entspanntes Gespräch mit Wolfgang zum Frühstück, oder Mittagessen, gefreut, aber dieser war wohl nicht nur wegen seiner Kopfschmerzen schlechter Laune. Er machte Caroline doch tatsächlich Vorwürfe.

„Wieso hast du mir das mit der Klimaerwärmung nicht erzählt?", fragte er schroff, nachdem er den ersten Schluck von seinem Kaffee genippt hatte.

Caroline war völlig überrumpelt. „Klimaerwärmung? Was meinst du jetzt genau? Ich dachte, ich hätte das mal erwähnt."

„Erwähnt. So ein wichtiges Thema erwähnt man nicht mal so nebenbei. Jerome hat mir gestern am Pizzastand alles darüber erzählt, was er wusste. Die Lage ist ernst. Und du machst mir weis, Plastik wäre das größte Problem hier, dabei sind es die Abgase und der ganze Dreck in der Luft, den ihr Menschen produziert."

„Ach, zählst du jetzt schon nicht mehr zu den Menschen? Bist du am Ende gar nicht Goethe, sondern ein Außerirdischer?", gab Caroline pampig zurück, da sie sich von Wolfgang angegriffen fühlte.

„Mach du nur deine Witze. Ich weiß schon, warum du mir das verheimlichen wolltest. Weil du selbst zu denen gehörst, die den Planeten zerstören."

„Ich zerstöre den Planeten? Wie kommst du denn da drauf? Ich esse sogar schon seit Jahren keinen Fisch mehr, um die Überfischung der Meere zu stoppen. Ich spende regelmäßig an Greenpeace und ich helfe auch immer beim Rama dama, den Müll in der Natur aufzuräumen", versuchte Caroline sich zu verteidigen.

„Ach ja? Und wenn dir der Planet so sehr am Herzen liegt, warum um alles in der Welt hast du dann so eine Höllenmaschine?"

„Höllenmaschine?"

„Na den Hyundai. Mach mir nicht vor, dass du nicht weißt, dass der die Umwelt vergiftet. Das ist gar kein Wasserdampf, der da hinten rauskommt. Das sind Abgase. Und fast jeder einzelne von euch Zukunftsmenschen hat so ein Ding. Rechne das mal aus, wie viel Abgase da in die Luft gelassen werden."

Okay, ein klein wenig schuldig fühlte sich Caroline nun doch. „Ich brauche aber mein Auto. Wie soll ich sonst von A nach B kommen? Hier am Land haben wir leider keine U-Bahnen oder dergleichen, die man nehmen könnte. Und weißt du, was ein E-Auto kostet? Sogar gebraucht sind die noch teuer."

„Na dann lass dir von Birte doch so ein Fahrrad geben, das macht keine Abgase", bemühte sich Wolfgang, ein wenig freundlicher zu klingen.

„Ich habe ein Fahrrad, das steht im Keller", gab Caroline kleinlaut zu.

„Wieso benutzt du es dann nicht?", wollte Wolfgang wissen.

„Na ja, also wenn ich früh zum Kindergarten muss, dann ist es immer noch so kalt draußen. Außerdem müsste ich viel eher losfahren ..." Caroline bemerkte selbst, dass das alles nach Ausreden klang. „Okay, ich werde es öfter benutzen. Aber den Ausflug nach Bayreuth zum Beispiel, den hätten wir nicht mit dem Rad geschafft, das ist viel zu weit und Pferdekutschen kann man da heutzutage auch nicht mehr nehmen. Und jetzt fass dich doch mal an die eigene Nase. Was meinst du eigentlich, wie das ganze warme Wasser produziert wird, das du beim Duschen so verbrauchst?"

„Um ehrlich zu sein, hatte ich mich das auch schon gefragt.“

„Das wird hier im Haus noch mit einer alten Ölheizung gemacht. Und rate mal, was die in die Luft abgibt.“

„Das mag sein, aber der Unterschied zwischen uns beiden ist, dass ich das nicht wusste“, ereiferte sich Goethe.

„Das heißt also, dass du von nun an nur noch kalt duschen wirst?“, fragte Caroline ihn frech. Sie konnte seinem Gesicht ansehen, dass das ein sehr unangenehmer Gedanke für ihn war.

„Gibt es denn keine Möglichkeit, das Wasser umweltschonend zu erhitzen?“, fragte er.

„Ja klar, da gibt es zum Beispiel Möglichkeiten, das mit Sonnenenergie zu machen. Aber hier im Haus werden die Besitzer der Wohnungen die Ölheizung wohl so lange weiterbetreiben, bis der Gesetzgeber es ihnen verbietet. Die investieren nur sehr ungern.“

Goethe horchte auf. „Der Gesetzgeber? Aber das ist doch die Lösung. Es muss ein geeigneter Maßnahmenkatalog erstellt werden, der dann per Gesetz für alle durchgesetzt wird. So könnte man jeden noch so geizigen Hausbesitzer dazu zwingen, auf umweltfreundlichere Technik umzusteigen.“

„Ja, das könnte man, wenn es die Lobbys nicht gäbe.“

„Was soll das nun wieder sein?“

„Das sind Leute mit ganz anderen Interessen, als die Umwelt zu schützen. Die kommen dann mit ihren Geldköfferchen zu den Politikern und bezahlen sie dafür, gegen Gesetzesvorlagen für Umweltschutz zu stimmen.“

Goethes Mund klappte erschrocken auf. „Das kann und darf doch nicht legal sein. Ich dachte, das ist eine Demokratie hier. Da muss man doch tun, was dem Volk hilft.“

„So richtig legal ist das auch nicht, aber die finden immer irgendwelche Wege, das gesetzeskonform zu machen. Außerdem möchte das Volk möglichst bequem leben und keinesfalls auf Annehmlichkeiten wie Autos, warmes Wasser, Rindfleisch und Kreuzfahrten verzichten.“

„Was hat das denn nun alles mit Rindfleisch zu tun?“

Caroline und Wolfgang redeten noch lange über die Politik und was alles die Umwelt belastete. Über methanfurzende und rülpsende Kühe amüsierte Goethe sich nur so lange, bis er hörte, wie viele Rinder es inzwischen auf diesem Planeten gab. Am Ende von Carolines Aufzählungen war er sich sicher:

„Ich bin hier, um die Klimaerwärmung zu stoppen."

Caroline schüttelte resignierend den Kopf. „Da gibt es echt schon viele Umweltbewegungen und Klimaaktivisten, die das versucht haben. Google doch mal Greta Thunberg. Die stammt sogar aus reichem Hause und schafft es dennoch nicht, die Welt zum Umdenken zu bewegen. Die einzige Hoffnung ist wohl die junge Generation. Die haben die Lage erkannt und wollen handeln. Nur blöd, dass, bis die am Ruder sind, wichtige Kipppunkte schon überschritten sind."

„Kipppunkte?"

„Ja, zum Beispiel hätte sich das Klima keinesfalls um mehr als 1,5 Grad erwärmen dürfen. Die Politiker haben schon erkannt, dass das unmöglich ist, und sich daher auf ein Zwei-Grad-Ziel geeinigt. Aber auch das ist wohl nicht machbar, da die sich an ihre eigenen Abmachungen nicht halten. Und andere Länder, die nicht bei den entsprechenden Klimaabkommen dabei waren, die machen sowieso, was sie wollen."

„Aber das kann doch nicht sein, dass die wissen, was passieren wird, und es nicht aufhalten!"

„Ja, da gibt es hier so einen Spruch, der heißt, nach mir die Sintflut, und der ist in der Sache wohl ziemlich wörtlich zu nehmen. Die Wetterkatastrophen nehmen jedes Jahr zu und trotzdem gibt es immer noch Leute, die die Klimaerwärmung leugnen."

Es wurde noch eine sehr, sehr lange Diskussion, im Laufe derer Goethe Caroline vorwarf, sie hätte den Planeten bereits aufgegeben. So ganz Unrecht hatte er damit nicht.

Wolfgang hingegen wollte kämpfen und verbrachte die folgenden Wochen fast ausschließlich am Computer. Was er da genau tat, wusste Caroline nicht. Sie ließ es jedenfalls lieber sein, ihn darauf hinzuweisen, dass auch durch das Versenden von E-Mails CO2-Ausstoß produziert wurde.

Caroline sah Wolfgang oft, wie er irgendwelche Grafiken anschaute und sich verzweifelt die Haare raufte. Sie selbst ging jeden Tag zur Arbeit und am Wochenende half sie Federico in seinem Lokal aus, da seine neue Aushilfskraft wegen einer wichtigen Schulaufgabe in Chemie lieber lernen wollte.

Goethe blieb in all der Zeit in der Wohnung am Computer. War das nun ein besorgniserregendes Verhalten? Hätte Caroline eingreifen sollen? Oder war es nur ein gesundes Interesse an dem Fortbestand des Planeten und der gesamten Menschheit? Wenn jeder so viel Zeit damit verbringen würde, sich etwas zur Rettung des Klimas einfallen zu lassen, dann wäre vielleicht schon eine gute Lösung gefunden worden.

Als Caroline am gestrigen Freitag nach Hause gekommen war, hatte sie erfahren, dass Wolfgang keineswegs nur am Computer in ihrer Wohnung saß. Anscheinend ging er doch ab und an mal vor die Tür, zumindest, wenn man Frau Messner glauben konnte, die ganz zufällig im Treppenhaus stand, als Caroline nach Hause kam.

„Wissen Sie, was Ihr Wolfgang getan hat?", fragte sie Caroline ganz ohne Begrüßung.

Caroline erschrak. Was hatte Wolfgang angestellt? Hatte er sich verraten? Wie um alles in der Welt sollte sie die Messner dazu bringen, die Klappe zu halten? Da fielen ihr nur diverse Szenen aus Krimis ein, aber zur Mörderin wollte sie wegen Wolfgang doch lieber nicht werden.

„Wovon sprechen Sie denn?", fragte Caroline beiläufig, als hätten sie und Wolfgang nichts zu verbergen.

„Ist Ihnen denn nicht aufgefallen, dass Herr Prechtl schon seit Tagen nicht mehr betrunken war?"

Jetzt, wo Caroline darüber nachdachte, hatte ihr Nachbar tatsächlich ein für ihn untypisches Verhalten gezeigt. Es war schon seit längerem nirgendwo mehr hingekotzt worden, und statt eines Stöhnens oder unangebrachter Kraftausdrücke hörte man ihn nun fröhlich singen und pfeifen, wenn man an seiner Tür vorbeiging. Es war ja schön, wenn es ihm besser ging, aber was hatte das mit Wolfgang zu tun?

„Wenn ich es mir recht überlege, Herrn Prechtl scheint es tatsächlich besser zu gehen. Er scheint sich gerade gut im Griff zu haben", sagte Caroline. „Aber was hat das nun mit Wolfgang zu tun?"

„Das hat er Ihnen nicht erzählt? Das ist ein wahrer Held, der mit seinen Taten nicht prahlt."

„Jetzt machen Sie es doch nicht so spannend, ich war den ganzen Tag auf den Beinen, meine Füße tun weh und ich will nur noch meine Schuhe ausziehen."

Frau Messner blickte angewidert auf Carolines Füße. „Na mit den ausgelatschten Tretern würde ich es auch nicht lange aushalten. Wann waren Sie denn zum letzten Mal Schuhe kaufen?"

Tatsächlich hätte Caroline schon seit geraumer Zeit neue Schuhe brauchen können. Sie redete sich aber ein, dass es sich nicht lohnen würde, da sie im Kindergarten ohnehin bald wieder ruiniert werden würden. Wenn es nicht der Sandkasten war oder Kinder, die darauf kotzten, Saft schütteten oder darauf herumtrampelten, dann war es der blöde Ziegenteppich im Eingangsbereich, der neue Schuhe in Rekordzeit schrottete. Zumindest wenn man ständig auf Knien darauf saß, während man den Kindern die Schuhe an- und auszog. So hatte sie leider auch schon einige Hosen eingebüßt. Nein, ihre alten Turnschuhe würden schon noch ein Weilchen zusammenhalten.

„Frau Messner, bitte, erzählen Sie mir doch einfach, warum Sie hier auf mich gewartet haben."

„Gewartet? Ich? Ich stand hier gerade ganz zufällig, als Sie reingekommen sind", meinte diese. „Aber nun gut. Wolfgang hat die letzten Wochen fast jeden Tag ein Stündchen für Herrn Prechtl übriggehabt. Ich bin öfter mal zufällig an Herrn Prechtls Wohnung vorbeigekommen, als die beiden sich darin angeregt unterhalten haben. Leider habe ich nicht alles verstanden, da ich ja selbstverständlich nicht lauschen wollte."

„Selbstverständlich", entgegnete Caroline betont.

„Na ja, jedenfalls ging es des Öfteren um den Sinn des Lebens, darum, neue Menschen kennenzulernen und sich auf neue Abenteuer einzulassen. Wolfgang sprach auch davon, das Schicksal so anzunehmen, wie es ist, und das Beste daraus zu machen. Ein wahrer Philosoph. Das scheint bei Herrn Prechtl alles sehr gut gefruchtet zu haben. Oder vielleicht war es auch nur die Tatsache, dass sich endlich mal wieder jemand Zeit für ihn genommen hat. Und wissen Sie, was dann passiert ist, als er schon ein paar Tage trocken war?"

„Nein, aber Sie werden es mir sicher gleich erzählen."

„Ihr Wolfgang ist mit Herrn Prechtl zu den Herdmanns raufgegangen, hat da ein gutes Wort für ihn eingelegt, und siehe da, der nette Herr darf jetzt jeden Nachmittag auf die Kinder aufpassen. Er macht mit ihnen Hausaufgaben, gibt Nachhilfe und er ist auch nicht zimperlich, wenn mal ein scharfer Ton angeschlagen werden muss."

Caroline konnte es nicht glauben. Hatte Wolfgang das wirklich für Herrn Prechtl getan? Und wenn ja, so hatte er nicht nur ihm geholfen, sondern sicherlich auch die arme Frau Herdmann entlastet.

„Ich war dann gestern auch gleich zusammen mit Susi beim Shoppen. Das hat ihr so gutgetan, endlich mal wieder rauszukommen und etwas nur für sich zu tun. Und mir nebenbei gesagt auch", seufzte die Hausmeisterin.

Caroline wusste weder, dass Frau Messner und Frau Herdmann befreundet waren, noch, dass diese sie Susi nannte. Vivian und Susi, das klang nach einem perfekten Gespann.

Frau Messner errötete plötzlich. An was dachte die denn auf einmal?

„Ich weiß gar nicht, ob ich Ihnen das jetzt sagen soll, aber Wolfgang hat mir auch einen großen Dienst erwiesen."

Die Hausmeisterin blickte sie an, als ob sie erwarten würde, dass Caroline ihr gleich eifersüchtig die Augen auskratzen wollte. Stattdessen zog Caroline nur fragend die Augenbrauen hoch.

„Nun ja, Sie wussten das vermutlich nicht, aber zwischen meinem Mann und mir, da lief es einfach nicht mehr so richtig, also ...", Frau Messner hielt sich eine Hand an den Mund und flüsterte dann: „sexuell".

Caroline verkniff sich den Kommentar, dass nicht nur sie, sondern das ganze Haus darüber bestens Bescheid wusste. Jetzt war es aber doch spannend, was Wolfgang mit der Sexualität der Messners zu tun hatte.

Langsam spürte Caroline doch etwas Eifersucht in sich aufsteigen. Eigentlich war sie sich sicher gewesen, dass Vivian keinesfalls Wolfgangs Typ war. Aber was wusste sie schon, worauf Männer im 18. Jahrhundert so standen. Am Ende entsprach sie exakt dem Idealbild seiner Zeit? Oder hatte er vielleicht einfach nur aus Mitleid mit ihr ...

„Ich versichere Ihnen, ich hatte es überhaupt nicht darauf angelegt, es ging alles von ihm aus“, versuchte Frau Messner sich nun für irgendetwas zu verteidigen.

Caroline reagierte erneut nicht mit Worten, sondern nur, indem sie sich auf die Treppenstufen setzte, um ihre Füße zu entlasten. Das hier schien immerhin ein längeres Gespräch zu werden.

Frau Messner setzte sich ungefragt direkt neben sie. „Also es war so, ich bin nach draußen gegangen zum Taubenhäuschen, um meinen Mann zum Essen zu holen. Er vergisst manchmal sogar die Uhrzeit, wenn er bei den gurrenden Viechern ist“, gab sie sich keine Mühe, ihre Abneigung gegenüber den Tauben zu verbergen. „Bevor ich aber bei ihm war, bin ich vor dem Häuschen Ihrem Wolfgang über den Weg gelaufen. Wir hatten ein sehr nettes Pläuschchen.“

„Ja, über was denn?“, zeigte sich Caroline nun doch an dem interessiert, was die Hausmeisterin erzählte.

„Ach, dies und das, ich weiß das eigentlich gar nicht mehr so genau“, flunkerte diese jetzt. Sie schien den Inhalt des Gesprächs nicht verraten zu wollen. Dann konnte es darin nur um sie selbst, irgendeinen Nachbarn oder etwas anderes Belangloses gegangen sein. Wenn sie Wolfgangs Geheimnis erfahren hätte, hätte sie Caroline das schon längst unter die Nase gerieben.

„Jedenfalls, gerade in dem Moment, als mein Mann aus dem Taubenhäuschen rauskam, hat Wolfgang mich geküsst.“

Er hatte bitte was? Caroline hatte doch die Erste und Einzige sein wollen, die Goethe in dieser Zeit küsste. Wieso hatte er denn jetzt Vivian abgeknutscht?

Frau Messner sah wohl Carolines entsetzten Gesichtsausdruck, denn sie lächelte kurz schelmisch, wie Caroline sie noch nie zuvor hatte lächeln sehen, und meinte dann:

„Auf die Stirn, er hat mich auf die Stirn geküsst. Dann hat er meine Hand genommen und sehr laut ein spontanes Gedicht über die Farbe meiner Haare und den wunderbaren Klang meiner Stimme aufgesagt.“

Caroline prustete los, was dazu führte, dass Frau Messner reichlich verstimmt dreinblickte. Caroline wollte wirklich sagen, dass sie nicht über sie lachte, dass ihr gerade ein Witz eingefallen war oder so etwas, aber sie konnte überhaupt nicht reden, denn sie konnte einfach nicht aufhören zu lachen.

In dem Moment kam Herr Prechtl zur Haustür herein. Er lachte sie beide fröhlich an. „Na das gefällt mir, so viel Heiterkeit. Ich möchte die beiden Damen bei ihrem amüsanten Gespräch auch gar nicht stören, ich müsste nur mal kurz vorbei."

Caroline hörte sofort auf zu lachen und starrte Herrn Prechtl einfach nur an, als sei er das siebte Weltwunder. Auch Frau Messner stand der Mund offen. Ihr Nachbar war in ein weißes Hemd gekleidet und trug lässig über der Schulter eine Tweedjacke. Er hatte eine frisch geschnittene Kurzhaarfrisur, war glatt rasiert und duftete nach Kölnisch Wasser. In der linken Hand hielt er einen Strauß Rosen.

„Warum staunen Sie denn so?", meinte dieser verwirrt. „Ach ja, die Rosen." Er nahm zwei aus dem Strauß und schenkte jeder von ihnen eine.

„Ich habe heute ein Date, ist das zu glauben? Wolfgang hat mir gezeigt, wie man im Internet Frauen kennenlernt. Sie heißt Beate und ihre Nachrichten sind so wunderbar humorvoll und intelligent. Ich kann es kaum erwarten, sie heute in echt zu sehen. Ihre Fotos sind schon sehr vielversprechend."

Caroline und Vivian stammelten ein Danke und ließen ihn dann vorbei.

„Sachen gibt es", meinte Frau Messner.

„Unglaublich, diese Verwandlung", stimmte Caroline ihr zu. Und nachdem sie weiter staunend Herrn Prechtl beobachteten, bis dieser seine Wohnungstür hinter sich schloss, wollte Caroline wissen: „Wo genau waren wir stehen geblieben? Ach ja, Wolfgang hat Ihnen also Komplimente gemacht."

Frau Messners erstaunter Ausdruck wich wieder einem beleidigten, weil sie sich wohl daran erinnerte, wie Caroline gerade auf ihre Eröffnung reagiert hatte. Sie schien das aber nicht weiter diskutieren zu wollen und fuhr fort:

„Es war so, als würde Wolfgang meinen Werner bestens kennen. Zumindest wusste er wohl genau, wie dieser reagieren würde."

Sie machte eine dramatische Pause. Als sie nicht weitersprach, tat Caroline ihr den Gefallen und fragte nach: „Wie hat er denn reagiert?"

„Er hat Wolfgang eine reingehauen, gesagt, er soll seine Finger von mir nehmen, hat dann meine Hand genommen und mich direkt zu uns in die Wohnung geschleift. Er wollte wohl mit mir direkt ins Schlafzimmer, aber bis dorthin haben wir es kaum mehr geschafft, wir sind schon in der Küche übereinander hergefallen."

„Äh, stopp, halt, so viel wollte ich eigentlich gar nicht wissen", unterbrach Caroline sie, denn sie war sich sicher, dass Frau Messner auch noch weiter ins Detail gegangen wäre.

„Och, wer hätte denn gedacht, dass so junge Damen wie Sie so prüde sind, Fräulein Neumüller", lachte die Messner.

„Jetzt fangen Sie mir bitte nicht auch noch mit diesem Fräulein an", maulte Caroline. „Wissen Sie was, nachdem wir jetzt schon so intime Sachen voneinander wissen, oder zumindest ich von Ihnen, da könnten wir doch auch du sagen?", wagte sie sich einen Schritt vor.

Sie hatte zwar Sorge, das Du würde sie endgültig in die Klatschrunde der Hausmeisterin mit hineinziehen, aber sie wollte sich Wolfgang zum Vorbild nehmen und auch mehr für ihre Nachbarn da sein.

Frau Messner zeigte sich hoch erfreut. „Ich bin die Vivian", reichte sie ihr lächelnd die Hand.

„Caroline. Du kannst aber auch gerne Caro zu mir sagen."

Als Caroline nach dem Gespräch mit Vivian endlich ihre Wohnungstür hinter sich schloss, kam Goethe gerade aus dem Badezimmer.

„Ah, Caroline, du bist schon da", bemühte er sich, sie fröhlich zu begrüßen, aber sie konnte ihm ansehen, dass er niedergeschlagen war, und das nicht nur psychisch. Sein rechtes Auge war blutunterlaufen.

„Was ist denn mit dir passiert?", fragte sie, obwohl sie das eigentlich schon wusste.

„Mit mir? Wieso?"

„Na dein Auge, es ist ganz blau."

„Ach das, ich bin nur hingefallen", tat Wolfgang das Ganze mit einer wegwischenden Handbewegung ab.

Caroline spürte, dass er jetzt nicht mit ihr darüber reden wollte. Sie sagte ihm deshalb auch nicht, dass sie durchaus wusste, was vorgefallen war. Dabei wäre sie ihrem Helden am liebsten um den Hals gefallen.

Beim Abendessen sprachen sie nur über langweilige Themen wie das Wetter und die anhaltende Dürre. Doch für Wolfgang waren das keine Belanglosigkeiten. Er hatte die Wetterdaten seit Beginn der Wetteraufzeichnungen angesehen und seine Schlüsse daraus gezogen. Als er Caroline sein Fazit verkündete, wirkte er unglaublich ernst.

„Eigentlich müsste es hier öfter kalt und regnerisch sein im Sommer. Aber seit ich hier bin, ist es durchgehend heiß. Das ist die Klimaerwärmung. Sie beginnt schon alles zu verändern. Ich weiß nicht, ob ich es noch schaffe, das umzukehren."

Caroline versuchte, ihn aufzubauen, da es durchaus nicht allein seine Aufgabe war, die Welt zu retten. Aber davon wollte er nichts hören.

Sie wollte ihn einladen, nach dem Essen mit ihr noch ein Gläschen Wein auf dem Balkon zu trinken. Sie hatte extra eine Flasche besorgt, aber er lehnte ab und wollte lieber schlafen gehen. Die Lage musste schon sehr ernst sein, wenn Johann Wolfgang von Goethe nein zu einem Glas Wein sagte, so viel wusste Caroline inzwischen über ihn.

Als er tatsächlich um neun Uhr eingeschlafen war, tat Caroline etwas, was sie sonst nie getan hätte. Aber Wolfgangs Gemütslage ließ ihr keine andere Wahl. Sie musste einfach wissen, was er den ganzen Tag im Internet machte. Sie setzte sich an den Laptop, öffnete den Webbrowser und sah sich den Verlauf an.

Zunächst war sie beruhigt. Wolfgang schien sich wirklich nur über alles zum Thema Umwelt und Klimaerwärmung zu informieren. Und er war ganz schön fleißig. Er hatte unzählige Websites zu diesen Themen besucht.

Sie hätte eigentlich sauer sein sollen, dass er nicht nur auf Wikipedia geblieben war, aber es sprach für ihn, dass er so schnell dazulernte, was die Welt des Internets betraf. Soweit sie sehen konnte, hatte er nur seriöse Seiten zu dem Thema angeklickt.

Caroline stutzte, als sie zwischen all den Umweltseiten eine nicht zu dem Thema passende Website entdeckte. Es ging dort darum, wie man Frauen heutzutage beeindrucken konnte. Hm, hatte er sich ihretwegen darüber informiert oder ging es um Vivian? Oder hatte er für Herrn Prechtl recherchiert? Jedenfalls gab es dort auch einen Absatz zu dem Thema, wie man ein gutes Datingplattformprofil erstellte. Selbst schien sich Wolfgang aber nicht bei einer dieser Sites angemeldet zu haben. Caroline entfuhr ein Seufzer der Erleichterung.

Sie wollte schon aufhören, Wolfgangs Internetaktivitäten hinterherzuspionieren, als ihr etwas auffiel. Was genau hatte er denn auf YouTube gemacht? Hatte er sich Videos zum Thema Umweltschutz angesehen? Sie war eigentlich davon ausgegangen, dass er die schnellen Bildwechsel in Videos und Fernsehbeiträgen nicht mochte oder einfach nicht vertrug. Was also hatte er dort gemacht?

Caroline wollte zugleich lachen und schreien, als sie sah, was sich hinter dem Youtubelink verbarg. Wie hatte er das wieder hinbekommen? Auf dem nun beginnenden Video mit der Unterschrift *Manifest zur Rettung des Planeten Erde* war niemand anderes zu sehen als Wolfgang selbst. Er saß hier in ihrer Wohnung, vor ihrem Bücherregal. Und er trug seine Goethekleidung aus dem Jahr 1785. Sie hätte sie ihm nach dem Waschen und Trocknen nicht zurückgeben dürfen.

„Guten Tag, meine sehr verehrten Damen und Herren ...“, begann Wolfgang in dem Video wie ein Nachrichtensprecher. „Vielen Dank, dass Sie sich für das Thema der Rettung dieses Planeten interessieren. Ich werde Ihnen hier in einer kurzen zweistündigen Abhandlung elaborieren, welche Schritte unternommen werden müssen, und damit meine ich ohne Ausnahme, um diesen Planeten zu retten.“

Ach du grüne Neune, Wolfgang hatte tatsächlich ein Manifest in Form eines Youtubevideos verfasst. Woher hatte er nur gewusst, wie man so eines machte, und welche Kamera hatte er benutzt?

Noch als Caroline sich das fragte, wurde ihr klar, dass es nur die Laptopkamera sein konnte. Als sie sich den Computer vor zwei Jahren gekauft hatte, hatte sie diese nämlich abgeklebt, um nicht in ihrer eigenen Wohnung ausgespäht zu werden. Immerhin wusste man seit Edward Snowden ja, dass man sich da nie sicher fühlen konnte. Aber jetzt war kein Klebestreifen mehr über der Linse.

Wow, sie war sich gar nicht bewusst gewesen, dass die Kamera so gute Bilder machte. Das Video war gestochen scharf. Man konnte peinlicherweise sogar die Titel der wenigen im Regal stehenden Bücher lesen. Hochklassige Literatur war was anderes, aber wenn man den ganzen Tag arbeitete, dann war ein schlichter, einfacher Krimi oder ein erotisch angehauchter Roman für Frauen nun einmal das Einzige, was das Gehirn noch aufnehmen konnte.

Zu ihrer Verteidigung musste man sagen, dass Bridgerton auch eine sehr erfolgreiche Netflixserie war. Klar, über das Frauenbild ließ sich streiten, aber es war ja nur eine Geschichte und kein Rollenmodell, das es nachzuahmen galt.

„Leider haben die Politiker dieses Landes und auch aller anderen Länder meine dringlichen Anfragen zu diesem Thema unbeantwortet gelassen“, fuhr Wolfgang auf dem Video fort.

Ach du Scheiße! Hatte Goethe allen Ernstes die Regierungschefs der Länder angeschrieben? Das durfte doch nicht wahr sein. Und woher hatte er eigentlich deren Brief- oder Mailadressen? Eventuell war die Sache nur halb so schlimm, wie Caroline vermutete. Auf dem Video hatte er immerhin bislang nicht seinen Namen erwähnt. Vielleicht hielten die Leute ihn einfach nur für einen merkwürdig gekleideten Umweltaktivisten.

„Allerdings bin ich es nicht gewohnt, dass die Führer der Herzogtümer oder Länder meinen Rat nicht wollen. In meiner Zeit als Geheimrat am Weimarer Hof war meine Meinung und Expertise jedenfalls hoch angesehen.“

Okay, er hatte sich seinem Publikum zwar noch immer nicht namentlich vorgestellt, jedoch konnte man aus seiner Kleidung und dem Gesagten bereits schließen, wer er war oder zu sein glaubte.

„Wenn den Herrschern heutzutage die fachliche Meinung von Johann Wolfgang von Goethe auch nichts mehr wert zu sein scheint ...“, Wolfgang schien an dieser Stelle ein Schluchzen zu unterdrücken, was ihn nicht unbedingt seriös wirken ließ, „so hoffe ich doch inständig, dass Sie, meine geneigten Zuseher, das deutsche, europäische und weltweite Volk des World Wide Web, sich meine Thesen zu Herzen nehmen und danach handeln werden. Schaut nicht länger zu, wie korrupte Politiker für ihr eigenes finanzielles Wohl diesen Planeten zerstören. Wir müssen jetzt als geeintes Volk und eine geeinte Welt handeln, denn es ist schon fast zu spät.“

Caroline war zwiegespalten. Einerseits wollte sie einfach nur lauthals fluchen, weil Wolfgang sich hier im Internet ganz offiziell Goethe nannte. Andererseits waren seine Worte so eindringlich, dass sie begeistert war. Sie konnte das Video einfach nicht abschalten und hoffte für Wolfgang, dass es auch den anderen Menschen so ging. Vielleicht sahen sie ihn auch nicht als jemanden, der sich für Goethe hielt, sondern eher eine Art Kunstfigur. Die Menschen gaben sich im Internet als alles Mögliche aus, ohne gleich in die Irrenanstalt gesteckt zu werden.

Nachdem sie die vollen zwei Stunden des Videos angesehen hatte, war Caroline allerdings ernüchtert und kein bisschen mehr begeistert. Sie musste dieses Video löschen, bevor zu viele Leute es sahen!

Oh nein, es hatten sich schon 14.000 Leute angesehen, das durfte doch nicht wahr sein. Hoffentlich war da niemand aus Wunsiedel dabei. Wenn Federico das sah, dann durfte sie sich aber was anhören, und an Doktor Tatzel wollte sie gar nicht erst denken.

Wolfgang hatte in dem Video nicht nur seinen Namen verraten, sondern auch die gesamte Zeitreisegeschichte erzählt. Das Einzige, was gefehlt hatte, war, dass er noch seine momentane Adresse genannt hätte. So schlau war er dann wenigstens doch gewesen, die für sich zu behalten.

Caroline schüttelte traurig den Kopf. Was so interessant angefangen hatte, war am Ende ein komplettes Debakel. Goethes Manifest lief im Grunde darauf hinaus, dass es eine Art neuen Kommunismus geben müsse, da die freie Marktwirtschaft versagt habe. Dinge, die zum Leben nicht unbedingt notwendig sind, im Überfluss zu produzieren, sah er als eine Sünde an. Er wollte keine Wegwerfgesellschaft mehr.

Zudem wollte er sowohl Firmen als auch Privatleuten, sehr strenge Umweltgesetze aufdrängen. Plastik wollte er komplett und ersatzlos streichen, Verbrennerautos auch, und zwar ab sofort, völlig ohne Übergangsfrist.

Fabriken, die nicht mit erneuerbaren Energien betrieben wurden, wollte Wolfgang umgehend herunterfahren. Inlandsflüge sollten verboten werden und auch Urlaubsflüge. Das Fischen auf den Weltmeeren wollte er komplett einstellen, mit der einzigen Ausnahme, dass Menschen für ihren Eigengebrauch dort angeln durften. Keinesfalls aber sollten Schleppnetze verwendet werden.

Wer Wälder rodete, sollte mit lebenslanger Haft bestraft werden. Fleisch zu essen sollte nur noch an zwei Tagen in der Woche erlaubt sein, Rindfleisch sogar nur noch einmal im Monat. Milch wollte Goethe in Produkten weitestgehend ersetzen lassen, zum Beispiel durch Mandelmilch. Alternative Energien sollten finanziell gefördert werden, der Kohleabbau musste sofort enden.

Zudem plante Wolfgang, dass alle Länder innerhalb von fünf Jahren autark werden sollten. Interessanterweise nannte er die Stadt Wunsiedel hier als leuchtendes Beispiel. Diese wollte bereits seit längerem mit dem sogenannten *Wunsiedler Weg* ihre Energie nicht nur komplett aus erneuerbaren Energien beziehen, sondern strebte auch an, völlig autark zu sein. Caroline spürte so etwas wie Stolz für ihren Heimatort in sich aufwallen. Tatsächlich galt die Stadt bayernweit schon als Vorzeigeort für die Energiegewinnung der Zukunft. Immerhin gab es hier die größte Wasserstofffabrik des ganzen Freistaates.

In diesem Stil ging es immer so weiter. Nach und nach formte sich in Carolines Kopf beim Zusehen das Bild einer Goetheschen Terrorherrschaft. So radikal waren ja nicht mal die grünsten Grünen. Niemand würde dieses Manifest annehmen, selbst wenn es wirklich der einzige Weg zur Rettung des Planeten sein sollte. Caroline war sich sicher, dass die Menschheit lieber sterben wollte, als so zu leben.

Gespannt scrollte Caroline zu den Kommentaren und Likes, die das Video schon hatte, und erstarrte. Jetzt wusste sie endlich, warum Wolfgang so schlechte Laune hatte.

Das Video war schon seit vier Tagen online und hatte hunderte Kommentare bekommen. Grob überblickt, war höchstens jeder Zehnte davon positiv. Die anderen machten sich entweder über Goethes Outfit oder seine Ideen lustig. Manche feindeten ihn sogar regelrecht an. Zum einen, weil sie sich von ihm nicht ihre Rechte einschränken lassen wollten, zum anderen, weil er sich erdreistete, den Namen von Deutschlands Dichterfürst zu missbrauchen. Goethe sei selbst ein elitärer Mensch gewesen, der sogar den Bergbau gefördert hatte. Er wäre, so stand es in einem sehr langen Kommentar, in der heutigen Zeit natürlich ein Verfechter des Kohleabbaus und der Verbrennermotoren gewesen.

Trinchen 273 war hingegen anderer Ansicht. Sie wusste von Goethes Begeisterung für die Natur und sah die Wahl von Goethe als Sprecher für diese als durchaus logisch an. Den von Wolfgang vorgeschlagenen Maßnahmen konnte sie aber dennoch nicht zustimmen, die seien *einfach zu krass*.

Andere User bemängelten die Zeitreisestory. So schrieb Herbinator: *Ey Alter, wieso bemühst du eine Figur aus der Vergangenheit. Was soll die denn für eine Autorität in Sachen Zukunft sein? Wenn du schon was von Zeitreise faselst, dann gib dich doch als Maschinenmensch der Zukunft aus, der mit ansehen musste, wie alle biologischen Menschen dahingeschieden sind. Ich finde, das hätte viel mehr Potenzial.*

Die positivsten Reaktionen auf das Video waren Kommentare wie der von Luludiva: *Lieber Wolfgang, ich konnte leider gar nicht zuhören, was du so zu sagen hast, denn dein Sexappeal hat mich einfach umgehauen. Hast du eine Freundin? Wenn nicht, gerne PN an mich.*

Mambogirl fing sogar einen Streit mit Luludiva an: *Hey du Bitch, ich habe ihn zuerst gesehen, wenn überhaupt, dann kontaktiert er mich. Du weißt doch vermutlich nicht mal, wer Goethe sein soll. Aber ich habe alle drei Teile von seinen Fack-ju-Filmen gesehen. Hey Wolfgang, ich bin voll sexy, schreib lieber mir.*

Die beiden schrieben sich unter dem Video noch mehrfach hin und her und ließen kein gutes Haar aneinander.

Sehr interessant, Wolfgang schien also nicht nur auf Caroline eine gewisse Anziehung zu haben. Er war wohl generell ein Frauentyp. Nur hoffte Caroline, dass sie auf ihn nicht so dümmlich wirkte, wie Mambogirl und Luludiva es offensichtlich waren.

Oje, dieser Berserker2024 hatte aber viele Kommentare hinterlassen. In zwei davon drohte er Goethe sogar mit dem Tod, sollte er sein Manifest tatsächlich umsetzen. Und er sollte seine Finger von Luludiva lassen, auf die hatte Berserker wohl schon selbst einen Blick geworfen.

Armer Wolfgang. Er hatte sich bestimmt ganz andere Reaktionen auf sein Video erhofft. Stattdessen traf ihn die volle Härte des Internets. Sie musste ihm morgen unbedingt klarmachen, dass meistens nur die, die nichts zu sagen hatten, solche Videos kommentierten. Nicht dass er dachte, das ganze Internet würde ihn hassen oder bumsen wollen.

Hätte er sie doch nur vorher um Rat gefragt, sie hätte ihm sagen können, dass das mit dem Video eine blöde Idee war. Und zu allem Übel schaffte sie es einfach nicht, es zu löschen. Das war wohl, weil Wolfgang nicht mehr angemeldet war. Nur er konnte es löschen. Caroline wollte ihn aber nicht mehr aufwecken. Bis morgen früh würden schon nicht mehr allzu viele Leute das Video sehen. Dann würde sie Wolfgang zwingen, es aus dem Netz zu nehmen, und ihm dann für alle Zeiten Internetverbot erteilen.

*****

Als Wolfgang am Morgen aufwachte, meinte er, noch zu träumen. Caroline saß neben ihm auf seinem Schlafsofa und blickte ihn an. Erst als er registrierte, dass sie ihn nicht verführerisch, sondern strafend ansah, wusste er, dass es kein Traum war. Er hatte bestimmt mal wieder irgendetwas falsch gemacht. Ob sie von seinem gespielten Flirt mit Vivian erfahren hatte und jetzt eifersüchtig war?

„Wir müssen reden", sagte Caroline, ohne ihm vorher einen guten Morgen zu wünschen.

Schon in seiner Zeit bedeutete *wir müssen reden* aus dem Munde eines Frauenzimmers nie etwas Gutes. Wolfgang machte sich auf alles gefasst.

„Ich wünsche dir auch einen schönen guten Morgen", meinte er schnippisch.

Caroline besann sich. „Entschuldige bitte. Guten Morgen, Wolfgang. Ich hoffe, du hast gut geschlafen."

„Durchaus, und du?"

„Ich habe sehr unruhig geschlafen, weil ich davon geträumt habe, wie irgendwelche Typen aus dem Internet dir den Kopf abhacken wollten", gab Caroline zu.

Jemand wollte ihm den Kopf abhacken? War er in Gefahr? Oder hatte Caroline nur sehr seltsame Träume?

„Wie kommt dein süßes Köpflein denn auf sowas?", bemühte er sich, die Stimmung zu heben.

„Ich habe die Kommentare unter deinem Manifest gelesen."

Das saß. Woher wusste sie denn von dem Video? Damit hatte sie einen wunden Punkt bei ihm getroffen.

Er hatte sich so viel Mühe damit gegeben. Es hatte drei Tage gedauert, bis er seinen kompletten Weltrettungsplan ausgearbeitet hatte, und noch weitere vier Tage, bis ihm das perfekte Video dazu gelungen war. Zumindest hatte er gedacht, dass das Video perfekt sei. Die Menschen dieser Zeit schienen das nicht so zu sehen.

Er hatte sich der Lächerlichkeit preisgegeben. Und nicht nur das Video war gefloppt. Auch all seine Nachrichten und Anrufe bei den Politikern waren ins Leere gelaufen. Nicht mal diese Greta Thunberg hatte es für nötig befunden, ihm zu antworten. Dabei lag der dieser Planet doch angeblich auch sehr am Herzen.

Die Leute von Greenpeace hatten sein Angebot abgelehnt, die Leitung ihrer Organisation zu übernehmen, und eine Schirmherrschaft seinerseits wurde nicht mal in Erwägung gezogen. Wie sollte er den Planeten retten, wenn niemand ihm zuhören wollte und sich auch niemand seiner Bewegung anschließen wollte? Es war unmöglich. Und wenn er es nicht schaffte, so erfüllte er seine Aufgabe hier nicht und konnte nicht mehr zurück in seine Zeit. Geld hatte er auch keines, mit dem er sich eine eigene Umweltorganisation hätte aufbauen können oder gar eine eigene Partei gründen. Überhaupt hätte das alles viel zu lange gedauert, es musste doch umgehend gehandelt werden, so wie er die Lage einschätzte.

„Wie hast du denn das Video gefunden?", wollte Wolfgang von Caroline wissen.

„Ich, äh, also, ich musste was am Computer machen und da war das noch offen."

Wolfgang war klar, dass sie ihn anflunkerte. Er hatte das Video sicherlich geschlossen, da dies das Einzige war, was er hatte machen können. Er hatte einfach nicht verstanden, wie er es wieder löschen konnte. So hatte er wenigstens verhindern wollen, dass Caroline es sah. Sogar seine Kleidung hatte er feinsäuberlich wieder aufgehängt, so dass sie nicht merkte, dass er sie angezogen hatte.

„Wolfgang, ich weiß, du hast dir sehr viele Gedanken dazu gemacht und es war bestimmt auch viel Mühe, das Video zu erstellen, aber du musst es löschen", bat ihn Caroline eindringlich.

Er blickte sie verzweifelt an. „Aber das wollte ich doch, ich weiß nur nicht, wie das geht!"

„Du wolltest das? Oh, na dann zeige ich es dir. Und danach gehen wir mal schön im Café frühstücken, was hältst du davon?"

„Das klingt gut", meinte Wolfgang.

Doch so einfach, wie sie es sich vorgestellt hatte, war das mit dem Löschen des Videos offensichtlich nicht. Kaum hatte Caroline es aufgerufen, fluchte sie auch schon laut. Seltsamerweise auf Englisch.

„Shit, shit, shit."

„Was ist denn? Kannst du es nicht löschen?"

„Das ist es nicht. Aber seit gestern ist das Video wohl viral gegangen. Es wurde schon rund 225.000 Mal angeklickt."

Wolfgang war baff vor Erstaunen. „Man kann sehen, wie oft es angeschaut wurde?"

„Ja, hier", meinte Caroline und zeigte auf eine sehr große Zahl, die immer weiter anwuchs. „Mist, das werden immer mehr, ich lösche es sofort."

Wolfgang musste ihr seine Zugangsdaten verraten, damit sie das Video aus dem Internet verschwinden lassen konnte.

„Dein Passwort ist ernsthaft Zeitreise1785?", schüttelte Caroline ungläubig den Kopf.

„Ja, wieso, ist das nicht sicher genug?"

„Nein, sichere Passwörter verwenden auch noch Sonderzeichen, zumindest hat man mir das mal so erklärt. Außerdem redest du in dem Video ja darüber, dass du 1785 eine Zeitreise gemacht hast, also könnten da schon ein paar Leute erraten, wie dein Passwort lautet."

„Du hast es aber nicht erraten und du bist der schlauste Mensch, den ich in dieser Zeit kenne", versuchte Wolfgang ein wenig mit Caroline zu flirten. Ihr schien aber nicht nach dem Austausch von Nettigkeiten zu sein. Sie war voll und ganz auf das Löschen des Videos konzentriert.

Doch was war das? Kaum hatte sie es gelöscht, schlug das YouTube ihr weitere Videos vor, auf denen Wolfgang zu sehen war.

„Oh nein, das Video wurde bereits kopiert, mehrfach“, entfuhr es Caroline.

„Was soll das heißen?“, wollte Goethe wissen. „Ist es so wie mit meinen Büchern, dass andere mit meinen Worten Geld verdienen wollen?“

„Vielleicht. Den Überschriften nach wollen sie sich aber einfach nur über dich lustig machen.“

Jetzt erst las Wolfgang, wie die Kopien seines Manifests betitelt waren.

Beknackter hält sich für Goethe
Angeblicher Goethe will die Weltherrschaft
Schmeißt eure Autos weg, Goethe hat es befohlen
Rettet den Planeten, killt Goethe
Wenn das Goethe ist, bin ich Michael Jackson

Es ging immer so weiter. Das Video musste noch mindestens zwanzig Mal mit unterschiedlichen Überschriften und Kommentaren auf Youtube zu finden sein.

„Es tut mir leid, Wolfgang, das ist jetzt vermutlich für immer unlöschbar im Netz. Ich schreibe zwar mal an Youtube, dass die möglichst alles davon löschen sollen, aber ich mache mir keine große Hoffnung, dass da alles erwischt wird.“

„Eigentlich wollte ich ja, dass die ganze Welt es sieht“, sagte Wolfgang resignierend. „Nur hatte ich gehofft, dass die Menschen dann auch danach handeln.“

„Ja, die Leute heutzutage, besonders die im Internet, können echt grausam sein. Aber selbst wenn sie dich ernst genommen hätten, hätte keiner deine Vorschläge umgesetzt“, meinte Caroline.

„Was? Wieso denn nicht? Je mehr ich über den Zustand der Welt lese, desto mehr fasst mich der Menschheit ganzer Jammer an. Ich kann da nicht einfach zusehen und die Dinge so passieren lassen, wie sie definitiv passieren werden, wenn keiner was tut. Wieso geht es denn den anderen Leuten nicht auch so? Es muss doch ein jeder den Planeten retten wollen, auf dem er lebt, auf dem seine Kinder, Enkel und Urenkel auch noch leben sollen, und zwar ohne bei 50 Grad Hitze, Hungersnot, Dürre, Wirbelstürmen und dergleichen dahinvegetieren zu müssen."

Seine Worte schienen irgendetwas in Caroline zu bewegen, denn ihr kullerte eine kleine Träne über die Backe.

„Caro, ist alles okay mit dir?", fragte er.

„Ja", seufzte sie. „Ich bin nur auf einmal echt froh, dass ich keine Kinder habe."

„Um ehrlich zu sein, würde ich wohl meinen Nachwuchs auch lieber nicht in dieser Zeit wissen", gab Goethe zu.

„Also ich glaube ja, wenn du in deiner Zeit Kinder bekommst, die wiederum Kinder bekommen und immer so weiter, dann hast du jetzt gerade sogar eine ganze Menge Nachkommen. Und einige von denen haben bestimmt auch Autos, sie duschen gerne warm, grillen im Sommer Rindfleisch oder machen gar Kreuzfahrten über die Weltmeere."

Dieser Gedanke gefiel Wolfgang gar nicht. Er musste dafür sorgen, dass in seiner Blutlinie stets der Respekt für die Natur weitergegeben wurde. Eigentlich sollte das sogar ein Unterrichtsfach sein, befand er. Aber ob er wohl tatsächlich Nachfahren hatte? Er war sehr versucht, das zu googeln, doch Caroline schien seine Gedanken zu lesen.

„Vergiss es, Wolfgang, du weißt, was die Regel Nummer eins im Internet ist."

„Ich soll mich nicht selbst googeln."

„Genau. Selbst ich habe dich nicht mehr gegoogelt, seit ich mir eingestanden habe, dass ich dir glaube, dass du Goethe bist."

„Du hast mich gegoogelt?"

„Ich, na ja, ich wollte nur mal, also, ich hab jetzt Hunger. Komm, lass und frühstücken gehen."

*****

Das Frühstück in dem Café hatte Wolfgang zwar sehr gut geschmeckt, seine Laune jedoch nicht gehoben. Überall, wo er hinsah, sah er nur noch umweltzerstörende Dinge. In der Kaffeestube gab es eine Kinderspielecke, deren Spielgeräte fast ausschließlich aus Plastik waren. Als er die Verkäuferin darauf ansprach, meinte die nur, die wären besser abwischbar und vertrügen auch Desinfektionsmittel besser.

Draußen auf der Straße parkten und fuhren unzählige Autos, und das waren nur die, die in dieser Kleinstadt hier rumfuhren. Er wollte sich gar nicht ausmalen, wie viele von den motorisierten Kutschen in diesem Moment weltweit ihre Abgase in die Luft pusteten.

Caroline bemerkte scheinbar, wie sehr ihn all diese Dinge weiter runterzogen, und entführte ihn nach dem Frühstück zu einem Waldspaziergang. Doch was ihm früher immer geholfen hatte, um sein psychisches Ungleichgewicht wieder ins Lot zu bringen, wirkte nun nicht mehr. Statt eines gesunden Waldes sah er fast nur kraftlose, ausgedörrte Bäume.

Die jungen Bäume schienen nicht mehr tief zu wurzeln und wurden daher nicht allzu kräftig. Die alten Bäume hingegen hatten zu großen Teilen Hitzeschäden. Die Blätter rollten sich ein, manche Nadelbäume waren ganz braun. In vielen Rinden sah er Risse aufklaffen.

Er hörte kaum Vögel im Wald, sondern nur die Autos der nahegelegenen Straße. Alles in diesem Tann schien künstlich angelegt zu sein, wild wuchsen bestenfalls ein paar Farne.

Wolfgang kamen dic Tränen. Er war hier doch verdammt nochmal nicht in einer Großstadt, das hier war das Land, ein angeblicher Naturpark sogar. Die Vegetation sollte doch üppig und grün sein. So ein Wald sollte Feuchtigkeit speichern. Dass dieser hier es nicht tat, konnte man riechen. Die Luft war trocken und kam dem Waldgeruch, den er aus seiner Zeit kannte, nach feuchtem, sattem Grün, kein bisschen nahe.

„Wolfgang, ist alles okay? Du weinst ja!“, blickte ihn Caroline besorgt an.

„Ich, also, ich, ach, können wir vielleicht einfach zurück in deine Wohnung?“

„Gefällt dir der Spaziergang nicht?“

Goethe hatte keine Energie mehr, Caroline darauf aufmerksam zu machen, was diesem Wald alles fehlte. Er wollte jetzt nur noch eines. Nicht mehr darüber nachdenken. Er hatte so viel nachgedacht und geplant und geschrieben und getan in den letzten Wochen, er hatte genug.

Nun wollte er einfach nur noch die Wohnungstür hinter sich schließen und nichts mehr von der Welt draußen hören oder sehen.

„Na gut“, meinte Caroline. „Aber wenn wir eh schon in so betrübter Stimmung sind, dann können wir auf dem Nachhauseweg noch beim Friedhof vorbeigehen.“

„Beim Friedhof? Warum?“, wollte Wolfgang wissen.

„Seit du hier bist, war ich kein einziges Mal dort. Ich muss nach dem Grab meiner Eltern sehen. Federico hat es bestimmt mal gegossen, aber ich will lieber auf Nummer sicher gehen. Außerdem ...“, sah Caroline ihn nun mit einem sehr merkwürdigen Blick an, „halte mich jetzt nicht für verrückt, aber ich würde dich gerne meinen Eltern vorstellen.“

*****

Der Friedhof wirkte auf eigenartige Weise beruhigender auf Goethe, als es der Wald getan hatte. Die Menschen, die hier lagen, mussten sich keine Gedanken mehr über die Klimaerwärmung machen. Sie hatten es hinter sich, das Leben und all seine Tücken und Herausforderungen. Was war das nur für eine Zeit, in der man die Begrabenen beneiden musste?

Auch Wolfgang hätte in diesem Jahrtausend schon längst in einem Grab liegen sollen, anstatt sich Sorgen über den Fortbestand der Menschheit zu machen. Aber möglicherweise tat er das ja? Konnte es sein, dass irgendwo auf diesem Planeten, eventuell sogar in Weimar, seine Gebeine lagen, während er mit diesen gleichzeitig hier herummarschierte? Und wenn dieses Wunder möglich war, vielleicht würde es dann auch noch ein Wunder zur Rettung der Erde geben.

Vielleicht rettete der Planet sich aber auch gerade selbst? Konnte es nicht sein, dass die Klimaerwärmung eine Art Fieber war, mit der sich der Erdkörper von seinem Befall mit Homo Sapiens heilte? Irgendwann wäre es der Menschheit zu heiß, um weiter auf diesem Planeten überleben zu können. Die Leute würden verdursten, verhungern, in Fluten ertrinken, und wenn sie alle tot waren, würde niemand mehr CO2 in die Luft pusten. Die Erde würde sich erholen und nur die robusten Arten würden fortbestehen. Das klang alles gar nicht so tragisch, wenn man sich die Menschheit als eine Art Virus oder Bakterium vorstellte. Dieses Bild wollte Wolfgang aber einfach nicht gelingen, schon gar nicht, wenn er sich hier umsah.

Die Gräber waren alle so liebevoll gepflegt. Es wurden Blumen darauf angepflanzt, von denen er einige noch gar nicht kannte. Er wollte lieber nicht darüber nachdenken, aus welch fernen Ländern und mit welchen Transportmitteln sie hierhergebracht worden waren. Jetzt zählte nur, warum die Friedhofsbesucher sie gepflanzt hatten. Aus Liebe. Und was waren das für ergreifende Sprüche, die auf den Grabsteinen standen.

Du wirst immer in unseren Herzen sein.

Deine Schritte sind verstummt,
doch die Spuren deines Lebens bleiben.

Das Sichtbare ist vergangen – doch es bleibt
die Liebe und Erinnerung.

Ob ihm auch mal jemand so etwas Nettes auf seinen Grabstein schreiben würde? Würde es überhaupt jemanden geben, der um ihn trauerte? Natürlich gab es die Anhänger seiner Literatur, aber würde auch jemand aus echter Liebe um ihn weinen?

Goethe musste wieder an die mikroskopisch kleinen Krankheitserreger denken, mit denen er die Menschen soeben verglichen hatte. Trauerten Viren und Bakterien ihren Verstorbenen nach? Nein. Sie setzten ihnen auch kein Grabmal, schufen ihnen keine Erinnerungsstätten, zumindest soweit Wolfgang wusste. Das war es, was die Menschheit ausmachte und es auch in diesem Jahrtausend noch tat. Menschen liebten einander. Nicht jeder liebte jeden, aber es schien zumindest keinen zu geben, der niemanden liebte.

Vielleicht war es auch das, was den Menschen von den restlichen Wirbeltieren unterschied? Oder konnten auch Tiere trauern? Er musste das später unbedingt googeln, falls Caroline ihn jemals wieder an den Computer lassen würde. Jedenfalls befand er, dass Wesen, die lieben und trauern konnten, es wert waren, gerettet zu werden, wenn auch vor ihrer eigenen Dummheit.

Goethe blickte auf. Sie waren stehen geblieben, an einem breiten Doppelgrab. Wie die meisten Gräber war es mit vielen Blumen bepflanzt und auch ein kleiner Zierstrauch war zu sehen. Es unterschied sich von den anderen aber dadurch, dass noch sehr viele kleine Engelsfiguren darauf aufgestellt waren. Es gab große Engel, kleine Engel, dicke Engel, dünne Engel ... Sie alle einte aber eines, es waren traurige oder betende Engel. Das Grab wirkte dadurch so, als sei es von einem trauernden Kind gestaltet worden. Andererseits war Caroline auch noch ein Kind gewesen, als sie ihre Eltern verloren hatte, und war es in ihrer Beziehung zu ihnen wohl immer geblieben.

„Hallo, Mama, hallo, Papa", sagte sie jetzt zu dem Grabstein, auf dem in ausgeprägten Buchstaben die Namen ihrer Eltern, deren Geburtstag und Todestag geschrieben stand. Als Grabinschrift standen dort nur drei Worte: *In liebender Erinnerung.*

Der gemeinsame Todestag rührte Wolfgang sehr. Er stand für eine Liebe, die bis in den Tod gedauert hatte, aber auch durch diesen beendet wurde, und zwar, wie er nun wusste, sehr abrupt, mitten in einem Moment des größten Glücks. Wenn das mal kein Stoff für einen Shakespeare war.

„Es tut mir leid, dass ich so lange nicht da war", meinte Caroline jetzt. „Aber dafür habe ich euch jemanden mitgebracht." Ihre Augen waren ganz glasig, als sie das sagte, dennoch lachte sie, als sie auf Wolfgang zeigte und zu ihren toten Eltern sagte: „Es ist niemand Geringeres als der große Johann Wolfgang von Goethe."

Seltsamerweise bedeutete es Wolfgang sehr viel, dass sie ihren toten Eltern seinen vollständigen, richtigen Namen nannte. Wann war er zuletzt so vorgestellt worden? Das war Jahrhunderte her. Leider glaubte er nicht an ein Leben nach dem Tod, weshalb es in seinen Augen lediglich ein Grabstein war, dem sein Name mitgeteilt wurde. Aber dennoch, die Geste zählte, nicht das Resultat.

Caroline sah ihn nun fragend an. Erwartete sie etwa von ihm, dass er mit ihren Eltern sprach? Er war doch nicht verrückt. Wieso sollte er mit zwei Toten sprechen? Andererseits war das auch nicht viel bizarrer als alles andere, was er in den letzten Wochen erlebt hatte. Er seufzte.

„Hallo, ähm, ich weiß nicht so recht, was ich sagen soll, ich kannte Sie ja nicht. Aber Sie haben eine wundervolle Tochter. Sie hat ein sehr großes Herz und ist gescheit und sie ist wunderschön. Wenn Sie sie sehen könnten, ich bin mir sicher, dann wären Sie unglaublich stolz auf sie."

Entweder hatte er genau das Richtige gesagt oder das Falsche. Caroline heulte jedenfalls los, als ob es kein Morgen mehr gäbe. Er wusste nicht, was er tun oder sagen sollte, deshalb nahm er sie einfach in den Arm, streichelte ihr sachte den Rücken und ließ sie sein Hemd vollkommen mit Tränen und etwas, das vermutlich Nasensekret war, benetzen.

In Caroline schien sich regelrecht eine Schleuse geöffnet zu haben. Es wirkte auf ihn so, als würden aus ihr die Tränen von 25 Jahren herausfließen. Erst nach einer gefühlten Ewigkeit beruhigte sie sich langsam und fragte ihn schluchzend:

„Gla... Glaubst du wirklich, sie wären stolz auf mich?"

„Na klar, warum sollten sie denn nicht auf dich stolz sein?"

„Ich b... bin doch nur Kindergärtnerin. Ich habe keinen Ma... Mann, keine Familie. Ich bin die Einzige von uns, die noch lebt, und wa... was mache ich mit meinem Leben? Ich lasse es an mir vorbeiziehen, ich nutze es nicht. Im Grunde bin ich auch tot, eine lebendige Tote. Mein Herz ist mit ihnen gestorben."

Wolfgang legte einen Finger an ihr Kinn und hob sachte ihren Kopf, so dass sie ihm tief in die Augen sehen musste.

„Ich möchte so etwas nie wieder von dir hören", begann er streng, bevor er liebevoll weiterredete. „Dein Herz ist doch nicht tot. Es ist lebendig, es schlägt für deine Freunde, für deinen Onkel, für die Kinder in deiner Arbeit ...", er stockte kurz, bevor er weitersprach, „und hoffentlich auch ein bisschen für mich."

Caroline konnte nur mit einem Nicken antworten. Er lächelte.

„Und seit wann bitte bemisst sich der Wert eines Lebens daran, ob man einen Mann und Kinder hat? Na ja, zu meiner Zeit vielleicht schon, aber heute doch nicht mehr. Und selbst wenn, du hast doch ganz viele Kinder. Ich meine, um wie viele Kinder hast du dich bislang im Kindergarten schon gekümmert? Wie vielen hast du aufgeschlagene Knie verarztet? Wie vielen hast du geholfen, als sie traurig waren? Wie vielen hast du Nächstenliebe und Respekt füreinander gelehrt? Wie vielen hast du Geschichten vorgelesen und sie vor Gefahren beschützt? Wie vielen hast du zugehört, wenn sie jemanden zum Reden brauchten? Für wie viele Kinder warst du in den letzten Jahren immer da, wenn sie dich gebraucht haben? Ich glaube, wenn jemand auf das, was er im Leben geleistet hat, stolz sein kann, dann du."

Jetzt weinte Caroline wieder, diesmal aber wohl vor Freude oder Rührung, denn sie schluchzte an seiner Brust: „Es ist so schön, dass du ... du das sagst."

Es dauerte wieder eine Weile, bis sie sich beruhigt hatte. Dann setzten sie sich auf eine Holzbank, die schräg gegenüber des Grabes ihrer Eltern stand, und redeten über das Leben und das Sterben. Wie sich herausstellte, glaubte auch Caroline nicht wirklich an ein Leben nach dem Tod.

„Aber weißt du", meinte sie, „immer wenn ich hier bin, dann habe ich das Gefühl, ich kann meine Eltern spüren. Das ist hier so und an Orten, an denen wir oft waren. Im Felsenlabyrinth zum Beispiel. Wenn ich da wandern gehe, fühlt es sich oft so an, als ob wir den Ausflug zusammen machen würden. Klingt das jetzt dumm in deinen Ohren?"

„Nein", antwortete Wolfgang. „Das klingt gar nicht dumm."

Tatsächlich hatte er nach dem Tod seiner Schwester immer wieder mal Momente gehabt, in denen er sich eingebildet hatte, ihr Parfum zu riechen. Ein andermal meinte er, sie hätte ihn aus einer Menschenmenge heraus angeblickt. Und sein Vater hatte ihn nach dessen Tod mehrere Nächte im Traum besucht. Er hatte nie jemandem davon erzählt, weil er wusste, dass das alles nur Hirngespinste waren. Wer war er aber, Caroline das zu sagen, dass ihre vermeintlich noch immer bestehende Verbindung zu ihren Eltern nur Einbildung war. Das brachte er nicht über das Herz.

Zudem hatte er auch nie an Zeitreisen geglaubt, also wer wusste schon, ob an diesem Leben nach dem Tod nicht doch etwas dran war. Irgendwelche höheren Mächte, die sich der Menschheit noch nicht erschlossen hatten, schien es jedenfalls zu geben. Ob dies nun göttliche Mächte waren oder Mächte der Natur, das war ja nur Definitionssache.

Goethe erschauderte bei dem Gedanken, dass es vielleicht wirklich sein Vater gewesen war, der ihn nachts im Traum besucht hatte. Vielleicht hätte er besser hinhören sollen, was dieser ihm sagen wollte.

„Weißt du, vielleicht sind sie ja irgendwie wirklich noch bei dir", versuchte er Caroline aufzubauen. „Was man tief in seinem Herzen besitzt, kann man nicht durch den Tod verlieren."

„Du meinst, sie leben in meinem Herzen weiter?", fragte Caroline.

„Dort und in deinen Erinnerungen und in denen all jener, die sie gekannt haben."

„Das ist ein schöner Gedanke. Aber was ist mit dem Kind im Bauch meiner Mutter, mit meinem Geschwisterchen? An das kann sich niemand erinnern, es war ja noch nicht mal auf der Welt", wollte Caroline wissen.

„Soweit ich weiß, ist das jetzt 25 Jahre her und du erinnerst dich trotzdem noch daran. Ich würde also sagen, dass es, auch wenn du es nie persönlich kennengelernt hast, auch in dir lebt."

Caroline nickte traurig. „Ach herrje, jetzt sieh dir uns zwei Trauerklöße mal an. Vielleicht hätten wir doch nicht herkommen sollen, jetzt sind wir beide schlecht gelaunt."

„Ach was, ich fühle mich geehrt, dass du mich mit hierhergenommen hast. Und ich glaube, dir hat es auch ganz gutgetan, das alles mal rauszulassen, was sich in all den Jahren in dir angestaut hat."

Caroline blickte ihn erstaunt an. „Du hast recht. Ich fühle mich jetzt irgendwie erleichtert. Als ob mir ein schwerer Ballast auf der Seele gelegen hätte, der jetzt nicht mehr da ist."

Wolfgang lächelte. Wenn er schon nicht die Welt retten konnte, so vielleicht wenigstens Caroline.

*****

Als sie wieder bei Carolines Wohnung ankamen, war diese guter Dinge. Sie hatten unterwegs noch eine Menge Schokoladeneis und Chips gekauft und wollten dies jetzt zusammen mit der Flasche Wein bei einem

Fernsehabend vernichten. Die Aussicht darauf schien ihr wirklich Freude zu bereiten.

Wolfgang hatte sich zwar dagegen ausgesprochen, sich vor diesen unsäglichen Guckkasten zu setzen, von dessen schnellen Bildern ihm noch immer ganz anders wurde, aber Caroline meinte, er müsse sich jetzt endlich mal daran gewöhnen. Früher oder später wollte sie ihn mal in ein sogenanntes Kino mitnehmen, und da durfte er natürlich nicht auffallen. Deshalb galt es nun, seinen Kopf darauf zu trainieren, sich einen Film oder eine Serie anzusehen, wie sie es ausdrückte. Ihm war noch nicht klar, was der Unterschied sein sollte.

„Weißt du was, ich suche in der Mediathek mal nach einem Weimar-Tatort. Dann kannst du zumindest ein bisschen sehen, wie dein alter Wohnort heute aussieht", meinte Caroline euphorisch und stellte eine bis zum Rand mit Eis gefüllte Schüssel vor Wolfgang auf den Wohnzimmertisch.

„Weimar-Tatort? Was soll das sein?"

„Das ist ein Krimi, wo zwei Kommissare in Weimar einen Mordfall ermitteln."

Wolfgang war entsetzt: „In Weimar wurde jemand ermordet? Ich fasse es nicht. Ich muss unbedingt dorthin. Kaum ist man mal weg, schlagen sie sich die Köpfe ein. Weiß man schon, wer es war? Also, ich meine, der Tote, kennt man ihn? Ist er jemand von Rang?"

Caroline sah ihn irritiert an. „Stopp, halt, komm wieder runter", meinte sie.

„Vom Sofa? Warum?"

„Nein, ich meine, beruhige dich. Niemand ist tot. Das ist nur eine Art Theaterstück, in dem jemand ermordet wurde, und die zwei Kommissare, also die Ordnungshüter, die finden im Laufe des Films heraus, wer es getan hat und warum. Und das Ganze spielt halt in Weimar und die Aufnahmen von diesem Theater wurden sozusagen in Weimar gemacht."

„Also so ähnlich, wie ich mich hier bei dir auf das Video machen konnte, so wurde das Theaterstück in diesen Fernseher reingemacht. Und obwohl es in Weimar gespielt wurde, kann ich es hier sehen?", hakte Wolfgang nach.

„Genau. Da siehst du, warum das Ding Fernseher heißt“, lachte Caroline nun, während sie die Weingläser randvoll mit Rotwein füllte.

Wolfgang wusste nicht genau, was sie vorhatte, es sah ihm aber schwer nach Völlerei aus. Nur gut, dass er kein gläubiger Christ war.

Das Theaterstück fing mit einer Art Ouvertüre an. Es wurde ein sehr eindringliches Musikstück gespielt, zu dem man wild wechselnde Bilder sah, von einem Auge und einer Person, die wegrannte. Das Opfer?

Am Anfang musste Goethe sich wirklich erst an die schnell aufeinanderfolgenden Bilder gewöhnen. Deshalb mussten sie die ersten zehn Minuten des Krimis noch einmal von vorne sehen. Er hatte einfach zu oft weggesehen, weil seine Augen das alles nur schwer verkraften konnten. Dann gewöhnten sie oder sein Gehirn sich aber tatsächlich daran und konnten das, was er sah, recht gut verarbeiten.

Von der Stadt, die man dort sah, erkannte Wolfgang nicht viel. Sollte das wirklich Weimar sein? Ab und an meinte er ein Gebäude zu erkennen, aber er war sich nicht sicher. Die Geschichte aber war sehr interessant. Der Ermordete war jemand, der der Stadt ein Grundstück am Frauenplan schenken wollte, um dort *Goethes Geo-Museum* zu errichten. Es war ausdrücklich ein Geo-Museum, das dort geplant war, nicht etwa ein Literaturmuseum oder ein bloßes Gedenkhaus. Die Menschen dieser Zeit erinnerten sich also doch an seine naturwissenschaftlichen Leistungen und nicht nur an seine Dramen und Gedichte. Dieser Gedanke allein ließ ein Gefühl wahrer Euphorie in ihm hochsteigen.

In der nächsten Szene meinte Wolfgang noch etwas zu erkennen. Es war ein Steinbruch. Er sah zwar bei Weitem nicht mehr so aus wie zu seiner Zeit, es war aber durchaus noch zu erahnen, dass es das Gelände bei Ehringsdorf war, wo Wolfgang einst selbst nach Steinen gegraben hatte.

Oh, welche Freude, ihm so vertraute Orte zu sehen. Aber statt sich noch mehr zu freuen, wich die Euphorie dem Gefühl der Sehnsucht nach zuhause. Doch Weimar schien nicht mehr sein Zuhause zu sein. Auch dort waren überall diese geteerten Straßen, Autos fuhren zuhauf, und wo man hinsah, waren diese hässlichen, modernen Gebäude aus dem Boden geschossen.

Die Ermittler gingen sogar in eine Wolfgang völlig unbekannte Universität, die sogenannte Bauhaus-Universität, die noch hässlicher war als die, welche er und Caroline in Bayreuth besucht hatten. Sie war schlicht und schnörkellos. Nichts daran ließ darauf schließen, dass hier große Geister zu Werke waren.

Vielleicht waren Universitäten heutzutage wirklich nicht mehr das, was sie in seiner Zeit waren, Orte der Zusammenkunft der schlausten Köpfe. Orte des Lehrens, Lernens und Staunens. Orte, an denen die Wissenschaft die Magie entzauberte.

Wolfgang seufzte. Er nahm einen Schluck aus seinem Weinglas und erschauderte. Nach der Schüssel Schokoladeneis schmeckte der Wein auffallend bitter. Trotzdem leerte er das Glas innerhalb einer Minute.

Caroline blickte ihn fragend an. Wolfgang lächelte ihr zuliebe, obwohl ihm gar nicht mehr nach Lächeln war, und sah weiter dem Film zu.

Caroline schenkte ihm nach und öffnete dann die Tüte Chips. Sie bot Wolfgang welche an. Er wollte dankend ablehnen, aber der Wein stieg ihm bereits zu Kopf und er wollte den Alkohol schnell mit etwas aufsaugen. Er bereute es jedoch sofort, als er sich eine Hand voll von diesem Zeug in den Mund steckte.

Das waren wieder so überwürzte Dinger, wie er sie in dem Supermarkt probiert hatte. Nur dass diese hier noch irgendein Gewürz extra hatten, das sie total scharf machte. Wolfgang spürte, wie sein Gesicht rot anlief und sein Hals brannte wie Feuer. Schnell schüttete er ein weiteres Glas Wein hinterher, um das Feuer zu löschen.

Caroline lachte. „Entschuldige bitte, ich habe total vergessen, dir zu sagen, dass die mit Chili sind.“ Sie lachte so sehr dass ihr sogar die Tränen kamen. „Tut mir leid, aber das sah echt lustig aus, wie du plötzlich rot angelaufen bist.“

Wenigstens Caroline hatte was zum Lachen, dachte sich Wolfgang. Sie konnte auch nicht ahnen, welche Pein es ihm bereitete, sein Weimar so vollkommen verschandelt zu sehen. Ein paar Aufnahmen aus der Altstadt beruhigten ihn zwar dahingehend, dass nicht alle schönen und erhabenen Gebäude der modernen Architektur weichen hatten müssen, dennoch tat es weh, sein Zuhause so verändert zu erblicken. Dabei hatte

Caroline ihm doch einen Gefallen tun wollen, indem sie ihm diesen Film aus Weimar zeigte.

Goethe konzentrierte sich wieder darauf, herauszufinden, wer der Mörder war, als der Kommissar sagte: „Sieh der lebenswunden Tücke, sieh der lebenswunden Lust."

Endlich einmal sprach dort jemand in diesen bisher sehr salopp gehaltenen Dialogen Worte, die von ihm selbst hätten sein können.

„Wolfgang, hast du gehört, er hat dich zitiert."

„Zitiert? Mich? Nein, das ist nicht von mir."

„Wirklich nicht? Ich war mir sicher, dass Lessing immer nur Goethe zitiert." Sie zog ihr Händi aus der Hosentasche. „Moment, ich schau mal nach ... doch, das ist ein Goethezitat. Oh, aber das ist aus einem Werk, das du noch gar nicht geschrieben hast, also vergiss das lieber gleich mal wieder."

Herrje, was war das nur für eine komplizierte Angelegenheit mit diesen Zeitreisen. Da konnte ein dahergelaufener Fernsehkommissar, der noch dazu Lessing und nicht Goethe hieß, Worte von ihm zitieren, die er bislang weder geschrieben noch gedacht hatte. Und wenn er sie nun in der Zukunft schreiben würde, waren es denn dann noch seine Worte oder die des Ermittlers?

Wolfgang hatte das Gefühl, es würde sich ein Knoten in seinem Kopf bilden. Jetzt war er doch froh, dass er bislang der Versuchung widerstanden hatte, Informationen über seine Zukunft und seine noch ungeschriebenen Werke einzuholen.

„Caroline, meinst du, wir können das ein andermal fertig sehen?", fragte er.

Caroline blickte zwar etwas enttäuscht drein, schaltete den Fernseher aber aus.

„Hat es dir nicht gefallen? Ich dachte, du freust dich, Weimar zu sehen."

„Das ist nicht mehr mein Weimar. Und in mein Weimar werde ich wohl auch nie wieder zurückkommen", meinte Wolfgang traurig.

Caroline wirkte überrascht. „Woher willst du das denn wissen? Vielleicht finden wir ja noch einen Weg für dich zurück", sagte sie, klang dabei aber so, als ob ihr die Vorstellung Angst machen würde.

„Ich kann die Aufgabe, die mir das Universum, das Schicksal oder wer auch immer gestellt hat, nicht erfüllen. Ich kann die Welt nicht vor der Klimakatastrophe retten. Wenn das aber der Grund ist, warum ich hier bin, dann werde ich auf ewig in dieser Zeit feststecken."

„Feststecken. Das klingt, als wäre es superschrecklich hier bei mir." Caroline wirkte bedrückt. „Aber jetzt mal ehrlich, wer sagt dir denn überhaupt, dass es deine Aufgabe ist, den Planeten zu retten? Hast du irgendeine Nachricht vom Universum erhalten, in der dir genau das aufgetragen wurde?"

Wolfgang schüttelte nur den Kopf.

„Das dachte ich mir. Denn dafür gibt es schon wahrlich genug andere. Die Fridays-for-Future-Leute zum Beispiel. Da wächst eine ganze Generation heran, die weiß, dass es so nicht mehr weitergehen kann. Es gibt immer mehr Leute, die nur noch Bio kaufen. Immer mehr Plastikalternativen werden entwickelt, mehr alternative Energiequellen werden genutzt. Es gibt Organisationen, die die Meere beschützen wollen ... ich könnte noch ewig aufzählen. Ja, vielleicht ist es, bis sich das alles durchsetzt, schon zu spät für uns, aber nichts, was du als einzelner Mann tun könntest, hätte einen schnelleren Effekt. Meinst du nicht, wenn es deine Bestimmung wäre, die Erde oder die Menschen zu retten, dass dich das Labyrinth dann zwanzig Jahre eher ausgespuckt hätte, in einer Zeit, in der das Ruder noch herumgerissen hätte werden können?"

Das gab Wolfgang zu denken. Aber wenn er nicht für die Abwendung der Klimakatastrophe hier war, warum denn dann?

„Warum sollte ich sonst hier sein? Für was braucht die Welt heutzutage Johann Wolfgang von Goethe? Ich soll doch nicht etwa die Literatur revolutionieren."

Caroline blickte ihn lange und milde an. Dann lächelte sie. „Wie kommst du eigentlich immer darauf, dass du die ganze Welt retten sollst? Vielleicht bist du ja auch einfach nur für uns hier, die Leute, die in diesem Haus wohnen."

Wolfgang war irritiert. „Für die Leute hier im Haus? Wie meinst du das?"

„Vivian hat mir erzählt, was du alles getan hast, und ich habe es auch mit eigenen Augen gesehen. Herr Prechtl ist geradezu aufgeblüht, er ist ein ganz neuer Mensch, dank dir. Frau Herdmann kann hingegen endlich sie selbst sein, ohne immer nur ihrer Rasselbande hinterherzurennen. Ihre Kinder werden jetzt mal mit einer echten Autoritätsperson konfrontiert. Und Vivian, na ja, ich glaube, du weißt selbst am besten, was du für sie und ihre Ehe getan hast."

So hatte Wolfgang das noch nie gesehen. Natürlich, er hatte in seiner Anwesenheit hier vor allem Einfluss auf die Leute gehabt, die ihm begegnet waren. Ob er ihr Leben nun wirklich so viel verbessert hatte, dass es den Aufwand einer solchen Zeitreise rechtfertigte, war fraglich. Dennoch war es aber tatsächlich möglich, dass dies der Grund war, warum er hier war. Er rettete die Welt im Kleinen, die Welt in diesem Haus.

Bei dem Gedanken durchströmte ihn ein warmes Gefühl. Was war das? War das der Alkohol? Nein, es war eine Emotion, die er seit langem nicht mehr gehabt hatte. Es war Glückseligkeit. Er war hier die letzten Wochen nicht nutzlos gewesen. Er hatte etwas bewirkt. Aber gehörte zu diesem Haus nicht auch Caroline?

„Caro?", sprach er sie sachte an.

„Ja?"

„Was ist mit dir?"

„Mit mir?"

„Habe ich dein Leben denn auch verändert? Also, zum Besseren, meine ich."

Sie blickte ihn an, lächelte, legte ihre Hand auf seine und drückte sie.

„Das weißt du doch", sagte sie mit verführerischer Stimme.

Egal was sein Verstand ihm sagte, Wolfgang konnte nun nicht mehr anders. Er küsste Caroline. Sie schien erst erschrocken, küsste ihn dann aber sachte zurück. Ihre Lippen schmeckten salzig, aber auch süß vom Wein und nach ihr selbst. Sie waren weich und warm und luden seine Zunge ein, sie zu erforschen.

Auch seine Hände konnte er jetzt nicht mehr still halten. Er berührte ihr Gesicht, streichelte ihre zarte Haut. Die Haut der Frauen seiner Zeit fühlte sich bei weitem nicht so fein und weich an. Meist war sie gepudert, zu fettig oder zu trocken. Die Gesichtspflege dieser Zeit schien sehr fortschrittlich zu sein, wenn die Haut dadurch so ebenmäßig und verführerisch zart wurde. Und sie roch so gut, irgendwie leicht blumig, aber auch ein bisschen nach Beeren.

Wolfgang ließ seine Hände weiter nach unten wandern, bis er ihren weichen Busen unter seinen Fingern spürte. Kein Korsett engte diesen ein, wenngleich er in eine Art Stoffgestell gepackt war, das ihn in Form hielt. Der Stoff war aber so dünn, dass Goethe spüren konnte, wie Carolines Knospen darunter erblühten.

Caroline entfuhr ein leises Stöhnen, wodurch sich ihre Lippen kurzzeitig voneinander trennten. Wolfgang wollte die ihren sofort wieder mit seinen bedecken und ihr dann zeigen, welche riesige Wirkung sie auf seine Lenden hatte, doch Caroline nutzte den kurzen Moment, um die Worte zu sagen, vor denen er sich gefürchtet hatte: „Halt, Wolfgang, stopp, warte!"

Auch wenn es ihm so erregt sehr schwerfiel, ein Gentleman zu sein, ließ er doch umgehend von ihr ab. Er blickte sie an. Was war los? Warum sollte er aufhören? Hatte sie es sich anders überlegt?

„Entschuldige, war ich zu aufdringlich?", fragte er sanft.

Caroline stand vom Sofa auf, wandte sich von ihm ab und fuhr sich mit den Händen durch die Haare. Sie atmete tief durch.

Das sah für ihn schon sehr nach Zweifeln aus. Sie hatte bestimmt Angst davor, was passierte, wenn zwei Menschen aus völlig unterschiedlichen Zeiten miteinander den Beischlaf praktizierten. War das nicht gegen jede Regel des Universums? Und was war eigentlich mit Geschlechtskrankheiten? Hatten sie solche noch in dieser Zeit? Wolfgang wollte Caroline weder mit etwas anstecken, das er vielleicht von 1785 mitgebracht hatte, noch sich selbst irgendwelche neumodischen Krankheiten einfangen.

Er spürte, wie seine Erregung bei den Gedanken langsam nachließ. Doch da drehte sich Caroline wieder zu ihm um. „Das geht so nicht", sagte sie.

Hatte er es doch gewusst, dass sie Einwände hatte. Wolfgang wusste nicht, ob er jetzt enttäuscht oder erleichtert sein sollte. Na gut, wenn er ehrlich mit sich war, so war er enttäuscht. Er begehrte Caroline jetzt schon so lange. Er wollte nun endlich eins mit ihr sein.

Aber Moment mal, wenn Caroline nicht mit ihm schlafen wollte, warum sah sie ihn dann so lüstern an?

„Das geht so nicht“, wiederholte sie nochmals, streckte dann aber die Hand nach ihm aus. „Das Sofa ist viel zu hart. Lass uns ins Schlafzimmer gehen.“

Wolfgang konnte nicht fassen, was sie da sagte, doch er nahm ihre Hand, stand auf und ging mit ihr in Richtung ihres Schlafgemachs.

Noch an der Tür hatten ihre Lippen bereits wieder zueinandergefunden. Nun war es Caroline, deren Hände begierig seinen Körper erkundeten. Knopf für Knopf öffnete sie sein Hemd und dann seine Hose, die inzwischen merklich eng geworden war. In dem Bereich hatten er und Jerome wohl eindeutig nicht dieselbe Größe.

Wolfgang war hin und her gerissen, ob er sich von Caroline weiter führen lassen oder das Ruder übernehmen sollte. Er kannte das nicht, dass die Frau den Mann auszog und so forsch war, fand es aber unglaublich erregend. Und was sie da mit ihrer Hand machte ... ach du meine Güte. Er musste das stoppen, wenn sie auch noch etwas von dem Spaß haben sollte.

Vorsichtig brachte er ein bisschen Abstand zwischen sie und sich. Caroline blickte ihn an wie ein wildes Tier, dem man seine Beute nehmen wollte, doch sie ließ ihn gewähren. Langsam näherte er sich ihr wieder. Er packte sie, hob sie hoch, legte sie liebevoll auf ihr laut knarzendes Bett und zeigte ihr dann mehrmals in dieser Nacht, was Männer aus dem Jahr 1785 alles konnten.

„Werd ich zum Augenblicke sagen:
Verweile doch! Du bist so schön!
Dann magst du mich in Fesseln schlagen,
dann will ich gern zugrunde gehen!“

(Johann Wolfgang von Goethe, Faust. Eine Tragödie)

Kapitel 12

07.07.2024

Als Caroline erwachte, lag Wolfgang völlig nackt neben ihr im Bett und schlief. Sie hatte keine Ahnung, wie spät es war, und es war ihr auch vollkommen egal. Schon lange war sie nicht mehr so glücklich und entspannt gewesen, und das, obwohl sie in der Nacht kaum geschlafen hatten.

Sie ließ ihren Blick über Wolfgangs Körper wandern. Wie konnte man denn so sportlich sein, wenn man aus einer Zeit kam, in der es noch keine Fitnessstudios und Trimm-dich-Geräte gab? Wurde man durch das Reiten und Schwimmen alleine so kräftig? Oder lag es auch daran, dass man zu Goethes Zeit die meisten Strecken noch zu Fuß ging?

Goethe hatte in den letzten Wochen bei ihr doch etwas an Kilos zugelegt, so dass er nun nicht mehr so hager war. Das ließ auch seine Muskeln besser wirken. Sie musste aber aufpassen, ihn nicht zu sehr zu mästen, nicht, dass er am Ende ihretwegen vor seiner Zeit an Fettleibigkeit starb.

Sachte streichelte sie seine Wange. Seine Haut war etwas rau. Sie musste ihm unbedingt mal eine Tagescreme besorgen. Oder legten Männer aus seiner Zeit keinen Wert auf sowas? Vielleicht war ihm das zu weibisch, oder wie auch immer Wolfgang dazu sagen würde.

Nur ungern trennte sich Caroline von Goethes nacktem, wohlgeformtem Körper, doch ein dringenderes Bedürfnis, als seine Nähe zu spüren, meldete sich bei ihr. Aber noch ehe sie zur Schlafzimmertür hinaus war, hörte sie Wolfgangs Stimme.

„Caroline, verweile noch.“

Sie drehte sich langsam und völlig nackt, wie sie war, zu ihm um. Er hatte sich inzwischen auf den Bauch gelegt, seinen Kopf auf seine Hände gestützt und lächelte sie an.

„Du bist so schön.“

Ein warmes Kribbeln durchfuhr ihren Körper. Sie konnte sich nicht mehr erinnern, wann sie zuletzt nackt vor jemandem gestanden hatte. Sie konnte aber mit Sicherheit sagen, dass sie dabei noch nie so verzückt angesehen wurde wie nun von Goethe.

„Na los, komm zurück ins Bett“, lockte er sie.

„Ich würde ja gerne, aber ich muss mich mal kurz frischmachen und eine Tasse Kaffee wäre auch ganz nett. Wenn du willst, bring ich dir auch einen ans Bett“, zwinkerte sie ihm zu.

„Aber nur unter einer Bedingung“, meinte Wolfgang. „Du darfst dir in der Zwischenzeit nichts anziehen.“

Caroline lachte. Nackt hatte sie ihre Kaffeemaschine bisher noch nicht bedient. Aber außer ihnen war niemand hier, also warum eigentlich nicht?

Kurze Zeit später lagen sie beide wieder im Bett, mit einer Tasse Kaffee in der Hand und je einem abgepackten Schokocroissant, das kurz vorm Verfallsdatum stand. Caroline kaufte die Dinger immer, weil sie sich so lang hielten und im Falle eines kleinen, unvorhergesehenen Hungers echt praktisch waren, aß sie dann aber nie. Auch jetzt machte keiner von ihnen die Packung auf, da sie in Wirklichkeit schon wieder Hunger auf etwas ganz anderes hatten. Es reute Caroline nicht, dass die Hörnchen mal wieder auf dem Müll landen würden, wenn sie nun dafür das bekam, worauf sie eigentlich Appetit hatte.

Fast zwei Stunden wilden Bettgeknarzes später entschlossen sie sich dann doch, langsam aufzustehen. Das Telefon hatte zwischendurch Sturm geklingelt, aber jedes Mal, wenn Caroline rangehen wollte, hielt Wolfgang sie zurück und zog sie wieder an sich. Als er nun duschen ging, wollte sie wenigstens nachsehen, wer da so oft angerufen hatte, als es zu allem Überfluss an der Haustür klingelte.

Caroline hatte keinerlei Lust, irgendjemandem zu öffnen, warf sich zur Sicherheit aber etwas über, falls die Person an der Tür genauso aufdringlich war wie der Anrufer. Und tatsächlich wurde die Türklingel immer und immer wieder geläutet. Ob irgendetwas Schlimmes passiert war? Sie drückte den Türöffner.

Kurze Zeit später stand Federico vor ihrer Haustür. Na der hatte ihr jetzt gerade noch gefehlt. Hatte er etwa gespürt, dass sie und Wolfgang sich nähergekommen waren, oder warum war er hier? Er besuchte sie doch sonst nie und schon gar nicht sonntags. Da musste er um diese Zeit immer ... hm, wie spät war es eigentlich?

Ach du Schande, es war schon zwölf Uhr. Federico war doch jetzt normalerweise mitten in seinem Mittagsgeschäft. Wenn er trotzdem hier auftauchte, musste es ungeheuer wichtig sein. Vielleicht war Birte verunglückt?

„Federico, was ist los? Ist etwas passiert? Was machst du hier?“, fragte sie ihn panisch.

„Das fragst du mich?“, entgegnete dieser wütend.

Was sollte das denn? Sie hatte ihm doch nichts getan.

„Du hast mich angelogen!“

Upps, scheinbar hatte sie ihm doch etwas getan. Wie konnte er das jedoch wissen?

„Angelogen? Ich? Äh, also, was meinst du denn genau?“, fragte sie kleinlaut.

Man konnte ihrer Stimme die Schuldgefühle deutlich anhören. Aber sie hatte eigentlich nicht gelogen, sie hatte nur Dinge verschwiegen und ein wenig umschrieben.

Jetzt galt es erst einmal Ruhe zu bewahren. Vielleicht sprach er gar nicht von Wolfgang, sondern von etwas ganz anderem? Sie zermarterte sich das Hirn danach, was das sein könnte, aber ihr fiel leider kein weiterer Grund ein, weshalb er sie der Lüge bezichtigen könnte.

„Wo ist der Typ? Ist er hier? Versteckt er sich vor mir? Der ist verrückt, Caro, der muss weggesperrt werden“, echauffierte sich Federico immer mehr.

„Jetzt mach mal halblang. Was ist denn eigentlich los? Wie kommst du denn darauf?“

„Wie ich darauf komme? Na, sein Internetvideo!“

„Du hast ihn auf Youtube gesehen? Ich wusste nicht mal, dass du weißt, was das ist."

„Jetzt werd hier mal nicht frech", brüllte er sie an wie ein kleines, ungehöriges Kind. „Sie haben im Fernsehen über seine Videos berichtet, im Regionalfernsehen. Weißt du, wie viele von meinen Gästen das anschauen? So gut wie jeder. Die ganze Stadt zerreißt sich das Maul über ihn. Und dann macht er das auch noch vor dem Regal, wo du ein Foto von mir stehen hast. Jetzt fragen mich natürlich alle, ob ich den Spinner kenne."

Oh nein, daran hatte Caroline gar nicht gedacht. Als sie Wolfgangs Manifestvideo gesehen hatte, waren ihr nur die Buchtitel im Regal peinlich gewesen. Die Fotos hatte sie gar nicht bemerkt. Sie wusste zwar, dass Wolfgang mit der Erwähnung des Felsenlabyrinthes und des Wunsiedler Wegs verraten hatte, dass er derzeit in der Festspielstadt weilte. Sie hatte aber nicht geglaubt, dass man von dem Video eine Verbindung zu ihr oder gar Federico herstellen konnte. Langsam wurde sie panisch. Wie konnte sie die Situation retten?

„Ich habe doch erzählt, dass er Goethedarsteller ist. Wieso soll er als solcher nicht auch Videos machen?"

„Caroline, willst du mir jetzt wirklich weiter ins Gesicht lügen?", starrte Federico sie mit weit aufgerissenen Augen an.

Caroline resignierte. „Nein, das will ich nicht."

„Also, hält der Typ sich nun wirklich für Goethe? Ja oder nein?"

Noch ehe Caroline antworten konnte, kam Wolfgang nur mit einem Handtuch um die Hüften pfeifend aus dem Badezimmer geschlendert. „Oh Caroline, ich glaube, ich bin noch nicht ganz sauber, vielleicht solltest du mir noch ein bisschen beim Duschen helfen. Oder wollen wir lieber nochmal dein Bett so herrlich knarzen lassen?", rief er lachend und erstarrte dann, als er Federico sah. „Oh, wir haben Besuch, das habe ich unter der Dusche gar nicht gehört."

Federico lief knallrot an. Er kam Caroline vor wie ein wilder Stier, vor dessen Nase gerade jemand mit einem roten Tuch wedelte. Vorsichtig legte sie ihm die Hand auf die Schulter.

„Onkelchen, willst du dich vielleicht setzen und was trinken?"

„Ich will mich nicht setzen. Du hast doch nicht etwa, ihr habt, also seid ihr, oh mein Gott! Caroline, wieso hast du das getan?“ Federico wirkte nun richtiggehend verzweifelt.

Caroline hatte beim besten Willen nicht vor, ihrem Onkel zu erklären, warum sie mit Wolfgang eine intime Beziehung eingegangen war. Das ging ihn überhaupt nichts an, selbst wenn er diesen für verrückt hielt. Doch sie musste auch nichts sagen, denn durch die noch geöffnete Wohnungstür drängte sich ein weiterer ungebetener Gast.

Diesen nahm Caroline erst wahr, als Wolfgang dessen Ankunft mit den Worten „Auftritt Doktor Tatzel“ kommentierte. Er verneigte sich höflich in seinem Handtuch vor dem Arzt und meinte: „Schönen guten Tag, Herr Doktor Medicus. Das ist aber eine Überraschung, Sie zu sehen. Das wird ja langsam richtig gesellig hier.“

An Caroline gewandt meinte er: „Ich glaube, ich ziehe mir besser schnell was an, das wird wohl nichts mit dem gemeinsamen Duschen.“

Caroline war ganz froh, dass Wolfgang das Zimmer verließ, und hoffte, er wäre so schlau, erst mal nicht mehr aufzutauchen, bis sie die Sache in Ordnung gebracht hatte. Sie musste mindestens einen der beiden Männer in ihrem Wohnzimmer loswerden, bevor Federico und der Arzt noch ins Gespräch über Wolfgang kamen.

„Herr Doktor Tatzel, woher haben Sie meine Adresse?“, fragte sie ihn pikiert.

Der konnte doch nicht einfach ungefragt bei ihr auftauchen.

„Sie haben doch Ihre Nummer im Krankenhaus hinterlassen“, meinte dieser lässig.

„Ja, die Nummer, aber nicht die Adresse.“

Hatte Birte etwa Kontakt mit ihm aufgenommen und Wolfgang an ihn verraten? Das würde sie niemals tun, oder? Aber was, wenn doch? Das könnte sie ihr nicht verzeihen!

„Rückwärtssuche. Das war ganz einfach, Sie stehen im Telefonbuch“, meinte der Arzt nur knapp.

Caroline verfluchte sich dafür, dass sie im Krankenhaus nicht nur ihre Handynummer, sondern auch noch die vom Festnetz angegeben hatte.

„Sie können mir doch nicht einfach hinterherspionieren. Schon mal was von Datenschutz gehört? Raus hier aus meiner Wohnung, Sie Stalker“, versuchte sie auf schroffe Art, ihn loszuwerden.

„Caro, so kannst du doch nicht mit einem Doktor reden“, mischte sich Federico ein. „Sind Sie wegen Wolfgang hier?“, fragte er diesen.

„Das geht dich gar nichts an, warum er hier ist. Du musst jetzt in dein Lokal, deine Gäste warten.“

„Ich hab zugesperrt, Familie ist wichtiger.“

Caroline wusste nicht, was sie sagen sollte. Sie hatte sich so lange gewünscht, dass sie ihrem Onkel mal wichtiger wäre als das Restaurant. Nun war der Moment da und er kam ihr vollkommen ungelegen.

„Das ist lieb, aber wie du siehst, passt es gerade nicht. Vielleicht gehst du ja lieber, damit ich mit dem Doktor in Ruhe sprechen kann.“

An den Arzt gerichtet meinte sie: „Oder vielleicht rufe ich lieber gleich die Polizei, wegen Hausfriedensbruchs. Sie haben hier nichts verloren.“

Herr Tatzel hob beschwichtigend die Hände. „Meiner Meinung nach ist hier eindeutig Gefahr im Verzug. Sie hätten mir sofort sagen müssen, dass es dem Mann nicht besser geht. Stattdessen rennen Sie wie kleine Kinder vor mir davon. Merken Sie nicht, dass er sich immer tiefer in seinen Wahn hineinsteigert? Er braucht jetzt die richtigen Medikamente und eine Therapie.“

„Von wegen, er braucht das“, schrie Caroline den Arzt nun fast schon an. „Sie brauchen Wolfgang, damit Sie vor Ihren Kollegen mit einem interessanten Fall aufwarten können!“

„Ah, dann sind Sie doch wegen Wolfgang hier“, warf Federico ein.

„Ich glaube nicht, dass der wirklich Wolfgang heißt“, entgegnete der Arzt genervt.

Unnötigerweise kam jetzt Goethe wieder ins Wohnzimmer geschlendert und meinte, er müsse Caroline verteidigen. „Darf ich vielleicht einmal wissen, warum hier in Anwesenheit einer Dame ein so rüder Ton herrscht?“, blickte er die beiden Männer strafend an.

„Ja, das dürfen Sie, aber nennen Sie mir doch bitte zuerst einmal Ihren vollständigen Namen“, versuchte Herr Tatzel Wolfgang eine Falle zu stellen.

Dieser blickte Caroline fragend an. Sie schüttelte nur sachte den Kopf, woraufhin Wolfgang schwieg.

„Der Typ hält sich für Goethe, das weiß doch jetzt jeder, da gibt es so ein Video im Internet“, verriet Federico dem Arzt.

Caroline blickte ihn enttäuscht an. Dieser blöde Verräter, ging es ihr durch den Kopf.

„Ja, ich weiß, ich habe das Video gesehen. Aber ich muss es nochmal von ihm selbst hören.“

„Im Video tut er doch nur so, als sei er Goethe, um mehr Aufmerksamkeit zu bekommen“, warf Caroline ein. „Immerhin ist Klimaschutz ein immens wichtiges Thema.“

„Caro, der tut doch nicht nur so, das musst du doch schon längst kapiert haben“, ereiferte sich Federico ungebetenerweise und ignorierte dabei die wilden, bedrohlichen Gesten, die Caroline machte, um ihn zum Schweigen zu bringen.

„Herr Doktor“, wandte sich ihr Onkel nun an diesen, „dieser Typ wusste noch nicht einmal, was ein Foto ist. Der hat das für Miniporträts gehalten, ist das zu glauben?“

Nun war Herr Tatzel ganz Ohr. „Also, wenn Sie, Herr, äh ...“

„Federico Fontana.“

„Ah ja, also, wenn Sie, Herr Fontana, bezeugen können, dass dieser Mann hier sich auch abseits jeglicher schauspielerischer Tätigkeit für Johann Wolfgang von Goethe hält, dann würde mir das in diesem Fall schon ausreichen, um einer Einweisung nach Rehau zuzustimmen.“

„Federico, ich warne dich“, drohte ihm Caroline.

„Caro, der hat dich doch irgendwie um den Finger gewickelt. Ich habe vorhin mit Birte telefoniert und die meinte, du glaubst ihm auch noch, dass er Goethe ist. Der vernebelt dir doch deinen Kopf. Du musst endlich wieder unter normale Menschen, weg von dem Irren.“

Also hatte Birte sie doch verraten, nur nicht an Doktor Tatzel, sondern an Federico. Caroline spürte einen Stich im Herzen bei diesem Gedanken.

„Es gibt noch mehr Leute, die seinen Wahn bezeugen können?“, hatte der Arzt Blut geleckt.

„Ja, ob die das jetzt aussagen würde, weiß ich nicht, aber ich könnte nochmal mit ihr reden", verbrüderte sich Federico mit dem Arzt. Aber nicht für lange.

„Und Sie sagen, dass diese junge Dame hier inzwischen ebenfalls glaubt, der Mann sei Goethe?", fragte er ihren Onkel.

„Hey, wir sind hier im Raum, Sie können auch direkt mit uns sprechen", warf Wolfgang erbost ein.

„Nein, das glaube ich nicht, Sie scheinen beide nicht bei Verstand zu sein", wurde der Doktor wütend.

„Was sagen Sie da zu meiner Nichte?", wollte Federico schockiert wissen, doch der Arzt reagierte gar nicht darauf, sondern fragte nun Caroline:

„Frau Neumüller, glauben Sie tatsächlich, dass dieser Mann hier ...", er zeigte auf Wolfgang, „Johann Wolfgang von Goethe ist?"

Caroline zögerte diesmal keine Sekunde. „Ja, das ist er. Er ist Johann Wolfgang von Goethe, das glaube ich nicht, sondern das weiß ich."

Federico heulte auf wie ein getretener Hund. Wolfgang hingegen schien einerseits erfreut, dass sie so zu ihm stand, andererseits aber auch entsetzt. Warum nur? Hatte er das nicht schon so lange von ihr hören wollen?

„Okay, wenn das so ist, dann werde ich leider Sie beide mitnehmen müssen. Herr Fontana, Sie müssen bitte bleiben, damit mir keiner von den beiden entwischt, bis der Rettungsdienst hier ist und sie fixieren kann."

„Was? Caroline mitnehmen? Das tun Sie auf keinen Fall", baute sich Federico in voller Breite vor dem Arzt auf. „Sie überschreiten vollkommen Ihre Kompetenzen. Nur weil jemand etwas Abwegiges glaubt, muss man ihn doch nicht gleich einweisen. Ich meine, die beiden sind keine Gefahr für sich oder ihre Mitmenschen. Da reicht eine einfache Therapie doch vollkommen aus. Ich bringe meine Nichte da auch persönlich hin, versprochen. Und wenn es sein muss, auch Wolfgang."

„Erklären Sie mir mal nicht, wie ich meinen Job zu machen habe. Jemand, der sich für Goethe hält, kommt in der Welt nicht alleine zurecht. Was, wenn er vor ein Auto rennt, weil er nicht weiß, was das ist? Und Ihre Nichte ist co-verrückt. Ich habe keine Ahnung, ob es schon ein richtiges Wort dafür gibt, aber es scheint mir eine Art Stockholm-Syndrom zu sein. Es sieht so aus, als hätte sie so eine Sympathie für den Mann aufgebaut, dass sie nun auch seine Geisteskrankheit mit übernommen hat. Sie braucht genauso psychiatrische Hilfe wie er."

„Mir scheint, Sie sind hier der Einzige, der psychiatrische Hilfe braucht! Sie missachten jegliche Schweigepflicht, verstoßen gegen den Datenschutz und wollen willkürlich Leute in die Klapse einweisen. Sie spinnen doch!", schrie Federico und packte den Arzt am Kragen. Er war gerade dabei, mit der zur Faust geballten Hand auszuholen, als Wolfgang einschritt.

„So haltet doch ein, ich gestehe alles", rief er laut.

Die beiden Männer hielten in ihrem Streit tatsächlich inne. Federico ließ Herrn Tatzel los.

Dieser brachte einen sicheren Abstand zwischen sich und den erbosten Italiener. „Sie gestehen also, dass Sie sich für Goethe halten? Aber das ist gar nicht mehr nötig, die Sachlage spricht für sich."

Caroline weinte und fiel Wolfgang um den Hals. „Wolfgang, nein, tu es nicht. Sie sperren dich ein und lassen dich nie wieder raus. Im Moment hat er doch nichts weiter als Indizien", kratzte sie ihr gesamtes Krimiwissen zusammen, ohne genau sagen zu können, ob das auch für medizinische Belange galt.

Wolfgang legte ihr wieder sachte den Zeigefinger unter das Kinn und hob es an. Dann küsste er sie so sanft und liebevoll wie nie zuvor. Eine Träne rann über seine Wange, als er sagte: „Es tut mir so leid, Caroline."

„Nein, es muss dir nicht leidtun. Du hast nichts Falsches gemacht. Du kannst doch nichts dafür, dass sie dir nicht glauben. Aber ich werde ihnen das Gegenteil beweisen. Ich werde dich da wieder rausholen", schluchzte Caroline.

„Du verstehst das nicht. Du könntest mich nicht rausholen, weil sie dich gleich mitnehmen."

Caroline erblasste. War die Lage wirklich so aussichtslos?

„In Anbetracht der Situation ist es nun also an mir, mich bei allen zu entschuldigen dafür, dass ich es überhaupt habe so weit kommen lassen mit meinem Scherz", wandte sich Wolfgang wieder allen zu.

„Mit welchem Scherz?“, entfuhr es Caroline, Federico und Doktor Tatzel unisono.

„Nun ja, wie soll ich sagen, es erschien mir als ein nettes kleines Experiment, mich als Goethe auszugeben. Ich wollte mal sehen, wohin das führt. Ich dachte ja nicht, dass wir uns so nahekommen würden, Caroline. Es tut mir leid, dass ich dich so ausgenutzt habe.“

Caroline blieb das Herz stehen. Sie war unfähig zu sprechen. Was sollte das heißen, dass er sich als Goethe ausgegeben hatte?

„Sie haben uns den Goethe nur vorgespielt?“, fragte Doktor Tatzel ungläubig.

Wolfgang seufzte. „Leider entspricht das der Wahrheit. Es fing als Kunstprojekt an, als Goethe verkleidet durch das Labyrinth zu laufen. Dann traf ich diese hübsche Frau, fand es lustig, die Rolle weiterzuspielen, eines führte zum anderen und hier stehen wir nun.“

Caroline konnte nicht glauben, was sie da hörte.

„Wenn das so ist ...“, sprach Doktor Tatzel mit spitzfindiger Stimme, „dürften wir alle dann endlich Ihren richtigen Namen erfahren?“

Im Raum war es so still, als ob jeder die Luft anhalten würde. Caroline merkte, dass sie das auch wirklich tat, und atmete ein paar Mal bewusst tief ein und aus, um nicht ohnmächtig umzufallen.

„Natürlich dürfen Sie das“, meinte Wolfgang und sprach mit einer kleinen Verbeugung weiter. „Mein Name ist Philipp Möller, ich bin Künstler von Beruf.“

Caroline wurde ganz anders zumute. Philipp also, nicht Wolfgang. Wie hatte sie nur auf ihn hereinfallen können. Ihr Herz zerbrach in tausend Teile. Sie fühlte sich wie gelähmt.

„Oh du bastardo!“, entfuhr es Federico. „Wie hast du das meiner Caroline nur antun können. Siehst du nicht, dass sie dich liebt? Du brichst ihr das Herz! Verschwinde hier, bevor ich dich grün und blau schlage. Und die ganze Pizza wirst du mir auch noch bezahlen, du parassita!“

Caroline fürchtete, ihr Onkel könnte Wolfgang, oder Philipp, wirklich etwas antun, woraufhin sie aus ihrer Starre erwachte. Sie hatte glasklar vor Augen, was nun zu tun war. „Federico, werter Herr Doktor. Wie ihr sicherlich bemerkt habt, gibt es hier keinen Verrückten abzuholen. Alles, was ihr hier sehen könnt, ist eine dumme Gans, die sich von einem eitlen Gockel hinters Licht hat führen lassen. Ich wünsche, dass ihr nun beide hier verschwindet, Philipp und ich haben ein ernstes Wörtchen miteinander zu reden", sagte sie mit so strikter Stimme, dass alle wussten, dass Widerrede zwecklos war.

„Wenn Sie mir erlauben", warf Doktor Tatzel, dem man seine Enttäuschung über Philipps Geständnis deutlich ansehen konnte, beleidigt ein. „Sie sollten den Kerl anzeigen, das war arglistige Täuschung, was er da mit Ihnen gemacht hat. Und wie stehe ich denn nun vor meinen Kollegen da. Ich meine, ich habe doch bereits angekündigt, ihnen einen sensationellen Fall präsentieren zu können. Jetzt muss ich mir auch irgendeinen Long-Covid-Fall oder sowas für meinen Vortrag raussuchen. Damit wird meine Präsentation vermutlich genauso langweilig wie die der anderen. Man hört auf den Kongressen ja nichts anderes mehr, Long Covid hier, Long Covid da ..."

Caroline blickte ihn hasserfüllt an, meinte dann aber: „Ja, vielleicht tue ich das noch. Aber verschwinden Sie jetzt aus meiner Wohnung, bevor ich doch noch die Polizei rufe oder mal mit Ihrem Chef über Ihre fragwürdigen Methoden rede."

Der Doktor zog sich zur Haustür zurück, drehte sich aber noch einmal um, bevor er ging, und schrie Philipp an: „Spätestens morgen will ich Ihre Krankenkassenkarte haben, sonst zeige ich Sie auch noch wegen Erschleichung medizinischer Dienstleistungen an."

Dieser nickte nur. Herr Tatzel zog von dannen.

„Du gehst jetzt bitte auch", sagte Caroline zu Federico.

„Aber, aber, wenn er dir was antut."

„Er ist nicht gewalttätig, er ist nur ein Lügner", entgegnete Caroline.

Federico nahm sie noch kurz in die Arme und meinte: „Aber wenn du jemanden zum Reden brauchst, dann komm zu mir, ja? Mach das nicht wieder mit dir alleine aus."

Als er zur Tür hinaus war und Caroline sie hinter ihm ins Schloss fallen ließ, fiel erst mal jede Menge Anspannung von ihr ab. Aber die Sache war noch nicht vorbei.

Sie drehte sich zu dem Mann um, mit dem sie in den letzten Stunden so intim gewesen war, scheinbar ohne seinen wirklichen Namen zu kennen.

„Sag mir jetzt bitte, dass du die beiden belogen hast. Das war doch nur eine Ausrede, oder, damit sie uns nicht mitnehmen? Sag bitte, dass es so war", flehte sie ihn regelrecht an, obwohl sie die Antwort schon wusste.

Auf einmal kam sie sich so dumm vor, dass sie es wirklich für möglich gehalten hatte, dass Goethe durch die Zeit gereist und vor ihren Füßen gelandet war.

Er sah sie lange an, mit jenem Blick, der ihre Seele so sehr berührte. Eigentlich wollte sie gar nicht, dass er ihr antwortete. Sie könnten doch die Frage einfach stehen lassen und da weitermachen, wo sie aufgehört hatten. Es war gerade so schön gewesen. Der Moment war so perfekt, bevor Federico hier aufgetaucht war. Sie wollte das nicht hergeben. Es durfte nicht vorbei sein, wo es gerade erst angefangen hatte. Aber als er den Blick von ihr löste und betreten zu Boden schaute, wusste sie, dass es aus war.

„Mein Name ist Philipp Möller. Ich habe dir nur was vorgemacht. Am Anfang war es nur ein Spaß und dann wurdest du mir immer wichtiger und dann hatte ich irgendwie Angst, dass du mich nicht mehr magst, wenn du erfährst, dass ich nur ein Künstler bin."

Nun war es Caroline, die versuchte, ihm in die Seele zu blicken. Doch sosehr sie es auch probierte, es gelang ihr nicht. Stattdessen spürte sie nur diese unbändige Wut in sich aufsteigen. Wut auf sich, weil sie sich verarschen hatte lassen, und Wut auf ihn, weil er das mit ihr gemacht hatte.

„Ich werde jetzt gehen. Und wenn ich in ein paar Stunden wiederkomme, dann bist du nicht mehr hier. Haben wir uns da verstanden?", sah sie ihn mit eiskaltem Blick an.

Dem Mann in Jeromes Sachen lief erneut eine Träne über die Wange, aber damit konnte er sie nicht mehr ködern. Woher sollte sie bei ihm noch wissen, was gespielt war und was echt? Sie würde ihm niemals mehr wahre Gefühle für sie glauben können. Er musste aus ihrem Leben verschwinden.

„Ich packe meine Sachen und bin dann weg, versprochen."

Obwohl Caroline nichts anderes wollte, als ihm zu verzeihen, ihm um den Hals zu fallen, ihn zu bitten, für immer bei ihr zu bleiben, nickte sie nur. Sie schnappte sich ihre Handtasche, ihr Handy und ihre Schlüssel und rannte aus der Wohnung.

*****

Als die Tür hinter Caroline zufiel, war sich Wolfgang sicher, dass er nun an einem Herzanfall sterben würde. Es schmerzte so sehr. Er hatte noch nie in seinem Leben solch ein Elend empfunden. Sogar das Atmen fiel ihm schwer. Hoffentlich bekam er keinen Blutsturz.

Am liebsten wäre er Caroline natürlich sofort hinterhergerannt. Er hätte ihr gesagt, dass er doch Wolfgang war und nicht Philipp und dass er für den Rest seines Lebens nichts anderes mehr tun wollte, als sie zu küssen.

Aber er konnte das nicht. Er hatte ihren Alltag schon zu sehr durcheinandergebracht. Dies war nun die Chance, ihr ihr vertrautes Leben zurückzugeben. Sie hatte mehr als genug für ihn getan, sie sollte nicht noch weiter in seine Angelegenheiten hineingezogen werden.

Heute Morgen war das Leben noch so perfekt gewesen. Obwohl er hier in diesem Jahrtausend, in diesem kleinen Ort und in dieser noch viel kleineren Wohnung gewesen war, hatte er das Gefühl gehabt, im Mittelpunkt der Welt und aller Zeiten zu sein. Alles, die Welt, die Sonne, das Universum, war so unbedeutend gewesen im Vergleich dazu, was er fühlte, wenn er mit Caroline zusammen war.

All die Annehmlichkeiten, die er in seinem alten Leben in Weimar gehabt hatte, waren ihm vollkommen egal gewesen. Es war ihm einerlei, wie die Welt entstanden war, wie lange sie sich noch weiter drehen würde und ob morgen schon das Ende der Menschheit drohte. Alles, was zählte, war diese Frau.

Er war noch niemals zuvor in seinem Leben so glücklich gewesen wie mit ihr. All die Stimmen in seinem Kopf, die ständig auf ihn einredeten, die texten, forschen, philosophieren und stets alles analysieren wollten, sie hatten, zum ersten Mal, seit er denken konnte, geschwiegen.

Mit Caroline in seinen Armen musste er kein berühmter Dichter oder Forscher sein. Es war ihm egal, was die Welt zusammenhielt. Er wollte sich nicht mehr mit den großen Denkern dieses Planeten messen. Wenn er bei Caroline war, zählte nur der Augenblick, das Hier und Jetzt, sie, ihr Lachen, ihr Duft, ihre Haut an seiner.

Er wollte Carolines Herz keinesfalls brechen. Alles hätte er für sie getan, sogar sich von dem Arzt in Fesseln schlagen lassen. Er hatte auch ehrlich zu seinem Namen stehen wollen, um vor Caroline keinesfalls als Lügner dazustehen. Doch dann hatte der Mann damit gedroht, auch sie einzusperren.

Niemals hätte er sich das verziehen, wenn seine wunderschöne, zarte, liebevolle Caroline wegen ihm im Irrenhaus gelandet wäre. Es war auch schrecklich gewesen zu sehen, wie sie sich wegen ihm mit ihrem geliebten Onkel in die Haare geraten war. Er hatte nicht zulassen können, dass ihre Beziehung zu ihm zerstört wurde, wo er doch die letzte Verbindung zu ihren Eltern war, ja sogar so etwas wie ein Vater. Nein, es hatte nur die eine Lösung gegeben, sich selbst zu verleugnen.

Warum aber hatte er dann, als Federico und Doktor Tatzel gegangen waren, noch immer behauptet, sein Name sei Philipp? Er hätte Caroline doch alles sagen können. Aber das hätte bedeutet, dass sie weiterhin dieses Versteckspiel hätten spielen müssen. Und früher oder später wäre ihm erneut ein Fehler passiert, der sie verraten hätte. Mit ihm an seiner Seite würde Caroline stets ihre Freunde und ihre Familie anlügen müssen. Er könnte sie nicht einmal heiraten und zu einer ehrbaren Frau machen, ohne Ausweisdokumente. Zudem würde dieser Doktor Tatzel bestimmt bald wieder auf der Matte stehen, wenn er ihm diese Krankenkassenkarte nicht vorbeibrachte.

Es war nicht zu leugnen, Wolfgang musste gehen. Und damit es Caroline nicht so schmerzte, war es besser, sie hielt ihn für einen Lügner und Betrüger. So würde ihr Herz schneller heilen, als wenn sie jemanden verlieren würde, den sie wirklich liebte.

Goethe ging ins Schlafzimmer, um seine dort aufgehängten eigenen Kleidungsstücke wieder an sich zu nehmen. Carolines Bett war noch immer zerwühlt. Er musste lächeln. Das ganze Zimmer roch nach Sex. Auch wenn er nun gehen musste, er würde diese Nacht für immer in seinem Herzen behalten.

Aber wohin sollte er überhaupt gehen? Ob er zu diesem Typen nach Bayreuth sollte? Der wusste immerhin von seiner wahren Identität und hatte ihn scheinbar nicht gemeldet. Ob er ihn wohl eine Zeit lang verstecken konnte? Vielleicht kannte er auch jemanden, der ihm helfen konnte, irgendwelche Ausweispapiere zu bekommen. Universitätsprofessoren waren doch bestimmt mit den Leuten auf den Ämtern gut bekannt.

Es donnerte. Goethes Blick fiel auf die Balkontür. Er öffnete sie, trat hinaus ins Freie und sah, dass ein Gewitter aufzog. Dunkle Wolken bäumten sich über den Gipfeln auf. Immer wieder blitzte es am Himmel, doch der Donner ließ stets etwas auf sich warten. Es dauerte also noch etwas, bis das Gewitter hier war. Dennoch machte er sich Sorgen. Hoffentlich war Caroline irgendwo im Trockenen. Die Luft war wieder genauso elektrisch geladen wie an dem Tag, als er durch die Zeit gereist war. Das hieß, es würde ein schlimmes Gewitter werden.

Aber Moment mal. Wieso war er denn nicht eher draufgekommen? Das Gewitter!

Oh, wie hatte er nur so dumm sein können. Jetzt ergab endlich alles einen Sinn. Wolfgang begann hysterisch zu lachen. Konnte das wahr sein? Es musste wahr sein. Es war so logisch und einleuchtend.

Das Zeitenportal war nicht alleine durch die Granitfelsen gebildet worden. Es war die Kombination aus den Felsen und dem Gewitter gewesen. Die elektrische Ladung in der Luft hatte das Portal aufgeladen und so lange stabil gehalten, bis Wolfgang es passiert hatte. Und da es in der Zeit, in der er gelandet war, kein Gewitter gegeben hatte, war der Durchgang dort kollabiert, so dass es keinen Weg zurück für ihn gegeben hatte. Das war die Lösung!

Und jetzt in diesem Moment zog wieder ein Gewitter heran, das von ähnlicher Stärke war wie das im Jahr 1785. Wenn das kein eindeutiges Zeichen war, dass nun, wo es ihm unmöglich geworden war, hierzubleiben, der Himmel bebte, was dann? Doch das hieß auch, dass er sich beeilen musste.

Wolfgang zog schnell Jeromes Kleidung aus und legte sie fein säuberlich zusammengefaltet auf Carolines Bett. Dann nahm er seine eigenen Sachen vom Kleiderbügel und zog sie an. Jetzt fühlte er sich endlich wieder wie er selbst, auch wenn diese neumodischen Jeans und Shirts schon sehr bequem gewesen waren. Nur schade, dass er noch immer seinen Hut nicht wiedergefunden hatte. Ein Anruf von Caroline bei einem Büro für Fundsachen hatte auch keinen Erfolg gehabt. Er würde sich zuhause in Weimar wohl einen neuen machen lassen müssen.

Wolfgang ging ins Wohnzimmer. Dort öffnete er den Laptop. Mit Müh und Not beendete er schnell einen Text, an dem er schon seit längerem gesessen hatte. Er hätte sich noch einen besseren Schluss dafür gewünscht, aber für große Worte war jetzt keine Zeit. Die wollte er nur noch an Caroline richten.

Er öffnete ein neues Dokument und schrieb ihr einen Abschiedsbrief. Dann ließ er den Computer einfach so stehen, wie er war, sah sich noch einmal in der Wohnung um, die ihm ein so gutes Zuhause geworden war, und machte sich schweren Herzens auf den Weg.

*****

Als Caroline aus ihrer Wohnung gestürmt war, war sie natürlich prompt Vivian im Treppenhaus begegnet. Dank der offenen Wohnungstür hatte diese alles mit angehört.

„Philipp, hä. Na da hat der Junge uns ja ganz schön veräppelt“, meinte die Hausmeisterin.

„Entschuldige, Vivian“, schluchzte Caroline. „Aber mir ist jetzt echt nicht nach Reden zumute, i... ich will hier nur weg.“

„Das verstehe ich. Ich wollte nur sagen, komm dir jetzt nicht zu dumm vor. Ich hätte ihm auch jedes Wort geglaubt, selbst wenn er gesagt hätte, dass er von einem anderen Planeten sei. Ich meine, solche Männer wie den gibt es doch eigentlich nicht in echt, er muss also zwangsläufig ein Alien oder ein Zeitreisender sein“, versuchte sie Caroline aufzubauen.

Diese lächelte mild. „Es ist lieb, dass du mich aufheitern willst. Lass uns ein anderes Mal darüber reden, ich muss jetzt alleine sein."

Vivian nickte. Caroline eilte zu ihrem Hyundai und fuhr los. Wohin sie fahren wollte, wusste sie gar nicht, sie fuhr einfach in irgendeine Richtung.

Wenn Federico sie so sehen würde, er würde umkommen vor Sorge, weil sie total verheult Auto fuhr. Aber Federico konnte ihr jetzt erst einmal gestohlen bleiben. Wenn er nicht gewesen wäre, dann hätte sie vermutlich auch dem Doktor gar nicht geöffnet und das ganze Drama wäre ihr erspart geblieben.

Andererseits würde sie jetzt dann mit einem Mann im Bett liegen, der sie die ganze Zeit angelogen hatte. Caroline war sich nicht mehr sicher, ob sie auf ihren Onkel wütend oder ihm dankbar sein sollte.

Schuld an allem war eigentlich Wolfgang, oder besser gesagt Philipp. Der Name passte überhaupt nicht zu ihm. Und was sollte das heißen, er sei Künstler? War er jetzt Schauspieler oder Maler, Kunsthandwerker oder ganz was anderes?

Ihre Erinnerungen gingen zurück zu dem Moment, als er ihr Zeichenunterricht geben wollte. Da hätte es ihr doch schon auffallen sollen. Er hatte das so eloquent gemacht und seine Bilder waren auch so unfassbar gut. Wäre Goethe ein so guter Zeichner gewesen, wäre das nicht allgemein bekannt?

Aber darüber musste sie sich jetzt keine Gedanken mehr machen, denn er war nicht Goethe. Ach herrje, sie musste Alexander Bescheid geben, damit der seine Nachforschungen einstellte. Nicht dass der sich noch vor seinen Kollegen blamierte, nur weil Philipp ihnen so eine Scharade vorgespielt hatte. Aber immerhin, er war als Goethe sehr überzeugend gewesen. Selbst Alexander hatte ihm fast geglaubt.

Caroline fuhr auf einen Parkplatz und holte ihr Handy raus. Sie wählte die Nummer, die Alexander ihr gegeben hatte. Sie wollte ihm die Sachlage schnell auf seinen Anrufbeantworter sprechen. Aber zu ihrer Überraschung ging er sofort ran.

Hatte der nicht in der Uni irgendwelche Vorlesungen abzuhalten? Ach nein, es war ja Sonntag. Wie unpassend von ihr, ihn an einem Sonntag zu stören. Ihr erster Impuls war, einfach aufzulegen, aber

Alexander hatte wohl ihre Nummer eingespeichert, denn er meldete sich mit „Hallo, Caroline, so ein Zufall, ich wollte dich heute auch noch anrufen".

Caroline wusste nicht, warum, aber als sie Alexanders Stimme hörte, begann sie laut loszuheulen. In ihr öffneten sich alle Schleusen. Der arme Professor musste sich anhören, wie sie unter Schluchzen versuchte, ihm alles zu erzählen, was heute passiert war ... na ja, fast alles.

„Caroline, hey, warte, beruhig dich erst mal. Ich versteh kein Wort. Wo bist du? Soll ich zu dir kommen oder kommst du vielleicht zu mir?"

Wo sie war? Gute Frage. Als Caroline sich umblickte, stellte sie fest, dass sie tatsächlich ganz in der Nähe von Bayreuth auf einem Waldparkplatz gelandet war. Hatte sie unbewusst schon zu Alexander fahren wollen? Jedenfalls wollte sie nicht hier auf diesem Parkplatz auf ihn warten und stimmte deshalb zu, zu ihm zu kommen.

„Soll ich zu deinem Büro an der Uni?", fragte sie ihn.

„Nein, ich bin zuhause. Also wenn es dir nichts ausmacht, dann komm doch hierher. Ich habe auch ganz viele Taschentücher hier."

Caroline musste schmunzeln und das tat merklich gut. Sie brauchte jetzt jemanden, dem sie alles erzählen konnte, und da Alexander die ganze Vorgeschichte schon kannte, war er wohl genau der Richtige dafür. Doch schon wieder hatte sie Federicos Stimme im Kopf, wie er sagte: „Fährst du jetzt gleich zum nächsten fremden Typen und dann noch in seine Wohnung? So habe ich dich nicht erzogen."

„Halt die Klappe, Federico!", flüsterte sie zu der Stimme in ihrem Kopf.

„Was hast du gesagt? Das war zu leise, ich habe dich nicht verstanden", meinte Alexander am Telefon.

„Ich, äh, ich meinte, wenn du mir die Adresse gibst, könnte ich so in zehn bis fünfzehn Minuten bei dir sein. Du hast also nicht mehr viel Zeit zum Aufräumen", war ihr schon wieder ein klein wenig zum Scherzen zumute.

„Aufräumen muss ich nicht", meinte Alexander. „Im Gegensatz zu meinem Büro sieht es bei mir zuhause ordentlich aus. Das liegt wohl daran, dass ich meistens an der Uni bin und nicht hier. Die Adresse schick ich dir gleich. Also, ich freue mich auf dich, fahr vorsichtig und bis gleich."

Alexander legte auf. Caroline war irritiert. Er freute sich auf sie? Er kannte sie doch kaum. Oder hatte er das nur gesagt, um sie aufzubauen? Wie auch immer, sie würde es sicherlich bald erfahren.

*****

Was verdiente man eigentlich als Professor an einer Universität? Das Viertel, in dem Alexander wohnte, war jedenfalls recht nobel. Hier standen fast nur Einfamilienhäuser mit großen Gärten. Als Caroline an der angegebenen Adresse aus ihrem Wagen stieg, sah sie aber, dass seine Wohnung in einem sehr modernen Mehrfamilienhaus war, mit großen Terrassen und Balkonen.

Sie ging auf das Haus zu. Alexander lebte ganz oben und war somit wohl, zumindest machte es von außen den Anschein, Besitzer einer Dachterrasse. Das wirkte schon alles sehr schick hier. Caroline blickte kurz an sich herunter, ob sie gut genug gekleidet war. Sie hatte sich heute nur schnell was übergeworfen und hatte sich auch nicht mehr zurechtgemacht, als sie das Haus verlassen hatte. Oje, sie hatte sich nicht mal die Haare gekämmt oder gar die Zähne geputzt.

Schnell holte Caroline eine kleine Bürste aus ihrer Handtasche und versuchte zu retten, was ohne Spiegel zu retten war. Sie wollte nicht nochmal extra zum Auto zurückgehen, nur wegen ihrer Haare. Dann schnappte sie sich ein Minzdragee, um keinen schlechten Atem zu haben.

Sie schnupperte. Roch sie eigentlich noch nach Sex? Schnell zauberte sie ein kleines Parfümfläschchen aus ihrer Tasche und besprühte sich großzügig damit. So, das musste reichen. Gegen das schlichte Shirt und die etwas zu schlabbrigen Shorts, die sie trug, konnte sie jetzt nichts mehr machen. Aber sie wollte Alexander ja auch nicht gefallen, sie wollte einfach nur mit ihm reden.

Caroline war neidisch, als sie feststellte, dass es in Alexanders Haus für die gerade mal drei Etagen einen funktionierenden Fahrstuhl gab.

Der bei ihr in Wunsiedel blieb immer stecken, weshalb sie ihn lieber nicht benutzte. Sie hätte die Stufen hier zwar mit Leichtigkeit bewältigt, wollte sich aber wenigstens dieses eine Mal den Luxus gönnen, mit dem Lift zu fahren.

Oben angekommen blieb sie zunächst zögerlich vor Alexanders Wohnungstür stehen. Lebte er eigentlich alleine? Das hatte sie gar nicht gefragt. Vielleicht hatte er ja Mitbewohner oder gar eine Lebensgefährtin? Verheiratet war er jedenfalls nicht, zumindest war da kein Ring an seiner Hand, als sie ihn das letzte Mal gesehen hatte.

Wieso machte sie sich jetzt darüber Gedanken? Sie war doch gerade erst mit Wolfgang, äh, Philipp intim gewesen. Nur weil der ein blöder Lügner war, musste sie sich ja nicht gleich dem nächsten Kerl an den Hals schmeißen. Aber sie hatte auch keine Lust, von irgendwelchen Mitbewohnern beobachtet zu werden, falls sie wieder losheulte.

Caroline nahm all ihren Mut zusammen und klingelte. Es dauerte ein wenig, bis Alexander an die Tür kam. Vielleicht hatte es doch noch das ein oder andere aufzuräumen gegeben?

Caroline stockte der Atem, als er ihr öffnete. Sie hatte ganz vergessen, wie gut er aussah. Sein Lächeln war, obwohl er doch Raucher war, wie aus einer Zahnpastawerbung. Dazu diese markanten Gesichtszüge und die breiten Schultern ... Ja, das waren genau die Schultern, an denen sie sich jetzt gerne ausweinen wollte. Sie riss sich aber zusammen, um nicht gleich hier im Flur in Tränen auszubrechen.

Zu ihrer Erleichterung war Alexander hier bei sich zuhause auch weniger förmlich gekleidet. Statt eines Hemdes trug er nur ein T-Shirt, dazu aber wieder eine verboten enge Jeans.

Irrte sie sich, oder hatte er sich die Haare frisch frisiert? Extra für sie? Oder war er so veranlagt wie Birte, dass er sich für jeden Besuch herausputzte?

„Hallo, Caroline. Hast du gut hergefunden?“, brach er das Eis.

„Ja, klar, mit Google kann man sich ja heutzutage kaum mehr verfahren.“

Er bat sie herein. Staunend sah sie sich um. Obwohl das Haus von außen sehr nüchtern und kalt wirkte, war ihr in seiner Wohnung sofort behaglich zumute. Es gab zwar viel mehr Bücher in seinen Regalen als bei ihr, und auch noch mit Titeln, die auf eine schwierigere Lektüre schließen ließen. Ansonsten sah aber alles ganz normal aus, gar nicht etepetete oder wie man es sonst von einem Uniprofessor erwarten würde.

Sie standen in einer Wohn-Esszimmer-Kombination. Es gab einen runden Esstisch aus hellem Holz und vier ebenso hölzernen Stühlen darum. Neben den Bücherregalen stand ein Schreibtisch, der zu Carolines Freude recht unordentlich wirkte. Das machte Alexander in ihren Augen irgendwie sympathisch. Wer auf der Welt, außer Birte natürlich, hatte schon einen aufgeräumten Schreibtisch?

Der Wohnbereich hatte einen breiten Fernseher mit einer Playstation und einem ziemlich großen Soundsystem dazu. Es schien eine Junggesellenbude zu sein, schloss Caroline daraus. Das Sofa wirkte sehr weich und gemütlich. Caroline hatte es wohl ein klein wenig zu lange angestarrt, denn statt sie zum Esstisch zu führen, bat Alexander sie, dort Platz zu nehmen.

„Hier riecht es gar nicht nach Rauch“, bemerkte Caroline, während sie sich setzte.

Die Bemerkung schien Alexander unangenehm zu sein, denn er stutzte kurz, bevor er antwortete: „Ich habe nie in der Wohnung geraucht, immer nur auf der Dachterrasse.“

Aha, wusste sie doch, dass die Dachterrasse zu dieser Wohnung gehörte. Die würde sie ja gerne mal sehen, aber vielleicht ergab sich später noch eine Gelegenheit dazu.

Als Alexander sich ganz dicht neben sie setzte, bemerkte sie: „Du riechst aber auch nicht mehr so nach kaltem Rauch wie letztes Mal, als wir, also ich meine, als ich dich gesehen habe“, zuckte Caroline kurz zusammen, als sie an ihre damalige Begleitung dachte.

Alexander schien das bemerkt zu haben, kommentierte es aber nicht.

„Na ja, weißt du, wenn man sich sein halbes Leben lang mit Goethe auseinandersetzt, ihn studiert, ja sogar verehrt, und dann taucht dieses große Idol plötzlich im eigenen Büro auf und nennt dich einen Schmauchlümmel ...“

„Das hat er nicht getan! Er hat dir das nicht wirklich ins Gesicht gesagt?“, entfuhr es Caroline.

„Doch, doch, das konnte er sich nicht verkneifen“, antwortete Alexander, lächelte aber seltsamerweise dabei. „Jedenfalls hat mich das dazu gebracht, diese schlechte Angewohnheit noch einmal zu überdenken. Ich habe jetzt seit zehn Tagen keine einzige Zigarette mehr angefasst. Dafür trinke ich ungefähr die dreifache Menge an Kaffee. Irgendein Laster muss der Mensch ja haben“, lächelte Alexander sie an.

Na da hatte die ganze Sache doch wenigstens etwas Gutes gehabt, wenn der Professor so vielleicht vor einem qualvollen Tod durch Lungenkrebs verschont blieb. Vielleicht sollte sie ihm dann lieber verschweigen, dass es nicht Goethe war, mit dem er gesprochen hatte?

„Wo wir von Kaffee sprechen, möchtest du einen?“, bot er ihr an.

Carolines Magen knurrte. Sie hatte heute noch gar nichts gegessen.

„Ich hätte auch etwas Gebäck dazu, falls du hungrig bist?“, zwinkerte Alexander ihr zu, denn er hatte ihr Magenknurren sehr wohl gehört.

„Gerne“, meinte Caroline peinlich berührt.

Alexander verschwand für ein paar Minuten in der Küche. In der Zwischenzeit ließ Caroline ihren Blick über die Wände wandern.

Alexander schien auf Rockmusik zu stehen, den Postern nach zu schließen. Außerdem besuchte er wohl regelmäßig Festivals, denn er hatte auch ein Paar T-Shirts von *Rock im Park* und *Rock am Ring* an der Wand hängen, auf denen er Autogramme der Musiker gesammelt hatte. Da sah man mal wieder, in was für Schubladen man dachte. Caroline hätte von einem Uniprofessor eher erwartet, dass er zu Opernaufführungen oder Ballettabenden ging.

An einer anderen Wand hingen vor allem Fotos. Es schienen alte Familienbilder zu sein, aber auch ein paar neue. Auf einem war auch eine Frau in Carolines Alter zu sehen, die auffallend hübsch war, mit langem schwarzem Haar, braunen Augen und einer Figur, auf die Heidi Klum neidisch wäre. Ob das Alexanders Freundin war? Gerade als sie darüber nachdachte, kam er mit einem Tablett in der Hand wieder zurück. Er stellte es auf dem Wohnzimmertisch ab.

Auf dem Tablett standen zwei Tassen herrlich duftenden Kaffees, zwei Teller und ein kleiner Korb voll mit Nusshörnchen und Zimtschnecken. Carolines Magen knurrte vor lauter Freude gleich nochmal.

„Lang ruhig zu“, lachte Alexander.

„Sorry, ich hab heute tatsächlich noch nichts gegessen“, schämte sich Caroline, nahm aber gleich eine Zimtschnecke und biss genüsslich hinein.

Alexander beobachtete sie beim Essen und lächelte: „Na dir scheint es ja schon wieder besser zu gehen als vorhin am Telefon.“

Kaum hatte er das gesagt, verkrampfte sich ihr Magen wieder. Diesmal aber nicht vor Hunger. Für einen kurzen Moment hatte sie den falschen Goethe fast vergessen. Sie atmete tief durch, weil sie spürte, wie schon wieder Tränen in ihr aufstiegen, und sie dem Typen aber keine einzige Träne mehr hinterherweinen wollte.

Alexander bemerkte ihren Stimmungswechsel. „Entschuldige, jetzt habe ich dich wieder an das erinnert, was dich so bedrückt, oder? Es tut mir echt leid, aber ich habe vorhin am Telefon nur verstanden, dass es mit Goethe zu tun hat und irgendeinem Doktor? War er beim Arzt? Ist er krank?“

Jetzt war es an der Zeit, alles zu erzählen. Caroline berichtete, wie erst ihr Onkel und dann Doktor Tatzel heute ihre Wohnung gestürmt hatten, wie der Arzt Wolfgang in die psychiatrische Klinik mitnehmen wollte, wie sie dann vor diesem zugegeben hatte, dass sie Wolfgang glaubte, dass er Goethe sei, der Arzt sie daraufhin auch mitnehmen wollte und wie Wolfgang am Ende dann gestanden hatte, dass er nicht Goethe, sondern ein Künstler sei, der sich nur als dieser ausgab.

Sie hatte das alles runtergerattert wie ein Wasserfall, um ja nicht mehr darüber nachdenken zu müssen. Dabei hatte sie es vermieden, Alexander anzublicken, weil sie fürchtete, er könne ihren Augen ablesen, dass sie Wolfgang viel mehr geschenkt hatte als nur ihren Glauben. Als sie nun geendet hatte und zu ihm aufschaute, fürchtete sie, dass er enttäuscht sein würde. Stattdessen blickte er sie aber nur mitfühlend an.

„Oh Caroline, das tut mir so leid“, sagte er, legte ungefragt seinen Arm um sie und zog sie an sich.

Caroline wollte zuerst protestieren, sog dann aber einfach nur seinen herben Duft ein, lehnte ihren Kopf an ihn und ließ sich von ihm trösten. Seltsamerweise hatte sie aber tatsächlich keine Tränen mehr übrig. Dennoch ließ Alexander sie auffallend lange nicht mehr los und zu ihrer

Überraschung wollte sie das auch gar nicht. Solange er sie hielt, hatte sie das Gefühl, es könnte alles wieder gut werden. Zumindest bis ihr die Frau auf dem Foto einfiel.

Caroline richtete sich auf und löste sich von Alexander. Sie fuhr sich mit einer Hand durch ihre Haare und versuchte, möglichst beiläufig zu fragen: „Sag mal, wer sind denn eigentlich die Leute hier auf den Fotos?"

Alexander schien irritiert über den plötzlichen Themenwechsel, ging aber darauf ein. Er zeigte auf ein paar der älter wirkenden Bilder. „Das hier sind meine Eltern und der kleine Kerl hier bin ich", lachte er. „Das Mädchen neben mir ist meine Schwester. Das da drüben, das sind meine Großeltern väterlicherseits, daneben die Eltern meiner Mutter." Er blickte weiter über die Fotos. „Hier haben wir noch meine Tante und meine zwei Cousins, das da ist ein Onkel von mir, der lebt aber nicht mehr, und hier noch ein paar Jugendbilder von mir und ein paar Freunden."

Er machte eine kleine dramatische Pause, ehe er zu den Fotos neueren Datums kam. „Das hier bin ich mit Kollegen, hier, das ist die Familie meines besten Freundes, von deren Tochter bin ich der Pate, ach ja, und das hier ...", endlich kam er zu dem Foto, das Caroline eigentlich interessierte, „so sieht meine Schwester heute aus. Sie ist Lehrerin am Gymnasium, weißt du? Aber nicht für Deutsch, sondern für Mathe und Physik. Wir waren schon immer ziemlich verschieden", meinte Alexander.

Caroline atmete leise auf. Die hübsche Frau war also nicht seine Freundin und weit und breit gab es auch keine weiteren Anzeichen für eine Frau in seinem Leben. Nicht, dass das ein Problem gewesen wäre, ganz sicher nicht. Oder doch?

Nein, sie übertrug gerade sicherlich nur ihre wirren Gefühle für den Mann, den sie für Goethe gehalten hatte, auf Alexander. Das war bestimmt eine ganz normale psychische Reaktion nach so einer Trennung. Aber war es denn überhaupt eine Trennung gewesen? Sie hatten nur Sex gehabt, es war ja nicht so, dass sie eine Beziehung geführt hätten. Andererseits hatten sie zusammen gelebt, zumindest für kurze Zeit. Ach, Caroline wusste gar nicht mehr, was sie denken oder fühlen sollte.

„Jetzt bist du in Gedanken wieder bei Wolfgang, oder?“, meinte Alexander einfühlsam. „Hätte mich auch gewundert, wenn meine ollen Familienfotos dich davon abgelenkt hätten.“

„Ja, das ist schwierig. Aber ich finde es toll, dass du so eine große Familie hast. Ich habe eigentlich nur meinen Onkel, der mir richtig nahe steht.“

Jetzt fing Alexander an, ihren Rücken zu streicheln, und auch diesmal beschwerte sie sich nicht darüber.

„Caro, weißt du, auch wenn das Thema dich gerade so bedrückt, aber ich wollte dich ja eigentlich heute anrufen, wegen meiner Nachforschungen.“

Caroline horchte auf, winkte dann aber ab. „Ja, die kannst du dann wohl einstellen. Ich hoffe, du hast dich wegen des Idioten nicht allzu sehr vor deinen Kollegen blamiert.“

Alexander blickte sie an. „Das hätte ich jetzt ja nicht gedacht, dass aus so einem schönen Mund auch solche Worte kommen können.“

„Wieso? Wegen *Idiot?* Glaub mir, als halbe Italienerin sollte ich eigentlich viel besser fluchen können. Aber irgendwie sind da die deutschen Gene wohl dominant.“

Alexander lachte. „Nun gut, aber mach dir keine Sorgen, ich habe bei meinen Kollegen natürlich ganz diskret nachgefragt. Wie du nun ja auf tragische Weise selbst herausgefunden hast, wird nirgendwo ein Goetheexperte vermisst. Ich wollte auch noch den Leiter des Lehrstuhls für Theaterwissenschaft fragen, aber der kommt erst nächste Woche von einem Forschungsaufenthalt in Venedig zurück. Der würde deinen Wolfgang dann bestimmt kennen, falls er im schauspielerischen Bereich tätig ist. Ein so grandioser Goethedarsteller hat bestimmt schon einen gewissen Bekanntheitsgrad. Er hat wirklich nicht gesagt, welche Art Künstler er ist?“

„Nein, aber ich dachte eher an einen Zeichner oder Maler, weil er echt gut zeichnen kann.“

„Wusstest du, dass Goethe, also der echte Goethe, auch sehr gut zeichnen konnte? Er hat auf seinen Reisen viele Landschaften skizziert.“

Seltsamerweise beruhigte Caroline das. Das bedeutete, dass ihr doch nicht schon am Abend auf dem Balkon hätte auffallen müssen, dass der Mann in ihrer Wohnung ein Lügner war.

„Nein, das wusste ich nicht. Um ehrlich zu sein, stammt alles, was ich über Goethe weiß, noch aus meiner Schulzeit und davon ist bei mir nicht allzu viel hängen geblieben. Tut mir leid, ich weiß ja, dass du ein Fan von ihm bist“, zwinkerte Caroline Alexander frech zu.

„Ach weißt du ...“, sagte Alexander und nahm einen Schluck aus seiner Kaffeetasse, „Bäh, der ist ja schon ganz kalt. Aber egal.“ Er exte seinen Kaffee mit vor Ekel verzogenem Gesicht. Als er Carolines Blick bemerkte, meinte er nur: „Na ja, das Koffein wirkt auch noch, wenn er kalt ist.“

Also verschwenderisch war Alexander schon mal nicht. So gut, wie der Kaffee geschmeckt hatte, war es bestimmt eine sehr teure Sorte, die man nicht weggoss.

„Also, worauf ich eigentlich hinauswollte ...“, startete Alexander einen neuen Versuch. „Die Tatsache, dass kein Goetheexperte vermisst wird, sprach ja eigentlich dafür, dass dein Wolfgang wirklich Goethe ist. Oder zumindest sprach es nicht dagegen.“

Erneut zuckte Caroline zusammen, als Alexander *dein Wolfgang* sagte. Wusste er doch, wie nahe sie beide sich gekommen waren?

„Jedenfalls habe ich dann mal Druck bei der TU wegen der Analyse der Münze gemacht.“

Ach ja, die Münze, die hatte sie total vergessen. Das war bestimmt auch nur eine Theaterrequisite. Wenn Alexander das nur einen Tag früher herausgefunden hätte, wäre ihr einiges erspart geblieben.

„Und? Ist sie ein Nachdruck oder wie auch immer man da bei Münzen sagt?“, fragte Caroline.

Der Blick, mit dem Alexander sie nun ansah, ging ihr durch und durch. Irgendetwas Bedeutendes musste bei der Münzanalyse herausgekommen sein. War sie am Ende echt und irgendwo gestohlen worden? War Philipp nicht nur ein Lügner, sondern auch ein Dieb? Das würde erklären, warum er seinen Spaß so lange weitergetrieben und sich über Wochen bei ihr einquartiert hatte.

Oh mein Gott, sie hatte einem flüchtigen Räuber Unterschlupf gewährt! War sie dadurch jetzt seine Komplizin? Da war man einmal in seinem Leben einem Fremden gegenüber hilfsbereit, und schon stand man mit einem Bein im Gefängnis.

„Wieso schaust du auf einmal so panisch?", unterbrach Alexander seine Ausführung, als er ihren Gesichtsausdruck sah.

„Ich, ach, nichts, bitte, erzähl einfach weiter."

„Na gut. Also wie erkläre ich es dir jetzt am besten?"

„Na ganz normal. Nur weil ich nie studiert habe, bin ich ja nicht blöd."

„Entschuldige, das wollte ich auch nicht andeuten. Es ist nur so, dass das mit der Münze eine echt merkwürdige Angelegenheit ist. Um ehrlich zu sein, war es die Münze, die mich in meiner Meinung zu Wolfgang vollends überzeugt hat."

Was sollte das denn nun heißen? Hatte die Münze ihn überzeugt, dass es Goethe war, der in seinem Büro gesessen hatte, oder war genau das Gegenteil der Fall?

„Also mein Bekannter an der TU hat natürlich, genau wie wir, auf den ersten Blick gesehen, dass die Münze wie neu ist."

„Na klar, die hat ja noch geglänzt und hatte keinen einzigen Kratzer abbekommen."

„Genau. Aber ansonsten, die Prägung, das Bild, die Schrift, das ist alles original wie zu Goethes Zeit. Der Vergleich mit anderen Münzen von damals hat ergeben, dass sie aus exakt demselben Metall ist, auf genau dieselbe Art hergestellt wurde und somit praktisch die perfekte Fälschung wäre."

„Wieso wäre?", fragte Caroline erleichtert darüber, dass Philipp wohl doch kein Dieb, sondern höchstens ein Fälscher war.

„Zum einen ist die Wahrscheinlichkeit, heute einen Taler mit einer Legierung prägen zu können, die exakt so zusammengesetzt ist wie die Münzen damals, also auf das Prozent genau, sehr gering. Dann auch noch die gleiche Prägeform zu verwenden, das macht das Ganze schon beinahe unmöglich."

Caroline staunte, was man aus so einer kleinen Münze alles ablesen konnte. Aber was hieß das jetzt?

„Aber das ist noch nicht das Verwunderlichste“, meinte Alexander geheimnisvoll.

„Sondern?“, fragte Caroline und fing vor lauter Anspannung an, auf ihren Nägeln zu kauen.

„Ich nehme an, die Worte Hiroshima und Nagasaki sagen dir etwas?“

„Ja klar“, meinte Caroline. „Ein sehr trauriges Kapitel der Menschheitsgeschichte. Aber was haben denn Atombomben jetzt mit der Münze zu tun?“

„Durch die Atombombentests und den Einsatz von Atombomben in Hiroshima und Nagasaki hat sich weltweit die radioaktive Strahlung stark erhöht.“

„Okay, so weit kann ich dir folgen.“

„Nun ist es so, dass Metall, das nach dieser Zeit gegossen wurde, von dieser Strahlung sozusagen kontaminiert ist.“

Caroline ahnte schon, worauf das hinauslief, wollte es aber von Alexander hören.

„Wäre Wolfgangs Münze folglich nach 1945 hergestellt worden, so müsste man einen gewissen Strahlungsanteil, die sogenannten Radionuklide, daran messen können. Stattdessen hat sie aber so gut wie keinen Strahlungshintergrund.“

Alexander sah Caroline an, als ob er eine Reaktion von ihr erwarten würde, sie wusste aber einfach nicht, was sie dazu sagen sollte, weshalb er ergänzte:

„Das heißt, die Münze wurde auf jeden Fall vor 1945 hergestellt. Dafür wiederum hat sie zu wenig Gebrauchsspuren. Sie hat keinerlei Abnutzungen, keine Korrosion, nichts. Also entweder ist das eine Originalmünze aus Goethes Zeit, die in einem besonderen Behälter oder Gefäß oder so beschützt die Jahrhunderte überdauert hat, ohne je mit Sauerstoff oder Sonnenlicht oder dergleichen in Kontakt zu kommen. Oder ...“

„Oder?“, fragte Caroline und hatte vor der Antwort regelrecht Angst.

„Oder jemand aus Goethes Zeit hatte die recht neuen Münzen bei sich, als er in ein Zeitportal geriet und im Jahr 2024 damit auftauchte.“

Caroline bemerkte, dass ihr Mund vor Staunen offen stand. Schnell schloss sie ihn wieder. „Ich, also, was? Aber er hat doch gelogen! Oder?

Wie hat er das gemacht? Das ist bestimmt irgendein Trick", stammelte sie.

„Um ehrlich zu sein, weiß ich auch nicht mehr, was ich jetzt noch denken soll. Vielleicht gibt es ja wirklich so gut erhaltene Münzen aus der Zeit, da müssten wir mal einen Numismatiker fragen. Aber dass so gar keine Alterungsspuren daran zu erkennen sind, ist schon sehr seltsam."

Alexander stand auf und begann im Raum hin und her zu laufen. Caroline blieb lieber sitzen, denn ihre Knie waren auf einmal ganz weich.

„Sag mal, Caroline, was hat Wolfgang eigentlich gesagt, wie sein richtiger Name ist?", zeigte sich Alexander nun sehr interessiert.

„Wieso willst du das wissen? Meinst du, er steht im Telefonbuch?"

„Nein, aber bitte, sag es mir trotzdem."

„Er sagte, er heißt Philipp, Philipp Möller."

Mit einem Mal wurde Alexander aschfahl im Gesicht.

„Alexander? Ist alles okay mit dir?", machte sich Caroline nun Sorgen um ihn.

„Philipp Möller. Philipp Möller ...", wiederholte er den Namen immer wieder. „Das sagt mir was. Ich glaube, ja, das könnte sein. Warte kurz hier, ich bin gleich zurück."

Er rannte wie von der Tarantel gestochen zu seinen Bücherregalen, zog ein Buch nach dem anderen heraus und warf es achtlos auf den Boden. Dann hatte er wohl das Werk gefunden, das er gesucht hatte, denn er rief triumphierend aus: „Aha, da hab ich dich ja."

Wie wild blätterte er in dem dicken weißen Taschenbuch umher, ehe er ausrief: „Ach du Scheiße, es stimmt. Ich hatte Recht. Ich kenne den Namen."

Was war denn nur in ihn gefahren, dass er vor ihr so die Haltung verlor? Er war wie von Sinnen. Aber als Alexander zu ihr herüberblickte, sah sie Triumph in seinen Augen aufblitzen. Was hatte er nur in dem Buch gefunden?

Alexander kam zu ihr zurück, setzte sich wieder sehr dicht neben sie und legte ihr das Buch in den Schoß. Darauf stand: *Goethe, Italienische Reise.*

„Was ist das für ein Buch?“, fragte Caroline.

„Das ist Johann Wolfgang von Goethes Erfahrungsbericht über seine erste Italienreise.“

„Aha. Mir hat Philipp ja, als er sich noch als Goethe ausgab, erzählt, er wäre nie in Italien gewesen. Nur, dass er dort schon immer mal hinreisen wollte.“

„Das entspricht der Wahrheit“, meinte Alexander und rieb sich mit einer Hand das Kinn. „1785 war Goethe tatsächlich noch nie in Italien gewesen. Er ist dort erst 1786 hingereist.“

Caroline stutzte. „Nun gut, aber was hat Goethes Italienreise nun mit Philipp zu tun?“

Alexander nahm ihre Hand und hielt sie ganz fest, so als ob sie gleich etwas Schreckliches erfahren würde. Was hatte er herausgefunden?

„Caroline, es ist so, Goethe hat diese Reise nicht unter seinem echten Namen angetreten. Dafür war er damals einfach schon zu berühmt. Man munkelt, dass er wohl auch nicht von seinem Arbeitgeber gefunden werden wollte, da er sehr spontan aufgebrochen ist. Er ist inkognito gereist, und zwar unter dem Namen ...“, Alexander sah ihr tief in die Augen, als wollte er sie mit seinem Blick hypnotisieren, „Johann Philipp Möller.“

Caroline wurde zugleich heiß und kalt. Ihre Hände und Füße fingen an zu kribbeln. Was hatte das zu bedeuten? Dass Philipp gar nicht Philipp hieß? Hatte der Typ sich bei seinem Namen erneut bei Goethe bedient? Wusste sie also noch immer nicht, wer er wirklich war? Aber dann war da auch noch die Sache mit der Münze.

„Caroline? Hallo? Caroline?“, drang Alexanders Stimme dumpf zu ihr. Caroline schnappte nach Luft. Sie hatte komplett vergessen zu atmen.

„Heißt das, also, denkst du, kann es sein, dass ...“, schaffte sie es einfach nicht in Worte zu fassen, was sich ihr Gehirn zusammengereimt hatte.

„Caroline, ich glaube, er hat dich nicht angelogen, also, am Anfang nicht. Erst, als er gesagt hat, sein Name wäre Philipp Möller. Er wollte dich schützen, verstehst du? Er hatte Angst, dass du wegen ihm eingewiesen wirst, und hat deshalb gelogen. Ich weiß, ich klinge total verrückt, und ich hätte auch nie gedacht, dass ich das mal sagen werde, aber dein Wolfgang, er ist wirklich Goethe, da bin ich mir ganz sicher."

Caroline wurde plötzlich alles zu viel. Sie merkte zwar, dass sie immer schneller atmete, aber sie konnte sich einfach nicht beruhigen. Dazu war es plötzlich auch so heiß in der Wohnung, obwohl sie ihr doch vor ein paar Minuten wohl klimatisiert vorkam. Caroline sprang auf, um zum Fenster zu gehen, schaffte aber keine drei Schritte mehr, ehe alles schwarz vor ihren Augen wurde.

*****

Weiche Watte. Zuckerwatte? Ein Flimmern. Wie konnten all diese Wattebäusche um sie herum sein und ihr Kopf trotzdem so schmerzen? War das eine Stimme? Eine männliche Stimme? Rief jemand ihren Namen? Wolfgang?

„Caroline, bitte, wach auf", wurde die Stimme immer klarer und drängender. Irgendetwas sehr Kaltes berührte ihren Kopf. Es half, gegen den Schmerz und das Flimmern. Die Watte löste sich auf. Irgendjemand musste sie unter dem Wattehaufen gefunden und freigebuddelt haben.

„Caro? Hallo? Hörst du mich? Ich ruf jetzt den Notarzt."

„Mir eht's ut", flüsterte Caroline der Stimme zu, die langsam wieder ein Gesicht bekam.

Es war nicht Wolfgang, es war Alexander. Und sie lag auf seinem Fußboden. Nur ihre Füße waren auf das Sofa gebettet. Ihr Kopf lag auf einem Kissen auf dem Teppich und sie konnte aus diesem Blickwinkel Alexanders Wohnzimmertisch von unten betrachten. Dieser kniete neben ihr, hielt ihr mit der einen Hand irgendetwas Kaltes an den Kopf und fächerte ihr mit der anderen Hand, in der er eine Zeitschrift hielt, Luft zu.

„Gott sei Dank, da bist du ja wieder. Ich habe mir solche Sorgen gemacht. Geht es dir wirklich gut?"

Er sah schon verdammt süß aus, wie er sie sorgenvoll anblickte. Aber ging es ihr denn gut? Caroline hatte keine Ahnung, sie musste sich erst einmal sammeln.

„Was ist passiert?“, fragte sie mit schwacher Stimme.

„Wenn ich das nur wüsste. Du hast irgendwie Panik bekommen, hyperventiliert und dann bist du plötzlich aufgesprungen und ohnmächtig geworden. Ich hätte dich als echter Gentleman ja auch gerne aufgefangen, aber das ging so schnell, dass du mit dem Kopf an den Tisch geknallt bist. Das gibt sicher ne ganz schöne Beule.“

Eine Beule. Caroline musste lachen, woraufhin Alexanders Blick noch sorgenvoller wurde, wenn das überhaupt möglich war. Aber sie konnte einfach nicht aufhören zu lachen.

Ausgerechnet eine Beule. Damit hatte doch alles angefangen, nur dass nicht sie die Beule gehabt hatte, sondern Goethe. Hm, vielleicht war die ganze Geschichte in Wirklichkeit gar nicht passiert. Eventuell hatte sie sich den Kopf so hart angestoßen, dass sie sich das alles nur zusammenfantasiert hatte. Falsche Erinnerungen sozusagen, genauso, wie sie sie Wolfgang unterstellt hatte, aufgrund seiner Kopfverletzungen.

„Du kannst dich schon noch an Wolfgang erinnern und wie ich mit ihm bei dir in Bayreuth war? Und auch daran, dass du gerade gesagt hast, du glaubst, er sei wirklich Goethe?“, fragte sie Alexander daher.

„Oje, du hast dich schlimmer verletzt, als ich dachte. Ich ruf doch mal lieber einen Arzt“, meinte dieser.

„Das heißt, du erinnerst dich nicht an ihn?“, schöpfte sie Hoffnung.

„Doch, natürlich. Wie könnte ich den Besuch von Johann Wolfgang von Goethe vergessen. Außerdem haben wir doch gerade erst über ihn gesprochen.“

„Mist!“, entfuhr es ihr. Sie packte jetzt selbst das kühle Ding auf ihrem Kopf, das wohl eine Kühlkompresse war, setzte sich auf, verzog kurz schmerzvoll das Gesicht und meinte dann: „Ich hatte gehofft, ich hätte mir alles nur eingebildet.“

Alexander war gar nicht so schwer von Begriff, denn er entgegnete: „Ah, die Beule, jetzt verstehe ich. Das wäre in einem Buch eine witzige Rahmenhandlung, wenn es mit einer Beule beginnt und auch mit einer

Beule endet. Eine interessante Komposition, in der die Hauptfigur zunächst jemanden verdächtigt, wegen einer Kopfverletzung falsche Erinnerungen zu haben, und am Ende ist sie selbst die mit dem kaputten Kopf und den falschen Erinnerungen", fachsimpelte Alexander jetzt.

„Du findest, ich wäre in dieser Geschichte die Hauptfigur, nicht Goethe?", fragte Caroline interessiert.

Alexander schaute sie an, mit einem Blick, der ihr Herz springen ließ: „Für mich wärst du immer die Hauptfigur."

Für einen Professor der Literaturwissenschaft war das nun schon auffallend kitschig, dachte sich Caroline. Das sagte sie ihm aber lieber nicht. Besser ein schmalziges Kompliment als gar keines.

Aber was war nun mit der Nebenfigur? Was war mit Wolfgang? Sie hatte ihn aus ihrer Wohnung geschmissen. Wenn er wirklich Goethe war, dann hatte er keinen Ort, an den er gehen konnte. Caroline wurde schon wieder ganz anders bei dem Gedanken.

„So blass ist noch keine Frau geworden, wenn ich ihr ein Kompliment gemacht habe", meinte Alexander. „Komm, leg dich noch ein bisschen auf das Sofa, und vor allem iss noch was. Du hast ja nur einen Bissen von deinem Gebäck genommen. Kein Wunder, dass es dich umhaut."

„Ich nehme es mit, ich muss los", meinte Caroline und sprang auf. Sie wankte sofort und musste sich doch erst nochmal hinsetzen.

„In dem Zustand gehst du mir nirgendwo hin. Was ist denn los? Wieso hast du es auf einmal so eilig?", wollte Alexander wissen.

„Ich habe ihn rausgeschmissen. Ich habe ihm gesagt, wenn ich zurückkomme, muss er die Wohnung verlassen haben. Und er hat es mir zugesagt. Wolfgang ist ein Mann, der zu seinem Wort steht, das heißt, er wird wirklich gehen. Ich muss ihn aufhalten."

„Mist, das verstehe ich. Aber ich kann dich so nicht Auto fahren lassen, du baust unter Garantie einen Unfall."

„Hast du denn kein Auto und kannst mich fahren?"

„Nein, nur ein Motorrad. Aber wenn du mir dein Auto anvertraust, dann fahre ich dich damit nach Wunsiedel."

„Das wäre supernett, danke."

„Aber nur unter einer Bedingung.“

„Welche?“

„Du isst und trinkst unterwegs noch was. Und wenn du mir noch einmal umfällst, dann bringe ich dich ins Krankenhaus.“

*****

Caroline saß auf dem Beifahrersitz und betrachtete im Spiegel der Sonnenblende ihre größer und blauer werdende Beule. Doktor Tatzel würde sicherlich im Dreieck springen, wenn sie doch noch zu ihm ins Krankenhaus eingeliefert werden musste.

„Du, Alex?“

„Ja?“

„Für den unwahrscheinlichen Fall, dass ich dir heute doch nochmal umkippe, wäre ich dir sehr dankbar, wenn du mich keinesfalls ins Marktredwitzer Krankenhaus bringen würdest“, sagte Caroline.

„Hast du Angst, du wirst dann direkt eingewiesen?“, fragte Alexander.

„Äh, ja. Die Chance würde sich Doktor Tatzel vermutlich nicht entgehen lassen. Ich glaube, der hasst mich.“

„Keine Sorge, ich pass auf dich auf“, lächelte Alexander ihr vom Steuer aus zu.

Das half Caroline, etwas zu entspannen. Irgendwie gab es ihr Zuversicht, dass sie ihn an ihrer Seite hatte.

Leider kamen sie und Alexander nicht so schnell voran, wie sie es sich gewünscht hatte, weil ihr bei höherem Tempo im Auto schlecht wurde wegen der blöden Kopfschmerzen. Auch das war ein grausames Déjà-vu.

Sie hoffte so sehr, dass Wolfgang noch bei ihr in der Wohnung war. Vielleicht hatte er sich noch eine von seinen langen, ausgiebigen Duschen gegönnt, darüber die Zeit vergessen und packte jetzt erst in aller Ruhe seine Sachen.

Andererseits hatte er schon geduscht und nicht allzu viel einzupacken, außer er nahm Jeromes alte Kleidung mit. Aber wie sie ihn einschätzte, würde er nur mitnehmen, was er auch vorher schon bei sich getragen hatte.

Oh nein, jetzt fuhren sie auch noch mitten in ein Gewitter hinein. Was, wenn Wolfgang bereits ziellos im Freien umherirrte bei diesem Wetter. Aber er war ja schlau, er würde bestimmt einen Unterschlupf finden.

Seit ihrer Abfahrt in Bayreuth waren geschlagene 50 Minuten vergangen, als sie endlich bei ihrem Wohnhaus ankamen. Sie eilten durch den Regen hinein.

Da Caroline noch geschwächt war, wollte Alexander mit ihr den Aufzug nehmen, allerdings wollte sie nicht riskieren, darin stecken zu bleiben. Aber vielleicht hatte Wolfgang ihn genommen und war nun darin gefangen und konnte so gar nicht erst das Haus verlassen? Doch als sie auf den Knopf drückte, öffneten sich die Türen ganz normal und niemand war zu sehen.

„Caroline, du wirst doch bei Gewitter nicht mit deinem Gast den Aufzug nehmen wollen? Ihr bleibt bestimmt stecken und bei dem Wetter würde es ewig dauern, bis ein Techniker kommt“, hörte Caroline Vivian hinter sich sagen.

Als sie sich zu ihr umdrehte, schaute diese entsetzt. „Ach herrje, was hast du denn mit deinem Kopf angestellt? Und das ist ja gar nicht dieser Philipp bei dir. Ist das ein Arzt? Wird der Typ jetzt abgeholt?“

Das war interessant, Vivian hatte Wolfgang also nicht das Haus verlassen sehen. Ein gutes Zeichen, befand Caroline.

„Ich erkläre es dir später, wir müssen unbedingt hoch in die Wohnung“, ließ sie Vivian heute schon zum zweiten Mal an diesem Tag im Treppenhaus stehen.

„Hey, ihr habt euch die Schuhe gar nicht abgeputzt“, rief diese ihnen noch hinterher, als Caroline, gestützt von Alexander, mit diesem die Stufen nach oben ging. Waren das schon immer so viele gewesen, oder waren da noch welche hinzugekommen?

Als Caroline die Wohnungstür geöffnet hatte, stürzte sie hinein und rief laut: „Wolfgang? Wolfgang, bist du noch hier?“

Sie ließ Alexander einfach alleine im Wohnzimmer stehen, um das Bad und das Schlafzimmer nach Goethe abzusuchen. Doch er war nicht da. Die Balkontür stand offen. War er dort draußen bei dem Wetter? Nein, da war er auch nicht. Blieb nur noch die Küche, aber da hätte er sie doch rufen hören. Sie sah trotzdem nochmal nach, aber natürlich war er nicht da. Panisch rannte sie zurück ins Schlafzimmer, wo sie seine Kleidung aufgehängt hatte. Oh nein, die Sachen waren weg und Jeromes Kleidung lag zusammengefaltet auf ihrem Bett.

Traurig ließ Caroline sich im Wohnzimmer neben Alexander auf das Sofa sinken, das bis vor ein paar Stunden noch die Schlafstätte von Johann Wolfgang von Goethe gewesen war. Der Laptop stand auf dem Tisch und Alexander machte irgendetwas daran.

„Er ist weg, wir sind zu spät“, meinte sie seufzend, ehe sie bemerkte: „Hey, was machst du denn mit meinem Laptop?“ Alexander konnte doch nicht einfach ungefragt ihren Computer benutzen.

„Der stand hier offen und noch eingeschaltet. Du musst da echt mal ne Abschaltautomatik einrichten, der Akku war fast leer, aber ich hab ihn angesteckt.“

„Den muss Wolfgang hier stehen gelassen haben. Ich hatte ihm eigentlich Internetverbot erteilt. Was hat er jetzt schon wieder mit dem Ding angestellt?“

„Ich dachte kurz, dass er damit vielleicht nach einem Hotel oder dergleichen gesucht hat und wir ihn über den Verlauf finden können, aber heute war noch niemand im Internet. Außer er hat den Verlauf von heute gelöscht. Meinst du, er kann sowas?“, wollte Alexander wissen.

Caroline dachte kurz nach und schüttelte dann den Kopf. „Nein, das kann er definitiv nicht. Also, glaube ich, ich dachte ja auch nicht, dass er Youtubevideos machen kann.“

„Dieses Video musst du mir bei Gelegenheit unbedingt mal zeigen“, meinte Alexander, ehe er freudig ausrief: „Hey, was haben wir denn hier? Es sind gleich zwei Worddokumente geöffnet. Sind die von dir?“

Caroline konnte sich nicht entsinnen, wann sie zuletzt etwas in Word geschrieben hatte. „Nein, die sind unter Garantie nicht von mir. Was ist das?“

Alexander klickte auf das erste. Es hatte unzählige Seiten. Wann hatte Wolfgang das geschrieben? War das etwa sein Manifest in Schriftform?

„Es sieht so aus“, erklärte Alexander, „als hätte Wolfgang vor etwa zwei Stunden den Text hier noch bearbeitet und abgespeichert. Wenn dies das Letzte war, was er getan hat, so hat er etwa zwei Stunden Vorsprung, wo auch immer er hingegangen ist. Was ist das hier eigentlich? Hm ... oh wow, ich fasse es nicht. Caroline, das hier ist ein Goldschatz“, rief er begeistert aus.

„Ein Goldschatz?“, fragte sie verwirrt.

„Das ist doch tatsächlich ein Theaterstück. Ein ganz neues Theaterstück aus dem Jahr 2024 von Johann Wolfgang von Goethe. Geschrieben hat er es offensichtlich für die Luisenburg, zumindest steht das hier vorne in der Widmung. Oh warte, es ist nicht von Goethe, er hat es mit Philipp Möller unterschrieben. Das ist so faszinierend und ich bin der Erste, der es zu Gesicht bekommt ...“

Alexander scrollte jetzt durch die Seiten, las mal hier und mal dort und war aufgeregt wie ein kleines Kind an Weihnachten.

„Es ist eine Art Dystopie. Es spielt nach mehreren großen Wetterkatastrophen. Nur noch wenige Menschen sind am Leben und versuchen, eine neue Gesellschaft zu gründen.“ Er scrollte weiter und weiter, bis er schließlich einfach zum Ende der Geschichte sprang. „Oh!“, entführ es ihm. „Auch die neue Gesellschaft scheitert. Die Menschheit stirbt komplett aus. Herrje, Goethe scheint echt nicht sehr viel von den Menschen dieser Zeit zu halten. Aber gut, es soll ja auch ein Drama sein, vermutlich eines, das uns aufrütteln soll. Da wäre ein Happy End fehl am Platz“, mutmaßte er.

„Alexander“, drängte Caroline ihn.

„Ja, gleich, ich will nur kurz nochmal in der Mitte sehen, was die Katastrophe ist, welche die ...“

„A-le-xan-der!“, unterbrach Caroline ihn ruppig. „Ich verspreche dir, du darfst dir die Datei mitnehmen oder ausdrucken oder was auch immer. Aber könnten wir jetzt bitte mal nachsehen, was die zweite Datei ist? Denn diese Dystopie oder wie du das nennst, bringt uns in der Suche nach Wolfgang nicht wirklich weiter.“

„Entschuldige, das ist nur so unglaublich, ein neuer Goethe, hier direkt vor mir.“

Caroline blickte ihn mit hochgezogener Augenbraue an.

„Schon gut“, meinte er und klickte auf die zweite offene Datei.

„Ist das ein Gedicht?“, fragte Caroline nach einem kurzen Blick auf das Dokument.

Alexander überflog es kurz. Er schien echt gut im Querlesen zu sein. Das musste man wohl, wenn man als Dozent an der Uni ständig irgendwelche wissenschaftlichen Abhandlungen lesen musste.

„Es ist ein Abschiedsbrief“, sagte Alexander leise und sah Caroline dann mitfühlend an.

„Ein Abschiedsbrief?“, wurde diese panisch. „Er will sich doch nicht etwa ...?“, ließ Caroline unausgesprochen, was ihr Kopf sich für schreckliche Bilder ausmalte.

„Nein, ich glaube nicht. Er verabschiedet sich nur. Lies du es doch mal, du verstehst sicher besser, was er meint. Seltsamerweise ist es an eine Faustina gerichtet. Sollst das etwa du sein?“

Caroline ließ die Frage unbeantwortet, denn wenn sie Alexander jetzt auch noch ihre Familiengeschichte erklären musste, würden sie Wolfgang vermutlich nie finden. Sie atmete tief durch und las dann, was Goethe geschrieben hatte.

Wunsiedel, 07.07.2024
Für meine Faustina

Inmitt’ der Felsenrunden
Hast du mich gefunden
Den Arm mir ausgestreckt
So hast du mich erweckt

Mein Geist war wirr, wurd wirrer
Die Zeit hatt’ ich verloren
Du sahst in mir den Toren
Der Kittel sprach „Ein Irrer“

Doch zweier Welten Klang
Wurd schöner Seelen Harmonie
Wir waren und sind Allegorie
Nur unruhig ist mein Herz
Zu groß der Weltenschmerz
Mir ist hier angst und bang

Des Tatorts Weimar ist nicht mein
Eros macht mir nur der Wein
Das ferne Bild, es ängstigt mir
Halt find ich nur bei dir

Doch in Not bring ich dich nur
So wird's mir wieder zur Natur
Zurückzulassen wen ich lieb
Zu flüchten als ein Herzensdieb

Ich muss ins Labyrinthe gehen
Aus dem du einst mich hast geführt
Kann Ariadnes Faden sehen
Es sind des Gewitters Wehen
Wie ich sie damals hab gespürt

Die schaurig wütende Natur
Wird bringen mich zurück zur Spur
Zum Weg in meine Zeit

Nur sind wir dann entzweit

So gedenke deinem Brausekopf
Mein wunderschöner Lockenschopf
Schenk eine einz'ge Träne mir
Dann sei stets nur ganz bei dir
Du hast den nöt'gen feurigen Kopf
Schreib alles in ein Buche
In meinem Werk dich suche

In ewiger, die Zeiten überdauernder Liebe

Johann Philipp Möller

Caroline überflog die Zeilen immer und immer wieder. Sie konnte nicht glauben, was sie dort las. Einerseits, weil er ihr in dem Gedicht seine Liebe gestand, wenn auch in sehr schwülstigen Worten, und andererseits, weil er auch sagte, wo er hinwollte. Aber das durfte einfach nicht sein! Er musste doch wissen, wie gefährlich das war! Er wollte ins Felsenlabyrinth, und zwar während des Gewitters!

„Alexander, er will ins Labyrinth!“, rief sie panisch.

„Ja, aber doch nur bildlich gesprochen, oder?“, meinte dieser.

„Nein! In echt!“

Caroline wurde immer panischer. Sie rannte zu ihrer Garderobe und holte ihre Regenjacke und ihre Wanderstiefel heraus. „Ich muss zu ihm, er wird verunglücken bei dem Wetter.“

Erst jetzt fiel bei Alexander der Groschen. „Er will ernsthaft bei diesem Wetter ins Felsenlabyrinth? Das ist doch Selbstmord!“

„Na das sage ich doch. Bitte, kannst du mich schnell hinfahren?“

„Ich komm natürlich mit“, meinte Alexander. „Äh, du hast nicht zufällig noch Regenkleidung in meiner Größe?“

Tatsächlich wurden sie in Jeromes alten Sachen fündig. Die knallrote Regenjacke war Alexander zwar ein gutes Stück zu klein, würde aber ihren Zweck schon erfüllen. Caroline packte schnell noch einen Rucksack mit den nötigsten Sachen zusammen, darunter auch Verbandszeug, das sie hoffentlich nicht brauchen würden.

Als sie die Wohnung verlassen wollten, stand plötzlich Birte vor ihnen. In der ganzen Eile und Sorge um Wolfgang hatten sie die Wohnungstür offen stehen lassen. Das schien jetzt so üblich zu werden, dass ihre Wohnung allen offen stand, die sie eigentlich gerade nicht sehen wollte.

„Birte, was machst du hier?“, entfuhr es Caroline schroffer als gewollt, aber schließlich hatte Birte sie ja an Federico verraten.

„Ich habe den ganzen Vormittag versucht, dich anzurufen“, quasselte Birte los, obwohl Caroline keine Zeit für ein längeres Gespräch hatte. „Als du nicht rangegangen bist, wollte ich zu dir, aber Jerome war unterwegs und ich hatte sonst keinen, der sich um die Jungs kümmern kann. Deshalb komme ich erst jetzt, trotz des Regens. Ich wollte dich nur warnen, Federico weiß Bescheid. Er hat mich erbost angerufen, wegen eines Videos im Internet, auf dem Wolfgang wohl verrät, wer er ist oder zu sein glaubt. Ich wollte ihn davon abhalten, herzukommen, aber ich glaube, er wird dir vielleicht nach Restaurantschluss noch einen Besuch abstatten. Er ist gar nicht gut auf Wolfgang zu sprechen. Er war schon auf mich sauer, weil er bemerkt hat, dass ich Bescheid wusste über alles. Und dann ist mir im Wortgefecht mit ihm auch noch rausgerutscht, dass du Wolfgang glaubst und ..."

Erst mitten in diesem Redeschwall registrierte Birte, dass nicht nur Caroline, sondern auch noch ein Fremder mit in der Wohnung war.

„Oh, Entschuldigung, ich wusste nicht, dass du Besuch hast."

„Das ist Alexander", meinte Caroline nur kurz angebunden. „Du, also, du hast mich gar nicht an Federico verraten? Du wolltest ihn sogar davon abhalten herzukommen?", fragte Caroline und aus irgendeinem Grund schossen ihr Tränen in die Augen.

„Oje, er war schon hier, oder?", fragte Birte und schloss ihre Freundin in die Arme.

Caroline und Alexander erzählten ihr die Kurzfassung von dem, was geschehen war.

„Er ist wirklich Goethe? So ganz in echt? Davon sind Sie überzeugt?", fragte Birte Alexander.

„Ja, das bin ich."

„Und Sie sind ein echter Uniprofessor? Sicher? Oder hat Caro Sie auch im Labyrinth gefunden?", machte Birte einen sehr unpassenden Scherz. „Aber Goethe ist jetzt nicht wirklich unterwegs zum Felsenlabyrinth? Bei dem Wetter? Wir müssen was tun! Sollen wir die Bergwacht rufen?"

„Eigentlich wollten wir gerade selbst los, um ihn zu suchen", erwiderte Caroline.

„Ist das nicht zu gefährlich? Die von der Bergwacht sind doch auf solche Rettungen spezialisiert!"

„Und was soll ich denen sagen? Dass da ein Typ in Goethekleidung bei Gewitter durch das Felsenlabyrinth läuft? Die sperren ihn doch sofort weg, sobald sie ihn finden", sagte Caroline verzweifelt.

„Okay, okay, dann retten wir ihn eben", sagte Birte entschlossen.

„Wir?", fragte Caroline.

„Na klar wir, meinst du, ich lass dich das alleine durchstehen?“

„Sie ist nicht alleine“, meldete sich Alexander zu Wort. „Ich bin doch auch dabei.“

„Trotzdem“, sagte Birte. „Ich komme mit. Das ist doch endlich mal ein richtiges Abenteuer.“

„Bedecke deinen Himmel, Zeus,
mit Wolkendunst"

(Johann Wolfgang von Goethe, Prometheus)

Kapitel 13

Ein Blitz und ein kurz darauf folgender Donner ließen Wolfgang zusammenzucken. Das Gewitter war nun fast über ihm. Inzwischen war er nass bis auf die Knochen. Er hoffte sehr, dass es 1785 auch noch regnete, wenn er dort ankam. Er hatte keine Lust, wieder jemandem erklären zu müssen, warum seine Kleidung so feucht war. Wenn er doch nur wenigstens seinen Hut gehabt hätte, dann wäre ihm der dämliche Regen zumindest nicht direkt auf den Kopf geprasselt.

Wolfgang überlegte. Ob er wohl an dem Tag, als er verschwunden war, zurückkam oder ob in seiner Zeit inzwischen genauso viele Tage vergangen waren wie hier? Oder gar mehr? Vielleicht kam er zurück, und seine Freunde waren schon alle vergreist, seine Mutter tot, sein Ruhm erloschen?

Wolfgang schüttelte diese dunklen Gedanken ab. Er wusste, dass sie ihn nur ereilten, um ihm einen Grund zu liefern, bei Caroline zu bleiben. Bei seiner süßen, über alles geliebten Halbitalienerin. Er hätte nie gedacht, dass er einer Frau einmal so verbunden sein könnte wie ihr.

Sie zu verlassen schmerzte, als ob er sich ein Körperteil abschneiden musste. Tat er hier wirklich das Richtige? Wenn Caroline seinetwegen auch solche Schmerzen durchlitt, rettete sie sein Fortgehen nicht, sondern zerstörte sie. Doch sein Verstand wusste, dass es das einzig Richtige war. Ein Narr war, wer auf sein Herz hörte. Zudem hatte ihm Gott, das Universum, die Natur oder was auch immer mit diesem Gewitter ein eindeutiges Zeichen gegeben.

Obwohl Goethe diesmal eine Mitfahrgelegenheit in einem Auto nicht ausgeschlagen hätte, musste er die komplette Strecke bis zum Felsenlabyrinth zu Fuß zurücklegen. Bei diesem Wetter schien außer ihm niemand vor die Tür zu gehen. Ihm war den ganzen Weg hier herauf keine einzige der motorisierten Kutschen begegnet.

Oh, wie sehr er sich darauf freute, wieder von guten, treuen Pferden transportiert zu werden und nicht von umweltzerstörenden Maschinen. Wenn er darüber nachdachte, war ihm, seit er hier war, kein einziges Pferd über den Weg gelaufen. Waren die am Ende vielleicht sogar schon ausgestorben?

In einer Welt ohne Pferde wollte er definitiv nicht leben. Rannten hier deshalb so viele Menschen mit einem Hund in der Gegend herum? Die galten gemeinhin auch als treue Tiere. Eventuell ersetzten sie dem Menschen die Pferde. Reiten musste man ja nicht mehr, jetzt, wo es diese Fahrräder und Autos gab. Da reichte es, den Herrchen treu ergeben zu sein und ihnen ab und an ein Stöckchen wiederzubringen.

Heute hätte Wolfgang sich ausnahmsweise über ein Auto gefreut, denn an deren Tempo kam einfach nichts heran, sofern man sich daran gewöhnt hatte. Man konnte wirklich weite Strecken an einem Tag zurücklegen. Hier herauf hätte er mit Carolines Hyundai bestimmt nur zehn Minuten gebraucht.

Stattdessen war er schon seit mindestens einer Stunde unterwegs. Er kam aber auch sehr langsam voran, weil es nun so schüttete, dass man kaum die Hand vor den Augen sehen konnte. Zudem wäre er in einem Auto trocken angekommen. Aber nein, das bisschen Nässe war es definitiv nicht wert, dafür den Planeten zu zerstören. Wenn er sich nur keine Lungenentzündung holte. Wenigstens brauchte man bei dem Wetter keine Sonnencreme.

Endlich war er am Eingang des Labyrinthes angekommen. Bei diesem Regenguss wurden hier zum Glück keine Einlasskarten kontrolliert. Er hatte all sein neuartiges Geld bei Caroline in der Wohnung gelassen, da er nicht versehentlich etwas aus dieser Zeit mit in die seine nehmen wollte. Das würde bestimmt für sehr skurrile Szenen sorgen, wenn man nach seinem Ableben in seinem Nachlass Euroscheine und Münzen finden würde, die es erst in der Zukunft gab.

Herrje, schon wieder fiel ihm etwas ein, was er gerne googeln würde. Er hatte sich zwar richtig viel Wissen aus der heutigen Zeit angeeignet, das ihn zu seiner Zeit bestimmt zum berühmtesten Forscher überhaupt machen könnte. Aber er hatte sich gar nicht darüber informiert, in wie vielen Ländern Europas man mit diesen Euros bezahlen konnte. Zumindest von Großbritannien hatte er gelesen, dass dieses noch seine eigene Währung hatte, selbst in der Zeit, in der es noch zur EU gehörte.

Überhaupt machte dieses Google schon sehr süchtig. Wolfgang konnte sich gar nicht mehr vorstellen, sich sein Wissen zukünftig wieder nur aus Büchern erschließen zu können. Dieses Internet war einfach praktisch, um alles zu recherchieren, was einem gerade in den Sinn kam. So viele Bücher hatten selbst bei ihm am Frauenplan nicht Platz, um all das Wissen abzudecken, das das Internet ihm bot. Schade, dass er gehen musste, bevor er alle Webseiten gesehen und gelesen hatte.

Ob er das Internet bei sich zuhause selbst neu erfinden konnte? Aber da gab es noch nicht einmal Telefone, es fehlte somit die gesamte Infrastruktur dafür. Zudem wollte er sich nicht ausmalen, wie das den Lauf der Zeit ändern würde, wenn das Internet schon 1785 erfunden wurde. Abgesehen von der Zukunft würde es auch sein Leben erheblich verändern. Wenn auch in seinem guten alten Weimar plötzlich jeder veröffentlichen konnte, was er gerade dachte, wer würde ihm denn dann noch zuhören wollen? Nein, er musste das Internet nicht selbst erfinden, sondern vielmehr verhindern, dass es je erfunden wurde. Aber wie sollte er das angehen?

Na gut, vielleicht sollte er ein Problem nach dem anderen lösen. Jetzt sah er sich erst mal vor die Aufgabe gestellt, bei diesem unglaublich starken Regenfall so weit ins Labyrinth hinaufzusteigen, bis er bei dem Zeitportal angekommen war. Ihm kamen schon lauter schlammige kleine Bäche entgegen, die sicherlich bald dazu führten, dass hier kein richtiger Halt mehr zu finden war. Nicht umsonst war es zu solchen Wetterbedingungen eigentlich verboten, das Labyrinth zu betreten. Die mickrigen Absperrungen konnten jedoch niemanden davon abhalten, und ihn schon gar nicht.

Am Anfang war der Weg noch recht flach, dann wurde es aber immer steiler und immer mehr Felsen stellten sich ihm in den Weg. Diese waren, seit das Labyrinth erschlossen war, normalerweise für niemanden mehr ein Hindernis, da Stufen, Tunnel und sogar stellenweise Geländer für mehr Sicherheit sorgten. Bei diesen Schlamm- und

Regenmassen waren die Felsen aber rutschig wie Eis, so dass Wolfgang sich schon in den ersten zehn Minuten im Labyrinth zwei Mal auf sein Hinterteil gesetzt hatte. Meine Güte, seine Reisebegleiter würden aber gucken, wenn sie ihn so verdreckt sahen. Ob er die Schlammflecken je wieder aus seiner Kleidung bekommen würde?

Schon wieder rutschte er aus und fiel diesmal auf die Knie. Au, das tat weh. Aber er musste weiter. Um nichts in der Welt durfte er scheitern. Wenn man ihn hier in diesem Labyrinth bewusstlos liegend in dieser Kleidung fand, war sein Schicksal besiegelt. Er musste das Portal finden.

Im Gegensatz zum letzten Mal, als er es gesucht hatte, wusste er nun mit Sicherheit, dass es hier irgendwo war. Er konnte es sich selbst nicht erklären. Es war, als folgte er einem roten Faden, den er aber nicht sehen, sondern nur spüren konnte. Es war ein wenig mit der Anziehungskraft zu vergleichen, die Caroline auf ihn ausübte. Es war schwer, ihr zu widerstehen und nicht ständig unausweichlich auf sie zuzusteuern. Nur dass diese Kraft, die er jetzt spürte, ihn von Caroline wegtrieb statt zu ihr hin.

Ob sie ihn schon vermisste? Oder ob sie froh war, dass er tatsächlich gegangen war? Sie hielt ihn immerhin für einen Lügner und Betrüger, der sich ihre Zuneigung und sogar den Beischlaf mit ihr ergaunert hatte. Es schmerzte, so in ihrer Erinnerung zurückzubleiben, aber vielleicht fand sie seinen Abschiedsbrief und verstand, was er ihr darin sagte. Sie musste einfach wissen, dass er sie wirklich liebte, egal, unter welchem Namen.

Nun wollte Wolfgang sich aber besser auf das Hier und Jetzt konzentrieren. Immer wenn er an Caroline dachte, machte er einen Fehltritt, rutschte aus oder schlitterte ein Stück. Zum Glück konnte er sich bisher immer abfangen oder zumindest weich landen. Wenn das Schicksal wirklich wollte, dass er heil den Weg zurück in seine Zeit fand, dann konnte es doch bitte dafür sorgen, dass der Regen ein wenig nachließ.

Er hatte komplett die Orientierung verloren. Von den bunten Pfeilen war bei den ganzen Wassermassen und der von den Wolken verursachten Dunkelheit nichts mehr zu sehen. Er musste sich stattdessen ganz auf dieses Gefühl verlassen. Es fühlte sich ein wenig an wie Magnetismus. Irgendetwas wartete hier auf ihn.

Goethe musste weiter nach oben. Er hangelte sich eine Metalltreppe hinauf, als eine Windböe in seinen Mantel fuhr und ihn fast rücklings die Stufen hinunterriss. Mit eisernem Willen klammerte er sich an das Geländer. Er konnte sich gerade noch festhalten.

Es kam ihm so vor, als kämpfte er gegen eine Macht, die ihn hier in diesem Jahrtausend behalten wollte. Angelockt wurde er hingegen von einer anderen Macht, die das Ungleichgewicht der Zeiten, das durch sein Erscheinen hier entstanden war, wieder ins Lot bringen wollte.

Seltsamerweise fühlte er sich dadurch nicht geängstigt, sondern vielmehr heroisch. Er war wie Prometheus, der für die Menschheit kämpfte, entgegen den von den Göttern entfesselten Naturgewalten. Genau wie Prometheus war Goethe klar, dass er hier nicht auf die Hilfe irgendwelcher Götter vertrauen konnte. Er musste sich selbst seinen Weg zum Portal durch das Unwetter bahnen. An ihm hingen nun das Schicksal und das Überleben der Menschheit.

Es mochte ja sein, dass die Fügung ihn in diese Zeit verschlagen hatte, nur um den Bewohnern von Carolines Haus das Leben zu verbessern. Aber hätte es da nicht ausgereicht, einen netten Menschen aus dieser Zeit ihren Weg kreuzen zu lassen? Es konnte doch nicht sein, dass von all den Menschen aus den letzten 250 Jahren nur er infrage kam, um den Hausbewohnern zu helfen.

Nein, für ihn war natürlich eine größere Aufgabe gedacht und er glaubte noch immer, dass dies die Rettung der Menschheit und des Planeten war. Nur hatte er zuvor einen Denkfehler gemacht, auf den Caroline ihn zufällig hingewiesen hatte.

Natürlich war es im Jahr 2024 längst zu spät, um das Klima noch zu retten. Der Jetstream hatte sich bereits merklich verlangsamt, der Golfstrom erkaltete, Gletscher und Eisberge schmolzen schneller dahin als je zuvor. Bis seine Worte bei genug Menschen Gehör finden würden, wäre das Aussterben der Menschheit schon unumkehrbar.

Aber mit all dem Wissen, das er nun aus diesem Jahrtausend hatte, konnte er den Planeten und seine Bewohner dennoch retten. Nur eben von einem anderen Jahr aus. Er musste bereits im Jahr 1785 damit beginnen, die Menschheit für die Natur zu sensibilisieren, und zukünftige Gefahren für diese verhindern.

Aber wenn er dafür sorgte, dass keine Autos erfunden wurden, die mit Benzin fuhren, keine Fabriken gebaut wurden, die Dreck in die Luft schleuderten, keine Kohlekraftwerke und dergleichen. Und wenn er zudem verhinderte, dass Plastik erfunden wurde und die Massentierhaltung begann, wie sehr würde sich die Zukunft dadurch verändern? Würde das alles dazu führen, dass Caroline nie geboren wurde? Und wenn sie nie geboren wurde, dann würde Wolfgang im Jahr 2024 auch nicht von ihr im Labyrinth gefunden werden. Vielleicht würde er dann stattdessen direkt ins Krankenhaus und von da aus in die Psychiatrie kommen?

Er musste diesen Plan noch einmal überdenken. Denn von der Psychiatrie aus könnte er nicht zurück in seine Zeit, wodurch er nicht von da aus die Umwelt retten könnte, wodurch aber wiederum Caroline doch existieren würde ... ach herrje, das war ein Teufelskreis. Von diesen Gedanken bekam man regelrechte Knoten im Gehirn. Vielleicht war das auch ein Problem, das er besser auf einen anderen Tag oder ein anderes Jahrtausend verschob. Erst mal musste er wieder zuhause ankommen, bevor er sich an seine Weltrettungspläne machen konnte.

Wolfgang blieb stehen, atmete tief durch und konzentrierte sich auf das, was er fühlte. Er spürte die energetische Kraft ganz in der Nähe. Er musste bereits kurz vor seinem Ziel sein.

Aber es war auch noch ein neues Gefühl hinzugekommen. Eine wärmende Kraft, die von unterhalb des Labyrinths auf ihn zukam. Er fühlte sich hin- und hergerissen zwischen der Energiequelle, auf die er die ganze Zeit schon zusteuerte, und diesem anderen Etwas, das ihn so verführerisch lockte und pure Glückseligkeit versprach.

Was war das nur? Und wenn er sich nicht irrte, dann kam es immer näher. War das wieder ein Versuch einer höheren Macht, ihn im Hier und Jetzt zu behalten? Dann musste er sich beeilen. Vielleicht waren es doch Teufel oder Dämonen? Immerhin glaubten sehr viele Menschen an diese. Und war es nicht ein erklärtes Ziel der Dämonen, die Menschheit auszulöschen? Sie wussten, dass er von der Vergangenheit aus die Umweltzerstörung aufhalten konnte, und wollten ihn deshalb mit all ihren verführerischen Künsten von dem Zeitportal weglocken. Sie wollten, dass die Menschen in ihrem eigenen Müll erstickten.

Ja, so etwas in der Art musste es sein. Die Mächte der Welt kämpften um ihn. Er stand nun alleine zwischen Gut und Böse. Er war ein einsamer Kämpfer für den Fortbestand seiner Art. Er durfte sich nicht locken lassen. Er musste weitergehen.

*****

Alexander steuerte Carolines Auto gekonnt durch den Regen in Richtung Luisenburg. Caroline saß auf dem Beifahrersitz und erklärte ihm, wo er hinfahren musste, da er sich in der Gegend nicht auskannte. Im Moment war es allerdings selbst für eine Einheimische schwer, sich zu orientieren, da man vor lauter Regen keine zwei Meter sehen konnte.

Birte saß auf der Rückbank und hatte die klare Anweisung, den Fußweg nach Wolfgang abzusuchen. Es war gar nicht so abwegig, dass er sich irgendwo untergestellt hatte, um den schlimmsten Regen abzuwarten. Andererseits glaubte Caroline nicht daran, denn er wollte noch während des Gewitters das Labyrinth erreichen. Vielleicht hatte er ja Glück gehabt und der Regen war noch schwächer gewesen, als er losgegangen war.

Ein Blitz erhellte die Umgebung für einen kurzen Moment und plötzlich schrie Birte laut: „Halt, da unter der Brücke ist jemand."

Carolines Herz fing an, wie wild zu pochen. Auch sie hatte einen menschlichen Umriss unter der Brücke gesehen. War es Wolfgang? Als sie den Wagen stoppten, war sie enttäuscht. Das war nicht Wolfgang, der dort Schutz vor dem Regen gesucht hatte, sondern ein Motorradfahrer. Alexander stieg kurz aus und redete mit dem Mann. Dann kam er zurück ins Auto.

„Was hast du mit ihm gesprochen?", fragte Caroline.

„Ich hab ihm angeboten, ihn mitzunehmen und irgendwo abzusetzen, aber er will bei seinem Motorrad bleiben. Wolfgang hat er auch nicht vorbeikommen sehen, obwohl er schon geschlagene 30 Minuten hier untersteht. Das heißt, Wolfgangs Vorsprung ist recht groß."

Sie fuhren weiter und bis zu den offiziellen Parkplätzen begegnete ihnen niemand mehr. Eigentlich wollten sie auf die oberen Stellplätze fahren, die auch von den Schauspielern und anderen Mitarbeitern der Luisenburg und der Gaststätte genutzt wurden. Die Schranke zu der Auffahrt war aber leider geschlossen. Caroline sah sich schon den Rest des Berges bei dem Regen hinauflaufen. Sie würden pitschnass sein, bevor sie überhaupt im Labyrinth angekommen waren.

Alexander hatte da jedoch andere Pläne. Er stieg aus, werkelte ein bisschen an der Schranke herum und öffnete sie einfach von Hand. Dann stieg er ganz nass wieder ins Auto. „So könnt ihr zwei wenigstens noch ein paar Minuten trocken bleiben", bibberte er und steuerte den Hyundai ganz nach oben. Für Caroline war er schon jetzt ein Held.

Als sie aus dem Auto stiegen, bildete Caroline sich ein, dass der Regen ein wenig nachgelassen hatte. Dennoch war er noch viel zu stark für die Wanderung, die ihnen bevorstand. Bereits am Labyrintheingang wünschte sie sich, sie hätte statt der Wanderschuhe Gummistiefel angezogen. Wobei diese ihr bestimmt zu wenig Halt gegeben hätten. Die Wanderschuhe waren rutschfester, dafür aber nicht wasserdicht, zumindest nicht bei Wasser in diesen Mengen.

Der Eingangsbereich glich einem braunen Tümpel, den sie durchschreiten mussten, um zum Aufstieg zu kommen. Jeder Schritt, den sie machten, matschte unter ihren Füßen. Sie hielt nach Fußspuren Ausschau, aber selbst wenn Wolfgang welche hinterlassen hatte, waren sie längst fortgespült.

Caroline schloss die Augen und atmete tief durch. Sie musste sich voll und ganz auf den Weg konzentrieren, den sie zum Glück auch im Schlaf gekannt hätte. Der Regen und der verdunkelte Himmel machten eine Orientierung sehr schwer. Es galt nicht nur Wolfgang zu finden, sondern auch Alex und Birte heil hier durchzubringen. Ob sie die beiden doch lieber unten warten lassen sollte? Es war schon ein sehr gefährliches Unterfangen.

„Denk nicht mal dran, wir kommen mit", schrie Birte ihr aus dem lauten Regenprasseln entgegen. Sie hatte mal wieder ihre Gedanken gelesen.

Auch Alexander nickte ihr aufmunternd zu. Die beiden würden ihr nicht von der Seite weichen, so viel war klar.

Was, wenn Wolfgang gar nicht hier war, wenn er vor den Wassermassen kapituliert hatte und sie ihre Freunde umsonst in Gefahr brachte? Doch tief in sich drin wusste sie, dass das nicht der Fall war. Wolfgang war hier. Es war fast so, als könnte sie ihn spüren. Es war jedoch ein sehr schwaches Gefühl, fast so, als wäre er schon sehr weit oben im Labyrinth.

„Wir müssen uns beeilen, er ist fast da", sagte sie mit derartiger Überzeugung, dass ihr niemand widersprach. Dabei hätte sie nicht sagen können, wieso sie mit einer solchen Sicherheit wusste, dass Wolfgang da oben war. Aber sie konnte ja auch nicht die Sonne sehen und wusste, dass sie noch irgendwo am Himmel stand.

Mühselig quälte sich die kleine Wandergruppe immer weiter nach oben. Birte beschwerte sich als Erste über nasse Füße. Sie hatte zwar irre teure Turnschuhe an, die aber auch nicht für so einen Starkregen gemacht waren und die sie nach diesem Ausflug wohl in die Tonne kloppen konnte.

Caroline war ebenfalls kurz davor, ihre Schuhe einfach auszuziehen. Viel nasser konnten ihre Füße so auch nicht werden. Aber man konnte ja nie wissen, auf was man trat. Nicht dass sich hier noch jemand die Fußsohlen aufschlitzte und sie deshalb nicht weiterkonnten.

Die Regenjacken brachten auch nicht sehr viel, denn das Wasser lief daran herunter und sorgte nur dafür, dass ihre Hosen umso schneller nass wurden. Die Kälte ging ihnen bis in die Knochen und Caroline konnte ihre Lippen nicht mehr davon abhalten, kläglich zu bibbern.

Wenn ihr vor ein paar Wochen jemand gesagt hätte, dass sie für einen Mann mal eine solche Tortur auf sich nehmen würde, sie hätte es nicht geglaubt.

Vor ihnen erschien eine Metalltreppe, auf deren Stufen Schlammspuren zu sehen waren. Hatte Wolfgang die dort hinterlassen? Sie mussten die Treppe nach oben. Caroline ging voran, Birte in der Mitte und Alexander hinterher. Es war schwer, da an dieser Stelle der Wind eisig durchzog.

Caroline hatte das Gefühl, der Wettergott hätte es sich zum Ziel gesetzt, sie von den Stufen zu pusten. Oje, sie hatte definitiv zu viel Zeit mit Wolfgang verbracht, wenn sie jetzt schon über so etwas wie einen Wettergott nachdachte. Aber langsam konnte sie verstehen, warum die in der Antike für alles einen eigenen Gott hatten. Ein liebender Gott war mit Blitz, Donner und herabstürzenden Regenmassen einfach nicht in Einklang zu bringen.

Was hatte sich Goethe nur dabei gedacht, bei diesem Wetter hier raufzugehen? Wie sollte ein Gewitter sich denn auf ein mögliches Zeitportal auswirken? Vielleicht hatte Wolfgang ein bisschen zu viel über Elektrizität recherchiert und bildete sich jetzt sonst was ein, was man damit anstellen konnte. Aber wenn eine solche Ladung hier ein Zeitportal öffnen konnte, dann hätten die Menschen das mit all ihrer Technik doch schon nachahmen können und Zeitreisen wären längst gang und gäbe.

Caroline hörte plötzlich ein schrilles Kreischen hinter sich. Das war Birte. Geschockt drehte sie sich um und sah gerade noch, wie ihre Freundin die steile Treppe hinabstürzte.

„Neiiiin!", rief Caroline und streckte ihre Hand nach ihr aus, natürlich vergebens. Sie konnte sie nicht mehr erreichen.

Zum Glück war Alexander hinter Birte gewesen. Er breitete die Arme aus, fing Birte auf, geriet dann aber selbst ins Taumeln. Einen Moment lang sah es fast so aus, als würden beide in die Tiefe stürzen.

Caroline hielt geschockt die Luft an. Doch Alexander konnte sich gerade noch mit einer Hand festhalten, während er mit der anderen Birte umklammerte. Sie knieten nun beide auf der Treppe und rappelten sich wieder hoch.

Du meine Güte, das hätte wirklich schiefgehen können. Caroline war geschockt.

Als sie alle die Treppe erklommen hatte, fiel Caroline erst ihrer Freundin und dann Alexander um den Hals. Sie war so froh, dass ihnen nichts passiert war.

„Birte, Birte, oh mein Gott. Geht es dir gut? Ist dir was passiert? Und dir, Alexander?" Caroline konnte sich gar nicht beruhigen.

Alexander trat zu ihr und umarmte sie. „Uns geht es gut, alles in Ordnung. Beruhige dich bitte, nicht, dass du wieder hyperventilierst. Damit wäre Goethe nicht geholfen."

Da hatte Alexander natürlich recht. Caroline bemühte sich, nicht mehr an das zu denken, was gerade passiert war, und beruhigte sich langsam. Dennoch tat es ihr ein bisschen leid, als Alexander die Umarmung löste.

„Wir müssen weiter", sagte er. „Da oben ist irgendwas. Spürst du das auch?"

„Oh Gott sei Dank!", meinte Birte. „Ich dachte schon, jetzt bin ich diejenige, die das Spinnen anfängt. Du meinst doch auch dieses merkwürdige Gefühl, oder? Wie soll ich das beschreiben, es ist irgendwie, als ob ein riesiger Magnet in der Nähe wäre."

„Ja genau", stimmte ihr Alexander zu.

Was um alles in der Welt war mit den beiden los? Hatten sie einen Schock? Sie fühlten einen Magneten? Die beiden konnten doch unmöglich auch so eine starke Verbindung zu Wolfgang haben, dass sie ihn hier spüren konnten, oder? Vielleicht drehten sie gerade einfach ein bisschen durch, weil sie fast verunglückt waren.

Caroline wollte Alex und Birte sicherheitshalber erneut darum bitten, sich einen Unterstand zu suchen und sie alleine weitergehen zu lassen. Doch da überkam sie mit einem Mal auch das Gefühl, sie würde vor einem riesigen Magneten stehen.

Was war das? War die elektrische Aufladung der Luft bei Gewitter hier im Labyrinth höher als anderswo? Oder gab es irgendwo eine Starkstromleitung oder sowas? Aber davon hätte sie doch gehört, oder? Wie dem auch sei, Caroline wurde eines klar. Falls Wolfgang das auch spürte, würde er direkt auf diesen scheinbaren Magneten zusteuern. Also war das auch der Weg, den sie einschlagen mussten.

Caroline dachte jetzt gar nicht mehr daran, sich oder ihre Freunde in Sicherheit zu bringen. Sie wusste, dass sie der Stelle immer näher kamen, an der Wolfgang sich befand. Nur noch kurz durchhalten, dann waren sie wieder vereint. Dann konnte sie ihm sagen, dass sie wussten, dass er wirklich Goethe war, dass sie es beweisen konnten und er somit in dieser Zeit bald unter seinem richtigen Namen agieren konnte. Alles würde gut werden. Die Welt würde zu dem Zeitreisenden Goethe aufblicken, seinen Worten Glauben schenken und so könnte Wolfgang vielleicht doch dafür sorgen, dass solche Wetterlagen wie heute wieder weniger wurden.

Tatsächlich hatten die Wetterextreme in den letzten Jahren drastisch zugenommen. Caroline erinnerte sich an ein Ereignis von vor drei Jahren, als sich in Nordrhein-Westfalen und Rheinland-Pfalz eine so große Menge Regen ergossen hatte, dass ganze Orte von den Wassermassen weggeschwemmt wurden. Es gab über hundert Tote. Hunderte Menschen hatten ihr Zuhause verloren.

Caroline erinnerte sich deshalb so gut daran, da dies das erste Wetterereignis in Deutschland gewesen war, das sich für sie eindeutig auf die Klimaerwärmung zurückführen ließ. Die Regenmassen hätten normalerweise viel schneller über das Land hinwegziehen müssen. Da der Jetstream damals aber bereits verlangsamt war, hielten sich die Regenwolken viel länger als gewöhnlich an Ort und Stelle auf. Der Boden war schnell übersättigt und konnte die vielen weiteren Wassermassen, die noch kamen, nicht mehr aufnehmen. So wurden kleine Bäche zu reißenden Strömen.

Seither hatten sich die Wetterextreme die Klinke in die Hand gegeben. Entweder kam zu viel Wasser vom Himmel oder für auffallend lange Zeit gar keines. So hatten sie bis heute das dritte Dürrejahr in Folge gehabt, was den Wald stark geschädigt hatte. Der Regen jetzt wäre zwar theoretisch ein Segen für die Natur gewesen, nicht aber in solchen Mengen.

Caroline betete zu wem auch immer, dass der Regen bald ein Ende haben würde, ehe sie hier eine solche Katastrophe wie vor drei Jahren im Westen Deutschlands erlebten.

Trotz all dieser eindeutig auf den Klimawandel zurückzuführenden Wetterereignisse gab es noch immer Leute, die leugneten, dass das menschliche Verhalten sich auf das Klima auswirkte. Caroline wurde sehr wütend, wenn sie jemanden traf, der absurde Argumente anführte, warum das doch ganz normales Wetter war, was sie da erlebten. Fälle von Extremwetter seien einmalige Ereignisse, laut diesen Spinnern.

Wie viele solcher angeblich einmaliger Ereignisse musste es noch geben, bis endlich alle kapierten, was hier vor sich ging? Vermutlich hunderte, und selbst dann würde es noch immer dumme Menschen geben, denen man Beweise unter die Augen halten konnte und die diese dann trotzdem nicht glaubten, da sie einfach nicht in ihr Weltbild passten.

Würde es auch so sein, wenn sie ihre Beweise vorlegten, dass Wolfgang wirklich Goethe war? Würden es die Menschen trotz der Fakten als Lüge abtun, weil sie es schlicht und einfach nicht glauben wollten? Dann würde Wolfgang in dieser Welt nicht bestehen und sie erst recht nicht retten können. Wenn sie es sich recht überlegte, war es sogar ziemlich sicher, dass ihnen trotz der Münzen niemand glauben würde. Selbst ein Gentest mit den Knochen des verstorbenen Goethe würde vermutlich keinen überzeugen. Sie würden sie bestimmt bezichtigen, den Test gefälscht zu haben.

Was aber, wenn dort oben wirklich ein Zeitportal war, das ins Jahr 1785 führte? In ein Jahr ohne Klimawandel, ein Jahr ohne verschmutzte Meere, kaputte Wälder und vor allem in ein Jahrtausend ohne verdreckte Atemluft? Was für Möglichkeiten würden sich dadurch auftun, nicht nur für Wolfgang, sondern auch für sie?

Caroline blickte ihre beiden Begleiter an, die sich so tapfer mitten in einem Unwetter durch das Felsenlabyrinth mit ihr kämpften. Sie liebte ihre Freundin Birte über alles. Sie hatte ihr in einer Zeit beigestanden, als das Leben es gar nicht gut mit ihr gemeint hatte. Umgekehrt war sie für Birte da gewesen, immer wenn diese mit ihren Kindern und ihrem Mann mal überfordert war, was allerdings recht selten geschah. Sie waren zusammen zur Schule gegangen und hatten sich danach nie aus den Augen verloren. Sie waren wie Schwestern und noch viel mehr.

Auch Alex war ihr in der kurzen Zeit, die sie ihn kannte, sehr ans Herz gewachsen. Vielleicht sogar ein bisschen zu sehr, wenn man bedachte, dass sie hier gerade einem anderen Mann hinterherrannte. Er war nicht nur gutaussehend, sondern sofort zur Stelle, wenn man ihn brauchte. Er zögerte keinen Moment, Menschen in Not zu helfen, und wenn er lächelte, dann bekam sie Schmetterlinge im Bauch.

Und Federico, ihr lieber, guter alter Onkel, der sie großgezogen hatte, als sonst keiner mehr da war, der das hätte tun können. Dieser gutmütige Italiener mit dem Herz am rechten Fleck, der sich noch heute stets um ihr Wohlergehen sorgte. Ihn liebte sie auch so sehr, dass sie es nicht in Worte fassen konnte.

Dennoch, so wurde Caroline klar, würde sie wohl keine Sekunde zögern, sollte das Portal wirklich existieren, es mit Wolfgang zu durchschreiten und die Menschen, die ihr bisher in ihrem Leben wichtig waren, in dieser Zeit zurückzulassen. Das wäre ihre Chance, bei Wolfgang zu bleiben und mit ihm alt zu werden, aber auch, mit ihm zusammen eine neue, bessere Welt aufzubauen. Zu zweit könnten sie es schaffen, die Gegenwart zu verändern.

Caroline war so abgelenkt von ihrer Vision, wie sie und Wolfgang die Welt retten würden, dass sie erschrak, als Birte plötzlich ausrief: „Da vorne, da klettert doch jemand auf den Felsen dort, oder? Ist das Wolfgang?"

Caroline hatte mit einem Mal ein Gefühl, als hätte ihr jemand mit der Faust in den Magen geschlagen. Das da vorne war tatsächlich Wolfgang. Und er kletterte auf einen der höchsten Felsen, die das Felsenlabyrinth zu bieten hatte, ganz ohne Stufen und Geländer. Caroline durchfuhr ein noch kälterer Schauer, als ihn der Regen je hätte verursachen können.

Was hatte Goethe nur vor? Wollte er sich doch umbringen? Oder hoffte er, von dort oben das Portal sehen zu können? War die Tür zu seiner Zeit am Ende auf dem Felsen oder glaubte Wolfgang das zumindest? Egal, was der Grund für diese Wahnsinnstat war, Caroline musste ihn davon abhalten.

Sie wollte zu ihm rennen und ihn da runterholen, doch sie war wie gelähmt. Sie konnte sich nicht vom Fleck rühren. War das die Angst, die sie erstarren ließ? Sie horchte tief in sich hinein. Nein, die Angst wollte sie nach vorne drängen, hin zu Wolfgang. Das, was sie abhielt, war der Felsen selbst. Er drückte sie von sich weg, als ob er sich in einem unsichtbaren Energiefeld befinden würde. Konnte das sein? Aber wie war Wolfgang dann dort hingekommen?

Caroline blickte zu Alex und Birte. Auch sie beide standen wie erstarrt auf ein und demselben Fleck und kamen keinen Schritt vorwärts. Was ging hier vor sich? Es war wie in einem Alptraum.

Caroline spürte Hoffnung in sich aufkommen. Na klar, das war die Lösung. Sie hatte einen Alptraum. Sie war überhaupt nicht hier. Sie lag zuhause in ihrem Bett, Wolfgang vermutlich neben ihr und die Nässe an ihrem Körper kam daher, dass sie schwitzte. Andererseits war diese Kälte so durchdringend, dass sie bestimmt nicht nur im Traum vorkam. Nun gut, vielleicht fror sie, weil sie vom Schwitzen so nass war. Genau, das war es mit Sicherheit.

Aber was, wenn es doch kein Traum war? Es kostete sie all ihre Kraft, zwei Schritte auf Birte und Alex zuzugehen, so dass sie direkt neben diesen stand.

„Birte. Bitte zwick mich!“, rief sie aus.

Diese starrte sie verdutzt an. „Du glaubst, das wäre ein Traum?“

„Ja was denn sonst? So etwas wie das hier, das gibt es doch nicht wirklich!“

Birte blickte sie zweifelnd an und zwickte sie dann mit aller Kraft in den Oberarm.

„Au, scheiße, nicht so doll!“, entfuhr es Caroline.

Erst als der Schmerz nachließ, wurde ihr klar, dass es unter Garantie kein Traum war.

Was konnte sie tun? Sie konnte sich nicht auf Wolfgang zubewegen. Sie musste tatenlos dabei zusehen, wie er immer höher den Felsen hinaufkletterte.

„Oh Gott!“, entfuhr es ihr, Birte und Alex gleichzeitig, als Wolfgang mit einem Mal plötzlich abrutschte.

Doch er konnte sich mit einer Hand abfangen und fand neuen Halt an der Felswand. Langsam, aber äußerst vorsichtig hangelte er sich weiter nach oben, Stück für Stück. Caroline atmete auf, als er endlich oben angekommen war.

Genau in dem Moment, als Goethe das Felsplateau erreichte, hörte der Regen mit einem Mal auf. Es blieb nur ein schauriges Donnern als kurzes Echo des Unwetters, das gerade noch über ihnen gewütet hatte. Doch dieses Donnern kam nicht vom Himmel. Es kam irgendwie von dem Felsen, aber Caroline konnte nicht sagen, ob die Ursache darauf, daneben oder gar darin war.

Wolfgang schien auch erstaunt zu sein von dem abrupten Ende des Regens. Tropfnass stand er da oben und sah sich um. Er suchte etwas. Das Portal? Er lief hin und her. Er hüpfte, krabbelte sogar, stand wieder auf und fing an, wild klatschend irgendetwas vor sich hin zu singen. Caroline vermutete, dass Wolfgang dort oben kein Zeitportal gefunden hatte. Sonst würde er wohl kaum zu so verzweifelten Maßnahmen greifen.

Moment mal, wenn Caroline Wolfgang singen hören konnte, dann konnte er sie nun sicherlich auch hören. Immerhin war das laute Plätschern des Regens verstummt.

Obwohl sie noch immer von dem Felsen davon angehalten wurde, sich Goethe zu nähern, konnte sie ihn nun wenigstens auf sich aufmerksam machen. Wenn er sie sah, dann würde er sicher zur Einsicht kommen und von dem Granitfelsen herunterklettern.

Sie rief laut: „Wolfgang! Wolfgang! Ich bin hier! Ich glaube dir! Bitte komm runter!“

Sie hatte keine Ahnung gehabt, welche verhängnisvollen Folgen ihr Rufen haben würde. Wäre sie doch nur still geblieben.

*****

Wolfgang stand vor einem riesigen Granitfelsen, der leider nicht Teil der Erschließung des Labyrinths gewesen war. Es führten weder eine Treppe noch in den Stein gehauene Stufen hinauf. Und doch war es dieser Felsen, der ihn rief.

Das Portal war offensichtlich gewandert. Es war nun nicht mehr an der Stelle, an der er hingefallen war, sondern schien ganz dort oben auf ihn zu warten. Doch wie sollte er da bei diesem Regen hinaufkommen? Es war alles klitschnass. Wie konnte er an dem glitschigen Stein Halt finden?

Goethe traute sich durchaus zu, auf solch einen hohen Granitfelsen zu klettern. Er hatte kräftige Arme und Beine, wenngleich er in der Zeit bei Caroline ein wenig träge und etwas rundlicher geworden war. Aber bei diesem Wetter glich es einem Selbstmordkommando, solch eine Kletterpartie zu wagen. Andererseits wusste er ja, dass er überleben würde. Es gab hier in dieser Zeit Werke von ihm, die er erst in den nächsten Jahrzehnten seines Lebens schreiben würde. Es war also wahrscheinlich, dass er hier hinaufklettern konnte, ohne größere Blessuren davonzutragen.

Wobei das eigentlich nicht gesagt war. Caroline hatte ihm ja verboten, sich selbst zu googeln. Er hatte also keine Ahnung, ob er von nun an in seiner Zeit vielleicht mit einem zerschmetterten Bein oder gar Schlimmerem weiterleben würde. War es das wert? Oder sollte er doch lieber hierbleiben, versuchen, Carolines Herz zurückzuerobern, und mit ihr seinen Lebensabend verbringen?

Ach Caroline. Er vermisste sie schon jetzt. Er bildete sich sogar ein, sie ganz in seiner Nähe spüren zu können. Aber das war sicher nur wieder diese ominöse Macht, die ihn von seiner Mission abhalten wollte. Es half alles nichts. Er musste da rauf.

Langsam umrundete Wolfgang den Felsen und untersuchte ihn daraufhin, wo seine Hände und Füße genug Halt zum Klettern finden würden. Tatsächlich wuchs da oben wohl ein Baum oder ein sehr großes Gestrüpp, dessen Wurzeln auf einer Seite des Felsens weit herunterreichten. Er zog feste daran, um zu testen, ob diese sein Gewicht aushalten würden. Es gab zwar ein lautes Knacken, aber die Wurzeln schienen zu halten.

Jetzt galt es. Wolfgang kletterte langsam und bedächtig daran hoch. Nicht nur der Felsen, sondern auch die Wurzeln waren ganz glitschig vom Regen. Er musste sehr stark zugreifen, um nicht daran abzurutschen. Mühselig hangelte er sich höher und höher.

Als er ein Drittel des Felsens erklommen hatte, fing dieser plötzlich an ganz leise zu summen und zu fiepen. Hatte sich das Portal aktiviert? Oder war es vielleicht gerade dabei, sich zu schließen? Immerhin waren Blitz und Donner schon seltener geworden und es kam Wolfgang auch vor, als würde es nicht mehr ganz so stark regnen. Er musste sich beeilen.

Als Goethe auf halbem Weg nach oben war, vergaß er aus lauter Eile, den nächsten Wurzelstrang, nach dem er griff, erst zu testen, bevor er sein volles Gewicht daran hängte. Dies rächte sich sogleich. Die Wurzel riss und Wolfgang spürte, wie er stürzte.

Einen kurzen, aber sich ewig anfühlenden Moment sah er die Bilder seines bisherigen Lebens an sich vorbeiziehen. Da waren sein Vater, seine Mutter und seine Schwester. Da waren seine toten Geschwister. Seine ersten Gedichte und Geschichten. Wie sein Vater ihn zum Jurastudium zwang. Die ersten Frauen in seinem Leben. Der Blutsturz. Die lange Krankheit. Straßburg und Friederike. Herder, Lenz. Seine Tätigkeit in Frankfurt. Charlotte Buff, der Goetz und natürlich sein Werther. Der Ruhm. Weimar. Charlotte von Stein. Seine Reisen. Cornelias Tod. Der Tod seines Vaters. Der Adelsstand. Der Zwischenkieferknochen. Die Abreise nach Karlsbad. Das Labyrinth. Caroline. Autos. Caroline. Carolines Bett. Caroline.

Er sah Carolines schmerzverzerrtes Gesicht vor sich, in dem Moment, als er ihr sagte, dass er gelogen hatte. Er wollte nach ihr greifen, sie fassen, sie an sich ziehen, sie trösten und nie wieder loslassen.

Tatsächlich ergriff er etwas und plötzlich endete nicht nur seine Vision, sondern auch sein Sturz. Er hatte wieder Halt gefunden. Er hing noch immer an diesem nassen Felsen und, was am wichtigsten war: Er lebte.

Als er wieder zu klettern anfing, tat er das noch viel vorsichtiger als zuvor. Er testete die Wurzeln jetzt mehrfach und auch die Sicherheit seines Stands. Es dauerte zwar so merklich länger, den Felsen zu erklimmen, aber letztlich schaffte er es doch.

Er zog sich mit letzter Kraft über die Kante auf die Oberseite des Felsens, die sehr breit und flach war. Er fühlte sich, als würde er auf einem Haus aus Stein knien.

Wolfgang stand vorsichtig auf und erstarrte. Kaum hatte er sich erhoben, hörte es von einem Moment auf den anderen auf zu regnen. Ob das ein gutes Zeichen war? Oder hatte sich das Portal just in diesem Moment vor ihm verschlossen? Sehen konnte er es nicht, aber er meinte noch den ein oder anderen Donner zu vernehmen. Er konnte jedoch nicht genau herausfinden, woher dieser kam. Jedenfalls nicht mehr vom Himmel.

Er ließ seinen Blick über die Felsenfläche wandern und versuchte, jedes noch so kleine Detail wahrzunehmen. Abgesehen davon, dass auch hier oben alles nass und glitschig war, fiel ihm nichts Besonderes auf. Sollte das Portal noch hier und geöffnet sein, so war es für ihn unsichtbar.

Wolfgang schloss die Augen und spürte dem magnetischen Gefühl nach. Dieses war immerhin noch da und sogar viel stärker als zuvor. Er war also richtig. Doch wie konnte er nun durch den Zeitentunnel gehen?

Langsam schritt Goethe die Oberfläche des Felsens ab, aber er spürte nicht, dass er dabei irgendeine Schranke oder dergleichen passierte. Er überlegte. Da er beim letzten Mal geradezu durch das Portal gestürzt war, mussten seine Füße vielleicht den Kontakt zum Boden verlieren, während er es durchquerte. Es widerstrebte ihm zwar, auf diesem rutschigen Felsen zu springen, dennoch fing er an, wie verrückt herumzuhüpfen.

Das hatte aber nur zur Folge, dass er noch die letzte Energie in sich verbrauchte und erschöpft auf die Knie fiel. Wo er schon auf diesen war, konnte er es auch noch mit Krabbeln versuchen.

Nein, das machte auch keinen merkbaren Unterschied. Oder hatte er das Portal schon passiert? Wieso aber konnte er es dann noch spüren? Es würde sich doch mit Sicherheit hinter ihm schließen, oder nicht?

Wolfgang blickte über die Baumwipfel hinweg, auf die er von hier oben eine grandiose Sicht hatte. So stellte er fest, dass er noch im Jahr 2024 war. Die Bäume waren genauso geschädigt wie vorher. Was machte er also falsch? Musste er das Portal beschwören?

Er fing an zu klatschen und dazu zu singen. „Oh du Tor zu meiner Zeit, öffne dich doch mir ganz weit. Lass mich hindurch, dann schließe dich, der Zeitstrom so begradigt sich."

Leider wirkte das auch nicht. Wolfgang kam sich langsam affig vor. Er war völlig planlos und wusste nicht, was er tun sollte. Es konnte doch nicht sein, dass ihn dieses Gefühl hierhergelockt hatte, er unter Einsatz seines Lebens auf diesen elendig großen Felsen geklettert war, und dann war das Portal gar nicht hier.

Außerdem spürte er es doch noch. Er konnte es beinahe physisch fühlen. Er war ganz nah dran, das wusste er. Und höher hinauf konnte er einfach nicht klettern.

Musste er hier oben vielleicht warten, bis ein Blitz einschlug? Aber das Unwetter hatte sich ja verzogen. Oder galt es zu warten, bis die Sonne den Felsen erwärmte? Er wusste es nicht. Er wollte jedenfalls nicht hier oben versauern. Ach wenn es doch nur so etwas wie eine Anleitung zum Zeitreisen gäbe. Das würde ihm jetzt sehr weiterhelfen.

Doch was war das? Rief da jemand seinen Namen? Es klang wie Caroline, doch das konnte nicht sein. Niemals hätte sie es durch das Unwetter bis hierher geschafft. Sie hätte es nicht einmal gewagt, denn sie war ein vernünftiger Mensch.

Als er ganz nah an den Rand des Felsens trat und nach unten blickte, sah er dort drei nasse Gestalten in sehr bunter Kleidung stehen. Er konnte beim besten Willen nicht erkennen, ob eine davon Caroline war, aber er hatte sie noch nie in solch einer Montur gesehen. Und wieso sollte sie mit zwei Begleitern hier auftauchen? Das war mit Sicherheit eine Falle. Es waren die Dämonen, die ihn mit Carolines Stimme dazu locken wollten, den Felsen zu verlassen.

Der Schrecken dieser Erkenntnis traf ihn so stark, dass er den Impuls spürte, wegzulaufen. Er wollte sich umdrehen und möglichst weit in die Mitte des Felsens rennen, damit die Dämonen ihn nicht mehr sehen konnten. Doch noch in der Drehung spürte er, wie ihm seine Füße wegglitten. Er verlor auf dem rutschigen Felsen den Halt, kippte nach hinten und spürte, wie er ins Leere fiel.

*****

Wolfgang hatte Caroline offensichtlich gehört. Er kam an den Rand des Felsens und blickte zu ihr herunter.

Statt freudig zu reagieren, schien er jedoch irgendwie verängstigt zu sein. Was war denn nun schon wieder los? Hatte er Angst, sie wären hier, um ihn doch noch in die psychiatrische Klinik zu bringen?

Nun gut, wer sich bei dem Wetter ins Felsenlabyrinth wagte und noch dazu auf so einen hohen, ungesicherten Granitfelsen kletterte, der war vielleicht wirklich nicht ganz bei Sinnen. Aber sie hatte ihm doch zugerufen, dass sie ihm glaubte, und nicht, dass sie ihn einsperren wollte. Hatte er sie nicht verstanden? Scheinbar, denn er machte nicht den Eindruck, als ob er vorhätte, da runterzukommen.

Beinahe panisch drehte sich Wolfgang viel zu schnell auf dem Absatz um. Caroline sah gerade noch, wie es ihm die Füße wegzog. Sie streckte reflexartig die Hände nach ihm aus, aber sie konnte ihn damit natürlich nicht erreichen. Hilflos musste sie mit ansehen, wie er kopfüber nach hinten in den Abgrund stürzte.

„Neeeeeein!“, entfuhr Caroline ein Entsetzensschrei.

Alexander warf sich vor sie und zog sie in seine Arme, so dass sie Wolfgangs Aufprall nicht sehen musste.

Auch Birte hatte sich weggedreht und brabbelte panisch: „Oh mein Gott, oh mein Gott, er ist abgestürzt, oh mein Gott.“ Birte ging in die Hocke, umklammerte ihre Knie und flüsterte weiter: „Nein, nein, nein, das darf nicht sein.“

Caroline wartete darauf, den Aufprall von Wolfgangs Körper auf dem harten Boden zu hören. Sie war sich sicher, dass es gleich laut knacken würde, wenn sein Schädel auf dem Boden zerschellte.

Sie wartete und wartete und wartete. Doch es gab kein Aufprallgeräusch. Stattdessen war nur ein weiterer, nun wieder lauterer Donner zu hören.

Ein winziges Fünkchen Hoffnung glomm in Caroline auf. War Goethe weich gefallen? War er auf Moos oder etwas Ähnlichem gelandet? Und wenn ja, war er dann trotzdem tot und nur leise gestorben, oder hatte er eine Überlebenschance?

Sie wollte nicht zu viel hoffen, denn die Wahrscheinlichkeit, dass er sich mindestens das Genick gebrochen hatte, war zu hoch. Sie traute sich aber auch nicht, nachzuschauen. Sie wusste, ihr würde sich ein grausamer Anblick bieten.

Alexander löste langsam seine Arme von ihr. „Bleib hier stehen, sieh nicht hin. Ich gehe zu ihm und schau nach, ob er vielleicht noch am Leben ist.“

Die Art, wie er das sagte, zeigte, dass Alexander nicht wirklich an eine Überlebenschance für Goethe glaubte.

Nur widerwillig ließ Caroline Alexander gehen. Sie setzte sich neben Birte und umarmte nun wiederum diese.

Birte weinte los und Caroline gleich mit ihr. Wolfgang war tot. Das durfte und konnte doch nicht sein. Er war Goethe, er musste doch älter werden und noch so viele tolle Werke schreiben. Er musste doch nach Italien reisen und vor allem musste er doch bei ihr bleiben.

Was eben geschehen war, ließ auf zwei Möglichkeiten schließen. Entweder hatten sie und Alexander sich doch geirrt und es gab eine andere Erklärung für die Sache mit der Münze. Wolfgang wäre folglich nicht Goethe. Die andere Möglichkeit war, dass ihr Goethe tatsächlich der aus einem Paralleluniversum war, in dem dieser 1785 verschwand und nie mehr wiederkehrte.

Ursprünglich hatte ihr der Gedanke an mehrere Universen Trost gespendet, weil dies eine Chance gewesen war, dass Wolfgang nicht in seine Zeit zurückging und bei ihr blieb. Nun machte ihr diese Möglichkeit Angst, denn so war es durchaus möglich, dass er nun mit zertrümmertem Schädel am Waldboden lag.

Es war ihre Schuld. Warum war sie nur auf die blöde Idee gekommen, nach ihm zu rufen? Er wäre doch sonst nie so nah an den Rand herangetreten. Bestimmt wäre er irgendwann von alleine wieder heruntergeklettert und sie hätte einfach nur still und leise hier auf ihn warten müssen.

Sicherlich wäre er sehr enttäuscht gewesen, den Weg zurück in seine Zeit wieder nicht gefunden zu haben, aber sie hätte ihn schon aufgebaut. Sie hätte ihn getröstet und sachte Schritt für Schritt in ein gemeinsames Leben mit ihr hier in dieser Zeit geführt. Stattdessen hatte sie gerufen und nun war er tot. Caroline hatte Johann Wolfgang von Goethe getötet, den Mann, den sie liebte.

Die Erkenntnis zerbrach ihr fast das Herz. So lange hatte sie sich davor zurückgehalten, jemals wieder jemanden so zu lieben, dass sein Tod ihr derart nah gehen könnte. Nun hatte sie es zum ersten Mal seit Langem wieder zugelassen und sogleich starb dieser Mensch.

War sie verflucht? Würden alle Menschen, die sie liebte, den Tod finden? Waren Birte, Federico oder Alexander gar die nächsten Toten, die auf ihr Konto gingen? Moment mal, wieso zählte sie Alexander zu den Menschen, die sie liebte?

„Schnell, kommt her!“, rief dieser plötzlich.

Das konnte nur eines bedeuten. Wolfgang lebte noch!

Caroline und Birte sahen sich nur einen kurzen Moment lang verdutzt an, ehe sie aufsprangen und zu Alexander rannten. Caroline holte im Laufen noch ihren Verbandskasten aus dem völlig durchgeweichten Rucksack, denn den würden sie nun sicher brauchen. Doch als sie bei Alexander ankam, gab es leider nichts, das man verarzten konnte.

„Wo, wo, also, was? Wo ist er? Er müsste doch hier liegen?“, stammelte Caroline, als sie sah, dass Wolfgang nicht am Fuße des Felsens zerschmettert lag.

Nicht nur das. Es war nicht mal ein einziger Blutstropfen oder etwas Ähnliches zu sehen. Eine unglaubliche Anspannung fiel von Caroline ab, hatte sie sich doch auf offen liegende Knochen oder gar herausquellende Organe eingestellt.

„Ist er verletzt weggerannt?“, fragte Birte. „Oder ist er in einem Bogen gefallen?“

Sie alle blickten sich suchend um, doch weit und breit war kein Leichnam und auch kein Verletzter zu sehen. Es gab keine Spur von Wolfgang.

„Ich habe auch schon alles abgesucht, wo er hingefallen sein könnte. Also wenn er nicht plötzlich angefangen hat zu fliegen und davongeflattert ist, dann würde ich sagen, er ist vielleicht nie von dem Felsen gestürzt? Vielleicht war das eine optische Täuschung?“, mutmaßte Alexander.

„Nein“, sagte Caroline. „Er ist eindeutig gefallen. Das Bild hat sich mir geradezu auf der Netzhaut eingebrannt. Er müsste eigentlich hier liegen.“

Erst jetzt fiel Caroline etwas auf. „Moment mal, wir konnten zum Felsen gehen, er hat uns nicht mehr abgestoßen!“

„Ja, stimmt“, bemerkten nun auch die beiden anderen.

„Das heißt, was auch immer das für eine Kraft war, die uns aufgehalten hat, sie ist jetzt weg“, sagte Alexander.

Caroline wurde kreidebleich. „Das Zeitportal!“

Birte und Alexander sahen sich suchend um. „Wo ist es? Hast du es gesehen?“, fragte Birte.

„Nein, ich meine, er ist durch das Zeitportal gefallen. Es war wohl nicht auf dem Felsen, sondern daneben, irgendwo dort oben, wo seine Sturzbahn lag.“

Caroline lachte laut und die anderen sahen sie so mitleidig an, als wäre sie verrückt geworden.

„Versteht ihr denn nicht? Er ist nicht tot! Er ist zurück in seiner Zeit! Und schon wieder hat er es nur durch einen zufälligen Sturz durch das Zeitportal geschafft.“

Langsam begriffen auch Birte und Alexander, was passiert war. Sie starrten Caroline ungläubig an. Die Anspannung verschwand aus ihren Gesichtern. Dann begannen auch sie erleichtert loszulachen.

„Und ich habe mir schon überlegt, wie wir der Polizei erklären sollen, was hier passiert ist und wer der Tote ist“, meinte Birte.

Es war typisch für sie, dass sie schon so weit im Voraus gedacht hatte.

Während Birte und Alexander völlig gelöst weiterlachten, wurde Caroline ganz ruhig. Eine große Traurigkeit ergriff sie, als ihr etwas klar wurde.

Er war weg. Ihr Wolfgang war für immer weg, zurück in seiner Zeit. Das bedeutete, obwohl er gerade nicht am Grund des Felsens aufgeschlagen und dort gestorben war, war er jetzt trotzdem tot, und das schon seit fast 200 Jahren. Von dem Mann, der ihr Herz geöffnet hatte, war nichts weiter übrig als ein Gerippe.

Dabei hatte sie doch mit ihm gehen wollen. Sie hätte für ihn alles hinter sich gelassen, ihren Onkel, ihre Freunde, das Leben, das sie kannte. Was für eine grausame Macht war das gewesen, die sie da zurückgehalten hatte?

Alexander sah, wie Caroline zumute war. Er hörte auf zu lachen und ging auf sie zu. Er legte seine Hände auf ihre Schultern und sah ihr tief in die Augen:

„Caroline, glaub mir, du hast ihn nicht ganz verloren.“

„Nicht ganz verloren? Siehst du hier denn noch irgendwas von ihm? Er ist weg, mit Haut und Haar. Ich werde ihn nie wieder sehen“, schrie sie verzweifelt.

Sie wollte nicht weinen, doch die Tränen waren stärker. Alexander hielt sie ganz fest, streichelte sie beruhigend und flüsterte in ihr Ohr: „Such dich in meinen Werken. Weißt du noch? Das hat er geschrieben. Wenn das hier alles wirklich wahr ist und er nun zurück in seine Zeit gekehrt ist, dann hat er dir Botschaften in seinen Werken nach 1785 hinterlassen.“

Caroline hörte auf zu schluchzen. Konnte das sein? Sie hatte noch nie von einem Goethebuch oder Gedicht gehört, in dem eine Caroline vorkam.

Als ob er ihre Gedanken gelesen hätte, meinte Alexander: „Um ehrlich zu sein, fällt mir auf Anhieb kein literarisches Werk von ihm ein, in dem eine Caroline vorkommt.“ Er stockte, bevor sich seine Miene erhellte und er meinte: „Aber ich glaube, er hat seine Tochter nach dir benannt.“

„Wolfgang, er wird Kinder haben? Eine Tochter? Ich habe noch nie davon gehört, dass es Goethenachfahren gibt, schon gar nicht von einer Tochter. Er hat sie wirklich Caroline genannt?“

Caroline hatte sehr zwiespältige Gefühle. Zum einen war sie gerührt, dass sie Wolfgang wohl doch so viel bedeutete, dass er seiner Tochter ihren Namen gegeben hatte. Zum anderen war da pure Eifersucht auf die Frau, die eine Familie mit ihm gründen durfte. Aber sie wollte ja, dass er glücklich war. Es wäre unfair, von ihm zu erwarten, dass er aus Trauer um ihre verlorene Liebe für immer asketisch lebte.

„Tatsächlich gibt es keine direkten Nachfahren von Goethe“, begann Alexander zu dozieren. „Er hatte fünf Kinder. Das einzige davon, das das Erwachsenenalter erreicht hat, war sein erstgeborener Sohn August. Dieser hat ihm zwar Enkelkinder beschert, diese wiederum haben aber nie geheiratet und somit selbst keine Kinder bekommen.“

„Das heißt, die Tochter, die er nach Caroline benannt hat, ist als Kind gestorben?“, zeigte sich Birte entsetzt.

„Ja, leider. Die kleine Caroline wurde, soweit ich weiß, 1793 geboren und ist noch im selben Jahr verstorben."

Der arme Wolfgang. Er hatte also noch mehr geliebte Menschen verlieren müssen. Wie weh es wohl tat, so ein kleines, unschuldiges Baby sterben zu sehen und nichts dagegen tun zu können? Das hatte er nicht verdient.

Dennoch schien er im Leben nicht aufgegeben zu haben, sondern hatte seine Ziele weiterverfolgt. Ob er wohl auch in seiner Zeit weiterhin versuchte, den Planeten zu retten? Caroline würde sich nicht wundern, wenn sie gleich zum Parkplatz käme, und ihr Auto hätte sich urplötzlich in ein E-Auto verwandelt.

„Oh mein Gott, dass mir das nicht gleich aufgefallen ist!", entfuhr es Alexander plötzlich. Was war denn nun noch?

„Faustina, er hat dich in dem Abschiedsgedicht Faustina genannt. Wieso hat er das gemacht?", war Alexander schon beinahe außer Atem, so aufgeregt war er wegen der Entdeckung, die er wohl gemacht hatte.

„Ach das, er findet, ich sehe aus wie meine Mutter. Er hat ein Foto von ihr gesehen, bei meinem Onkel in der Pizzeria."

„Bei deinem Onkel? In der Pizzeria?", fragte Alexander fassungslos. Was überraschte ihn denn so sehr daran, dass ihr Onkel eine Pizzeria hatte?

„Ja, ich bin bei ihm aufgewachsen, nachdem meine Eltern ... sie sind tödlich verunglückt."

„Oh, das tut mir sehr leid. Aber sag, ist dein Onkel, wie soll man sagen, überfürsorglich?"

„Woher weißt du das?", fragte Caroline verwundert.

Alexander lachte los, als ob er den besten Witz aller Zeiten gehört hätte.

Caroline fand das gar nicht so lustig. „Alexander, was ist mit dir?", wollte sie wissen.

Dieser konnte sich nur sehr langsam wieder beruhigen. „Jahrelang, nein jahrzehntelang, ach was, seit Goethes Lebzeiten stellt sich die Literaturwissenschaft eine Frage im Zusammenhang mit seinem Italienaufenthalt", begann er wieder mit seiner Professorenstimme zu erzählen.

Ach herrje, wurde das jetzt eine längere Abhandlung? Dann sollten sie vielleicht erst mal nach Hause gehen und sich trockene Sachen anziehen. Caroline bibberte noch immer, auch wenn inzwischen die Sonne herausgekommen war.

Alexander sah ihr an, dass er sich besser kurzfassen sollte. „Er hat im Zusammenhang mit seiner Italienreise die *Römischen Elegien* verfasst. Darin geht es auch um ...“, wurde Alexander plötzlich verlegen, „nun ja, also er schreibt über erotische Erlebnisse mit einer gewissen Faustine.“

Carolines Herz fing an, wie wild zu schlagen. Entweder hatte sich Wolfgang in Italien gleich mit der nächsten Frau getröstet, die zufällig Faustine hieß, oder er hatte über sie geschrieben. Aber warum nannte er sie dann nicht Faustina oder gar bei ihrem richtigen Namen?

„Goethe meinte einmal gegenüber einem Maler, dass er eine Dame namens Faustina in einer Osteria kennengelernt hatte, die dort in Begleitung ihres Oheims war. Dieser hatte immer gut auf Faustina aufgepasst. Es gelang Goethe aber dennoch, sich mit ihr zu verabreden. Und ebendiese Faustina hat ihn für seine Römischen Elegien inspiriert“, fuhr Alexander fort.

Eine Osteria ... du meine Güte, er meinte Federicos Pizzeria und Federico selbst war der besagte Oheim.

Wolfgang hatte Elegien über sie geschrieben, was auch immer so eine Elegie überhaupt war. Carolines Herz wurde ganz warm vor Freude. Andererseits kannte Alexander diese Elegien offenbar und wusste nun wohl spätestens davon, dass sie mit Wolfgang intim geworden war. Wie peinlich war das denn!

„Caroline?“, grinste Alexander sie schelmisch an.

„Ja?“, antwortete diese mit zusammengebissenen Zähnen.

„Kann es zufällig sein, dass dein Bett knarzt?“

Caroline war sich sicher, dass sie all die Male, die sie in ihrem Leben schon rot angelaufen war, noch nie so rot gewesen war wie jetzt.

„Dio mio! Über was hat er denn noch alles geschrieben?“, entfuhr es ihr.

„Das, liebe Caroline, werde ich dir bei einer persönlichen Nachhilfestunde über das Wirken und Schaffen Johann Wolfgang von Goethes in der Zeit nach 1785 näherbringen. Aber nicht mehr heute. Ich bin nass bis auf die Knochen. Lasst uns gehen, etwas Trockenes anziehen und den ganzen Schreck Goethe zu Ehren bei einem Glas Wein oder Glühwein vergessen. Ich denke, das wäre ganz in seinem Sinne. Was meint ihr?"

Caroline war sich zwar sicher, dass Goethe kein Glühweinfan gewesen wäre, wenn er ihn probiert hätte. Sie stimmte aber zu und auch Birte schien die Aussicht auf ein warmes Getränk freudig zu stimmen.

Caroline blickte ein letztes Mal zu dem Felsen, von dem Wolfgang gestürzt war. Ob sich das Portal eines Tages wieder öffnen würde? Und für wen? Bekam sie am Ende bald Besuch von Schiller oder gar Jean Paul? Sie wusste es nicht und das war auch gut so. Niemand sollte seine eigene Zukunft kennen.

„Da steh' ich nun, ich armer Tor,
Und bin so klug als wie zuvor!"

(Johann Wolfgang von Goethe, Faust. Eine Tragödie)

Kapitel 14

03.07.1785

Der Aufprall auf dem Boden kam viel schneller, als Wolfgang gedacht hatte. Der Felsen war wirklich hoch gewesen, er hätte vermutet, dass so ein tiefer Sturz etwas länger dauern würde. Stattdessen war es ihm vorgekommen, als wäre er nur von einem Stuhl oder höchstens von einem Tisch gefallen. Trotzdem schmerzte ihn sein Kopf. Ob er wohl schlimm verletzt war? Der Höhe des Felsens nach zu urteilen, müsste er jetzt vermutlich tot sein. Warum war er es nicht?

Goethe rieb sich mit einer Hand den Hinterkopf. Na toll, das würde die nächste Beule werden. Aber immerhin blutete nichts. Das wäre auch sehr ungünstig bei dem Regen.

Moment mal, Regen? Wann hatte der denn wieder angefangen? Jetzt blitzte es sogar. Der Donner ließ aber lang genug auf sich warten. Das Gewitter war also nicht direkt über ihm. Vielleicht trieb der Wind es jetzt in die andere Richtung, so dass es wieder auf ihn zukam?

Wolfgang beschloss, dass er sich besser einen Unterstand suchen sollte, für den Fall, dass es wieder so unwetterartig wurde. Diesmal würde er aber nicht rennen. Eine Beule reichte ihm vollkommen.

Andererseits waren hier unten die dämonenartigen Wesen unterwegs. Ob sie ihn holen kamen? Oder waren sie schon zufrieden damit, dass er von dem Felsen gestürzt war? Vielleicht sollte er sich doch lieber beeilen, um ihnen nicht in die Hände zu fallen. Wer weiß, was sie mit ihm vorhatten.

Langsam richtete sich Wolfgang auf. Er verzog das Gesicht vor lauter Kopfschmerzen. Er hätte sich doch ein paar von diesen wunderbaren Schmerztabletten mitnehmen sollen, die Caroline in der Wohnung hatte.

Sollte er zu ihr zurückgehen, jetzt, wo der Plan mit dem Zeitportal so kläglich gescheitert war? Sie würde bestimmt sauer auf ihn sein, aber so eine Tablette würde sie ihm mit Sicherheit nicht verweigern. Wie hatten die nochmal funktioniert? Er hatte es doch nachgelesen in diesem, ach, wie hieß das gleich?

Herrje, er hatte sicherlich eine Gehirnerschütterung. Er konnte keinen klaren Gedanken mehr fassen. Immerhin hatte Caroline ihn nicht gesehen, wie er hier wie der größte Vollidiot auf dem Planeten von dem Granitfelsen gestürzt war.

Ihm wurde warm ums Herz bei der Vorstellung, wie sich Caroline fürsorglich um seinen Kopf kümmerte. Bestimmt würde sie ihm etwas Kühlendes aus diesem ... Moment mal, was war das noch, wo sie ihre zu kühlenden Sachen aufbewahrte? Eine Kammer mit Eisbrocken? Nein, das war es doch nicht, es war etwas Besonderes, eine sehr wichtige Erfindung. Warum konnte er sich denn nicht daran erinnern?

Wolfgang sah sich um, wo er sich unterstellen konnte, als er etwas bemerkte. Wo war der riesige Felsen, von dem er gerade gestürzt war? Rund um ihn waren nur kleinere Granitformationen, auf die selbst ein Kind hätte klettern können. War er vielleicht nach dem Sturz vollkommen benommen von dem Felsen weggelaufen, hier zusammengebrochen und nun aus seiner Ohnmacht erwacht?

Erneut blitzte es und der Donner kam noch ein gutes Stück später. Das Gewitter verzog sich. Er musste sich keine Sorgen mehr darum machen. Vielmehr sollte er sich wohl um sein Gehirn ängstigen. Das hatte offensichtlich schweren Schaden erlitten. Caroline musste ihn unbedingt zu Doktor Tatzel oder einem anderen Medicus bringen. Diesmal würde er sich nicht dagegen wehren, sich in dieses, äh, da war doch so ein Tunnel, in den er ihn schieben wollte. Aber warum eigentlich nochmal?

Wolfgang klopfte sich mit der Hand an die Stirn. Was war nur mit ihm los? Je mehr er sich an irgendeine Erfindung der Zukunft erinnern wollte, desto verschwommener wurden die Bilder davon in seinem Kopf. Es war, als hätte sein Erinnerungsvermögen durch den erneuten Sturz Löcher bekommen, durch die jetzt alles herausrieselte.

Das war mit Sicherheit der Schock. Immerhin wäre er gerade fast gestorben, und das schon zum zweiten Mal an diesem Tag. Er musste wirklich besser auf sich aufpassen. Schließlich gab es nur einen Johann Wolfgang von Goethe, der es schaffen konnte, die Welt vor ... vor was wollte er die Welt nochmal retten? Es gab doch irgendein sehr, sehr großes Problem, das die Menschheit bedroht hatte. Was war das noch gleich?

Es wollte ihm einfach nicht mehr einfallen. Bestimmt war es irgendeine Krankheit gewesen. Krankheiten waren doch das größte irdische Übel.

Beinahe panisch befragte er seine Erinnerungen nach Caroline. Die hatte er immerhin nicht vergessen. Er sah sie noch deutlich vor sich, wie sie ihm im Felsenmeer die Hand gereicht hatte. Er spürte noch die Vertrautheit, die sich zwischen ihnen aufgebaut hatte, und das Herzklopfen, wenn er an sie dachte. Er erinnerte sich auch noch sehr gut an den Sex mit ihr. Den würde er wohl in seinem ganzen Leben, auch nach hundert Kopfverletzungen, nicht mehr vergessen. Sie war so vollkommen anders gewesen als die Frauen in seiner Zeit. Viel offener, um nicht zu sagen, hemmungslos.

Wolfgang konnte sich aber nicht nur an Caroline erinnern. Er erinnerte sich auch an all die anderen Menschen, die er in der Zukunft bislang getroffen hatte.

Da war Birte, die Freundin von Caroline, und ihr Mann Jerome, deren lebensfrohe Jungs, die Herdmanns, Alexander, der ein Uniprofessor war, Peter und seine geliebte Hündin Doris, eine Fleischverkäuferin, die aus irgendwelchen Gründen nur Gemüse aß, Herr und Frau Messner, die sich um Carolines Haus kümmerten, Federico, der gestrenge Oheim, Kurt, der Lehrer gewesen war, der Doctor Medicus, der ihn ins Irrenhaus sperren wollte ...

Er erinnerte sich sogar an eine Theaterintendantin, nur nicht mehr daran, wie das Theater aussah. Zudem waren in ihm auch noch alle Gefühle präsent, die ihn mit den Leuten verbanden, Freude, Trauer, Zuneigung, Spaß, Freundschaft, Mitleid, gemeinsame Interessen, die Liebe zu Caroline.

Warum aber wusste er nicht mehr, was für eine Arbeit Birte hatte? Hatte es irgendetwas mit Pferden zu tun gehabt? Er wusste auch noch, dass er bei Federico in dessen, was war das nochmal, eine Osteria?

Jedenfalls er hatte dort sehr gut gegessen. Aber was genau er gespeist hatte, war ihm völlig entfallen. Mit Caroline hatte er ein Theaterstück über Weimar gesehen, er wusste aber nicht mehr, wie und wo.

Er erinnerte sich dafür aber an wunderschön geschmückte Brunnen, an Sternschnuppen, Bier, sehr süffigen Wein und jede Menge Heiterkeit, Freundlichkeit, Wärme und Liebe. Und aus irgendeinem total absurden Grund hatte er auch das Bild von Stonehenge vor sich. Wenn er noch einen Beweis dafür gebraucht hatte, dass er eine Gehirnerschütterung hatte, dann war es das. Was um alles in der Welt sollte Stonehenge mit Wunsiedel zu tun haben?

Aha, immerhin konnte er sich noch an den Namen des Ortes erinnern. Es war also nicht alles verloren. Bestimmt würde er auch die Straße wiederfinden, in der Carolines Haus war, wenn er nicht unterwegs zusammenbrach.

Wolfgang sah sich um, wo er entlanggehen musste. Seltsam, der ganze Wald schien sich irgendwie verändert zu haben. Waren hier vorhin auch schon so starke und kräftige Bäume gestanden? Sie waren eng und dicht beieinander und trugen sattes Grün. Zudem konnte er nirgendwo Treppen, Stufen oder gar einen dieser bunten Pfeile sehen.

„Herr von Goethe“, ertönte plötzlich eine ihm sehr vertraute Stimme hinter ihm, „ich bin ja so froh, dass ich Sie gefunden habe. Als ich gesehen habe, was da für ein Gewitter aufzieht, bin ich sofort umgekehrt, um nach Ihnen zu sehen. Oje, Sie sind ja klitschnass geworden. Und was ist mit Ihrem Auge passiert?“

Wolfgang drehte sich dahin um, woher die Stimme gekommen war. Er war zugleich geschockt und überwältigt. Vor ihm stand Friedrich Gottlieb Dietrich, einer seiner zwei Reisebegleiter aus dem Jahr 1785. Konnte das sein? War der junge Dietrich wirklich hier, im Jahr 2024? Oder bildete er sich ihn nur ein?

Erst ganz langsam kam ihm eine weitere Möglichkeit in den Sinn. War er am Ende wieder zurück in seiner Zeit? Das wäre ja ... Wolfgang konnte gar nicht sagen, wie das wäre. Wäre das toll oder eher nicht?

Wenn er ehrlich mit sich war, hatte er sich gerade mit dem Gedanken angefreundet gehabt, für immer zurück zu Caroline zu gehen. Sollte er wirklich wieder in seiner Zeit sein, dann bedeutete das, er würde sie nie mehr wiedersehen.

Er hatte einen dicken Kloß im Hals, als er fragte:

„Friedrich, bist du es wirklich?“

Der wiederum blickte etwas verwirrt. „Natürlich bin ich es, Herr von Goethe. Ich weiß, ich bin ziemlich nass geworden, aber doch hoffentlich nicht bis zur Unkenntlichkeit entstellt?“

Wolfgang lachte auf. „Nein, natürlich nicht, mein Junge. Ich bin nur so froh, dich zu sehen, so jung wie eh und je und völlig unversehrt.“

Jetzt rann Wolfgang sogar eine kleine Freudenträne über die Backe. Hoffentlich würde Friedrich das noch für einen Regentropfen halten.

„Herr von Goethe, sind Sie sicher, dass es Ihnen gut geht?“

„Das kommt darauf an. Sag mal, Friedrich, welches Datum haben wir heute nochmal?“, versuchte Wolfgang möglichst unverfänglich zu fragen.

„Es ist noch immer der dritte Juli“, antwortete Friedrich Gottlieb mit hochgezogener Augenbraue.

„1785?“

„Ja, natürlich 1785. Herr von Goethe, was ist denn nur los? Es ist doch erst zwei Stunden her, dass wir uns zuletzt gesehen haben, wieso hätte sich seither das Datum ändern sollen?“

Wolfgang überging diese Frage einfach. „Zwei Stunden? Ach, das kam mir irgendwie länger vor. Dann sind also alle noch im selben Alter, wie ich sie verlassen habe. Niemand ist vergreist oder gar tot“, seufzte Wolfgang erleichtert.

„Haben Sie sich vielleicht verletzt, Herr von Goethe?“, fragte der junge Dietrich sichtlich besorgt.

„Tatsächlich habe ich mir wohl eine kleine Beule zugezogen, als ich, äh, gestürzt bin“, gab Wolfgang zu.

„Oje, na das erklärt einiges. Ihr Auge scheint es auch erwischt zu haben, Sie haben da ein Veilchen. War dieser Sturz ein Stück weiter unten? Ich habe dort nämlich Ihren Hut und Ihren Rucksack mit all Ihren Zeichnungen gefunden“, sagte Friedrich und reichte Wolfgang einen völlig durchnässten Hut und seinen Rucksack.

„Mein Hut! Das ist tatsächlich mein Hut. Ich glaube es nicht. Ich hätte nicht gedacht, dass ich den noch einmal wiedersehen würde“, freute sich Wolfgang und setzte sich das nasse Ding einfach auf den Kopf. „Oh du mein Hut, ich werde dich nie wieder verlassen. Ich bin endlich zurück!“

Wolfgang sprang vor Freude in die Luft, bereute dies aber sogleich, da der Schmerz wie ein Blitz erneut in seinen Kopf fuhr.

„War der Hut so teuer oder warum freuen Sie sich so darüber?“, wollte der junge Herr Dietrich wissen.

„Ich, äh, na das ist immerhin eine Maßanfertigung, da wird man sich doch mal freuen dürfen.“

„Na klar, aber freuen Sie sich nicht zu sehr, der ist durch den Regen ziemlich hinüber. Ich weiß nicht, ob man den wieder hinbekommt.“

„Tja, lieber Friedrich, deshalb bist du für meine biologischen Studien als mein Begleiter dabei und nicht als mein Schneider. Überlassen wir das mal lieber dem, wenn ich zurück in Weimar bin.“

„Zurück in Weimar? Wollen wir denn nicht mehr zur Kur nach Karlsbad? Ist die Kopfverletzung so schlimm, dass Sie die Reise abbrechen wollen? Ich denke, dort gibt es bestimmt auch exzellente Doctoren, die sich das anschauen können. Vielleicht finden wir aber auch gleich unten im Ort einen. Ich bin mit einem Landauer hier. Wir dürften die Stadt also zügig erreichen, sofern wir nun endlich aufbrechen wollen.“

Ein Landauer, wie schön. Aber das arme Pferd, das in diesem Regen vor die Kutsche gespannt auf ihn warten musste. Da wäre es doch viel praktischer, es würde mal jemand Kutschen erfinden, die keine Pferde brauchten.

Wolfgang musste schmunzeln wegen dieses absurden Gedankens. Wie war er eigentlich mit Caroline von Ort zu Ort gekommen? Waren sie alles gelaufen? Nein, sie hatte eine Kutsche, dessen war er sich sicher. Aber er konnte sich weder an den Namen ihres Pferdes noch an dessen Aussehen erinnern. Seltsam. Dabei liebte er Pferde doch, er musste also einige Zeit damit verbracht haben. Wieso konnte er sich an alle Menschen erinnern, aber nicht an das Pferd?

„Herr von Goethe? Hören Sie mich? Na kommen Sie schon. Soll ich Sie führen? Können Sie selbst laufen?“

Natürlich konnte Wolfgang selbst laufen. Abgesehen von den Kopfschmerzen ging es ihm besser denn je. Er war zurück in seiner Zeit. Die Waldluft roch nach Regen und frischem Grün. Der Niederschlag hatte aufgehört und man hörte noch das Tropfen der letzten Nässe von den Bäumen. Vor ihm ging sein treuer Wegbegleiter, auf seinem Kopf hatte er seinen Hut und er würde bald zur Kur in Karlsbad sein. Natürlich wollte er seine Reise dorthin fortsetzen. Dort würde er Charlotte von Stein endlich wieder sehen, die noch genauso jung und schön sein dürfte wie eh und je.

Als Wolfgang an sie dachte, merkte er, dass doch nicht alles wie immer war. Seine romantischen Gefühle für Charlotte schienen verflogen zu sein. Dabei hatte er sie doch immer so verehrt. Wieso also ließ der Gedanke an sie ihn nun kalt? Lag es an seiner Liebe zu Caroline? Füllte diese sein Herz so sehr, dass keine andere Frau mehr darin Platz hatte? Oder wollte er einfach nur keine komplizierten Frauengeschichten mehr? Immerhin war Charlotte verheiratet, er würde nie mit ihr eine Familie gründen können.

Wehmütig dachte er an die wilden Kinder in Carolines Wohnhaus und an Birtes Söhne. Vielleicht war es auch für ihn an der Zeit, sich endlich ein Weib zu nehmen und zig Kinder mit ihr zu haben. Sein Haus am Frauenplan war groß genug, um eine ganze Herde davon in die Welt zu setzen.

Dummerweise war Caroline die einzige Frau, mit der er sich das vorstellen konnte. Ob hier in seiner Zeit wohl noch ein Mensch wie sie auf ihn wartete? Er wusste es nicht. Aber jetzt war nicht die Zeit, einer verlorenen Liebe hinterherzutrauern. Jetzt musste er erst mal aus diesen nassen Klamotten raus.

*****

04.07.1785

Am nächsten Tag reiste Wolfgang, zusammen mit seinen beiden Begleitern, weiter nach Karlsbad. Er hatte sich, wie es aussah, keine Lungenentzündung geholt. Auch von der Beule war kaum mehr etwas zu merken, nachdem ihm die Herbergsmutter etwas Eis dafür gegeben hatte. Ein Medicus hatte sich seinen Kopf genau angesehen und die Verletzung für kaum der Rede wert befunden. Aber warum waren dann seine Erinnerungen nicht zurückgekehrt, sondern verblassten vielmehr von Stunde zu Stunde?

Es war einfach nicht zu fassen. Was war er nur für ein Tor! Da war er in einem ganz anderen Jahrtausend, so viele Jahre in der Zukunft gewesen, wo sich ihm ein unendlicher Wissensschatz geboten hatte. Und was hatte er daraus gemacht?

Er konnte sich an keine einzige Erfindung aus der Zeit oder gar irgendwelche wissenschaftlichen Erkenntnisse, die über die aus seiner eigenen Zeit hinausgingen, erinnern. Ihm fiel nicht einmal mehr ein, welche Art von Kleidung die Leute dort trugen. Wie hatten sie sich gewaschen und ihre Notdurft verrichtet? Woher kam ihr Trinkwasser? Aus den geschmückten Brunnen? Welche Regierungsform hatten sie? Und was für eine Währung? Bezahlte man dort noch in Talern?

Ah, die Taler. Goethe warf einen Blick in seine Tasche. Ja, es fehlte ein Taler. Das hieß wohl, dass dies auch 2024 noch ein anerkanntes Zahlungsmittel war.

Eine Frage ging Wolfgang einfach nicht mehr aus dem Kopf. Welchen Sinn sollte seine Reise in die Zukunft gehabt haben, wenn er daraus nichts mitgebracht hatte, keine Dinge, kein Wissen, keine besonderen Einsichten? Alles, was er hatte, war ein gebrochenes Herz, das vor Liebe zu einer Frau überquoll, die er nie mehr wiedersehen würde.

Natürlich hatte er seinen Reisebegleitern nichts von seinem Ausflug in die Zukunft erzählt. Er hatte genug davon, von anderen für verrückt gehalten zu werden. Wenn er ehrlich mit sich war, wusste er selbst nicht mehr genau, ob er tatsächlich dort gewesen war. Wenn diese starken Gefühle nicht gewesen wären, er hätte sicher geglaubt, dass er sich alles nur eingebildet hatte.

Trotzdem hätte er gerne mit jemandem über seine Erlebnisse gesprochen. Vielleicht gab es noch andere Menschen, denen sowas schon einmal passiert war?

Goethe betrachtete die Tasche, in der er sein Mikroskop aufbewahrte. Es gab wohl viel mehr an dieser Welt zu erforschen, als er bisher gedacht hatte. Wenn er mit der Botanik durch war, würde er sich vielleicht mit so besonderen Phänomenen wie Zeitreisen beschäftigen. Aber nur heimlich. Veröffentlichen würde er das nur, wenn er irgendwelche nennenswerten Ergebnisse vorweisen konnte, abgesehen von einer Zeitreise, von der nur er wusste und die er niemandem beweisen konnte.

Jetzt freute er sich erst einmal auf Karlsbad. Nach den ganzen Strapazen hatte er sich ein wenig Erholung wirklich verdient. Das Heilwasser dort war legendär. Es sollte gegen allerlei Krankheiten helfen und würde bestimmt auch das ein oder andere seiner Zipperlein kurieren.

Danach galt es, über sein Leben nachzudenken. Wenn ihn diese Zeitreise eines begreifen hatte lassen, dann, dass er sich vorher schon in einem Labyrinth verirrt hatte. Er hatte sich in all seinen Pflichten und Aufgaben verrannt. Zukünftig wollte er sich nicht weiter von seinen Ämtern in Weimar drangsalieren lassen. Er wollte wieder seinen Leidenschaften nachgehen, für die er sich so lange keine Zeit mehr genommen hatte. Er wollte reisen, dichten und vor allem forschen.

Vielleicht würde er erst einmal mit einer Italienreise starten. Die wollte er doch schon ewig machen. Das Land und seine Bewohner würden ihn seiner geliebten Caroline wenigstens gefühlt wieder näherbringen. Nicht nur Land, Leute und Essen sollten dort besonders sein, sondern auch die Botanik. Vielleicht konnte er dort seine Suche nach der Urpflanze vorantreiben.

Mit etwas Glück wäre eventuell auch am Vesuv eine leichte Aktivität zu spüren, wenn er vorbeikam. Vulkane hatten ihn schon als Kind zugleich fasziniert und geängstigt. Einen aktiven Vulkan mit eigenen Augen zu sehen, wäre sicherlich ein großes Abenteuer. Und er wollte seine Iphigenie überarbeiten. Aus irgendeinem Grund drängte es ihn förmlich dazu, das Werk von Prosa ins Versmaß zu setzen. Vielleicht wäre er dann endlich zufrieden mit dem Stück.

Bei all diesen Möglichkeiten, die sich ihm auftaten, indem er sich für die Neigung und gegen die Pflicht entschied, wurde Wolfgang warm ums Herz. Die Welt stand ihm offen. Sie wollte von ihm entdeckt werden. Wenn er sich richtig Mühe gab, würden die Menschen zu Carolines Zeit ihn bestimmt als den größten Naturforscher aller Zeiten verehren. Dann wäre er für alle Zeit bekannt als Johann Wolfgang von Goethe, der Forscherfürst aus Weimar.

„Herr von Goethe“, riss ihn sein Begleiter Karl Ludwig von Knebel aus seinen Gedanken.

„Ja, mein Freund?“

„Ich wollte nur erwähnen, dass man von hier oben einen letzten Blick auf Wunsiedel werfen kann, bevor wir die Landstraße erreichen. Mir schien es so, als sei Ihnen dieser Ort ans Herz gewachsen.“

Wolfgang drehte sich um. Tatsächlich konnte man hier den Ort nochmals von oben betrachten, wie er da lag, wunderschön eingebettet in das hufeisenförmige Fichtelgebirge. Ob er wohl jemals wieder herkommen würde?

Knebel, der Wolfgangs sehnsüchtigen Blick bemerkt hatte, meinte: „Seltsam, auf mich wirkte dieser Ort gar nicht so besonders. Wie kommt es, dass er Ihnen so viel bedeutet?“

Wolfgang überlegte. „Wissen Sie, mein verehrter Herr von Knebel, das, was einen Ort ausmacht, sind nicht die Gebäude, die Fabriken oder die Nähe zu Fürsten und Königen. Es sind die Menschen, die darin leben. Manchmal wachsen sie einem ans Herz und manchmal nicht. Die Wunsiedeler sind mir sehr ans Herz gewachsen. Ähm, also ich meine, soweit das in der kurzen Zeit, die wir hier waren, überhaupt möglich war.“

Sie gingen weiter in Richtung Landstraße. Wolfgang hörte seine beiden Begleiter hinter sich tuscheln, tat aber so, als ob er es nicht bemerken würde.

„Bist du sicher, dass die Herbergsmutter ihm nur den Kopf gekühlt hat? Oder hat sie ihm danach vielleicht gleich wieder ein bisschen eingeheizt?“

„Ach was, nein, das war eine ehrbare Frau. Ich glaube, dass irgendetwas in den zwei Stunden passiert ist, die er allein bei den Granitfelsen war.“

„Vielleicht ist ihm da ja ein junges, hübsches Ding begegnet?“

„Mag sein. Warten wir es ab. Wenn es dort eine kleine Romanze gab, wird er bestimmt darüber schreiben.“

*****

25.04.1820

Nach all den Jahren war Goethe endlich zu seinem Sehnsuchtsort zurückgekehrt. Er konnte kaum glauben, wie sehr sich das Felsenmeer verändert hatte.

Kurz vor seiner Abreise aus Wunsiedel 1785 hatte er den Stadtoberhäuptern gegenüber angeregt, die Granitformationen als eine Art Park für alle zu erschließen. Seine Vorschläge waren offensichtlich recht schnell in die Tat umgesetzt worden. Nun waren überall Stufen in die Steine gehauen, Durchgänge waren vergrößert worden, Geländer angebracht und vieles mehr. Selbst Kinder konnten jetzt völlig gefahrlos die Kletterfreuden inmitten der Natur genießen.

Sogar seinen Namensvorschlag für den Park hatten sie übernommen. Er hieß jetzt Felsenlabyrinth. Wolfgang war der Ort schon immer wie ein Labyrinth vorgekommen. Der Name war also mehr als passend. Und immerhin hatte er sich einst tatsächlich verirrt, nur dass er keine falsche Abzweigung in eine Sackgasse genommen hatte, sondern in eine ganz andere Zeit.

Zum Forschen war der Ort nun allerdings unbrauchbar. Die ganzen Wanderer hatten die wilden Moose und Blumenarten weiter in den Wald zurückgedrängt. Auch Tiere ließen sich kaum mehr blicken. Es herrschte einfach zu viel Trubel. Jeder einzelne Fels war inzwischen kartographiert und auch sonst bot der Ort keinerlei unerforschten Fleck mehr. Aber er war auch nicht zum Forschen gekommen.

Seit Wolfgang Caroline verlassen hatte, war kein Tag vergangen, an dem er nicht an sie gedacht hatte. Dennoch hatte er sich nach seiner Italienreise eine Frau genommen, die er fast ebenso liebte wie einst Caroline. Witzigerweise fing ihr Name auch mit C an, das war wohl sein Fluch, sein Leben mit C-Frauen zu teilen. Oder vielleicht auch ein Segen, wenn er ehrlich mit sich war.

Christiane Vulpius war für einen Mann seines gesellschaftlichen Standes keine würdige Partnerin gewesen. Vielleicht hatte er sich deshalb so lange davor geziert, sie zu heiraten, obwohl sie einen gemeinsamen Sohn hatten. Eigentlich hatten sie auch vier weitere Kinder, die aber leider alle früh verstorben waren.

Der Gedanke daran schmerzte ihn noch immer. Es war grausam gewesen, zu sehen, wie der Bauch von Christiane jedes Mal dicker und dicker geworden war, zu fühlen, wie die Kinder getreten hatten, sich vorzustellen, wie ihre kleinen Füßchen durchs Haus trappeln würden, nur um dann herauszufinden, dass sie für das Leben in seiner Zeit einfach nicht stark genug waren. Ob man sie 2024 hätte retten können?

Dennoch hatten er und Christiane ein erfülltes Leben mit viel Liebe und Lachen gehabt. Bei ihr konnte er so sein, wie er war. Er musste kein für die Gesellschaft akzeptables Benehmen an den Tag legen, wenn er bei ihr war. Trotzdem hatte er sich von ebendieser Gesellschaft davon abhalten lassen, sie zu heiraten. Erst 1806, als sie sich für ihn vor die Truppen Napoleons gestellt hatte, hatte er begriffen, dass nicht Stand und Geburt jemanden heiratswürdig machten, sondern Mut, Charakter und ein Herz am rechten Fleck.

Christiane, ach wie er sie vermisste. Sie war schon seit vier Jahren tot. Zu Beginn kam es ihm noch so vor, als würde ohne sie die Sonne nicht mehr scheinen. Jeder Tag war trüb und wolkenverhangen für ihn, auch wenn in Wirklichkeit das schönste Wetter war.

Erst nach und nach hatte er sich in ein Leben ohne sie eingefunden. Die Wolken lichteten sich und so konnte er auch wieder den ein oder anderen Sonnenstrahl unter den Weimarer Frauen entdecken. Doch jedes Lächeln, das er erntete, kam ihm wie ein kleiner Verrat an Christiane vor. Sie war so qualvoll gestorben, während er weiter die Freuden des Lebens genießen durfte.

Jetzt war Wolfgang gerade auf dem Weg in Richtung Marienbad. Die westböhmischen Bäder hatten es ihm schon seit seinem ersten Besuch dort, damals, nach seiner Zeitreise, angetan. Nicht nur die Heilwässer halfen ihm, sondern auch die Gesellschaft und die Kultur.

Es gab dort einen regen Austausch von Dichtern und Denkern, und wer selbst nicht zu diesen gehörte, der lauschte ihnen andächtig.

Oh, wie Wolfgang es liebte, im Mittelpunkt eines Saales zu stehen, seine Werke zu rezitieren und dabei von allen bewundert zu werden. Die Leute lauschten allem, was er sagte, sie hingen ihm förmlich an den Lippen. Ja, er war zu einem sehr bedeutenden Mann seiner Zeit geworden, wenngleich nur aufgrund seiner Tätigkeiten als Schriftsteller.

Natürlich war er nicht der Einzige seines Formats. Einst hatte er zum Beispiel einen guten Freund gehabt, Friedrich Schiller, der zwar um einiges jünger war als er, aber in seinem Denken und Schreiben fast an ihn herangereicht hatte. Wer weiß, was aus ihm geworden wäre, hätte er nicht einen so frühen Tod gefunden.

Goethe hatte niemals zuvor einen Freund wie ihn gehabt, weshalb ihn sein Verlust noch heute schmerzte. Vielleicht hätte Wolfgang ihn immer mit zur Bäderkur nehmen sollen, das hätte sein Leben bestimmt verlängert. Aber er konnte nicht ahnen, wie schlecht es um Schiller stand. Vor ihm hatte er sich immer stark und tapfer gegeben.

Andere Schreiberlinge seiner Zeit gaben sich zwar als große Autoren und hatten seltsamerweise auch gute Verkaufszahlen vorzuweisen. Sie hielten sich aber an keinerlei Schreibregeln und hatten eine seltsame Art von Humor, den Wolfgang einfach nicht teilen konnte.

Auch hier aus dieser Gegend stammte einer dieser Schriftsteller, der in Wunsiedel geborene Johann Paul Friedrich Richter. Dieser hatte sich peinlicherweise den französischen Namen Jean Paul gegeben. Sogar einen Ehrendoktortitel hatte man dem Schreiberling verliehen. Womit hatte jemand, der Romane mit so seltsamen Namen wie *Siebenkäs* schrieb, bitte einen Ehrendoktortitel verdient?

Zum Glück lebte Jean Paul schon lange nicht mehr in Wunsiedel, sondern in Bayreuth, sonst hätte er ihm wohl jetzt, bei seinem Besuch in dieser Gegend, die Aufwartung machen müssen. Bayreuth, war das nicht der Ort, wo er mit Caroline eine Universität besucht hatte? Nein, das konnte nicht sein, dort gab es überhaupt keine solche.

Ach ja, Caroline. Hier fühlte er sich ihr ganz nahe. Wolfgang streichelte beinahe zärtlich die Granitfelswand vor sich. Eigentlich hatte er nicht hierherkommen wollen, weshalb er auf seiner Reise nach

Marienbad auch lieber Halt in Alexandersbad gemacht hatte. Er hatte Angst davor, die Wunden wieder aufzureißen, die ihn nach der Trennung noch so lange gepeinigt hatten. Doch dem Labyrinth so nahe zu sein, hatte ihn ganz unruhig gemacht, so dass er sich doch für einen Besuch entschieden hatte.

Zudem wollten ihm die Leute hier unbedingt zeigen, wie sich das Labyrinth auf sein Zutun hin verändert hatte, seit er das letzte Mal dort war. So war er nun nicht alleine, sondern mit einigen Begleitern hier. Er hatte sich aber, angeblich um die Stille der Natur zu genießen, eine halbe Stunde alleine ausgebeten.

Schon seit er wieder in seiner Zeit angekommen war, hatte Wolfgang unablässig überlegt, was letztendlich ausschlaggebend dafür gewesen war, dass er das Zeitportal passieren konnte. Hatte es überhaupt ein solches gegeben, oder, so seine neueste Vermutung, reichte es, sich hier vor Ort so stark den Kopf anzuschlagen, dass man ohnmächtig wurde? Immerhin war er, sowohl auf der Reise in die Zukunft als auch wieder zurück, mit einer Beule am Kopf geendet. Sollte er einen Versuch wagen?

Was hielt ihn denn eigentlich in dieser Zeit, jetzt, wo seine Frau tot war? Gut, er hatte noch einen Sohn und seinen wunderbaren Enkel, dessen Fußgetrappel sein Haus mit Leben füllte. Und bald würde schon ein zweites Enkelkind folgen. Aber die kamen sicherlich alle gut ohne ihn zurecht.

Vielleicht würden sie sogar besser klarkommen, wenn er nicht mehr da war. Über seinen Sohn August sagten viele, er würde im Schatten seines Vaters stehen und so nie selbst erblühen können. August selbst hatte ihm einst berichtet, wie sehr er darunter litt, immer an seinem Vater gemessen zu werden.

Natürlich konnten die poetischen Versuche von August den seinen nie gleichkommen. Dafür hatte er andere Qualitäten. Er leitete Wolfgangs Haushalt und hatte auch wichtige Privilegien zum Schutz von Goethes literarischen Werken erreicht. Wolfgang selbst wäre so etwas nie gelungen, dazu hatte ihm schon immer das ökonomische Geschick gefehlt. Trotz dieses Talentes sprachen die Menschen von August immer nur als Goethes Sohn. Auch seine Enkelkinder würden in Zukunft wohl den unfreiwilligen Titel *Goethes Enkel* tragen und damit mehr gestraft als gesegnet sein. Was aus ihnen werden würde, wenn seine Sonne ihnen nicht das eigene Strahlen nehmen konnte?

Natürlich könnte Wolfgang, wenn er hierbliebe, noch einige bedeutende Werke schaffen. Andererseits hatte er der Welt schon genug davon geschenkt. Er konnte also gehen, ohne dass sein Ruhm allzu schnell verblassen würde.

Nun gut, er wollte zu gerne die Fortsetzung seines Fausts fertigstellen. Doch so langsam, wie er damit vorankam, würde er wohl bis zu seinem letzten Lebenstag noch daran sitzen.

Hoffentlich blieb es kein Fragment. Wer wusste schon, wie viele Jahre er noch hatte. Er war nun immerhin 71 Jahre alt, ein Alter, das nicht viele erreichten. Und er war auch noch fit genug, um durch die Lande zu reisen, trotz seiner vielen Wehwehchen und auch mancher ernsthaften Erkrankung.

Was seine Gesundheit betraf, so durfte er sich von Gott gesegnet fühlen. Es schien nichts zu geben, was ihn auf Dauer an ein Krankenbett fesseln konnte. Leider musste man, wenn man so alt wurde, viele geliebte Menschen gehen sehen. Noch einen weiteren Tod konnte er nicht mehr verkraften. Wenn er ging, so musste er keinen von seinen Lieben jemals wieder leiden sehen.

Es war nun gut 35 Jahre her, dass er in seine Zeit zurückgekehrt war. Er war jetzt also beinahe doppelt so alt wie damals. Ob bei Caroline inzwischen genauso viele Jahre vergangen waren? Was, wenn er zu ihr zurückging, und sie war noch blutjung und er ein alter Greis? Könnte sie ihn dennoch lieben?

Andererseits konnte er sie sich als alte Frau nicht vorstellen. Vermutlich hätte er dann Probleme damit, wieder erotische Gefühle für sie zu haben. Es war ihm lieber, wenn sie noch so jung war wie bei ihrem Abschied. Am besten wäre es, wenn er durch eine erneute Zeitreise wieder der sportliche 36-jährige Mann werden würde, der er einst war. Was für eine Wunschvorstellung!

Was half es, hier herumzustehen und sich Gedanken über Dinge zu machen, die vielleicht nie eintreffen würden. Er hatte nur diesen kurzen Moment, um eine Rückkehr in die Zukunft zu versuchen. Wenn er jetzt nicht handelte, würde er es nie tun und sich bis zu seinem Tod fragen, ob es wohl geklappt hätte.

Wolfgang suchte sich einen größeren Stein, der aus dem Boden herausragte. Sein Plan war es, absichtlich darüber zu stolpern. Er rannte los, sah den Stein immer näher kommen und stellte mit Bedauern fest, dass er es nicht über sich brachte, bewusst hinzufallen. Wenn er sich in diesem Alter noch die Knochen brach, würde eine Heilung ewig dauern, wenn es ihn nicht sogar umbrachte. Aber was konnte er dann tun?

Goethe steuerte auf eine hohe Granitwand zu. Der Felsen erinnerte ihn fast ein bisschen an den, von dem er einst gestürzt war. Ob es derselbe war? Jetzt würde er sich jedenfalls nicht mehr trauen, auf diesen zu klettern, und schon gar nicht bei Regen. Stattdessen stellte er sich nun direkt davor, holte mit seinem Kopf aus und donnerte ihn dann gegen die Wand.

Au, das tat weh, aber ohnmächtig wurde er davon nicht. Er musste wohl noch mehr Kraft aufwenden.

Erneut holte er aus und knallte mit voller Wucht seine Stirn gegen die glatte Felswand. Der Schmerz schoss wie ein Blitz durch seinen Kopf. Ihm wurde kurz schwarz vor Augen, aber nicht sehr lange, so dass er auch nicht von den Füßen kippte. Wolfgang spürte, wie ihm Blut von der Stirn lief. Schnell holte er sein Stofftaschentuch heraus, um es abzuwischen und die Blutung mit etwas Druck zu stoppen.

Hatte das ausgereicht? War er zurück in der Zukunft?

„Herr von Goethe, was machen Sie denn da um Himmels willen?“

Diese Stimme kannte Wolfgang nur zu gut. Das war der nette Herr, der ihm bis vor einer halben Stunde noch die Neuerungen im Felsenlabyrinth erklärt hatte. Das hieß, es hatte nicht geklappt. Es war ihm nicht möglich, zurück zu Caroline zu kommen.

Wolfgang musste tief durchatmen, um nicht in Tränen auszubrechen. Er hatte gar nicht viel Hoffnung in den kläglichen Versuch einer Rückkehr setzen wollen. Jetzt, da er sich sicher war, dass es nicht klappte, war er aber doch schwer enttäuscht. Er hätte alles darum gegeben, Caroline nur noch ein einziges Mal wiederzusehen.

„Ich, ja, also, Herr ... wie auch immer. Ich mache das stets so, wenn ich meinen Geist der Natur mehr öffnen möchte. Wussten Sie denn nicht, dass man durch ein Schmerzerlebnis viel aufmerksamer wird und alles um sich herum besser wahrnehmen kann?“, versuchte er sich herauszureden.

„Indem Sie mit dem Kopf durch die Wand wollen?“, fragte sein Begleiter irritiert.

„Nun gut, ja, ich bin da vielleicht ein wenig über das Ziel hinausgeschossen. Ich habe wohl außer Acht gelassen, dass mein Kopf auch nicht mehr der jüngste ist. Aber sehen Sie, eben fällt mir etwas zur Entstehung dieser Gesteinsformationen ein, das ich Ihnen und den anderen Herren gerne unterbreiten würde. Sie müssen wissen, mit Vulkanismus hat das alles gar nichts zu tun. Ich kann belegen, dass es sich hier um einen sehr interessanten Fall von Verwitterung handelt“, lenkte Goethe den besorgten Mann gekonnt ab.

„Oh, das klingt, als hätte der Schmerz Ihr Denken wirklich sehr angeregt. Kommen Sie, ich führe Sie zurück zu den Herrschaften.“

Wolfgang blickte sich ein letztes Mal zu dem großen Felsen um. Einen leisen Funken Hoffnung hatte er noch, dass dieser vielleicht im letzten Moment nach ihm rief. Doch nichts geschah. Es gab weder ein Surren noch ein Brummen oder ein Fiepen, auch nicht das Gefühl von Magnetismus und es zog erst recht kein Gewitter heran. Goethe musste es einsehen. Er würde in diesem Jahrhundert sterben, mehr als 200 Jahre von seiner Caroline getrennt.

„Die ich rief, die Geister,
Werd' ich nun nicht los."

(Johann Wolfgang von Goethe, der Zauberlehrling)

Kapitel 15

22.03.1832

Wolfgang saß in seinem Lehnstuhl. Er wollte nicht liegend sterben. Liegend starben die gewöhnlichen Menschen. Er wollte möglichst aufrecht sitzend dem Tod begegnen. Ob Mephistopheles persönlich auf ihn wartete? Wolfgang lachte, doch für die Leute um ihn herum klang es mehr nach einem Röcheln. Er glaubte weder an einen Gott, wie ihn die Kirche beschrieb, noch an Dämonen, wenngleich er sich einst von solchen verfolgt gefühlt hatte. Aber das passierte wohl jedem großen Geist einmal, dass er eine dunkle Macht heraufziehen spürte. Selbst Luther hatte den Teufel an seinem Bett sitzen sehen.

Es waren andere Geister, die ihn verfolgten. Die Geister der längst vergangenen Zeit, beziehungsweise der Zeit, die noch gar nicht war. Je älter er wurde, desto öfter sah er Carolines Gesicht vor sich. Er sah ihre Züge in jeder jungen Frau und fühlte sich dann sofort in sie verliebt. Er schalt sich stets selbst einen alten Narren deswegen. Diese jungen Dinger könnten seine Töchter oder gar Enkeltöchter sein. Es war klar, dass sie nur mit ihm kokettierten, weil er der Dichterfürst aus Weimar war. Nun buhlte jedoch nur noch einer um ihn, und zwar der Tod.

Etwas stimmte mit seinem Herzen nicht, obwohl er sich ursprünglich nur eine Erkältung zugezogen hatte. Alles hatte damit angefangen, dass am 15. März die Großherzogin Paulownia und Achim von Arnim zu Besuch gekommen waren. Trotz seiner nun 82 Jahre konnte er solch besondere Gäste natürlich nicht abweisen.

Leider waren sie so dumm gewesen, bei den noch recht kühlen Temperaturen eine Kutschfahrt zu unternehmen. Den jüngeren Menschen mochte so etwas nichts ausmachen, ihm hatte der frische Wind jedoch übel mitgespielt. Bereits am nächsten Tag hatte er Fieber. Danach ging es ihm eigentlich schnell besser, doch in der letzten Nacht, da hatte ihn seine verstorbene Frau besucht. Zumindest sah die Gestalt so aus wie seine Christiane, aber sie war durch und durch von grauer Farbe, was sie sehr schaurig wirken ließ. Zudem ging eine eisige Kälte von ihr aus.

Sie war gekommen, um ihm mitzuteilen, dass seine Zeit auf Erden zu Ende war. Sie hätte sich lange genug vor die Truppen des Todes für ihn gestellt, nun kämen sie ihn holen. Der Schock darüber saß so tief, dass sein Herz zu schmerzen begann. Sein linker Arm stach wie verrückt und er bekam panische Angst.

Seither spürte er, wie seine Kräfte mehr und mehr schwanden. Welch ein Glück, dass er seinem alten Körper schon länger nicht mehr vertraut hatte, so dass er bereits alle seine Angelegenheiten geregelt hatte.

Vor ein paar Wochen hatte er noch eiligst Faust II. fertig geschrieben. Um sich nicht mehr mit der Kritik von Leuten, die ohnehin nichts Sinnvolles zu sagen hatten, auseinandersetzen zu müssen, hatte er das Werk in einen versiegelten Umschlag gepackt und verfügt, dass dieses erst nach seinem Tod veröffentlicht werden sollte. Sollten sie doch mal versuchen, über das letzte Vermächtnis eines Toten zu lästern, diese neuen, jungen Autoren mit all ihren Fabelwesen und Märchen.

Vielleicht würden seine Enkel noch gut an Faust II. verdienen. Sie würden zudem reichlich von ihm erben und sich dafür sicherlich, wenn sie einmal älter waren, um seinen Nachlass kümmern. Bis dahin musste seine Schwiegertochter alles verwalten.

Sein Sohn August war ja leider schon vor ihm gestorben, und das ausgerechnet in Rom, der Stadt, in der Wolfgang einst sehr glücklich gewesen war. Nun hatte er für immer etwas in der Heiligen Stadt zurückgelassen, ohne das je gewollt zu haben. Die Gebeine seines einzigen Kindes, welches das Erwachsenenalter erreicht hatte. Er hatte ihm dort ein Denkmal gesetzt, auf dass die Welt für immer wusste, wessen großartiger Sohn dort lag.

Goethe spürte, wie sein Herz immer schwächer wurde. Wenn er ehrlich mit sich war, so hatte dessen Kraft schon mit Augusts Tod merklich nachgelassen. Es war einfach zu viel für ihn gewesen. So viele, die jünger als er waren, waren schon vor ihm gegangen. So viele, die er zutiefst geliebt hatte. Nur sein Herz hatte immer und immer weiter geschlagen, als wäre er ein Gott, dem niemand, nicht einmal die Zeit etwas anhaben konnte. Doch was brachte es, lange zu leben, wenn man am Ende alleine zurückblieb?

Wenn er darüber nachdachte, dann hatte es, neben seiner Frau und seinem Sohn, in den vergangenen rund 50 Jahren vor allem einen Grund für ihn gegeben, am Leben zu bleiben. Er hatte gehofft, dass es ihm noch einmal möglich war, Caroline wiederzusehen.

Was hatte er nur gedacht? Dass er den Tod um fast 200 Jahre betrügen könnte? Denn wie sonst hätte er die Liebe seines Lebens je wiedersehen können? Dass sich das Zeitportal ihm nicht mehr öffnete, hatte er vor zwölf Jahren schon endgültig herausgefunden.

Oh was war das doch für ein grausames Schicksal, das ihn durch die Ströme der Zeit, hin zu dieser wundervollen Frau reisen ließ, nur um ihn dann die Gnade zu versagen, sie wenigstens ein einziges Mal wiederzusehen. War das die Strafe dafür, dass er zurückgegangen war? Aber der Felsen hatte ihn doch gerufen, das Gewitter war das eindeutige Zeichen gewesen. Es konnte doch nicht sein, dass er entgegen des Schicksals Willen gehandelt hatte, oder doch?

Wenn dort oben oder hier unter uns oder irgendwo doch ein Gott war, der sich für die Menschen, deren Leben, Ängste und Sorgen interessierte, so konnte er ihn doch nicht einfach sterben lassen, ohne dass er wusste, wie es Caroline ohne ihn ergangen war. Hatte sie einen anderen Mann gefunden? Kinder bekommen? Oder war sie alleine geblieben? War sie am Ende genauso früh gestorben wie die anderen Menschen, die er liebte? Hatte sein Fluch sie getroffen?

Wolfgang hatte nie an einen lieben Gott geglaubt. Dennoch glaubte Gott wohl an ihn, denn er erhörte seinen letzten Wunsch.

Das Zimmer in seinem Haus am Frauenplan verschwamm vor seinen Augen. Mit ihm auch der Arzt und seine Schwiegertochter, die gerade noch mit besorgter Miene neben ihm standen. Alles um ihn herum wurde weich und wolkig. War das schon der Tod? Oder war Nebel in sein Wohnhaus gekommen?

Plötzlich lichtete sich der Dunst und wie durch ein Wunder fand sich Goethe in einem ganz anderen Raum wieder. Es war ein Raum, wie er ihn lange nicht mehr gesehen hatte, mit vielen technischen Geräten, deren Namen und Funktionsweisen ihm mit einem Mal alle wieder einfielen. Es war, als wären die Erinnerungen in seinem Kopf immer alle da gewesen und nur sein Blick darauf war für lange Zeit versperrt.

Vor dem gemütlich aussehenden Sofa stand ein Fernseher. Dieser war jedoch viel größer als der von Caroline, den er in Erinnerung hatte. Es gab elektrisches Licht. Er sah ein Telefon und ein Radio. Obwohl er solche Sachen aus Carolines Wohnung kannte, war dies nicht ihre Wohnung. Diese hier war viel größer und auch etwas stilvoller eingerichtet.

Es lag Spielzeug auf dem Boden. Es gab eine lange Wand, die mit Bücherregalen vollgestellt war. Darunter auch Werke von ihm, jedoch in sehr neu wirkenden Einbänden. Ein Buch war besonders präsentiert, es hatte sogar eine eigene Beleuchtung bekommen.

Es war ein Werk, auf dem das Felsenlabyrinth abgebildet war, und in dem Labyrinth stand er selbst, Johann Wolfgang von Goethe. Geschrieben hatte es eine Autorin namens Caroline. Es war jedoch nicht seine Caroline. Diese hier hatte einen anderen Nachnamen.

Wolfgang sah sich in der Wohnung um. Niemand war da. Er ging zu einer Wand, an der Fotos aufgehängt waren. Seltsam, dass er jetzt wieder wusste, was Fotos waren und wie diese zustande kamen. Auf einigen von ihnen waren Leute zu sehen, die er nicht kannte, aber auf einem sehr großen in der Mitte war Caroline in einem wunderschönen weißen Kleid und neben ihr ...

Die Wohnungstür öffnete sich. Wolfgang traute seinen Augen kaum. Herein kam tatsächlich Caroline, seine über alles geliebte Caroline. Sie war so schön wie eh und je, auch wenn ihre Haare etwas kürzer waren. Über der Schulter trug sie einen kleinen Jungen. Er war vielleicht zwei oder drei Jahre alt und war wohl unterwegs eingeschlafen.

Wolfgang ging fröhlich auf Caroline zu und wollte sie begrüßen. Vor lauter Aufregung brachte sein Gehirn aber nichts Besseres zustande als „Frauenzimmerchen! Frauenzimmerchen! Gib mir dein Pfötchen".

Wolfgang schämte sich in Grund und Boden. Und sowas nannte sich Dichterfürst. Hatte der Tod etwa schon nach seinem Gehirn gegriffen, oder warum plapperte er so einen Mist daher? Da sah er Caroline nun nach all den Jahren wieder, und statt ihr sogleich ein Gedicht über ihre Anmut, ihren Liebreiz und darüber, wie sehr sie ihm gefehlt hatte, vorzutragen, nannte er sie Frauenzimmerchen. Und was sollte das mit dem Pfötchen?

Doch seltsamerweise reagierte Caroline gar nicht auf seine missglückte Begrüßung. Sie sah zwar in seine Richtung und blickte, als würde sie nach etwas lauschen, schüttelte dann aber nur sachte den Kopf.

Sie trug den kleinen, schlafenden Engel in ein anderes Zimmer, wo sie ihn liebevoll in sein Bettchen legte. Sie streichelte dem Jungen über den Kopf und sah ihm eine Weile beim Schlafen zu. Wolfgang blickte ihr über die Schulter. Es war ein süßer Knabe. Er hatte Carolines Haare und ihre grünen Augen.

Aber was war hier los? Konnte seine Faustina ihn etwa nicht sehen? War er nur als eine Art Geist zu Gast? Er versuchte sie zu berühren, streckte die Hand nach ihr aus, legte sie auf ihre Schulter, doch obwohl er sie sehr wohl spüren konnte, schien Caroline nichts von seiner Berührung zu merken.

Oder doch? Sie wischte sich mit der Hand über die Schulter, als wolle sie von dort eine Fliege abwehren.

War er am Ende so wieder in ihrer Zeit angekommen? Als lästige Fliege? Aber er konnte doch seinen Körper sehen, der, oh wie wunderbar, wieder so jung war wie damals, als er sie kennengelernt hatte. Nein, es gab nur einen Schluss. Er war ein Geist für sie. Ob er als solcher für immer bei ihr bleiben durfte? Oh welch ein Genuss es wohl sein würde, ihr stets zur Seite zu sein, wenn sie schlief, wenn sie wachte, wenn sie duschte ...

Erst langsam begann sich Wolfgang gewisse Fragen zu stellen. Was war das eigentlich für eine Wohnung hier? Wie konnte sich Caroline die leisten? Wer war das nochmal auf dem Foto neben ihr und war das der Vater dieses Kindes?

„Hallo, Liebling, ich bin zuhause“, schallte eine männliche Stimme aus dem Wohnzimmer.

Caroline rannte leise hinaus. „Psst, William schläft“, flüsterte sie. Dann ging sie zu dem Mann, umarmte und küsste ihn.

Das war nun gar kein Genuss für Goethe, zu sehen, wie sie mit einem anderen Mann Zärtlichkeiten austauschte. Sein Herz stach, obwohl er sich sicher war, als Geist keines zu haben. Erst als sich Carolines Lippen von denen des Mannes trennten, erkannte Wolfgang, wen er da vor sich hatte.

„Sie, Sie Schmauchlümmel Sie. Sie haben sich meine Caroline geschnappt?“

Natürlich konnte Alexander Bauriedel ihn nicht hören und das war auch gut so. Wolfgangs erste Entrüstung wich nämlich sogleich wieder dem Gefühl der Bewunderung, das er damals schon gehabt hatte, als er Alexander in seinem Büro getroffen hatte.

Dieser war noch immer ein sehr gutaussehender Typ und irgendwie schien seine Haut auch viel besser zu sein als damals. Und was hätte für Caroline nähergelegen, nachdem sie ihn verloren hatte, sich statt des echten Goethe einen Goetheexperten zu schnappen? Immerhin konnte sie sich mit diesem stets gut über ihn unterhalten.

Sie hatte bestimmt die richtige Entscheidung getroffen. Und eigentlich hatte er damals schon gespürt, dass die Luft zwischen ihr und Alexander geknistert hatte. Vermutlich war Wolfgang der einzige Grund dafür gewesen, dass sie damals nicht gleich in dessen Büro übereinander hergefallen waren.

Moment mal, Bauriedel, war das nicht der Nachname der Autorin von dem Buch mit dem Labyrinth darauf? Wolfgang eilte nochmals zum Bücherregal. Ja, da stand „Caroline Bauriedel“. Er blickte nochmals zu dem Foto an der Wand. Nicht nur Caroline war darauf schön gekleidet. Alexander trug auch einen Anzug, der sehr edel wirkte und ihm perfekt stand. Das war ein Hochzeitsfoto. Die beiden hatten geheiratet und diesen kleinen, süßen Jungen namens William bekommen.

Wolfgang hatte das Gefühl, sein Herz würde einen Sprung machen. Caroline war nicht mehr alleine. Sie hatte nicht nur einen guten Mann an ihrer Seite, sondern auch noch einen Sohn. Sie war glücklich und das machte wiederum ihn glücklich.

„Na, meine Bestsellerautorin. Bist du denn heute gut mit deinem nächsten Buch weitergekommen?“, fragte Alexander Caroline.

Bestsellerautorin? Hatte sie so einen Erfolg mit ihrem Buch gehabt? Nun war es für Wolfgang vollkommen klar, dass es sich nur um ihre und seine Geschichte handeln konnte. Er hatte ihr doch gesagt, dass sie alles aufschreiben sollte. Offensichtlich hatte sie das getan, und noch dazu sehr gut.

Nun gut, die Story allein hatte es in sich, da konnte man gar nicht mehr allzu viel falsch machen. Es war klar, dass die Menschen über seine Zeitreise lesen wollten. Immerhin war er der Erste auf dem gesamten Planeten, dem eine solche gelungen war.

Ob sie es als Tatsachenerzählung geschrieben hatte oder als einen Roman? Jetzt wollte Wolfgang gerne in das Buch reinlesen, doch er konnte es leider nicht öffnen. Scheinbar konnte er hier gar nichts bewegen. Er probierte, eine Vase vom Tisch zu stoßen, aber alles, was ihm gelang, war, das Wasser darin ein wenig zum Schwingen zu bringen.

„Ach weißt du“, antwortete Caroline, „es geht so. Ich glaube, das wird diesmal kein so großer Erfolg wie mein Bienröschen. Aber zumindest auch kein so großer Flop wie das Goethebuch“, lachte Caroline über sich selbst.

Moment mal, das Buch über ihn war ein Flop gewesen? Stattdessen hatte sie mit einem Buch namens Bienröschen Erfolg gehabt? Wieso kam ihm der Name bekannt vor?

Ach ja, das war das gedichtete Märchen gewesen, das sie ihren Kindergartenkindern vorgetragen hatte. Dann war Caroline wohl jetzt Kinderbuchautorin, wie schön. Aber sie hatte doch überhaupt nicht zeichnen können. Kamen solche Bücher auch ohne Bilder aus?

„Ach was“, streichelte ihr Alexander sanft über den Rücken. „Du arbeitest doch wieder mit der gleichen Illustratorin wie beim Bienröschen, oder?“

Eine Illustratorin? Das also war des Pudels Kern!

„Ja, warum?“

„Na weil ihr ein Dreamteam seid. Glaub mir, dein einsamer Kaktus wird die Kinder genauso begeistern, wenn nicht sogar noch mehr.“

„Ich hoffe, du hast Recht.“

„Schatz, du weißt doch, dass ich immer Recht habe“, zwinkerte Alexander ihr verschwörerisch zu.

„Ach, wo wir gerade von erfolgreichen Dingen reden“, begann Caroline zu erzählen. „Du wirst mir nicht glauben, was passiert ist.“

Alexander wartete, dass sie weiterredete. Als sie das nicht tat, fragte er nach: „Na sag schon, was ist passiert? Spann mich nicht auf die Folter.“

„Wolfgangs Theaterstück soll verfilmt werden.“ Caroline riss begeistert die Hände in die Luft, als sie das sagte.

„Verfilmt? Im Ernst? Ich meine, klar, als Theaterstück war es megaerfolgreich. Aber es ist doch für die Luisenburg geschrieben worden. Taugt der Stoff denn auch für einen Film?“

„Na sicher doch. Es soll, glaube ich, sogar in Teilen im Felsenlabyrinth gedreht werden. Das ist dann natürlich supergut für Wunsiedel und die Region.“

„Also kommt Hollywood nun nach Wunsiedel?“, fragte Alexander und zwinkerte Caroline dabei zu.

Caroline lachte. „Hollywood, das wäre was. Nein, es ist nur das ZDF. Selbst ein neues Goethewerk spricht heutzutage wohl nur die ältere Zielgruppe an. Beziehungsweise das Werk von Philipp Möller. Meinst du, es wäre in Wolfgangs Sinn, dass es verfilmt wird? Er hat das Fernsehen doch nicht gemocht.“

Alexander überlegte. „Also ich glaube, es wäre in seinem Sinne, wenn sein Theaterstück eine möglichst große Reichweite hat. Nicht alle Menschen gehen sich eine Theateraufführung ansehen. Fernsehen schaut aber so gut wie jeder. Er kann damit folglich viel mehr Leute erreichen. Wenn schon unsere Bundesregierung, trotz der Beteiligung der Grünen, es nicht schafft, die Menschen für das Thema Klimaerwärmung zu sensibilisieren, dann vielleicht wenigstens die Verfilmung von Goethes Klimadrama.“

„Das dachte ich auch, deshalb habe ich denen in Philipps Namen zugesagt. Aber selbst das ZDF hat keine so große Reichweite, dass danach plötzlich alle in Deutschland für ein Tempolimit auf den Autobahnen oder gar noch höhere Spritpreise sind. Doch wenn der Film wenigstens ei n paar Leute zum Umdenken bringt, ist das immerhin schon etwas. Auch wenn der Planet dann trotzdem vor die Hunde geht.“

„Sei doch nicht so negativ. Noch können wir die Erde retten. Sogar China will klimaneutral werden. Da werden dann die meisten anderen Länder mitziehen. Du wirst schon sehen, alles wird gut. Freu dich lieber, dass du mal wieder als Managerin des großen Johann Wolfgang von Goethe agieren kannst, so wie damals, als du dafür gesorgt hast, dass die Intendantin das Stück mit ins Programm nimmt. Ich finde das ja ganz schön sexy“, flirtete Alexander mit Caroline. Diese lächelte verführerisch.

Ach, was würde Wolfgang dafür geben, wenn er mit Caroline so flirten könnte. Er wollte von ihr so angelächelt werden und ihre zarten Lippen spüren. Er sollte der Vater ihres Kindes sein und, er starrte auf Carolines kugelrunden Bauch, auch des zweiten Kindes. Ob das wohl ein Mädchen wurde? Wolfgang hätte so gerne eine Tochter gehabt.

Alexander streichelte den Bauch seiner Frau, von dem Wolfgang seinen Blick nicht mehr wenden konnte. Was hatten die beiden für ein Glück, so jung zu sein und in einer Welt zu leben, in der die Kindersterblichkeit bei weitem nicht so hoch war wie zu seinen Zeiten.

„Oh, er hat mich gegen die Hand getreten“, entfuhr es Alexander. Wolfgang hatte keine Ahnung, woher der Professor das wusste, aber scheinbar wuchs wieder ein Junge in Carolines Bauch heran. War da nicht irgendwas mit einem Ultraschall oder dergleichen gewesen? Ach wie gut, dass man sich auf dem Sterbebett über sowas keine Gedanken mehr machen musste.

„Er merkt halt, dass sein Papa da ist, und will ihm gleich mal sagen, wie sehr er sich auf ihn freut“, lächelte Caroline Alexander an. Doch dann fiel ihr Blick auf Wolfgang. Er glaubte zu sehen, dass ihre Augen feucht wurden.

„Vermisst du Wolfgang noch so sehr? Ich dachte, es wäre besser geworden, seit du wieder schwanger bist“, fragte Alexander sie einfühlsam.

Jetzt konnte Caroline eine Träne nicht mehr verhindern. Sie rollte ihr über die Wange und Alexander wischte sie zärtlich weg.

„Es tut mir leid, du bist mein Mann, ich liebe nur dich. Ich sollte nicht mehr an ihn denken und an das, was hätte sein können“, meinte Caroline.

„Das ist doch okay, ich weiß doch, wie besonders eure Verbindung war“, antwortete Alexander.

Trauerte Caroline noch um ihn? Obwohl er sie nicht traurig sehen wollte, freute sich Wolfgang, dass seine Geliebte ihn nicht von heute auf morgen vergessen hatte.

„Weißt du, ich habe jetzt schon lange nicht mehr an Wolfgang gedacht. Aber erst der Anruf wegen der Verfilmung heute und dann, ich weiß nicht, ich bin hier in die Wohnung gekommen und es hat sich angefühlt, als wäre er da. Das war so seltsam. Ich habe William ins Bett gelegt und da war mir so, als würde er mir über die Schulter schauen und den Jungen betrachten. Und dann hatte ich sogar das Gefühl, er würde mich berühren.“

„Caroline, das ist okay. Ihr konntet euch ja nie richtig voneinander verabschieden. Wer weiß, vielleicht ist sein Geist oder so eben hierzu hergekommen, um dir Lebewohl zu sagen.“

Caroline lachte und schluchzte zugleich. „Wenn sein Geist mich suchen würde, dann würde er das bestimmt nicht hier in Bayreuth tun, oder? Er könnt doch nicht wissen, dass ich zu dir gezogen bin.“

„Also bitte, du sprichst hier über den großen und einzigartigen Johann Wolfgang von Goethe. Der weiß bestimmt, wie er dich ausfindig machen kann.“

„Ja sicher, er war ja so gut mit dem Internet. Er sucht sich mal eben einen Computer, recherchiert ein bisschen und schon habe ich hier Geisterbesuch“, lachte Caroline nun wieder fröhlicher. Sie hatte das herrlichste Lachen auf der Welt.

Dann wurde sie aber wieder nachdenklich. „Freust du dich, dass du Vater wirst?“, fragte Caroline.

Alexander lächelte. „Ich bin doch schon Vater“, sagte er mit einem liebevollen Blick zum Kinderzimmer. „Aber ja, ich freue mich sehr. Und ich hoffe, dass ich diesmal beim Namen ein wenig mitreden darf.“

Caroline lachte. „Gefällt dir William nicht?“

Alexander stockte. „Doch, doch. Es ist nur so, dass ich in meiner Arbeit schon genug von toten Schriftstellern umgeben bin, da muss ich nicht auch noch zuhause an sie erinnert werden.“ Er zwinkerte ihr zu.

„Mich wundert ohnehin, dass du ihn nicht gleich Johann oder Wolfgang genannt hast.“

Caroline blickte wieder trübsinnig. „Johann mochte er nie als Namen und Wolfgang ... das ist kein sehr zeitgemäßer Name mehr, oder? Das wollte ich dem Süßen einfach nicht antun. Aber da Goethe Shakespeare sehr verehrt hat, dachte ich, er wäre mit William als Namen sicher einverstanden.“

Das war ja süß von Caroline, dass sie bei der Namenswahl für ihren Sohn daran dachte, was ihm gefallen würde. Hielt sie denn so viel von seiner Meinung?

Trotz aller Liebe zu Shakespeare hätte er, wenn es sein Sohn wäre, diesen aber nicht William genannt. Der Name sollte lieber den Engländern vorbehalten bleiben. Für ihn sah der Kleine viel mehr wie ein Carl aus. Er selbst hatte einen Sohn namens Carl gehabt, der aber im ersten Lebensjahr verstorben war.

„Ich fände ja Karl als Namen sehr schön“, meinte nun Alexander zu Caroline.

Der Mann wurde Goethe immer sympathischer.

„Ah, ich sehe, wo das hinführt“, lächelte Caroline Alexander an.

Dieser tat ganz unschuldig. „Ich weiß nicht, was du meinst.“

„Alexander der Große, Karl der Große ... muss ich noch deutlicher werden? Bist du dir sicher, dass du nicht lieber zum Geschichtsprofessor umsatteln willst?“

„Na gut. Uns fällt schon noch ein Name ein, der uns beiden gefällt. Denn ich werde nicht einfach vom Erdboden verschwinden und dir alleine die Namenswahl unseres Sohnes überlassen.“

Was sollte das denn nun heißen? War William gar nicht von Alexander? Hatte Caroline sich von einem anderen ...

Da fiel bei Wolfgang endlich der Groschen. Wie von der Tarantel gestochen eilte er an das Bett des Kindes. Wie hatte er das nicht sofort sehen können. Der Junge hatte seine Nase. Herrje, er hoffte, dass er ihm auch noch etwas Besseres vererbt hatte, seinem Sohn. Er konnte es kaum fassen.

Goethe streckte die Hand nach dem Kind aus und zeichnete ihm zärtlich ein W auf die Stirn. Das war nur eines von vielen Dingen, die sie beide über die Zeiten hinweg verbinden würde, W wie Wolfgang und W wie William. Ein Buchstabe, der für all die Gemeinsamkeiten stand, die sie beide hoffentlich hatten.

Das Kind schien seine Berührung zu spüren. Es öffnete die Augen, weinte aber nicht. Stattdessen sah es ihn direkt mit diesen wunderschönen grünen Augen an und lächelte. Wie robust der Junge aussah. Er würde bestimmt das Erwachsenenalter erreichen. Das also war der Grund gewesen, warum Goethe in die Zukunft gereist war. Er musste dort einen Sohn hinterlassen.

Was würde wohl Großes aus ihm werden? Ein Dichter? Ein Philosoph? Würde er Politiker oder gar Wissenschaftler? Würde er helfen, den Planeten zu retten, dessen Bedrohung Wolfgang jetzt leider wieder allzu klar vor Augen stand? Er wusste es nicht. Aber endlich, endlich ergab alles einen Sinn.

Etwas drückte Goethe nach hinten, weg von seinem Sohn. Wolfgang war nicht traurig, als die Nebelschwaden wieder auftauchten. Er wusste nun, dass ein Teil von ihm selbst in der Zukunft weiterleben würde. Und er hatte Caroline etwas von sich hinterlassen, das war noch viel wichtiger. In den Zügen des Kindes würde sie immer ihn sehen und ihn somit auch niemals vergessen.

Als sich vor seinen Augen wieder sein Zimmer am Frauenplan zeigte, spürte er, wie der Tod mit eisiger Hand nach ihm griff. Einen kleinen Moment noch, nur einen kleinen Moment. Wolfgang wollte nur den Menschen hier mitteilen, was er soeben Großartiges erfahren hatte, dass er einen Sohn in der Zukunft hatte. Und dieser Sohn würde seinem Vater alle Ehre machen, dessen war er sich sicher. Goethe öffnete den Mund, um die verheißungsvolle Nachricht zu verkünden. Doch alles, was er noch sagen konnte, bevor in seinen Lungen keine Luft mehr übrig blieb, war: „Mehr ich.“

Sissy Scheible

geboren 1984 in Marktredwitz.

Sie wuchs in Schönbrunn bei Wunsiedel auf. Vom Grundstück ihrer Familie aus hatte sie immer einen wunderschönen Blick auf die Luisenburg.

Nach ihrem Abitur studierte sie in Bayreuth Germanistik und Theaterwissenschaft. Nach dem Magisterabschluss arbeitete sie als TV-Redakteurin in Ingolstadt und München, wo sie unter anderem Drehbücher für eine Produktion mit Sky du Mont schrieb.

Als sie Mutter wurde, begann sie Bücher zu schreiben. *Goethes Labyrinth* ist eine Hommage an den Dichterfürsten und an ihre Heimatregion.